Philip Roth
Mein Mann, der Kommunist

Aus dem Amerikanischen
von Werner Schmitz

Carl Hanser Verlag

Dies ist ein Roman. Namen, Gestalten und Begebenheiten sind Erzeugnisse der Phantasie des Autors, es sei denn, es handelt sich um historische Persönlichkeiten und Ereignisse, die jedoch fiktiv verwendet werden.

3 4 5   03 02 01 00 99

ISBN 3-446-19785-0
Die Originalausgabe erschien unter dem Titel
I Married a Communist
im Verlag Houghton Mifflin Co., Boston 1998.
© Philip Roth 1998
Alle Rechte der deutschen Ausgabe:
© 1999 Carl Hanser Verlag München Wien
Satz: Fotosatz Amann, Aichstetten
Druck und Bindung: Friedrich Pustet, Regensburg
Printed in Germany

Meiner Freundin und Lektorin
Veronica Geng
1941-1997

Viele Lieder hab ich in meiner Heimat gehört –
Lieder von Freude und Leid.
Eins davon hat sich mir tief eingeprägt:
Das Lied des einfachen Arbeiters.

> Ho, und schwingt den Knüppel,
> Hau ruck!
> Zieht, gemeinsam geht es besser,
> Hau ruck!

»Dubinuschka«, ein russisches Volkslied.
*In den vierziger Jahren in russischer Sprache
aufgenommen vom Chor und Orchester der
Sowjetarmee.*

1

Mein erster Englischlehrer an der Highschool war Ira Ringolds älterer Bruder Murray, und über ihn bin ich an Ira geraten. Murray hatte 1946 seinen Abschied von der Armee erhalten, für die er mit der 17. Luftlandedivision an der Ardennenoffensive teilgenommen hatte; im März 1945 hatte er den berühmten Sprung über den Rhein getan, der den Anfang vom Ende des Kriegs in Europa einleitete. In jenen Tagen war er ein grober, aufdringlicher Kahlkopf, nicht so groß wie Ira, aber schlank und athletisch, ein Kerl, der uns mit seiner enormen Bewußtheit alle überragte. In Gebaren und Haltung war er vollkommen natürlich, in seiner Redeweise wortreich und geistig fast schon bedrohlich. Es war seine Leidenschaft, uns etwas zu erklären, zu erläutern und verständlich zu machen, mit dem Ergebnis, daß er jeden einzelnen Gegenstand, über den wir sprachen, mit der gleichen Akribie in seine Grundbestandteile zerlegte, mit der er an der Tafel irgendwelche Sätze syntaktisch auseinandernahm. Seine Spezialität war zähes Nachfragen, eine Rhetorik, die auch dann faszinierte, wenn er streng analytisch und lautstark und auf seine bestimmte Art kritisierte, was wir schrieben und vorlasen.

Neben seiner Muskelkraft und seiner auffallenden Intelligenz brachte Mr. Ringold eine Ladung instinktiver Spontanität mit ins Klassenzimmer, die für gebändigte, ehrbar gemachte Kinder, die erst noch begreifen mußten, daß die Befolgung der Anstandsregeln eines Lehrers nichts mit geistiger Entwicklung zu tun hat, eine Offenbarung war. Seiner charmanten Angewohnheit, einem Schüler, der nicht die erwünschte Antwort gab, den Tafelschwamm an den Kopf zu schmeißen, kam vielleicht mehr Bedeutung zu, als sogar er selbst sich vorstellte. Vielleicht aber auch doch. Vielleicht wußte Mr. Ringold ganz genau, daß, was Jungen wie ich zu lernen nötig hatten, nicht nur darin bestand, sich präzise auszudrücken und ein feineres Gespür für Worte zu entwickeln, sondern auch darin, Übermut nicht mit Dummheit zu paaren, weder allzu schweigsam noch allzu brav zu sein und den aufkeimenden männlichen Drang aus den Zwängen der institutionellen Rechtschaffenheit zu befreien, von denen sich vor allem die klugen Schüler unterdrückt fühlten.

Man spürte, im sexuellen Sinn, die Kraft eines männlichen Lehrers wie Murray Ringold – maskuline Autorität, die nicht von Frömmigkeit korrigiert wurde –, und man spürte, im priesterlichen Sinn, die Berufung eines männlichen Lehrers wie Murray Ringold, dem das amorphe amerikanische Streben nach Erfolg gleichgültig war und der – anders als die Lehrerinnen der Schule – auch fast jeden anderen Beruf hätte wählen können, es sich aber zum Zweck seines Lebens gemacht hatte, für uns dazusein. Er wollte tagtäglich nur eins: sich mit jungen Menschen beschäftigen, auf die er Einfluß nehmen konnte; und das Größte, was ihm im Leben widerfuhr, war ihre Reaktion.

Nicht daß der Eindruck, den sein drastischer Unterrichtsstil auf mein Gefühl für Freiheit hinterließ, mir damals bewußt gewesen wäre; so dachte kein Kind von der Schule, von Lehrern oder sich selbst. Eine beginnende Sehnsucht nach gesellschaftlicher Unabhängigkeit jedoch muß von Murrays Beispiel genährt worden sein, und das sagte ich ihm auch, als ich ihm im Juli 1997, zum erstenmal seit meinem Abgang von der Highschool im Jahre 1950, zufällig begegnete; er war jetzt neunzig Jahre alt, aber auf jede erkennbare Weise noch immer der Lehrer, dessen Aufgabe es ist, realistisch, ohne Selbstparodie und übertriebenes Theater, seinen Schülern gegenüber die Einzelgängermaxime »Das ist mir vollkommen egal« zu verkörpern und ihnen beizubringen, daß man, um Gesetze zu übertreten, kein Al Capone sein muß – daß man dazu nur *denken* muß. »In der menschlichen Gesellschaft«, lehrte uns Mr. Ringold, »stellt das Denken die größte Grenzüberschreitung von allen dar.« »Kri-ti-sches Den-ken«, sagte Mr. Ringold und klopfte zu jeder Silbe mit den Knöcheln auf sein Pult, »das ist die äußerste Subversion.« Ich erzählte Murray, nichts habe mir wertvolleren Aufschluß übers Erwachsenwerden gegeben als dieser Satz, den ich als Kind aus dem Mund eines männlichen Kerls wie ihm gehört und von ihm *vorgelebt* gesehen hätte; daran hätte ich mich festgehalten, auch wenn ich es nur halb verstanden hätte, ich, jener provinzielle, wohlbehütete, hochgesinnte Schuljunge, der sich sehnte, vernünftig, angesehen und frei zu sein.

Murray seinerseits erzählte mir alles über das Privatleben seines Bruders, was ich als junger Bursche nicht wußte und nicht gewußt haben konnte, ein schweres, an Farcen reiches Schicksal, über das Murray immer noch gelegentlich nachgrübelte, obwohl Ira nun schon seit über dreißig Jahren tot war. »Tausende Amerikaner sind in diesen Jahren vernichtet worden, Opfer der Politik, Opfer der Geschichte, Opfer ihrer Überzeugungen«, sagte Murray. »Aber ich wüßte niemand anderen zu nennen, den es so übel getroffen hätte wie Ira. Und nicht auf dem großen amerikanischen Schlachtfeld, das er selbst sich für seine Vernichtung gewählt haben würde. Trotz Ideologien, Politik und Geschichte ist eine echte Katastrophe im Kern vielleicht immer auf eine persönliche Betise zurückzuführen. Man kann dem Leben wahrlich nicht vorwerfen, es versage dabei, Menschen kleinzumachen. Man muß den Hut vor dem Leben ziehen, vor den Methoden, die ihm zur Verfügung stehen, einen Menschen seiner Bedeutung zu berauben und ihm jeglichen Stolz auszutreiben.«

Als ich ihn danach fragte, erzählte Murray mir auch, wie er selbst seiner Bedeutung beraubt worden war. Ich kannte die Geschichte im allgemeinen, wußte aber wenig von den Einzelheiten, da ich 1954, nach dem Abgang vom College, meinen Dienst bei der Armee angetreten hatte und Murrays politischer Leidensweg erst im März 1955 seinen Anfang nahm. Wir begannen mit Murrays Geschichte, und erst als ich ihn am Ende des Nachmittags fragte, ob er zum Abendessen bleiben wolle, schien er übereinstimmend mit mir das Gefühl zu haben, daß unser Verhältnis sich auf eine vertraulichere Ebene verlagert hatte und daß es nicht ungehörig wäre, nun auch offen von seinem Bruder zu sprechen.

In der Nähe meines Wohnorts im westlichen New England bietet ein kleines College namens Athena sommerliche Wochenkurse für ältere Leute an, und dort hatte sich Murray mit seinen neunzig Jahren für einen Kursus unter dem pompösen Titel »Shakespeare an der Jahrtausendwende« angemeldet. So war ich ihm an dem Sonntag seiner Ankunft in der Stadt begegnet – ich hatte ihn nicht erkannt, er zum Glück aber mich –, und so verbrachten wir schließlich sechs Abende miteinander. So tauchte diesmal die Vergangenheit wieder auf: in Gestalt eines hochbetagten Mannes, der das Talent besaß, seinen Problemen nicht eine einzige Sekunde länger nachzuhängen als sie verdienten, und der seine Zeit noch immer nicht damit vergeudete, über anderes als ernsthafte Dinge zu reden. Ein schier greifbarer Eigensinn verlieh seiner Persönlichkeit eine steinerne Kompaktheit, und dies trotz der Radikalkur, welcher die Zeit seinen einst athletischen Körper unterzogen hatte. Als ich Murray betrachtete, während er auf seine so vertraute, ebenso offene wie gewissenhafte Weise erzählte, dachte ich: Das ist es, das menschliche Leben. Das nenne ich Ausdauer.

55, fast vier Jahre nachdem Ira als Kommunist beim Rundfunk auf die schwarze Liste kam, wurde Murray von der Schulbehörde aus dem Lehramt entfernt, weil er sich geweigert hatte, mit dem Komitee für unamerikanische Umtriebe zusammenzuarbeiten, das damals vier Tage lang in Newark Anhörungen durchführte. Schließlich wurde er wieder eingestellt, freilich erst nach einem sechs Jahre währenden Prozeß, der mit einer 5:4-Entscheidung am Obersten Gerichtshof des Bundesstaates endete, wieder eingestellt mit Gehaltsnachzahlung, abzüglich des Betrages, den er in diesen Jahren als Staubsaugervertreter verdient hatte, um seine Familie über Wasser zu halten.

»Wenn einem sonst nichts mehr einfällt«, sagte Murray lächelnd, »verkauft man Staubsauger. Von Haus zu Haus. Kirby-Staubsauger. Man schüttet einen vollen Aschenbecher auf den Teppich, und dann saugt man das Zeug wieder auf. Man reinigt den Leuten das ganze Haus. Auf die Weise verkauft man ihnen das Ding. Ich habe seinerzeit bestimmt die Hälfte aller Häuser von New Jersey gereinigt. Mir haben damals viele Menschen zur Seite gestanden, Nathan. Ich hatte eine Frau, die ständig Arztrechnungen bekam, und wir hatten ein Kind, aber meine Geschäfte liefen ziemlich gut, mein Absatz an Staubsaugern war beträchtlich. Und Doris ist trotz ihrer Skoliose wieder arbeiten gegangen. Im Krankenhauslabor. Erst Blutuntersuchungen. Schließlich als Leiterin des Labors. Damals gab es noch die Trennung zwischen technischen und medizinischen Angestellten, und Doris hat alles gemacht: Blut abnehmen, Objektträger einfärben. Sehr geduldig, sehr gründlich am Mikroskop. Gut ausgebildet. Aufmerksam. Akkurat. Kenntnisreich. Und immer kam sie vom Beth Israel, gleich auf der anderen Straßenseite, rüber und machte uns in ihrem Laborkittel das Abendessen. Unsere Familie war die einzige, die ich kenne, in der das Salatdressing in Laborflaschen serviert wurde. In Erlenmeyerkolben. Den Kaffee rührten wir mit Pipetten um. Unser ganzes Glasgeschirr stammte aus dem Labor. Als wir völlig abgebrannt waren, hat Doris uns da rausgezogen. Gemeinsam waren wir imstande, es zu schaffen.«

»Man hat Sie also verfolgt, weil Sie Iras Bruder waren?« fragte ich. »Das hatte ich schon immer vermutet.«

»Ganz sicher bin ich mir nicht. Ira hat das vermutet. Vielleicht hat man mich verfolgt, weil ich mich nie so verhalten habe, wie man es von einem Lehrer erwartet. Vielleicht hätte man mich auch ohne Ira verfolgt. Am Anfang war ich ein ziemlicher Hitzkopf, Nathan. Ich brannte vor Eifer, der Würde meines Berufs Geltung zu verschaffen. Möglich, daß das sie mehr als alles andere gewurmt hat. Die persönlichen Demütigungen, denen die Lehrer ausgesetzt waren, als ich an der Schule anfing – Sie würden's nicht glauben. Wurden behandelt wie Kinder. Die Worte der Vorgesetzten waren Gesetz. Uneingeschränkt. Sie erscheinen hier zu dieser oder jener Zeit, Sie tragen sich pünktlich ins Arbeitsstundenbuch ein. Sie verbringen soundso viele Stunden in der Schule. Und Sie haben für Nachmittags- und Abendveranstaltungen zur Verfügung zu stehen, auch wenn das im Vertrag nicht ausgemacht ist. Alles mögliche in dieser Art. Da fühlt man sich sehr erniedrigt.

Ich habe mich in die Gewerkschaftsarbeit gestürzt. Bin schnell zum Kommissionsvorsitzenden aufgestiegen, in Vorstandspositionen. Ich habe kein Blatt vor den Mund genommen – manchmal war ich, zugegeben, ganz schön frech. Ich glaubte auf alles eine Antwort zu wissen. Dabei wollte ich den Lehrern nur Respekt verschaffen – Respekt und angemessenen Lohn für ihre Mühen und so weiter. Die Bezahlung der Lehrer war miserabel, die Arbeitsbedingungen, die Altersversorgung...

Der Schulinspektor war kein Freund von mir. Ich hatte an vorderster Front gekämpft, ihm den Zugang zu diesem Amt zu verwehren. Mein Favorit war ein anderer, der jedoch unterlag. Da ich aus meiner Abneigung gegen diesen Schweinehund nie einen Hehl machte, konnte er mich auf den Tod nicht ausstehen, und 55 fiel die Entscheidung, ich wurde zu einer Anhörung des Komitees für unamerikanische Umtriebe vorgeladen. Um auszusagen. Vorsitzender war ein Abgeordneter namens Walter. Er kam in Begleitung von zwei weiteren Ausschußmitgliedern. Zu dritt waren sie mit ihrem Anwalt aus Washington angereist. Ihre Untersuchungen galten dem kommunistischen Einfluß auf alles mögliche in der Stadt Newark, vor allem aber dem, was sie die ›Infiltration von Arbeit und Erziehungswesen durch die Partei‹ nannten. Überall im Land hatte es solche Anhörungen gegeben – Detroit, Chicago. Wir wußten, daß es auch zu uns kommen würde. Das war unausweichlich. Uns Lehrer haben sie an einem einzigen Tag erledigt, am letzten Tag, einem Donnerstag im Mai.

Meine Aussage dauerte fünf Minuten. ›Sind Sie jetzt oder sind Sie früher jemals...?‹ Ich verweigerte eine Antwort. Warum sagen Sie nichts? fragten sie. Sie haben nichts zu verbergen. Warum rücken Sie nicht raus mit der Sprache? Wir sind lediglich auf Informationen aus. Nur deswegen sind wir hier. Wir formulieren Gesetze. Wir sind keine Strafrichter. Und so weiter. Aber nach meinem Verständnis der Grundrechte gingen meine politischen Überzeugungen diese Leute gar nichts an, und das sagte ich ihnen auch – ›Das geht Sie gar nichts an‹.

Ein paar Tage zuvor hatten sie den United Electrical Workers nachgestellt, Iras alter Gewerkschaft in Chicago. Am Montag morgen kamen tausend UE-Mitglieder mit Charterbussen von New York herüber, um sich als Streikposten vor das Robert Treat Hotel zu stellen, in dem die Komiteemitglieder abgestiegen waren. Der *Star-Ledger* bezeichnete das Erscheinen der Streikposten als ›eine Invasion feindlicher Truppen gegen die Nachforschungen des Kongresses‹. Nicht als rechtmäßige Demonstration, wie sie von der Verfassung jedem zugestanden wird, sondern als *Invasion*, wie die von Hitler in Polen und der Tschechoslowakei. Einer von den Kongreßleuten im Komitee erklärte vor der Presse – ohne daß ihn das Unamerikanische seiner Bemerkung im geringsten in Verlegenheit gebracht hätte: von seiten der Demonstranten seien auch viele spanische Parolen zu hören, und daraus müsse er schließen, daß sie gar nicht wüßten, was überhaupt auf ihren Transparenten stünde, und daß sie ahnungslose ›Deppen‹ der Kommunistischen Partei seien. Es beruhige ihn aber, daß sie von ›Verfassungsschützern‹ der Newarker Polizei seit langem beobachtet würden. Nachdem die Buskarawane auf dem Rückweg nach New York durch Hudson County gekommen war, wurde irgendein Oberpolizist von dort mit den Worten zitiert: ›Hätte ich gewußt, daß das Rote sind, hätte ich die tausend Mann allesamt eingebuchtet.‹ So war die Stimmung damals, und so hatte die Presse darüber berichtet, als ich an diesem Donnerstag als erster zur Anhörung vorgeladen wurde.

Am Ende meiner fünf Minuten sagte der Vorsitzende angesichts meiner Weigerung, da mitzumachen, es enttäusche ihn, daß ein gebildeter und intelligenter Mann wie ich nicht bereit sei, die Sicherheit dieses Landes zu befördern und dem Komitee zu sagen, was es hören wolle. Dazu sagte ich nichts. Feindselig geäußert habe ich mich nur ein einziges Mal, als einer dieser Mistkerle zum Schluß zu mir sagte: ›Sir, ich zweifle an Ihrer Loyalität.‹ Meine Antwort lautete: ›Und ich zweifle an Ihrer.‹ Darauf erklärte mir der Vorsitzende, er werde mich, sollte ich weiterhin irgendwelche Komiteemitglieder ›verunglimpfen‹, aus dem Saal werfen lassen. ›Wir haben es nicht nötig‹, sagte er, ›uns Ihr Gewäsch und Ihre Verunglimpfungen anzuhören.‹ ›Auch ich habe es nicht nötig‹, sagte ich, ›mir *Ihre* Verunglimpfungen anzuhören, Herr Vorsitzender.‹ Und das war schon alles. Mein Anwalt flüsterte mir zu, ich solle aufhören, und damit war mein Auftritt beendet. Ich durfte verschwinden.

Als ich dann aber aufstand und gehen wollte, rief einer der Kongreßabgeordneten mir nach, vermutlich um mich zu einer ungebührlichen Antwort zu provozieren: ›Wie können Sie das Geld von Steuerzahlern nehmen, wenn Ihr abscheulicher kommunistischer Eid Sie verpflichtet, im Unterricht sowjetische Standpunkte zu vertreten? Wo bleibt um Gottes willen Ihre freie Entscheidung, wenn Sie nach dem Diktat von Kommunisten unterrichten müssen? Warum treten Sie nicht aus der Partei aus und kehren auf den rechten Weg zurück? Ich beschwöre Sie – werden Sie wieder ein richtiger Amerikaner!‹

Aber ich schnappte nicht nach dem Köder, sagte ihm nicht, daß mein Unterricht keinem anderen Diktat als dem von Aufsatzschreiben und Literatur unterworfen sei, auch wenn es letztlich offenbar gleichgültig war, was ich sagte oder nicht sagte: am Abend prangte meine Visage auf der Titelseite der Spätausgabe der *Newark News*, und darunter stand: ›Roter Anhörungszeuge stur. – Brauchen uns Ihr Gewäsch nicht anzuhören, sagt das Komitee dem Newarker Lehrer.‹

Nun, eins der Ausschußmitglieder war Bryden Grant, ein Kongreßabgeordneter des Bundesstaates New York. Sie erinnern sich an die Grants, Bryden und Katrina. Jeder Amerikaner erinnert sich an die Grants. Und für die Grants waren die Ringolds so was wie die Rosenbergs. Dieser Schickeriaschnösel, dieses boshafte Nichts hat praktisch unsere Familie zerstört. Und wissen Sie eigentlich, warum? Weil Grant und seine Frau eines Abends auf einer Party waren, die Ira und Eve in der West Eleventh Street gaben, und Ira sich Grant an die Fersen heftete, wie nur er sich einem an die Fersen heften konnte. Grant war mit Wernher von Braun befreundet, oder jedenfalls glaubte Ira das, und Ira machte ihm deswegen heftige Vorhaltungen. Grant war – zumindest für das unbewaffnete Auge – ein saftloser feiner Pinkel von der Sorte, die Ira ganz besonders auf den Wecker ging. Seine Frau schrieb populäre Romane, die von den Damen verschlungen wurden, und Grant selbst war immer noch Kolumnist beim *Journal-American*. Für Ira war Grant die Verkörperung des verhätschelten Establishments. Er konnte ihn nicht ausstehen. Jede Bewegung Grants machte ihn krank, und seine Politik war ihm ein Greuel.

Jedenfalls kam es zu einer lautstarken Szene, Ira schrie Grant an und beschimpfte ihn, und bis ans Ende seines Lebens hat Ira behauptet, an diesem Abend habe Grant seinen Rachefeldzug gegen uns begonnen. Ira hatte so eine Art, sich ohne Tarnung darzustellen. Einfach so, wie er war, rückhaltlos und offen. Das zog einen magnetisch an, wirkte aber auf seine Feinde erst recht abstoßend. Und Grant zählte zu seinen Feinden. Der ganze Zank dauerte nur drei Minuten, doch Ira zufolge haben diese drei Minuten sein und mein Schicksal besiegelt. Er hatte einen Nachfahren von Ulysses S. Grant gedemütigt, einen Harvardabsolventen und einen Angestellten von William Randolph Hearst und natürlich den Gatten der Verfasserin von *Eloise und Abelard*, dem größten Bestseller von 1938, und von *Galileos Leidenschaft*, dem größten Bestseller von 1942 – und damit waren wir geliefert. Wir waren erledigt: mit seiner öffentlichen Beleidigung Bryden Grants hatte Ira nicht nur den makellosen Ruf des Gatten in Frage gestellt, sondern auch das unauslöschliche Bedürfnis seiner Frau, immer im Recht zu sein.

Ich bin mir nicht sicher, ob das irgendwas erklärt – wenn auch nicht deshalb, weil Grant etwa in irgendeiner Weise weniger rücksichtslos in der Anwendung seiner Macht gewesen wäre als der Rest von Nixons Bande. Bevor er in den Kongreß kam, schrieb er eine Kolumne für das *Journal-American*, dreimal die Woche eine Klatschspalte über den Broadway und Hollywood, angerührt mit etwas dreckiger Wäsche über Eleanor Roosevelt. So sah der Anfang von Grants Karriere im Staatsdienst aus. Das qualifizierte ihn so nachdrücklich für einen Sitz im Komitee für unamerikanische Umtriebe. Er war schon Klatschkolumnist, ehe dergleichen zum großen Geschäft unserer Tage wurde. Er war von Anfang an dabei, in der Blütezeit der großen Pioniere. Es gab Cholly Knickerbocker und Winchell und Ed Sullivan und Earl Wilson. Es gab Damon Runyon, es gab Bob Considine, es gab Hedda Hopper – und Bryden Grant war der Snob dieses Mobs, nicht der Straßenkämpfer, nicht der kleine quasselnde Insider, der sich bei Sardi, beim Brown Derby oder in Stillman's Gym herumtrieb, sondern der Aristokrat des Pöbels, der sich im Racquet Club herumtrieb.

Grant begann mit einer Kolumne, die ›Grants Gerüchteküche‹ hieß, und wie Sie sich vielleicht erinnern, endete er beinahe als Nixons Stabschef im Weißen Haus. Kongreßabgeordneter Grant war einer von Nixons Lieblingen. Saß genau wie Nixon im Komitee für unamerikanische Umtriebe. Hat für Präsident Nixon eine

Menge Drecksarbeit gemacht. Ich weiß noch, wie die neue Nixon-Regierung 68 Grants Namen für den Posten des Stabschefs in Umlauf gebracht hat. Zu schade, daß sie ihn wieder fallengelassen haben. Die schlechteste Entscheidung, die Nixon je getroffen hat. Hätte Nixon den politischen Vorteil erkannt, den die Ernennung dieses kultivierten Bostoner Schreiberlings, und nicht Haldemans, zum Leiter der Watergate-Verschleierungsoperation gebracht hätte, wäre Grants Karriere vermutlich hinter Gittern zu Ende gegangen. Bryden Grant im Gefängnis, in einer Zelle zwischen denen von Mitchell und Ehrlichman. Grants Grab. Aber es sollte nicht sein.

Auf den Aufnahmen aus dem Weißen Haus können Sie Nixon hören, wie er Grant Loblieder singt. Steht alles in den Abschriften. ›Bryden hat das Herz am rechten Fleck‹, sagt der Präsident zu Haldeman. ›Und er ist zäh. Der ist zu allem fähig. Zu allem, sage ich.‹ Er verrät Haldeman Grants Motto beim Umgang mit Feinden der Regierung: ›Vernichte sie mit der Presse.‹ Und dann fügt der Präsident – ein Epikureer der perfekten Verleumdung, der Schmähung, die mit diamantenharter Flamme brennt – bewundernd hinzu: ›Bryden hat den Killerinstinkt. Niemand beherrscht diesen Job besser.‹

Kongreßabgeordneter Grant ist im Schlaf gestorben, ein reicher und mächtiger alter Staatsmann, der in Staatsburg, New York, wo sie den Footballplatz der Highschool nach ihm benannt haben, noch immer in hohem Ansehen steht.

Ich habe Bryden Grant während der Anhörung beobachtet, habe versucht zu glauben, daß mehr an ihm sei als ein Politiker mit privaten Rachegelüsten, dem die gerade herrschende nationale Besessenheit das Mittel bietet, eine Rechnung zu begleichen. Im Namen der Vernunft sucht man nach irgendeinem höheren Motiv, nach irgendeinem tieferen Sinn – damals pflegte ich mich noch darum zu bemühen, Unvernünftiges mit Vernunft anzugehen und im Einfachen das Komplexe zu erblicken. Ich beanspruchte meine Intelligenz in Fragen, für die im Grunde gar keine nötig war. Ich dachte: Er *kann* doch nicht so seicht und kleinkariert sein, wie er sich darstellt. Das kann doch unmöglich alles sein. Da muß doch mehr dahinterstecken.

Aber wieso eigentlich? Kleinkariertheit und Seichtheit können auch in großem Maßstab auftreten. Was könnte *beharrlicher* sein als Kleinkariertheit und Seichtheit? Hindern Kleinkariertheit und Seichtheit einen daran, verschlagen und böse zu sein? Schwächen Kleinkariertheit und Seichtheit das Streben danach, eine bedeutende Persönlichkeit zu sein? Man braucht keine differenzierte Lebensanschauung, um die Macht zu lieben. Man braucht keine differenzierte Lebensanschauung, um an die Macht zu *kommen*. Eine differenzierte Lebensanschauung könnte in der Tat sogar das schlimmste Hindernis sein, der Mangel daran hingegen ein unschätzbarer Vorteil. Um aus dem Kongreßabgeordneten Grant schlau zu werden, mußte man nicht erst nach Schicksalsschlägen in seiner aristokratischen Kindheit forschen. Immerhin hat dieser Mann den Sitz im Kongreß von Hamilton Fish übernommen, dem ersten Roosevelt-Hasser. Einem Hudson-River-Aristokraten wie FDR. Fish ist mit FDR nach Harvard gekommen. Hat ihn beneidet, hat ihn gehaßt, und da zu Fishs Bezirk auch Hyde Park gehörte, ist er schließlich FDRs Kongreßabgeordneter geworden. Ein furchtbarer Isolationist und dumm wie Bohnenstroh. Fish war, damals in den Dreißigern, der erste prominente Ignorant, der beim Vorläufer dieses perniziösen Komitees den Vorsitz führte. Der Prototyp des selbstgerechten, fahnenschwingenden, engstirnigen adligen Schweinehundes – das war Hamilton Fish. Und als man 52 den Bezirk dieses alten Trottels umorganisierte, war Bryden Grant sein Mann.

Nach der Anhörung verließ Grant das Podium, auf dem die drei Komiteemitglieder und ihr Anwalt saßen, und kam schnurstracks auf mich zu. *Er* hatte zu mir gesagt: ›Ich zweifle an Ihrer Loyalität.‹ Aber jetzt lächelte er huldvoll – wie nur Bryden Grant es konnte, als habe er selbst das huldvolle Lächeln erfunden – und streckte mir die Hand entgegen, und ich, so widerwärtig es mir auch war, nahm sie und schüttelte sie. Die Hand der Unvernunft, und vernünftig, höflich, wie Boxer sich vor dem Kampf auf die Handschuhe klopfen, nahm ich seine Hand, und meine Tochter Lorraine war noch tagelang danach entsetzt von mir.

Grant sagte: ›Mr. Ringold, ich bin heute hierhergereist, um Ihnen zu helfen, Ihren Namen reinzuwaschen. Ich wünschte, Sie hätten sich kooperativer gezeigt. Sie machen es einem nicht leicht, nicht einmal denen von uns, die Ihnen günstig gesinnt sind. Ich möchte klarstellen, daß ich ursprünglich nicht für das Komitee in Newark vorgesehen war. Da ich aber wußte, daß Sie als Zeuge geladen waren, habe ich darum gebeten, daß man mich schickt, weil ich annahm, es würde Ihnen nicht sehr förderlich sein, wenn mein Freund und Kollege Donald Jackson hier auftauchen würde.‹

Jackson war der, der Nixons Sitz im Komitee übernommen hatte. Donald L. Jackson aus Kalifornien. Ein brillanter Denker, dessen öffentliche Erklärungen auf so was hinausliefen wie: ›Mir scheint, die Zeit ist reif, daß man sich als Amerikaner oder Nichtamerikaner zu erweisen hat.‹ Jackson und Velde waren die Anführer der Menschenjagd, die kommunistische Umstürzler in den Reihen der protestantischen Pfarrer aufstöbern sollte. Für diese Typen war das ein dringendes nationales Anliegen. Nach Nixons Abgang sah man in Grant die intellektuelle Speerspitze des Komitees, den Mann, der für die anderen die scharfsinnigen Schlüsse zog – und, so traurig es sein mag, genau das war er höchstwahrscheinlich auch.

Er sagte zu mir: ›Ich dachte, daß ich Ihnen vielleicht besser helfen könnte als der ehrenwerte Herr aus Kalifornien. Und trotz Ihres Auftretens hier und heute glaube ich immer noch, daß ich das kann. Sie sollen wissen, daß ich, wenn Sie die Sache überschlafen haben und zu dem Schluß kommen, daß Sie Ihren Namen doch noch reinwaschen wollen –‹

An dieser Stelle kam Lorraine dazwischen. Sie war gerade erst vierzehn. Sie und Doris hatten hinter mir gesessen, und während der ganzen Sitzung hatte Lorraine ihrer Wut noch deutlicher Ausdruck verliehen als ihre Mutter. Buchstäblich gewunden hatte sie sich vor Wut und Scham, kaum fähig, die Empörung in ihrem vierzehnjährigen Körper zu unterdrücken. ›Seinen Namen reinwaschen? *Wovon?*‹ sagte Lorraine zu dem Kongreßabgeordneten Grant. ›Was hat mein Vater *getan*?‹ Grant lächelte sie gütig an. Er sah sehr gut aus mit seinem silbernen Haarschopf, er war körperlich fit, er trug die teuersten Maßanzüge von Tripler, und an seinen Manieren hätte niemandes Mutter Anstoß nehmen können. Seine Stimme war fein und harmonisch, respektvoll, sanft und männlich zugleich, und er sagte zu Lorraine: ›Du bist eine loyale Tochter.‹ Aber Lorraine ließ nicht locker. Und weder Doris noch ich versuchten zunächst einmal sie aufzuhalten. ›Seinen Namen reinwaschen? *Er* braucht seinen Namen nicht reinzuwaschen – weil er nicht beschmutzt ist‹, sagte sie zu Grant. ›Sie sind es, der seinen Namen in den Schmutz zieht.‹ ›Miss Ringold, Sie sind nicht auf dem laufenden. Ihr Vater hat eine Vergangenheit‹, sagte Grant. ›Vergangenheit?‹ sagte Lorraine. ›Was für eine Vergangenheit? Was ist mit seiner Vergangenheit?‹ Wieder lächelte er. ›Miss Ringold‹, sagte er, ›Sie sind eine sehr nette junge Dame –‹ ›Ob ich nett bin, hat damit nichts zu tun. Was ist mit seiner Vergangenheit? Was hat er getan? Wovon soll er sich reinwaschen? Sagen Sie mir, was mein Vater getan hat.‹ ›Was er getan hat, wird uns Ihr Vater selbst erzählen müssen.‹ ›Mein Vater hat bereits gesprochen‹, sagte sie, ›und Sie verdrehen ihm jedes Wort im Mund und machen einen Haufen Lügen daraus, nur damit er schlecht dasteht. Sein Name ist *sauber.* Er kann sich abends mit gutem Gewissen schlafen legen. Ich weiß nicht, ob Sie das können, Sir. Mein Vater hat seinem Land gedient so gut wie jeder andere. Er weiß, was Loyalität und Kämpfen bedeutet und was es heißt, Amerikaner zu sein. So springen Sie also mit Leuten um, die ihrem Land gedient haben? Dafür soll er also gekämpft haben – daß Sie hier sitzen und seinen Namen anschwärzen können? Daß Sie einen Kübel Mist über ihn ausschütten können? Das also ist Amerika? Das also nennen Sie Loyalität? Was haben *Sie* eigentlich für Amerika getan? Klatschspalten geschrieben? Ist das so amerikanisch? Mein Vater hat Grundsätze, und das sind anständige amerikanische Grundsätze, und Sie haben nicht das Recht, ihn zu vernichten. Er geht zur Schule, er unterrichtet Kinder, er arbeitet so fleißig, wie er kann. Sie sollten eine *Million* Lehrer haben wie ihn. Stört Sie *das?* Daß er zu gut ist? Müssen Sie *deswegen* Lügen über ihn verbreiten? *Lassen Sie meinen Vater in Ruhe!*‹

Als Grant immer noch nicht antwortete, schrie Lorraine ihn an: ›Was haben Sie denn? Da oben hatten Sie doch so viel zu sagen – und jetzt sind Sie plötzlich auf den Mund gefallen? Hat's Ihnen die Sprache verschlagen, Sie –‹ Hier legte ich meine Hand auf ihre und sagte: ›Das reicht.‹ Aber nun wurde sie wütend auf mich.

›Nein, das reicht *nicht*. Reichen wird es erst, wenn die aufhören, so mit dir umzuspringen. Wollen Sie denn *gar* nichts sagen, Mr. Grant? Das also ist Amerika – Vierzehnjährigen antwortet man einfach mit Schweigen? Nur weil ich noch keine Wählerin bin – ist es das? Na, Ihnen und Ihren miesen Freunden werd ich bestimmt nie meine Stimme geben!‹ Sie brach in Tränen aus, und dann sagte Grant zu mir: ›Sie wissen, wo Sie mich erreichen können‹, und er lächelte uns dreien zu und reiste nach Washington ab.

Und so läuft das immer. Erst machen sie einen fertig, und dann sagen sie: ›Sie können von Glück reden, daß ich Sie fertiggemacht habe und nicht dieser ehrenwerte Herr aus Kalifornien.‹

Ich habe mich nicht mit ihm in Verbindung gesetzt. Meine politischen Ansichten waren örtlich recht begrenzt. Nicht so umfassend wie die von Ira. Im Gegensatz zu ihm hatte ich am Schicksal der Welt kein Interesse. Mein Interesse war eher beruflich und galt dem Schicksal des Gemeinwesens. Meine Sorge war nicht einmal sosehr politisch als vielmehr ökonomisch und, könnte man sagen, soziologisch; ich habe mich für die Arbeitsbedingungen und die Lage der Lehrer in der Stadt Newark engagiert. Am nächsten Tag erklärte Bürgermeister Carlin vor der Presse, daß Leute wie ich unsere Kinder nicht unterrichten dürften, und die Schulbehörde leitete ein Verfahren wegen ungebührlichen Verhaltens gegen mich ein. Endlich hatte der Schulinspektor einen Grund, mich rauszuschmeißen. Ich hatte auf die Fragen einer verantwortungsbewußten Regierungsstelle die Antwort verweigert, und folglich war ich für den Schuldienst nicht geeignet. Ich sagte der Schulbehörde, meine politischen Ansichten seien für meine Tätigkeit als Englischlehrer im Newarker Schulsystem vollkommen unerheblich. Für eine Entlassung könne es nur drei Gründe geben: Gehorsamsverweigerung, Unfähigkeit und moralische Verworfenheit. Ich legte dar, daß nichts davon zutreffe. Ehemalige Schüler erschienen zur Anhörung vor der Schulbehörde und sagten aus, daß ich niemals versucht habe, irgend jemanden, weder im Unterricht noch sonstwo, zu indoktrinieren. Niemand im ganzen Bereich der Schule hatte jemals gehört, daß ich versucht hätte, irgendwem irgend etwas anderes beizubringen als Respekt vor der englischen Sprache – niemand, weder Eltern noch Schüler, noch meine Kollegen. Mein ehemaliger Captain bei der Armee hat ebenfalls für mich ausgesagt. Ist eigens aus Fort Bragg angereist. Das war schon beeindruckend.

Es hat mir Spaß gemacht, Staubsauger zu verkaufen. Natürlich gab es Leute, die auf die andere Straßenseite gingen, wenn sie mich kommen sahen, und manche von ihnen haben sich wahrscheinlich dafür geschämt, wollten aber keine Ansteckung riskieren, aber das hat mich nicht gestört. Ich erhielt viel Unterstützung von seiten der Lehrergewerkschaft und auch von außerhalb. Es gingen Spendengelder ein, wir hatten Doris' Gehalt, und ich verkaufte meine Staubsauger. Ich lernte Menschen aus der ganzen Arbeitswelt kennen und nahm erstmals richtig Verbindung zur Realität außerhalb der Schule auf. Als Geistesarbeiter, als Lehrer hatte ich immer nur Bücher gelesen, Shakespeare unterrichtet, euch Kinder angehalten, Sätze auseinanderzunehmen, Gedichte auswendig zu lernen und Verständnis für Literatur zu entwickeln, und ich hatte immer gedacht, irgendein anderes Leben könne gar nicht lebenswert sein. Aber als ich dann loszog und Staubsauger verkaufte, konnte ich für viele Menschen, die mir begegneten, nichts als Bewunderung empfinden, und dafür bin ich immer noch dankbar. Das hat mir, glaube ich, zu einer besseren Einstellung zum Leben verholfen.«

»Angenommen, das Gericht hätte Sie nicht wieder ins Amt gesetzt. Wäre Ihre Einstellung zum Leben dann jetzt auch besser?«

»Wenn ich den Prozeß verloren hätte? Ich glaube, ich wäre auch so ganz gut durchs Leben gekommen. Ich glaube, das hätte mir nicht geschadet. Vielleicht hätte ich ein gewisses Bedauern empfunden. Aber ich glaube nicht, daß mir das aufs Gemüt geschlagen wäre. In einer offenen Gesellschaft gibt es immer, so schlimm es auch kommen mag, einen Ausweg. Seinen Job zu verlieren, von den Zeitungen als Verräter beschimpft zu werden – das sind sehr unangenehme Dinge. Aber es ist noch längst nicht die totale Katastrophe, die der Totalitarismus darstellt. Ich wurde nicht ins Gefängnis geworfen, ich wurde nicht gefoltert. Meinem Kind wurde nichts vorenthalten. Mir wurde mein Lebensunterhalt genommen, und manche Leute sprachen plötzlich nicht mehr mit mir, aber dafür bewunderten mich jetzt andere Leute. Meine Frau bewunderte mich. Meine Tochter bewunderte mich. Viele meiner ehemaligen Schüler bewunderten mich. Sagten es mir ganz offen. Und ich konnte vor Gericht gehen. Ich konnte mich frei bewegen, ich konnte Interviews geben, Gelder auftreiben, mir einen Anwalt nehmen, meine Sache vor Gericht vertreten. Und das habe ich getan. Natürlich kann man auch so deprimiert und unglücklich werden, daß man sich einen Herzinfarkt holt. Aber es gibt Alternativen, und die habe ich gefunden.

Wenn die *Gewerkschaft* versagt hätte, ja, das hätte mir zugesetzt. Aber dem war nicht so. Wir haben gekämpft, und am Ende haben wir gewonnen. Wir haben gleiche Bezahlung für Männer und Frauen durchgesetzt. Wir haben gleiche Bezahlung für Haupt- und Grundschullehrer durchgesetzt. Wir haben dafür gesorgt, daß alle außerschulischen Aktivitäten erstens freiwillig waren und zweitens bezahlt wurden. Wir haben für längere Freistellung bei Krankheit gekämpft. Wir haben für fünf freie Tage gestritten, die jeder zu jedem beliebigen Zweck nehmen kann. Wir haben Beförderung durch Leistungsüberprüfung – im Gegensatz zu der durch Vetternwirtschaft – erkämpft, so daß auch Minderheiten endlich eine faire Chance hatten. Wir haben Schwarze für die Gewerkschaft geworben, und als ihre Zahl zunahm, sind sie in Führungspositionen aufgestiegen. Aber das ist viele Jahre her. Heute ist die Gewerkschaft für mich eine einzige Enttäuschung. Ist zu einem Verein verkommen, der nur noch Geld im Kopf hat. Es geht ihr nur noch um die Bezahlung. Was man für die Ausbildung der Kinder tun kann, interessiert überhaupt keinen mehr. Eine einzige Enttäuschung.«

»Wie schlimm war das in diesen sechs Jahren?« fragte ich. »Wie sehr hat Sie das mitgenommen?«

»Ich glaube nicht, daß es mich mitgenommen hat. Nein, wirklich nicht. Natürlich hat man viele schlaflose Nächte. Ich habe ziemlich oft nicht schlafen können. Man denkt an alles mögliche – wie macht man dies oder das, und was macht man als nächstes, an wen soll man sich wenden, und so weiter. Immer wieder habe ich die vergangenen Ereignisse durchgespielt und mir die künftigen ausgemalt. Aber wenn dann der Morgen kommt, steht man auf und tut, was man zu tun hat.«

»Und wie hat Ira aufgenommen, was man Ihnen angetan hat?«

»Es hat ihn sehr bedrückt. Ich würde sogar so weit gehen und behaupten, es habe ihn zugrunde gerichtet, wenn ihn damals nicht schon längst etwas anderes zugrunde gerichtet hätte. Ich war die ganze Zeit zuversichtlich, daß ich gewinnen würde, und das sagte ich ihm auch immer wieder. Daß es für meine Kündigung keine rechtlich haltbaren Gründe gebe. Aber er hielt ständig dagegen: ›Du machst dir was vor. Die brauchen keine rechtlich haltbaren Gründe.‹ Er kenne genug Leute, die man gefeuert habe, Punkt. Am Ende habe ich gewonnen, aber er fühlte sich verantwortlich für das, was ich da durchmachte. Das hat er für den Rest seines Lebens mit sich herumgetragen. Die Sache mit Ihnen übrigens auch. Was Ihnen damals passiert ist.«

»Mir?« sagte ich. »Mir ist nichts passiert. Da war ich doch noch ein Kind.«

»O doch, Ihnen ist etwas passiert.«

Natürlich wäre es nicht sonderlich überraschend, herauszufinden, daß es in der eigenen Lebensgeschichte ein Ereignis gibt, irgend etwas Wichtiges, von dem man gar nichts gewußt hatte – die eigene Lebensgeschichte ist an und für sich etwas, von dem man nur sehr wenig weiß.

»Sie erinnern sich vielleicht«, sagte Murray, »daß Sie nach dem Collegeabschluß kein Fulbright-Stipendium bekommen haben. Das hatte mit meinem Bruder zu tun.«

1953/54, in meinem letzten Jahr in Chicago, hatte ich mich um ein Fulbright-Stipendium beworben, um in Oxford Literatur zu studieren, und war abgelehnt worden. Ich war einer der Besten meiner Klasse gewesen und hatte enthusiastische Empfehlungen vorzuweisen, und wie ich mich nun erinnerte – wahrscheinlich zum erstenmal, seit das passiert war –, hatte ich mich nicht nur über die Ablehnung empört, sondern vor allem darüber, daß das Fulbright-Stipendium für ein Literaturstudium in England dann an einen Mitschüler ging, der seinen Leistungen nach weit unter mir stand.

»Ist das wahr, Murray? Für mich war das damals nur bescheuert, unfair. Der Wankelmut des Schicksals. Ich wußte nicht, was ich davon halten sollte. Man hat mich beklaut, dachte ich – und

dann wurde ich eingezogen. Woher kennen Sie die Hintergründe?«

»Ira hat das von einem Agenten gehört. Vom FBI. Der hat ihn
mal besucht. Wollte ihn dazu bringen, Namen zu nennen. Hat
ihm erzählt, auf die Weise könne er sich reinwaschen. Die hatten
Sie mit Iras Neffen verwechselt.«

»Mit seinem Neffen? Wieso mit seinem Neffen?«

»Fragen Sie nicht mich. Das FBI hat nicht immer alles richtig
gemacht. Vielleicht wollten die gar nicht immer alles richtig machen. Der Mann hat zu Ira gesagt: ›Sie wissen doch, daß Ihr
Neffe sich um ein Fulbright-Stipendium beworben hat? Der
Junge in Chicago? Er hat es nicht bekommen, weil Sie Kommunist sind.‹«

»Und Sie glauben, das war so?«

»Ohne jeden Zweifel.«

Während ich Murray zuhörte – und bemerkte, was für ein dürres
Männlein er geworden war, und mir diese Gestalt als Verkörperung
seines ganzen Lebenszusammenhangs vorstellte, als Ergebnis einer
lebenslangen Gleichgültigkeit gegenüber allem anderen außer der
Freiheit im strengsten Sinn ... und dachte, daß Murray ein Essen-
tialist sei, daß sein Charakter nicht zufallsbedingt sei, daß es ihm,
wo auch immer er sich befunden haben mochte, und selbst als
Staubsaugervertreter, gelungen sei, seine Würde zu finden ... und
dachte, daß Murray (den ich weder liebte noch lieben mußte; mit
dem mich nur ein Schüler-Lehrer-Verhältnis verband) eine andere,
geistigere, vernünftigere, nüchternere Ausgabe von Ira war (den
ich tatsächlich liebte), ein Ira mit einem praktischen, klaren, genau
definierten gesellschaftlichen Ziel, ein Ira ohne hochtrabende, ver-
stiegene Intentionen, ohne diese leidenschaftliche, überhitzte Beziehung zu allem und jedem, ein Ira, der nicht von Impulsivität
und Streitsucht beherrscht wurde –, sah ich im Geiste die ganze
Zeit Murrays unbekleideten Oberkörper vor mir, der damals (als er
immerhin schon einundvierzig war) noch mit allen Zeichen von
Jugend und Kraft gesegnet gewesen war. Für mich war Murray
Ringold immer noch der Mann, den ich eines Dienstag nachmittags im Herbst 1948 gesehen hatte, als er sich in der Lehigh Avenue

im ersten Stock des Hauses, in dem er mit Frau und Tochter lebte, aus dem Fenster lehnte und ein Fliegengitter ausbaute.

Fliegengitter ausbauen, Fliegengitter einbauen, den Schnee räumen, Salz aufs Eis streuen, den Bürgersteig kehren, die Hecke schneiden, das Auto waschen, das Laub zusammenharken und verbrennen, von Oktober bis März zweimal täglich in den Keller steigen und den Ofen versorgen, der die Wohnung heizt – das Feuer schüren, das Feuer dämpfen, Asche schaufeln, die Asche in Eimern die Treppe hochschleppen und zur Mülltonne bringen: ein Mieter, ein Pächter, der ziemlich fit sein mußte, um vor und nach der Arbeit alle seine Aufgaben zu erledigen, umsichtig und gewissenhaft und fit, nicht minder fit als die Hausfrauen, die sich, mit beiden Füßen auf dem Fußboden der Wohnung stehend, bei jeder Temperatur aus den offenen Hinterfenstern lehnten und – Matrosen gleich, die hoch oben im Takelwerk arbeiten – die nasse Wäsche auf die Leine hängten, jedes einzelne Stück mit Wäscheklammern befestigten, die Leine bestückten, bis die ganze triefende Familienwäsche aufgehängt und die Leine voll war und in der Industrieluft von Newark flatterte, und dann die Leine wieder einholten, um die Wäsche Stück für Stück abzunehmen, alles abzunehmen und zu falten und in den Wäschekorb zu legen, den sie dann, wenn die Kleider trocken und bügelfertig waren, in die Küche trugen. Um eine Familie in Gang zu halten, mußte vor allem Geld verdient werden, mußte Essen gemacht und Disziplin durchgesetzt werden, aber dazu kamen auch diese schweren, unangenehmen, matrosenhaften Tätigkeiten, das Klettern, das Heben, das Schleppen, das Zerren, das Einkurbeln, das Abwickeln – all die Sachen, die damals immer an mir vorbeitickten, wenn ich auf dem Fahrrad die zwei Meilen von meinem Haus zur Bibliothek zurücklegte: tick, tack, tick, das Metronom des Alltagslebens, die alte städtisch-amerikanische Last des Daseins.

Gegenüber Mr. Ringolds Haus in der Lehigh Avenue stand das Beth Israel Hospital, wo Mrs. Ringold, wie ich wußte, bis zur Geburt ihrer Tochter als Laborassistentin gearbeitet hatte, und um die Ecke war die Büchereifiliale Osborne Terrace, in der ich immer meinen Wochenvorrat an Büchern holte. Das Krankenhaus, die Bücherei und, vertreten durch meinen Lehrer, die Schule: der institutionelle Zusammenhang meiner Wohngegend war mir praktisch in diesem einen Häuserblock höchst beruhigend gegenwärtig. Ja, das Nachbarschaftsleben funktionierte wieder einmal prächtig an jenem Nachmittag im Jahre 1948, als ich Mr. Ringold sah, wie er, weit über die Fensterbank gelehnt, an einem der vorderen Fenster ein Fliegengitter ausbaute.

Als ich mit angezogener Bremse die steile Lehigh Avenue hinunterfuhr, beobachtete ich, wie er ein Seil durch einen der Eckhaken des Gitters zog und es dann, nachdem er »Jetzt kommt's« gerufen hatte, an der Fassade des zweieinhalbstöckigen Gebäudes in den Garten hinunterließ, wo ein Mann stand, der das Seil abmachte und das Gitter an einen Stapel stellte, der an der gemauerten Veranda lehnte. Es beeindruckte mich sehr, wie Mr. Ringold diese ebenso sportliche wie praktische Handlung durchführte. Um das so elegant zu tun, wie er es tat, mußte man sehr kräftig sein.

Als ich das Haus erreichte, sah ich, daß der Mann im Garten ein Riese mit Brille war. Es war Ira. Der Bruder, der unsere Highschool besucht hatte, um uns in der Aula Abe Lincoln vorzuführen. Er war kostümiert auf die Bühne gekommen und hatte dort ganz allein Lincolns Gettysburger und zweite Antrittsrede vorgetragen und dann mit einem Satz geschlossen, der, wie Mr. Ringold, der Bruder des Redners, uns später erklärte, nicht weniger erhaben und schön gewesen sei als alles, was irgendein amerikanischer Präsident oder irgendein amerikanischer *Schriftsteller* jemals geschrieben habe (eine tuckernde Lokomotive von Satz mit einer langen Reihe von Waggons hintendran, ein Satz, den wir dann eine ganze Unterrichtsstunde lang auseinandernehmen und analysieren und diskutieren mußten): »Mit Groll gegen niemanden, mit Nächstenliebe für alle, mit Entschlossenheit im Recht, wie Gott es uns erkennen läßt, so laßt uns weiter streben, um zu vollenden, was wir angefangen haben, um die Wunden der Nation zu verbinden, um für den zu sorgen, der die Schlacht geschlagen haben wird, und auch für seine Witwe und seine verwaisten Kinder, um alles zu tun, was einen gerechten und dauerhaften Frieden unter uns selbst und mit allen anderen Nationen herbeiführen und bewahren kann.« Für den Rest des Programms nahm Abraham Lincoln seinen Zylinderhut ab und debattierte mit dem pro Sklavenhaltung eingestellten Senator Stephen A. Douglas, dessen Beiträge (deren am bösartigsten gegen die Neger gerichteten Passagen von einer Gruppe von Schülern – uns Mitgliedern einer außerplanmäßigen Diskussionsgruppe, die sich Zeitgenössischer Club nannte – mit lauten Buhrufen bedacht wurden) von Murray Ringold vorgelesen wurden, der den Auftritt von Iron Rinn bei uns in der Schule organisiert hatte.

Als ob es nicht schon verwirrend genug gewesen wäre, Mr. Ringold ohne Hemd und Krawatte – sogar ohne Unterhemd – in der Öffentlichkeit zu sehen, trug Iron Rinn nicht viel mehr als ein Boxer. Shorts und Turnschuhe, sonst nichts – praktisch nackt, nicht nur der größte Mann, den ich je aus der Nähe gesehen habe, sondern auch der berühmteste. Iron Rinn war jeden Donnerstagabend im Radio zu hören, in *Frei und tapfer* – einer beliebten wöchentlichen Hörspielsendung mit anregenden Episoden aus der amerikanischen Geschichte –, wo er Leuten wie Nathan Hale, Orville Wright, Wild Bill Hickock oder Jack London seine Stimme lieh. Im wirklichen Leben war er mit Eve Frame verheiratet, der Hauptdarstellerin einer auf »seriöse« Dramen spezialisierten Repertoirebühne, die einmal wöchentlich eine Sendung namens *Das amerikanische Radiotheater* hatte. Meine Mutter wußte alles über Iron Rinn und Eve Frame, aus den Zeitschriften, die sie im Schönheitssalon las. Gekauft hätte sie sich diese Zeitschriften nie – sie hielt nichts davon, sowenig wie mein Vater, der seine Familie gern als vorbildlich gesehen hätte –, aber sie las sie unter der Trockenhaube, und sie durchblätterte auch sämtliche Modezeitschriften, wenn sie an Samstagnachmittagen ihrer Freundin Mrs. Svirsky half, die zusammen mit ihrem Mann ein Kleidergeschäft in der Bergen Street betrieb, gleich neben Mrs. Unterbergs Hutsalon, wo meine Mutter an Samstagen und während des vorösterlichen Andrangs ebenfalls gelegentlich aushalf.

Eines Abends, nachdem wir *Das amerikanische Radiotheater* gehört hatten, und das taten wir immer, solange ich denken kann, erzählte uns meine Mutter von Eve Frames Hochzeit mit Iron Rinn und all den Theater- und Radioleuten, die als Gäste geladen waren. Eve Frame trug dabei ein zweiteiliges Wollkostüm in Altrosa, die Ärmel besetzt mit je zwei Fuchspelzstreifen, und jene

Art von Hut auf dem Kopf, die niemand in der Welt charmanter zu tragen verstand als sie. Meine Mutter nannte diesen Hut »eine verschleierte Einladung«, denn einen solchen Hut hatte Eve Frame als Partnerin des Stummfilm-Matinee-Stars Carlton Pennington in *Einladung an die Geliebte*, wo sie eine virtuose darstellerische Leistung als verwöhnte junge Schickeriamieze abgeliefert hatte, getragen und berühmt gemacht. Mit dieser verschleierten Einladung auf dem Kopf stand sie, wie allgemein bekannt, auch vor dem Mikrophon, wenn sie, das Manuskript in der Hand, ihre Rollen im *amerikanischen Radiotheater* vortrug, obschon es auch Fotos aus dem Rundfunkstudio von ihr gab, auf denen sie in Schlapphüten, Pillboxhüten oder Panamahüten zu sehen war, und einmal sogar, wie meine Mutter sich erinnerte, bei einem Gastauftritt in der *Bob Hope Show*, in einem flachen schwarzen Strohhut, der mit einem verführerischen Schleier aus hauchdünner Seide behangen war. Meine Mutter erzählte uns, Eve Frame sei sechs Jahre älter als Iron Rinn, ihr Haar wachse monatlich einen Zoll, und sie lasse es für Broadway-Vorstellungen heller färben, und ihre Tochter Sylphid sei Harfenistin, habe an der Juilliard studiert und stamme aus Eve Frames Ehe mit Carlton Pennington.

»Wen kümmert's?« sagte mein Vater. »Nathan kümmert's«, gab meine Mutter abwehrend zurück. »Iron Rinn ist Mr. Ringolds Bruder. Mr. Ringold ist sein *Vorbild*.«

Meine Eltern kannten Eve Frame aus Stummfilmen; damals war sie ein schönes Mädchen gewesen. Und schön war sie immer noch; das wußte ich, weil ich vier Jahre zuvor an meinem elften Geburtstag zum erstenmal eine Aufführung am Broadway – *Der selige Mister Apley* von John P. Marquand – gesehen und Eve Frame darin mitgespielt hatte; mein Vater, dessen Erinnerungen an Eve Frame als junge Stummfilmaktrice anscheinend immer noch erotisch gefärbt waren, hatte nach der Vorstellung bemerkt: »Diese Frau spricht wirklich ein phantastisch reines Englisch«, und meine Mutter, ob sie nun begriff oder nicht, was sein Lob beflügelte, hatte gesagt: »Ja, aber sie hat sich gehenlassen. Sie spricht sehr schön, und sie hat die Rolle sehr schön gespielt, und sie hat entzückend ausgesehen mit dieser kurzen Pagenfrisur, aber die zusätzlichen Pfunde stehen einem kleinen Ding wie Eve

Frame nun wirklich nicht, und schon gar nicht in einem taillierten weißen Pikeesommerkleid, auch wenn der Rock bis zum Boden geht.«

Die Frage, ob Eve Frame Jüdin sei, wurde ohnehin jedesmal diskutiert, wenn meine Mutter als Gastgeberin ihres Mah-Jongg-Zirkels an der Reihe war und die Frauen sich zu ihrem wöchentlichen Spiel bei uns einfanden, besonders heftig aber nach jenem Abend einige Monate später, als ich bei Ira und Eve Frame einmal zum Essen eingeladen worden war. Die auf Stars versessene Welt um den auf Stars versessenen Jungen konnte nicht aufhören über Gerüchte zu debattieren, nach denen ihr richtiger Name Fromkin war. Chava Fromkin. Es gab Fromkins in Brooklyn, bei denen es sich angeblich um die Familie handelte, von der sie sich losgesagt hatte, als sie nach Hollywood ging und ihren Namen änderte.

»Wen kümmert's?« sagte mein nüchtern denkender Vater jedesmal, wenn das Thema erörtert wurde und er zufällig gerade durchs Wohnzimmer kam, wo die Mah-Jongg-Spielerinnen zugange waren. »In Hollywood ändern alle ihre Namen. Wer Sprechtechnik lernen will, braucht dieser Frau nur zuzuhören. Wenn sie auf die Bühne geht und eine Dame darstellt, dann *weiß* man, daß sie eine Dame ist.«

»Man sagt, sie stammt aus Flatbush«, warf dann Mrs. Unterberg, die den Hutsalon besaß, regelmäßig ein. »Man sagt, ihr Vater ist ein Koscher-Schlachter.«

»Man sagt, daß Cary Grant Jude sei«, erinnerte mein Vater die Damen. »Die Faschisten haben gesagt, daß *Roosevelt* Jude sei. Die Leute sagen alles mögliche. Mit so etwas gebe ich mich nicht ab. Mich interessiert nur ihre *Schauspielkunst*, und die ist schlichtweg unerreicht.«

»Nun«, sagte Mrs. Svirsky, die mit ihrem Mann das Kleidergeschäft besaß, »Ruth Tunicks Schwager ist mit einer Fromkin verheiratet, einer Fromkin aus Newark. Und sie hat Verwandte in Brooklyn, und die schwören, daß Eve Frame ihre Kusine ist.«

»Was sagt Nathan dazu?« fragte Mrs. Kaufman, eine Hausfrau und Kindheitsfreundin meiner Mutter.

»Nichts«, antwortete meine Mutter. Ich hatte ihr beigebracht, zu sagen, daß ich nichts dazu sagte. Wie? Ganz einfach. Als sie mich einmal im Namen der Damen gefragt hatte, ob ich wüßte, ob Eve Frame vom *Amerikanischen Radiotheater* in Wirklichkeit Chava Fromkin aus Brooklyn sei, hatte ich erwidert: »Religion ist Opium für das Volk! So was zählt doch nicht – das ist mir gleichgültig. Ich weiß es nicht, und es interessiert mich nicht!«

»Wie ist es dort? Was hat sie angehabt?« fragte Mrs. Unterberg meine Mutter.

»Was hat sie auf den Tisch gebracht?« fragte Mrs. Kaufman.

»Was für eine Frisur hatte sie?« fragte Mrs. Unterberg.

»Ist er wirklich eins achtundneunzig? Was sagt Nathan? Hat er wirklich Schuhgröße sechzehn? Manche Leute behaupten, das sei bloß Reklame.«

»Und hat er wirklich so viele Pockennarben wie im Film?«

»Was sagt Nathan über die Tochter? Was ist Sylphid eigentlich für ein Name?« fragte Mrs. Schessel, deren Mann wie mein Vater Fußpfleger war.

»Heißt sie wirklich so?« fragte Mrs. Svirsky.

»Ein jüdischer Name ist das nicht«, sagte Mrs. Kaufman. »›Sylvia‹ ist ein jüdischer Name. Könnte französisch sein.«

»Aber der Vater ist kein Franzose«, sagte Mrs. Schessel. »Der Vater ist Carlton Pennington. Sie hat in diesen ganzen Filmen an seiner Seite gespielt. In diesem einen Film ist sie mit ihm durchgebrannt. Wo er diesen älteren Baron gespielt hat.«

»War das der, wo sie diesen Hut getragen hat?«

»Niemand sonst auf der Welt«, sagte Mrs. Unterberg, »kann Hüte tragen wie diese Frau. Eve Frame kann aufsetzen, was sie will, sei es eine hübsche kleine Baskenmütze, einen winzigen geblümten Kapotthut, ein aus Bast gehäkeltes Babymützchen, ein schwarzes Wagenrad mit Schleier – sei es, was es wolle, von mir aus auch ein brauner Tirolerhut mit Feder, ein Turban aus weißem Jersey, eine pelzgesäumte *Parkakapuze*, diese Frau sieht immer hinreißend aus.«

»In einem Film trug sie – das werde ich nie vergessen«, sagte Mrs. Svirsky, »– ein goldbesticktes Abendkostüm mit weißem Hermelinmuff. So was Elegantes hab ich mein Lebtag nicht gesehen. Und einmal im Theater – was für ein Stück war das noch? Wir haben es uns zusammen angesehen, Mädchen. Da hatte sie ein burgunderrotes Wollkleid an, Oberteil und Rock schön füllig geschnitten und mit ganz hinreißenden Schnörkelstickereien —«

»Ja! Und dazu passend dieser Schleierhut. Aus burgunderrotem Filz«, sagte Mrs. Unterberg, »mit Chiffonschleier.«

»Erinnert ihr euch an dieses andere Stück, wo sie Rüschen getragen hat?« sagte Mrs. Svirsky. »Niemand trägt Rüschen so wie sie. Weiße *Doppel*rüschen an einem schwarzen Cocktailkleid!«

»Aber der Name *Sylphid*«, fragte Mrs. Schessel noch einmal. »Wo kommt das her, dieses Sylphid?«

»Nathan weiß es. Frag ihn«, sagte Mrs. Svirsky. »Ist Nathan hier?«

»Er macht seine Hausaufgaben«, sagte meine Mutter.

»Frag ihn. Sylphid, was für ein Name das ist.«

»Ich frage ihn später«, sagte meine Mutter.

Aber sie war klug genug, das nicht zu tun – auch wenn ich, seitdem ich jenen Zauberkreis betreten hatte, insgeheim nichts lieber getan hätte, als jedem davon zu erzählen. Was tragen sie? Was essen sie? Wovon reden sie beim Essen? Wie sieht es bei ihnen aus? Sensationell.

Der Dienstag, an dem ich Ira vor Mr. Ringolds Haus zum erstenmal begegnete, war der 12. Oktober 1948. Wären am Montag nicht gerade die World Series zu Ende gegangen, wäre ich, aus zaghafter Rücksicht auf das Privatlebens meines Lehrers, vielleicht einfach an dem Haus, wo er zusammen mit seinem Bruder die Fliegengitter ausbaute, vorbeigesaust und, ohne auch nur zu winken oder hallo zu rufen, an der Ecke nach links in die Osborne Terrace eingebogen. Zufällig hatte ich aber tags zuvor, auf dem Fußboden von Mr. Ringolds Büro sitzend, im Radio mit angehört, wie die Indians im letzten Spiel der Series die alten Boston Braves geschlagen hatten. Er hatte das Radio am Morgen mitgebracht, und nach der Schule durften diejenigen von uns, deren Familien noch keinen Fernseher besaßen – und das war die große Mehrheit –, direkt nach der achten Stunde durch den Korridor in das kleine Büro des Fachleiters Englisch laufen und sich die Übertragung des Spiels anhören, das in Braves Fields bereits angefangen hatte.

Also mußte ich schon aus Höflichkeit scharf abbremsen und ihm zurufen: »Mr. Ringold – danke für gestern.« Aus Höflichkeit mußte ich dem Riesen in seinem Garten lächelnd zunicken. Und – steif, mit trockenem Mund – anhalten und mich vorstellen. Und ein wenig blöde reagieren, als er mich mit dem Gruß verblüffte: »Hallo, kleiner Freund«, und antworten, daß ich an dem Nachmittag seines Auftritts in der Aula einer der Jungen gewesen sei, die Stephen A. Douglas ausgebuht hätten, als er Lincoln ins Gesicht gesagt habe: »Ich bin gegen Bürgerrechte für die Neger in jeder Form. [Buh.] Ich bin überzeugt davon, daß diese Regierung eine Angelegenheit der Weißen ist. [Buh.] Ich bin überzeugt davon, daß sie für Weiße [Buh], zum Nutzen der Weißen [Buh] und all ihrer Nachkommen geschaffen ist. [Buh.] Ich bin dafür, die Bürgerrechte ausschließlich Weißen zuzugestehen … und sie keinesfalls auf Neger, Indianer und andere minderwertige Rassen zu übertragen [Buh. Buh. Buh.].«

Etwas, das tiefer in mir wurzelte als bloße Höflichkeit (Ehrgeiz, der Wunsch, für meine moralische Überzeugung bewundert zu werden), veranlaßte mich, meine Schüchternheit zu überwinden und ihm, dieser Dreiheit von Iras, allen dreien gemeinsam – dem patriotischen Märtyrer der Rednertribüne, Abraham Lincoln; dem urwüchsigen, tapferen Amerikaner der Ätherwellen, Iron Rinn; und dem geläuterten Rauhbein aus Newarks Erstem Bezirk, Ira Ringold – zu erzählen, daß ich es gewesen sei, der mit diesen Buhrufen angefangen habe.

Mr. Ringold kam die Treppe aus seiner Wohnung herunter, stark schwitzend und bekleidet mit einer Khakihose und Mokassins. Unmittelbar hinter ihm kam Mrs. Ringold, die, ehe sie sich wieder nach oben zurückzog, ein Tablett mit einem Krug Eiswasser und drei Gläsern abstellte. Und so geschah es, daß ich – um sechzehn Uhr dreißig an jenem 12. Oktober 1948, einem brüllend heißen Herbsttag, dem erstaunlichsten Nachmittag meines jungen Lebens – mein Fahrrad auf die Seite legte, mich auf die Eingangsstufen vorm Haus meines Englischlehrers setzte und mit Eve Frames Gatten, Iron Rinn von *Frei und tapfer*, über eine World Series diskutierte, in der – unglaublich – Bob Feller zwei Spiele verloren und Larry Doby, der erste und bahnbrechende schwarze Spieler in der American League, den wir alle bewunderten, wenn auch nicht so, wie wir Jackie Robinson bewunderten, sieben von zweiundzwanzig geholt hatte.

Dann sprachen wir übers Boxen: wie Louis, als Jersey Joe Walcott nach Punkten vorne lag, ihn noch k. o. geschlagen hatte; wie Tony Zale sich hier in Newark, im Ruppert Stadium, im Juni den Mittelgewichtstitel von Rocky Graziano zurückgeholt hatte, ihn in der dritten Runde mit einer Linken vernichtet hatte, und wie er dann im September, vor zwei Wochen drüben in Jersey City, den Titel wieder an den Franzosen Marcel Cerdan verloren hatte ... Und von Tony Zale wechselte Iron Rinn geradewegs zu Winston Churchill über, erzählte mir von einer Rede, die Churchill einige Tage zuvor gehalten und die ihn auf die Palme gebracht hatte, einer Rede, in der er den Vereinigten Staaten den Rat gab, ihr Atombombenarsenal auf keinen Fall zu vernichten, weil nichts anderes als die Atombombe die Kommunisten davon abhalte, die Welt zu beherrschen. Er sprach von Winston Churchill, wie er von Leo Durocher und Marcel Cerdan sprach. Er nannte Churchill einen reaktionären Schweinehund und Kriegshetzer, und das kam ihm ebenso flüssig über die Lippen, wie er Durocher ein Großmaul und Cerdan einen Penner nannte. Er sprach von Churchill, als arbeite Churchill auf einer Tankstelle an der Lyons Avenue. Bei uns zu Hause sprachen wir so nicht von Winston Churchill. Eher sprachen wir da so von Hitler. In Iron Rinns Äußerungen, wie in denen seines Bruders, wurde weder eine unsichtbare Anstandsgrenze eingehalten noch gab es irgendwelche konventionellen Tabus. Man konnte alles und jedes zusammenrühren: Sport, Politik, Geschichte, Literatur, dreiste Rechthaberei, polemische Zitate, idealistische Gefühle, moralische Rechtschaffenheit ... Das alles hatte etwas wunderbar Erhebendes, das war eine ganz andere, eine gefährliche Welt, anspruchsvoll, freimütig, aggressiv, befreit von dem Bedürfnis, gefällig zu sein. Und befreit von der Schule. Iron Rinn war nicht nur ein Radiostar. Er war jemand außerhalb des Unterrichts, der keine Angst hatte, seine Meinung zu sagen.

Ich hatte gerade ein Buch über jemand anderen gelesen, der keine Angst hatte, seine Meinung zu sagen – Thomas Paine –, und

dieses Buch, *Bürger Tom Paine*, ein historischer Roman von Howard
Fast, war eins von denen, die ich in meinem Fahrradkorb hatte, um
sie in die Bücherei zurückzubringen. Während Ira über Churchill
herzog, ging Mr. Ringold an den Fuß der Eingangstreppe, wo die
Bücher aus dem Korb auf den Gehsteig gefallen waren, und sah
sich die Rücken an, um festzustellen, was ich so las. Die Hälfte der
Bücher handelte von Baseball und stammte von John R. Tunis,
die andere Hälfte handelte von amerikanischer Geschichte und
stammte von Howard Fast. Mein Idealismus (und mein Idealbild
vom Menschen) entwickelte sich auf zwei parallelen Linien, eine
davon speiste sich aus Romanen über Baseballstars, die ihre Spiele
auf die harte Tour gewannen und auf dem mühsamen Weg zum
Sieg erst einmal Not und Demütigung und viele Niederlagen ein-
steckten, die andere speiste sich aus Romanen über heldenhafte
Amerikaner, die gegen Tyrannei und Ungerechtigkeit antraten,
Freiheitskämpfer für Amerika und die Menschheit insgesamt. Hel-
denhaftes Leiden. Das war mein Spezialgebiet.

Bürger Tom Paine war kein auf die vertraute Weise angelegter
Roman, sondern eher eine lange Kette stark geladener rhetori-
scher Floskeln, die den Widersprüchen eines zwielichtigen Mannes mit glühendem Verstand und absolut reinen gesellschaftlichen
Idealen nachspürten, eines Schriftstellers *und* Revolutionärs. »Er
war der am heißesten gehaßte – und von einigen wenigen der
vielleicht am heißesten geliebte – Mann der Welt.« »Ein Geist, der
sich selbst verbrannte wie nur wenige in der ganzen Menschheits-
geschichte.« »Auf seiner Seele die Peitsche zu fühlen, die auf den
Rücken von Millionen schlug.« »Seine Gedanken und Vorstellungen waren denen des durchschnittlichen Arbeiters näher, als die
von Jefferson es jemals sein konnten.« Das war Paine, wie Fast ihn
porträtierte, wild entschlossen und ungesellig, ein epischer, fol-
kloristischer Streiter – ungepflegt, schmutzig, in Bettlerkleidern
und während des Krieges mit einer Muskete durch die ungebärdi-
gen Straßen Philadelphias streifend, ein erbitterter, ätzend bissiger
Mann, ein Trinker, ein Bordellbesucher, ein Mann, der von Mör-
dern gejagt wurde und keine Freunde hatte. Er hat das alles allein
gemacht: »Mein einziger Freund ist die Revolution.« Als ich das
Buch ausgelesen hatte, schien mir, man könne gar nicht anders

leben und sterben als Paine, jedenfalls nicht, wenn man sich zum Ziel gesetzt hatte, im Namen der Freiheit einzufordern – und zwar sowohl von entrückten Herrschern als auch vom gemeinen Pöbel einzufordern –, daß die Gesellschaft sich verändere. *Er hat das alles allein gemacht.* Nichts an Paine konnte mir reizvoller erscheinen, so unsentimental Fast eine aus trotziger Unabhängigkeit und persönlichem Elend entstandene Isolation auch schildern mochte. Denn auch Paine hatte seine Tage allein beendet, alt, krank, unglücklich und einsam, geächtet, verraten – und verachtet, vor allem für sein letztes Buch, sein letztes Testament, *Das Zeitalter der Vernunft*: »Ich glaube nicht an die Lehrsätze der jüdischen Kirche, der römisch-katholischen Kirche, der griechisch-orthodoxen Kirche, der türkischen Kirche, der protestantischen Kirche noch irgendeiner anderen mir bekannten Kirche. Meine Kirche ist mein Verstand.« Von ihm zu lesen hatte mich zornig gemacht und mir Mut und vor allem die Freiheit gegeben, für das zu kämpfen, woran ich glaubte.

Und genau dieses Buch, *Bürger Tom Paine*, hatte Mr. Ringold aus meinem Fahrradkorb genommen, und nun kam er damit zu uns.

»Kennst du das?« fragte er seinen Bruder.

Iron Rinn nahm mein Büchereibuch in Abe Lincolns riesige Hände und blätterte die ersten Seiten durch. »Nein. Fast habe ich nie gelesen«, sagte er. »Sollte ich mal machen. Wunderbarer Mann. Couragiert. Hat von Anfang an bei Wallace mitgemacht. Seine Kolumne lese ich jedesmal, wenn ich den *Worker* in die Hand bekomme, aber für Romane habe ich keine Zeit mehr. Im Iran hatte ich noch die Zeit, beim Militär habe ich Steinbeck gelesen, Upton Sinclair, Jack London, Caldwell...«

»Falls du ihn mal lesen willst, das hier ist Fast in Hochform«, sagte Mr. Ringold. »Stimmt's, Nathan?«

»Das Buch ist klasse«, sagte ich.

»Hast du mal *Common Sense* gelesen?« fragte mich Iron Rinn. »Hast du mal was von Paine selbst gelesen?«

»Nein«, sagte ich.

»Dann tu es«, sagte Iron Rinn, während er immer noch in meinem Buch blätterte.

»Howard Fast zitiert viel aus Paines Schriften«, sagte ich.

Iron Rinn blickte auf und sagte: »Die Kraft der Masse ist Revolution, doch seltsamerweise hat die Menschheit mehrere tausend Jahre in Sklaverei verbracht, ohne sich dessen bewußt zu werden.«

»Das steht in dem Buch«, sagte ich.

»Das will ich auch hoffen.«

»Weißt du, was Paines große Gabe war?« fragte mich Mr. Ringold. »Es war die große Gabe aller dieser Männer. Jefferson. Madison. Weißt du, was das war?«

»Nein«, sagte ich.

»Doch, du weißt es«, sagte er.

»Den Engländern die Stirn zu bieten.«

»Das haben viele Leute getan. Nein. Sondern daß er sein Anliegen *auf englisch* formuliert hat. Die Revolution war vollkommen improvisiert, vollkommen chaotisch. Hast du bei der Lektüre nicht auch diesen Eindruck gehabt, Nathan? Na ja, und diese Leute mußten eine Sprache für ihre Revolution finden. Die richtigen Worte für ihr großes Ziel finden.«

»Paine hat gesagt«, bemerkte ich zu Mr. Ringold: »Ich habe ein kleines Buch geschrieben, damit die Leute sehen, worauf sie schießen.«

»Und genau das hat er getan«, sagte Mr. Ringold.

»Hier«, sagte Iron Rinn und tippte auf eine Seite des Buchs. »Über George III. Hört euch das an. ›Ich hätte verdient, in der Hölle zu schmoren, sollte ich aus meiner Seele eine Hure machen und jemandem Treue schwören, der den Charakter eines versoffenen, dummen, störrischen, wertlosen, viehischen Menschen hat.‹«

Beide Zitate Paines, die Iron Rinn – mit seiner aus *Frei und tapfer* bekannten, dem Hörer verpflichteten Stimme – vorgelesen hatte, gehörten zu dem runden Dutzend, die ich mir herausgeschrieben und auswendig gelernt hatte.

»Dieser Satz gefällt dir«, sagte Mr. Ringold zu mir.

»Ja. ›Aus meiner Seele eine Hure machen‹, das gefällt mir.«

»Warum?« fragte er.

Ich begann heftig zu schwitzen, nicht nur, weil mir die Sonne ins Gesicht schien, sondern auch vor Aufregung, Iron Rinn begegnet zu sein, und nun auch noch, weil ich in der Klemme saß und Mr. Ringold wie in der Schule antworten mußte, während ich doch hier zwischen zwei Brüdern saß, ohne Hemd und beide weit über eins achtzig, zwei großen, unbekümmerten Männern, die jene kräftige, intelligente Männlichkeit verströmten, nach welcher ich strebte. Männer, die über Baseball und Boxen ebenso reden konnten wie über Bücher. Die über Bücher redeten, als ob es in Büchern tatsächlich um wichtige Dinge ginge. Die ein Buch nicht aufschlugen, um es zu vergöttern oder sich daran zu erbauen oder die Welt um sich her zu vergessen. Nein, die mit dem Buch *boxten*.

»Weil man sich«, sagte ich, »seine Seele normalerweise nicht als Hure vorstellt.«

»Aber was *meint* er damit: ›aus meiner Seele eine Hure machen‹?«

»Sie verkaufen«, antwortete ich. »Seine Seele verkaufen.«

»Richtig. Siehst du, wieviel stärker es ist, zu schreiben: ›Ich hätte verdient, in der Hölle zu schmoren, sollte ich aus meiner Seele eine *Hure* machen‹, als wenn er geschrieben hätte: ›sollte ich meine Seele *verkaufen*‹?«

»Ja, das sehe ich.«

»Und warum ist das stärker?«

»Weil er die Seele mit ›Hure‹ personifiziert.«

»Ja – und weiter?«

»Na ja, das Wort ›Hure‹ ... ist ziemlich unkonventionell, man hört es nicht in der Öffentlichkeit. Ein Wort wie ›Hure‹ schreibt man nicht, sagt man nicht in der Öffentlichkeit.«

»Und warum nicht?«

»Aus Schamgefühl. Verlegenheit. Anstand.«

»Anstand. Gut. Richtig. Es ist also ungebührlich, könnte man sagen.«

»Ja.«

»Und das gefällt dir an Paine, ja? Seine Ungebührlichkeit?«

»Ich glaube schon. Ja.«

»Jetzt weißt du also, *warum* dir gefällt, was dir gefällt. Da hast du vielen etwas voraus, Nathan. Und du weißt es, weil du dir ein einziges Wort, das er benutzt hat, angesehen und über dieses Wort nachgedacht und dir über dieses eine Wort mancherlei Fragen gestellt hast, bis du es durchschaut hast, bis du durch dieses Wort wie durch ein Vergrößerungsglas geschaut und dabei eine der Kraftquellen dieses großen Autors erkannt hast. Er ist ungebührlich. Thomas Paine ist ungebührlich. Aber ist das genug? Das ist nur ein Teil des Rezepts. Ungebührlichkeit muß einen Zweck haben, sonst ist sie billig und oberflächlich und unanständig. Warum ist Thomas Paine ungebührlich?«

»Im Namen«, sagte ich, »seiner Überzeugungen.«

»He, ein kluger Junge«, erklärte Iron Rinn plötzlich. »Ein kluger Junge, der da Mr. Douglas ausgebuht hat!«

Fünf Tage dann durfte ich als Iron Rinns Gast bei einer abendlichen Kundgebung in Newark hinter die Bühne kommen; es war eine Veranstaltung im Mosque, dem größten Theater der Stadt, und sie galt Henry Wallace, dem Präsidentschaftskandidaten der neugegründeten Progressiven Partei. Wallace war sieben Jahre lang Landwirtschaftsminister in Roosevelts Kabinett gewesen, ehe er in Roosevelts dritter Amtszeit dessen Vize wurde. 44 von der Kandidatenliste gestrichen, wurde er von Truman wieder eingesetzt, in dessen Kabinett er kurzzeitig als Handelsminister diente. 46 wurde Wallace vom Präsidenten entlassen, weil er sich öffentlich zugunsten einer Zusammenarbeit mit Stalin und zur Freundschaft mit der Sowjetunion geäußert hatte, und dies ausgerechnet zu dem Zeitpunkt, da Truman und die Demokraten in der Sowjetunion nicht nur den ideologischen Feind, dessen Ausbreitung in Europa und anderswo vom Westen Einhalt geboten werden mußte, sondern auch eine ernsthafte Bedrohung des Friedens zu sehen anfingen.

Diese Spaltung innerhalb der Demokratischen Partei – zwischen der vom Präsidenten angeführten antisowjetischen Mehrheit und den von Wallace angeführten »Progressiven«, die mit den Sowjets sympathisierten und sich gegen die Truman-Doktrin und den Marshall-Plan stellten – spiegelte sich in dem Riß, der bei uns zu Hause zwischen Vater und Sohn entstand. Mein Vater, der Wallace, als dieser FDRs Günstling war, bewundert hatte, war aus genau dem Grund gegen Wallaces Kandidatur, aus dem heraus Amerikaner traditionell keine Kandidaten dritter Parteien zu unterstützen pflegen – in diesem Fall, weil es die Stimmen des linken Flügels der Demokratischen Partei von Truman abziehen und folglich mit hoher Wahrscheinlichkeit dem republikanischen Kandidaten, Gouverneur Thomas E. Dewey aus New York, zum Sieg verhelfen würde. Wallaces Anhänger rechneten mit sechs bis sieben Millionen Stimmen für ihre Partei, einem Anteil der Wählerstimmen, der erheblich größer war als alles, was irgendeine dritte Partei jemals in Amerika errungen hatte.

»Der Mann wird nichts anderes erreichen, als den Demokraten den Einzug ins Weiße Haus zu verpatzen«, erklärte mein Vater. »Und wenn wir die Republikaner bekommen, wird das unser Land wie jedesmal ins Unglück stürzen. Du hast ja die Zeiten unter Hoover, Harding und Coolidge nicht erlebt. Du hast die Herzlosigkeit der Republikanischen Partei nicht mit eigenen Augen gesehen. Du verachtest das Großkapital, Nathan? Du verachtest, was du und Henry Wallace ›die großen Tiere von Wall Street‹ nennt? Du ahnst ja nicht, was es bedeutet, wenn die Partei des Großkapitals dem Mann von der Straße den Fuß ins Gesicht setzt. Aber ich weiß es. Ich habe Armut kennengelernt, ich habe Entbehrungen durchgemacht, wie sie dir und deinem Bruder Gott sei Dank erspart geblieben sind.«

Mein Vater war in den Slums von Newark zur Welt gekommen und hatte es nur deswegen zum Fußpfleger gebracht, weil er, tagsüber als Bäckereilieferant arbeitend, abends die Schule besucht hatte; und sein ganzes Leben lang, selbst nachdem er ein paar Dollars verdient hatte und wir in ein eigenes Haus gezogen waren, identifizierte er sich mit den Interessen dessen, was er den Mann von der Straße nannte und was ich – gemeinsam mit Henry Wallace – »das einfache Volk« zu nennen mir angewöhnt hatte. Es war eine furchtbare Enttäuschung für mich, zu hören, wie mein Vater sich kategorisch weigerte, für den Kandidaten zu stimmen, der doch, wie ich ihn zu überzeugen versuchte, ein Verfechter seiner eigenen New-Deal-Ideen war. Wallace wollte ein nationales Gesundheitsprogramm, Schutz der Gewerkschaften, Sozialleistungen für die Arbeiterschaft; er war gegen Taft-Hartley und die Verfolgung der Arbeiterklasse; er war gegen die Gesetzesvorlage von Mundt-Nixon und die Verfolgung politisch radikal eingestellter

Menschen. Wenn das Mundt-Nixon-Gesetz verabschiedet würde, müßten sämtliche Kommunisten und Organisationen der »kommunistischen Front« von der Regierung registriert werden. Wallace hatte gesagt, Mundt-Nixon sei der erste Schritt zum Polizeistaat, ein Versuch, das amerikanische Volk zum Schweigen zu bringen; er nannte dieses Gesetz das »subversivste«, das dem Kongreß jemals vorgelegt worden sei. Die Progressive Partei trat für freies Denken ein, für einen, wie Wallace es ausdrückte, »Wettbewerb auf dem Marktplatz der Ideen«. Am meisten beeindruckte mich, daß Wallace sich auf Wahlkampfreisen im Süden geweigert hatte, vor Hörerschaften aufzutreten, die nach Rassen gesondert waren – er war der erste Präsidentschaftskandidat überhaupt, der solchen Mut und solche Integrität bewies.

»Die Demokraten«, erklärte ich meinem Vater, »werden nie etwas tun, um die Rassentrennung zu beenden. Sie werden das Lynchen, die Kopfsteuer und die Rassendiskriminierung niemals für ungesetzlich erklären. Das haben sie nie getan, und das werden sie niemals tun.«

»Ich bin nicht deiner Meinung«, sagte er. »Sieh dir Harry Truman doch an. Harry Truman läßt die Bürgerrechte in seinem Wahlprogramm nicht aus; sieh dir doch an, was er jetzt tut, nachdem er diese Eiferer aus dem Süden losgeworden ist.«

Nicht nur Wallace war in diesem Jahr den Demokraten davongelaufen, sondern auch die von meinem Vater erwähnten »Eiferer«, die Demokraten aus dem Süden, die ihre eigene Partei gegründet hatten, die States Rights Party – die »Dixiecrats«. Deren Präsidentschaftskandidat war Gouverneur Strom Thurmond aus South Carolina, ein fanatischer Verfechter der Rassentrennung. Die Dixiecrats würden auch Stimmen gewinnen, Stimmen aus dem Süden, die normalerweise an die Demokraten gingen, und das war ein weiterer Grund für einen voraussichtlich hohen Wahlsieg Deweys über Truman.

Jeden Abend beim Essen in der Küche gab ich mir alle Mühe, meinen Vater zu überreden, für Henry Wallace und die Restitution des New Deal zu stimmen, und jeden Abend versuchte er mir nahezubringen, daß es bei einer solchen Wahl nur um einen Kompromiß gehen könne. Aber da ich zu meinem Helden Thomas Paine erkoren hatte, den kompromißlosesten Patrioten der amerikanischen Geschichte, sprang ich schon bei der ersten Silbe des Wortes »Kompromiß« vom Stuhl und erklärte ihm und meiner Mutter und meinem zehn Jahre alten Bruder (der mir, wenn ich in Fahrt kam, jedesmal mit übertrieben empörter Stimme nachsprach: »Eine Stimme für Wallace ist eine Stimme für *Dewey*«), solange mein Vater anwesend sei, könne ich nicht mehr an diesem Tisch essen.

Einmal beim Abendessen versuchte mein Vater es anders – er hob an, mich über die Verachtung der Republikaner für sämtliche Werte ökonomischer Gleichheit und politischer Gerechtigkeit aufzuklären, die mir lieb und teuer waren, aber davon wollte ich nichts wissen: Die zwei großen politischen Parteien hätten beide kein Gewissen, wenn es um die Rechte der Neger gehe, beide seien sie gleichgültig gegenüber den dem kapitalistischen System inhärenten Ungerechtigkeiten, beide seien sie blind für die katastrophalen Folgen, die die vorsätzliche Provokation des friedliebenden russischen Volkes von seiten unseres Landes für die gesamte Menschheit haben müsse. Den Tränen nahe und jedes Wort ernst meinend, sagte ich zu meinem Vater: »Ich muß mich doch sehr über dich wundern«, als sei nicht ich, sondern er der zu keinem Kompromiß bereite Sohn.

Aber ich sollte mich noch mehr wundern. Am Samstag nachmittag sagte er mir, er sehe es lieber, wenn ich Wallaces Kundgebung an diesem Abend im Mosque nicht besuchen würde. Wenn ich, nachdem wir gesprochen hätten, immer noch gehen wolle, würde er zwar nicht versuchen mich aufzuhalten, aber ich solle ihm wenigstens zuhören, bevor ich eine endgültige Entscheidung träfe. Als ich am Dienstag von der Bücherei nach Hause gekommen war und beim Essen triumphierend verkündet hatte, daß Iron Rinn, der Radiostar, mich zu der Wallace-Kundgebung in der Stadt eingeladen habe, war ich von meiner Begegnung mit Rinn offenbar so begeistert gewesen, so aus dem Häuschen über das persönliche Interesse, das er mir bezeigt hatte, daß meine Mutter es meinem Vater schlicht verboten haben mußte, irgendwelche Einwände gegen die Kundgebung zu äußern. Nun aber verlangte er, daß ich mir, ohne gleich an die Decke zu gehen, anhörte, was mit mir zu besprechen er für seine Pflicht als Vater hielt.

Mein Vater nahm mich ebenso ernst, wie die Ringolds es getan hatten, jedoch ohne Iras politische Furchtlosigkeit, ohne Murrays literarischen Scharfsinn und vor allem ohne die scheinbare Sorglosigkeit der beiden, was mein Benehmen betraf, die Frage, ob ich ein braver Junge sei oder nicht. Die Ringolds waren ein starkes Gespann, sie verhießen mir, mich in die große Welt einzuführen, mir ein erstes Verständnis dafür beizubringen, was es heißt, sich als Mensch über den Durchschnitt zu erheben. Die Ringolds nötigten mich, mit einer Rigorosität zu reagieren, die meinem neuen Selbstverständnis angemessen schien. Bei ihnen ging es nicht darum, ob ich ein braver Junge war. Es ging ihnen allein um meine Überzeugungen. Freilich trugen sie keine väterliche Verantwortung, die verlangt, den Sohn von Fallgruben fernzuhalten. Im Gegensatz zu Lehrern müssen Väter die Fallgruben stets im Auge behalten. Ein Vater muß sich um das Benehmen seines Sohnes kümmern, er muß seinen kleinen Tom Paine auf das Leben in der Gesellschaft vorbereiten. Doch ist der kleine Tom Paine erst einmal in die Gesellschaft von Männern geraten und der Vater versucht ihn noch immer wie ein Kind zu erziehen, hat der Vater ausgespielt. Natürlich sorgt er sich um die Fallgruben – alles andere wäre ein Fehler. Aber ausgespielt hat er trotzdem. Dem kleinen Tom Paine bleibt keine andere Wahl, als ihn abzuschreiben, den Vater zu verraten und den kühnen Schritt in die allererste Fallgrube des Lebens zu tun. Um fortan ganz allein – wahre Einheit seines Daseins vorausgesetzt – für den Rest seines Lebens von Grube zu Grube zu schreiten bis hin zum Grab, das, wenn auch sonst nichts für es spricht, immerhin die letzte Grube ist, in die jemand fallen kann.

»Hör mich an«, sagte mein Vater, »und dann triff deine Entscheidung. Ich respektiere deine Selbständigkeit, mein Sohn. Du willst in der Schule eine Wallace-Plakette tragen? Tu es. Wir leben in einem freien Land. Aber du solltest alle Tatsachen kennen. Ohne Tatsachen kannst du keine begründete Entscheidung treffen.«

Warum hatte Mrs. Roosevelt, die verehrte Witwe des großen Präsidenten, ihre Zustimmung verweigert und sich gegen Henry Wallace gewandt? Warum hatte Harold Ickes, Roosevelts bewährter und loyaler Innenminister und selbst ein großer Mann, seine Zustimmung verweigert und sich gegen Henry Wallace gewandt? Warum hatte der CIO, eine der ambitioniertesten Arbeiterorganisationen, die unser Land je gekannt hat, Henry Wallace sein Geld und seine Unterstützung entzogen? Wegen der kommunistischen Unterwanderung des Wallace-Wahlkampfs. Mein Vater wollte nicht, daß ich zu dieser Kundgebung ging, weil die Progressive Partei praktisch komplett von Kommunisten übernommen worden sei. Er sagte, Henry Wallace sei entweder zu naiv, um das zu durchschauen, oder – und das kam der Wahrheit bedauerlicherweise wohl näher – zu unaufrichtig, um das einzugestehen, aber Kommunisten, insbesondere aus den Reihen der von Kommunisten dominierten Gewerkschaften, die bereits aus dem CIO ausgeschlossen worden seien –

»Kommunistenhetzer!« rief ich und verließ das Haus. Ich nahm den Bus Nummer 14 und fuhr zu der Versammlung. Dort traf ich Paul Robeson. Er schüttelte mir die Hand, nachdem Ira mich als den Jungen von der Highschool vorgestellt hatte, von dem er ihm erzählt habe. »Das ist er, Paul, der Junge, der Stephen A. Douglas als erster ausgebuht hat.« Paul Robeson, der schwarze Schauspieler und Sänger, einer der führenden Köpfe in Wallaces Wahlkampfkomitee, der nur wenige Monate zuvor auf einer Demonstration gegen die Mundt-Nixon-Gesetzesvorlage vor fünftausend Protestierenden am Fuß des Washington Monument »Ol' Man River« gesungen hatte, der furchtlos vor den Rechtsausschuß des Senats getreten war und (als man ihn bei den Anhörungen zu Mundt-Nixon fragte, ob er sich an das Gesetz halten werde, wenn es verabschiedet würde) erklärt hatte: »Ich würde dieses Gesetz verletzen«, und (auf die Frage, wofür die Kommunistische Partei eintrete) nicht minder freimütig geantwortet hatte: »Für die vollständige Gleichberechtigung der schwarzen Bevölkerung« – Paul Robeson also nahm meine Hand in seine und sagte: »Verliere nie deinen Mut, junger Mann.«

Bei den Darstellern und Rednern hinter der Bühne des Mosque zu stehen – in zwei exotische neue Welten zugleich eingetaucht, das linke Milieu und die Welt der »Kulissen« –, das war für mich genauso aufregend, als wenn ich mich bei einem Spiel der Major

League zu den Spielern im Dugout hätte setzen dürfen. Aus den Kulissen hörte ich Ira ein weiteres Mal in Abraham Lincolns Rolle schlüpfen, nur zog er diesmal nicht über Stephen A. Douglas her, sondern über die Kriegstreiber der beiden großen Parteien: »Sie unterstützen reaktionäre Regime in der ganzen Welt, sie rüsten Westeuropa gegen Rußland auf, sie militarisieren Amerika ...« Ich sah Henry Wallace selbst, stand keine sieben Meter von ihm entfernt, als er auf die Bühne ging und zur Menge sprach, und nachher stand ich fast neben ihm, als Ira ihm auf dem Galaempfang im Anschluß an die Kundgebung etwas ins Ohr flüsterte. Ich starrte den Präsidentschaftskandidaten an, den Sohn eines republikanischen Farmers aus Iowa, der so amerikanisch aussah und so amerikanisch redete wie nur irgendein Amerikaner, den ich jemals erlebt hatte, diesen Politiker, der gegen Inflation und Großkapital kämpfte, gegen Rassentrennung und Diskriminierung, gegen Zugeständnisse an Diktatoren wie Francisco Franco und Tschiang Kai-schek, und mir fiel ein, was Fast über Paine geschrieben hatte: »Seine Gedanken und Vorstellungen waren denen des durchschnittlichen Arbeiters näher, als die von Jefferson es jemals sein konnten.« Und 1954 – sechs Jahre nach diesem Abend im Mosque, an dem der Kandidat der einfachen Leute, der Kandidat des Volks und der Volkspartei, mir eine Gänsehaut machte, als er die Faust ballte und vom Podium rief: »Wir erleben zur Zeit einen wütenden Angriff auf unsere Freiheit« – wurde meine Bewerbung um ein Fulbright-Stipendium abgelehnt.

Mich ging das alles gar nichts an, aber der fanatische Kampf gegen den Kommunismus machte selbst vor mir nicht halt.

Iron Rinn war 1913, zwei Jahrzehnte vor mir, in Newark zur Welt gekommen, ein armer Junge aus einem schlimmen Stadtviertel – und einer schlimmen Familie –, der kurz die Barringer Highschool besuchte, wo er in jedem Fach außer Sport durchfiel. Er hatte schwache Augen und eine untaugliche Brille und konnte kaum lesen, was in den Schulbüchern stand, geschweige denn, was der Lehrer an die Tafel schrieb. Er konnte nicht sehen, er konnte nicht lernen, und eines Tages ist er dann, wie er erklärte, »einfach nicht mehr zur Schule gegangen«.

Der Vater von Murray und Ira war ein Mensch, über den zu reden sich Ira glattweg weigerte. Das einzige, was Ira mir dazu in den Monaten nach Wallaces Kundgebung sagte, war dies: »Mit meinem Vater konnte ich nicht reden. Er hat seinen beiden Söhnen nicht die geringste Aufmerksamkeit geschenkt. Das hat er nicht mit Absicht getan. Das lag in der Natur dieses Ungeheuers.« Iras Mutter, an die er in Liebe zurückdachte, starb, als er sieben war, und ihren Ersatz beschrieb er als »die Stiefmutter, wie man sie aus Märchen kennt. Ein echtes Miststück.« Er verließ die Highschool nach anderthalb Jahren, und wenige Wochen später ging er, mit fünfzehn, für immer aus dem Haus und fand einen Job als Grabenarbeiter in Newark. In der Zeit der Depression zog er bis Kriegsausbruch hierhin und dorthin, erst nach New Jersey, dann durch ganz Amerika, und nahm jede Arbeit an, die er kriegen konnte, hauptsächlich solche, die einen kräftigen Rücken erforderte. Unmittelbar nach Pearl Harbor meldete er sich zum Kriegsdienst. Er konnte kaum die Sehtesttafel erkennen, aber während er in der langen Reihe zur Musterung anstehen mußte, trat Ira nahe an die Tafel heran und lernte soviel wie möglich davon auswendig, reihte sich dann wieder ein und wurde schließlich für tauglich befunden. 1945 aus dem Krieg heimgekehrt, verbrachte er ein Jahr in Calumet City, Illinois, wo er mit dem besten Freund, den er im Kriegsdienst kennengelernt hatte, einem kommunistischen Stahlarbeiter namens Johnny O'Day, ein Zimmer teilte. Sie hatten gemeinsam als soldatische Schauerleute in iranischen Häfen gearbeitet und dort Leihpacht-Kriegsgerät entladen, das per Bahn über Teheran in die Sowjetunion verfrachtet wurde; die Körperkräfte, die Ira bei dieser Arbeit zeigte, hatten O'Day inspiriert, seinem Freund den Spitznamen »Iron Man Ira« zu geben. An den Abenden hatte O'Day dem Eisenmann beigebracht, Bücher zu lesen und Briefe zu schreiben, und ihm eine gründliche Lektion in Sachen Marxismus erteilt.

O'Day war grauhaarig und zehn Jahre älter als Ira – »Wie er in diesem Alter noch zur Armee gekommen ist«, sagte Ira, »weiß ich immer noch nicht.« Gut eins achtzig groß, dünn wie eine Bohnenstange, aber der abgebrühteste Kerl, der ihm je über den Weg gelaufen war. O'Day hatte einen leichten Punchingball im

Gepäck, an dem er sein Timing trainierte; er war so schnell und stark, daß er, »wenn nötig«, drei oder vier Gegner auf einmal erledigen konnte. Und O'Day war sehr gescheit. »Ich hatte von Politik keine Ahnung. Politische Aktivität war mir völlig fremd«, sagte Ira. »Politik- und Sozialwissenschaften waren für mich böhmische Dörfer. Aber dieser Mann hat mir viel beigebracht«, sagte er. »Er hat vom Arbeiter gesprochen. Von den Zuständen in den Vereinigten Staaten. Von dem Unrecht, das unsere Regierung den Arbeitern zufüge. Und er untermauerte seine Darlegungen mit Tatsachen. Ob er Nonkonformist war? O'Day war ein solcher Nonkonformist, daß er sich bei nichts, was er tat, an irgendwelche Regeln hielt. Ja, O'Day hat viel für mich getan, das steht fest.«

Wie Ira war O'Day unverheiratet. »Ich möchte niemals«, sagte er zu Ira, »verschiedene Bündnisse gleichzeitig eingehen. Kinder sind für mich Geiseln der Böswilligen.« Er war zwar nur ein Jahr länger zur Schule gegangen als Ira, hatte sich aber auf eigene Faust, wie er es ausdrückte, »in mündlicher und schriftlicher Polemik fit gemacht«, indem er sklavisch alle möglichen Stellen aus allen möglichen Büchern abgeschrieben und die Satzstrukturen mit Hilfe einer Grundschulgrammatik analysiert hatte. Von O'Day hatte Ira das Taschenwörterbuch erhalten, das, so Ira, sein Leben neu geschaffen habe. »Ich hatte ein Wörterbuch, in dem ich abends gelesen habe«, erzählte mir Ira, »wie andere Leute einen Roman lesen. Ich hatte mir *Roget's Thesaurus* schicken lassen. Nachdem ich den ganzen Tag lang Schiffe entladen hatte, arbeitete ich jeden Abend an der Verbesserung meines Vokabulars.«

Er entdeckte das Lesen. »Eines Tages – das muß eine der größten Fehlentscheidungen gewesen sein, die die Armee jemals begangen hat – schickte man uns eine komplette Bibliothek. Was für ein Fehler«, sagte er lachend. »Am Ende hatte ich wohl jedes einzelne Buch dieser Bibliothek gelesen. Um die Bücher unterzubringen, wurde eine Nissenhütte mit Regalen gebaut, und dann sagte man uns: ›Wenn ihr ein Buch wollt, kommt her und holt euch eins.‹« Und O'Day beriet ihn – beriet ihn noch immer –, welche Bücher er sich holen sollte.

Schon frühzeitig zeigte mir Ira drei mit »Konkrete Vorschläge

zu Ringolds Verwendung« überschriebene Blätter, die O'Day
während ihrer Arbeit im Iran angefertigt hatte. »Erstens: Habe immer ein Wörterbuch zur Hand – ein gutes mit vielen Antonymen
und Synonymen –, auch wenn du nur einen Zettel für den Milch-
mann schreibst. Und benutze es. Fuhrwerke nicht wild mit der
Rechtschreibung und Bedeutungsnuancen herum, wie du es
bisher getan hast. Zweitens: Schreibe alles mit zweizeiligem Ab-
stand, damit du nachträgliche Einfälle und Korrekturen anbringen
kannst. Es ist mir völlig egal, ob das gegen irgendwelche guten Sit-
ten verstößt, solange es sich um Privatkorrespondenz handelt; es
fördert die richtige Ausdrucksweise. Drittens: Schließe deine Gedanken nicht in kompakte Textblöcke ein. Jedesmal wenn du einen
neuen Gedanken behandelst oder näher ausführen willst, was du
gerade schreibst, fang einen neuen Absatz an. Das mag krampfhaft
wirken, trägt aber viel zur Lesbarkeit bei. Viertens: Vermeide Klischees. Auch wenn du dich dabei verrenken mußt, zitiere alles,
was du gehört oder gelesen hast, mit anderen Worten als denen des
Originals. Als Beispiel nehme ich einen deiner Sätze aus unserem
Gespräch gestern abend in der Bibliothek: ›Ich habe einen der
Mißstände des gegenwärtigen Regimes kurz dargelegt...‹ Das
hast du irgendwo gelesen, Eisenmann, das stammt nicht von dir;
das ist von jemand anderem. Das klingt wie aus der Konserve. Das
gleiche hättest du etwa auch so ausdrücken können: ›Meine Argu-
mentation über die Auswirkungen von Grundbesitz und Herrschaft fremden Kapitals ist aufgebaut auf dem, was ich im Iran mit
eigenen Augen gesehen habe.‹«
Insgesamt waren es zwanzig Punkte, und Ira zeigte sie mir, um
mir bei *meinem* Schreiben zu helfen – nicht bei meinen High-
school-Hörspielen, sondern bei meinem Tagebuch, das »politisch«
sein sollte und in dem ich, wenn ich es nicht vergaß, meine
»Gedanken« niederzulegen begann. Ira nacheifernd, hatte ich ein
Tagebuch begonnen; Ira selbst hatte seinem Johnny O'Day nachgeeifert. Wir drei benutzten alle das gleiche Notizbuch: ein billi-
ges Heftchen von Woolworth, zweiundfünfzig liniierte Seiten von
etwa acht mal zehn Zentimetern, oben zusammengeheftet und in
marmorierte Pappe gebunden.
Wenn O'Day in einem Brief ein Buch erwähnte, irgendein

Buch, besorgte Ira es sich. Ich auch; sogleich ging ich zur Bücherei und lieh es aus. »Kürzlich habe ich Bowers' *Young Jefferson* gelesen«, schrieb O'Day, »und nebenher andere Darstellungen der amerikanischen Frühgeschichte; die Korrespondenz-Komitees jener Epoche waren das wichtigste Werkzeug der revolutionär gesinnten Siedler zur Entwicklung ihrer Kenntnisse und zur Koordination ihrer Pläne.« Auf diese Weise kam ich dazu, noch auf der Highschool *Young Jefferson* zu lesen. O'Day schrieb: »Vor zwei Wochen habe ich mir die zwölfte Auflage von *Bartlett's Quotations* gekauft, vorgeblich für meine Handbibliothek, tatsächlich weil es mir Spaß macht, darin zu blättern«, und schon ging ich in die Zentralbücherei in der Innenstadt, setzte mich zwischen die Nachschlagewerke und blätterte im *Bartlett*, wie ich mir vorstellte, daß O'Day es tat; mein Tagebuch neben mir, durchstöberte ich die Seiten nach Weisheiten, die meine Reifung beschleunigen und aus mir jemand machen konnten, mit dem man rechnen mußte. »Ich kaufe mir regelmäßig das *Cominform* (ein in Bukarest erscheinendes offizielles Organ)«, schrieb O'Day, aber ich wußte, das *Cominform* – Abkürzung von Kommunistisches Informationsbüro – würde ich in keiner örtlichen Bücherei finden, und Klugheit hielt mich davon ab, mich danach zu erkundigen.

Meine Hörspiele waren in Dialogform geschrieben und hielten sich weniger an O'Days »Konkrete Vorschläge« als vielmehr an Gespräche, die Ira mit O'Day gehabt hatte und die er mir wiederholte beziehungsweise Wort für Wort vorspielte, als ob er und O'Day sich vor meinen Augen miteinander unterhielten. Des weiteren kolorierte ich meine Hörspiele mit dem Arbeiterjargon, der immer wieder in Iras Redeweise auftauchte, auch als er schon lange Zeit in New York lebte und als Radiosprecher arbeitete; und die darin vertretenen Überzeugungen waren stark von den langen Briefen beeinflußt, die O'Day an Ira schrieb und die Ira mir auf meine Bitte oftmals vorlas.

Mein Thema war das Schicksal der einfachen Leute, des Manns von der Straße – des Menschen, den der Rundfunkautor Norman Corwin in seinem Hörspiel *On a Note of Triumph* als »den kleinen Mann« gepriesen hatte; dieses Sechzig-Minuten-Stück war am Abend des Tages, an dem der Krieg in Europa zu Ende ging, von

CBS gesendet worden (und acht Tage später auf allgemeinen Wunsch noch einmal) und weckte unwiderstehlich jene missionarischen literarischen Ambitionen in mir, die alle Übel dieser Welt durch Schreiben zu heilen trachten. Mir liegt nichts daran, heute darüber zu urteilen, ob etwas, das ich so sehr geliebt habe wie *On a Note of Triumph*, nun Kunst sei oder nicht; es vermittelte mir zum erstenmal eine Ahnung von der Zauberkraft der Kunst und bestärkte meine ersten Vorstellungen von dem, was ich von der Sprache eines Künstlers verlangte und erwartete: daß sie dem Ringen der Wehrhaften ein Denkmal setzt. (Und es lehrte mich, im Gegensatz zu dem, was meine Lehrer behaupteten, daß ich einen Satz sehr wohl mit »Und« anfangen konnte.)

Corwins Stück war eher formlos und ohne Handlung – »experimentell«, wie ich meinem Vater, dem Fußpfleger, und meiner Mutter, der Hausfrau, erklärte. Es war in einem stark umgangssprachlichen, alliterierenden Stil geschrieben, der teils auf Clifford Odets, teils auf Maxwell Anderson zurückgehen mochte, teils aber auch auf amerikanische Theaterautoren der zwanziger und dreißiger Jahre, deren Anliegen es war, ein Idiom auf die Bühne zu bringen, in dem die Menschen sich wiedererkannten, naturalistisch und doch auch lyrisch gefärbt und mit ernsten Untertönen, eine poetisch gestaltete Mundart, die in Norman Corwins Fall die Rhythmen der Alltagssprache mit einer literarisch angehauchten Gespreiztheit kombinierte, was einen Tonfall ergab, der mir Zwölfjährigem als demokratisch im Geist und heroisch im Umfang erschien, als das akustische Gegenstück einer Wandzeitung der ABM-Behörde. Whitman beanspruchte Amerika für die Draufgänger, Norman Corwin beanspruchte es für die kleinen Leute – und die erwiesen sich bei ihm als keine Geringeren als die Amerikaner, die im patriotischen Krieg gekämpft hatten und nun zu einer bewundernden Nation heimkehrten. Die kleinen Leute waren keine Geringeren als die Amerikaner selbst! Corwins »kleiner Mann« war der amerikanische Ausdruck für »das Proletariat«, und die Revolution, die Amerikas Arbeiterklasse erkämpft und durchgesetzt hatte, war, wie ich es heute sehe, in Wirklichkeit der Zweite Weltkrieg, das große Etwas, von dem wir alle, so klein wir auch sein mochten, ein Teil waren, die Revolution, die die Realität des Mythos von einem Nationalcharakter bestätigte, an dem wir alle teilhaben konnten.

Mich eingeschlossen. Ich war ein jüdisches Kind, daran gibt es nichts zu deuteln, doch lag mir nichts daran, am jüdischen Charakter teilzuhaben. Ich wußte nicht einmal genau, was das eigentlich war. Ich wollte es auch nicht wissen. Ich wollte am Nationalcharakter teilhaben. Nichts schien natürlicher zu meinen in Amerika geborenen Eltern zu passen, nichts paßte natürlicher zu mir selbst, und kein Verfahren erschien mir einleuchtender, als an all dem teilzunehmen durch die Sprache, die Norman Corwin verwendete, dieses sprachliche Destillat aus dem vom Krieg erregten Gemeinschaftsgefühl, diese sehr volkstümliche Poesie, die man als Liturgie des Zweiten Weltkriegs bezeichnen könnte.

Die historischen Ereignisse waren verkleinert und personifiziert worden, Amerika war verkleinert und personifiziert worden: für mich war das nicht nur der Zauber Norman Corwins, sondern auch der der Zeiten. Du ergießt dich in die Geschichte, und die Geschichte ergießt sich in dich. Du ergießt dich in Amerika, und Amerika ergießt sich in dich. Und das alles, weil du in New Jersey lebst und zwölf Jahre alt bist und 1945 vor dem Radio sitzt. Damals, als die Volkskultur mit dem vergangenen Jahrhundert noch hinreichend verbunden war, um für ein wenig Sprache empfänglich zu sein, ließ das alles mich in Verzückung geraten.

Ohne den Wahlkampf zu vermasseln, läßt sich immerhin
    soviel sagen:
Die dekadenten Demokratien, die beschränkten Bolsche-
    wiken, die Trottel und Tölpel
Waren am Ende irgendwie zäher als die blindwütigen
    Braunhemden, und auch gewitzter:
Denn ohne einen Priester auszupeitschen, ein Buch zu
    verbrennen oder einen Juden zu prügeln, ohne ein
    Mädchen im Bordell zu schnappen oder ein Kind zur
    Blutspende zu zwingen,
Erhoben sich eines Morgens weit und breit gewöhnliche
    Menschen, unspektakulär, aber frei, erwachten aus ihren
    Lebensweisen, verließen ihre Häuser, spannten ihre

Muskeln, lernten (als Amateure) mit Waffen umzugehen
und machten sich auf den Weg über gefahrenreiche
Lande und Meere, um die Profis das Fürchten zu lehren.
Das ist ihnen gelungen.
Zur Bestätigung lese man das letzte Kommuniqué mit dem
Stempel des Alliierten Oberkommandos.
Man schneide es aus der Tageszeitung aus und übergebe es
seinen Kindern zur Aufbewahrung.

Als *On a Note of Triumph* in Buchform erschien, kaufte ich es mir
sofort (es war das erste gebundene Buch, das ich für mich allein
besaß und nicht aus der Bücherei geliehen hatte), und in den Wochen darauf lernte ich die fünfundsechzig Seiten dieses wie freie
Verse angeordneten Textes auswendig, wobei ich besonderen Gefallen an den Zeilen hatte, die sich verspielte Freiheiten mit dem
alltäglichen Straßenenglisch erlaubten (»Heute abend ist schwer
was los in Dnjepropetrowsky«) oder seltsame Eigennamen so miteinander verbanden, daß ihr Zusammenklang etwas überraschend
und inspirierend Paradoxes für mich hatte (»der mächtige Krieger
legt sein Samuraischwert vor einem Ladenschwengel aus Balti-
more nieder«). Am Ende einer gewaltigen Kriegsanstrengung, die
in jemandem meines Alters – knapp neun Jahre alt war ich, als
der Krieg begann, und zwölfeinhalb, als er zu Ende ging – elemen-
tare patriotische Gefühle wecken und kräftig heranwachsen lassen
konnte, hatte die bloße Nennung amerikanischer Städte und Bundesstaaten im Radio (»durch die frische Nachtluft von New
Hampshire«, »von Ägypten bis nach Oklahoma«, »Und in Däne-
mark trauert man aus denselben Gründen wie in Ohio«) natürlich
genau die verherrlichende Wirkung, die damit beabsichtigt war.

Nun haben sie also aufgegeben.
Endlich sind sie erledigt, und die Ratte liegt tot in einer
Gasse hinter der Wilhelmstraße.
Verbeuge dich, GI,
Verbeuge dich, kleiner Mann.
Der Supermann von morgen liegt euch einfachem Volk
dieses Nachmittags zu Füßen.

Dies war der Lobgesang, mit dem das Stück anfing. (Im Radio hatte eine unerschrockene Stimme, derjenigen Iron Rinns nicht unähnlich, unseren Helden zum Empfang des ihm gebührenden Lobes hervorgerufen. Es war die entschlossene, mitfühlend rauhe, leicht einschüchternde Halbzeitstimme des Highschool-Sportlehrers – der auch Englisch unterrichtet –, die Stimme des kollektiven Bewußtseins des einfachen Volkes.) Und nun folgt Corwins Coda, ein Gebet, dessen Verwurzelung in der Gegenwart es für mich – den schon erklärten Atheisten – vollkommen weltlich und unkirchlich machte, zugleich aber auch kraftvoller und kühner als jedes Gebet, das ich jemals vor Unterrichtsbeginn in der Schule gehört oder in der Synagoge, wenn ich dort an hohen Feiertagen neben meinem Vater saß, in dem ins Englische übersetzten Gebetbuch gelesen hatte:

Großer Gott der Flugbahnen und Detonationen ...
Großer Gott des frischen Brots und friedlichen Morgens ...
Großer Gott der Mäntel und Mindestlöhne ...
Miß uns neue Freiheiten zu ...
Gib uns Beweise, daß Bruderschaft ...
Setz dich an den Verhandlungstisch und geleite die Hoffnungen der kleinen Völker durch erwartete Notlagen ...

Zig Millionen amerikanische Familie hatten vor ihren Radios gesessen und, so komplex dieses Zeug im Vergleich zu dem sein mochte, was sie sonst so hörten, diesen Sätzen gelauscht, die bei mir und, wie ich naiverweise annahm, auch bei ihnen eine Flut ungezügelter revolutionärer Gefühle ausgelöst hatten, wie ich jedenfalls sie noch nie als Ergebnis irgendeiner Rundfunkübertragung erlebt hatte. Die Macht dieser Sendung! Unglaublich, was da aus dem Radio kam, war reine Energie! Der Geist des einfachen Volkes hatte eine ungeheure Melange populistischer Schwärmerei angerührt, einen Schwall von Worten, die aus dem amerikanischen Herzen direkt in den amerikanischen Mund hochstiegen, eine einstündige Hommage an die paradoxe Überlegenheit dessen, was Corwin apodiktisch als absolut gewöhnliche amerikanische Menschheit darzustellen trachtete: »weit und breit gewöhnliche Menschen, unspektakulär, aber frei«.

54

Corwin hat Tom Paine für mich zum modernen Menschen gemacht, indem er das Wagnis demokratisierte, es zum Problem nicht nur eines gerechten wilden Mannes machte, sondern zu dem eines Kollektivs all der kleinen gerechten Männer, die an einem Strang zogen. Verdienst und Volk waren eins. *Größe* und Volk waren eins. Eine begeisternde Vorstellung. Und wie Corwin sich abgemüht hatte, sie, zumindest in der Phantasie, wahr werden zu lassen.

Nach dem Krieg trat Ira erstmals bewußt in den Klassenkampf ein. Er habe, erzählte er mir, schon sein ganzes Leben lang bis zum Hals darin gesteckt, freilich ohne es zu merken. In Chicago arbeitete er für fünfundvierzig Dollar die Woche in einer Schallplattenfabrik, in der die United Electrical Workers so straff organisiert waren, daß die Gewerkschaft sogar für die Einstellungen verantwortlich war. Unterdessen nahm O'Day wieder seine Arbeit bei der Inland Steel in Indiana Harbor auf. Oft träumte er davon, alles hinzuschmeißen, und wenn sie abends in ihrem Zimmer saßen, schüttete er Ira sein Herz aus. »Wenn ich sechs Monate lang ganztags arbeiten könnte und freie Hand hätte, könnte sich die Partei hier im Hafen richtig etablieren. Wir haben eine Menge gute Leute, aber wir brauchen jemand, der seine *ganze* Zeit der Organisationsarbeit widmen kann. Ich bin im Organisieren nicht so gut, das stimmt. Dazu muß man furchtsamen Bolschewiken die Händchen halten können, und ich neige nun mal eher dazu, ihnen eins auf die Nase zu geben. Aber was macht das schon? Die Partei hier ist so pleite, daß sie einen Ganztagsarbeiter nicht unterstützen kann. Jeder Pfennig, den wir zusammenkratzen können, wird für die Verteidigung unserer Vorstände, für die Pressearbeit und ein Dutzend andere Dinge gebraucht, die nicht warten können. Nach meinem letzten Scheck war ich pleite, konnte mich aber eine Zeitlang auf Kredit durchschlagen. Aber die Steuern, das verdammte Auto, dies und das ... Eisenmann, ich kann nicht mehr – ich *muß* wieder arbeiten gehen.«

Ich hörte gerne zu, wenn Ira den Jargon benutzte, den rauhe Gewerkschafter untereinander verwendeten, den sogar Johnny O'Day verwendete, dessen Sätze zwar nicht ganz so schlicht gebaut waren wie die des durchschnittlichen Arbeiters, der sich aber der Kraft dieser Ausdrucksweise bewußt war und sie trotz der potentiell negativen Wirkung seines Wortschatzes sein Leben lang recht wirkungsvoll einzusetzen wußte. »Ich muß es mal eine Zeitlang etwas ruhiger angehen lassen ... Und das alles, während die Direktion die Axt schwingt ... Sobald wir am Drücker sind ... Sobald die Jungs auf die Straße gehen ... Wenn sie uns zwingen wollen, aus der Gewerkschaft auszutreten, was glaubst du, wie der Tanz dann losgeht ...«

Ich hörte gerne zu, wenn Ira mir die Arbeitsweise seiner Gewerkschaft, der UE, erklärte und von den Leuten in der Schallplattenfabrik erzählte, in der er gearbeitet hatte. »Das war eine stabile Gewerkschaft mit progressiver Führung, die von der Basis kontrolliert wurde.« *Von der Basis* – drei kleine Wörter, die mich ebenso erregten wie die Vorstellung von harter Arbeit, standhaftem Mut und einer gerechten Sache, die die beiden zusammenhielt. »Von den hundertfünfzig Mitgliedern in jeder Schicht kommen jeweils etwa hundert zu den zweiwöchentlichen Betriebsratssitzungen. Obwohl die meiste Arbeit nach Stundenlohn bezahlt wird«, sagte Ira, »schwingt in dieser Fabrik niemand die Peitsche. Verstehst du? Wenn ein Boss dir was zu sagen hat, dann tut er das höflich. Selbst bei ernstlichen Vergehen wird der Täter zusammen mit seinem Vertrauensmann ins Büro bestellt. Das macht schon sehr viel aus.«

Ira erzählte mir alles, was sich auf gewöhnlichen Gewerkschaftstreffen so abspielte – »Routineangelegenheiten wie Vorschläge für neue Arbeitsverträge, das Problem unentschuldigter Fehlzeiten, Scherereien wegen der Parkplätze, Diskussionen über den drohenden Krieg« (er meinte einen Krieg zwischen der Sowjetunion und den Vereinigten Staaten), »Rassismus, der angebliche Zusammenhang von Löhnen und Preisen« – und so immer weiter, nicht nur, weil ich mit fünfzehn, sechzehn Jahren alles lernen wollte, was ein Arbeiter so tat, wie er redete und handelte und dachte, sondern auch, weil Ira, selbst nachdem er Calumet City verlassen hatte und nach New York gegangen war, um für den Rundfunk zu arbeiten, und sich längst als Iron Rinn in *Frei und tapfer* fest etabliert hatte, nie aufhörte, in der charismatischen Spra-

che seiner Kollegen von der Schallplattenfabrik und den Gewerkschaftstreffen zu erzählen, als ob er immer noch allmorgendlich
dort zur Arbeit ginge. Beziehungsweise allabendlich, denn er
hatte sich schon bald für die Nachtschicht einteilen lassen, um
tagsüber seiner »missionarischen Arbeit« nachgehen zu können,
worunter er, wie ich schließlich herausfand, die Werbetätigkeit für
die Kommunistische Partei verstand.

O'Day hatte Ira schon während ihrer Arbeit in den iranischen
Häfen für die Partei rekrutiert. So wie ich, alles andere als verwaist, der perfekte Empfänger für Iras Unterweisungen war, war
der verwaiste Ira der perfekte Empfänger für O'Days Unterweisungen gewesen.

Als während seines ersten Februars in Chicago seine Gewerkschaft
die Spendensammelaktion zum Washington-Lincoln-Geburtstag
plante, kam jemand auf die Idee, Ira – eine drahtige Gestalt mit
knorrigen Gelenken, schwarzem, derbem, indianerhaftem Haar
und schlaksig schlenkerndem Gang – als Abe Lincoln auftreten zu
lassen: man klebte ihm Koteletten an, staffierte ihn aus mit Zylinder, Knöpfstiefeln und einem altmodischen, schlechtsitzenden
schwarzen Anzug und schickte ihn so aufs Podium, von wo er aus
den Lincoln-Douglas-Debatten eine von Lincolns eindrucksvoll-
sten Attacken gegen die Sklaverei vortrug. Das machte ihm nicht
nur selbst großen Spaß, sondern er wurde auch – weil es ihm gelang, dem Wort »Sklaverei« eine eindeutig politische, auf die Arbeiterklasse bezogene Tendenz zu geben – mit solchem Applaus
bedacht, daß er gleich weitermachte und das einzige vortrug, was
aus seinen neuneinhalb Jahren auf der Schule im Gedächtnis geblieben war: Lincolns Gettysburger Rede. Mit dem Finale, jenem
herrlich resoluten Satz, glorios wie kaum einer im Himmel und
auf Erden seit Anbeginn der Zeiten, brachte er die Menge endgültig zum Toben. Er hob eine behaarte, knochige, biegsame Pranke,
schüttelte sie, senkte den längsten seiner unmäßig langen Finger
ins Auge seiner gewerkschaftlichen Zuhörer und sagte mit dramatisch gedämpfter krächzender Stimme: »das Volk«.

»Die haben alle gedacht, ich hätte mich von meinen Gefühlen
hinreißen lassen«, erzählte mir Ira. »Daß meine Gefühle mich so

beflügelt hätten. Aber mit Gefühlen hatte das nichts zu tun. Nein. Es war das erstemal, daß mein *Verstand* mich hingerissen hat. Ich habe da zum erstenmal in meinem Leben begriffen, wovon zum Teufel ich überhaupt redete. Was es mit diesem Land auf sich hat.«

Nach diesem Abend fuhr er an Wochenenden und Feiertagen für den CIO durch die Gegend um Chicago, bis hin nach Galesburg und Springfield, also durchs gesamte authentische Lincoln-Land, um auf Kongressen, Kulturveranstaltungen, Demonstrationen und Picknicks des CIO als Abraham Lincoln aufzutreten. Großen Erfolg hatte er mit einer Rundfunksendung, in der er, obwohl dabei niemand seine Lincoln um eine Handbreit überragende Gestalt sah, Lincoln den Massen näherbrachte, indem er jedes Wort so deutlich aussprach, daß es klar und vernünftig klang. Bald nahmen die Leute auch ihre Kinder mit, wenn Ira Ringold zu einem Auftritt angekündigt war, und wenn anschließend ganze Familien sich um ihn scharten, um ihm die Hand zu geben, baten die Kinder, sich zu ihm aufs Knie setzen zu dürfen, und erzählten ihm, was sie sich zu Weihnachten wünschten. Es war nicht verwunderlich, daß es sich bei den Gewerkschaften, für die er auftrat, im großen ganzen um örtliche Organisationen handelte, die entweder mit dem CIO gebrochen hatten oder von ihm ausgeschlossen worden waren, nachdem CIO-Präsident Philip Murray im Jahre 1947 angefangen hatte, sich von Mitgliedsgewerkschaften mit kommunistisch beeinflußten Vorständen und Mitgliedern zu trennen.

Aber 48 begann Iras Aufstieg in der New Yorker Rundfunkszene; er war frisch verheiratet mit einer der beliebtesten Radiosprecherinnen des Landes und fürs erste noch gut geschützt vor dem Kreuzzug, der einen prosowjetischen, prostalinistischen politischen Einfluß nicht nur in der Arbeiterbewegung, sondern in ganz Amerika ein für allemal ausmerzen sollte.

Wie kam er von der Schallplattenfabrik in eine landesweit ausgestrahlte Hörspielsendung? Warum überhaupt verließ er Chicago und O'Day? Nie wäre mir damals in den Sinn gekommen, daß das irgend etwas mit der Kommunistischen Partei zu tun haben könnte, vor allem deshalb nicht, weil mir damals noch nicht bekannt war, daß er Mitglied der Kommunistischen Partei war.

Ich wußte lediglich, daß der Rundfunkautor Arthur Sokolow

bei einem Besuch in Chicago eines Abends bei einer Gewerk-schaftsveranstaltung auf der West Side zufällig Iras Lincoln-Num-mer mitbekommen hatte. Ira und Sokolow kannten sich bereits aus der Armee. Als GI war Sokolow mit der Show *This is the Army* in den Iran gekommen. An dieser Show wirkten zahlreiche Linke mit, und einmal war Ira mit einigen von ihnen zu einem abend-lichen Gespräch unter Männern aufgebrochen, bei dem sie, wie Ira sich erinnerte, »über die komplette Weltpolitik« debattiert hat-ten. Mit dabei war auch Sokolow, den Ira bald als einen Mann be-wunderte, der sich unentwegt für eine Sache einsetzte. Da Soko-low sein Leben als jüdisches Straßenkind in Detroit begonnen hatte, wo er sich gegen die Polen wehren mußte, erkannte Ira sich vollständig in ihm wieder und empfand sogleich eine Verwandt-schaft mit ihm, wie es ihm bei dem unverwurzelten Iren O'Day nie ergangen war.

Als Sokolow, inzwischen Zivilist und Autor von *Frei und tapfer*, in Chicago auftauchte, stand Ira eine ganze Stunde lang als Lin-coln auf der Bühne, wobei er nicht nur aus Reden und Do-kumenten zitierte oder vorlas, sondern auch Fragen aus dem Publikum zur aktuellen politischen Kontroverse beantwortete, und zwar so, wie Abraham Lincoln dies getan haben würde, mit Lincolns hoher näselnder Bauernstimme, seinen unbeholfenen Riesengesten und seiner komischen, freimütigen Ausdrucksweise. Lincoln, der sich für Preiskontrollen aussprach. Lincoln, der den Smith Act verurteilte. Lincoln, der die Rechte der Arbeiter vertei-digte. Lincoln, der gegen Mississippis Senator Bilbo wetterte. Die Gewerkschafter liebten die unwiderstehliche Bauchrednerei ihres beherzten Autodidakten, seinen Mischmasch aus Ringoldismen, O'Dayismen, Marxismen und Lincolnismen (»Gib's ihnen!« riefen sie dem bärtigen, schwarzhaarigen Ira zu. »Zeig's den Kerlen, Abe!«), und nicht anders erging es Sokolow, der einen anderen jü-dischen Ex-GI, einen linksgerichteten New Yorker Seifenopern-produzenten, auf Ira aufmerksam machte. Das erste Gespräch mit diesem Produzenten führte dann zu dem Vorsprechtermin, der Ira die Rolle des kratzbürstigen Brooklyner Hausverwalters in einer Rundfunkseifenoper einbrachte.

Der Lohn betrug fünfundfünfzig Dollar die Woche. Das war

nicht viel, nicht einmal 1948, bedeutete aber regelmäßige Arbeit und mehr Geld, als er in der Schallplattenfabrik verdient hatte. Und fast unmittelbar darauf bekam er auch anderweitige Aufträge, praktisch von überall her, sprang in wartende Taxis und raste von einem Studio zum anderen, von einer Sendung zur anderen, machte bis zu sechs Sendungen an einem Tag, und immer spielte er Figuren aus der Arbeiterklasse, harte, von der Politik abgeschnittene Burschen, deren Zorn er, wie er mir erklärte, als gerecht darstellen wollte: »das Proletariat, das man fürs Radio amerikanisiert hat, indem man ihm die Eier und den Kopf abgerissen hat«. Diese Arbeit brachte ihm binnen Monaten den Posten des Hauptdarstellers in Sokolows renommierter wöchentlicher Einstundensendung *Frei und tapfer* ein.

Im Mittleren Westen hatte Ira allmählich körperliche Probleme bekommen, und auch die gaben ihm einen Grund, sein Glück mit einer neuen Arbeit im Osten zu versuchen. Ihn plagten Muskelschmerzen, die so schlimm waren, daß er mehrmals in der Woche – wenn er nicht nur den Schmerz ertragen und als Lincoln auftreten oder seiner Missionstätigkeit nachgehen mußte – nach Hause ging, sich im Bad am Ende des Flurs für eine halbe Stunde in eine Wanne dampfenden Wassers legte und dann mit einem Buch, seinem Wörterbuch, seinem Notizblock und ein wenig zu essen ins Bett legte. Ursache seines Problems schienen ihm einige schlimme Prügeleien zu sein, die er bei der Armee hatte einstecken müssen. Die übelste dieser Schlägereien – da wurde er im Hafen von Leuten überfallen, die ihn als »Niggerfreund« beschimpften – hatte ihm drei Tage Krankenhaus eingebracht.

Die Hetze auf ihn hatte begonnen, als er sich mit zwei Negersoldaten anfreundete, die zu der drei Meilen entfernt am Fluß stationierten rein schwarzen Einheit gehörten. O'Day leitete inzwischen eine Gruppe, die sich regelmäßig in der Nissenhüttenbücherei und unter seinem Vorsitz über Politik und Bücher diskutierte. Kaum jemand auf dem Stützpunkt beachtete die Bücherei und die neun oder zehn GIs, die zweimal die Woche nach dem Essen dort hingingen, um über Bellamys *Rückblick aus dem Jahr 2000* oder Platons *Staat* oder Machiavellis *Fürsten* zu sprechen, bis diese zwei Neger sich der Gruppe anschlossen.

Anfangs versuchte Ira noch vernünftig mit den Männern seiner Einheit zu reden, die ihn Niggerfreund nannten. »Warum macht ihr abfällige Bemerkungen über Farbige? Wenn ihr über Neger sprecht, höre ich immer nur abfällige Bemerkungen von euch. Und ihr seid nicht nur gegen die Neger. Ihr seid auch gegen die Arbeiter, gegen liberale Ideen und gegen das Denken. Ihr seid gegen alles, was in eurem Interesse ist. Wie können Menschen drei oder vier Jahre ihres Lebens der Armee schenken, ihre Freunde sterben sehen, verwundet werden, ihr Leben zerreißen lassen und dabei völlig ahnungslos sein, warum das so ist und was das alles eigentlich soll? Ihr wißt nur, daß Hitler irgendwas angefangen hat. Ihr wißt nur, daß man euch eingezogen hat. Versteht ihr mich überhaupt? Ihr würdet genau dasselbe tun wie die Deutschen, wenn ihr an deren Stelle wärt. Vielleicht würde es wegen der demokratischen Elemente unserer Gesellschaft etwas länger dauern, aber am Ende wären auch wir komplett faschistisch, mitsamt Diktator und allem, und das nur, weil Leute wie ihr so eine Scheiße verzapfen. Schlimm genug, daß die höheren Offiziere, die diesen Haufen leiten, andere Menschen diskriminieren, aber daß *ihr*, Leute aus armen Familien, Leute, die keinen Pfennig in der Tasche haben, Leute, die überall austauschbar sind, auf dem Kasernenhof, in den Fabriken der Ausbeuter, in den Kohlebergwerken, Leute, auf die das System *scheißt* – niedrige Löhne, hohe Preise, astronomische Profite –, daß ihr ein solch blöder lärmender Haufen von fanatischen Kommunistenhassern seid, die nicht wissen . . .« Und dann sagte er ihnen, was sie nicht wußten.

Hitzige Debatten, die nichts veränderten, die wegen seines Temperaments, wie Ira zugab, alles nur noch schlimmer machten. »Am Anfang ist mir viel von dem, womit ich sie beeindrucken wollte, danebengegangen, weil ich viel zu emotional argumentiert habe. Später habe ich gelernt, mich bei diesen Leuten zu beherrschen, und ich glaube schon, daß ich einige von ihnen mit gewissen Tatsachen beeindrucken konnte. Aber es ist sehr schwierig, mit solchen Männern zu reden, weil sie nicht von ihren eingewurzelten Vorstellungen lassen können. Versucht man ihnen die psychologischen Motive für die Rassentrennung zu erklären, die ökonomischen Motive für die Rassentrennung, die psychologischen

Motive für den Gebrauch ihres geliebten Wortes ›Nigger‹ – dann ist ihnen das schlichtweg zu hoch. Sie sagen Nigger, weil ein Nigger ein Nigger *ist* – ich konnte ihnen das endlos erklären, am Ende kamen sie immer damit an. Ich habe ihnen von Kindererziehung und unserer persönlichen Verantwortung gepredigt, und am Ende haben sie mich trotz aller meiner Argumente dermaßen zusammengeschlagen, daß ich dachte, ich müßte sterben.«

Sein Ruf als Niggerfreund wurde für Ira dann richtig gefährlich, als er sich in einem Brief an *Stars and Stripes* über die Rassentrennung bei der Armee beklagte und die Integration der Schwarzen forderte. »Ich habe dazu mein Wörterbuch und *Roget's Thesaurus* benutzt. Ich hatte diese zwei Bücher verschlungen, und ich wollte beim Schreiben praktischen Gebrauch davon machen. Einen Brief zu schreiben, das war für mich so ähnlich wie ein Gerüst zu bauen. Kenner der englischen Sprache hätten wahrscheinlich Kritik an mir geübt. Meine Grammatik war ich weiß nicht wie. Aber ich habe diesen Brief geschrieben, weil ich das Gefühl hatte, ich müßte es tun. Ich war so verdammt wütend. Verstehst du? Ich wollte den Leuten sagen, daß das *falsch* war.«

Nach Veröffentlichung des Briefs arbeitete er eines Tages gerade oben im Ladekorb über dem Frachtraum eines Schiffs, als die Männer, die den Korb steuerten, ihm androhten, ihn in den Frachtraum abstürzen zu lassen, wenn er nicht endlich aufhören würde, sich mit Niggern abzugeben. Mehrmals ließen sie ihn drei, fünf, sieben Meter tief runterfallen und kündigten an, das nächstemal würden sie loslassen und ihm alle Knochen im Leib brechen, aber trotz seiner Angst sagte er nicht, was sie hören wollten, und schließlich gaben sie ihn frei. Am nächsten Morgen beschimpfte ihn jemand in der Messe als Judenschwein. Niggerfreundliches Judenschwein. »Ein großmäuliger Bauerntrampel aus dem Süden«, erzählte mir Ira. »Hat ständig in der Messe über Juden und Neger gelästert. Als ich an diesem Morgen da saß – die Mahlzeit war fast beendet, es waren nicht mehr viele Leute da –, fing er wieder mit seinen Niggern und Juden an. Ich war immer noch wütend von der Sache gestern auf dem Schiff und konnte dieses Geschwätz einfach nicht mehr ertragen; also nahm ich die Brille ab und gab sie einem, der neben mir saß, dem einzigen, der überhaupt noch neben mir sitzen wollte. Alle anderen zweihundert behandelten mich ja wegen meiner politischen Ansichten längst wie Luft, wenn ich in die Messe kam. Jedenfalls bin ich auf diesen Mistkerl losgegangen. Er war gemeiner Soldat, und ich war Sergeant. Ich habe ihn durch die ganze Messe geprügelt, und zwar ordentlich. Plötzlich steht mein Vorgesetzter vor mir und fragt: ›Wollen Sie gegen diesen Mann Anklage erheben? Weil er als Gemeiner einen Unteroffizier angegriffen hat?‹ Ich sagte mir, wenn ich das tue, geht's mir dreckig, und wenn nicht, dann auch. Stimmt's? Aber von diesem Augenblick an hat niemand mehr eine antisemitische Bemerkung gemacht, wenn ich in der Nähe war. Über Nigger haben sie freilich weiter gelästert. Nigger hier und Nigger da, hundertmal am Tag. Noch am selben Abend hat dieser Idiot sich wieder mit mir angelegt. Als wir gerade unser Messegeschirr abwuschen. Du kennst doch die ekligen kleinen Messer, die es dort gibt? Mit so einem Ding ist er auf mich losgegangen. Und wieder habe ich ihm eine Abreibung verpaßt, sonst aber nichts gegen ihn unternommen.«

Ein paar Stunden später wurde Ira im Dunkeln aus dem Hinterhalt überfallen und landete im Krankenhaus. Soweit er die Schmerzen diagnostizieren konnte, die sich bei der Arbeit in der Schallplattenfabrik zu entwickeln begannen, stammten sie von den Schäden, die er bei dieser schlimmen Prügelei davongetragen hatte. Jetzt zerrte oder verstauchte er sich ständig etwas – den Knöchel, das Handgelenk, das Knie, den Hals –, und meist schon bei den geringfügigsten Tätigkeiten, etwa wenn er aus dem Bus stieg oder in der Imbißbude nach dem Zucker auf dem Tresen griff.

Und deshalb, so unwahrscheinlich es schien, daß sich daraus wirklich etwas ergeben könnte, griff Ira sofort zu, als jemand etwas von einem Vorsprechtermin beim Rundfunk sagte.

Möglich, daß hinter Iras Umzug nach New York und seinem jähen Erfolg beim Radio viel mehr steckte, als ich wußte, aber das glaubte ich damals nicht. Wozu auch? Für mich war er der Mann, der meine Bildung über Norman Corwin hinausbefördern sollte, der mir zum Beispiel von den GIs erzählen würde, über die Corwin sich ausschwieg, von GIs, die nicht so nett beziehungsweise nicht so antifaschistisch waren wie die Helden von *On a Note of Triumph*, von GIs, die nach Übersee fuhren und an Nigger und Juden dachten und wenn sie wieder nach Hause kamen, immer noch an Nigger und Juden dachten. Ein leidenschaftlicher Mann, ein harter und vom Leben gegerbter Mann, der mir aus erster Hand all die nackten Tatsachen über Amerika vermittelte, die Corwin ausließ. Ich hatte es nicht nötig, mir Iras jähen Erfolg beim Radio mit kommunistischen Beziehungen zu erklären. Ich dachte bloß: Was für ein wunderbarer Mann. Er ist wirklich ein Eisenmann.

2

An jenem Abend im Jahre 48 auf Henry Wallaces Kundgebung in Newark hatte ich auch Eve Frame kennengelernt. Sie war mit Ira und ihrer Tochter Sylphid, der Harfenistin, gekommen. Ich bemerkte nichts von Sylphids Empfindungen für ihre Mutter, ich wußte nichts von ihrem Streit, bis Murray mir später alles erzählte, was mir als Kind entgangen war, alles über Iras Ehe, was ich damals nicht verstand und nicht verstehen konnte oder was Ira mir in den zwei Jahren verschwiegen hatte, die ich ihn alle paar Monate zu sehen bekam, wenn entweder er Murray besuchte oder ich ihn in dem Blockhaus – das Ira seine »Hütte« nannte – in dem kleinen Dorf Zinc Town im Nordwesten von New Jersey besuchte.

Ira zog sich nach Zinc Town zurück, nicht so sehr um naturnah zu leben, sondern eher, um primitiv und ursprünglich zu leben; dort ging er bis in den November hinein in dem Schlammteich schwimmen, stapfte im kältesten Winter auf Schneeschuhen durch die Wälder oder fuhr mit seinem Auto – einem gebrauchten 39er Chevy-Coupé – kreuz und quer durch die Gegend und sprach mit den Milchfarmern und den alten Zinkgrubenarbeitern, denen er begreiflich zu machen versuchte, wie sie von dem System betrogen würden. Dort draußen hatte er einen Kamin, über dessen glühenden Kohlen er sich seine Hot dogs und Bohnen warm machte und sogar das Kaffeewasser kochte, um sich, nachdem er Iron Rinn geworden war und es ein wenig zu Geld und Ruhm gebracht hatte, daran zu erinnern, daß er noch immer nicht mehr als ein »Allerweltsmensch« war, ein einfacher Mann mit einfachen Vorlieben und Erwartungen, der in den dreißiger Jahren

ein unstetes Leben geführt und dann unglaubliches Glück gehabt
hatte. Zu seiner Hütte in Zinc Town pflegte er zu bemerken:
»Dort halte ich mich in Übung, als armer Mann zu leben. Man
kann ja nie wissen.«

Die Hütte war ein Gegenmittel zum Leben in der West Eleventh Street, ein Ort der Zuflucht, an dem man die verderblichen
Dünste der West Eleventh Street ausschwitzen konnte. Außerdem
war sie ein Bindeglied zu seinen frühen Vagabundenjahren, als er
sich zum erstenmal unter Fremden bewähren mußte und jeder
Tag, wie bei Ira auch später immer, ein harter Kampf mit unge-
wissem Ausgang gewesen war. Nachdem er mit fünfzehn sein Zuhause verlassen und ein Jahr lang in Newark Gräben ausgehoben
hatte, war Ira in die nordwestlichste Ecke von New Jersey gegangen und hatte dort als Hallenkehrer in Fabriken, als Landarbei-
ter, Nachtwächter, Botenjunge und schließlich zweieinhalb Jahre
lang, bis kurz vor seinem neunzehnten Geburtstag und ehe er dann
nach Westen ging, als Kumpel in den Zinkbergwerken von Sussex
gearbeitet, in deren vierhundert Meter tiefen Schächten er gelernt
hatte, was es heißt, giftige Luft einzuatmen. Erst wurde gesprengt,
und dann mußte Ira in den Rauch und die entsetzlich stinkenden
Pulverdampf- und Gasschwaden hinein und zusammen mit den
Mexikanern, den Niedrigsten der Niedrigen, Hacke und Schaufel
schwingen.

In jenen Jahren waren die Sussex-Minen gewerkschaftlich nicht
organisiert und für die New Jersey Zinc Company so profitabel,
wie sie für die Arbeiter dieser Gesellschaft unerfreulich waren, aber
das ist wohl in allen Zinkminen so. Das Erz wurde an der Passaic
Avenue in Newark zu Reinzink verhüttet und auch zu Zinkoxyd
für die Farbenherstellung weiterverarbeitet, und obwohl Zink aus
Jersey zu der Zeit, als Ira Ende der vierziger Jahre seine Hütte
kaufte, im internationalen Wettbewerb an Boden zu verlieren begann und die Bergwerke bereits kurz vor der Schließung standen,
war es noch immer jenes erste Eintauchen ins brutale Leben – acht
Stunden lang unter Tage zerkleinerte Felsen und Erz auf Schie-
nenwagen laden, acht Stunden lang furchtbare Kopfschmerzen ertragen und rotbraunen Staub schlucken und in Eimer mit Sä-
gemehl scheißen ... und das alles für zweiundvierzig Cent die

Stunde –, was ihn in die abgelegenen Hügel von Sussex lockte. Die Hütte in Zinc Town war die freimütig sentimentale Solidaritätsbekundung des Radiostars mit dem entbehrlichen, ungehobelten Niemand, der er einmal gewesen war – oder wie er sich selbst beschrieb: »ein hirnloses menschliches Werkzeug, wie es im Buche steht«. Ein anderer hätte womöglich, zu solchem Erfolg gekommen, den Wunsch verspürt, diese schrecklichen Erinnerungen für immer loszuwerden, doch Ira wäre sich unwirklich und sehr benachteiligt vorgekommen, wäre ihm die Zeit seiner Unwichtigkeit nicht irgendwie greifbar geblieben.

Ich hatte damals gar nicht gewußt, daß er, wenn er nach Newark kam – und wir, wenn ich nach der letzten Stunde aus der Schule kam, durch den Weequahic Park spazierten, um den See herum und weiter bis zum Newarker Abklatsch von Nathan's, dem Freßtempel von Coney Island, einem Imbiß, der sich Millman's nannte, wo wir Hot dogs »mit allem« aßen –, nicht allein seines Bruders wegen in der Lehigh Avenue auftauchte. An diesen Nachmittagen, wenn Ira mir von seinen Soldatenjahren erzählte und was er im Iran gelernt hatte, von O'Day und was O'Day ihm beigebracht hatte, von seinem früheren Leben als Fabrikarbeiter und Gewerkschafter und seinen noch früheren Erfahrungen als Schaufelschwinger unter Tage, suchte er Zuflucht vor einem Haus, in dem er sich vom Tag seiner Ankunft an nicht willkommen gefühlt hatte: Sylphid wollte ihn ohnehin nicht dort haben, und mit Eve Frame gab es immer wieder Streit wegen ihrer unerwarteten Verachtung für die Juden.

Nicht für alle Juden, erklärte Murray – nicht für die kultivierten Juden der Oberschicht, die sie in Hollywood und am Broadway und beim Rundfunk kennengelernt hatte, auch nicht, im großen und ganzen, die Regisseure und Schauspieler und Autoren und Musiker, mit denen sie gearbeitet hatte und von denen viele regelmäßig auf den Empfängen erschienen, die sie in ihrem Haus in der West Eleventh Street veranstaltete. Ihre Verachtung galt den gewöhnlichen Juden, den Allerweltsjuden, die sie beim Einkaufen in den Warenhäusern sah, den Durchschnittsmenschen mit New Yorker Akzent, die hinterm Ladentisch arbeiteten oder kleine Geschäfte in Manhattan betrieben, den Juden, die Taxis fuhren, den jüdischen Familien, die sie im Central Park spazierengehen und miteinander reden sah. Was sie auf der Straße zum Wahnsinn trieb, waren die jüdischen Frauen, die sie anhimmelten, die sie erkannten, die an sie herantraten und ein Autogramm von ihr haben wollten. Diese Frauen waren ihr altes Broadwaypublikum, und sie verachtete sie. Insbesondere an älteren Jüdinnen konnte sie nicht ohne ein angewidertes Stöhnen vorbeigehen. »Sieh dir diese Gesichter an!« sagte sie und schüttelte sich. »Sieh dir nur diese abscheulichen Gesichter an!«

»Diese Aversion gegen Juden, die nicht hinreichend als solche unkenntlich waren«, sagte Murray, »war eine Krankheit. Eve konnte sich sehr lange parallel zum Leben bewegen. Nicht *im* Leben – sondern parallel zum Leben. In dieser ultrakultivierten, damenhaften Rolle, die sie für sich gewählt hatte, konnte sie ziemlich überzeugend sein. Die sanfte Stimme. Die präzise Ausdrucksweise. In den zwanziger Jahren war britische Vornehmheit ein Stil, den sich viele amerikanische Mädchen zulegten, wenn sie Schauspielerin werden wollten. Und bei Eve Frame, die damals selbst gerade in Hollywood angefangen hatte, blieb das hängen und verfestigte sich. Die britische Vornehmheit klebte ihr an wie eine dicke Schicht Wachs – nur tief im Innern brannte der Docht, der lodernde Docht, der so ganz und gar nicht vornehm war. Sie beherrschte sämtliche Gesten, das gütige Lächeln, die dramatische Zurückhaltung, die zierlichen Gebärden. Aber gelegentlich kam sie von diesem Parallelkurs ab, von diesem so lebensecht wirkenden Etwas, und dann gab es Auftritte, die einem die Haare zu Berge treiben konnten.«

»Und ich habe von all dem nichts mitbekommen«, sagte ich. »Mir gegenüber war sie immer freundlich und aufmerksam, verständnisvoll, hat sich immer bemüht, daß ich mich wie zu Hause fühlte – was nicht einfach war. Ich war als Kind sehr erregbar, und sie hatte viel vom Filmstar an sich, selbst in diesen Rundfunkzeiten.«

Während ich sprach, mußte ich wieder an jenen Abend im Mosque denken. Da hatte sie mir gesagt – mir, der ich nicht wußte, was ich mit ihr reden sollte –, sie wisse nicht, was sie mit Paul Robeson reden sollte, in seiner Gegenwart bringe sie keinen

Ton heraus. »Jagt er dir auch so eine Ehrfurcht ein wie mir?« hatte sie geflüstert, als ob wir *beide* noch fünfzehn wären. »Er ist der schönste Mann, den ich je gesehen habe. Es ist eine Schande – ich kann einfach nicht aufhören, ihn anzustarren.«

Ich konnte es ihr nachfühlen, denn *ich* hatte nicht aufhören können, *sie* anzustarren, als ob, wenn ich sie lang genug anstarren würde, eine *Bedeutung* zum Vorschein kommen könnte. Mein Blick galt aber nicht nur der Zierlichkeit ihrer Gesten, der Würde ihrer Haltung und der vagen Eleganz ihrer Schönheit – einer Schönheit, die zwischen dem dunkel Exotischen und dem leicht Spröden schwebte und sich in ihren Proportionen ständig verlagerte, einer Art von Schönheit, die in ihrer Blütezeit höchst faszinierend gewesen sein mußte –, sondern auch einer trotz all ihrer Beherrschtheit sichtbar von ihr ausgehenden ätherischen Schwingung, die ich mir damals mit der schieren Begeisterung erklärte, die man darüber empfinden mußte, Eve Frame zu sein.

»Erinnern Sie sich an den Tag, als ich Ira kennengelernt habe?« fragte ich ihn. »Da haben Sie beide in der Lehigh Avenue die Fliegenfenster ausgebaut. Was hat er bei Ihnen im Haus gemacht? Das war Oktober 48, wenige Wochen vor der Wahl.«

»Oh, das war ein schlimmer Tag. An den Tag erinnere ich mich sehr gut. Ira ging es gar nicht gut, er war am Morgen nach Newark gekommen, zu Doris und mir. Er schlief zwei Nächte bei uns auf der Couch. Es war das erste Mal, daß er das tat. Nathan, diese Ehe war von Anfang an zum Scheitern verurteilt. Er hatte so etwas schon einmal gehabt, nur am anderen Ende des gesellschaftlichen Spektrums. Das war nicht zu übersehen. Der gewaltige Unterschied in Temperament und Interessen. Jeder konnte das sehen.«

»Nur Ira nicht?«

»Sehen? Ira? Na ja, wenn man es großzügig betrachtet, war er ja in sie verliebt. Als sie sich kennenlernten, war er sofort in sie verknallt, und gleich als allererstes hat er ihr einen hochmodischen Ostermarschhut gekauft, den sie niemals aufgesetzt haben würde, weil sie ausschließlich Sachen von Dior trug. Aber er hatte von Dior noch nie etwas gehört und kaufte ihr diesen riesigen, lachhaft teuren Hut und ließ ihn ihr nach dem ersten Rendezvous ins Haus schicken. Blind vor Liebe und Schwärmerei. Sie hat ihm den Kopf verdreht. Und sie war ja auch hinreißend – und so etwas hat eine ganz eigene Logik.

Was aber hat sie in ihm gesehen? Den großen Jungen vom Lande, der nach New York kommt und eine Rolle in einer Seifenoper ergattert? Nun, das ist nicht schwer zu erraten. Nach kurzer Lehrzeit war er kein einfacher Landbursche mehr, sondern der Star von *Frei und tapfer*. Ira hat die Heldenrollen, die er spielte, auch im wirklichen Leben verkörpert. *Ich* habe ihm das nie abgekauft, aber für den Durchschnittshörer waren er und seine Rollen ein und dasselbe. Er hatte eine Aura heldenhafter Reinheit. Er glaubte an sich selbst, und so braucht er nur ins Zimmer zu treten, und voilà! Er geht auf eine Party, und sie ist auch da. Die einsame Schauspielerin, über Vierzig, dreimal geschieden, und dann dieses neue Gesicht, dieser neue Mann, dieser *Baum*, und sie braucht jemanden, sie ist berühmt, und sie erliegt ihm. Ist es nicht immer so? Jede Frau hat ihre Versuchungen, und die von Eve ist es, zu erliegen. Nach außen hin ein unverfälschter schlaksiger Riese mit kräftigen Händen, ein Mann, der in Fabriken und Häfen gearbeitet hatte und der jetzt Schauspieler war. Ganz schön reizvoll, solche Burschen. Kaum zu glauben, daß etwas so Rauhes auch zärtlich sein kann. Zärtliche Rauheit, die Herzensgüte eines großen rauhen Burschen – all dieses Zeug. Für sie unwiderstehlich. Wie konnte ein Riese noch irgend etwas *anderes* für sie sein? Das harte Leben, dem er sich ausgesetzt hatte, war für sie von exotischem Reiz. Sie glaubte, er habe wirklich gelebt, und nachdem er ihre Geschichte gehört hatte, glaubte er, *sie* habe wirklich gelebt.

Als sie sich kennenlernen, ist Sylphid für den Sommer mit ihrem Vater in Frankreich, und Ira wird also nicht direkt mit der Situation konfrontiert. Eves starke mütterliche Gefühle, die freilich sehr eigener Art waren, kommen demnach vollständig Ira zugute, und die beiden verleben einen sehr idyllischen Sommer miteinander. Der Junge hat seit seinem siebten Lebensjahr keine Mutter mehr gehabt, und er lechzt nach der fürsorglichen, raffinierten Aufmerksamkeit, mit der sie ihn überhäuft, und sie haben das Haus für sich allein, ohne die Tochter, und er hat, seitdem er nach New York gekommen ist, wie ein guter Proletarier in irgendeiner Bruchbude an der Lower East Side gehaust. Er treibt sich in billigen Lokalen rum und ißt in billigen Restaurants, und plötzlich sind die beiden ganz allein in diesem Haus in der West Eleventh Street. Und es ist Sommer in Manhattan, es ist phantastisch, ein Leben wie im Paradies. Im ganzen Haus hängen Bilder von Sylphid an den Wänden, Sylphid als kleines Mädchen im Kleidchen, und er findet es wunderbar, daß Eve so begeistert ist. Sie erzählt ihm von ihren schrecklichen Erfahrungen mit der Ehe und mit Männern, sie erzählt ihm von Hollywood, von tyrannischen Regisseuren und philisterhaften Produzenten, von der furchtbaren, entsetzlichen Geschmacklosigkeit, die dort herrscht, und es ist wie bei Othello, nur umgekehrt: ›Seltsam! Wundersam! Und rührend war's! Unendlich rührend war's‹ – er hat sie wegen der Gefahren geliebt, die *sie* durchgemacht hatte. Ira ist verwirrt, er ist verzaubert, und er wird *gebraucht*. Er ist groß, er ist kräftig, und so stürzt er sich hinein. Eine Frau, die Mitleid erregt. Eine schöne Frau, die Mitleid erregt und eine Geschichte zu erzählen hat. Eine geistige Frau mit Dekolleté. Wer wäre besser geeignet, seinen Beschützerinstinkt zu aktivieren?

Er bringt sie sogar nach Newark, um sie uns vorzustellen. Wir trinken ein Glas in unserem Haus, dann gehen wir zum Tavern in der Elizabeth Avenue, und ihr Benehmen ist einwandfrei. Nichts Unerklärliches. Es schien erstaunlich leicht, aus ihr schlau zu werden. Als er Eve an diesem Abend erst zu uns gebracht hat und wir dann essen gegangen sind, habe ich selbst auch nichts Schlimmes bemerkt. Das muß man fairerweise schon sagen, daß Ira nicht der einzige war, der das nicht durchschaut hat. Er weiß nicht, wer sie ist, weil das genaugenommen *niemand* auf Anhieb erkannt hätte. Niemand. In Gesellschaft war die wahre Eve hinter der Maske ihres höflichen Auftretens vollkommen unsichtbar. Jedenfalls, wie gesagt, stürzt Ira sich hinein, das liegt nun einmal in seiner Natur; andere wären da wohl behutsamer vorgegangen.

Was mir von Anfang an auffiel, waren nicht ihre Unzulänglichkeiten, sondern seine. Sie schien mir zu klug für ihn, zu glatt für ihn, auf jeden Fall zu kultiviert. Ich dachte: Sie ist ein Filmstar, und sie ist intelligent. Wie sich ergab, war sie seit ihrer Kindheit eine eifrige Leserin. Es gab bestimmt keinen Roman in meinen

Regalen, über den sie nicht kenntnisreich reden konnte. An diesem Abend erweckte sie den Eindruck, als gäbe es kein größeres Vergnügen für sie als Bücherlesen. Sie hatte die kompliziertesten Handlungen von Romanen aus dem neunzehnten Jahrhundert im Kopf – und ich unterrichtete diese Bücher und hatte sie immer noch nicht im Kopf.

Natürlich zeigte sie sich von der besten Seite. Natürlich hielt sie wie jeder andere, wie wir alle, bei einem ersten Kennenlernen ihre schlechteste Seite sorgfältig bedeckt. Aber immerhin hatte sie tatsächlich eine beste Seite. Und die wirkte echt, sie fiel ins Auge, und an einer so berühmten Frau war das etwas sehr Einnehmendes. Natürlich habe ich gesehen – weil es nicht zu übersehen war –, daß hier alles andere als ein Fall von Seelenverwandtschaft vorlag. Die beiden verband höchstwahrscheinlich gar nichts miteinander. Aber an diesem Abend war ich selbst geblendet von dem, was ich für ihr stilles Wesen hielt, das sich zu ihrem guten Aussehen gesellt hatte.

Und vergessen Sie nicht die Wirkung des Ruhms. Doris und ich waren mit den Stummfilmen dieser Frau aufgewachsen. Sie hatte immer an der Seite von älteren Männern gespielt, stattlichen Männern, oft weißhaarigen Männern, und sie war so ein mädchenhaftes, tochterhaftes kleines Ding – so ein *enkelinhaftes* kleines Ding –, und die Männer wollten sie immerzu küssen, und sie hat immer nein gesagt. Damals hat es nicht mehr gebraucht, um die Atmosphäre in einem Kino anzuheizen. Einer ihrer Filme, vielleicht ihr erster, hieß *Zigarettenmädchen*. Eve spielt das Zigarettenmädchen, sie arbeitet in einem Nachtclub, und am Ende des Films gibt es, wenn ich mich recht erinnere, eine Wohltätigkeitsveranstaltung, zu der sie vom Besitzer des Nachtclubs mitgenommen wird. Das Fest findet in der Fifth Avenue statt, im Haus einer reichen, spießigen Witwe; das Zigarettenmädchen trägt Schwesterntracht, und die Männer sind aufgefordert, Gebote abzugeben, um sie küssen zu dürfen – das Geld soll dem Roten Kreuz gespendet werden. Jedesmal wenn ein Mann das Gebot eines anderen überbietet, nimmt Eve die Hand vor den Mund und kichert wie eine Geisha. Die Gebote überschlagen sich, und die dicken Damen der feinen Gesellschaft sehen entgeistert zu. Als dann aber ein vorneh-

mer Bankier mit schwarzem Schnurrbart – Carlton Pennington –
den astronomischen Betrag von eintausend Dollar bietet und auf
Eve zugeht, um den Kuß anzubringen, dem wir alle entgegenge-
fiebert haben, drängen sich die Damen alle gierig nach vorn, um
nur nichts zu verpassen. Die Schlußszene zeigt nicht den Kuß,
sondern fette, vornehm eingeschnürte Hinterteile, die alles ver-
decken.

Das war schon was im Jahre 1924. Und *Eve* erst. Dieses strah-
lende Lächeln, dieses mutlose Achselzucken, die vielsagende Au-
gensprache jener Zeit – das alles beherrschte sie schon als junges
Mädchen. Sie konnte die Besiegte spielen, sie konnte die Launi-
sche spielen, sie konnte die Hand an die Stirn legen und weinen;
und sie konnte auch komisch auf den Bauch fallen. Wenn Eve
Frame glücklich war, hatte sie diesen hüpfenden Gang. Hüpfte
vor Glückseligkeit. Ganz reizend. Sie spielte das arme Zigarettenmädchen oder die arme Wäscherin, die den feinen Pinkel kennenlernt, sie spielte die verwöhnte Reiche, die sich Hals über Kopf in
den Straßenbahnschaffner verliebt. In diesen Filmen ging es immer um die Überschreitung von Klassenschranken. Straßenszenen
mit armen Einwanderern und deren ganzer Unbändigkeit und
dann wieder festliche Szenen mit reichen privilegierten Amerika-
nern und deren Beschränkungen und Tabus. Baby Dreiser. Heut-
zutage kann man sich so was gar nicht mehr ansehen. Schon damals konnte man das kaum, wenn sie nicht mitgespielt hätte.

Doris, Eve und ich waren im gleichen Alter. Als sie in Hollywood anfing, war sie siebzehn, und dann kam sie, noch vor dem
Krieg, an den Broadway. Doris und ich hatten sie dort in einigen
Stücken gesehen, und sie war wirklich gut. Die Stücke waren
nicht gerade umwerfend, aber sie selbst hatte auf der Bühne so
eine direkte Art, ganz anders als die Schauspielerei, mit der sie als
mädchenhafter Stummfilmstar berühmt geworden war. Auf der
Bühne besaß sie das Talent, Dinge, die nicht sonderlich intelligent
waren, intelligent erscheinen zu lassen, und Dinge, die nicht ernst
waren, in gewisser Weise ernst erscheinen zu lassen. Seltsam, ihre
vollkommene Ausgeglichenheit auf der Bühne. Als Mensch mußte
sie immer alles übertreiben, aber auf der Bühne übertrieb sie niemals, da war sie die Mäßigung und Zurückhaltung in Person. Und

dann, nach dem Krieg, hörten wir sie im Radio, weil Lorraine so gern das *Amerikanische Radiotheater* hörte, und selbst diesen zum Teil ziemlich schlechten Stücken vermochte sie einen gewissen Glanz zu verleihen. Und eines Tages steht sie leibhaftig bei uns im Wohnzimmer, stöbert in meinen Büchern und redet mit mir über Meredith und Dickens und Thackeray – und ich frage mich, was will eine Frau mit ihren Erfahrungen und ihren Interessen mit meinem Bruder anfangen?

An diesem Abend kam mir nie der Gedanke, daß sie heiraten könnten. Natürlich schmeichelte es seiner Eitelkeit, und im Tavern überm Hummer Thermidor war er wahnsinnig aufgeregt und stolz auf sie. Das schickste Restaurant, in dem Newarker Juden essen gingen, und da sitzt er, als Begleiter von Eve Frame, dem Inbegriff großer Schauspielkunst, da sitzt dieser ehemalige Grobian aus Newarks Factory Street und läßt nicht die kleinste Unsicherheit erkennen. Haben Sie gewußt, daß Ira mal Hilfskellner im Tavern war? Einer von diversen Handlangerjobs, nachdem er die Schule verlassen hatte. Ungefähr einen Monat lang. Zu groß, um mit diesen vollbeladenen Tabletts zur Küche rein und raus zu laufen. Haben ihn rausgeschmissen, als er seinen tausendsten Teller zerbrochen hat, und danach ist er dann in die Zinkbergwerke von Sussex gegangen. Jedenfalls – fast zwanzig Jahre sind vergangen, und nun sitzt er wieder im Tavern, er selbst ist inzwischen ein Star und zieht vor Bruder und Schwägerin die große Schau ab. Der Meister des Lebens sonnt sich in seinem neuen Dasein.

Der Besitzer des Tavern, Teiger, Sam Teiger, erkennt Eve und kommt mit einer Flasche Champagner an den Tisch; Ira lädt ihn zu einem Glas mit uns ein und ergötzt ihn mit der Geschichte seiner dreißig Tage als Hilfskellner im Jahre 1929, und jetzt, da er im Leben etwas erreicht hat, erfreuen sich alle an der Komödie seiner Mißgeschicke und an der Ironie des Schicksals, das Ira wieder hierher zurückgeführt hat. Wir alle freuen uns über den Sportsgeist, mit dem er seine alten Wunden betrachtet. Teiger geht in sein Büro, holt eine Kamera und fotografiert uns vier beim Essen; später hängt das Bild dann im Eingang des Tavern neben den Fotos all der anderen Berühmtheiten, die dort gespeist haben. Und das Bild hätte ohne weiteres bis zur Schließung des Tavern nach den 67er Krawallen dort hängenbleiben können, wäre Ira nicht sechzehn Jahre vorher auf die schwarze Liste gekommen. Soweit ich weiß, hat man es über Nacht entfernt, als hätte er im Leben *doch* nichts erreicht.

Noch mal zurück zum Anfang ihrer Idylle – erst geht er noch jeden Abend zu sich in das Zimmer, das er gemietet hat, dann immer seltener, und schließlich nur noch zu ihr; sie sind ja keine Kinder mehr, die Frau hat in letzter Zeit ziemlich darben müssen, und es ist leidenschaftlich und wunderbar, allein in diesem Haus in der West Eleventh Street eingeschlossen zu sein und wie zwei Sextäter nicht mehr aus dem Bett zu kommen. Längst aus dem Jugendalter raus, und noch so hemmungslos verliebt. Die beiden stürzen sich geradezu in die Affäre. Für Eve ist das die Rettung, die Befreiung, die Emanzipation. Die *Erlösung*. Ira hat ihr ein neues Drehbuch geschenkt, sie muß es nur wollen. Mit Einundvierzig hat sie gedacht, es sei alles vorbei, und nun ist die Rettung gekommen. ›Soviel‹, sagt sie zu ihm, ›zu dem geduldig genährten Wunsch, nie den Blick für die richtigen Proportionen zu verlieren.‹

Sie spricht mit ihm, wie noch nie jemand mit ihm gesprochen hat. Sie nennt ihre Affäre ›unsere außerordentlich und schmerzlich schöne und eigenartige Angelegenheit‹. Sie sagt: ›Ich löse mich darin auf.‹ Sie sagt: ›Mitten im Gespräch mit jemandem bin ich plötzlich nicht mehr da.‹ Sie nennt ihn ›*mon prince*‹. Sie zitiert Emily Dickinson. Ihm, Ira Ringold, kommt sie mit Emily Dickinson! ›Mit dir in der Wüste / Mit dir im Durst / Mit dir im Tamarindenwald / Der Leopard atmet – endlich!‹

Nun, Ira glaubt die Liebe seines Lebens gefunden zu haben. Und bei der Liebe seines Lebens gibt man sich nicht mit Einzelheiten ab. Wer so etwas findet, wirft es nicht einfach weg. Sie beschließen zu heiraten, und das erzählt Eve ihrer Tochter Sylphid, als sie aus Frankreich zurückkommt. Mami heiratet wieder, aber diesmal einen ganz wunderbaren Mann. Sylphid soll ihr das abkaufen. Sylphid, aus dem *alten* Drehbuch.

Eve Frame war für Ira die große Welt. Und warum auch nicht? Er war kein Säugling, er hatte an vielen rauhen Orten gelebt und konnte auch selbst ganz schön rauh sein. Aber der Broadway? Hollywood? Greenwich Village? Das alles war ihm vollkommen neu. Wenn es um persönliche Dinge ging, war Ira nicht gerade der Klügste. Er hatte sich eine Menge selbst beigebracht. Er und O'Day hatten ihn weit, sehr weit aus der Factory Street herausgeführt. Aber da ging es nur um Politik. Das hatte nichts mit klarem Denken zu tun. Es hatte überhaupt nichts mit ›Denken‹ zu tun. Das pseudowissenschaftliche marxistische Lexikon, das dazugehörige utopische Geschwafel – einen unwissenden und ungebildeten Burschen wie Ira mit diesem Zeug zu konfrontieren, einen Erwachsenen, der im geistigen Arbeiten nicht allzu erfahren ist, mit dem intellektuellen Glanz Großer Umfassender Ideen zu indoktrinieren, einen Mann von beschränktem Intellekt, einen entflammbaren Menschen, der so zornig ist wie Ira, mit so etwas zu präparieren ... Aber das ist ein Thema für sich, der Zusammenhang zwischen Verbitterung und Nichtdenken.

Sie fragen mich, was er an diesem Tag, an dem Sie ihn kennengelernt haben, in Newark zu tun hatte. Ira war nicht der Typ, der das Leben auf eine Weise anpackte, die der Lösung von Eheproblemen dienlich sein könnte. Und es war noch die Frühzeit, seine Vermählung mit der Bühnen-, Leinwand- und Radioberühmtheit und der Umzug in ihr Stadthaus lagen erst wenige Monate zurück. Wie konnte ich ihm da sagen, daß das ein Fehler war? Der Junge hatte schließlich auch seinen Stolz. Ja, er war geradezu eingebildet, mein Bruder. Und er hatte ja auch ein gewisses *Niveau*. Ira besaß so etwas wie schauspielerischen Instinkt, eine anmaßende Einstellung sich selbst gegenüber. Glauben Sie nicht, es habe ihn gestört, jemand von größerer Bedeutung zu werden. Mit einer solchen Anpassung werden die Leute offenbar in zweiundsiebzig Stunden fertig, und so etwas wirkt ja im allgemeinen sehr belebend. Plötzlich tun sich überall Möglichkeiten auf, alles gerät in Bewegung, alles mögliche kündigt sich an – Ira steht buchstäblich mitten in einem Drama. Mit einem gewaltigen Schlag hat er die Geschichte, die sein Leben war, selbst in die Hand genommen. Unversehens befällt ihn die narzißtische Illusion, daß er den Realitäten von Schmerz und Verlust entronnen sei, daß sein Leben nun *nicht* mehr nutzlos sei – daß es alles andere sei, nur das nicht. Kein Umherirren mehr im Tal der Schatten seiner Beschränktheit. Er ist nicht mehr der ausgeschlossene Riese, der auf ewig dazu bestimmt war, der Fremde zu sein. Stürmt da rein mit seinem dreisten Mut – und da ist er. Dem Dunkel entrissen. Und stolz auf seine Verwandlung. Wie ihn das erregt! Der naive Traum – er ist mittendrin! Der neue Ira, der weltliche Ira. Ein großer Junge mit einem großen Leben. Jetzt paßt mal auf.

Im übrigen *hatte* ich ihm bereits gesagt, daß es ein Fehler war – danach haben wir sechs Wochen lang nicht miteinander geredet, und zur Aussöhnung kam es nur, weil ich ihn in New York besucht und ihm erklärt habe, ich hätte mich geirrt, er möge mir das bitte nicht übelnehmen. Er hätte für immer mit mir gebrochen, wenn ich es ein zweites Mal versucht hätte. Und ein vollständiges Zerwürfnis – das wäre für uns beide schlimm gewesen. Ich hatte mich um Ira gekümmert, seit er auf die Welt gekommen war. Als Siebenjähriger habe ich ihn im Kinderwagen durch die Factory Street geschoben. Als mein Vater nach dem Tod meiner Mutter wieder heiratete und eine Stiefmutter ins Haus kam, wäre Ira in der Besserungsanstalt gelandet, wenn ich nicht dagewesen wäre. Wir hatten eine wunderbare Mutter. Und der ist es auch nicht gerade gutgegangen. Sie war mit unserem Vater verheiratet. Und das war kein Honiglecken.«

»Was für ein Mensch war Ihr Vater?« fragte ich.

»Davon will ich lieber nicht anfangen.«

»Das hat Ira auch immer gesagt.«

»Weil es das einzige ist, was man dazu sagen kann. Wir hatten einen Vater, der ... nun ja, ich habe erst viel später erfahren, was in ihm vorging. Aber da war es schon zu spät. Jedenfalls hatte ich mehr Glück als mein Bruder. Als unsere Mutter starb, nach diesen schrecklichen Monaten im Krankenhaus, war ich schon auf der Highschool. Dann bekam ich ein Stipendium für die Newarker Universität. Ich war versorgt. Aber Ira war noch ein Kind. Ein zähes Kind. Ein hartes Kind. Voller Mißtrauen.

Kennen Sie die Geschichte von dem Vogelbegräbnis im alten Ersten Bezirk, als ein Schuhmacher dort seinen Kanarienvogel begraben hat? Daran können Sie sehen, was für ein harter Bursche Ira war – oder auch nicht. Das war 1920. Ich war dreizehn, Ira war sieben. In der Boyden Street, ein paar Straßen von unserer Wohnung entfernt, gab es einen Schuster, Russomanno, Emidio Russomanno; ein armer alter Mann, klein, mit großen Ohren und hagerem Gesicht und weißem Kinnbart, und sein abgewetzter Anzug sah aus wie hundert Jahre alt. Zur Gesellschaft hatte Russomanno in seiner Werkstatt einen Kanarienvogel. Der Vogel hieß Jimmy, und Jimmy lebte recht lange, fraß dann aber etwas, was er besser nicht gefressen hätte, und starb.

Von Schmerz überwältigt, heuerte Russomanno eine Marschkapelle an, mietete einen Leichenwagen und zwei Pferdekutschen und veranstaltete, nachdem er den Vogel eine Zeitlang auf einer Bank in der Werkstatt aufgebahrt hatte – schön ausgeschmückt mit Blumen, Kerzen und einem Kreuz –, eine Begräbnisprozession durch die Straßen des ganzen Bezirks, vorbei an Del Guercios Lebensmittelhandlung, die Körbe mit Muscheln vor die Tür gestellt und eine amerikanische Flagge ins Schaufenster gehängt hatte, vorbei an Melillos Obst- und Gemüsestand, vorbei an Giordanos Bäckerei, vorbei an Mascellinos Bäckerei, vorbei an Arres italienischer Bäckerei. Vorbei an Biondis Metzgerei und De Luccas Pferdebedarf und De Carlos Tankstelle und D'Innocenzios Kaffeeladen und Parisis Schuhgeschäft und Noles Fahrradladen und Celentanos *Latteria* und Grandes Billardsalon und Bassos Friseurladen und Espositos Friseurladen und dem Schuhputzstand mit den zwei zerschrammten alten Eßzimmerstühlen, zu denen die Kunden, wenn sie sich setzen wollten, auf eine hohe Plattform steigen mußten.

Das alles ist seit vierzig Jahren nicht mehr da. 53 hat die Stadt das ganze italienische Viertel abgerissen, um Platz für Hochhäuser mit Sozialwohnungen zu schaffen. 94 hat man die Sprengung der Hochhäuser landesweit im Fernsehen übertragen. Inzwischen hatte dort seit zwanzig Jahren niemand mehr gelebt. Unbewohnbar. Und jetzt ist überhaupt nichts mehr da. St. Lucy, sonst nichts. Mehr gibt es da nicht mehr. Nur noch die Gemeindekirche, aber keine Gemeinde und keine Gemeindeglieder.

Nicodemis Café in der Seventh Avenue, das Café Roma in der Seventh Avenue, D'Urias Bank in der Seventh Avenue. Das war die Bank, die Mussolini vor Ausbruch des Zweiten Weltkriegs den Kredit verlängert hat. Als Mussolini in Äthiopien einmarschierte, ließ der Priester eine halbe Stunde lang die Kirchenglocken läuten. Hier in Amerika, in Newarks Erstem Bezirk.

Die Makkaronifabrik, die Schmuckfabrik, die Bildhauerwerkstatt, das Marionettentheater, das Lichtspielhaus, die Bocciabahn, das Kühlhaus, die Druckerei, die Vereinshäuser und die Restaurants. Vorbei am Victory Café, dem Stammlokal des Gangsters Ritchie Boiardo. Als Boiardo in den dreißiger Jahren aus dem Gefängnis kam, baute er an der Kreuzung Eighth und Summer das Vittorio Castle. Zum Essen im Castle kamen die Showbusiness-Leute aus New York herüber. Im Castle hat Joe DiMaggio gegessen, wenn er mal in Newark war. Im Castle haben Joe DiMaggio und seine Freundin ihre Verlobungsparty gefeiert. Vom Castle aus beherrschte Boiardo den Ersten Bezirk. Ritchie Boiardo herrschte über die Italiener im Ersten Bezirk, und Longy Zwillman herrschte über die Juden im Dritten Bezirk, und die zwei Gangster hatten immer Krieg miteinander.

Vorbei an Dutzenden von Saloons wand sich die Prozession von Osten nach Westen, eine Straße in nördlicher, die nächste in südlicher Richtung und so immer weiter bis zum städtischen Badehaus in der Clifton Avenue – das spektakulärste Stück Architektur des Ersten Bezirks nach der Kirche und dem Dom –, dem klotzigen alten öffentlichen Badehaus, in das meine Mutter mit uns als Kleinkindern zum Baden ging. Auch mein Vater ging dort hin. Duschen umsonst, das Handtuch einen Penny.

Der Kanarienvogel lag in einem kleinen weißen Sarg, der von vier Männern getragen wurde. Eine gewaltige Menge strömte zusammen, es mögen gut zehntausend Menschen gewesen sein, die sich am Prozessionsweg eingefunden hatten. Die Leute drängten sich auf Feuerleitern und Dächern. Ganze Familien hingen in den Fenstern ihrer Mietwohnungen und sahen zu.

Russomanno fuhr in der Kutsche hinter dem Sarg, Emidio Russomanno weinte, während alle anderen im Ersten Bezirk lachten. Manche Leute lachten so sehr, daß sie sich am Boden wälzten. Sie lachten so sehr, daß sie nicht mehr aufrecht stehen konnten. Sogar die Sargträger lachten. Das war ansteckend. Der Fahrer des Leichenwagens lachte. Aus Respekt vor dem Trauernden versuchten die Leute auf den Gehsteigen sich zu beherrschen, bis Russomannos Kutsche vorbeigefahren war, aber für die meisten, besonders für die Kinder, war das Ganze einfach zu komisch.

Unser Viertel war sehr klein und wimmelte von Kindern: Kinder in den Gassen, Kinder vor den Hauseingängen, Kinder, die aus den Häusern quollen und von der Clifton Street zur Broad Street rannten. Den ganzen Tag lang und, im Sommer, die halbe Nacht lang hörte man die lauten Rufe der Kinder: »Guahl-yo! Guahl-yo!« Wohin man auch sah, überall Scharen von Kindern, Massen von Kindern – warfen Münzen, spielten Karten, würfelten, spielten Billard, leckten Eis, spielten Ball, machten Feuerchen, ärgerten Mädchen. Nur die Nonnen konnten mit ihren Linealen diese Kinder im Zaum halten. Tausende und Abertausende von kleinen Jungen, alle unter zehn Jahre alt. Ira war einer davon. Tausende und Abertausende von kleinen italienischen Raufbolden, Kinder der Italiener, die die Eisenbahnschienen verlegt und die Straßen gepflastert und die Kanalisation gelegt hatten, Kinder von Hausierern und Fabrikarbeitern und Lumpensammlern und Saloonwirten. Kinder, die Giuseppe und Rodolfo und Raffaele und Gaetano hießen, und das eine jüdische Kind, das Ira hieß.

Jedenfalls haben sich die Italiener prächtig amüsiert. So etwas wie dieses Vogelbegräbnis hatten sie noch nie erlebt. Und so etwas haben sie auch nie wieder erlebt. Natürlich gab es auch davor schon Begräbnisprozessionen, mit Kapellen, die Trauermärsche spielten, und Massen von Trauernden in den Straßen. Und es gab das ganze Jahr über Feste mit Umzügen für all die Heiligen, die sie aus Italien mitgebracht hatten, Hunderte und Aberhunderte von Leuten, die jeweils den Spezialheiligen ihrer Gruppe verehrten, indem sie fein herausgeputzt mit der gestickten Fahne ihres Heiligen und mit Kerzen, groß wie Stemmeisen, durch die Straßen zogen. Und zu Weihnachten wurde in St. Lucy der *presepio* aufgestellt, die Nachbildung eines neapolitanischen Dorfs; dort war die Geburt Jesu dargestellt, hundert Italienerpüppchen, die Maria, Joseph und den Bambino umringten. Italienische Dudelsackpfeifer zogen mit einem Gipsbambino umher, und hinter dem Bambino strömte die Menge und sang italienische Weihnachtslieder. Und die Händler am Straßenrand verkauften Aal für das Heiligabendessen. Die Menschen erschienen in hellen Scharen zu diesen religiösen Veranstaltungen, spickten die Gewänder der Gipsstatuen sämtlicher Heiligen mit Dollarnoten und ließen Blüten aus den Fenstern regnen wie Konfetti. Sie ließen sogar Vögel aus Käfigen frei, Tauben, die völlig verstört über der Menge von einem Telefonmast zum nächsten flatterten. An solchen Feiertagen müssen die Tauben sich gewünscht haben, sie hätten niemals einen Vogelkäfig von außen gesehen.

Am Festtag des heiligen Michael steckten die Italiener zwei kleine Mädchen in Engelkostüme und ließen sie von den Feuertreppen zu beiden Seiten der Straße an Seilen über der Menge schaukeln. Dünne kleine Mädchen in weißen Gewändern mit Heiligenschein und Flügeln, und die Menge verstummte vor Ehrfurcht, wenn sie in der Luft erschienen und ein Gebet sprachen, und wenn die Mädchen dann keine Engel mehr waren, drehte die Menge völlig durch. Dann wurden die Tauben freigelassen, dann wurde das Feuerwerk abgebrannt, und jedesmal landete irgend jemand mit abgesprengten Fingern im Krankenhaus.

Lebhafte Spektakel waren demnach nichts Neues für die Italiener im Ersten Bezirk. Komische Typen, alte Bräuche aus der Heimat, Lärm und Schlägereien, farbenfrohe Feste – nichts Neues. Begräbnisse waren erst recht nichts Neues. Bei der Grippeepidemie starben so viele Leute, daß die Särge auf den Straßen aufgereiht werden mußten. Neunzehnhundertachtzehn. Die Leichenhallen waren viel zu klein. Den ganzen Tag lang zogen die Prozessionen hinter den Särgen die zwei Meilen zum Holy Sepulcher-Friedhof Darunter waren auch winzige Babysärge. Man mußte warten, bis man an die Reihe kam und sein Kind begraben konnte – man mußte warten, bis der Nachbar seins begraben hatte. Unvergeßliche Schreckensszenen für einen jungen Menschen. Und dennoch, das Begräbnis für Jimmy den Kanarienvogel, zwei Jahre nach der Grippeepidemie ... das setzte all dem die Krone auf.

An diesem Tag hat sich die ganze Stadt schiefgelacht. Mit einer Ausnahme. Ira war der einzige in Newark, der nicht verstand, was daran so komisch war. Ich konnte es ihm nicht erklären. Ich hab's versucht, aber er hat es nicht begriffen. Warum? Vielleicht weil er eben dumm war, vielleicht auch, weil er eben nicht dumm war. Vielleicht lag ihm das Karnevalistische einfach nicht im Blut –

vielleicht ist das bei Phantasten nun einmal so. Oder aber es lag daran, daß wenige Monate zuvor unsere Mutter gestorben war und wir unser eigenes Begräbnis gehabt hatten, an dem Ira nicht hatte teilnehmen wollen. Er wollte statt dessen lieber auf der Straße Ball spielen. Hat mich angefleht, ich soll ihn nicht dazu zwingen, seine Spielsachen auszuziehen und mit auf den Friedhof zu gehen. Hat sich im Kleiderschrank versteckt. Ist dann aber doch mitgekommen. Dafür hat mein Vater gesorgt. Auf dem Friedhof stand er neben uns und sah zu, wie wir sie unter die Erde brachten, weigerte sich aber, meine Hand zu nehmen, und ließ nicht zu, daß ich ihm den Arm um die Schultern legte. Er starrte nur den Rabbiner an. Mit sehr finsterem Blick. Ließ sich von keinem berühren oder trösten. Hat auch nicht geweint, keine Träne. Zum Weinen war er viel zu wütend.

Aber als der Kanarienvogel starb, lachten sich bei dem Begräbnis alle schlapp, außer Ira. Ira kannte Jimmy nur, weil er auf dem Schulweg immer an der Schusterwerkstatt vorbeikam und den Käfig hinterm Fenster sah. Ich glaube nicht, daß er den Laden jemals betreten hat, und trotzdem war er, von Russomanno abgesehen, der einzige weit und breit, der Tränen vergoß.

Als *ich* zu lachen anfing – weil es wirklich komisch war, Nathan, *sehr* komisch –, drehte Ira vollkommen durch. Es war das erste Mal, daß ich das bei Ira erlebt habe. Er schwang die Fäuste und schrie mich an. Er war schon damals ziemlich groß, und ich konnte ihn nicht zurückhalten, und plötzlich geht er auf ein paar Kinder neben uns los, die sich ebenfalls vor Lachen die Bäuche halten, und als ich zugreife und ihn wegziehen will, damit er nicht von einer ganzen Schar Kinder vermöbelt wird, verpaßt er mir einen Faustschlag auf die Nase. Hat mir die Nase gebrochen, ein Siebenjähriger. Ich blutete, das verdammte Ding war eindeutig gebrochen, und Ira ergriff die Flucht.

Wir fanden ihn erst am nächsten Tag. Er hatte hinter der Brauerei in der Clifton Avenue geschlafen. Es war nicht das erstemal. Auf dem Hof, unter der Laderampe. Dort hat mein Vater ihn am Morgen gefunden. Hat ihn beim Kragen gepackt und den ganzen Weg bis zur Schule und ins Klassenzimmer geschleift, wo der Unterricht bereits angefangen hatte. Ira trug noch die schmutzigen

Sachen, in denen er geschlafen hatte, und wurde von seinem Alten Herrn in den Raum geschleudert – ein Anblick, der die Kinder zu lautem ›Buhu‹-Gejohle veranlaßte, und das war dann noch monatelang Iras Spitzname. Buhu Ringold. Der Judenjunge, der beim Begräbnis eines Kanarienvogels geheult hatte.

Zum Glück war Ira immer größer als seine Altersgenossen, und er war stark und konnte Ball spielen. Ira wäre ein Spitzensportler gewesen, hätte er nicht so schlechte Augen gehabt. Was die Ballspielerei ihm bei uns für einen Respekt eingebracht hat! Aber dann ging das mit den Schlägereien los. Von da an hat er sich ständig geprügelt. Da hat sein Extremismus angefangen.

Es war ein Segen für uns, daß wir nicht bei den armen Juden im Dritten Bezirk aufgewachsen sind. Für die Italiener im Ersten Bezirk war Ira immer ein großmäuliger jüdischer Außenseiter, und deshalb konnte Boiardo, so groß und stark und kampflustig Ira auch sein mochte, ihn nie als örtliches Talent betrachten, das für die Mafia in Frage kommen könnte. Im Dritten Bezirk, unter den Juden, wäre das vielleicht anders gewesen. Dort hätte man Ira nicht als offiziellen Außenseiter unter den Kindern betrachtet. Longy Zwillman wäre sehr wahrscheinlich auf ihn aufmerksam geworden, wenn auch nur wegen seiner Körpergröße. Nach allem, was ich weiß, war Longy, der zehn Jahre älter war als Ira, als Kind meinem Bruder ziemlich ähnlich: aufbrausend, ein großer, bedrohlicher Junge, der ebenfalls von der Schule abgegangen war, der keiner Schlägerei aus dem Weg ging und neben ein wenig Grips auch eine gebieterische Ausstrahlung besaß. Mit allerlei Geschäften, Schmuggel, Wettspiele, Verkaufsautomaten, im Hafen, in der Arbeiterbewegung, im Baugewerbe, ist Longy schließlich groß rausgekommen. Aber selbst als er ganz oben war, als er sich mit Bugsy Siegel, Lansky und Lucky Luciano zusammengetan hatte, waren seine engsten Vertrauten immer noch die Freunde, mit denen er auf der Straße aufgewachsen war, Judenjungen aus dem Dritten Bezirk wie er selbst, die sehr leicht zu provozieren waren. Niggy Rutkin, sein Killer. Sam Katz, sein Leibwächter. George Goldstein, sein Buchhalter. Billy Tiplitz, sein Buchmacher. Doc Stacher, seine Rechenmaschine. Abe Lew, Longys Vetter, hat für ihn die Gewerkschaft der Einzelhandelsangestellten gelenkt.

Mein Gott, Meyer Ellenstein, auch so ein Straßenkind aus dem Ghetto des Dritten Bezirks – als er Bürgermeister von Newark war, hat Ellenstein die Stadt praktisch für Longy regiert.

Ira hätte Longys Gefolgsmann werden und für ihn arbeiten können. Er war reif für die Rekrutierung. Und daran wäre nichts Abwegiges gewesen: diese Burschen waren fürs Verbrechen geboren. Es war der nächste logische Schritt. Hatten die Gewalt in sich, die man in dieser Branche als Geschäftstaktik braucht, um Furcht zu verbreiten und einen Wettbewerbsvorsprung zu gewinnen. Ira hätte unten in Port Newark anfangen können: geschmuggelten Whiskey aus Kanada von den Schnellbooten auf Longys Lastwagen verladen, und am Ende hätte er vielleicht wie Longy eine Millionärsvilla in West Orange und einen Strick um den Hals gehabt.

Wie willkürlich das ist, was aus einem wird und wo man schließlich landet. Nur ein winziger geographischer Zufall hat verhindert, daß Ira nie die Gelegenheit bekam, sich Longy anzuschließen. Die Gelegenheit, erfolgreich Karriere zu machen, indem er Longys Konkurrenten mit einem Totschläger bedrohte, Longys Kunden unter Druck setzte und die Spieltische in Longys Kasinos kontrollierte. Die Gelegenheit, seine Karriere zu beenden, indem er zwei Stunden lang vor dem Kefauver-Ausschuß aussagt und dann nach Hause geht, um sich aufzuhängen. Als Ira jemand kennenlernte, der noch härter und schlauer war als er selbst und der schon auf dem Weg nach ganz oben war, da war er bereits in der Armee, und so kam es, daß nicht ein Newarker Gangster, sondern ein kommunistischer Stahlarbeiter einen neuen Menschen aus ihm machte. Iras Longy Zwillman war Johnny O'Day.«

»Warum habe ich ihm, als er das erstemal bei uns zu Besuch war, nicht zugesetzt, daß er diese Ehe beenden soll? Weil diese Ehe, diese Frau, das schöne Haus, all die Bücher, die Schallplatten, die Gemälde an den Wänden, das Leben dieser Frau mit all diesen kultivierten Leuten, mit diesen feinen, interessanten, gebildeten Leuten – weil das alles für ihn etwas vollkommen Neues war. Unerheblich, daß er jetzt selbst jemand war. Der Junge hatte endlich ein *Zuhause*. Das hatte er noch nie gehabt, und inzwischen war er fünfunddreißig. Fünfunddreißig, und er lebte nicht mehr in einem möblierten Zimmer, aß nicht mehr in billigen Restaurants, schlief nicht mehr mit Kellnerinnen und Bardamen und Schlimmerem – mit Frauen, von denen manche nicht mal ihren Namen schreiben konnten.

Als er nach seiner Entlassung in Calumet City mit O'Day zusammengezogen war, hatte Ira eine Affäre mit einer neunzehnjährigen Stripperin. Die Kleine hieß Donna Jones. Ira hat sie im Waschsalon kennengelernt. Hielt sie anfangs für eine Schülerin, und eine Zeitlang ließ sie ihn in diesem Glauben. Zierlich, streitsüchtig, frech, knallhart. Das heißt, knallhart nur an der Oberfläche. Und sie war eine ziemlich scharfe Braut. Hatte immerzu die Hand an ihrer Möse.

Donna kam aus Michigan, aus Benton Harbor, einem Urlaubsort am See. Hatte in einem Hotel dort am Seeufer im Sommer als Aushilfe gearbeitet. Und als sechzehnjähriges Zimmermädchen läßt sie sich von einem Gast aus Chicago ein Kind machen. Wer der Vater ist, weiß sie nicht. Trägt das Kind aus, gibt es zur Adoption frei, verläßt mit Schande bedeckt die Stadt und landet als Stripperin in einem Lokal in Cal City.

Wenn er sonntags nicht für die Gewerkschaft als Abe Lincoln durch die Lande zog, lieh Ira sich O'Days Wagen aus und fuhr Donna zu ihrer Mutter nach Benton Harbor rüber. Die Mutter arbeitete in einer kleinen Fabrik, die Konfekt und ähnliches herstellte, Zuckerzeug, das in Benton Harbors Hauptstraße an die Urlauber verkauft wurde. Süßigkeiten für Touristen. Das Konfekt war berühmt, wurde im ganzen Mittleren Westen verkauft. Ira kommt mit dem Mann ins Gespräch, der die Fabrik leitet, er sieht, wie das Zeug hergestellt wird, und kurz darauf schreibt er mir, er werde Donna heiraten und mit ihr in ihre Heimatstadt zurückziehen, er werde in einem Bungalow am See wohnen und den Rest seines Trennungsgeldes dafür verwenden, sich ins Geschäft dieses Mannes einzukaufen. Außerdem habe er noch tausend Dollar, die er auf der Heimfahrt auf dem Truppentransporter beim Würfeln gewonnen habe – die könne er auch noch ins Süßwarengeschäft stecken. Zu Weihnachten schickte er Lorraine eine Riesenschachtel Konfekt. Sechzehn verschiedene Sorten: Schokolade-Kokos,

Erdnuß, Pistazien, Pfefferminzschokolade, Trüffel ... alles frisch und sahnig, direkt aus der Konfektküche in Benton Harbor, Michigan. Sagen Sie selbst, gibt es etwas, das von einem rasenden Roten, der nur den Sturz des amerikanischen Systems im Kopf hat, verschiedener sein könnte als ein Männlein in Michigan, das seiner alten Tante zu den Feiertagen eine Schachtel Konfekt in Geschenkpapier wickelt? ›Leckeres vom See‹ – so lautete der Werbespruch auf der Schachtel. Nicht ›Proletarier aller Länder, vereinigt euch‹, sondern ›Leckeres vom See‹. Wenn Ira tatsächlich Donna Jones geheiratet hätte, dann wäre *das* der Wahlspruch seines Lebens gewesen.

Es war O'Day, nicht ich, der ihm Donna ausgeredet hat. Nicht, weil eine Neunzehnjährige, die im Kit Kat Club von Cal City als ›Miss Shalimar, von Duncan Hines als gute Vorspeise empfohlen‹ angepriesen wurde, als Ehefrau und Mutter ein zu großes Risiko gewesen wäre; nicht, weil der verschwundene Mr. Jones, Donnas Vater, ein Säufer war, der Frau und Kinder ständig verprügelt hatte; nicht, weil die Familie Jones in Benton Harbor aus lauter ungebildeten Proleten bestand und für jemanden, der nach vier Jahren Kriegseinsatz heimgekehrt war, nicht gerade das darstellte, wofür er dauerhaft Verantwortung hätte übernehmen wollen – das alles hatte ich ihm höflich beizubringen versucht. Aber für Ira war alles, was als unfehlbares Rezept für eine häusliche Katastrophe gelten mußte, ein Argument *für* Donna. Die Verlockung der Benachteiligten. Das Streben der Enterbten aus dem Sumpf heraus war für ihn eine *unwiderstehliche* Verlockung. Man trinkt viel, man trinkt alles: die Menschheit war für Ira gleichbedeutend mit Elend und Not. Mit dem Elend, auch in seinen verrufenen Formen, fühlte er sich unverbrüchlich verwandt. Nur O'Day konnte es fertigbringen, das Universalaphrodisiakum namens Donna Jones und die sechzehn Sorten Konfekt vom Thron zu stoßen. O'Day kanzelte ihn ab, weil er Politik und Privatleben vermengt hatte, und er gebrauchte dabei nicht meine ›bourgeoisen‹ Argumente. O'Day entschuldigte sich nicht für seine Anmaßung, Iras Fehler zu kritisieren. O'Day entschuldigte sich nie für irgend etwas. O'Day setzte den Leuten den Kopf zurecht.

Mit O'Day zu reden, gab er Ira einen ›Auffrischungskurs in Sa-

chen Ehe und deren Bezug zur Weltrevolution‹, und zwar auf der
Basis der Erfahrungen, die er selbst vor dem Krieg mit der Ehe gemacht hatte. ›Bist du deswegen zu mir nach Calumet gekommen?
Wozu bist du angetreten? Um eine Konfektfabrik zu führen oder
eine Revolution? Das ist jetzt nicht die Zeit für absurdes Ab-
weichlertum! Hier geht's ums Ganze, Junge! Hier geht's um Leben oder Tod für Arbeitsbedingungen, wie wir sie in den letzten
zehn Jahren kennengelernt haben! Hier in Lake County kommen
alle Gruppen und Splittergruppen zusammen. Das siehst du doch.
Wenn wir jetzt durchhalten, wenn niemand von Bord geht, verdammt noch mal, Eisenmann, dann dauert es nur noch ein Jahr,
höchstens zwei, bis die Fabriken alle uns gehören!‹

Und acht Monate später macht Ira tatsächlich mit Donna
Schluß; sie schluckt ein paar Pillen und versucht sich ein bißchen
umzubringen. Etwa einen Monat danach – Donna arbeitet inzwischen wieder im Kit Kat und hat sich einen neuen Kerl an Land
gezogen – erscheint ihr längst verloren geglaubter Säufervater mit
einem von Donnas Brüdern vor Iras Wohnungstür und erklärt, für
das, was Ira seiner Tochter angetan habe, werde er ihm jetzt eine
Lektion erteilen. Ira versucht die beiden aus der Tür zu drängen,
und als der Vater ein Messer zieht, zertrümmert O'Day ihm mit
einem Schlag den Unterkiefer und reißt ihm das Messer weg...
Soviel zu der *ersten* Familie, in die Ira einheiraten wollte.

Aus einer solchen Farce findet man nicht immer so bald heraus,
aber schon 48 ist der gutgläubige Retter der kleinen Donna zu
Iron Rinn von *Frei und tapfer* geworden und auf dem besten Weg,
den nächsten großen Fehler zu machen. Sie hätten ihn mal hören
sollen, als er erfuhr, daß Eve schwanger war. Ein Kind. Eine eigene Familie. Und nicht mit einer ehemaligen Stripperin, an der
sein Bruder kein gutes Haar gelassen hatte, sondern mit einer
berühmten Schauspielerin, die von der amerikanischen Radiohö-
rerschaft angebetet wurde. Das war das Größte, was ihm jemals
begegnen konnte. Es war der solide Halt, den er noch nie gehabt
hatte. Er konnte es kaum glauben. Zwei Jahre – und dann das!
Schluß mit dem unbeständigen Leben.«

»Sie wurde schwanger? Wann genau war das?«

»Nach der Hochzeit. Aber nach zehn Wochen war es vorbei.

Deswegen hat er bei mir gewohnt, und so haben Sie beide sich kennengelernt. Weil sie sich zur Abtreibung entschlossen hatte.«

Wir saßen hinten auf der Terrasse und blickten über den Teich nach der fernen Gebirgskette im Westen. Ich lebe allein hier in diesem kleinen Haus: ein Zimmer, in dem ich schreibe und meine Mahlzeiten einnehme, ein Arbeitsraum mit Bad und Kochnische an einer Seite, einem rechtwinklig zu einer Bücherwand gemauerten Kamin und einer Reihe von fünf dreißig mal dreißig Zentimeter großen Schiebefenstern, die auf eine weite Heuwiese und eine Kompanie alter Ahornbäume hinausgehen, die schützend zwischen dem Haus und dem staubigen Fahrweg steht. In dem anderen Zimmer schlafe ich; es ist rustikal und von angenehmer Größe, ausgestattet mit einem Bett, einer Kommode, einem Holzofen, freiliegenden alten Balken, die aufrecht in den vier Ecken stehen, Bücherregalen, einem Sessel, in dem ich lese, einem kleinen Schreibtisch und an der Westwand mit einer gläsernen Schiebetür, die auf die Terrasse führt, auf der Murray und ich vor dem Essen noch einen Martini tranken. Ich hatte das Haus gekauft und winterfest gemacht – vorher hatte es irgendwem als Sommerhaus gedient – und bin dann mit Sechzig hier eingezogen, um ein mehr oder weniger zurückgezogenes Leben zu führen. Das war vor vier Jahren. Ein so asketisches Leben, ohne die vielfältigen Aktivitäten, aus denen sich das menschliche Dasein gewöhnlich zusammensetzt, ist zwar gewiß nicht immer erstrebenswert, aber ich glaube dennoch die am wenigsten schädlichste Wahl getroffen zu haben. Doch um meine Abgeschiedenheit geht es hier nicht. Das ist keine Geschichte, die sich erzählen läßt. Ich bin hierhergekommen, weil ich keine Geschichte mehr haben will. Ich habe meine Geschichte gehabt.

Ich fragte mich, ob Murray schon bemerkt hatte, daß mein Haus eine bessere Kopie der Zweizimmerhütte auf der Jersey-Seite des Delaware Water Gap war, Iras geliebte Zuflucht und die Gegend, wo ich in den Sommern 49 und 50, als ich ihn dort jeweils für eine Woche besuchte, zum erstenmal das ländliche Amerika kennengelernt hatte. Es hatte mir sehr gefallen, zum erstenmal allein dort mit Ira in dieser Hütte zu leben, und als mir dieses Haus gezeigt wurde, mußte ich sofort daran denken. Eigentlich hatte ich etwas Größeres und Konventionelleres gesucht, aber ich kaufte es auf der Stelle. Die Zimmer waren etwa so groß wie die Iras und ähnlich gelegen. Der lange ovale Teich hatte ähnliche Abmessungen wie seiner und lag etwa genauso weit von der Hintertür entfernt. Gewiß, mein Haus war wesentlich heller – mit der Zeit waren seine gebeizten Kiefernholzwände fast schwarz geworden, die Balkendecken waren niedrig (lächerlich niedrig für ihn), und die Fenster waren klein und alles andere als zahlreich –, aber es lag ebenso versteckt an einer unbefestigten Straße wie seins, und obgleich es von außen keineswegs jenen finsteren baufälligen Eindruck machte, der jedem zurief: »Hier lebt ein Einsiedler – verzieht euch!«, zeigte sich die Gesinnung des Besitzers deutlich am Fehlen jeglichen Pfades, der über die Heuwiese zur verriegelten Vordertür geführt hätte. Es gab eine schmale Zufahrt, die sich außen herum zur Arbeitszimmerseite des Hauses schwang, zu einem offenen Schuppen, in dem ich im Winter meinen Wagen abstellte; eine verfallene Holzkonstruktion, älter als das Haus selbst, hätte der Schuppen direkt aus Iras überwucherten drei Hektar stammen können.

Warum hatte sich die Idee von Iras Hütte so in mir festgesetzt? Nun, es sind die frühesten Eindrücke – insbesondere von Unabhängigkeit und Freiheit –, die sich am hartnäckigsten halten, sosehr die Fülle des Lebens uns auch beglücken oder bedrücken mag. Und schließlich ist nicht Ira auf die Idee mit der Hütte gekommen. Diese Idee hat eine Geschichte. Sie geht auf Rousseau zurück. Auf Thoreau. Das Palliativ der primitiven Hütte. Der Ort, an dem man auf das Wesentliche beschränkt ist, an den man zurückkehrt – auch wenn man zufällig nicht von dort gekommen ist –, um sich vom Kampf des Lebens zu entgiften und freizumachen. Der Ort, an dem man die Uniformen, die man getragen hat, und die Kostüme, in die man gesteckt wurde, wie eine Schlangenhaut abstreift, an dem man seine Beschädigungen und Verstimmungen, seine Zugeständnisse an und seinen Widerstand gegen die Welt, sein Manipulieren der Welt und die üblen Manipulationen der Welt mit einem selbst einfach vergißt und von sich wirft. Der alternde Mensch geht weg und verzieht sich in die Wälder – die östliche Philosophie kennt dieses Motiv zur Genüge, die Taoisten, die Hinduisten, die chinesischen Denker. Der »Waldbewohner« als letztes Stadium des Lebenswegs. Man denke an jene chinesischen Bilder, die einen alten Mann am Fuß eines Berges zeigen, einen alten Chinesen ganz allein am Fuß eines Berges, entrückt dem Aufruhr des Autobiographischen. Tatkräftig hat er sich dem Kampf mit dem Leben gestellt; zur Ruhe gekommen, stellt er sich nun dem Kampf mit dem Tod, es zieht ihn zum Asketischen, zum letzten Tun.

Die Martinis waren Murrays Idee. Eine gute, wenn auch keine großartige Idee, da ein Drink am Ende eines Sommertages mit jemandem, dessen Gesellschaft und Unterhaltung mich erfreute, mit einem Menschen wie Murray, in mir die Erinnerung an die Freuden der Geselligkeit wachrief. Ich hatte mich vieler Menschen erfreut, war kein gleichgültiger Teilnehmer des Lebens gewesen, hatte mich nicht davor zurückgezogen . . .

Aber es geht um Iras Geschichte. Warum es *ihm* nicht möglich gewesen war.

»Er hatte sich einen Jungen gewünscht«, sagte Murray. »Wollte ihn unbedingt nach seinem Freund nennen. Johnny O'Day Ringold. Doris und ich hatten Lorraine, unsere Tochter, und jedesmal wenn er bei uns auf der Couch übernachtete, gelang es Lorraine, seine Stimmung zu heben. Lorraine sah Ira gern beim Schlafen zu. Stand in der Tür und sah Lemuel Gulliver beim Schlafen zu. Er liebte die Kleine mit den schwarzen Ponyfransen. Und sie ihn. Wenn er uns besuchen kam, mußte er mit ihren russischen Puppen spielen. Die hatte er ihr einmal zum Geburtstag geschenkt. Sie kennen diese Puppen, traditionell gekleidete Russinnen mit Kopftuch, ein Satz ineinandergeschachtelter Puppen, und die letzte ganz im Innern ist so klein wie eine Nuß. Die beiden dachten sich für jede dieser Puppen Geschichten aus und stellten sich vor, wie schwer diese kleinen Leute in Rußland zu arbeiten hätten. Dann nahm er das Ganze in die Hand, so daß nichts mehr davon zu sehen war. Es verschwand einfach komplett in diesen spatelförmigen Fingern – diesen langen, eigenartigen Fingern, wie sie wohl auch Paganini gehabt hat. Lorraine war immer ganz hingerissen davon, daß ihr riesiger Onkel die größte Puppe von allen war.

Zu ihrem nächsten Geburtstag schenkte er ihr eine Langspiel-platte mit russischen Liedern, aufgeführt vom Chor und Orchester der Sowjetarmee. Der Chor war über hundert Mann stark, das Orchester ebenfalls. Das gewaltige Grollen der Bässe – ein toller Sound. Sie und Ira amüsierten sich prächtig mit diesen Aufnah-men. Sie hörten sich diese russisch gesungenen Lieder an, und Ira mimte den Baßsolisten, bewegte die Lippen zu den unverständ-lichen Worten und machte dramatische ›russische‹ Gebärden, und wenn der Refrain kam, bewegte Lorraine die Lippen zu den un-verständlichen Worten des Chors. Mein Kind war eine richtige Komödiantin.

Ein Lied hat sie ganz besonders gern gehabt. Es war aber auch schön, ein bewegendes, klagendes, choralartiges Volkslied, das ›Dubinuschka‹ hieß, eine schlichte Weise, die von einer Balalaika begleitet wurde. Der Text von ›Dubinuschka‹ war auf der Innen-seite der Plattenhülle auf englisch abgedruckt, und als sie ihn aus-wendig gelernt hatte, sang sie das Lied monatelang durchs ganze Haus.

Viele Lieder hab ich in meiner Heimat gehört –
Lieder von Freude und Leid.
Eins davon hat sich mir tief eingeprägt:
Das Lied des einfachen Arbeiters.

Das war die Solopartie. Aber am liebsten sang sie den Refrain des Chors. Das ›Hau ruck‹ hatte es ihr angetan.

Ho, und schwingt den Knüppel,
Hau ruck!
Zieht, gemeinsam geht es besser,
Hau ruck!

Wenn Lorraine allein in ihrem Zimmer war, stellte sie die hohlen Puppen alle in einer Reihe auf, legte ›Dubinuschka‹ auf den Plat-tenteller und sang mit tragischer Inbrunst ›Hau ruck! Hau ruck!‹ und schob dabei die Puppen auf dem Boden hin und her.«

»Moment mal, Murray. Warten Sie«, sagte ich und stand auf,

ging von der Terrasse ins Haus, in mein Schlafzimmer, wo ich den CD-Spieler und meinen alten Plattenspieler hatte. Die meisten meiner Schallplatten waren in Kisten in einem Schrank verstaut, aber ich wußte, in welcher Kiste ich finden würde, wonach ich suchte. Ich nahm das Album, das Ira *mir* 1948 geschenkt hatte, und zog die Platte mit »Dubinuschka« heraus, gespielt vom Chor und Orchester der Sowjetarmee. Ich stellte den Plattenspieler auf 78, entstaubte die Platte und legte sie auf. Ich plazierte die Nadel in die Zwischenrille vor dem letzten Stück, drehte die Lautstärke so weit auf, daß Murray die Musik durch die offenen Türen, die mein Schlafzimmer von der Terrasse trennten, hören konnte, und ging wieder zu ihm hinaus.

Wir saßen im Dunkeln und lauschten, diesmal aber weder ich ihm noch er mir, sondern wir beide »Dubinuschka«. Es war genau, wie Murray es beschrieben hatte: ein schönes, ein bewegendes, klagendes, choralartiges Volkslied. Vom Knistern der abgenutzten alten Schallplatte einmal abgesehen – einem zyklischen Geräusch, das den vertrauten Naturgeräuschen ländlicher Sommernächte nicht unähnlich war –, schien das Lied aus einer fernen historischen Vergangenheit zu uns herüberzuwehen. Das war etwas ganz anderes, als wenn ich samstags abends auf der Terrasse lag und mir im Radio die Liveübertragung eines Konzerts aus Tanglewood anhörte. Dieses »Hau ruck! Hau ruck!« kam aus weitentfernten Orten und Zeiten, es war ein gespenstisches Überbleibsel aus jenen stürmischen Revolutionstagen, in denen alle, die sich programmatisch, naiv – besessen, unversöhnlich – nach Veränderung sehnten, wieder einmal verdrängt hatten, daß die Menschheit ihre erhabensten Ideen regelmäßig verstümmelt und zu einer tragischen Farce macht. Hau ruck! Hau ruck! Als ob menschliche Hinterlist, Schwäche, Dummheit und Verdorbenheit gar keine Chance gegen das Kollektiv gehabt hätten, gegen die Macht des Volkes, das gemeinsam an einem Strang zog, um sein Leben zu erneuern und jede Ungerechtigkeit abzuschaffen. Hau ruck.

Als »Dubinuschka« endete, blieb Murray still, und ich begann wieder all das zu hören, was ich ausgefiltert hatte, während ich ihm zugehört hatte: das Schnarchen, Näseln und Röhren der Frösche, das Keckern und Kichern der Rallen im Blue Swamp, dem schilfigen Sumpf östlich von meinem Haus, und das kommentierende Gezwitscher der Zaunkönige. Und die Seetaucher, das Schreien und Lachen der manisch-depressiven Seetaucher. Alle paar Minuten ertönte der wiehernde Schrei einer Eule, indessen das Streichorchester der Grillen des westlichen New England ununterbrochen an einem Grillen-Bartók fortsägte. Ein Waschbär schnatterte im nahe gelegenen Wald, und allmählich glaubte ich sogar die Biber zu hören, wie sie weit hinten, in Richtung der Waldquellen, die meinen Teich speisten, an einem Baum nagten. Ein paar Rehe hatten sich, von der Stille getäuscht, offenbar zu nah ans Haus geschlichen, denn plötzlich – als sie unsere Anwesenheit wahrnehmen – geben sie den Morsecode zur Flucht: das Schnauben, das Auf-der-Stelle-Trampeln, das Stampfen, das Schlagen der Hufe, das Wegspringen. Ihre Leiber tauchen anmutig ins dichte Unterholz, und dann, kaum noch hörbar, rennen sie um ihr Leben. Nur Murrays murmelnde Atemzüge sind zu hören, die Eloquenz eines alten Mannes, der gleichmäßig ein- und ausatmet.

Fast eine halbe Stunde muß vergangen sein, ehe er wieder etwas sagte. Der Tonarm des Plattenspielers war nicht in die Startposition zurückgekehrt, und jetzt konnte ich auch die auf dem Label herumscharrende Nadel hören. Ich ging nicht hinein, um das abzustellen, denn damit hätte ich unterbrochen, was auch immer meinen Geschichtenerzähler hatte verstummen lassen und zu dieser Intensität seines Schweigens geführt hatte. Ich fragte mich, wie lange es noch dauern würde, bis er wieder etwas sagte, ob er womöglich gar nichts mehr sagen würde, sondern einfach aufstehen und mich bitten würde, ihn zu seinem Wohnheim zurückzufahren – ob es den Schlaf einer ganzen Nacht brauchen würde, die Gedanken, welche auch immer nun in ihm freigesetzt worden waren, wieder zum Schweigen zu bringen.

Dann aber lachte Murray leise und sagte: »Das hat mich getroffen.«

»Ach ja? Wieso?«

»Die Kleine fehlt mir.«

»Wo ist sie?«

»Lorraine ist tot.«

»Seit wann?«

»Lorraine ist vor sechsundzwanzig Jahren gestorben. Neun-
zehnhunderteinundsiebzig. Gestorben mit Dreißig, zurück blieben zwei Kinder und ein Mann. Meningitis, und praktisch über
Nacht war sie tot.«

»Und Doris ist auch tot.«

»Doris? Ja, sicher.«

Ich ging ins Schlafzimmer, nahm die Nadel von der Platte und
legte den Tonarm zurück. »Wollen Sie noch mehr hören?« rief ich
Murray zu.

Diesmal lachte er herzlich und sagte: »Wollen Sie ausprobieren,
wieviel ich ertragen kann? Sie machen sich ein wenig zu große
Vorstellungen von meiner Stärke, Nathan. In ›Dubinuschka‹ habe
ich meinen Meister gefunden.«

»Das kann ich nicht glauben«, sagte ich, als ich wieder hinaustrat
und mich setzte. »Sie wollten mir erzählen –?«

»Ich wollte Ihnen erzählen . . . Ich wollte Ihnen erzählen . . . Ja.
Daß Lorraine verzweifelt war, als Ira beim Rundfunk rausgeflogen
ist. Da war sie erst neun oder zehn, aber das hat sie sehr in Har-
nisch gebracht. Ira wurde gefeuert, weil er Kommunist war, und
danach wollte sie nicht mehr die Flagge grüßen.«

»Die amerikanische Flagge? Wo?«

»In der Schule«, sagte Murray. »Wo sonst grüßt man die Flagge?
Um sie zu schützen, hat der Lehrer sie beiseite genommen und ihr
gesagt, sie müsse die Flagge grüßen. Aber das Kind wollte einfach
nicht. Wie wütend sie war. Wütend wie eine echte Ringold. Sie
hat ihren Onkel geliebt. Sie war ihm sehr ähnlich.«

»Und was dann?«

»Ich hatte ein langes Gespräch mit ihr, und dann hat sie die
Flagge wieder gegrüßt.«

»Was haben Sie ihr gesagt?«

»Ich habe ihr gesagt, daß auch ich meinen Bruder liebe. Daß
auch ich das nicht für richtig hielt. Ich habe ihr gesagt, ich sehe
das genauso wie sie, es sei ein großes Unrecht, einen Menschen
wegen seiner politischen Überzeugungen rauszuschmeißen. Ich
glaube an Gedankenfreiheit. *Absolute* Gedankenfreiheit. Aber ich
habe ihr auch gesagt, du brauchst dich nicht in diesen Kampf zu
stürzen. Das ist keine große Sache. Was erreichst du damit? Was

gewinnst du dadurch? Ich habe ihr gesagt: Laß dich nicht auf einen Kampf ein, den du nicht gewinnen kannst, einen Kampf, der es nicht einmal wert ist, ihn zu gewinnen. Ich habe ihr gesagt, was ich auch meinem Bruder über das Problem leidenschaftlicher Rede beizubringen versucht habe – und zwar schon seit er ein kleiner Junge war, was auch immer es genützt haben mag. Einfach nur wütend sein, das zählt nicht, es zählt nur, daß man auf die richtigen Dinge wütend ist. Ich habe ihr gesagt: Betrachte es aus der darwinistischen Perspektive. Wut ist dazu da, dich kampffähig zu machen. Das ist ihre Aufgabe beim Kampf ums Überleben. Dafür ist sie da. Wenn sie dich kampfunfähig macht, laß sie fallen wie eine heiße Kartoffel.«

Als mein Lehrer vor gut fünfzig Jahren pflegte Murray manches aufzubauschen, aus dem Unterricht eine Show zu machen, und hatte Dutzende Tricks auf Lager, uns bei der Stange zu halten. Lehren hatte für ihn mit Leidenschaft zu tun, und er war tatsächlich eine begeisternde Erscheinung. Aber heute hielt er es, obgleich keineswegs ein alter Mann, dem der Saft ausgegangen war, nicht mehr für nötig, sich in Stücke zu reißen, um seine Meinung verständlich zu machen, sondern gab sich fast vollkommen leidenschaftslos. Sein Tonfall war mehr oder weniger einförmig, sanft – kein Versuch, durch expressiven Einsatz der Stimme, der Mimik oder der Hände den Zuhörer positiv (oder negativ) zu beeinflussen, nicht einmal, als er »Hau ruck, Hau ruck« sang.

Wie klein und zerbrechlich sein Schädel jetzt aussah. Und den noch barg er neunzig Jahre Vergangenheit. Was für eine Menge Stoff dort drin gelagert war. Unter anderem all die Toten, ihre Taten und Untaten, und all die unbeantwortbaren Fragen, all diese Dinge, deren man sich niemals sicher sein kann ... und all das floß für ihn zu einer anspruchsvollen Aufgabe zusammen: gerecht zu urteilen, seine Geschichte ohne allzu viele Fehler zu erzählen.

Wenn es dem Ende zugeht, läuft die Zeit, das wissen wir, immer schneller. Aber Murray ging schon so lange dem Ende zu, daß ich, wenn er so sprach wie jetzt, geduldig, präzise, mit einer gewissen Verbindlichkeit – mit nur sporadischen Pausen für einen genüßlichen Schluck Martini –, den Eindruck hatte, die Zeit sei für ihn aufgehoben, für ihn laufe sie weder schnell noch langsam, er lebe überhaupt nicht mehr in der Zeit, sondern nur noch in seiner Haut. Als sei dieses aktive, umtriebige, kontaktfreudige Leben als gewissenhafter Lehrer und Bürger und Familienvater nichts als ein langwieriges Ringen um einen Zustand der Leidenschaftslosigkeit gewesen. Altern und hinfällig werden war nicht unerträglich, auch nicht die Unergründlichkeit des Vergessenwerdens und die Tatsache, daß am Ende alles zu nichts wird. Das *alles* war erträglich gewesen, sogar die unnachgiebige Verachtung des Verächtlichen.

In Murray Ringold hat die menschliche Unzufriedenheit, dachte ich, ihren Meister gefunden. Er hat die Unzufriedenheit überdauert. Das also bleibt, wenn man alles hinter sich gelassen hat: die disziplinierte Trauer des Stoizismus. Die Abkühlung. So lange ist alles im Leben so heiß, so intensiv, dann wird es allmählich schwächer, dann kommt die Abkühlung, und dann kommt die Asche. Der Mann, der mich gelehrt hat, wie man mit Büchern boxt, ist wieder da und führt mir vor, wie man mit dem Alter boxt.

Und das ist eine erstaunliche, eine edle Kunst; denn nichts lehrt einen weniger über das Alter, als wenn man ein unverwüstliches Leben geführt hat.

3

Ira hat mich nicht ohne Grund besucht«, fuhr Murray fort, »und
bei uns übernachtet, an dem Tag, bevor Sie beide sich kennengelernt haben. Der Grund war etwas, das er am Morgen zuvor
gehört hatte.«

»Sie hat ihm gesagt, daß sie das Kind abtreiben will.«

»Nein, das hatte sie ihm schon am Abend davor gesagt, daß sie
wegen der Abtreibung nach Camden gehen werde. In Camden
gab es einen Arzt, der damals, als Abtreibung noch etwas Anrüchi-
ges war, vor allem von reichen Leuten aufgesucht wurde. Ihr Entschluß kam für ihn nicht vollständig überraschend. Wochenlang
hatte sie hin und her überlegt und nicht gewußt, was sie tun sollte.
Sie war einundvierzig Jahre alt – sie war älter als Ira. Ihrem Gesicht
war das nicht anzusehen, aber Eve Frame war keine junge Frau
mehr. Es beunruhigte sie, in diesem Alter ein Kind zu bekommen.
Ira hatte Verständnis dafür, doch akzeptieren konnte er es nicht,
er wollte einfach nicht wahrhaben, daß ihre einundvierzig Jahre
ihnen im Weg stehen könnten. Er war kein so vorsichtiger Mensch.
Er hatte einen starken Hang zum Brachialen, und so versuchte er
sie immer wieder davon zu überzeugen, daß sie nichts zu befürch-
ten hatten.

Er glaubte, er *habe* sie überzeugt. Aber dann kam ein neues
Thema auf – die Arbeit. Es war schon beim erstenmal, mit der
Tochter Sylphid, schwer genug gewesen, sich um Kind und Kar-
riere gleichzeitig zu kümmern. Als Sylphid geboren wurde, war
Eve gerade mal achtzehn – ein kleines Sternchen in Hollywood.
Verheiratet mit diesem Schauspieler Pennington. Ein großer

Name, als ich jung war. Carlton Pennington, der Stummfilmheld mit dem exakt nach klassischem Patent gemeißelten Profil. Ein großer, schlanker, charmanter Mann mit rabenschwarzem, glänzendem Haar und dunklem Schnurrbart. Elegant bis ins Mark seiner Knochen. Angesehenes Mitglied der gesellschaftlichen und auch der erotischen Aristokratie – seine Schauspielkunst profitierte vom Zusammenspiel der beiden. Ein Märchenprinz und ein sexueller Vulkan – kurz, ein Mann, der in seinem silbernen Pierce-Arrow die Frauen zur Ekstase brachte.

Die Hochzeit wurde vom Studio arrangiert. Sie und Pennington waren so großartig eingeschlagen, und sie war so verliebt in ihn, daß man sich im Studio einig war: die beiden mußten heiraten. Und wenn sie geheiratet hätten, müßten sie ein Kind bekommen. Es gab Gerüchte, daß Pennington schwul sei, und die sollten damit erstickt werden. Denn er war ja wirklich schwul.

Damit sie Pennington heiraten konnte, mußte zunächst einmal der erste Ehemann abgeschoben werden. Pennington war ihr zweiter Mann. Der erste hieß Mueller; mit ihm war sie als Sechzehnjährige durchgebrannt. Ein ungebildeter Rüpel, der gerade fünf Jahre bei der Marine hinter sich hatte, ein großer, stämmiger Deutschamerikaner, der als Sohn eines Barkeepers in Kearny, in der Nähe von Newark, aufgewachsen war. Primitive Verhältnisse. Primitiver Bursche. Ira nicht unähnlich, nur ohne Idealismus. Sie hatte ihn bei einer kleinen Theatergruppe kennengelernt. Er wollte Schauspieler werden, sie wollte Schauspielerin werden. Er wohnte in einer Pension, sie ging auf die Highschool und wohnte noch zu Hause; und gemeinsam liefen sie davon nach Hollywood. So ist Eve in Kalifornien gelandet, als Kind mit dem Sohn eines Barkeepers durchgebrannt. Nach einem Jahr war sie ein Star, und um Mueller, der gar nichts war, loszuwerden, hat ihr Studio ihn ausgezahlt. Mueller ist in ein paar Stummfilmen aufgetreten – das war ein Teil der Auszahlung – und bekam sogar in den ersten Tonfilmen zwei Rollen als Gangster, aber seine Verbindung mit Eve wurde nach außen hin praktisch totgeschwiegen. Das wurde erst viel später breitgetreten. Auf Mueller kommen wir noch zurück. Jetzt ist nur wichtig, daß sie Pennington heiratet und damit den großen Coup landet: die Studiohochzeit, das kleine Baby, und dann die zwölf Jahre, die sie an Penningtons Seite das Leben einer Nonne geführt hat.

Auch als sie dann mit Ira verheiratet war, nahm sie Sylphid oft zu Pennington nach Europa mit. Pennington ist jetzt tot, aber nach dem Krieg hat er an der französischen Riviera gelebt. Er hatte eine Villa in den Bergen oberhalb von St. Tropez. Jeden Abend betrunken, immer auf Knabenjagd, ein verbitterter Exstar, der Zeter und Mordio über die Juden schrie, die in Hollywood das Sagen hätten und seine Karriere zerstört hätten. Jedenfalls nahm sie Sylphid öfter nach Frankreich zu Pennington mit, und dann gingen die drei in St. Tropez essen, und er trank ein paar Flaschen Wein und starrte beim Essen die ganze Zeit nur irgendeinen Kellner an, und dann schickte er Sylphid und Eve wieder in ihr Hotel zurück. Am nächsten Morgen gingen sie bei Pennington frühstücken; der Kellner saß im Bademantel mit am Tisch, und sie taten sich an frischen Feigen gütlich. Eve kehrte jedesmal weinend zu Ira zurück und erzählte, der Mann sei fett und ein Säufer, und immer habe er irgendeinen Achtzehnjährigen im Haus, der bei ihm schlafe, einen Kellner, einen Strandpenner, einen Straßenkehrer; sie werde niemals mehr nach Frankreich fahren. Aber dann tat sie es doch, immer wieder – was auch immer das sollte, zwei- oder dreimal im Jahr fuhr sie mit Sylphid nach St. Tropez, damit sie ihren Vater sehen konnte. Das kann für das Kind nicht einfach gewesen sein.

Nach Pennington hat Eve einen Grundstücksspekulanten geheiratet, diesen Freedman, der, wie sie behauptete, ihr ganzes Vermögen verpulvert hat und sie fast noch dazu gebracht hätte, ihm das Haus zu überschreiben. Und als dann Ira in der New Yorker Radiolandschaft auftaucht, ist es nur natürlich, daß sie sich in ihn verknallt. Der edle Lincoln-Darsteller, freimütig und unverdorben, ein formidables wandelndes Gewissen, das unablässig von Gleichheit und Gerechtigkeit für alle schwadroniert. Ira und seine Ideale haben alle möglichen Frauen angezogen, von Donna Jones bis Eve Frame, und all die Problemfälle dazwischen. Verzweifelte Frauen waren verrückt nach ihm. Die Vitalität. Die Energie. Der Samson, der Riese der Revolution. Seine tolpatschige Ritterlichkeit. Und Ira roch gut. Erinnern Sie sich daran? An seinen natürlichen Geruch? Lorraine sagte immer: ›Onkel Ira riecht wie Ahornsirup.‹ Das stimmt. Genau so hat er gerochen.

Daß Eve ihre Tochter dauernd zu Pennington brachte, hat Ira anfangs ziemlich irritiert. Er hatte wohl den Eindruck, daß damit Sylphid nicht nur die Chance gegeben werden sollte, ihren Vater zu sehen – sondern daß Eve noch immer nicht ganz von Pennington losgekommen war. Und das mochte schon so sein. Vielleicht lag es an Penningtons Homosexualität. Vielleicht an seiner vornehmen Herkunft. Pennington kam aus dem kalifornischen Geldadel. Er lebte in Frankreich von seinem Vermögen. Einige Schmuckstücke, die Sylphid trug, stammten aus einer Sammlung spanischen Schmucks, die die Familie ihres Vaters zusammengetragen hatte. Ira hat mir damals gesagt: ›Seine Tochter ist bei ihm im Haus, in einem Zimmer, und nebenan treibt er es mit einem Matrosen. Sie sollte ihre Tochter vor so etwas *schützen*. Sie sollte sie nicht nach Frankreich schleppen, wo sie so etwas miterleben muß. Warum beschützt sie ihre Tochter nicht?‹

Ich kenne meinen Bruder – ich weiß, was er damit sagen will. Er will sagen: Ich verbiete dir, jemals wieder dorthin zu fahren. Ich habe zu ihm gesagt: ›Du bist nicht der Vater dieses Mädchens. Du kannst ihrem Kind überhaupt nichts verbieten.‹ Ich sagte: ›Wenn du die Ehe deswegen platzen lassen willst, dann tu es. Ansonsten versuch damit zu leben.‹

Das war mein erster Versuch, wenigstens anzudeuten, was ich schon die ganze Zeit hatte sagen wollen. Eine Affäre mit ihr, schön und gut. Ein Filmstar – warum nicht? Aber heiraten? In jeder Hinsicht ein Riesenfehler. Diese Frau hat nichts mit Politik im Sinn, und mit Kommunismus schon gar nicht. Kennt sich blendend aus in den komplizierten Romanen der viktorianischen Schriftsteller, kann die Namen der Gestalten bei Trollope runterrasseln, aber von irgendwelchen gesellschaftlichen oder alltäglichen Dingen hat sie nicht die leiseste Ahnung. Ihre Kleider kauft sie bei Dior. Fabelhafte Kleider. Sie besitzt tausend kleine Hüte mit kleinen Schleiern. Schuhe und Handtaschen aus Reptilienleder. Gibt einen Haufen Geld für Kleider aus. Während Ira für ein Paar Schuhe höchstens vier neunundneunzig anlegt. Einmal findet er eine ihrer Rechnungen für ein Achthundert-Dollar-Kleid.

Weiß nicht mal, worum es da eigentlich geht. Er geht an ihren Schrank, sieht sich das Kleid an und versucht sich vorzustellen, was daran so teuer sein soll. Als Kommunist hätte er sich von der ersten Sekunde an über sie aufregen müssen. Wie also erklärt es sich, daß er sie und nicht eine Genossin geheiratet hat? Hätte er in der Partei nicht eine finden können, die ihm beigestanden hätte, die im Kampf an seiner Seite gestanden hätte?

Doris hatte immer Entschuldigungen und Rechtfertigungen für ihn, verteidigte ihn jedesmal, wenn ich ihn kritisierte. ›Ja‹, sagte sie, ›er ist Kommunist, ein großer Revolutionär, ein Parteimitglied, ein Enthusiast, und plötzlich verliebt er sich in eine gedankenlose Schauspielerin, die sich nach der neuesten Mode in Jacken mit Wespentaille und lange Röcke kleidet, eine berühmte Schönheit, die wie ein Teebeutel in aristokratische Arroganz getaucht ist, und natürlich widerspricht das allen seinen moralischen Maßstäben – aber so ist das mit der Liebe.‹ ›Ach ja?‹ sagte ich. ›Ich sehe da nur Verblendung und Verwirrung. Ira kann sich in emotionale Dinge überhaupt nicht hineindenken. Der Mangel an Einfühlungsvermögen ist doch typisch für ahnungslose Radikale wie ihn. Von Psychologie verstehen diese Leute so gut wie gar nichts.‹ Aber Doris entkräftet alle meine Argumente mit der überwältigenden Macht der Liebe. ›Die Liebe‹, sagt Doris, ›die Liebe denkt nicht logisch. Die Eitelkeit denkt nicht logisch. Auch Ira denkt nicht logisch. Jeder von uns in dieser Welt hat seine eigene Eitelkeit, und folglich ist jeder auf seine individuelle Weise verblendet. Iras Verblendung ist Eve Frame.‹

Sogar bei seiner Beerdigung, zu der keine zwanzig Leute gekommen waren, ist Doris aufgestanden und hat eine Rede zu diesem Thema gehalten, eine Frau, die sonst in der Öffentlichkeit nie den Mund aufbekam. Er sei Kommunist gewesen und habe eine Schwäche für das Leben gehabt, hat sie da gesagt; ein leidenschaftlicher Kommunist, der jedoch nicht dazu geschaffen gewesen sei, im geschlossenen Zirkel der Partei zu leben, und genau daran sei er letztlich zerbrochen. Aus kommunistischer Sicht sei er keineswegs vollkommen gewesen – Gott sei Dank. Er habe auf ein Privatleben nicht verzichten können. Immer wieder habe sich das Private bei Ira durchgesetzt, so militant und zielstrebig er sich auch gebärden mochte. Es sei ja nicht schlecht, seiner Partei treu zu dienen, aber auch nicht schlecht sei es, man selbst zu sein und seine Persönlichkeit nicht zu unterdrücken. Es sei ihm nicht möglich gewesen, irgend etwas an sich zu unterdrücken. Ira habe sich vollständig ausgelebt, sagte Doris, mitsamt seinen Widersprüchen.

Nun, das mag sein, das mag nicht sein. Die Widersprüche waren nicht zu bestreiten. Die private Offenheit und die kommunistische Heimlichtuerei. Das häusliche Leben und die Partei. Der Wunsch nach einem Kind, die Sehnsucht nach einer Familie – durfte ein Parteimitglied mit seinen Ambitionen wirklich so sehr auf ein Kind versessen sein? Auch seinen Widersprüchen könnte man ja eine Grenze setzen. Ein Mann der Straße heiratet eine *Künstlerin*? Ein Mann in den Dreißigern heiratet eine Frau in den Vierzigern, eine Frau mit einem erwachsenen Baby, das immer noch zu Hause wohnt? Zahllose Widersprüche. Andererseits war genau das die Herausforderung. Für Ira galt: je mehr falsch ist, desto mehr gibt es zu korrigieren.

Ich habe zu ihm gesagt: ›Ira, die Sache mit Pennington ist *nicht* korrigierbar. Zu korrigieren gibt's da nur eins: du mußt dich raushalten.‹ Ich habe ihm ungefähr das gleiche gesagt, was O'Day ihm damals zu Donna gepredigt hatte. ›Hier geht es nicht um Politik – hier geht es um Privatleben. Du kannst aufs Privatleben nicht dieselbe Ideologie anwenden wie auf die große Welt. Du kannst diese Frau nicht verändern. Du hast, was du hast; wenn es dir unerträglich ist, dann geh. Diese Frau hat einen Homosexuellen geheiratet, hat zwölf Jahre lang unberührt an der Seite eines homosexuellen Ehemanns gelebt und hält ihre Beziehung zu ihm aufrecht, obwohl er sich vor ihrer Tochter auf eine Weise aufführt, die sie selbst als abträglich für das Wohlbefinden ihrer Tochter betrachtet. Offenbar hält sie es für noch abträglicher, wenn Sylphid ihren Vater gar nicht sieht. Sie steckt in der Klemme, wahrscheinlich *kann* sie gar nicht das Richtige tun – also laß es auf sich beruhen, setz ihr nicht damit zu, vergiß es.‹

Dann habe ich ihn gefragt: ›Gibt es noch andere Dinge, die du nicht ertragen kannst? Andere Dinge, die du verändern möchtest? Falls ja, schlag's dir aus dem Kopf. Du kannst nämlich *gar* nichts verändern.‹

Aber dafür hat Ira gelebt, für Veränderung. Das war der Motor seines Lebens. Der Motor seines Engagements. Es liegt im Wesen des Menschen, alles als Herausforderung seiner Willenskraft zu sehen. Er darf keine Mühe scheuen. Er muß alles verändern. Für ihn war das der Zweck seines Erdendaseins. Alles, was er verändern wollte, war hier.

Aber wer mit Leidenschaft etwas tun will, das seinem Einfluß entzogen ist, sollte sein Scheitern einkalkulieren – am Ende wird man in die Knie gezwungen.

›Stell dir vor‹, habe ich zu Ira gesagt, ›du fertigst eine Liste von allem an, was dir unerträglich ist, ziehst einen Strich darunter und zählst das alles zusammen – lautet die Summe dann ›Absolut unerträglich‹? Falls ja, dann mußt du gehen, selbst wenn du erst vorgestern dort angekommen bist, selbst wenn diese Ehe kaum erst geschlossen ist. Denn du neigst dazu, nicht zu gehen, wenn du einen Fehler machst. Du neigst dazu, die Dinge auf jene überstürzte Art zu korrigieren, wie es in unserer Familie üblich ist. Das macht mir zur Zeit große Sorge.‹

Er hatte mir schon von Eves dritter Ehe erzählt, der Ehe nach Pennington, mit Freedman, und dazu bemerkte ich: ›Das klingt mir wie eine Katastrophe nach der andern. Und was genau schwebt dir jetzt vor – willst du die Katastrophen ungeschehen machen? Dich als großer Befreier aufspielen, nicht nur auf, sondern auch außerhalb der Bühne? Hast du dich etwa deshalb ausgerechnet für sie entscheiden? Um ihr zu beweisen, daß du größer und besser bist als der große Hollywoodstar? Um ihr zu beweisen, daß die Juden keine raffgierigen Kapitalisten wie Freedman sind, sondern Gerechtigkeit produzierende Maschinen wie du?‹

Doris und ich waren schon mal zum Essen bei ihnen gewesen. Ich hatte die Pennington-Frame-Familie in Aktion erlebt, und so ließ ich mich auch darüber aus. Ich ließ mich über alles aus. ›Diese Tochter ist eine Zeitbombe, Ira. Reizbar, mürrisch, rachsüchtig – eine Person, die nur existiert, wenn sie sich zur Schau stellen kann. Sie hat einen starken Willen, sie ist es gewohnt, zu bekommen, was sie haben will, und du, Ira Ringold, stehst ihr im Weg. Gewiß, auch du hast einen starken Willen, du bist größer und älter, und du bist ein Mann. Aber es wird dir nicht gelingen, deinen

Willen zu bekunden. Wenn es um die Tochter geht, kannst du keine moralische Autorität haben, *weil* du größer und älter und ein Mann bist. Für einen Giganten der Moralbranche wie dich wird das eine Quelle ewiger Enttäuschung sein. In dir wird die Tochter die Bedeutung eines Worts erkennen, das ihre Mutter ihr nicht mal ansatzweise hat verständlich machen können: Widerstand. Du bist ein zwei Meter hohes Hindernis, ein Widersacher ihrer Tyrannei über den Star, der ihre Mutter ist.‹

Ich habe starke Worte gebraucht. Ich selbst war damals auch ein Hitzkopf. Das Irrationale hat mich beunruhigt, besonders wenn es von meinem Bruder kam. Ich war heftiger, als ich hätte sein sollen, aber direkt übertrieben habe ich nicht. Ich habe es gleich gesehen, von Anfang an, schon an dem Abend, als wir bei ihnen zum Essen waren. Ich hätte gedacht, das könnte man gar nicht übersehen, aber Ira reagiert mit Entrüstung. ›Woher weißt du das alles? Wie kannst du das alles wissen? Weil du so schlau bist‹, sagt er, ›oder weil ich so dumm bin?‹ ›Ira‹, sage ich, ›die Familie in diesem Haus besteht aus zwei Menschen, nicht aus drei; eine Familie aus zwei Menschen, die außer miteinander keinerlei feste menschliche Beziehungen haben. In diesem Haus lebt eine Familie, die für *nichts* den richtigen Maßstab finden kann. Die Mutter in diesem Haus wird von der Tochter emotional erpreßt. Als Beschützer einer Frau, die emotional erpreßt wird, kannst du kein glückliches Leben haben. Nichts ist in diesem Haus deutlicher zu spüren als die Umkehrung der Autorität. Sylphid führt das Regiment. Es ist mit Händen zu greifen, daß die Tochter einen gärenden Haß auf die Mutter hegt. Es ist mit Händen zu greifen, daß die Tochter die Mutter wegen irgendeines unverzeihlichen Vergehens in der Hand hat. Es ist mit Händen zu greifen, wie hemmungslos die beiden ihre überreizten Emotionen aufeinander loslassen. Zwischen diesen beiden kann niemals so etwas wie Harmonie entstehen. Zwischen einer so verängstigten Mutter und diesem anmaßenden, noch immer nicht entwöhnten Kind wird es niemals so etwas wie ein anständiges, vernünftiges Einvernehmen geben.

Ira‹, sage ich, ›die Beziehung zwischen Mutter und Tochter oder Mutter und Sohn ist nicht gar so kompliziert. Ich selbst habe eine Tochter, mit Töchtern kenne ich mich aus. Mit seiner Tochter zusammenzusein, weil man vernarrt in sie ist, weil man sie liebt, das ist eine Sache; eine ganz andere Sache ist es, mit ihr zusammenzusein, weil sie einen in Angst und Schrecken versetzt. Ira, die Empörung der Tochter über die Wiederverheiratung der Mutter wird euer Familienleben von Anfang an vergiften. ‚Jede unglückliche Familie ist auf ihre eigene Art unglücklich.‘ Ich schildere dir bloß, auf welche Art diese Familie unglücklich ist.‹

Hier fiel er mir ins Wort. ›Hör zu, ich lebe nicht in der Lehigh Avenue‹, erklärte er. ›Ich mag deine Doris sehr gern, sie ist eine wunderbare Frau und eine wunderbare Mutter, aber ich habe kein Interesse an der bourgeoisen jüdischen Ehe mit zwei verschiedenen Sätzen Geschirr. Ich habe mich nie an die bourgeoisen Konventionen gehalten und habe nicht die Absicht, jetzt damit anzufangen. Verlangst du wirklich allen Ernstes, daß ich eine Frau aufgeben soll, die ich liebe, ein begabtes, wunderbares Menschenwesen – eine Frau, deren Leben, nebenbei bemerkt, auch nicht gerade auf Rosen gebettet war –, daß ich sie wegen dieser Tochter, dieser Harfenspielerin, aufgeben und weglaufen soll? Ist das für dich das große Problem meines Lebens? Das Problem meines Lebens ist die Gewerkschaft, der ich angehöre, Murray, daß ich diese verdammte Schauspielergewerkschaft von dort, wo sie ist, dorthin bringen will, wo sie hingehört. Das Problem meines Lebens ist der Autor meiner Auftritte. Es ist nicht mein Problem, daß ich für Eves Tochter ein Hindernis darstelle – ich bin ein Hindernis für Artie Sokolow, *das* ist das Problem. Bevor er das Manuskript abliefert, setze ich mich mit ihm zusammen und gehe es mit ihm durch, und wenn mir mein Text nicht gefällt, Murray, dann sage ich ihm das. Ich *spreche* den verdammten Text nicht, wenn er mir nicht gefällt. Ich setze mich hin und kämpfe mit ihm, bis er mir etwas zu sagen gibt, das eine gesellschaftlich nützliche Botschaft enthält –‹

Daß er so aggressiv das eigentliche Thema verfehlte, mag Iras Sache sein. Gewiß, sein Verstand bewegte sich, aber nicht sehr klar. Er bewegte sich nur mit Gewalt. ›Es ist mir egal‹, sage ich zu ihm, ›ob du auf die Bühne stolzierst und den Leuten sagst, wie sie ihre Texte zu schreiben haben. Ich rede von etwas ganz anderem. Mir geht es nicht um konventionell oder unkonventionell oder um bourgeois oder nichtbourgeois. Ich rede von einer Familie, in der die Mutter nichts als ein kläglicher Fußabtreter für die Tochter ist. Es ist schon verrückt, daß du, der Sohn unseres Vaters und aufgewachsen bei uns zu Hause, daß ausgerechnet du nicht erkennst, wie explosiv, wie zerstörerisch für den einzelnen solche häuslichen Verhältnisse sein können. Die entnervenden Zänkereien. Die tägliche Verzweiflung. Die ewigen Verhandlungen. Diese Familie ist doch vollkommen zerrüttet –‹

Na ja, es ist Ira nicht schwergefallen, ›Leck mich‹ zu sagen und mir für immer die Freundschaft aufzukündigen. Er hat nie die Tonart gewechselt. Es gab nur den ersten Gang und als nächsten den fünften Gang, und dann war er weg. Ich konnte nicht aufhören, ich wollte nicht aufhören, also sagt er, ich könnte ihn mal, und geht. Sechs Wochen später habe ich ihm einen Brief geschrieben, den er nicht beantwortet hat. Dann rief ich ihn an, aber er ging nicht ans Telefon. Schließlich fuhr ich nach New York, schnappte ihn mir und bat um Verzeihung. ›Du hattest recht, ich hatte unrecht. Das alles geht mich nichts an. Du fehlst uns. Wir möchten, daß du uns besuchst. Wenn du Eve mitbringen willst, bring sie mit – wenn nicht, laß es. Lorraine vermißt dich. Sie hat dich gern und weiß nicht, was los ist. Doris vermißt dich . . .‹ Und so weiter. Ich wollte sagen: ›Du konzentrierst dich auf die falsche Bedrohung. Was dich bedroht, ist nicht der imperialistische Kapitalismus. Was dich bedroht, sind nicht deine öffentlichen Auftritte, was dich bedroht, ist dein Privatleben. Das war schon immer so und wird immer so bleiben.‹

Oft konnte ich nachts nicht schlafen. Dann sagte ich zu Doris: ›Warum verläßt er sie nicht? Warum *kann* er sie nicht verlassen?‹ Und wissen Sie, was Doris geantwortet hat? ›Weil er wie alle anderen ist – du bemerkst etwas erst, wenn es vorbei ist. Warum verläßt du nicht *mich*? Gibt es zwischen uns nicht auch all das Menschliche, das es jedem so schwer macht, mit einem anderen zusammenzuleben? Wir haben Streit. Wir haben Meinungsverschiedenheiten. Wir haben alles, was alle anderen auch haben – all diese Kleinigkeiten hier und da, all die kleinen Beleidigungen, die sich ansammeln, all die kleinen Versuchungen, die sich ansammeln. Meinst du etwa, ich wüßte nicht, daß es Frauen gibt, die dich attraktiv finden? Lehrerinnen, Gewerkschafterinnen, die meinen Mann sehr attraktiv finden? Meinst du, ich wüßte nicht, daß du, als du aus dem Krieg zurückgekommen bist, ein ganzes Jahr lang nicht gewußt hast, warum du überhaupt noch mit mir zusammen bist, und dich tagtäglich gefragt hast: ‚Warum verlasse ich sie eigentlich nicht?‘ Aber du hast es nicht getan. Weil das die Menschen normalerweise eben nicht tun. Alle sind unzufrieden, aber normalerweise *bleiben* die Menschen nun mal, wo sie sind. Besonders solche, die selbst verlassen wurden, wie du und dein Bruder. Wer durchgemacht hat, was ihr beide durchgemacht habt, der schätzt Stabilität sehr hoch ein. Überschätzt sie. Das ist das Schwierigste überhaupt, den Knoten seines Lebens zu zerhauen und wegzugehen. Lieber unternimmt man zehntausend Versuche, sich selbst dem krankhaftesten Verhalten irgendwie anzupassen. Was bindet einen Mann seines Typs so stark an eine Frau ihres Typs? Das übliche: ihre Fehler passen zusammen. Ira kann aus dieser Ehe ebensowenig aussteigen wie aus der Kommunistischen Partei.‹

Und überhaupt, das Kind. Johnny O'Day Ringold. Eve hat Ira erzählt, als sie in Hollywood Sylphid bekommen habe, sei das für sie etwas ganz anderes gewesen als für Pennington. Wenn Pennington täglich zur Arbeit ins Filmstudio ging, wurde das von jedermann akzeptiert; wenn *sie* täglich zur Arbeit ins Filmstudio ging, wurde das Baby zu einer Kinderfrau gebracht, und folglich war Eve eine schlechte Mutter, eine verantwortungslose Mutter, eine egoistische Mutter, und alle, sie eingeschlossen, waren unzufrieden. Sie sagte ihm, das wolle sie nicht noch einmal durchmachen. Das habe sie und auch Sylphid zu sehr mitgenommen. Sie sagte Ira, diese Belastung sei vielleicht der Hauptgrund für das Ende ihrer Karriere in Hollywood gewesen.

Aber Ira entgegnete, jetzt sei sie ja nicht mehr beim Film, sondern beim Radio. Und im Radio sei sie ganz oben. Sie brauche nicht täglich ins Studio zu gehen – nur zweimal die Woche. Das sei etwas ganz anderes. Und Ira Ringold sei nicht Carlton Pennington. Er werde sie nicht mit dem Kind sitzenlassen. Sie würden keine Kinderfrau brauchen. Zum Teufel damit. Wenn es sein müsse, werde er ihren Johnny O'Day allein großziehen. Wenn Ira sich einmal etwas in den Kopf gesetzt hatte, ließ er es nicht mehr los. Und Eve war nicht die Frau, die einem solchen Sperrfeuer standhalten konnte. Wenn man ihr zusetzte, brach sie zusammen. Und so glaubte er sie auch in diesem Punkt überzeugt zu haben. Schließlich sagte sie, ja, er habe recht, es sei wirklich nicht dasselbe; na schön, sagte sie, wir bekommen das Kind. Und er war euphorisch, im siebten Himmel – Sie hätten ihn mal hören sollen.

Aber dann, an dem Abend, bevor er nach Newark rüberkam, an dem Abend, bevor Sie beide sich kennengelernt haben, brach sie zusammen und sagte, sie könne einfach nicht mehr. Sie erzählte ihm, wie unglücklich es sie mache, ihm etwas abzuschlagen, das er so gern haben wolle, aber ein zweites Mal könne sie das alles nicht ertragen. Stundenlang redete sie so auf ihn ein, und was konnte er da machen? Was hätte es irgendwem genützt – ihr, ihm oder dem kleinen Johnny –, wenn *das* den Hintergrund ihres Familienlebens gebildet hätte? Er war traurig, und sie blieben bis drei oder vier in dieser Nacht auf, aber was ihn betraf, war die Sache gelaufen. Er war ein hartnäckiger Bursche, aber er konnte sie ja wohl nicht für sieben Monate ans Bett fesseln, bis sie das Kind ausgetragen hatte. Wenn sie nicht wollte, dann wollte sie eben nicht. Also sagte er ihr, er werde mit ihr zu dem Abtreibungsarzt nach Camden fahren. Sie werde nicht allein sein.«

Als ich Murray so zuhörte, stiegen Erinnerungen an Ira in mir auf, Erinnerungen, von denen ich gar nicht wußte, daß sie mir geblieben waren, Erinnerungen daran, wie gierig ich seine Reden und seine erwachsenen Überzeugungen verschlungen hatte, intensive Erinnerungen an uns beide, wie wir im Weequahic Park spazierengegangen waren und er mir von den verarmten Kindern im Iran erzählt hatte.

»Als ich in den Iran gekommen bin«, erzählte mir Ira, »litten die Menschen dort an sämtlichen Krankheiten, die man sich nur denken kann. Als Moslems pflegten sie sich zwar vor und nach dem Stuhlgang die Hände zu waschen – aber das taten sie im Fluß, in dem Fluß, der sozusagen vor unserer Nase lag. Sie wuschen ihre Hände in demselben Wasser, in das sie auch urinierten. Ihre Lebensbedingungen waren schrecklich, Nathan. Die Scheichs hatten dort das Sagen. Und das waren keine romantischen Typen. Eher so was wie Diktatoren in einem Stamm. Verstehst du? Die Armee hat ihnen Geld gegeben, damit die Einheimischen für uns arbeiteten, und die Einheimischen bekamen von uns Reis und Tee, in Rationen. Sonst nichts. Reis und Tee. Diese Lebensbedingungen – so etwas hatte ich vorher noch nie gesehen. Ich hatte während der Depression die schlimmsten Arbeiten übernommen, auch ich war nicht im Ritz aufgewachsen – aber das hier war etwas ganz anderes. Zum Beispiel, wenn wir den Darm entleeren mußten, taten wir das auf GI-Kübeln – das waren schlichte Metalleimer. Und da sie nun mal geleert werden mußten, kippten wir das Zeug auf die Müllkippe. Und was glaubst du, wer war da?«

Plötzlich konnte Ira nicht mehr weitersprechen, nicht mehr weitergehen. Es beunruhigte mich jedesmal, wenn ihm das geschah. Und weil er das wußte, hob er beschwichtigend die Hand und bedeutete mir, still zu sein, ein wenig zu warten, gleich gehe es ihm wieder besser.

Über Dinge, die ihm gegen den Strich gingen, konnte er nicht gelassen diskutieren. Wenn irgend etwas aufkam, das mit der Erniedrigung von Menschen zu tun hatte, insbesondere wenn es – seine eigene zerstörte Jugend mochte eine Erklärung dafür sein – um Leid und Erniedrigung von Kindern ging, konnte sich seine ganze männliche Haltung bis zur Unkenntlichkeit verzerren. Als er mich fragte: »Und was glaubst du, wer war da?«, erahnte ich die Antwort schon an der Art, wie er jetzt zu atmen begann: »Ahhh ... ahhh ... ahhh.« Er keuchte wie jemand, der im Sterben lag. Als er sich wieder so weit erholt hatte, daß er weitergehen konnte, fragte ich, als ob ich es nicht wüßte: »Wer, Ira? Wer war da?«

»Die Kinder. Sie haben dort gelebt. Sie haben auf der Müllkippe nach Essen gesucht –«

Als er sich diesmal unterbrach, war ich so beunruhigt, daß ich nicht an mich halten konnte; aus Furcht, es könne ihm die Sprache verschlagen haben, er könne so überwältigt sein – nicht nur von seinen Gefühlen, sondern auch von einer ungeheuren Einsamkeit, die ihn plötzlich aller Kräfte zu berauben schien –, daß er nie mehr den Weg zurück zu dem tapferen, zornigen Helden finden würde, den ich so bewunderte, mußte ich jetzt einfach etwas, irgend etwas, tun, und so versuchte ich wenigstens seinen Gedanken für ihn zu Ende zu bringen. Ich sagte: »Und es war schrecklich.«

Er klopfte mir auf den Rücken, und wir gingen wieder weiter. »Für mich schon«, antwortete er schließlich. »Aber meinen Kameraden war das gleichgültig. Nie habe ich gehört, daß einer von ihnen etwas dazu gesagt hätte. Nie habe ich erlebt, daß einer von ihnen – einer aus meinem Amerika – diese Situation beklagt hätte. Das hat mich sehr erbittert. Aber ich konnte nichts dagegen machen. In der Armee gibt es keine Demokratie. Verstehst du? Da geht man nicht zu einem Vorgesetzten und beklagt sich. Und diese Zustände gab es schon Gott weiß wie lange. Das ist eben der Lauf der Welt. So leben die Menschen nun mal.« Dann brach es aus ihm heraus: »Das *machen* Menschen mit Menschen nun mal!«

Auf unseren Spaziergängen durch Newark zeigte Ira mir die nichtjüdischen Viertel, die ich gar nicht richtig kannte – den Ersten Bezirk, in dem er aufgewachsen war und in dem jetzt die armen Italiener lebten; Down Neck, in dem die armen Iren und die armen Polen lebten –, und er erklärte mir unterdessen, daß diese Menschen, im Gegensatz zu dem, was ich bisher gehört haben mochte, nicht einfach Gojim seien, sondern »Arbeiter wie alle anderen Arbeiter in diesem Land, fleißig, arm und machtlos, die jeden verfluchten Tag um ein Leben in Anstand und Würde kämpfen müssen«.

Wir kamen in Newarks Dritten Bezirk, wo sich in den Straßen und Häusern des alten jüdischen Einwandererslums allmählich die Neger breitmachten. Ira sprach mit jedem, den er sah, mit Männern und Frauen, Jungen und Mädchen, fragte, was sie machten und wie sie lebten und was sie davon hielten, »dieses beschissene System zu verändern, etwas gegen diesen ganzen verdammten Zustand ignoranter Unmenschlichkeit zu unternehmen«, der es ihnen verwehre, als Gleiche unter Gleichen behandelt zu werden. Er setzte sich etwa auf eine Bank vor einem schwarzen Friseurladen in der verkommenen Spruce Street – in einem Mietshaus gleich um die Ecke, in der Belmont Avenue, war mein Vater aufgewachsen – und sagte zu den auf dem Gehsteig versammelten Männern: »Ich mische mich immer gern in die Gespräche anderer

Leute ein.« Und dann hielt er ihnen einen Vortrag über gleiche Rechte für alle, und nie erinnerte er mich stärker an den langen dünnen Abraham Lincoln, der in Bronze gegossen am Fuß der breiten Treppe zu sehen ist, die zu Newarks Essex County Courthouse emporführt: dort sitzt er, freundlich wartend, in lässiger Haltung auf einer Marmorbank vor dem Gerichtsgebäude, und sein hageres bärtiges Gesicht sagt uns, wie klug und ernst und väterlich und vernünftig und gut er ist. Vor diesem Friseurladen in der Spruce Street – als Ira, von jemandem nach seiner Meinung befragt, deklamierte: »Jeder Neger hat das Recht, in jedem verdammten Lokal zu essen, wo er sein gutes Geld lassen will!« – ging mir auf, daß ich weder in meiner Phantasie und schon gar nicht in Wirklichkeit jemals einen Weißen gesehen hatte, der so familiär und ungezwungen mit Negern umgehen konnte.

»Was die meisten Leute fälschlich für Verstocktheit und Dummheit der Neger halten – weißt du, was das ist, Nathan? Es ist eine Hülle, die zu ihrem Schutz dient. Aber wenn sie einem begegnen, der keine Rassenvorurteile kennt – da siehst du, was geschieht: da *brauchen* sie diese Hülle nicht. Natürlich gibt's auch unter ihnen Psychopathen, aber sag mir, wo es die nicht gibt.«

Als Ira eines Tages vor dem Friseurladen einen uralten, verbitterten Schwarzen bemerkte, dessen größtes Vergnügen es war, seinem Zorn auf die Gemeinheit des Menschengeschlechts in heftigen Debatten Luft zu machen – »Die Welt, wie wir sie kennen, hat sich nicht aus der Tyrannei von Tyrannen entwickelt, sondern aus der Tyrannei der menschlichen Habgier, Unwissenheit, Brutalität und Gehässigkeit. Der böse Tyrann ist der *Jedermann*!« –, gingen wir noch mehrmals dorthin zurück, und die Leute strömten zusammen und lauschten Iras Wortgefechten mit diesem imposanten Querkopf, der stets einen sauberen schwarzen Anzug mit Krawatte trug und von den anderen respektvoll »Mr. Prescott« genannt wurde: Ira bekehrte sie alle, einzeln und nacheinander, einen Neger nach dem anderen; die Lincoln-Douglas-Diskussionen in seltsam neuer Form.

»Sind Sie immer noch davon überzeugt«, fragte Ira ihn freundlich, »daß die Arbeiterklasse sich mit den Krümeln vom Tisch der Imperialisten zufriedengeben wird?« »Das bin ich, Sir! Die Mehrzahl der Menschen *gleich welcher* Hautfarbe ist geistlos, träge, böse und dumm, und daran wird sich nie etwas ändern. Sollte ihrer Armut tatsächlich jemals ein wenig abgeholfen werden, wird das zur Folge haben, daß sie *noch* geistloser, träger, böser und dümmer werden!« »Nun ja, darüber habe ich nachgedacht, Mr. Prescott, und ich bin mir sicher, daß Sie sich im Irrtum befinden. Die schlichte Tatsache, daß nicht genug Krümel vorhanden sind, um die Arbeiterklasse satt und gefügig zu erhalten, widerlegt Ihre These. Sie alle hier, meine Herren, unterschätzen, wie nahe der industrielle Kollaps bevorsteht. Gewiß, die meisten unserer Arbeiter würden an Truman und dem Marshall-Plan festhalten, wenn sie sicher wären, daß sie damit nicht arbeitslos würden. Aber der Widerspruch ist doch der: die Konzentration des Großteils der Produktion auf Kriegsmaterial sowohl für die amerikanischen Streitkräfte als auch für die der Marionettenregierungen *führt zur Verarmung der amerikanischen Arbeiter.*«

Auch angesichts von Mr. Prescotts allem Anschein nach schwer erkämpftem Menschenhaß versuchte Ira ein wenig Vernunft und Hoffnung in die Diskussion zu bringen und wenn schon nicht Mr. Prescott, dann wenigstens den Zuhörern auf der Straße ein Bewußtsein für die Veränderungen zu vermitteln, die durch konzertiertes politisches Handeln im Leben der Menschen herbeigeführt werden könnten. Auf mich wirkte das wie Wordsworth' Schilderung aus den Tagen der Französischen Revolution: »wie der Himmel«: »Es war ein Fest, in diesem Aufgang einer neuen Zeit zu leben. Und dabei noch jung zu sein war wie der Himmel.« Da standen wir zwei Weiße inmitten von zehn oder zwölf Schwarzen, und es gab nichts, worüber wir uns sorgen mußten, und nichts, was sie zu fürchten hatten: weder waren wir ihre Unterdrücker noch waren sie unsere Feinde – der Feind und Unterdrücker, der uns alle entsetzte, war die Art und Weise, wie diese Gesellschaft organisiert und geführt wurde.

Nach unserem ersten Besuch in der Spruce Street lud er mich zum Käsekuchen im Weequahic Diner ein und erzählte mir dann beim Essen von den Negern, mit denen er in Chicago gearbeitet hatte.

»Die Fabrik lag mitten im Schwarzenviertel von Chicago«, sagte

er. »Etwa fünfundneunzig Prozent der Beschäftigten waren Farbige, und dort kommt jener Geist zum Ausdruck, von dem ich dir
erzählt habe. Anderswo habe ich es noch nie erlebt, daß ein Neger
mit allen anderen auf absolut gleicher Stufe steht. So haben die
Weißen keine Schuldgefühle, und die Neger haben nicht ständig
Wut im Bauch. Verstehst du? Befördert wird ausschließlich nach
Betriebszugehörigkeit – da gibt's keine Mauscheleien.«

»Wie sind denn Neger so, wenn man mit ihnen arbeitet?«

»Soweit ich feststellen konnte, war man uns Weißen gegenüber
nicht argwöhnisch. Zunächst einmal wußten die Farbigen ja, daß
jeder Weiße, den die Gewerkschaft in diese Fabrik schickte, entweder Kommunist oder ein ziemlich treuer Mitläufer war. Und
daher hatten sie keine Hemmungen. Sie wußten, daß wir von
Rassenvorurteilen so frei waren, wie es ein Erwachsener in dieser
Zeit und Gesellschaft nur sein konnte. Wenn man dort jemand
eine Zeitung lesen sah, konnte man zwei gegen eins wetten, daß es
der *Daily Worker* war. *Chicago Defender* und *Racing Form* lagen
dichtauf an zweiter Stelle. Hearst und McCormick hatten praktisch nichts zu sagen.«

»Aber wie sind Neger denn eigentlich? Privat, meine ich.«

»Nun, mein Freund, es gibt auch miese Typen darunter, falls du
das wissen willst. Das läßt sich nicht bestreiten. Aber das ist eine
kleine Minderheit, und eine Fahrt mit der Hochbahn durch die
Negerghettos dürfte wohl jedem, der nicht komplett vernagelt ist,
einen hinreichenden Eindruck davon vermitteln, was die Menschen zu solchen Zerrgestalten macht. Was mir bei den Negern am
stärksten aufgefallen ist, war ihre menschliche Wärme. Und, in
unserer Schallplattenfabrik, ihre Liebe zur Musik. In unserer Fabrik waren überall Lautsprecher aufgestellt, Verstärker, und wer
irgendein bestimmtes Lied hören wollte – und das während der
Arbeitszeit –, brauchte nur darum zu bitten. Die Burschen haben
gesungen, getanzt – nicht selten, daß sich einer ein Mädchen ge-
schnappt und mit ihr getanzt hat. Etwa ein Drittel der Beschäftigten waren Negermädchen. Nette Mädchen. Wir haben zusammen
geraucht, gelesen, Kaffee gemacht, lautstarke Debatten geführt,
und die Arbeit ist unterdessen glatt und ohne Pause weitergegangen.«

»Hatten Sie auch Freunde unter den Negern?«

»Aber ja. Natürlich. Da war zum Beispiel ein großer Bursche, Earl Soundso, der war mir von Anfang an sympathisch, weil er wie Paul Robeson aussah. Ich bin ziemlich schnell dahintergekommen, daß er praktisch auch so ein Wanderarbeiter war wie ich selbst. Earl fuhr mit der Straßenbahn und Hochbahn genauso weit wie ich, und wir stiegen immer in dieselben ein, wie man das so macht, wenn man jemanden zum Quatschen haben will. Bis vor die Fabriktore redeten und lachten Earl und ich genau wie bei der Arbeit. Aber kaum saßen wir in der Bahn, wo es Weiße gab, die er nicht kannte, war Earl plötzlich verschlossen, und wenn ich ausstieg, sagte er bloß noch ›Bis dann‹, sonst nichts. Verstehst du?«

Auf den Seiten der kleinen braunen Notizbücher, die Ira aus dem Krieg mitgebracht hatte, standen eingestreut zwischen seinen Beobachtungen und Glaubensbekenntnissen die Namen und Heimatadressen von so ziemlich allen politisch gleichgesinnten Soldaten, die er bei der Armee kennengelernt hatte. Nach und nach hatte er diese Männer aufgespürt, Briefe ins ganze Land geschickt und denjenigen, die in New York und Jersey lebten, Besuche abgestattet. Einmal fuhren wir nach Maplewood, westlich von Newark, um den ehemaligen Sergeant Erwin Goldstine zu besuchen, der sich im Iran so links wie Johnny O'Day gebärdet hatte – »ein sehr entwickelter Marxist«, beschrieb Ira ihn –, wieder zu Hause jedoch, wie wir feststellen mußten, in eine Familie eingeheiratet hatte, die in Newark eine Matratzenfabrik besaß, und jetzt als Vater von drei Kindern zum Befürworter all dessen geworden war, wogegen er einst aufbegehrt hatte. Über Taft-Hartley, Rassenbeziehungen oder Preiskontrollen wollte er mit Ira kein Wort mehr verlieren. Er lachte nur.

Goldstines Frau und seine Kinder waren für den Nachmittag mit den Schwiegereltern ausgegangen; wir saßen bei ihm in der Küche und tranken Sprudel, und Goldstine, ein drahtiger kleiner Kerl mit dem überheblichen Gebaren des typischen Besserwissers, hatte für alles, was Ira sagte, nur Hohn und Spott übrig. Wie er seine Kehrtwendung erkläre? »Hatte von Tuten und Blasen keine Ahnung. Wußte nicht, wovon ich da redete.« Zu mir sagte Goldstine: »Junge, hör nicht auf ihn. Du lebst in Amerika. Das ist das großartigste Land der Welt, das großartigste System der Welt. Natürlich werden die Leute beschissen. Glaubst du, in der Sowjetunion werden sie nicht beschissen? Er erzählt dir, im Kapitalismus denkt jeder nur an sich selbst. Wie soll man leben, wenn man nicht an sich selbst denkt? Ein solches Denken steht in Einklang mit dem Leben. Gerade deshalb funktioniert das System. Schau, alles was die Kommunisten über den Kapitalismus sagen, ist richtig, und alles was die Kapitalisten über den Kommunismus sagen, ist richtig. Der Unterschied ist nur: unser System funktioniert, weil es auf die Tatsache vom Egoismus der Menschen gegründet ist, und ihres funktioniert nicht, weil es auf das Ammenmärchen von der *Bruderschaft* der Menschen gegründet ist. Dieses Märchen ist so verrückt, daß sie die Leute nach Sibirien verfrachten müssen, um ihnen den Glauben daran beizubringen. Um ihnen den Glauben an ihre Bruderschaft beizubringen, müssen sie jeden Gedanken der Leute kontrollieren oder sie erschießen. Und unterdessen predigen die Kommunisten in Amerika und Europa weiter dieses Märchen, obwohl sie genau wissen, was da wirklich vor sich geht. Natürlich, eine Zeitlang weiß man es nicht. Aber was weiß man nicht? Man kennt doch Menschen. Also weiß man alles. Man weiß, dieses Märchen kann nicht stimmen. Wenn man noch sehr jung ist, gut, dann kann ich das akzeptieren. Mit Zwanzig, Einundzwanzig, Zweiundzwanzig, na schön. Aber danach? Ausgeschlossen, daß ein durchschnittlich intelligenter Mensch diese Geschichte glauben kann, dieses Märchen des Kommunismus. ›Wir werden etwas Wunderbares vollbringen . . .‹ Aber wir kennen unseren Bruder doch, oder? Er ist ein Arschloch. Und wir kennen unseren Freund doch, oder? Er ist ein kleines Arschloch. Und wir selbst sind kleine Arschlöcher. Was kann da Wunderbares draus werden? Man muß gar kein Zyniker oder Skeptiker sein, schon die gewöhnliche menschliche Beobachtungsgabe sagt uns, *daß es nicht möglich ist.*

Willst du einmal in meine kapitalistische Fabrik kommen und dir ansehen, wie eine Matratze hergestellt wird, dir ansehen, wie ein Kapitalist eine Matratze herstellt? Komm und rede mit richtigen Arbeitern. Der Mann hier ist ein Radiostar. Du redest nicht mit einem Arbeiter, du redest mit einem Radiostar. Komm schon,

Ira, du bist ein Star wie Jack Benny – was weißt du denn schon von Arbeit? Der Junge soll zu mir in die Fabrik und sich ansehen, wie wir eine Matratze herstellen, mit welcher Sorgfalt wir arbeiten, wie ich jeden Schritt der Produktion überwachen muß, damit sie meine Matratze nicht versauen. Da wird er sehen, was es heißt, der böse Besitzer der Produktionsmittel zu sein. Es heißt, daß man sich vierundzwanzig Stunden am Tag den Arsch abarbeiten muß. Die Arbeiter gehen um fünf Uhr nach Hause – ich nicht. Ich bin jeden Abend bis Mitternacht da. Wenn ich nach Hause komme, kann ich nicht schlafen, weil ich im Kopf die Bücher führe, und um sechs Uhr morgens bin ich schon wieder da, um den Laden aufzumachen. Laß dich von ihm nicht mit kommunistischen Ideen vollstopfen, Junge. Das sind alles Lügen. Verdien Geld. Geld ist keine Lüge. Geld ist die demokratische Art, im Spiel zu bleiben. Verdien dein Geld – und dann, wenn es dich immer noch drängt, *dann* erzähl was von der Bruderschaft der Menschen.«

Ira lehnte sich auf seinem Stuhl zurück, verschränkte die mächtigen Hände im Nacken und sagte mit unverhohlener Verachtung – wenn auch nicht zu unserem Gastgeber, sondern, um ihn erst recht zu reizen, demonstrativ zu mir: »Weißt du, was eins der schönsten Gefühle im Leben ist? Vielleicht das schönste überhaupt? Keine Angst zu haben. Der Profitgeier, in dessen Haus wir uns befinden – weißt du, was mit ihm los ist? Er hat Angst. So einfach ist das. Im Zweiten Weltkrieg hat Erwin Goldstine keine Angst gehabt. Aber jetzt ist der Krieg vorbei, und Erwin Goldstine hat Angst vor seiner Frau, Angst vor seinem Schwiegervater, Angst vor dem Inkassobüro – er hat Angst vor allem. Man sieht mit großen Augen ins kapitalistische Schaufenster, man will alles haben, man rafft und rafft, man nimmt und nimmt, man erwirbt und besitzt und häuft an, und schon ist es vorbei mit den Überzeugungen, und die Angst setzt ein. Ich habe nichts, das ich nicht aufgeben könnte. Verstehst du? Ich habe keinen Besitz, der mich so fesselt und unfrei macht wie diese Geldsäcke. Wie ich es jemals geschafft habe, aus dem elenden Haus meines Vaters in der Factory Street herauszukommen und dieser Iron Rinn zu werden, wie Ira Ringold es mit seinen anderthalb Jahren Highschool geschafft hat, den Leuten zu begegnen, denen ich begegnet bin, die Leute kennenzulernen, die ich kennengelernt habe, und die Wohltaten zu genießen, die ich jetzt als eingetragenes Mitglied der privilegierten Klasse genieße – das alles ist so unglaublich, daß es mir nicht seltsam vorkommen würde, all das über Nacht wieder zu verlieren. Versteht du? Verstehst du mich? Ich kann in den Mittelwesten zurückgehen. Ich kann wieder in der Fabrik arbeiten. Und wenn es sein muß, dann tu ich das auch. Alles besser, als so ein Angsthase zu werden wie der hier. Denn politisch bist du jetzt genau das«, sagte er und wandte Goldstine endlich den Blick zu – »kein Mann, sondern ein Angsthase, ein Angsthase, der nichts mehr bewegt.«

»Du warst schon im Iran ein Dummschwätzer, und das bist du immer noch, Eisenmann.« Und dann, wieder an mich gewandt – ich war der Resonanzboden, der Stichwortgeber, die Zündschnur an der Bombe –, sagte Goldstine: »Kein Mensch hat sich seine Tiraden anhören können. Kein Mensch hat ihn ernst nehmen können. Der Typ ist ein Witz. Er kann nicht denken. Konnte er noch nie. Er weiß nichts, er sieht nichts, er lernt nichts. Wenn die Kommunisten einen Blödmann wie Ira finden, benutzen sie ihn. Die dümmsten Exemplare der Menschheit können nicht dümmer sein.« Und zu Ira sagte er: »Verschwinde aus meinem Haus, du dämliches Kommunistenschwein.«

Mein Herz pochte schon heftig, bevor ich die Pistole sah, die Goldstine aus der Schublade des Küchenschranks genommen hatte, aus der Besteckschublade direkt hinter ihm. Ich hatte noch nie eine Pistole aus der Nähe gesehen, höchstens einmal sicher verstaut im Halfter eines Newarker Polizisten. Daß die Pistole so groß aussah, lag nicht daran, daß Goldstine so klein war. Sie war wirklich groß, unwahrscheinlich groß, schwarz, gut gearbeitet, ein schönes Stück – ein Gegenstand, der alles mögliche verhieß.

Goldstine war aufgestanden und hielt Ira die Pistole an die Stirn, aber selbst im Stehen war er nicht viel größer als Ira im Sitzen.

»Ich habe Angst vor dir, Ira«, sagte Goldstine. »Ich hatte schon immer Angst vor dir. Du bist ein wilder Mann, Ira. Ich werde nicht warten, daß du mir antust, was du Butts angetan hast. Erinnerst du dich an Butts? Erinnerst du dich an den kleinen Butts?

Steh auf und verschwinde, Eisenmann. Und nimm den kleinen Arschkriecher mit. Arschkriecher, hat dir der Eisenmann nie von Butts erzählt?« fragte mich Goldstine. »Er wollte Butts umbringen. Hat versucht, ihn zu ertränken. Hat ihn aus dem Kasino geschleift – hast du dem Jungen nichts erzählt, Ira, nichts vom Iran, nichts von deinen Wutanfällen im Iran? Der Mann, keine hundertzwanzig Pfund war er schwer, geht mit einem Besteckmesser auf unseren Eisenmann hier los, mit einer furchtbar gefährlichen Waffe also, und der Eisenmann packt ihn und trägt ihn aus dem Kasino und schleift ihn bis ans Hafenbecken, und dann hält er ihn an den Füßen mit dem Kopf nach unten übers Wasser und sagt: ›Schwimm, du Armleuchter.‹ Butts schreit: ›Nein, nein, ich kann nicht‹, und der Eisenmann sagt: ›Ach nein?‹ und läßt ihn fallen. Kopfüber ins Hafenbecken des Schatt el Arab. Der Fluß ist zehn Meter tief. Butts geht unter wie ein Stein. Ira dreht sich um und schreit uns an: ›Laßt den verfluchten Penner! Verzieht euch! Wehe, es kommt einer ans Wasser!‹ ›Aber er ertrinkt, Eisenmann.‹ ›Soll er doch‹, sagt Ira, ›bleibt, wo ihr seid! Ich weiß, was ich tue! Soll er doch absaufen!‹ Als dann doch jemand ins Wasser springt und Butts zu retten versucht, springt Ira hinterher, landet ihm im Kreuz, trommelt auf seinem Kopf herum, stößt ihm die Finger in die Augen und drückt ihn unter Wasser. Du hast dem Jungen nicht von Butts erzählt? Wie kommt's? Von Garwych hast du ihm auch nicht erzählt? Von Solak? Von Becker? Steh auf. Steh auf und verschwinde, du verrücktes Mörderschwein.«

Aber Ira bewegte sich nicht. Nur seine Augen. Seine Augen sahen aus wie Vögel, die ihm aus dem Gesicht fliegen wollten. Sie zuckten und blinzelten, wie ich es noch nie gesehen hatte, während sein ganzer restlicher Körper wie versteinert wirkte; und diese Erstarrung war nicht minder entsetzlich als das Flattern seiner Augen.

»Nein, Erwin«, sagte er, »nicht mit einer Kanone im Gesicht. Wenn du mich loswerden willst, mußt du schon abdrücken oder die Bullen holen.«

Ich hätte nicht sagen können, wer von den beiden mir größere angst machte. Warum tat Ira nicht, was Goldstine wollte – warum sind wir beide nicht einfach aufgestanden und gegangen? Wer war verrückter: der Matratzenfabrikant mit der geladenen Pistole oder der Riese, der ihn herausforderte, sie zu benutzen? Was geschah hier eigentlich? Wir saßen in einer sonnigen Küche in Maplewood, New Jersey, und tranken Royal Crown aus der Flasche. Wir drei waren Juden. Ira hatte doch nur einem alten Kameraden hallo sagen wollen. Was stimmte nicht mit diesen beiden?

Welche irrationalen Gedanken auch immer Ira hatten erstarren lassen, seine Verkrampfung löste sich erst, als ich zu zittern anfing. Ich saß ihm gegenüber, und als er meine Zähne klappern sah, als er meine Hände unkontrollierbar zittern sah, kam er wieder zur Besinnung und erhob sich langsam von seinem Stuhl. Er nahm die Hände über den Kopf, wie man es macht, wenn im Kino die Bankräuber rufen: »Das ist ein Überfall!«

»Schon gut, Nathan. Streit wegen Dunkelheit abgebrochen.« Aber trotz des unbekümmerten Tons, den er dabei zustande brachte, trotz der Kapitulation, die er mit seinen spöttisch erhobenen Händen andeutete, blieb Goldstine, als wir das Haus durch die Küchentür verließen und die Einfahrt zu Murrays Wagen hinuntergingen, dicht hinter uns und ließ die Pistole nicht von Iras Schädel sinken.

Wie in Trance fuhr Ira durch die stillen Straßen von Maplewood, vorbei an all den freundlichen Einfamilienhäusern, in denen ehemalige Newarker Juden lebten, die in den letzten Jahren ihr erstes Haus, ihren ersten Rasen und ihre erste Mitgliedschaft im Country Club erworben hatten. Nicht die Art von Wohngegend oder die Art von Leuten, bei denen man erwarten würde, im Besteckkasten eine Pistole zu finden.

Erst als wir die Irvington-Bahnstrecke überquerten und nach Newark hineinfuhren, kam Ira wieder zu sich und fragte: »Alles okay?«

Ich fühlte mich furchtbar, jetzt freilich nicht mehr vor Angst, sondern wegen eines höchst peinlichen Umstands. Ich räusperte mich, um wenigstens nicht mit brüchiger Stimme zu sprechen, und sagte: »Ich habe mir in die Hose gemacht.«

»Tatsächlich?«

»Ich dachte, er würde Sie umbringen.«

»Du warst tapfer. Du warst sehr tapfer. Bewundernswert.«

»Als wir zum Auto gegangen sind, habe ich mir in die Hose gemacht!« sagte ich wütend. »So ein Mist! Scheiße!«

»Es war *meine* Schuld. Die ganze Sache. Mit dir zu diesem Widerling zu gehen. Zieht der eine Pistole! Eine *Pistole*!«

»Warum hat er das *getan*?«

»Butts ist nicht ertrunken«, sagte Ira plötzlich. »*Niemand* ist ertrunken. Niemand war in Gefahr zu ertrinken.«

»Haben Sie ihn denn reingeworfen?«

»Ja sicher. Natürlich habe ich ihn reingeworfen. Das war der Idiot, der mich als Juden beschimpft hat. Ich habe dir die Geschichte erzählt.«

»Ich erinnere mich.« Aber er hatte mir nur einen Teil der Geschichte erzählt. »Das war der Abend, als man Ihnen aufgelauert hat. Als man Sie zusammengeschlagen hat.«

»Ja. Sie haben mich zusammengeschlagen. Nachdem sie diesen Dreckskerl aus dem Wasser gefischt hatten.«

Er brachte mich bis vors Haus; es war niemand da, und so konnte ich ungestört meine feuchten Sachen in den Wäschekorb werfen, eine Dusche nehmen und mich beruhigen. In der Dusche bekam ich wieder das Zittern, aber nicht so sehr von den Bildern, die mir durch den Kopf gingen – wir am Küchentisch, und Goldstine zielt mit seiner Pistole auf Iras Stirn; Iras Augen, die ausgesehen hatten, als wollten sie ihm aus dem Kopf fliegen –, als vielmehr bei dem Gedanken: Eine geladene Pistole zwischen Gabeln und Messern? In Maplewood, New Jersey? Warum? Wegen Garwych, deswegen! Wegen Solak! Wegen Becker!

Alles, was ich mich im Auto nicht zu fragen getraut hatte, sprach ich nun unter der Dusche laut aus. »Was haben Sie mit diesen Leuten gemacht, Ira?«

Anders als meine Mutter sah mein Vater in Ira kein Mittel gesellschaftlichen Fortkommens für mich und reagierte jedesmal besorgt und nervös, wenn Ira mich anrief: Was hat dieser Erwachsene für ein Interesse an dem Jungen? Er vermutete dahinter irgend etwas Kompliziertes, wenn nicht gar etwas ausgesprochen Finsteres. »Wo gehst du mit ihm hin?« fragte mich mein Vater.

Eines Abends brach sein Argwohn mit Macht hervor, als er

mich an meinem Schreibtisch im *Daily Worker* lesen sah. »Ich will
weder die Hearst-Zeitungen in meinem Haus«, sagte er, »noch
diese Zeitung. Die eine ist das Spiegelbild der andern. Wenn dieser Mann dir den *Daily Worker* gibt –« »Welcher Mann?« »Dein
Freund, dieser Schauspieler. *Rinn*, wie er sich nennt.« »Er gibt mir
den *Daily Worker* nicht. Den habe ich mir in der Stadt gekauft.
Ganz allein. Ist das verboten?« »Wer hat dir gesagt, daß du das kaufen sollst? Hat er dir gesagt, geh und kauf dir diese Zeitung?« »Er
gibt mir niemals irgendwelche Anweisungen.« »Kann nur hoffen,
daß du die Wahrheit sagst.« »Ich lüge nicht! Das ist die Wahrheit!«

Es war die Wahrheit. Zwar hatte ich mich an Iras Bemerkung
erinnert, daß Howard Fast im *Worker* eine Kolumne habe, aber die
Zeitung hatte ich mir aus eigenem Antrieb gekauft, an einem Ki-
osk in der Market Street gegenüber Proctors Filmtheater, einmal,
weil ich Howard Fast lesen wollte, hauptsächlich aber aus schlichter beharrlicher Neugier. »Willst du sie mir wegnehmen?« fragte
ich meinen Vater. »Nein – da hast du Pech. Ich habe nicht vor,
dich zum Märtyrer der Meinungsfreiheit zu machen. Ich hoffe
nur, wenn du sie gelesen und studiert und darüber nachgedacht
hast, wirst du zur Vernunft kommen und erkennen, was für ein
Lügenblatt das ist, und es selbst nicht mehr lesen wollen.«

Als Ira mich gegen Ende des Schuljahrs einlud, im Sommer für
eine Woche zu ihm in die Hütte zu kommen, sagte mein Vater, das
erlaube er nur, wenn er vorher mit Ira reden könne.

»Warum?« wollte ich wissen.

»Ich möchte ihm ein paar Fragen stellen.«

»Wofür hältst du dich? Für das Komitee für unamerikanische
Umtriebe? Warum mußt du so eine große Sache daraus machen?«

»Weil *du* für mich eine große Sache bist. Wie ist seine New Yorker Telefonnummer?«

»Du *kannst* ihm keine Fragen stellen. Worüber eigentlich?«

»Du hast als Amerikaner das Recht, den *Daily Worker* zu kaufen
und zu lesen? Ich habe als Amerikaner das Recht, jeden alles zu
fragen, was ich will. Wenn er mir nicht antworten will, ist das *sein*
Recht.«

»Und wenn er nicht antworten will, was soll er dann machen?
Sich auf das Recht der Zeugnisverweigerung berufen?«

»Nein. Von mir aus kann er sagen, ich soll mich zum Teufel scheren. Ich habe es dir doch eben erst erklärt: so machen wir das in den USA. Ich behaupte nicht, daß man sich das mit der Geheimpolizei in der Sowjetunion erlauben könnte, aber hier bei uns reicht es normalerweise, wenn man sagt, laß mich in Ruhe, ich will mich zu meinen politischen Ansichten nicht äußern.«

»Und? Läßt man die Leute in Ruhe?« fragte ich erbittert. »Läßt einen der Kongreßabgeordnete Dies in Ruhe? Läßt einen der Kongreßabgeordnete Rankin in Ruhe? Vielleicht solltest du das mal *denen* erklären.«

Ich mußte dabeisitzen – er hatte es mir befohlen – und zuhören, wie er Ira am Telefon zu einem Gespräch zu sich in die Praxis bestellte. Iron Rinn und Eve Frame waren die größten Berühmtheiten, die jemals das Haus der Zuckermans betreten würden, aber der Tonfall meines Vaters machte deutlich, daß ihn das nicht im mindesten beeindruckte.

»Hat er ja gesagt?« fragte ich, als mein Vater aufgelegt hatte.

»Er hat gesagt, er kommt, wenn Nathan auch kommt. Also kommst du.«

»Nein, auf keinen Fall.«

»Doch«, sagte mein Vater, »du kommst. Wenn du noch einen Gedanken daran verschwenden willst, ihn da oben zu besuchen, kommst du mit. Wovor hast du Angst? Vor einem offenen Meinungsaustausch? Nächsten Mittwoch, nach der Schule, um halb vier in meiner Praxis kannst du lebendige Demokratie erleben. Und sei bloß pünktlich, Junge.«

Wovor hatte ich Angst? Vor dem Zorn meines Vaters. Vor Iras Temperament. Wie würde Ira auf die Attacken meines Vaters reagieren? Würde er ihn dann ebenso packen wie Butts und ihn zum Weequahic Park schleppen und in den Teich werfen? Wenn es zu einer Schlägerei käme, wenn Ira ihm einen tödlichen Schlag versetzen würde ...

Die Fußpflegepraxis meines Vaters lag im Erdgeschoß eines Dreifamilienhauses am Ende der Hawthorne Avenue; es war ein bescheidenes, renovierungsbedürftiges Gebäude am heruntergekommenen Rand unseres ansonsten recht alltäglichen Wohnviertels. Ich war zu früh da, und mir war schlecht. Ira erschien, mit ernstem Gesicht und (noch) kein bißchen wütend, pünktlich um halb vier. Mein Vater bat ihn, Platz zu nehmen.

»Mr. Ringold, mein Sohn Nathan ist kein gewöhnliches Kind. Er ist mein Ältester, er ist ein ausgezeichneter Schüler, und er ist, glaube ich, weiter und reifer als in seinem Alter üblich. Wir sind sehr stolz auf ihn. Ich möchte ihm so viel Freiraum wie möglich gewähren. Ich möchte mich ihm nicht in den Weg stellen, wie manche Väter es tun. Aber da ich nun einmal aufrichtig der Meinung bin, daß der Himmel für ihn die Grenze ist, möchte ich nicht, daß ihm etwas zustößt. Wenn diesem Jungen etwas zustoßen sollte . . .«

Die Stimme meines Vaters wurde rauh, und er brach abrupt ab. Ich befürchtete, Ira würde ihn auslachen, ihn verspotten, wie er Goldstine verspottet hatte. Daß mein Vater nicht mehr weitersprechen konnte, lag, wie ich wußte, nicht nur an mir und meinen guten Ansätzen, sondern auch daran, daß seine beiden jüngeren Brüder, die ersten Mitglieder dieser seiner großen armen Familie, die dazu ausersehen waren, auf ein richtiges College zu gehen und richtige Ärzte zu werden, mit nicht einmal zwanzig Jahren beide an Krankheiten gestorben waren. Gerahmte Atelierfotos von ihnen standen nebeneinander auf der Anrichte in unserem Speisezimmer. Ich hätte Ira von Sam und Sidney erzählen sollen, dachte ich.

»Ich muß Ihnen, Mr. Ringold, eine Frage stellen, die ich Ihnen eigentlich nicht stellen will. Was andere Leute denken, ihre religiösen, politischen oder sonstigen Überzeugungen gehen mich für gewöhnlich nichts an. Ich achte Ihr Privatleben. Ich kann Ihnen versichern, daß alles, was Sie hier sagen werden, unter uns bleiben wird. Aber ich will wissen, ob Sie Kommunist sind, und ich will, daß mein Sohn weiß, ob Sie Kommunist sind. Ich frage nicht, ob Sie früher mal Kommunist gewesen sind. Die Vergangenheit interessiert mich nicht. Mich interessiert die Gegenwart. Damit Sie mich richtig verstehen: vor Roosevelt war ich so empört über die Zustände in diesem Land, über den Antisemitismus und die Rassenvorurteile in diesem Land, über die Verachtung, mit der die Republikaner auf die Unglücklichen in diesem Land herabgesehen haben, über die Gier, mit der das Großkapital die Menschen in diesem Land zu Tode gemolken hat, daß ich eines Tages, hier in Newark – und das wird meinen Sohn schockieren, denn er bildet sich ein, sein Vater, ein lebenslanger Demokrat, stünde noch rechts von Franco –, jedenfalls bin ich eines Tages ... Nun, Nathan«, sagte er und sah mich an, »die Zentrale – du weißt, wo das Robert Treat Hotel ist? Ein Stück die Straße runter. Oben. Park Lane 38. Dort gab es Büroräume. In einem davon war die Zentrale der Kommunistischen Partei. Ich habe das deiner Mutter nie erzählt. Sie hätte mich umgebracht. Damals waren wir noch nicht verheiratet – das muß 1930 gewesen sein. Nun, eines Tages hat mich die Wut gepackt. Irgendwas war passiert, ich weiß nicht mehr was, aber ich hatte irgendwas in der Zeitung gelesen, und ich weiß noch, wie ich da raufgegangen bin und niemand angetroffen habe. Die Tür war abgeschlossen. Sie waren essen gegangen. Ich habe an der Klinke gerüttelt. So nahe bin ich der Kommunistischen Partei gekommen. Ich habe an der Tür gerüttelt und gerufen: ›Laßt mich rein.‹ Das hast du nicht gewußt, stimmt's, mein Sohn?«

»Stimmt«, sagte ich.

»Na, jetzt weißt du's. Zum Glück war die Tür abgeschlossen. Und bei der nächsten Wahl wurde Franklin Roosevelt Präsident, und die Art von Kapitalismus, die mich zum Büro der Kommunistischen Partei gejagt hatte, wurde einer so gründlichen Überholung unterzogen, wie dieses Land es noch nie zuvor erlebt hatte. Ein großer Mann hat den Kapitalismus dieses Landes vor den Kapitalisten gerettet und patriotische Menschen wie mich vor dem Kommunismus bewahrt. Was mich damals besonders erschüttert hat, war der Tod von Masaryk. Hat Sie das auch so beunruhigt, Mr. Ringold, wie mich? Ich habe Masaryk in der Tschechoslowakei immer bewundert, seit ich zum erstenmal seinen Namen gehört und erfahren hatte, was er für sein Volk getan hat. Für mich war er immer der tschechische Roosevelt. Ich kann mir nicht erklären, warum er ermordet wurde. Können Sie es, Mr. Ringold? Mich hat das sehr beunruhigt. Ich konnte nicht glauben, daß die Kommunisten einen solchen Mann umbringen konnten. Aber sie haben es getan ... Sir, ich möchte jetzt kein politisches Streitgespräch anfangen. Ich werde Ihnen eine einzige Frage stellen, und ich möchte, daß Sie darauf antworten, damit mein Sohn und ich wissen, woran wir mit Ihnen sind. Sind Sie Mitglied der Kommunistischen Partei?«

»Nein, Doktor, das bin ich nicht.«

»Und jetzt soll mein Sohn Sie fragen. Nathan, frag Mr. Ringold, ob er zur Zeit Mitglied der Kommunistischen Partei ist.«

Jemandem eine solche Frage zu stellen verstieß gegen alle meine politischen Grundsätze. Aber da mein Vater es wollte und da mein Vater Ira bereits ohne schlimme Konsequenzen gefragt hatte und da Sam und Sidney, die jüngeren Brüder meines Vaters, gestorben waren, tat ich es.

»Nun, Ira?« fragte ich.

»Nein. Nein, Sir.«

»Sie besuchen keine Versammlungen der Kommunistischen Partei?«

»Nein, das tue ich nicht.«

»Sie haben nicht vor, dort, wo Nathan Sie besuchen soll – wie heißt der Ort noch mal?«

»Zinc Town. Zinc Town, New Jersey.«

»Sie haben nicht vor, ihn dort zu solchen Versammlungen mitzunehmen?«

»Nein, Doktor, das habe ich nicht vor. Ich habe vor, mit ihm schwimmen, wandern und angeln zu gehen.«

»Das freut mich zu hören«, sagte mein Vater. »Ich glaube Ihnen, Sir.«

»Darf ich jetzt *Ihnen* eine Frage stellen, Dr. Zuckerman?« fragte Ira, indem er meinem Vater jenes komische indirekte Lächeln zukommen ließ, daß ich von seinen Auftritten als Abraham Lincoln kannte. »Was bringt Sie eigentlich dazu, mich für einen Roten zu halten?«

»Die Progressive Partei, Mr. Ringold.«

»Sie halten Henry Wallace für einen Roten? Den ehemaligen Vizepräsidenten von Mr. Roosevelt? Sie glauben, Mr. Roosevelt würde einen Roten zum Vizepräsidenten der Vereinigten Staaten von Amerika machen?«

»So einfach ist das nicht«, erwiderte mein Vater. »Wenn's nur so wäre. Aber was in dieser Welt vorgeht, ist ganz und gar nicht einfach.«

»Dr. Zuckerman«, sagte Ira und schlug eine neue Taktik ein, »Sie fragen sich, was ich mit Nathan mache? Ich beneide ihn – das mache ich mit ihm. Ich beneide ihn, daß er einen solchen Vater hat. Ich beneide ihn, daß er einen Lehrer wie meinen Bruder hat. Ich beneide ihn, daß er gute Augen hat und ohne meterdicke Brillengläser lesen kann und daß er kein Idiot ist, der mit der Schule aufhört, um irgendwo Gräben auszuheben. Ich habe nichts verborgen und nichts zu verbergen, Doktor. Außer daß ich eines Tages gern selbst einen Sohn wie ihn haben würde. Mag sein, daß die heutige Welt nicht einfach ist, aber eins ist sicher: Es bringt mir sehr viel, mit Ihrem Jungen zu reden. Nicht jeder Junge in Newark erwählt sich Tom Paine zu seinem Helden.«

Hier stand mein Vater auf und reichte Ira die Hand. »Ich *bin* Vater, Mr. Ringold – Vater von *zwei* Söhnen, Nathan und Henry. Henry ist sein jüngerer Bruder, und auch über ihn kann man ins Schwärmen geraten. Und meine Verantwortung als Vater... nun, nur darum ist es mir gegangen.«

Ira nahm meines Vaters normal große Hand in seine Riesenpranke und drückte sie einmal sehr kräftig, so kräftig – so aufrichtig und herzlich –, daß ich mich nicht gewundert hätte, wäre meinem Vater ein Strahl Öl oder wenigstens Wasser oder irgendein anderer Geysir aus dem Mund geschossen. »Dr. Zuckerman«, sagte Ira, »Sie möchten sich Ihren Sohn nicht wegnehmen lassen, und niemand hier wird ihn Ihnen wegnehmen.«

Nur mit übermenschlicher Anstrengung gelang es mir, nicht laut loszuheulen. Ich habe nur ein einziges Ziel im Leben, hämmerte ich mir ein: nicht zu weinen, niemals zu weinen, wenn zwei Männer sich herzlich die Hände schütteln – und es gelang mir gerade so eben. Sie hatten es getan! Ohne Gebrüll! Ohne Blutvergießen! Ohne aufpeitschende, alles verzerrende Raserei! Großartig hatten sie das hinbekommen – wenn auch vornehmlich, weil Ira uns nicht die Wahrheit gesagt hatte.

An dieser Stelle möchte ich von der Wunde im Gesicht meines Vaters erzählen, um später nicht noch einmal darauf zurückkommen zu müssen. Ich kann nur hoffen, daß sich der Leser bei Gelegenheit daran erinnern wird.

Ira und ich verließen gemeinsam die Praxis meines Vaters – angeblich, um meinen bevorstehenden Sommerbesuch in Zinc Town zu feiern, aber auch, um komplizenhaft unseren Sieg über meinen Vater zu feiern – und gingen zu Stosh's, ein paar Straßen weiter, und genehmigten uns ein üppig belegtes Schinkensandwich. Es war Viertel nach vier, und ich aß mit Ira so viel, daß ich, als ich um fünf vor sechs nach Hause kam, keinen Appetit hatte und nur so am Tisch saß, während die anderen das von meiner Mutter zubereitete Abendessen zu sich nahmen – und bei dieser Gelegenheit bemerkte ich die Wunde im Gesicht meines Vaters. Ich selbst hatte sie ihm zugefügt, als ich mit Ira seine Praxis verlassen hatte und nicht bei ihm geblieben war, um wenigstens noch so lange mit ihm zu reden, bis der nächste Patient gekommen wäre.

Anfangs versuchte ich mir einzureden, ich bildete mir diese Wunde nur ein, ich hätte Schuldgefühle, weil ich wenn auch nicht unbedingt Verachtung, so doch sicher so etwas wie Überlegenheit empfunden hatte, als ich praktisch Arm in Arm mit Iron Rinn von *Frei und tapfer* aus seiner Praxis gegangen war. Mein Vater wollte sich seinen Sohn nicht wegnehmen lassen, und genaugenommen war ja auch niemand irgendwem weggenommen worden, aber der Mann war schließlich nicht dumm und wußte, daß er verloren und der zwei Meter große Eindringling, Kommunist oder nicht Kommunist, gewonnen hatte. Ich sah im Gesicht meines Vaters einen Ausdruck resignierter Enttäuschung, der Blick seiner freundlichen grauen Augen war getrübt von – war schmerzlich verhangen von einer Mischung aus Melancholie und Hoffnungslosigkeit. Ich habe diesen Blick niemals vollständig vergessen können, wenn ich mit Ira, oder später, wenn ich mit Leo Glucksman, Johnny O'Day oder wem auch immer zusammen war. Allein dadurch, daß ich von diesen Männern Belehrungen entgegennahm, schien ich meinen Vater irgendwie herabzusetzen. Immer wieder erschien mir der Ausdruck dieses Gesichts und schob sich vor das Gesicht des Mannes, der mich damals in die Möglichkeiten des Lebens einzuweisen versuchte. Sein Gesicht trug die Wunde des Verrats.

Es ist schon schlimm genug, wenn einem zum erstenmal bewußt wird, daß der Vater anderen gegenüber wehrlos ist; aber wenn man begreift, daß er *einem selbst* gegenüber wehrlos ist, daß er einen immer noch weitaus mehr braucht, als man selbst ihn noch zu brauchen glaubt, wenn man erkennt, daß man ihn tatsächlich in Angst und Schrecken versetzen kann, ja, ihn *vernichten* könnte, wenn man das wollte – nun, diese Vorstellung läuft den üblichen kindlichen Neigungen derart zuwider, daß sie nicht einmal ansatzweise vernünftig erscheinen kann. Was hatte er nicht an Mühen auf sich genommen, um Fußpfleger zu werden, um Ernährer und Beschützer zu werden – und jetzt lief ich mit einem anderen Mann davon. Sich alle möglichen Ersatzväter zuzulegen, wie ein hübsches Mädchen sich Anbeter zulegt, das ist, moralisch und auch gefühlsmäßig, ein gefährlicheres Spiel, als einem in der Situation bewußt ist. Aber genau das tat ich. Stets bestrebt, mich adoptierbar zu machen, entdeckte ich das Gefühl von Verrat, das sich einstellt, wenn man, obwohl man seinen Vater liebt, einen Ersatzvater zu finden versucht. Nicht daß ich meinen Vater jemals vor Ira oder irgend jemand anderem für einen billigen Vorteil bloßgestellt hätte – es reichte schon, daß ich, indem ich von meiner Freiheit Gebrauch machte, den Mann, den ich liebte, zugunsten eines anderen fallenließ. Hätte ich ihn gehaßt, wäre es ganz einfach gewesen.

In meinem dritten Jahr in Chicago brachte ich über Thanksgiving ein Mädchen mit nach Hause. Sie war ein sanftes Wesen, wohlerzogen und klug, und ich weiß noch, welche Freude meine Eltern daran hatten, mit ihr zu plaudern. Eines Abends, als meine Mutter im Wohnzimmer blieb und sich noch mit meiner Tante unterhielt, die bei uns gegessen hatte, begleitete mein Vater das Mädchen und mich zum nächsten Drugstore, wo wir in einer Ecke Platz nahmen und uns zum Nachtisch jeder ein Eis genehmigten. Zwischendurch ging ich kurz an die Drogerietheke, um eine Tube Rasiercreme oder ähnliches zu kaufen, und als ich an den Tisch zurückkam, sah ich, wie mein Vater sich zu dem Mädchen vorbeugte. Er hielt ihre Hand, und ich hörte noch, wie er zu ihr sagte: »Wir haben Nathan verloren, als er sechzehn war. Mit Sechzehn hat er uns verlassen.« Womit er sagen wollte, daß ich *ihn* verlassen hatte. Jahre später sagte er das gleiche zu meinen Frauen. »Mit Sechzehn hat er uns verlassen.« Womit er sagen wollte, daß alle meine Fehler im Leben auf diesen meinen vorzeitigen Absprung zurückzuführen seien.

Und auch damit hatte er recht. Ohne meine Fehler säße ich noch immer bei uns zu Hause auf der Eingangstreppe.

Etwa zwei Wochen später war Ira so kurz davor wie nur möglich, die Wahrheit zu sagen. Eines Samstags kam er nach Newark, um seinen Bruder zu besuchen, und wir beide trafen uns in der Stadt zum Essen, in einem Imbiß in der Nähe des Rathauses, wo man für fünfundsiebzig Cent auf Holzkohle gegrillte Steaksandwiches mit Zwiebeln, Gurken, Pommes frites, Krautsalat und Ketchup bekam. Zum Nachtisch bestellten wir Apfelstrudel mit einer gummizähen Scheibe amerikanischem Käse, eine Kombination, die Ira bei mir eingeführt hatte und die ich für besonders männlich hielt – wenn schon Strudel in einem Imbiß, dann so.

Als wir fertig waren, öffnete Ira ein Päckchen, das er mitgebracht hatte, und schenkte mir eine Langspielplatte mit dem Titel *Chor und Orchester der Sowjetarmee präsentieren beliebte Melodien.* Unter der Leitung von Boris Alexandrov. Mit Artur Eisen und Alexei Sergeyev, Baß, und Nikolai Abramov, Tenor. Die Plattenhülle zeigte (»Foto mit freundlicher Genehmigung von SOVFOTO«) den Dirigenten samt Orchester und Chor, etwa zweihundert Mann, alle in russischen Galauniformen, aufgereiht in der großen Marmorhalle des Volkes. Der Halle der russischen Arbeiter.

»Schon mal davon gehört?«

»Nein«, sagte ich.

»Nimm's mit nach Hause und hör's dir an. Ich schenke es dir.«

»Danke, Ira. Das ist große Klasse.«

Dabei war es zum Fürchten. Wie konnte ich diese Platte mit nach Hause nehmen, und wie konnte ich sie mir zu Hause *anhören*?

Statt nach dem Essen mit Ira nach Hause zu fahren, sagte ich ihm, ich müsse noch zur Zentralbücherei in der Washington Street, um an einem Geschichtsaufsatz zu arbeiten. Vor dem Imbiß dankte ich ihm noch einmal für Essen und Geschenk, und er stieg in seinen Kombi und fuhr zu Murray in der Lehigh Avenue zurück, während ich die Broad Street in Richtung Military Park und der großen Hauptbücherei hinunterging. Ich kam an Market Street vorbei und ging, als sei mein Ziel tatsächlich die Bücherei, immer weiter bis zum Park, wandte mich dann jedoch, statt nach links in die Rector Street einzubiegen, nach rechts und schlich am Fluß entlang zur Pennsylvania Station zurück.

Im Bahnhof bat ich einen Zeitungshändler, mir einen Dollar zu wechseln. Mit den vier Vierteldollars begab ich mich zu den Schließfächern, suchte mir eins von den kleinsten aus, schob eine Münze in den Schlitz und die Schallplatte in das Fach. Nachdem ich die Tür zugeschlagen hatte, steckte ich mir den Schlüssel lässig in die Hosentasche und ging dann tatsächlich zur Bücherei, wo ich einige Stunden lang im Katalogsaal herumsaß und nichts anderes zu tun hatte, als mir Sorgen zu machen, wo ich den Schlüssel verstecken sollte.

Mein Vater war das ganze Wochenende zu Hause, aber am Montag war er wieder in seiner Praxis, und montags nachmittags fuhr meine Mutter zu ihrer Schwester nach Irvington; also sprang ich nach der letzten Stunde an der Haltestelle gegenüber der Schule in den 14er Bus, fuhr bis zur Endstation – Penn Station –, holte die Schallplatte aus dem Schließfach und steckte sie in die Einkaufstüte von Bamberger's, die ich am Morgen zusammengefaltet in mein Notizbuch gelegt und mit zur Schule genommen hatte. Zu Hause versteckte ich die Platte in einem kleinen fensterlosen Verschlag im Keller, wo meine Mutter in Gemüsekartons unser Passah-Glasgeschirr aufbewahrte. Wenn im nächsten Frühjahr das Passahfest herannahte und sie das Geschirr für diese eine Woche nach oben holte, würde ich ein anderes Versteck finden müssen, aber fürs erste war das explosive Potential dieser Platte entschärft.

Erst als ich aufs College kam, konnte ich mir die Sachen auf einem Plattenspieler anhören, und da hatten Ira und ich uns schon ziemlich aus den Augen verloren. Was nicht bedeutete, daß, als ich den Chor der Sowjetarmee »Warte auf deinen Soldaten« und »An einen Soldaten« und »Abschied eines Soldaten« – und, ja, »Dubinuschka« – singen hörte, die Vision von Gleichheit und Gerechtigkeit für die Proletarier aller Länder nicht wieder in mir wachgerufen wurde. Ich saß in meinem Wohnheimzimmer und war stolz darauf, daß ich den Mut gehabt hatte, diese Platte nicht fortzuwerfen – auch wenn ich noch immer nicht Mut genug hatte, zu begreifen, daß Ira mir mit dieser Platte hatte sagen wollen: »Ja, ich bin Kommunist. Natürlich bin ich Kommunist. Aber kein schlechter Kommunist, kein Kommunist, der Masaryk oder irgend jemand anderen umbringen würde. Ich bin ein prächtiger, aufrichtiger Kommunist, der die Menschen liebt und der diese Lieder liebt!«

»Was ist dann am nächsten Morgen passiert?« fragte ich Murray. »Warum ist Ira an diesem Tag nach Newark gekommen?«

»Nun, Ira hat an diesem Morgen lange geschlafen. Er war bis gegen vier aufgeblieben und hatte mit Eve über die Abtreibung gesprochen, und gegen zehn Uhr schlief er immer noch, als er von lautem Geschrei unten im Haus geweckt wurde. Er lag im Schlafzimmer im ersten Stock in der West Eleventh Street, und die Stimme kam vom Fuß der Treppe. Es war Sylphid ...

Habe ich schon erwähnt, worüber sich Ira am allermeisten aufgeregt hat? Daß Sylphid zu Eve gesagt hatte, sie würde nicht zu ihrer Hochzeit kommen? Eve hatte Ira erzählt, Sylphid habe irgendeinen Auftritt mit einer Flötistin, und der Sonntag, an dem die Hochzeit stattfinden solle, sei der einzige Tag, an dem dieses Mädchen Zeit zum Proben habe. Ob Sylphid zur Hochzeit kommt, ist zwar ihm selbst herzlich gleichgültig, aber Eve nicht, und ihre Tränen und ihre Verzweiflung quälen ihn sehr. Ständig gibt sie der Tochter die Werkzeuge und die Macht in die Hand, sie zu verletzen – und dann ist sie eben verletzt; aber dies ist das erste Mal, daß er das miterlebt, und es macht ihn wütend. ›Die *Hochzeit* ihrer Mutter‹, sagt Ira. ›Wie kann sie nicht zur Hochzeit ihrer Mutter gehen, wenn ihre Mutter das wünscht? *Sag* ihr, daß sie kommen soll. Bitte sie nicht – *sag* es ihr!‹ ›Das *kann* ich ihr nicht sagen‹, sagt Eve, ›es geht hier um ihren Beruf, es geht um ihre Musik–‹ ›Na schön, dann sag *ich* es ihr‹, sagt Ira.

Am Ende hat Eve dann doch mit dem Mädchen geredet; Gott weiß, was sie gesagt oder versprochen oder wie sie gebettelt hat, jedenfalls ist Sylphid zur Hochzeit erschienen. Aber in was für einem Aufzug! Mit einem Kopftuch. Sie hatte widerspenstiges

Haar, und deshalb trug sie diese griechischen Kopftücher; sie fand das schick, und ihre Mutter fand das schrecklich. Und sie trug Bauernhemden, in denen sie mehr als dick aussah. Hauchdünne Hemden mit griechischen Stickereien. Riesige Ohrringe. Unmengen von Armreifen. Was für ein Geklirr, wenn sie sich bewegte. Man hörte sie schon von weitem. Bestickte *schmattes* und haufenweise Schmuck. Dazu diese griechischen Sandalen, die man in Greenwich Village kaufen konnte. Mit Riemen, die bis zu den Knien geschnürt werden, so fest, daß sie Abdrücke hinterlassen; auch das fand Eve schrecklich. Aber mochte die Tochter aussehen, wie sie wollte, wenigstens war sie da, und Eve war glücklich, und Ira war es auch.

Sie heirateten Ende August, als sie mit ihren Sendungen Pause hatten, und fuhren für ein verlängertes Wochenende nach Cape Cod, und als sie in Eves Wohnung zurückkehrten, war Sylphid verschwunden. Kein Brief, nichts. Sie rufen ihre Freunde an, sie rufen ihren Vater in Frankreich an, es könnte ja sein, daß sie zu ihm zurückgegangen ist. Sie rufen die Polizei an. Am vierten Tag schließlich meldet sich Sylphid. Sie wohnt an der Upper West Side bei einer alten Lehrerin, die sie auf der Juilliard gehabt hatte. Dort sei sie die ganze Zeit gewesen. Sylphid tut so, als habe sie nicht gewußt, wann die beiden zurückkommen würden, und das erklärt, warum sie aus der Ninety-sixth Street nicht angerufen hat.

Als sie am Abend beim Essen sitzen, herrscht furchtbares Schweigen. Es hilft der Mutter nichts, ihre Tochter essen zu sehen. Sylphids Gewicht bringt Eve schon an guten Abenden zur Verzweiflung – und dieser Abend ist nicht gut.

Sylphid hatte die Angewohnheit, nach jedem Gang ihren Teller zu putzen. Ira, der lange in Soldatenkantinen und schäbigen Imbißbuden gegessen hatte, störte sich nicht sonderlich an Verstößen gegen die Etikette. Aber Eve war die Kultiviertheit in Person, und ihrer Tochter beim Tellerputzen zuzusehen, das war, wie Sylphid genau wußte, eine Qual für ihre Mutter.

Sylphid machte das so: sie nahm den Zeigefinger, fuhr damit um den Rand des geleerten Tellers und wischte die Soße und die anderen Reste auf. Dann leckte sie den Finger ab und wiederholte das Ganze so lange, bis der Finger auf dem Teller quietschte. Nun, auch an dem Abend, an dem Sylphid beschlossen hat, nach ihrem Verschwinden wieder nach Hause zu kommen, fängt sie wieder an, auf diese Weise ihren Teller zu putzen, und Eve, die sich ziemlich auf einen ganz normalen Abend versteift hat, platzt plötzlich der Kragen. Kann das heiter aufs Gesicht gepflasterte Lächeln der idealen Mutter keine Sekunde mehr aufbehalten. ›Laß das!‹ schreit sie. ›Laß das! Du bist dreiundzwanzig Jahre alt! Laß das, bitte!‹

Völlig unvermittelt springt Sylphid vom Stuhl und geht mit den Fäusten auf ihre Mutter los – zielt auf ihren Kopf. Ira springt auf, aber als Sylphid ihre Mutter anschreit: ›Du blöde Judensau!‹, sinkt er wieder auf seinen Stuhl zurück. ›Nein‹, sagt er. ›Nein. So geht das nicht. Ich wohne jetzt hier. Ich bin der Mann deiner Mutter, und du darfst sie nicht in meiner Gegenwart schlagen. Du darfst sie nicht schlagen, Punkt. Ich verbiete es dir. Und diesen Ausdruck darfst du auch nicht benutzen, nicht in meiner Hörweite. Niemals. *Niemals in meiner Hörweite.* Sag dieses böse Wort *nie wieder*!‹

Ira steht auf, verläßt das Haus und macht einen seiner langen Spaziergänge, um sich zu beruhigen – vom Village bis nach Harlem und wieder zurück. Gibt sich alle Mühe, nicht total zu explodieren. Zählt sich alle Gründe auf, warum die Tochter wütend ist. Unsere Stiefmutter und unser Vater. Erinnert sich, wie die ihn behandelt haben. Erinnert sich an alles, was er an ihnen gehaßt hat. An all die Scheußlichkeiten, denen er für alle Zeiten abgeschworen hat. Aber was soll er tun? Die Tochter prügelt auf ihre Mutter ein, beschimpft sie als Judensau, als blöde Judensau – was soll Ira nur tun?

Als er gegen Mitternacht nach Hause kommt, tut er *nichts*. Er geht ins Bett, legt sich neben seine nagelneue Frau, und damit hat sich's. Seltsam, wie? Am Morgen sitzt er mit der nagelneuen Frau und der nagelneuen Stieftochter am Frühstückstisch und erklärt, sie drei sollten in Frieden und Eintracht zusammenleben, und um das zu erreichen, müßten sie Respekt voreinander haben. Er versucht das alles vernünftig zu erklären, so, wie ihm in seiner Kindheit nie etwas erklärt worden ist. Was er gesehen und gehört hat, entsetzt ihn noch immer, regt ihn immer noch auf, aber er gibt sich alle Mühe zu glauben, daß Sylphid nicht wirklich eine Anti-

semitin ist, nicht so, wie dieses Wort von der Antidiffamierungs-
liga definiert wird. Und dem war höchstwahrscheinlich auch
so: Sylphids Anspruch auf Gerechtigkeit für sich selbst war so umfassend, so ausschließlich, so *automatisch*, daß eine pauschale historische Feindschaft selbst der primitivsten, anspruchslosesten Art,
wie etwa der Haß auf die Juden, niemals in ihr hätte Wurzel fassen
können – dafür war einfach kein Platz in ihr. Im übrigen war Antisemitismus ihr ohnehin zu theoretisch. Wenn Sylphid irgendwelche Leute nicht ausstehen konnte, dann hatte sie gute, greif-
bare Gründe dafür, und die waren stets persönlicher Art: die Leute
standen ihr im Weg oder versperrten ihr die Aussicht; sie verletz-
ten das königliche Gefühl der Macht, ihr *droit de fille*. Der ganze
Vorfall, so mutmaßt Ira, hat nichts mit Haß auf Juden zu tun. Juden, Neger oder irgendeine andere Gruppe, die ein heikles gesellschaftliches Problem darstellt – im Gegensatz zu Menschen, die
ein unmittelbares privates Problem darstellen –, sind ihr in jeder
Beziehung gleichgültig. Im Augenblick ist sie ausschließlich mit
ihm beschäftigt. Und daher läßt sie sich ein böses Schimpfwort
entschlüpfen, das sie intuitiv für so widerwärtig, so gemein und
abscheulich und ungebührlich hält, daß es ihn eigentlich für immer aus dem Haus vertreiben müßte. Mit dem Wort ›Judensau‹
protestiert sie nicht gegen die Existenz von Juden – und auch
nicht gegen die Existenz ihrer jüdischen Mutter –, sondern gegen
seine Existenz.

Aber nachdem er sich all dies über Nacht zurechtgelegt hat, verlangt Ira keineswegs – und er hält das für schlau – von Sylphid die
ihm zustehende Entschuldigung, geschweige denn, daß sie den
Wink kapiert und verschwindet, sondern bittet vielmehr *sie* um
Entschuldigung. Auf diese Weise gedenkt der Schlaumeier sie zu
zähmen: indem er sie um Entschuldigung bittet, daß er ein Eindringling ist. Daß er ein Fremder ist, ein Außenseiter, daß er nicht
ihr richtiger Vater ist, sondern eine unbekannte Größe, die zu mögen oder der zu trauen sie nicht den allerkleinsten Anlaß hat. Er
sagt ihr, daß es, da auch er nur ein Mensch ist und Menschen nun
einmal nicht viel für sich haben, wahrscheinlich jede Menge
Gründe gibt, ihn *nicht* zu mögen und ihm *nicht* zu trauen. Er sagt:
›Ich weiß, der letzte war nicht so toll. Aber warum machst du

nicht erst mal einen Versuch mit mir? Ich bin schließlich nicht Jumbo Freedman. Ich bin ein anderer Mensch aus einer anderen Klasse mit einer anderen Seriennummer. Gib mir doch eine Chance, Sylphid. Wie wär's mit neunzig Tagen?‹

Dann klärt er Sylphid über Jumbo Freedmans Habgier auf – die habe direkt mit *Amerikas* Verdorbenheit zu tun. ›Das ist ein schmutziges Spiel, die amerikanische Wirtschaft. Ein Spiel für Insider‹, erklärt er ihr, ›und Jumbo war der klassische Insider. Jumbo ist nicht mal Immobilienspekulant, was schon schlimm genug wäre. Er macht den Strohmann für die Spekulanten. Er kriegt ein Stück vom Kuchen und zahlt keinen Pfennig dafür. Nun, das große Geld wird in Amerika hauptsächlich unterderhand gemacht. Verstehst du? Mit Transaktionen, die tief im Verborgenen laufen. Natürlich sollen dabei alle nach denselben Regeln spielen. Natürlich gibt man sich dabei den Anschein der Rechtschaffenheit, den Anschein der Fairness aller Beteiligten. Schau, Sylphid – kennst du den Unterschied zwischen einem Spekulanten und einem Investor? Ein Investor behält die Immobilie und trägt die daran hängenden Risiken; er streicht die Gewinne ein oder erleidet Verluste. Ein Spekulant kauft und verkauft. Er handelt mit Land wie mit Sardinen. Damit kann man ein Vermögen machen. Nun, vor dem Börsenkrach hatten die Leute mit Geld spekuliert, zu dem sie gelangt waren, indem sie den Wert ihrer Immobilien zu Geld gemacht haben, das heißt, sie haben sich von den Banken den amortisierten Wert in bar auszahlen lassen. Als dann alle diese Kredite gekündigt wurden, haben sie ihr Land verloren. Das Land ist an die Banken zurückgegangen. Und das war die Stunde für die Jumbo Freedmans dieser Welt. Damit die Banken für das wertlose Papier, das sie da angehäuft hatten, überhaupt noch Geld bekommen konnten, mußten sie ungeheuer weit unter pari verkaufen, für einen Penny pro Dollar...‹

Ira, der Erzieher, der marxistische Ökonom, Ira der Vorzeigeschüler von Johnny O'Day. Nun, Eve ist begeistert, fühlt sich wie neugeboren, alles ist wieder bestens. Sie hat einen richtigen Mann für sich selbst und einen richtigen Vater für ihre Tochter. Endlich ein Vater, der tut, was man von einem Vater erwartet!

›Nun zum illegalen Aspekt dieser Sache, Sylphid, das ist nämlich ein abgekartetes Spiel‹, erklärt Ira, ›die stecken alle unter einer Decke ...‹

Als der Vortrag endlich beendet ist, steht Eve auf, geht zu Sylphid, nimmt ihre Hand und sagt: ›Ich liebe dich.‹ Aber nicht bloß einmal. O nein. Sie sagt: ›Ich liebe dich Ich liebe dich Ich liebe dich Ich liebe dich Ich liebe dich —‹ Hält das Kind bei der Hand und sagt immer wieder ›Ich liebe dich‹. Und jede Wiederholung gelingt ihr inniger. Sie ist Schauspielerin – sie kann sich einreden, etwas von Herzen zu empfinden. ›Ich liebe dich Ich liebe dich Ich liebe dich‹. – Und was denkt Ira jetzt? Verschwinde? Denkt er: Diese Frau fühlt sich angegriffen, diese Frau ist mit etwas konfrontiert, das mir auch nicht ganz fremd ist; diese Familie befindet sich im Kriegszustand, und ich kann machen, was ich will, es wird nicht funktionieren? Denkt Ira so?

Nein. Er denkt, der Eisenmann, der jedes Hindernis überwunden hat, um dorthin zu gelangen, wo er jetzt ist, wird sich doch nicht von einer Dreiundzwanzigjährigen unterkriegen lassen. Sentimentalität macht ihn schwach: er ist rasend verliebt in Eve Frame, eine Frau wie sie hat er noch nie gekannt, er will ein Kind von ihr. Er will ein Zuhause haben, eine Familie und eine Zukunft. Er will die Mahlzeiten einnehmen wie andere Leute – nicht allein an irgendeinem Tresen hocken, sich nicht den Zucker aus einer klebrigen Blechdose in den Kaffee schütten, sondern mit seiner Familie an einem nett gedeckten Tisch sitzen. Nur weil eine Dreiundzwanzigjährige einen Wutanfall bekommt, soll er auf alles verzichten, was er sich erträumt hat? Kämpf gegen diese Knallköpfe! *Erzieh* diese Knallköpfe. *Verändere* sie. Wenn überhaupt irgendwer die Dinge zum Laufen bringen und den Menschen den Kopf zurechtsetzen kann, dann ist es Ira mit seiner Hartnäckigkeit.

Und die Lage beruhigt sich tatsächlich. Keine Handgreiflichkeiten. Keine Explosionen. Die Botschaft ist offenbar bei Sylphid angekommen. Gelegentlich versucht sie beim Essen sogar zwei Minuten lang, Ira zuzuhören. Und er denkt: Das war nur der Schock über mein Auftauchen. Sonst nichts. Weil er Ira ist, weil er nicht nachgibt, weil er nicht aufgibt, weil er jedem alles zweiundsechzigmal erklärt, glaubt er die Sache im Griff zu haben. Ira fordert von Sylphid Respekt für ihre Mutter, und er glaubt ihn zu bekommen. Aber genau diese Forderung kann Sylphid ihm nicht verzeihen. Solange sie ihre Mutter herumkommandieren kann, kann sie alles haben, was sie will, und das macht Ira von Anfang an zu einem Hindernis. Ira schreit, Ira brüllt, aber er ist der erste Mann in Eves Leben, der sie jemals anständig behandelt hat. Und das kann Sylphid nicht hinnehmen.

Sylphid stand jetzt am Anfang einer Profikarriere und war stellvertretende zweite Harfenistin im Orchester der Radio City Music Hall. Sie hatte ziemlich regelmäßig Auftritte, ein- oder zweimal die Woche, und nebenher spielte sie jeden Freitagabend in einem feinen Restaurant an der East Side. Ira fuhr sie mit ihrer Harfe vom Village dorthin, und wenn sie fertig war, holte er sie und die Harfe wieder ab. Mußte mit dem Kombi vors Haus fahren, hineingehen und das Ding die Treppe runtertragen. Die Harfe steckt in ihrer Filzhülle, und Ira packt sie mit einer Hand am Hals und mit der anderen am Schalloch und hebt sie hoch, legt die Harfe auf eine Matratze, die er immer in dem Kombi mit sich führt, und fährt Sylphid und die Harfe zu diesem Restaurant. Dort nimmt er die Harfe aus dem Wagen und trägt sie hinein, der große starke Radiostar. Um halb elf, wenn das letzte Essen serviert ist und Sylphid ins Village zurückkehren kann, fährt er wieder los, und der ganze Vorgang wiederholt sich. Jeden Freitag. Die Schlepperei war für ihn eine Zumutung – diese Dinger wiegen ungefähr achtzig Pfund –, aber er hat es getan. Ich weiß noch, wie er nach seinem Zusammenbruch im Krankenhaus zu mir gesagt hat: ›Sie hat mich geheiratet, damit ich die Harfe ihrer Tochter trage! Deswegen hat diese Frau mich geheiratet! Damit ich diese Scheißharfe schleppe!‹

Auf diesen freitagabendlichen Fahrten konnte Ira mit Sylphid ganz anders reden, als wenn Eve dabei war. Er fragte sie zum Beispiel, wie man sich so fühlt als Kind eines Filmstars. Er sagte: ›Als du ein kleines Mädchen warst – wann hast du gemerkt, daß da etwas nicht stimmte, daß die anderen Kinder anders aufwuchsen?‹ Sie erzählte ihm, das habe sie gemerkt, als in Beverly Hills dauernd die Touristenbusse durch ihre Straße gefahren seien. Sie sagte, sie habe die Filme ihrer Eltern erst als Teenager gesehen. Ihre Eltern hätten versucht, sie möglichst normal aufwachsen zu lassen, und daher in ihrer Gegenwart nicht viel Aufhebens von diesen Filmen gemacht. Selbst das Zusammenleben des reichen Kindes mit den anderen Filmstarkindern in Beverly Hills schien noch ziemlich normal, bis dann die Touristenbusse vor ihrem Haus hielten und sie den Reiseleiter sagen hörte: ›Das ist das Haus von Carlton Pennington, hier lebt er mit seiner Frau Eve Frame.‹

Sie erzählte ihm von dem Aufwand, mit dem die Geburtstagspartys der Filmstarkinder gestaltet wurden – Clowns, Zauberer, Ponys, Puppenspieler, und jedes Kind wurde von einem Kindermädchen in weißer Schwesterntracht bedient. Beim Essen stand hinter jedem Kind ein Kindermädchen. Die Penningtons hatten einen eigenen Vorführraum und zeigten dort Filme. Häufig kamen Kinder zu Besuch. Fünfzehn, zwanzig Kinder. Und die Kindermädchen kamen ebenfalls und nahmen ganz hinten Platz. Zu den Filmvorführungen mußte sich Sylphid in Schale werfen.

Sie erzählte ihm von den Kleidern ihrer *Mutter*, wie beunruhigend für sie als kleines Kind die Kleider ihrer Mutter gewesen seien. Sie erzählte ihm von all den Hüftgürteln und Büstenhaltern und Korsetts und Schnürleibchen und Strümpfen und den unmöglichen Schuhen – von all dem Zeug, das man damals zu tragen pflegte. Sylphid fragte sich, wie sie das jemals schaffen sollte. Niemals, nicht in einer Million Jahren. Die Frisuren. Die Unterröcke. Das schwere Parfüm. Sie erinnerte sich, wie unvorstellbar ihr das alles damals vorgekommen war.

Sie erzählte ihm sogar von ihrem Vater, nur wenige Einzelheiten, aber die reichten Ira zu der Erkenntnis, daß sie ihn als Kind geradezu angebetet haben mußte. Er besaß ein Boot, ein Boot namens *Sylphid*, das in Santa Monica vor Anker lag. Sonntags segelten sie nach Catalina rüber, ihr Vater am Ruder. Die zwei unternahmen auch Reitausflüge. Damals gab es zwischen Rodeo Drive und Sunset Boulevard noch einen Reitweg. Wenn ihr Vater mit seiner Polopartie hinter dem Beverly Hills Hotel fertig war, ritten er und Sylphid diesen Weg hinunter. Einmal zu Weihnachten ließ ihr Vater die Geschenke für sie von einem Stuntman aus einer Piper Cub abwerfen. Hat sie im Tiefflug überm Garten abgeworfen. Ihr Vater, erzählte sie ihm, habe seine Hemden in London machen lassen. Seine Anzüge und Schuhe wurden ebenfalls in London an-

gefertigt. Damals lief in Beverly Hills kein Mensch ohne Anzug und Krawatte herum, aber er war der eleganteste von allen. Für Sylphid war kein anderer Vater in ganz Hollywood so stattlich, so reizend, so entzückend gewesen wie der ihre. Und dann, als sie zwölf Jahre alt war, ließ ihre Mutter sich von ihm scheiden, und Sylphid erfuhr von seinen Seitensprüngen.

Das alles erzählte sie Ira an diesen Freitagabenden, und in Newark erzählte er es mir, und ich sollte mir dabei denken, daß ich mich schwer getäuscht hatte, daß er dieses Kind noch zu seiner Freundin machen würde. Damals hatte ihr Zusammenleben ja gerade erst begonnen, und all diese Gespräche stellten den Versuch dar, mit Sylphid Verbindung aufzunehmen, mit ihr Frieden zu schließen und so weiter. Und das schien auch zu gelingen – es begann sich so etwas wie Vertraulichkeit zu entwickeln. Er verlegte sich sogar darauf, abends, wenn Sylphid übte, zu ihr hineinzugehen. Er fragte sie: ›Wie zum Teufel spielst du das nur? Ich muß dir sagen, jedesmal wenn ich jemand Harfe spielen sehe –‹ Und Sylphid antwortete: ›Denkst du an Harpo Marx‹, und dann lachten sie beide, weil das tatsächlich so war. ›Wo kommen die Töne raus?‹ fragte er. ›Warum sind die Saiten verschieden gefärbt? Wie kannst du dir merken, welches Pedal welches ist? Tun dir nicht die Finger weh?‹ Um ihr sein Interesse zu beweisen, stellte er hundert Fragen, und sie gab auf jede eine Antwort, erklärte ihm die Funktionsweise der Harfe und zeigte ihm die Schwielen an ihren Fingern; und es ging immer besser mit ihr, ihr Verhältnis entwickelte sich entschieden positiv.

Dann aber, an diesem Morgen, nachdem Eve gesagt hatte, sie könne das Kind nicht haben und sie so furchtbar geweint und er gedacht hatte: Na schön, das war's, und sich bereit erklärt hatte, sie zu diesem Arzt nach Camden zu bringen – an diesem Morgen also hört er Sylphid unten an der Treppe schreien. Sie sagt ihrer Mutter die Meinung, zetert wie von Sinnen, und als Ira aus dem Bett springt und die Schlafzimmertür aufreißt, hört er, was Sylphid da sagt. Diesmal beschimpft sie Eve nicht als Judensau. Viel schlimmer. So schlimm, daß mein Bruder auf der Stelle nach Newark kommt. Und so hast du ihn kennengelernt. Zwei Nächte hat er danach bei uns auf dem Sofa geschlafen.

An diesem Morgen, in diesem Augenblick, ist Ira aufgegangen, daß es nicht stimmte, daß Eve sich für zu alt hielt, ein Kind mit ihm zu haben. Er hört die Alarmglocken und erkennt, daß es nicht stimmte, daß Eve sich Sorgen machte, das Baby könnte sich negativ auf ihre Karriere auswirken. Ihm wird klar, daß auch Eve das Kind gewollt hatte, genauso sehr wie er, daß ihr der Entschluß nicht leichtgefallen war, das Kind eines Mannes, den sie liebte, abtreiben zu lassen, zumal im Alter von einundvierzig Jahren. Die tiefste Empfindung dieser Frau ist ihr Gefühl der Unfähigkeit, und das Erlebnis ihrer Unfähigkeit, großzügig genug zu sein, dies zu tun, stark genug zu sein, dies zu tun, *frei* genug zu sein, dies zu tun – *das* war der Grund, warum sie so furchtbar geweint hatte.

An diesem Morgen geht ihm auf, daß die Abtreibung nicht Eves Entscheidung war – sondern Sylphids. An diesem Morgen geht ihm auf, daß es nicht sein Kind war, über das er zu entscheiden hatte – sondern daß es Sylphids Kind war, über das sie entschieden hatte. Mit der Abtreibung versuchte Eve dem Zorn ihrer Tochter zu entgehen. Ja, die Alarmglocken schrillen, aber nicht laut genug, um Ira endgültig zu vertreiben.

Ja, aus Sylphid drangen alle möglichen elementaren Dinge hervor, die mit dem Harfespielen ganz und gar nichts zu tun hatten. Was er Sylphid zu ihrer Mutter sagen hört, ist dieser eine Satz: ›Wenn du das jemals wieder versuchst, erwürge ich das kleine Mistvieh in der Wiege!‹«

4

Das Haus in der West Eleventh Street, in dem Ira mit Eve Frame und Sylphid lebte, seine Urbanität, seine Schönheit, sein Komfort, seine gedämpfte Aura luxuriöser Gemütlichkeit, die stille ästhetische Harmonie seiner tausend Details – die warme Wohnstatt als kostbares Kunstwerk –, änderte meine Vorstellung vom Leben ebensosehr wie anderthalb Jahre später die Universität von Chicago, als ich mich dort einschrieb. Ich brauchte nur durch die Tür zu treten, schon fühlte ich mich zehn Jahre älter und befreit von den Konventionen des Familienlebens, in denen ich, zugegebenermaßen recht unbeschwert und ohne viel Anstrengung, aufgewachsen war. Iras Gegenwart – wie er durchs Haus schritt, etwas tapsig und unbekümmert, in ausgebeulten Kordhosen und alten Pantoffeln und karierten Flanellhemden mit zu kurzen Ärmeln – ließ nicht zu, daß ich mich von dieser mir unbekannten Atmosphäre von Reichtum und Privilegien eingeschüchtert fühlen konnte. Die gesellige Fähigkeit der Anverwandlung, die so viel zu Iras Anziehungskraft beitrug – er war in Newarks schwarzer Spruce Street ebenso zu Hause wie in Eves Salon –, gab mir unmittelbar einen Eindruck davon, wie sorgenfrei und behaglich, wie *häuslich* das Leben im großen Stil sein konnte. In der großen Kultur auch. Es war wie beim Eindringen in eine fremde Sprache: plötzlich entdeckt man, daß die Ausländer, die sie trotz aller befremdlich exotisch tönenden Laute fließend sprechen, auch nicht mehr sagen als das, was man sein ganzes Leben lang in seiner Muttersprache gehört hat.

Die Hunderte und Aberhunderte gewichtiger Bücher in den Regalen des Bibliothekszimmers – Gedichte, Romane, Schauspiele, geschichtliche Werke, Bücher über Archäologie, Antike, Musik, Kleidung, Tanz, Kunst, Mythologie –, die in zwei Meter hohen Schränken zu beiden Seiten des Plattenspielers gestapelten Klassikschallplatten, das auf dem Kaminsims und überall auf den Tischen aufgestellte Kunsthandwerk – Statuetten, Emailledosen, kostbare Steine, reichverzierte kleine Schalen, alte astronomische Gerätschaften, ungewöhnliche Skulpturen aus Glas und Silber und Gold, manche erkennbar gegenständlich, andere sonderbar und abstrakt –, all das war keine Dekoration, kein schmückendes Beiwerk, sondern ein Besitz, der angenehmes Leben mit echter *Moralität* verknüpfte, mit dem Streben der Menschheit, durch Kennerschaft und Nachdenken zu einem Sinn zu finden. In einer solchen Umgebung auf der Suche nach der Abendzeitung durch die Zimmer zu streifen, vorm Kamin zu sitzen und einen Apfel zu essen, das konnte schon für sich allein Teil eines großen Abenteuers sein. So jedenfalls kam es einem jungen Burschen vor, dessen eigenes Zuhause, so sauber, ordentlich und behaglich es auch sein mochte, weder in ihm noch in irgend jemand anderem jemals Gedanken über ideale menschliche Lebensverhältnisse geweckt hatte. Mein Haus – dessen Bibliothek aus dem *Information Please Almanac* und neun oder zehn anderen Büchern bestand, die uns als Geschenke für genesende Familienmitglieder ins Haus gekommen waren – schien mir vergleichsweise schäbig und freudlos, eine kärgliche Hütte. Damals hätte ich nicht glauben können, daß es in der West Eleventh Street irgend etwas gab, vor dem irgendein Mensch Reißaus nehmen können wollte. Für mich war dieses Haus ein Luxusdampfer, der *letzte Ort*, an dem man sich sorgen mußte, aus dem Gleichgewicht gebracht zu werden. In seinem Mittelpunkt, aufrecht und mit wuchtiger Eleganz auf dem Orientteppich der Bibliothek, überaus anmutig in seiner Gediegenheit und sofort in die Augen fallend, wenn man sich vom Eingang ins Wohnzimmer wandte, stand jenes bis zu den aufgeklärten Anfängen der Zivilisation zurückreichende Symbol der geistig verfeinerten Lebensart, jenes prächtige Instrument, dessen Form allein schon eine Mahnung an das Grobe und Primitive in der irdischen Natur des Menschen verkörpert ... jenes würdevolle Instrument der Erhabenheit, Sylphids vergoldete Lyon-&-Healy-Harfe.

»Die Bibliothek befand sich hinter dem Wohnzimmer, eine Stufe höher«, erinnerte sich Murray. »Der eine Raum war vom andern durch eichene Schiebetüren getrennt, aber Eve hörte gern zu, wenn Sylphid übte, und so standen die Türen meist offen, und der Klang dieses Instrumentes wehte durchs ganze Haus. Eve, die Sylphid in Beverly Hills zum Harfenspiel gebracht hatte, als sie sieben Jahre alt war, konnte nicht genug davon bekommen, aber Ira hatte für klassische Musik nichts übrig – soweit ich weiß, hat er sich nie dergleichen angehört, mal abgesehen von dem populären Zeug im Radio und dem Chor der Sowjetarmee –, und abends, wenn er eigentlich lieber mit Eve unten im Wohnzimmer gesessen hätte, um zu plaudern oder die Zeitung zu lesen, ganz der Gatte im trauten Heim und so weiter, zog er sich dann doch meist in sein Arbeitszimmer zurück. Sylphid zupfte vor sich hin, Eve saß klöppelnd am Kamin, und wenn sie aufblickte, war er plötzlich nach oben verschwunden, um Briefe an O'Day zu schreiben.

Aber nach dem, was sie in der dritten Ehe durchgemacht hatte, war die vierte, einmal in Gang gekommen, noch immer ziemlich wunderbar. Als sie Ira kennenlernte, lag eine schlimme Scheidung hinter ihr, und sie erholte sich gerade erst von einem Nervenzusammenbruch. Der dritte Ehemann, Jumbo Freedman, war dem Vernehmen nach ein Sexclown, ein Experte für Schlafzimmerspielchen. Im großen und ganzen verbrachten sie eine herrliche Zeit miteinander, bis sie eines Tages etwas früher von einer Probe nach Hause kam und ihn oben im Büro mit zwei Nutten erwischte. Aber er war alles, was Pennington nicht war. Sie hat eine Affäre mit ihm in Kalifornien, eine offenbar sehr leidenschaftliche Affäre, jedenfalls für eine Frau, die zwölf Jahre lang mit Carlton Pennington zusammen war, und am Ende verläßt Freedman seine Frau, und sie verläßt Pennington, und sie, Freedman und Sylphid verschwinden in den Osten. Sie kauft das Haus in der West Eleventh Street, Freedman zieht bei ihr ein, richtet in dem Zimmer, das später Iras Arbeitszimmer werden sollte, sein Büro ein und betreibt von dort seinen Handel mit Grundstücken in New York, L.A. und Chicago. Eine Zeitlang kauft und verkauft er am Times Square gelegene Immobilien, und dabei lernt er die großen Theaterregisseure kennen; daraus wiederum entwickelt sich ein reges gesellschaftliches Leben, und wenig später tritt Eve Frame am Broadway auf. Salonkomödien, Kriminalstücke, alle mit der ehemaligen Stummfilmschönheit in der Hauptrolle. Ein Kassenschlager nach dem andern. Eve macht Geld wie Heu, und Jumbo sorgt dafür, daß es unter die Leute kommt.

Typisch für Eve, duldet sie die Ausschweifungen dieses Mannes, fügt sich in seine Exzesse, ja, beteiligt sich sogar an den Exzessen. Es kam vor, daß Eve ganz unvermittelt in Tränen ausbrach, und wenn Ira sie nach dem Grund fragte, sagte sie: ›Wozu er mich gebracht hat – was ich alles tun mußte . . .‹ Nachdem sie dieses Buch geschrieben hatte und ihre Ehe mit Ira durch alle Zeitungen ging, bekam Ira einen Brief von einer Frau aus Cincinnati. Darin hieß es: Wenn er interessiert sei, selbst ein kleines Buch zu schreiben, solle er vielleicht mal zu einem Gespräch nach Ohio kommen. Sie habe in den dreißiger Jahren als Sängerin in einem Nachtclub gearbeitet und sei mit Jumbo befreundet. Ira solle sich mal ein paar Fotos ansehen, die Jumbo gemacht habe. Vielleicht könnten sie und Ira gemeinsam ihre Memoiren verfassen – er würde den Text liefern, und sie würde, freilich gegen Bezahlung, die Fotos rausrücken. Zu der Zeit hatte Ira so wütende Rachegedanken, daß er der Frau antwortete und ihr einen Scheck über hundert Dollar schickte. Sie behauptete, sie habe zwei Dutzend Fotos, und er schickte ihr die verlangten hundert Dollar, um nur ein einziges zu sehen.«

»Hat er es bekommen?«

»Sie hat ihr Wort gehalten. Sie hat ihm eins geschickt, und zwar postwendend. Aber weil ich nicht zulassen wollte, daß mein Bruder den Leuten weiterhin eine falsche Vorstellung von seinem Leben vermittelte, habe ich es ihm weggenommen und zerrissen. Dumm. Sentimental, überheblich und dumm von mir, und auch nicht sehr weitblickend. Verglichen mit dem, was dann geschah, wäre es ein Segen gewesen, das Bild in Umlauf zu bringen.«

»Er wollte Eve mit dem Bild kompromittieren.«

»Schauen Sie, es gab einmal eine Zeit, da hatte Ira nur eins im Sinn: er wollte die Folgen der menschlichen Grausamkeit erträglicher machen. Alles war dem untergeordnet. Aber nachdem ihr Buch erschienen war, dachte er nur noch daran, wie er selbst Grausamkeit ausüben könnte. Man nahm ihm seine Arbeit, sein häusliches Leben, seinen Namen, seinen Ruf, und als ihm klar wurde, daß er das alles verloren hatte, daß er seinen Status verloren und keine Erwartungen mehr zu erfüllen hatte, gab er alles auf: Iron Rinn, *Frei und tapfer*, die Kommunistische Partei. Er gab sogar sein vieles Reden auf. Diese endlosen empörten Predigten. Dieses ewige Gefasel, wo er eigentlich am liebsten mit der Faust dreingeschlagen hätte. Mit dem Gerede wollte er diesen Wunsch niederhalten.

Was glauben Sie, wozu er diese Abe-Lincoln-Nummer abgezogen hat? Wozu er sich den Zylinder aufgesetzt hat. Lincolns Reden geschwungen hat. Aber er hat alles aufgegeben, was ihn bis dahin gebändigt hatte, den gesamten kultivierenden Komfort, und jetzt stand er wieder da als der Ira, der in Newark Gräben ausgehoben hatte. Wieder als der Ira, der in den Bergen von Jersey nach Zink gewühlt hatte. Er fiel auf seine frühesten Erfahrungen zurück, als sein Lehrer die Schaufel gewesen war. Er kam auf den Ira zurück, der noch keine moralische Besserungsanstalt durchlaufen hatte, der noch nicht in Miss Frames Benimmschule gewesen war und all die Anstandsregeln gelernt hatte. Der noch nicht bei *Ihnen*, Nathan, in der Benimmschule gewesen war, als er seinem Vatertrieb nachlebte und Ihnen zeigte, was für ein guter, gewaltloser Mensch er sein konnte. Der noch nicht bei *mir* in der Benimmschule gewesen war. Der noch nicht bei *O'Day* in der Benimmschule gewesen war, in der Benimmschule von Marx und Engels. In der Benimmschule des politischen Handelns. Denn O'Day war im Grunde die erste Eve und Eve nur eine andere Version von O'Day, die ihn aus dem Newarker Graben ans Licht der Welt gezogen hat.

Ira kannte seine Veranlagung. Er wußte, daß er körperlich weit über dem Durchschnitt lag und daß dies ihn gefährlich machte. Er war wütend, er war gewaltbereit, und mit seinen knapp zwei Metern war er auch fähig, das auszuleben. Er wußte, daß er seine Ira-Bändiger brauchte – daß er alle seine Lehrer brauchte, daß er einen Jungen wie Sie brauchte, daß er einen Jungen wie Sie ganz unbedingt brauchte, einen Jungen, der alles besaß, was er nie besessen hatte, und ihn wie ein Sohn bewunderte. Aber nachdem *Mein Mann, der Kommunist* erschienen war, gab er alles auf, was er in der Benimmschule gelernt hatte, und wurde wieder der Ira, den

Sie nie erlebt haben, der sich in der Armee mit allem und jedem herumprügelte, der Ira, der, als er in jungen Jahren sein Leben in die Hand genommen hatte, die Schaufel, mit der er Gräben ausheben sollte, zur Verteidigung gegen die Italiener benutzte. Der sein Arbeitsgerät als Waffe gebrauchte. Sein ganzes Leben hatte dem Kampf gegolten, diese Schaufel nicht mehr aufzuheben. Aber nach ihrem Buch hat Ira es sich in den Kopf gesetzt, zu seinem ungebesserten früheren Ich zurückzufinden.«

»Und ist ihm das gelungen?«

»Ira hat sich vor keiner noch so schweren Aufgabe gedrückt. Der Grabenarbeiter hat schon Eindruck auf sie gemacht. Er hat ihr verklickert, was sie da angerichtet hatte. ›Na schön, ich erziehe sie‹, erklärte er mir, ›ohne das schmutzige Bild.‹«

»Und das hat er getan.«

»Allerdings. Und ob. Aufklärung mit der Schaufel.«

Anfang 1949, etwa zehn Wochen nach Henry Wallaces schwerer Wahlschlappe – und, wie ich heute weiß, nach ihrer Abtreibung –, gab Eve Frame eine große Party (der eine kleinere Dinnerparty voranging); es war der Versuch, Ira ein wenig aufzuheitern, und er rief bei uns an, um mich einzuladen. Seit der Veranstaltung mit Wallace im Mosque hatte ich ihn nur noch einmal in Newark getroffen, und bis zu diesem überraschenden Anruf (»Ira Ringold, Freund. Wie geht's dir?«) hatte ich mich fast schon damit abgefunden, ihn nie mehr wiederzusehen. Nach unserem zweiten Treffen – als wir zum erstenmal im Weequahic Park spazierengegangen waren und er mir vom Iran erzählt hatte – hatte ich ihm einen Durchschlag meines Hörspiels *Torquemadas Handlanger* nach New York geschickt. Als wochenlang keine Antwort von ihm kam, wurde mir bewußt, daß es ein Fehler gewesen war, einem Profi vom Radio ein Stück von mir zu geben, selbst wenn ich es für mein bestes hielt. Ich war überzeugt davon, daß nun, da er gesehen hatte, wie wenig Talent ich besaß, jegliches Interesse, das er an mir gehabt haben mochte, erloschen sein mußte. Aber dann, als ich eines Abends über den Hausaufgaben saß, klingelte das Telefon, und meine Mutter kam zu mir ins Zimmer gelaufen: »Nathan – Junge, Mr. Iron Rinn will dich sprechen!«

Er und Eve Frame hätten Leute zum Essen eingeladen, unter anderem Arthur Sokolow, dem er mein Manuskript zum Lesen gegeben habe. Ira meinte, ich würde ihn vielleicht gern kennenlernen. Am nächsten Tag schickte mich meine Mutter in die Bergen Street, wo ich mir ein Paar schicke schwarze Schuhe kaufte; dann brachte ich meinen einzigen Anzug zu der Schneiderei in der Chancellor Avenue, um mir von Schapiro die Ärmel und Hosenbeine verlängern zu lassen. Und eines Sonntag nachmittags schob ich mir schließlich ein Pfefferminz in den Mund, begab mich mit klopfendem Herzen, als hätte ich vor, die Staatsgrenze zu überschreiten, um einen Mord zu begehen, zur Chancellor Avenue und stieg in den Bus nach New York.

Beim Essen saß Sylphid neben mir. Die vielen Fallstricke, die um mich aufgespannt waren – die acht Teile Besteck, die vier verschieden geformten Trinkgläser, die große Vorspeise, die sich Artischocke nannte, die Servierschüsseln, die mir von einer feierlichen Schwarzen in Dienstbotentracht von hinten über die Schulter gereicht wurden, die Fingerschale, diese rätselhafte Fingerschale –, alles, was mir das Gefühl gab, ein sehr kleiner und keineswegs ein großer Junge zu sein, zertrümmerte Sylphid mit einer sarkastischen Bemerkung, einer zynischen Erklärung oder auch nur mit einem Grinsen oder Augenverdrehen und machte mir so nach und nach begreiflich, daß in Wirklichkeit gar nicht soviel auf dem Spiel stand, wie all dieser Prunk anzudeuten schien. Ich fand sie großartig, besonders wenn sie sich spöttisch gab.

»Meine Mutter«, sagte Sylphid, »macht gern alles zu einem Krampf, wie sie es gelernt hat, als sie im Buckingham Palace aufwuchs. Sie nutzt jede Gelegenheit, das Alltagsleben zu einem Witz zu machen.« So redete sie während der gesamten Mahlzeit, träufelte mir Bemerkungen ins Ohr, die von der Weltlichkeit eines Menschen kündeten, der erst in Beverly Hills – als Nachbar von Jimmy Durante – und dann in Greenwich Village, dem Paris Amerikas, aufgewachsen war. Auch wenn sie mich neckte, fühlte ich mich erleichtert, als ob ich nicht schon beim nächsten Gang einen neuen Fauxpas begehen könnte. »Quäl dich nicht zu sehr, das Richtige zu tun, Nathan. Tu lieber das Falsche, das macht einen bei weitem nicht so komischen Eindruck.«

Mut machte es mir auch, Ira zu beobachten. Er aß hier nicht anders als an der Hot-dog-Bude gegenüber dem Weequahic Park; und er sprach auch nicht anders. Als einziger aller anwesenden Männer trug er weder Krawatte noch Frackhemd und Jackett, und wenn es ihm auch nicht an den üblichen Tischmanieren mangelte, ließ doch die Art, wie er sein Essen aufspießte und hinunterschlang, deutlich genug erkennen, daß die Feinheiten von Eves Küche nicht allzu skrupulös von seinem Gaumen gewürdigt wurden. Eine Hot-dog-Bude und ein glanzvolles Speisezimmer in Manhattan – ihm schien das, was gebührliches Benehmen betraf, Benehmen und Gespräch, alles gleich zu sein. Auch hier, wo zehn große Kerzen in silbernen Kandelabern ihr Licht verbreiteten und auf der Anrichte Schalen mit weißen Blüten leuchteten, geriet er über alles und jedes in Wallung – an diesem Abend, nur zwei Monate nach Wallaces vernichtender Niederlage (die Progressive Partei hatte landesweit nur etwas mehr als eine Million Stimmen erhalten, etwa ein Sechstel von dem, was man erwartet hatte), sogar über etwas scheinbar so Unverfängliches wie den Wahltag.

»Eins sage ich euch«, erklärte er vor versammelter Tafel, und während alle anderen Stimmen leiser wurden, wirkte die seine, kräftig und ungekünstelt, anklagend und voller Verachtung für die Dummheit seiner amerikanischen Mitbürger, wie ein Kommando: *Jetzt hört ihr mir zu.* »Ich glaube, daß dieses unser geliebtes Land von Politik keine Ahnung hat. In welchem anderen demokratischen Land auf dieser Welt gehen die Menschen am Wahltag arbeiten? In welchem anderen Land müssen die Kinder an diesem Tag zur Schule? Wenn ein junger, noch heranwachsender Mensch seine Eltern fragt: ›He, heute ist Wahltag, haben wir da nicht frei?‹, bekommt er zur Antwort: ›Nein, es ist doch nur Wahltag, sonst nichts.‹ Was denkt man sich da wohl? Wie wichtig kann der Wahltag sein, wenn ich zur Schule muß? Was kann daran wichtig sein, wenn die Geschäfte und so weiter geöffnet haben? Wo zum Teufel hast du deine Werte gelassen, du blöder Hund?«

Mit dem »blöden Hund« war keiner der Anwesenden gemeint.

Er sprach damit alle an, mit denen er jemals in seinem Leben zu kämpfen gehabt hatte.

Hier hob Eve Frame einen Finger an die Lippen, eine Geste, die ihn beschwichtigen sollte. »Liebling«, sagte sie so leise, daß es kaum hörbar war. »Nun, was ist wichtiger«, gab er lauthals zurück, »etwa daß man am Columbus-Tag zu Hause bleiben darf? Ihr schließt die Schulen wegen so einem beschissenen Feiertag, aber am Wahltag schließt ihr sie nicht?« »Aber es widerspricht dir doch niemand«, sagte Eve lächelnd, »was bist du denn so wütend?« »Ich bin eben wütend«, sagte er, »ich war schon immer wütend, und ich hoffe, ich werde bis zum letzten Tag meines Lebens wütend bleiben. Ich bekomme Schwierigkeiten, weil ich dauernd wütend werde. Ich bekomme Schwierigkeiten, weil ich nicht die Klappe halten kann. Ich werde sehr wütend auf mein geliebtes Land, wenn Mr. Truman den Leuten erzählt – und sie es ihm glauben –, das große Problem in diesem Land sei der Kommunismus. Nicht der Rassismus. Nicht die Ungerechtigkeiten. Die sind nicht das Problem. Die Kommunisten sind das Problem. Die vierzigtausend oder sechzigtausend oder hunderttausend Kommunisten. Die werden die Regierung eines Landes mit hundertfünfzig Millionen Einwohnern stürzen. Wollt ihr mich für dumm verkaufen? Ich sage euch, was den ganzen verdammten Laden stürzen wird – nämlich, wie wir die Farbigen behandeln. Wie wir die Arbeiter behandeln. Nicht die Kommunisten werden dieses Land zum Einsturz bringen. Dieses Land wird sich selbst zum Einsturz bringen, wenn es Menschen wie Tiere behandelt!«

Mir gegenüber saß Arthur Sokolow, der Rundfunkautor, auch so einer von diesen selbstbewußten, autodidaktischen Judenjungen, deren Verbundenheit mit den alten Nachbarn (und ihren ungebildeten Einwanderervätern) ihr brüskes, gereiztes Auftreten als Männer erheblich bestimmte, junge Burschen, die erst vor kurzem aus einem Krieg zurückgekommen waren, in dem sie Europa und die Politik entdeckt hatten, in dem sie in den Soldaten, an deren Seite sie leben mußten, Amerika zum erstenmal richtig entdeckt hatten, in dem sie, ohne offizielle Unterstützung, aber mit einem gewaltigen naiven Glauben an die Wandlungskraft der Kunst, angefangen hatten, die ersten fünfzig, sechzig Seiten der

Romane von Dostojewskij zu lesen. Bis die schwarze Liste seine Karriere zerstörte, zählte Arthur Sokolow, wenngleich als Autor nicht so überragend wie Corwin, für mich zweifellos zu den Rundfunkautoren, die ich am meisten bewunderte: Arch Oboler, der Verfasser von *Lights Out*, Himan Brown, der Verfasser von *Inner Sanctum*, Paul Rhymer, der Verfasser von *Vic and Sade*, Carlton E. Morse, der Verfasser von *I Love a Mystery*, und William N. Robson, von dessen zahlreichen Rundfunkproduktionen im Krieg meine eigenen Stücke ebenfalls profitiert hatten. Kennzeichnend für Arthur Sokolows preisgekrönte Hörspiele (wie auch zwei Broadway-Stücke) war ihr ausgeprägter Haß auf korrupte Autoritäten, die er in der Gestalt eines überaus heuchlerischen Vaters zur Darstellung brachte. Während des ganzen Essens fürchtete ich, daß Sokolow, ein kleiner, breiter Schrank von einem Mann, ein trotziger Klotz, der als Verteidiger in der Footballmannschaft seiner Detroiter Highschool gespielt hatte, plötzlich auf mich zeigen und mich vor sämtlichen Anwesenden als Plagiator anprangern würde, der sich hemmungslos bei Norman Corwin bedient habe.

Nach dem Essen wurden die Männer auf eine Zigarre nach oben in Iras Arbeitszimmer gebeten, während die Frauen sich in Eves Zimmer frisch machten, bevor dann die eigentlichen Partygäste eintrafen. Von Iras Arbeitszimmer sah man auf die angestrahlten Statuen im Garten hinaus; in den Regalen an drei Wänden des Raums hatte er seine Lincoln-Bücher, die politische Bibliothek, die er in drei Matchbeuteln aus dem Krieg nach Hause gebracht hatte, sowie die Bibliothek, die er seither aus den Antiquariaten der Fourth Avenue zusammengetragen hatte. Nachdem er die Zigarren herumgereicht und seinen Gästen bedeutet hatte, der Whisky auf dem Beistellwagen stehe zu ihrer freien Verfügung, trat Ira an seinen Mahagonischreibtisch – an dem er, wie ich mir vorstellte, seine Briefe an O'Day schrieb –, nahm mein Hörspiel aus der obersten Schublade und schickte sich an, die einleitenden Sätze daraus vorzulesen. Und zwar nicht, um mich des Plagiats zu bezichtigen. Vielmehr begann er damit, daß er zu seinen Freunden, einschließlich Arthur Sokolow, sagte: »Wißt ihr, was mir Hoffnung für dieses Land macht?« Und dabei zeigte er auf mich, glühend und aufgeregt verständnisvolle Blicke erwartend. »Zu einem Jungen wie ihm hier habe ich mehr Vertrauen als zu all diesen sogenannten reifen Menschen in unserem geliebten Land: die sind mit dem Vorsatz, für Henry Wallace zu stimmen, in die Wahlkabine gegangen, haben dann urplötzlich ein großes Bild von Dewey vor sich erblickt – und ich spreche von Angehörigen meiner *eigenen* Familie – und dann doch lieber für Harry Truman gestimmt. Harry Truman, der dieses Land in den dritten Weltkrieg führen wird – welch eine aufgeklärte Wählerschaft! Entscheidet sich für den Marshall-Plan! Nichts anderes im Kopf, als die Vereinten Nationen zu umgehen, der Sowjetunion in den Arm zu fallen und sie zu vernichten und gleichzeitig in den Marshall-Plan zighundert Millionen Dollar umzuleiten, mit denen man ebensogut den Lebensstandard der Armen in unserem Land heben könnte. Aber sagt mir, wer wird Mr. Truman in den Arm fallen, wenn er seine Atombomben über den Straßen von Moskau und Leningrad abwerfen will? Ihr glaubt, man wird doch nicht Atombomben auf unschuldige russische Kinder werfen? Das werden sie doch nicht machen, nur um unsere wunderbare Demokratie zu schützen? Daß ich nicht lache. Hört euch an, was dieser Junge hier zu sagen hat. Geht noch auf die Highschool und weiß über die Übel in diesem Land besser Bescheid als alle unsere geliebten Landsleute in der Wahlkabine.«

Niemand lachte, niemand lächelte. Arthur Sokolow stand hinten an einem der Regale und blätterte leise in einem Buch, das er aus Iras Sammlung genommen hatte, und die anderen standen mit ihren Zigarren und ihrem Whisky herum und taten so, als seien sie mit ihren Frauen an diesem Abend nur hierhergekommen, um sich meine Ansichten über Amerika anzuhören. Erst viel später wurde mir klar, daß der kollektive Ernst, mit dem meine Vorstellung aufgenommen wurde, nur ein Zeichen dafür war, wie sehr sie an die Agitationen ihres dominanten Gastgebers gewöhnt waren.

»Hört zu«, sagte Ira, »hört euch das nur an. Das Stück handelt von einer katholischen Familie in einer bornierten Kleinstadt.« Und dann trug Iron Rinn meinen Text vor: Iron Rinn in der Haut, im *Kehlkopf* eines gewöhnlichen, gutmütigen amerikanischen Christen von der Sorte, die mir vorgeschwebt hatte und von der ich absolut keine Ahnung hatte.

»Ich heiße Bill Smith«, hob Ira an, ließ sich in seinen Ledersessel fallen und schwang die Beine auf den Schreibtisch. »Ich heiße Bob Jones. Ich heiße Harry Campbell. Mein Name tut nichts zur Sache. Der Name interessiert nicht. Ich bin weiß, ich bin Protestant, ihr braucht euch also keine Gedanken über mich zu machen. Ich komme mit euch aus, ich belästige euch nicht, ich behellige euch nicht. Ich hasse euch nicht einmal. Ich gehe in einer netten kleinen Stadt unauffällig meiner Arbeit nach. Centerville. Middletown. Okay Falls. Der Name der Stadt ist unerheblich. Könnte überall sein. *Nennen* wir sie Überall. Viele Leute hier in Überall legen ein Lippenbekenntnis für den Kampf gegen die Diskriminierung ab. Sie reden von der Notwendigkeit, die Zäune einzureißen, hinter denen Minderheiten in gesellschaftlichen Konzentrationslagern gehalten werden. Doch allzu viele führen ihren Kampf nur theoretisch. Ihre Gedanken und Reden kreisen um Gerechtigkeit und Anstand und Recht, um amerikanische Errungenschaften, um die Bruderschaft der Menschen, um die Verfassung und die Unabhängigkeitserklärung. Das alles ist schön und gut, zeigt aber auch, daß ihnen das Was und Warum der rassistischen, religiösen und ethnischen Diskriminierung im Grunde nicht bewußt ist. Nehmen wir zum Beispiel diese Stadt, nehmen wir Überall, nehmen wir, was sich hier voriges Jahr abgespielt hat, als eine katholische Familie gleich hier um die Ecke erfahren mußte, daß fanatischer Protestantismus nicht minder grausam sein kann als Torquemada. Sie kennen doch Torquemada? Das war der Mann, der für Ferdinand und Isabella die Dreckarbeit erledigt hat. Der für das spanische Königspaar die Inquisition geleitet hat. Der 1492 für Ferdinand und Isabella die Juden aus Spanien vertrieben hat. Ja, ihr habt richtig gehört – 1492. Das Jahr des Kolumbus, das Jahr der *Niña*, der *Pinta* und der *Santa Maria* – und das Jahr des Torquemada. Torquemadas hat es immer gegeben. Und es wird sie wohl auch immer geben ... Nun, folgendes also hat sich hier in Überall unterm Sternenbanner abgespielt, hier in den USA, wo alle Menschen gleich geschaffen sind, und nicht im Jahre 1492 ...‹«

Ira blätterte weiter. »Und so geht es immer weiter ... und dann kommt der Schluß. Die Schlußrede. Wieder der Erzähler. Ein fünfzehnjähriger Junge hat den Mut, so etwas zu schreiben, versteht ihr? Nennt mir den Sender, der den Mut hätte, das zu senden. Nennt mir den Sponsor, der im Jahre 1949 dem Kommandanten Wood und seinem Komitee die Stirn bieten würde, der dem Kommandanten Hoover und seinen bestialischen Sturmtruppen die Stirn bieten würde, der dem Amerikanischen Frontkämpferbund und den Katholischen Kriegsveteranen und den VFW und den DAR und all unseren geliebten Patrioten die Stirn bieten würde, dem es scheißegal wäre, wenn man ihn als verdammtes Kommunistenschwein beschimpfen und ihm drohen würde, seine ach so tollen Produkte zu boykottieren. Nennt mir einen, der den Mut hätte, das zu tun, weil es das einzig Richtige ist. Es gibt keinen! Weil ihnen allen die Freiheit der Meinungsäußerung genauso schnurzegal ist wie den Männern, mit denen ich in der Armee zusammen war. Sie haben nicht mit mir geredet. Habe ich euch das mal erzählt? Ich komme ins Kasino, versteht ihr, da sitzen zweihundert oder mehr Leute, und keiner sagt hallo, keiner sagt überhaupt irgend etwas, und das nur, weil ich gewisse Dinge angesprochen und Leserbriefe an *Stars and Stripes* geschickt habe. Diese Männer haben deutlich den Eindruck vermittelt, der Zweite Weltkrieg werde nur geführt, um ihnen eins auszuwischen. Im Gegensatz zu dem, was manche Leute von unseren geliebten Soldaten denken mögen, hatten sie nicht die leiseste Ahnung, wozu man sie überhaupt dort hingeschickt hatte, der Faschismus, Hitler, das war ihnen alles scheißegal – was ging sie das an? Ihnen die gesellschaftlichen Probleme der Neger begreiflich machen? Ihnen die Verschlagenheit begreiflich machen, mit der der Kapitalismus die Gewerkschaften zu schwächen versucht? Ihnen begreiflich machen, warum, wenn wir Frankfurt bombardieren, die Fabrikgebäude der I.G. Farben stehenbleiben? Mag sein, daß ich selbst nicht allzu gebildet bin, aber bei der Engstirnigkeit ›unserer‹ Soldaten ist es mir buchstäblich hochgekommen! ›Am Ende läuft es darauf hinaus‹«, las er plötzlich wieder aus meinem Text vor. »›Wenn ihr eine Moral von der Geschichte haben wollt, hier ist sie: Wer den Unsinn über rassische, religiöse und ethnische Gruppen unbesehen schluckt, ist ein Dummkopf. Er schadet sich selbst, seiner Familie, seiner Gewerkschaft, seiner Gemeinde, seinem Bundesstaat und seinem Land. Er ist der Handlanger Torquemadas.‹ Geschrieben«, sagte Ira und knallte das Manuskript wütend auf den Schreibtisch, »von einem Fünfzehnjährigen!«

Nach dem Essen müssen noch etwa fünfzig weitere Gäste eingetroffen sein. Trotz des außerordentlichen Formats, das Ira mir in seinem Arbeitszimmer zugesprochen hatte, hätte ich niemals den Mut aufgebracht, zu bleiben und mich zu den anderen ins Wohnzimmer zu zwängen, wäre mir nicht wiederum Sylphid zu Hilfe gekommen. Da waren Schauspieler und Schauspielerinnen, Regisseure, Schriftsteller, Dichter, da waren Anwälte und Literaturagenten und Theaterintendanten, da war Arthur Sokolow, und da war Sylphid, die nicht nur sämtliche Gäste beim Vornamen anredete, sondern auch jeden ihrer Fehler detailliert zu karikieren wußte. Sie sprach unbekümmert und unterhaltsam und mit dem virtuosen Haß eines Meisterkochs, der ein Stück Fleisch zurechtschneidet, aufrollt und in die Pfanne legt, und ich, der danach strebte, kühn und kompromißlos im Radio die Wahrheit zu verkünden, bewunderte voller Ehrfurcht, wie sie gar nicht daran dachte, ihre amüsierte Verachtung mit Vernunftgründen oder sonst irgend etwas zu bemänteln. Der da ist der eitelste Mann von New York ... der da muß immer das letzte Wort behalten ... der da ist ein falscher Hund ... der da hat keinen blassen Schimmer ... der da ist ein Säufer ... der da ist absolut untalentiert, eine Null ... der da ist nur noch verbittert ... der da ist völlig dekadent ... wie pompös sich diese Verrückte da aufspielt, ist nur noch zum Lachen ...

Wie herrlich, über Leute herzuziehen – und zu beobachten, wie über sie hergezogen wurde. Zumal für einen Jungen, der auf dieser Party nichts anderes als verehren wollte. Sosehr es mich beunruhigte, zu spät nach Hause zu kommen, konnte ich mir diese erstklassige Einführung in die Wonnen der Boshaftigkeit unmöglich entgehen lassen. Jemanden wie Sylphid hatte ich noch nie erlebt: so jung, und doch schon so gehässig, so weltklug, und doch schon, gehüllt in ein langes grellbuntes Gewand wie eine Wahrsagerin, so unverkennbar schrullig. So unbekümmert darüber, daß alles sie anwiderte. Ich hatte keine Ahnung, wie überaus brav und gehemmt ich war, wie sehr ich auf Harmonie aus war, bis ich gewahr wurde, wie sehr Sylphid auf Feindschaft aus war, keine Ahnung, wieviel Freiheit man genießen kann, wenn der Egoismus sich erst einmal aus den Fesseln der gesellschaftlichen Angst befreit hat. Das war das Faszinierende: ihre Bedrohlichkeit. Sylphid war furchtlos, sie hatte keine Angst, in sich selbst die Drohung zu entwickeln, die sie für andere darstellen wollte.

Die zwei Leute, die sie ihrem Bekunden nach am allerwenigsten ausstehen konnte, waren ein Ehepaar, dessen samstagmorgendliche Radioshow zufällig zu den Lieblingssendungen meiner Mutter gehörte. Die Sendung hieß *Van Tassel und Grant* und kam aus Dutchess County, New York, aus dem am Hudson gelegenen Landhaus der beliebten Schriftstellerin Katrina van Tassel und ihrem Mann Bryden Grant, dem Kolumnisten und Theaterkritiker des *Journal-American*. Katrina war eine beunruhigend dünne Erscheinung von über eins achtzig; sie trug lange dunkle Löckchen, die man einst wohl für betörend gehalten hatte, und ihre Haltung wies darauf hin, daß es ihr nicht an Bewußtsein für den Einfluß mangelte, den sie mit ihren Romanen auf Amerika ausübte. Das wenige, was ich bis zu diesem Abend über sie wußte – daß das Abendessen im Hause Grant für Gespräche mit ihren vier hübschen Kindern über deren gesellschaftliche Pflichten reserviert war, daß ihre Freunde im traditionsbewußten alten Staatsburg (wo ihre Vorfahren, die van Tassels, sich im siebzehnten Jahrhundert, lange vor der Ankunft der Engländer, dem Vernehmen nach als Aristokraten angesiedelt hatten) einen tadellosen Ruf genossen, was Moral und Bildungsniveau betraf –, hatte ich zufällig mitbekommen, wenn meine Mutter sich *Van Tassel und Grant* anhörte.

»Tadellos« war ein Wort, das Katrina mit Vorliebe verwendete, wenn sie in ihrem wöchentlichen Monolog über ihr buntes, erfülltes, rekordverdächtiges Dasein in der brodelnden Stadt und auf dem bukolischen Land berichtete. Nicht nur *ihre* Sätze wimmelten von »tadellos«, sondern auch die meiner Mutter, nachdem sie eine Stunde lang zugehört hatte, wie Katrina van Tassel Grant – die meine Mutter für »kultiviert« hielt – die Vortrefflichkeit ir-

gendwelcher Menschen pries, die das Glück hatten, in den gesellschaftlichen Gesichtskreis der Grants zu geraten, sei es der Mann,
der ihre Zähne reparierte, sei es der Mann, der ihr Klo reparierte.
»Ein tadelloser Klempner, Bryden, tadel*los*«, sagte sie, während
meine Mutter wie Millionen andere verzückt einem Gespräch
über die Abwasserprobleme lauschte, von denen auch die Haus-
halte der vornehmsten Amerikaner nicht verschont werden; mein
Vater, der mit beiden Beinen in Sylphids Lager stand, sagte dazu
bloß: »Ach, stell doch diese Frau ab, bitte, ja?«

Es war Katrina Grant, der Sylphids leise Bemerkung gegolten
hatte: »Wie pompös sich diese Verrückte da aufspielt, ist nur noch
zum Lachen.« Es war ihr Mann, Bryden Grant, über den sie gesagt
hatte: »Der da ist der eitelste Mann von New York.«

»Meine Mutter geht mit Katrina zum Lunch, und als sie nach
Hause kommt, ist sie ganz weiß vor Wut. ›Diese Frau ist unmöglich. Erzählt mir vom Theater und von den neuesten Romanen
und bildet sich ein, alles zu wissen, und weiß *gar* nichts.‹ Und das
stimmt: Wenn die beiden zum Lunch gehen, hält Katrina meiner
Mutter jedesmal Vorträge über das einzige, worin Mutter sich
tatsächlich richtig gut auskennt. Mutter kann Katrinas Bücher
nicht ausstehen. Kann sie nicht mal lesen. Kann nur lachen, wenn
sie's versucht, und dann erzählt sie Katrina, wie wunderbar sie
sind. Mutter hat für jeden, der ihr angst macht, einen Spitznamen –
Katrina ist ›die Bekloppte‹. ›Du hättest mal hören sollen, was die
Bekloppte zu O'Neills Stück gesagt hat‹, erzählt sie mir. ›Hat sich
selbst übertroffen.‹ Am nächsten Morgen um neun ruft die Bekloppte an, und Mutter verbringt eine Stunde mit ihr am Telefon.
Meine Mutter schmeißt mit heftiger Empörung um sich wie ein
Verschwender mit Geldscheinen, und dann kippt sie plötzlich um
und schleimt sich an Katrina ran, bloß weil die dieses ›van‹ in
ihrem Namen hat. Und weil Bryden, wenn er Mutter mal in seiner Kolumne erwähnt, sie ›die Sarah Bernhardt der Ätherwellen‹
nennt. Die arme Mutter und ihre gesellschaftlichen Ambitionen.
Katrina ist die überheblichste von all den überheblichen Reichen
in Staatsburg, und er ist angeblich ein Nachfahre von Ulysses
S. Grant. Hier«, sagte sie, und mitten im Gewühl dieser Party, auf
der die Gäste so dichtgedrängt standen, daß sie alle Mühe hatten,

nicht mit der Nase in anderer Leute Drinks zu geraten, drehte sich
Sylphid nach der Wand mit den Bücherregalen hinter uns um und
zog einen Roman von Katrina van Tassel Grant heraus. Zu beiden Seiten des Kamins streckten sich Regale vom Boden bis zur
Decke, so hoch, daß zum Erreichen der oberen Fächer eine Bi-
bliotheksleiter bestiegen werden mußte.

»Hier«, sagte sie. »*Heloise und Abälard.*« »Das hat meine Mutter
gelesen«, sagte ich. »Deine Mutter ist ein schamloses Weib«, erwiderte Sylphid, wovon ich weiche Knie bekam, bis ich merkte, daß
sie scherzte. Nicht nur meine Mutter, sondern fast eine halbe Million Amerikaner hatten es gekauft und gelesen. »Hier – schlag eine
Seite auf, irgendeine Seite, leg deinen Finger irgendwohin und
mach dich darauf gefaßt, geschändet zu werden, Nathan von Newark.«

Ich tat, wie sie mir geheißen, und als Sylphid sah, worauf mein
Finger zeigte, sagte sie lächelnd: »Ja, man muß nicht lange suchen,
um V. T. G. auf der Höhe ihres Talents zu finden.« Und laut las Sylphid mir vor: »Seine Hände faßten sie um die Taille, zogen sie zu
ihm hin, und sie spürte die kräftigen Muskeln seiner Beine. Ihr
Kopf sank nach hinten. Ihre Lippen teilten sich, seinen Kuß zu
empfangen. Eines Tages würde er für seine Leidenschaft für Heloise
die brutale und rachsüchtige Strafe der Kastration erleiden, aber
noch war er weit entfernt davon, verstümmelt zu sein. Je fester er
zufaßte, desto fester war der Druck auf ihre empfindlichen Stellen.
Wie erregt er war, dieser Mann, dessen Genius die traditionelle
Lehre der christlichen Theologie verjüngen und wiederbeleben
sollte. Ihre Brustwarzen reckten sich hart und spitz, und ihr Inneres
zog sich zusammen bei dem Gedanken: ›Ich küsse den größten
Schreiber und Denker des zwölften Jahrhunderts!‹ ›Welch hinreißende Figur du hast‹, wisperte er ihr ins Ohr, ›schwellende Brüste, schmale Taille! Und nicht einmal die weiten Satinröcke deines
Gewands können deine reizend geformten Hüften und Schenkel
dem Blick verbergen.‹ Vornehmlich berühmt für seine Lösung des
Universalienstreits und seinen schöpferischen Gebrauch der Dia-
lektik, wußte er selbst jetzt, auf dem Höhepunkt seines geistigen
Ruhms, nicht minder gut das Herz einer Frau zu schmelzen ... Erst
am Morgen waren sie gesättigt. Endlich hatte sie Gelegenheit, dem

Domherrn von Notre Dame zu sagen: ›Nun unterrichte mich, bitte. Unterrichte mich, Pierre. Erkläre mir deine dialektische Analyse des Mysteriums Gottes und der Dreifaltigkeit.‹ Dies tat er und setzte ihr geduldig die Feinheiten seiner rationalistischen Deutung des Dogmas von der Dreieinigkeit auseinander, um sie sodann zum elftenmal als Frau zu nehmen.‹

Elfmal«, sagte Sylphid und schlang sich vor Entzücken ob des Gehörten die Arme um den Leib. »Ihr sogenannter Mann kommt nicht mal bis *zwei*. Die kleine Schwuchtel kommt nicht mal bis *eins*.« Und es dauerte eine Weile, bis sie ausgelacht hatte – bis wir beide ausgelacht hatten. »›Oh, unterrichte mich, *bitte*, Pierre‹, rief Sylphid und gab mir ohne jeden Grund – außer ihrer Glückseligkeit – einen lauten Kuß auf die Nasenspitze.

Nachdem Sylphid *Heloise und Abälard* ins Regal zurückgestellt hatte und wir beide wieder mehr oder weniger vernünftig waren, fühlte ich mich kühn genug, ihr eine Frage zu stellen, die mir schon den ganzen Abend auf der Zunge gelegen hatte. Eine der Fragen, die mir auf der Zunge gelegen hatten. Nicht: »Wie war das, in Beverly Hills aufzuwachsen?«; nicht: »Wie war das, Jimmy Durante als Nachbarn zu haben?«; nicht: »Wie war das, Filmstars als Eltern zu haben?« Aus Furcht, sie könnte sich über lustig machen, legte ich ihr nur die Frage vor, die ich für meine ernsthafteste hielt.

»Wie war das«, sagte ich, »in der Radio City Music Hall aufzutreten?«

»Entsetzlich. Der *Dirigent* ist entsetzlich. ›Meine liebe Dame, ich weiß, es ist sehr schwer, in diesem Takt bis vier zu zählen, aber wenn es Ihnen nichts ausmacht, wäre es wirklich *sehr* nett von Ihnen.‹ Je höflicher er ist, desto schlechter ist seine Laune. Wenn er richtig wütend ist, sagt er: ›Meine liebe, *liebe* Dame.‹ Das ›liebe‹ trieft nur so vor Gift. ›Das ist nicht ganz richtig, meine Liebe, der Teil sollte mit Arpeggio gespielt werden.‹ Aber auf der Partitur steht kein Wort von Arpeggio. Man kann nicht, ohne streitsüchtig zu erscheinen und Zeit zu verschwenden, widersprechen und sagen: ›Entschuldigen Sie, Maestro, hier steht aber etwas anderes.‹ Und alle sehen einen an und denken: Du weißt nicht, wie das gespielt werden soll, dumme Gans – er muß dir das erst noch erklären? Der schlechteste Dirigent der Welt. Dirigiert nur Stücke aus dem Standardrepertoire, und trotzdem fragt man sich dauernd: Hat er dieses Stück denn noch nie *gehört*? Und dann dieser Orchesterwagen. In der Music Hall. Du weißt schon, diese fahrbare Bühne, auf der das Orchester herumgekarrt wird. Läßt sich auf- und abwärts und vor und zurück bewegen, und bei jeder Bewegung gibt es einen Ruck – das Ding ist auf einen hydraulischen Lift montiert –, und da sitzt man und kann sich nur an seiner Harfe festhalten, und wenn sie noch so verstimmt ist. Harfenisten verbringen eine Hälfte der Zeit damit, das Instrument zu stimmen, die andere Hälfte damit, ein verstimmtes Instrument zu spielen. Ich hasse Harfen.«

»Wirklich?« fragte ich lachend, teils, weil sie so komisch war, und teils, weil auch sie, den Dirigenten nachäffend, gelacht hatte.

»Die sind ungeheuer schwierig zu spielen. Andauernd stimmt was nicht damit. Man braucht eine Harfe nur anzuhauchen«, sagte sie, »und schon ist sie verstimmt. Es macht mich *wahnsinnig*, zu versuchen, so ein Ding in perfektem Zustand zu erhalten. Es zu manövrieren – das ist, als ob man einen Flugzeugträger manövrieren würde.«

»Und warum spielst du dann Harfe?«

»Weil der Dirigent recht hat – ich *bin* dumm. Oboisten sind klug. Geiger sind klug. Aber Harfenspieler nicht. Harfenspieler sind Dummköpfe, schwachsinnige Dummköpfe. Wie kann jemand klug sein, der sich für ein Instrument entscheidet, das so zerstörerisch und beherrschend auf das Leben einwirkt wie eine Harfe? Wäre ich nicht erst sieben und zu dumm gewesen, um es besser zu wissen, hätte ich niemals mit dem Harfespielen angefangen, ganz zu schweigen davon, daß ich sie immer noch spiele. Ich habe nicht mal bewußte Erinnerungen an mein Leben vor der Harfe.«

»Warum hast du so früh angefangen?«

»Die meisten kleinen Mädchen, die mit der Harfe anfangen, tun es nur, weil ihre Mamis das einfach ganz *entzückend* finden. Es sieht so goldig aus, und die Musik klingt so verdammt lieb und wird artig in kleinen Räumen für artige Leute gespielt, die nicht das geringste Interesse daran haben. Der mit Blattgold belegte

Hals – man braucht eine Sonnenbrille, wenn man ihn ansehen will. Wirklich sehr kultiviert. Das Ding steht da und erinnert einen die ganze Zeit an sich. Und es ist so ungeheuer groß, daß man es niemals wegstellen kann. *Wohin* soll man es stellen? Es ist immer da, es steht da und lacht einen aus. Man wird es einfach nicht los. Wie meine Mutter.«

Plötzlich tauchte, noch im Mantel und mit einer kleinen schwarzen Schachtel in der Hand, eine junge Frau neben Sylphid auf und entschuldigte sich mit britischem Akzent für ihr verspätetes Erscheinen. Mit ihr gekommen waren ein etwas beleibter, dunkelhaariger junger Mann – er war elegant gekleidet und trug, wie eingeschnürt ins Korsett all seiner Privilegien, seinen jugendlich pummeligen Körper in militärisch aufrechter Haltung – und eine jungfräulich sinnliche junge Frau, eine reife, fast schon füllige Schönheit, deren heller Teint von einer Kaskade rötlichblonder Locken umspielt wurde. Eve Frame stürzte herbei, um die Ankömmlinge zu begrüßen. Sie umarmte das Mädchen mit der kleinen schwarzen Schachtel – es hieß Pamela – und wurde dann von Pamela mit dem bezaubernden Pärchen bekanntgemacht – Rosalind Halladay und Ramón Noguera; die beiden waren verlobt und würden demnächst heiraten.

Wenige Minuten darauf saß Sylphid im Bibliothekszimmer und machte sich, Knie und Schulter an der Harfe, ans Stimmen; Pamela, jetzt ohne Mantel, stand bei ihr und spielte die Flöte ein, und Rosalind, neben den beiden sitzend, stimmte ein Instrument, das ich für eine Geige hielt, das aber, wie ich bald feststellte, etwas größer war und Viola hieß. Nach und nach wandten alle im Wohnzimmer sich der Bibliothek zu, wo Eve Frame darauf wartete, daß es still wurde; sie trug ein Kostüm, das ich meiner Mutter später so gut es ging beschrieb und bei dem es sich, wie meine Mutter mir dann erklärte, um ein plissiertes weißes Chiffonkleid mit Schultertuch und smaragdgrüner Chiffonschärpe handelte. Als ich aus der Erinnerung ihre Frisur beschrieb, erklärte meine Mutter, so etwas nenne man einen Federschnitt, oben glatt und rundherum lange Locken. Eve Frame wartete geduldig, ein zartes Lächeln erhöhte noch ihre Schönheit (und ihren Reiz für mich), aber man konnte ihr die zunehmende freudige Erregung durchaus ansehen. Als sie sprach, als sie sagte: »Wir werden jetzt etwas Schönes erleben«, schien es, als könne ihre ganze vornehme Zurückhaltung jeden Augenblick hinweggefegt werden.

Es war eine ziemlich bewegende Aufführung, besonders für einen Heranwachsenden, der in einer halben Stunde in den 107er Bus nach Newark steigen und in ein Haus zurückkehren mußte, dessen Gefühlsleben ihn längst nur noch frustrierte. Eve Frame kam und ging binnen weniger als einer Minute, doch mit dem einen imposanten Schritt, den sie in ihrem plissierten weißen Chiffonkleid mit Schultertuch die Stufe wieder hinunter ins Wohnzimmer kam, gab sie dem ganzen Abend einen neuen Sinn: das Abenteuer, das das Leben lebenswert macht, begann sich zu entfalten.

Ich möchte nicht den Eindruck erwecken, Eve Frame habe hier lediglich einen Auftritt als Schauspielerin absolviert. Im Gegenteil: hier zeigte sich ihre ganze *Freiheit*, das war die unbeschwerte, vollkommen unbefangene Eve Frame, Eve Frame im Zustand heiterer Begeisterung. Wenn überhaupt, könnte man sagen, daß *uns* von *ihr* nichts Geringeres als die Rolle unseres Lebens zugewiesen wurde – die Rolle privilegierter Wesen, deren kühnster Traum in Erfüllung gegangen war. Die Wirklichkeit war künstlerischer Zauberei zum Opfer gefallen; ein Schatz verborgener magischer Kräfte hatte den Abend von seiner nüchternen gesellschaftlichen Funktion gereinigt und diese glänzende, halbbetrunkene Versammlung von allen niederen Instinkten und bösen Ränken befreit. Und diese Illusion war praktisch durch nichts bewirkt worden: einige wenige am Rand der Bibliotheksstufe perfekt vorgetragene Silben, und die ganze absurde Selbstsucht einer Manhattaner Soiree zerschmolz zu dem romantischen Bestreben, in ästhetischen Wonnen aufzugehen.

»Sylphid Pennington und die junge Londoner Flötistin Pamela Solomon spielen zwei Duos für Flöte und Harfe. Das erste ist von Fauré und heißt ›Berceuse‹. Das zweite ist von Franz Doppler, seine ›Casilda Fantasie‹. Als Drittes und zum Abschluß gibt es den lebhaften zweiten Satz, das Intermezzo, der Sonate für Flöte, Viola und Harfe von Debussy. An der Viola hören wir Rosalind Halladay, die aus London hier nach New York zu Besuch gekommen ist. Rosalind stammt aus Cornwall in England und ist Absolventin der Londoner Guildhall School of Music and Drama. In London spielt Rosalind Halladay im Orchester des Royal Opera House.«

Die Flötistin, schlanke Gestalt, schmales Gesicht und dunkle Augen, bot einen melancholischen Anblick, und je länger ich sie ansah, je mehr ich in ihren Bann geriet – und je länger ich Rosalind ansah, je mehr ich in *ihren* Bann geriet –, desto stärker fiel mir auf, wie sehr es meiner Freundin Sylphid an allem mangelte, was dazu bestimmt ist, das Verlangen eines Mannes zu steigern. Mit ihren breiten Schultern und stämmigen Beinen und dem wunderlichen, an ein Bison erinnernden Fleischwulst oben am Rücken wirkte Sylphid auf mich, als sie die Harfe spielte – und trotz der klassischen Eleganz, mit der ihre Hände sich über die Saiten bewegten –, wie ein Ringer, der mit der Harfe rang, wie einer dieser japanischen Sumoringer. Da ich mich für diesen Gedanken schämte, nahm er, je länger die Aufführung dauerte, nur immer mehr an Gehalt zu.

Mit der Musik konnte ich nichts anfangen. Wie Ira war ich taub für alles Unvertraute (und vertraut war mir nur, was ich samstags vormittags in *Make-Believe Ballroom* und samstag abends in *Your Hit Parade* hörte), doch als ich sah, mit welchem Ernst Sylphid im Bann der Töne stand, die sie aus diesen Saiten herauslöste, und auch, mit welcher *Leidenschaft* sie spielte, mit einer konzentrierten Leidenschaft, die man in ihren Augen beobachten konnte – mit einer Leidenschaft, die von allem Zynischen und Negativen in ihr befreit war –, mußte ich mich fragen, welche Macht sie wohl ausüben könnte, wenn sie, zusätzlich zu ihrem musikalischen Können, ein Gesicht besäße, das so verführerisch kantig wie das ihrer zierlichen Mutter wäre.

Erst Jahrzehnte später, nach Murray Ringolds Besuch, begriff ich, daß Sylphid, um sich in ihrer Haut auch nur halbwegs wohl zu fühlen, ihre Mutter hassen und Harfe spielen mußte. Die unausstehlichen Schwächen ihrer Mutter hassen und ätherisch bezaubernde Töne hervorbringen; alles, was die Welt ihr an Erotik gestattete, mit Fauré und Doppler und Debussy erleben.

Als ich zu Eve Frame in der ersten Reihe der Zuschauer hinübersah, bemerkte ich, daß ihr Blick so schmachtend an Sylphid hing, daß man meinen konnte, Sylphid sei Eve Frames Erzeugerin, und nicht umgekehrt.

Dann ging alles, was aufgehört hatte, von neuem los. Es gab Applaus, Bravorufe, Verbeugungen; Sylphid, Pamela und Rosalind stiegen von der Bühne, zu der die Bibliothek geworden war, und Eve Frame nahm sie nacheinander in die Arme. Ich stand so nah dabei, daß ich sie zu Pamela sagen hörte: »Weißt du, wie du ausgesehen hast, mein Liebes? Wie eine hebräische Prinzessin!« Und zu Rosalind: »Und du warst reizend, absolut reizend!« Und schließlich zu ihrer Tochter: »Sylphid, Sylphid«, sagte sie, »Sylphid Juliet, so schön hast du noch nie, noch niemals gespielt! Noch nie, mein Liebes! Besonders der Doppler war einfach hinreißend.«

»Der Doppler, Mutter, ist kitschige Salonmusik.«

»Ach, ich liebe dich«, rief Eve. »Deine Mutter liebt dich ja so sehr!«

Andere drängten heran, um dem Trio zu gratulieren, und dann als nächstes schlang Sylphid mir freundschaftlich einen Arm um die Hüfte und machte mich mit Pamela, Rosalind und deren Verlobtem bekannt. »Das ist Nathan aus Newark«, sagte Sylphid. »Nathan ist ein politischer Schützling des Ungeheuers.« Da sie das lächelnd sagte, lächelte ich auch, versuchte zu glauben, daß dieser Ausdruck harmlos gemeint war, nur ein familieninterner Scherz über Iras Körpergröße.

Ich sah mich im ganzen Zimmer nach Ira um, fand ihn aber nicht; statt mich jedoch zu entschuldigen und ihn suchen zu gehen, ließ ich mich lieber weiter von Sylphid festhalten – und von der Kultiviertheit ihrer Freunde beeindrucken. Einen jungen Mann, der so gut gekleidet und so geschliffen und weltgewandt war wie Ramón Noguera, hatte ich noch nie gesehen. Was die dunkle Pamela und die blonde Rosalind betraf, erschienen sie mir beide so hübsch, daß ich sie nie länger als für den Bruchteil einer Sekunde anzusehen wagte, zugleich aber nicht darauf verzichten wollte, so zwanglos so dicht mit ihnen zusammenzustehen.

Rosalind und Ramón sollten in drei Wochen auf dem Anwesen der Nogueras außerhalb von Havanna heiraten. Die Nogueras waren Tabakbauern; Ramóns Vater hatte von Ramóns Großvater in einer Region namens Partido ein paar tausend Hektar Ackerland geerbt, Land, das Ramón einmal erben würde, und später dann Ramóns und Rosalinds Kinder. Ramón war ein beeindruckend stiller Mensch – ernst vom Bewußtsein, Herr über sein Schicksal zu sein, bedächtig und entschlossen, die ihm von den Zigarrenrauchern dieser Welt verliehene Autorität auszufüllen; Rosalind hingegen – die sich noch vor wenigen Jahren als arme Musikstudentin aus einem entlegenen ländlichen Winkel Englands in London durchgeschlagen hatte, nun aber dem Ende aller ihrer Ängste so nah war wie dem Beginn des großen Geldausgebens – wurde immer munterer. Und gesprächiger. Sie erzählte uns von Ramóns Großvater, dem bekanntesten und angesehensten aller Nogueras, dreißig Jahre lang Provinzgouverneur und Besitzer riesiger Ländereien, ehe er schließlich ins Kabinett von Präsident Mendiata eingetreten war (dessen Stabschef, wie ich zufällig wußte, der berüchtigte Fulgencio Batista gewesen war); sie erzählte uns von der Schönheit der Tabakplantagen, auf denen sie, unter Stoffbahnen, die Deckblätter für die kubanischen Zigarren anbauten; und dann erzählte sie uns von der großen spanischen Hochzeit, die die Nogueras für sie planten. Pamela, eine Kindheitsfreundin, würde auf Kosten der Nogueras von New York nach Havanna fliegen und in einem Gästehaus des Anwesens untergebracht; und wenn Sylphid die Zeit erübrigen könne, sagte Rosalind überschäumend, sei sie herzlich eingeladen, Pamela zu begleiten.

Während Rosalind mit eifriger Naivität, einer freudigen Mischung aus Stolz und Gewandtheit, von dem enormen Reichtum der Nogueras sprach, dachte ich immerzu: Aber was ist mit den kubanischen Kleinbauern, die in den Tabakpflanzungen arbeiten – wer fliegt *die* für eine Hochzeitsfeier von New York nach Havanna und zurück? In was für »Gästehäusern« leben *die* auf den schönen Tabakplantagen? Was ist mit Krankheit und Unterernährung und Unwissenheit unter deinen Tabakarbeitern, Miss Halladay? Statt so unanständig viel Geld für deine spanische Hochzeit zu verschleudern, solltest du lieber die kubanischen Massen entschädigen, deren Land die Familie deines Verlobten unrechtmäßig in Besitz genommen hat!

Doch ich hielt mich schweigsam wie Ramón Noguera, war jedoch innerlich nicht entfernt so gelassen wie er, der unerschütterlich geradeaus blickte wie einer, der seine Truppe inspiziert. Jedes Wort Rosalinds entsetzte mich, und doch konnte ich nicht die gesellschaftliche Ungehörigkeit begehen, ihr das zu sagen. Und ich konnte auch nicht die Kraft aufbringen, Ramón Noguera mit dem zu konfrontieren, was die Progressive Partei von seinem Reichtum und dessen Herkunft hielt. Und ich konnte mich auch nicht freiwillig aus Rosalinds britischem Bannkreis lösen, mich nicht dieser physisch reizenden und musikalisch begnadeten jungen Frau entziehen, die nicht zu begreifen schien, daß sie, indem sie für Ramóns Reize ihre Ideale – beziehungsweise, wenn nicht ihre Ideale, so doch meine – verriet und in Kubas oligarchische, landbesitzende Oberschicht einheiratete, nicht nur aufs fatalste die Werte eines Künstlers in den Schmutz zog, sondern auch, nach meiner politischen Ansicht, sich selbst herabsetzte durch die Verbindung mit jemandem, der ihres Talents – und ihres rötlichblonden Haars und ihrer überaus streichelnswerten Haut – weit weniger würdig war als, zum Beispiel, ich.

Wie sich herausstellte, hatte Ramón für Pamela, Rosalind und sich einen Tisch im Stork Club reserviert, und als er Sylphid bat, sich ihnen anzuschließen, wandte er sich mit einem gewissen zerstreuten Aplomb, einer Art vornehmen Variante von Höflichkeit, auch an mich und lud mich ebenfalls ein. »Bitte, Sir«, sagte er, »seien Sie mein Gast.«

»Ich kann nicht, nein –«, sagte ich, fügte dann aber, ohne deutlich zu machen – wie ich es hätte tun sollen, ja tun müssen . . . wie *Ira* es bestimmt getan hätte – »Ich halte nichts von Leuten wie Ihnen!« –, lediglich hinzu: »Danke. Trotzdem vielen Dank«, drehte mich um und lief, als flöhe ich die Pest und nicht die wunderbare Gelegenheit, Sherman Billingsleys berühmten Stork Club und den Tisch zu sehen, an dem Walter Winchell saß, hastig vor den Versuchungen davon, die mir der erste Plutokrat, der mir jemals leibhaftig untergekommen war, unter die Nase hielt.

Allein ging ich nach oben ins Gästezimmer, wo es mir gelang, meinen Mantel aus den auf den beiden Betten aufgetürmten Mantelbergen zu ziehen; und dort begegnete ich zufällig Arthur Sokolow, der Ira zufolge mein Stück gelesen hatte. Nach Iras kurzer Vorlesung oben bei ihm im Arbeitszimmer war ich zu schüchtern gewesen, irgend etwas zu ihm zu sagen, und daß er selbst in diesem Lincoln-Buch herumgeblättert hatte, schien mir zu bedeuten, daß auch er mir nichts zu sagen hatte. Auf der Party hatte ich jedoch einige aggressive Bemerkungen von ihm zu einem der Anwesenden mitbekommen. »Das hat mich verdammt wütend gemacht«, hörte ich ihn sagen. »Ich habe mich hingesetzt wie im Fieber und das Stück in einer Nacht geschrieben.« Ich hörte ihn sagen: »Die Möglichkeiten waren grenzenlos. Es herrschte eine Atmosphäre von Freiheit, von Bereitschaft, Neuland abzustecken«; dann hörte ich ihn lachen und sagen: »Na ja, man hat mich zeitgleich mit der beliebtesten Radiosendung ausgestrahlt . . .« Was auf mich den Eindruck machte, als sei ich der unabdingbaren Wahrheit begegnet.

Die deutlichste Vorstellung davon, wie ich mir mein Leben wünschte, bekam ich, als ich, mich bewußt in Sokolows Hörweite haltend, zuhörte, wie er zwei Frauen von einem Stück erzählte, das er für Ira zu schreiben plante, ein Einpersonenstück, das nicht auf den Reden, sondern auf dem Leben Abraham Lincolns, von der Geburt bis zum Tod, beruhen sollte. »Die Erste Antrittsrede, die Gettysburger und die Zweite Antrittsrede – darum geht es nicht. Das ist doch nur Rhetorik. Ich will Ira mit der *Geschichte* auf die Bühne bringen. Er soll erzählen, wie verdammt *schwierig* das war: keine richtige Schulausbildung, der dumme Vater, die schreckliche Stiefmutter, die Anwaltspartner, die Kandidatur gegen Douglas, die Niederlage, seine Frau, diese hysterische Konsumentin, der furchtbare Verlust des Sohns – der Tod von Willie –, die heftige Kritik von allen Seiten, die täglichen politischen Attacken seit dem Tag seines Amtsantritts. Die Grausamkeit des Kriegs, die Unfähigkeit der Generale, die Erklärung zur Sklavenbefreiung, der Sieg, die Rettung der Union und die Befreiung der Neger – und *dann* der Mordanschlag, der dieses Land für alle Zeiten verändert hat. Ein phantastischer Stoff für einen Schauspieler. Drei Stunden. Keine Pause. Die Leute sollen sprachlos auf ihren Sitzen kleben. Sollen trauern um das, was Amerika heute sein könnte, um das, was Neger *und* Weiße heute sein könnten, wenn er seine zweite Amtszeit zu Ende geführt und die Rekonstruktion geleitet hätte. Ich habe viel über diesen Mann nachgedacht. Ermordet von einem Schauspieler. Von wem sonst?« Er lachte. »Wer sonst wäre so eitel und so dumm, Abraham Lincoln zu töten? Kann Ira drei Stunden lang allein da oben agieren? Das Rhetorische – das kann er, das wissen wir. Das andere werden wir gemeinsam erarbeiten, und auch das wird er schaffen: ein schwergebeutelter Führer mit sehr viel Witz und Klugheit und Geisteskraft, ein gewaltiger Mensch, abwechselnd himmelhoch jauchzend und zu Tode betrübt, und«, sagte Sokolow, wiederum lachend, »noch nicht davon in Kenntnis gesetzt, daß er als der Lincoln in die Geschichte eingehen wird.«

Jetzt lächelte Sokolow bloß, und mit einer Stimme, die mich durch ihre Sanftheit überraschte, sagte er: »Junger Mr. Zuckerman. Das muß ein bedeutsamer Abend für Sie sein.« Ich nickte, bekam aber wieder kein Wort heraus, brachte es nicht fertig, ihn zu fragen, ob er mir irgendeinen Rat geben oder etwas zu meinen Stück sagen könne. Ein (für einen Fünfzehnjährigen) gutentwickelter Realitätssinn sagte mir, daß Arthur Sokolow das Stück nicht gelesen hatte.

Als ich mit meinem Mantel aus dem Schlafzimmer trat, sah ich Katrina van Tassel aus dem Bad auf mich zukommen. Ich war schon groß für mein Alter, aber in ihren Stöckelschuhen war sie noch größer als ich; aber vielleicht wäre ich auch so in den Bann ihrer imposanten Erscheinung geraten und hätte gespürt, daß sie sich für das erhabenste Beispiel von was auch immer hielt, selbst wenn ich sie um einen Kopf überragt hätte. Das alles geschah so spontan, daß ich nicht einmal ansatzweise begreifen konnte, wie diese Person, die ich doch eigentlich hassen sollte – und zwar mühelos hassen sollte –, aus der Nähe einen solchen Eindruck auf mich machen konnte. Eine miese Schriftstellerin, eine Anhängerin Francos und Feindin der UdSSR – aber wo blieb, wenn ich sie brauchte, meine Abneigung? Als ich mich sagen hörte: »Mrs. Grant? Würden Sie mir ein Autogramm geben – für meine Mutter?«, konnte ich mich nur noch fragen, wer ich denn plötzlich geworden war und was für einer Halluzination ich da unterlag. Das war ja noch schlimmer als mein Verhalten in Gegenwart des kubanischen Tabakmagnaten.

Lächelnd äußerte Mrs. Grant eine Vermutung, die meine Anwesenheit in diesem vornehmen Haus tatsächlich hätte erklären
können. »Sind Sie nicht Sylphids junger Freund?«

Die Lüge kam mir ohne nachzudenken von den Lippen. »Ja«,
sagte ich. Mir war nicht bewußt, daß ich schon alt genug aussah,
aber vielleicht hatte Sylphid sich ja auf Teenager spezialisiert. Oder
vielleicht hielt Mrs. Grant Sylphid auch noch für ein Kind. Oder
aber sie hatte gesehen, wie Sylphid mir diesen Kuß auf die Nase
gab, und daraus geschlossen, der Kuß habe mit uns beiden zu tun
und nicht damit, daß Abälard es elfmal mit Heloise getrieben hatte.

»Sind Sie auch Musiker?«

»Ja«, sagte ich.

»Welches Instrument spielen Sie?«

»Dasselbe. Harfe.«

»Ist das nicht ungewöhnlich für einen Jungen?«

»Nein.«

»Worauf soll ich schreiben?« fragte sie.

»Ich glaube, ich habe ein Stück Papier in meiner Brieftasche —«
Aber dann fiel mir ein, daß in meiner Brieftasche noch der »Wal-
lace-for-President«-Anstecker war, mit dem an der Hemdtasche
ich zwei Monate lang zur Schule gegangen war und von dem ich
mich auch nach der katastrophalen Wahlniederlage nicht hatte
trennen können. Jetzt wies ich ihn jedesmal wie eine Polizeimarke
vor, wenn ich irgend etwas zu bezahlen hatte. »Ich habe meine
Brieftasche nicht dabei«, sagte ich.

Darauf zog sie aus ihrer perlenbestickten Handtasche einen Notizblock und einen silbernen Stift hervor. »Wie heißt Ihre Mutter?«

Sie hatte durchaus freundlich gefragt, aber ich konnte es ihr
nicht sagen.

»Haben Sie's etwa vergessen?« fragte sie mit harmlosem
Lächeln.

»Nur *Ihren* Namen. Das reicht. Bitte.«

Beim Schreiben sagte sie: »Wo kommen Sie her, junger Mann?«

Ich begriff nicht gleich, daß ihre Frage darauf abzielte, zu welcher Unterart der Menschheit ich gehörte. »Wo kommen Sie
her« war unergründlich – oder auch nicht. Jedenfalls war es nicht
witzig gemeint, als ich antwortete: »Nirgendwoher.«

Wie kam es nur, daß sie mir noch größer, noch *furchterregender* erschien als Eve Frame? Wie konnte ich mich, zumal nachdem Sylphid sie und ihren Mann seziert hatte, derart als verschüchterter Fan aufführen und mit ihr reden wie der allerletzte Trottel?

Es war natürlich ihre Ausstrahlung, die Macht des Ruhms; die Macht einer Frau, die an der Macht ihres Mannes teilhat, und Bryden Grant war in der Position, daß er mit ein paar Worten im Radio oder einer Bemerkung in seiner Kolumne – mit einer *unterlassenen* Bemerkung in seiner Kolumne – jede Karriere im Showbusiness fördern oder zerstören konnte. Sie verfügte über die eisige Macht einer Frau, der alle Menschen zulächeln und danken und gratulieren und die Pest an den Hals wünschen.

Aber warum bin ich ihr in den Arsch gekrochen? Ich hatte keine Karriere im Showbusiness. Was hatte ich zu gewinnen – oder zu verlieren? Binnen weniger als einer Minute hatte ich alle meine Prinzipien, jede Überzeugung und jegliche Loyalität über Bord geworfen. Und ich hätte das alles noch weiter geleugnet, wäre sie nicht so gnädig gewesen, mir ihr Autogramm zu geben und wieder zur Party zurückzugehen. Ich hätte sie nur zu ignorieren brauchen, so wie sie mich mühelos ignoriert hatte, bis ich sie um das Autogramm für meine Mutter bat. Aber meine Mutter sammelte überhaupt keine Autogramme, und niemand hatte mich gezwungen, mich mit einer solchen Lüge anzubiedern. Es war bloß das Einfachste gewesen. Schlimmer als einfach. Es war automatisch.

»Verlier nicht den Mut«, hatte Paul Robeson mich hinter der Bühne im Mosque ermahnt. Stolz hatte ich ihm die Hand darauf gegeben, nur um ihn gleich beim erstenmal dann doch zu verlieren. Einfach so zu verlieren. Mich hatten keine Polizisten auf die Wache geschleift und mit Schlagstöcken bearbeitet. Ich war mit meinem Mantel auf den Gang getreten. Mehr hatte es nicht gebraucht, den kleinen Tom Paine zum Entgleisen zu bringen.

Als ich die Treppe hinunterging, überschwemmte mich der Selbstekel eines Menschen, der jung genug war zu denken, daß man alles, was man sagte, auch so meinen mußte. Ich hätte alles dafür gegeben, noch einmal zurückgehen und sie in die Schranken weisen zu können – gerade weil ich mich statt dessen so jämmerlich aufgeführt hatte. Aber bald würde mein Held das für mich übernehmen, und zwar ohne daß meine ungeheuerliche Höflichkeit der großartigen Verwegenheit seiner Feindschaft in die Quere käme. Ira würde mehr als wiedergutmachen, was ich zu sagen unterlassen hatte.

Ich fand Ira in der Küche im Kellergeschoß, wo er das Geschirr abtrocknete, das von Wondrous, der Hausangestellten, die uns das Essen serviert hatte, und Marva, einem Mädchen in meinem Alter, das sich als ihre Tochter herausstellte, in der Doppelspüle abgewaschen wurde. Als ich hereinkam, sagte Wondrous gerade zu Ira: »Ich wollte meine Stimme nicht verschwenden, Mr. Ringold. Ich wollte meine kostbare Stimme nicht verschwenden.«

»Erklär du es ihr«, sagte Ira zu mir. »Die Frau will mir nicht glauben. Warum, weiß ich nicht. Erzähl du ihr von der Demokratischen Partei. Ich verstehe nicht, wie eine Negerin es sich in den Kopf setzen kann, die Demokratische Partei werde schon damit aufhören, ihre Versprechen an die Neger zu brechen. Ich weiß nicht, wer ihr das gesagt hat oder warum sie solchen Leuten glaubt. Wer hat Ihnen das gesagt, Wondrous? Ich jedenfalls nicht. Verdammt, ich habe Ihnen vor sechs Monaten gesagt – diese Leute, diese feigen Liberalen von der Demokratischen Partei werden niemals mit der Rassendiskriminierung Schluß machen. Sie sind nicht und sie waren niemals auf der Seite der Neger! Bei der Wahl hat es nur eine einzige Partei gegeben, für die ein Neger stimmen konnte, eine einzige Partei, die für die Benachteiligten kämpft, eine einzige Partei, die das Ziel hat, den Neger in diesem Land zu einem Bürger erster Klasse zu machen. Und das war nicht die Demokratische Partei von Harry Truman!«

»Ich konnte meine Stimme doch nicht wegwerfen, Mr. Ringold. Und genau das hätte ich getan. Ich hätte sie zum Fenster rausgeworfen.«

»Die Progressive Partei hat mehr Negerkandidaten aufgestellt als jede andere Partei in der Geschichte Amerikas – fünfzig Negerkandidaten für wichtige staatliche Ämter auf den Listen der Progressiven Partei! Für Ämter, für die noch niemals ein Neger nominiert wurde, geschweige denn, daß einer mal eins davon bekleidet hätte! Das nennen Sie: eine Stimme zum Fenster rauswerfen? Verdammt, beleidigen Sie nicht Ihre Intelligenz, und beleidigen Sie nicht meine. Ich bin verdammt wütend auf die Neger, wenn ich mir vorstelle, daß Sie nur eine von vielen waren, die nicht darüber nachgedacht haben, was sie da eigentlich getan haben.«

»Entschuldigen Sie, aber ein Mann, der so hoch verliert wie dieser, kann nichts für uns tun. Wir müssen schließlich auch irgendwie leben.«

»Nun, Sie haben *nichts* getan. Schlimmer noch. Wissen Sie, was Sie mit Ihrer Stimme getan haben? Sie haben wieder die Leute an die Macht gebracht, die Ihnen Rassentrennung und Ungerechtigkeit und Lynchjustiz und Kopfsteuer bescheren werden, solange Sie leben. Solange Marva lebt. Solange Marvas *Kinder* leben. Erzähl ihr davon, Nathan. Du hast mit Paul Robeson gesprochen. Er hat mit Paul Robeson gesprochen, Wondrous. Das ist für mich der großartigste Neger in der Geschichte Amerikas. Paul Robeson hat ihm die Hand gegeben, und was hat er dir gesagt, Nathan? Erzähl Wondrous, was er dir gesagt hat.«

»Er hat gesagt: ›Verliere nie deinen Mut.‹«

»Und genau das haben Sie verloren, Wondrous. Sie haben in der Wahlkabine den Mut verloren. Das wundert mich schon sehr.«

»Ja«, sagte sie, »ihr anderen könnt ja alle warten, wenn ihr wollt; aber wir müssen schließlich irgendwie leben.«

»Sie haben mich im Stich gelassen. Und was noch schlimmer ist, Sie haben Marva im Stich gelassen. Sie haben Marvas *Kinder* im Stich gelassen. Ich verstehe das nicht und werde es nie verstehen. Nein, ich verstehe die arbeitenden Menschen in diesem Lande nicht! Wenn ich eins mit Leidenschaft hasse, dann Leuten zuzuhören, die keine Ahnung haben, wem sie in ihrem eigenen verdammten Interesse ihre Stimme geben sollen! Ich könnte diesen Teller an die Wand knallen, Wondrous!«

»Tun Sie, was Sie wollen, Mr. Ringold. Es ist nicht *mein* Teller.«

»Ich bin so verdammt wütend auf die Neger, daß sie nicht für Henry Wallace gestimmt haben, daß sie nichts *für sich* getan haben – ich könnte wirklich glatt diesen Teller kaputtschmeißen!«

»Gute Nacht, Ira«, sagte ich, während er noch da stand und den Teller zu zerschmeißen drohte, den er gerade abtrocknete. »Ich muß jetzt nach Hause.«

171

In dem Augenblick ließ sich Eve Frame vom oberen Ende der Treppe vernehmen: »Komm den Grants gute Nacht sagen, mein Lieber.«

Ira stellte sich taub und redete weiter auf Wondrous ein. »Zahlreich sind die schönen Worte, Wondrous, die Menschen überall von einer neuen Welt daherreden —«

»Ira? Die Grants wollen gehen. Komm und verabschiede dich.«

Plötzlich warf er den Teller dann doch. Marva schrie »Momma!«, als er an die Wand krachte, aber Wondrous zuckte nur die Schultern — die Unvernunft selbst derjenigen Weißen, die *gegen* die Rassendiskriminierung waren, überraschte sie nicht — und machte sich daran, die Scherben aufzusammeln, während Ira mit dem Geschirrtuch in der Hand zur Treppe lief, in großen Sätzen hinaufsprang und dabei nach oben heraufbrüllte: »Ich verstehe das nicht, wie kann man sich, wenn man freie Wahl hat und in einem Land wie unserem lebt, wo angeblich keiner einen zu irgend etwas zwingen kann, wie kann man sich mit so einem verfluchten Nazimörder an einen Tisch setzen! Wie kann man nur? Wer zwingt diese Leute, sich mit einem zusammenzusetzen, dessen Lebenswerk es ist, eine neue Methode zu entwickeln, mit der man Menschen noch besser töten kann als mit den alten?«

Ich war direkt hinter ihm. Ich wußte nicht, wovon er redete, bis ich sah, daß er auf Bryden Grant zurannte, der in Chesterfield-Mantel und Seidenschal und mit dem Hut in der Hand in der Tür stand. Grant hatte ein kantiges Gesicht mit markantem Kinn und einen beneidenswert dichten weißen Haarschopf; ein kräftig gebauter Fünfzigjähriger, dem gleichwohl — und gerade weil er so attraktiv war — etwas gewissermaßen Poröses anhaftete.

Ira stürzte auf Bryden Grant zu und blieb erst stehen, als ihre Gesichter nur noch wenige Zentimeter auseinander waren.

»Grant«, sagte er zu ihm. »Grant, ja? Das ist doch Ihr Name? Sie haben am College studiert, Grant. Sie haben in Harvard studiert, Grant. Ein Harvard-Schüler und Hearst-Journalist. Und ein Grant — einer von den Grants! Da sollten Sie eigentlich übers Abc hinausgekommen sein. Dem Scheiß, den Sie schreiben, entnehme ich, daß es Ihre Masche ist, keine Meinung zu haben, aber haben Sie wirklich gar keine Meinung zu irgend etwas?«

»Ira! Hör auf damit!« Eve Frame hatte die Hände vorm Gesicht, aus dem jegliche Farbe gewichen war, und dann packte sie Ira bei den Armen. »Bryden«, rief sie, verzweifelt über die Schulter nach hinten blickend, während sie Ira ins Wohnzimmer zu drängen versuchte. »Es tut mir schrecklich, schrecklich leid – ich weiß auch nicht –«

Aber Ira schob sie mühelos beiseite und sagte: »Ich wiederhole: Haben Sie wirklich gar keine Meinung, Grant?«

»Das ist nicht Ihre beste Seite, Ira. Sie zeigen sich nicht gerade von Ihrer besten Seite.« Grant sprach mit der Überlegenheit eines Mannes, der schon in sehr jungen Jahren gelernt hatte, sich nicht dazu herabzulassen, sich verbal gegen einen gesellschaftlich Untergeordneten zu verteidigen. »Gute Nacht zusammen«, sagte er zu den Gästen, von denen noch etwa ein Dutzend im Haus waren und die jetzt, von dem Aufruhr angelockt, alle im Flur standen. »Gute Nacht, Eve, meine Liebe«, sagte Grant und warf ihr eine Kußhand zu; dann wandte er sich um, öffnete die Haustür, nahm seine Frau beim Arm und trat hinaus.

»Wernher von Braun!« schrie Ira ihm nach. »Ein verfluchter Naziwissenschaftler. Ein mieses Faschistenschwein. Und Sie essen mit ihm an einem Tisch. Stimmt's, oder nicht?«

Grant drehte sich lächelnd um und antwortete mit vollendeter Selbstbeherrschung – wenngleich ein drohender Unterton in seiner ruhigen Stimme nicht zu verkennen war: »Das ist äußerst unbesonnen von Ihnen, Sir.«

»Sie laden diesen Nazi zu sich nach Hause zum Essen ein. Stimmt's, oder nicht? Leute, die Sachen herstellen, mit denen Menschen getötet werden, sind schon schlimm genug; aber dieser Freund von Ihnen war ein Freund von Hitler, Grant. Er hat für Adolf Hitler gearbeitet. Vielleicht haben Sie davon noch nie was gehört, weil die Menschen, die er töten wollte, keine Grants waren, Grant – sondern Menschen wie ich!«

Währenddessen hatte Katrina am Arm ihres Mannes Ira die ganze Zeit wütend angestarrt, und nun übernahm sie es, für ihn zu antworten. Jeder, der mal *Van Tassel und Grant* im Radio gehört hatte, mußte annehmen, daß Katrina oft anstelle ihres Mannes antwortete. Auf die Weise wahrte er seine bedrohlich selbstherrliche Haltung, und sie stillte ein Bedürfnis nach Überlegenheit, das sie gar nicht erst zu verbergen trachtete. Während Bryden sich offenkundig für imposanter hielt, wenn er wenig sagte und seine Autorität lediglich von innen nach außen strömen ließ, verbreitete Katrina – ähnlich wie Ira – Furcht und Schrecken gerade dadurch, daß sie alles sagte.

»Was Sie da schreien, ist doch absolut unlogisch.« Katrina Grant hatte einen durchaus großen Mund, und doch – bemerkte ich jetzt – brauchte sie zum Sprechen nur eine winzige Öffnung, ein kleines Loch in der Mitte ihrer Lippen, etwa von der Größe eines Hustenbonbons. Aus diesem Loch schoß sie die heißen spitzen Nadeln ab, die der Verteidigung ihres Mannes dienten. Die Kontroverse hatte sie ganz in ihren Bann gezogen – jetzt herrschte Krieg –, und selbst neben einem Hünen von eins neunzig wirkte sie noch erstaunlich imposant. »Sie sind ahnungslos, Sie sind naiv, Sie sind unhöflich, Sie sind tyrannisch, einfältig und arrogant, Sie sind ungehobelt, und Sie kennen die Tatsachen nicht, Sie kennen die Wirklichkeit nicht, Sie wissen nicht, wovon Sie reden, absolut nicht! Sie wissen nur, was Sie dem *Daily Worker* nachplappern!«

»Ihr Gast von Braun«, brüllte Ira zurück, »hat nicht genug Amerikaner getötet? Jetzt will er sich dafür einsetzen, daß Amerikaner Russen töten? Großartig! Töten wir die Roten, töten wir sie für Mr. Hearst und Mr. Dies und den Verband der Rüstungsindustrie. Diesem Nazi ist es egal, wen er tötet, Hauptsache, er kriegt sein Gehalt und die Bewunderung von –«

Eve kreischte. Der Schrei klang weder theatralisch noch berechnet, aber in diesem Flur voller gutgekleideter Partygäste – in dem immerhin kein Mann im Fechtanzug einen anderen Mann im Fechtanzug mit einem Rapier durchbohrte – schien sie furchtbar schnell bei einem Schrei angelangt zu sein, dessen Höhe nicht weniger entsetzlich war als jeder andere menschliche Laut, den ich jemals auf oder außerhalb einer Bühne gehört hatte. Was ihre Gemütslage betraf, brauchte Eve Frame offenbar nicht sehr weit zu gehen, um dorthin zu kommen, wo sie sein wollte.

»Meine Liebe«, sagte Katrina, die vorgetreten war, um Eve bei den Schultern zu fassen und schützend in die Arme zu nehmen.

»Ach, laß den Scheiß«, sagte Ira, schon wieder halb die Treppe
runter auf dem Weg zur Küche. »Deiner Lieben geht es prächtig.«
»Es geht ihr *nicht* prächtig«, sagte Katrina, »das wäre ja *noch* schöner. Dieses Haus ist keine politische Vesammlungshalle«, rief Katrina ihm nach, »für politische Gangster! Muß es jedesmal Krach
geben, wenn Sie zu polemisieren anfangen, müssen Sie dieses
schöne kultivierte Haus mit Ihren kommunistischen —«
    Umgehend war er wieder oben und brüllte: »Wir leben hier in
einer Demokratie, Mrs. Grant! Meine Überzeugungen sind meine
Überzeugungen. Wenn Sie Ira Ringolds Überzeugungen erfahren
wollen, brauchen Sie ihn nur danach zu fragen. Was Sie davon
halten, oder von mir, ist mir scheißegal! Es sind meine Überzeugungen, und es mir scheißegal, ob sie irgendwem gefallen! Aber
nein, Ihr Mann bezieht sein Gehalt von einem Faschisten, und
wenn jemand daherkommt und zu sagen wagt, was die Faschisten
nicht gerne hören, heißt es gleich: ›Kommunist, Kommunist, da
ist ein Kommunist in unserem kultivierten Haus!‹ Aber wenn Sie
ein bißchen flexibler denken könnten, wenn Sie sich vorstellen
könnten, daß die kommunistische Philosophie in einer Demokratie, ja, *jede* Philosophie —«
    Als Eve Frame diesmal kreischte, hatte der Schrei weder Unten
noch Oben, der Schrei signalisierte nur noch einen lebensbedroh-
lichen Notstand und beendete wirkungsvoll jede weitere politische Debatte und mit ihr meinen ersten großen Abend in der
Stadt.

5

Der Judenhaß, diese Verachtung der Juden«, sagte ich zu Murray. »Trotzdem hat sie Ira geheiratet, hat vor ihm Freedman geheiratet . . .«

Es war unsere zweite Sitzung. Vor dem Abendessen hatten wir auf der Terrasse mit Blick auf den Teich gesessen, und beim Martini hatte Murray mir von den Vorlesungen dieses Tages am College erzählt. Seine geistige Energie hätte mich ebensowenig überraschen sollen wie seine Begeisterung über das Aufsatzthema – »Erörtern Sie, aus der Sicht eines langen Lebens, in dreihundert Wörtern irgendeine Zeile in Hamlets berühmtestem Monolog« –, das der Professor seinen angejahrten Studenten heute gestellt hatte. Doch daß ein Mann, der dem Ende so nahe war, sich mit den Hausaufgaben für den nächsten Tag beschäftigte, sich für ein Leben bildete, daß fast schon abgelaufen war – daß das Rätsel ihn immer noch vor Rätsel stellte, daß Aufklärung ihm immer noch ein lebenswichtiges Bedürfnis war –, das überraschte mich sogar sehr: ein Gefühl, das an Beschämung grenzte, bemächtigte sich meiner, das Gefühl, es sei ein Fehler gewesen, nur für mich selbst zu leben und nichts an mich heranzulassen. Aber dann verlor sich dieses Gefühl. Ich wollte keine weiteren Schwierigkeiten heraufbeschwören.

Ich legte Hühnerfleisch auf den Grill, und wir aßen draußen auf der Terrasse. Es war schon nach acht, als wir unser Mahl beendeten, und obwohl mir die Schalterfrau, als ich am Vormittag meine Post abholte, erzählt hatte, daß wir in diesem Monat neunundvierzig Minuten Sonnenlicht verlieren würden – und daß wir, wenn wir nicht bald Regen bekämen, unsere Brombeer- und Himbeermarmelade demnächst alle im Laden würden kaufen müssen; und daß es hier in der Gegend bis jetzt viermal so viele Wildunfälle gegeben habe wie zur gleichen Zeit im vorigen Jahr; und daß unser zwei Meter großer Schwarzbär wieder einmal gesichtet worden sei, diesmal in der Nähe einer Vogelfutterstelle am Waldrand –, war vom Ende dieses Tages noch nichts zu spüren. Die Nacht lauerte noch hinter einem aufrichtigen Himmel, der nichts als Dauer verhieß. Ein Leben ohne Ende und ohne Umwälzungen.

»Ob sie Jüdin war? Allerdings«, sagte Murray. »Aber eine, der ihr Judentum geradezu krankhaft peinlich war. Und das war keine oberflächliche Angelegenheit. Es war ihr peinlich, daß sie wie eine Jüdin aussah – und Eve Frame hatte ein auf subtile Art recht jüdisches Gesicht, all die physiognomischen Feinheiten einer Rebecca, als käme sie direkt aus Scotts *Ivanhoe* –, es war ihr peinlich, daß ihre Tochter wie eine Jüdin aussah. Als sie erfuhr, daß ich Spanisch sprach, erzählte sie mir: ›Alle halten Sylphid für eine Spanierin. Als wir in Spanien waren, haben alle sie für eine Einheimische gehalten.‹ Das war so kläglich, daß ich kein Wort dagegen sagte. Wen interessierte das überhaupt? Ira nicht. Ira konnte damit nichts anfangen. Schon aus politischen Gründen. Stand allen Religionen ablehnend gegenüber. Wenn Doris zum Passahfest einen Seder für die ganze Familie ausrichtete, blieb Ira dem fern. Stammesaberglaube.

Ich denke, als er Eve Frame kennenlernte, war er so überwältigt von ihr, von allem – alles war neu für ihn, New York, *Frei und tapfer*, mit der Verkörperung des *Amerikanischen Radiotheaters* am Arm einherzuwandeln –, ich denke, die Frage, ob sie Jüdin sei oder nicht, hat sich ihm nie gestellt. Was hätte es ihm ausmachen sollen? Aber Antisemitismus? Das machte ihm *sehr* viel aus. Jahre später erzählte er mir, wann immer er in der Öffentlichkeit das Wort ›Jude‹ gebraucht habe, habe sie versucht, ihn zum Schweigen zu bringen. Einmal standen sie im Aufzug eines Wohnhauses, nachdem sie dort irgendwen besucht hatten, und mit ihnen fuhr eine Frau mit einem Baby im Arm oder im Kinderwagen; Ira nahm sie nicht einmal wahr, aber als sie auf die Straße hinaustraten, bemerkte Eve zu ihm: ›Was für ein absolut abscheuliches Kind.‹ Ira verstand zunächst gar nicht, was sie hatte, bis ihm aufging, daß abscheuliche Kinder immer die Kinder von Frauen waren, die in Eves Augen entschieden jüdisch aussahen.

Wie konnte er nur fünf Minuten von diesem Mist ertragen? Nun, er konnte es nicht. Aber jetzt war er nicht in der Armee, Eve Frame war kein Idiot aus dem Süden, und er hatte nicht vor, sie zusammenzuschlagen. Bombardierte sie statt dessen mit Erwachsenenbildung. Ira versuchte für Eve ein O'Day zu sein, aber sie war kein Ira. ›Die gesellschaftlichen und ökonomischen Ursprünge des Antisemitismus‹. So hieß der Kursus. Er setzte sie in sein Arbeitszimmer und las ihr aus seinen Büchern vor. Las ihr aus den Notizheften vor, die er im Krieg mit sich geführt und in die er seine Beobachtungen und Gedanken eingetragen hatte. ›Jude zu sein, das ist keine Auszeichnung – und es ist nichts Minderwertiges oder Erniedrigendes. Man ist Jude, und das ist alles. Schluß, aus.‹

Er kaufte ihr einen seiner damaligen Lieblingsromane, ein Buch von Arthur Miller. Ira muß Dutzende davon verschenkt haben. Es hieß *Focus*. In dem Exemplar, das er Eve schenkte, hatte er alle wichtigen Passagen angestrichen, damit sie bloß nichts übersah. Er erklärte es ihr, wie O'Day ihm in der Stützpunktbibliothek im Iran die Bücher erklärt hatte. Erinnern Sie sich noch an *Focus*, Millers Roman?«

Ich erinnerte mich gut daran. Ira hatte dieses Buch auch mir geschenkt, zum sechzehnten Geburtstag, und es auch *mir* wie O'Day erklärt. In meinen letzten Highschool-Jahren war *Focus* für mich neben *On a Note on Triumph* und den Romanen von Howard Fast (und zwei Kriegsromanen, die er mir geschenkt hatte: *Die Nackten und die Toten* und *Die jungen Löwen*) ein Buch, in dem ich nicht nur Bestätigung für meine politischen Sympathien fand, sondern das mir auch als geschätzte Inspirationsquelle für meine Hörspiele diente.

Focus erschien 1945, in dem Jahr, in dem Ira mit seinen Matchbeuteln voller Bücher und den tausend Dollar, die er auf dem Truppentransporter beim Würfeln gewonnen hatte, aus Übersee in die Heimat zurückkehrte, und drei Jahre bevor die Broadway-

Aufführung von *Tod eines Handlungsreisenden* Arthur Miller zu einem berühmten Theaterautor machte. Das Buch erzählt vom ziemlich ironischen Schicksal eines Mr. Newman, der im Personalbüro eines großen New Yorker Unternehmens arbeitet; der Mann, Mitte der Vierziger, ist ein vorsichtiger, von Ängsten geplagter Anpasser – zu vorsichtig, um nach außen hin aktiv zu dem rassistischen und religiösen Eiferer zu werden, der er im Grunde seines Herzens ist. Nachdem Mr. Newman seine erste Brille bekommen hat, entdeckt er, daß diese »die semitische Wölbung seiner Nase« betont und ihn bedenklich einem Juden ähnlich macht. Und nicht nur in seinen Augen. Als seine gelähmte alte Mutter ihren Sohn mit der neuen Brille sieht, bemerkt sie lachend: »Na so was, du siehst ja fast wie ein Jude aus.« Als er mit der Brille zur Arbeit kommt, ist die Reaktion auf seine Verwandlung nicht so milde: sofort wird er von seiner exponierten Position in der Personalabteilung auf einen bescheidenen Buchhalterposten versetzt, worauf er gedemütigt die Kündigung einreicht. Von da an ist er selbst als Jude gebrandmarkt, er, der die Juden wegen ihres Aussehens, ihres Geruchs, ihrer Niedertracht, ihrer Habsucht, ihrer schlechten Manieren, ja sogar wegen ihrer »sinnlichen Gier nach Frauen« immer verachtet hat. Ihm schlägt aus allen Schichten der Gesellschaft eine solche Feindseligkeit entgegen, daß der Leser – oder jedenfalls damals ich als Heranwachsender – den Eindruck gewinnt, Newmans Gesicht allein könne dafür nicht verantwortlich sein, hinter dieser Hexenjagd auf ihn stecke eine ungeheure, gespenstische Verkörperung des allgemeinen Antisemitismus, den er selbst aus Duckmäusertum nie nach außen hat dringen lassen. »Sein Leben lang hatte er diesen Abscheu vor den Juden mit sich herumgetragen«, und dieser Abscheu, nun wie in einem entsetzlichen Alptraum Wirklichkeit geworden in den Straßen von Queens und in ganz New York, sorgt jetzt dafür, daß ihn die Nachbarn, um deren Gunst er mit seiner gehorsamen Anpassung an ihre häßlichsten Vorurteile gebuhlt hatte, ihn unbarmherzig – und am Ende mit Gewalt – aus ihrer Gemeinschaft ausstoßen.

Ich ging ins Haus und brachte meine Ausgabe von *Focus* mit; wahrscheinlich hatte ich das Buch nicht mehr aufgeschlagen, seit ich es von Ira bekommen und in einer Nacht verschlungen und dann noch zweimal gelesen hatte, bevor ich es zwischen die Bücherstützen auf dem Schlafzimmerschreibtisch stellte, wo ich meine heiligen Texte aufbewahrte. Auf das Titelblatt hatte Ira etwas für mich aufgeschrieben. Als ich Murray das Buch reichte, befühlte er es zunächst kurz (eine Angewohnheit, die er von seinem Bruder übernommen hatte), schlug dann die Widmung auf und las sie vor:

»Nathan – Ich finde so selten jemanden, mit dem ich eine intelligente Unterhaltung führen kann. Ich lese sehr viel und glaube, daß das Gute, das ich von dort bekomme, im Gespräch mit anderen Menschen stimuliert und geformt werden muß. Sie sind einer dieser wenigen Menschen. Daß ich einen jungen Mann wie Sie kenne, läßt mich etwas weniger pessimistisch in die Zukunft blicken.

Ira, April 1949«

Mein ehemaliger Lehrer blätterte in *Focus* herum und sah sich an, was ich 1949 unterstrichen hatte. Irgendwo im ersten Viertel hielt er inne und las mir wieder etwas vor, diesmal aus dem Buch selbst. »›Sein Gesicht‹«, las Murray. »›Dieses Gesicht war nicht *er*. Niemand hatte das Recht, ihn wegen seines Gesichtes so abzulehnen. Niemand! Er war *er*, ein Mensch mit einer klar umrissenen Vergangenheit; er war nicht dieses Gesicht, das aussah, als käme es aus einer anderen, einer fremden und schmutzigen Vergangenheit.‹

Sie liest dieses Buch, weil Ira sie darum bittet. Sie liest, was er für sie unterstreicht. Sie hört sich seinen Vortrag an. Und was ist das Thema dieses Vortrags? Das Thema ist das Thema dieses Buchs – das Thema ist das jüdische Gesicht. Nun, wie Ira zu sagen pflegte: Es ist schwer zu erkennen, wieviel sie hört. Aber egal, was sie hörte, egal, wieviel sie hörte, sie konnte von diesem Vorurteil einfach nicht lassen.«

»*Focus* hat also auch nicht geholfen«, sagte ich, als Murray mir das Buch zurückgab.

»Schauen Sie, die beiden sind Arthur Miller einmal begegnet, ich weiß nicht wo, vielleicht auf einer Party für Wallace. Kaum hatte man Eve und Arthur Miller miteinander bekanntgemacht, erklärte sie ihm ungefragt, wie *packend* sie sein Buch gefunden habe. Und das war wohl nicht mal gelogen. Eve hat viele Bücher gelesen, und zwar weitaus verständnisvoller und aufgeschlossener als Ira, für den ein Buch als Ganzes nichts taugte, wenn er darin keine politischen und gesellschaftlichen Zusammenhänge entdeckte. Aber was auch immer sie aus Büchern lernte, aus Musik, Kunst oder Schauspielerei – oder aus persönlicher Erfahrung, aus ihrem ganzen fahrigen Leben –, das Zentrum, von dem aus der Haß seine Arbeit tat, blieb davon unberührt. Sie kam nicht los davon. Nicht daß sie unfähig war, sich zu ändern. Sie hat ihren Namen geändert, sie hat die Ehemänner gewechselt, sie ist vom Film zur Bühne zum Radio gegangen, als die Wechselfälle ihrer beruflichen Laufbahn solche Neuorientierungen erforderten, aber diese eine Sache blieb unveränderlich.

Ich will damit nicht sagen, daß Iras Bemühungen überhaupt keinen Erfolg hatten – zumindest sah es im Lauf der Zeit so aus, als habe er Erfolg damit. Schon um seinen Vorträgen zu entgehen, dürfte sie ein wenig Selbstzensur geübt haben. Aber ein Sinneswandel? Den brachte sie nur fertig, wenn es unbedingt sein mußte – um vor ihrer gesellschaftlichen Umgebung, vor den prominenten *Juden* in ihrer Umgebung zu verheimlichen, was sie wirklich dachte, oder um das vor Ira zu verheimlichen. Ließ ihn gewähren, hörte geduldig zu, wenn er mal wieder vom Antisemitismus in der katholischen Kirche und in der polnischen Bauernschaft und in Frankreich während der Affäre Dreyfus schwadronierte. Aber wenn ihr ein Gesicht unverzeihlich jüdisch vorkam (wie etwa das von Doris, meiner Frau), waren ihre Gedanken ganz gewiß nicht die von Ira oder Arthur Miller.

Eve konnte Doris nicht ausstehen. Warum? Eine Frau, die in einem Krankenhauslabor gearbeitet hatte? Eine ehemalige Laborangestellte? Eine Newarker Hausfrau und Mutter? Was für eine Bedrohung konnte sie für einen berühmten Star darstellen? Wieviel Mühe hätte es sie gekostet, sie zu tolerieren? Doris hatte Skoliose, die Schmerzen wurden mit zunehmendem Alter immer schlimmer, eine Operation, bei der ihr ein Metallstab eingesetzt wurde, half auch nicht viel, und so weiter und so fort. Tatsache ist jedenfalls, daß Doris, die für mich von der ersten Begegnung bis zum letzten Tag ihres Lebens immer eine bildhübsche Frau gewesen ist, eine Verkrümmung der Wirbelsäule hatte, die nicht zu übersehen war. Ihre Nase war nicht so gerade wie die von Lana Turner. Auch *das* war nicht zu übersehen. Sie war mit dem Englisch aufgewachsen, wie es damals in der Bronx gesprochen wurde – und Eve konnte es in ihrer Gegenwart schlicht nicht aushalten. Konnte ihren Anblick nicht ertragen. Der Anblick meiner Frau brachte sie vollkommen aus der Fassung.

In den drei Jahren ihrer Ehe wurden wir genau einmal von ihnen zum Essen eingeladen. Man konnte es Eve an den Augen ablesen. Was Doris anhatte, was Doris sagte, wie Doris aussah – alles stieß sie ab. Vor mir nahm Eve sich zusammen; im übrigen war ich ihr gleichgültig. Ich war ein Lehrer aus Jersey, ein Niemand in der großen Welt, aber offenbar sah sie in mir einen potentiellen Widersacher und war deshalb stets höflich. Und charmant. Genau wie auch dir gegenüber. Ihren Mut konnte ich nur bewundern: eine zerbrechliche, reizbare Frau, leicht aus der Fassung zu bringen, eine Frau, die es weit gebracht hatte, eine Frau von Welt – da muß man schon recht zäh sein. Nie aufzugeben, immer wieder nach oben zu kommen, nach allem, was sie durchgemacht hatte, nach all den Rückschlägen in ihrer Karriere, im Radio Erfolg zu haben, dieses Haus einzurichten, diesen Salon zu etablieren, all diese Leute zu bewirten ... Natürlich war sie die Falsche für Ira. Und umgekehrt. Sie hatten nichts gemein. Dennoch, sich auf ihn einzulassen, sich noch einmal einen Mann zu nehmen, noch einmal ein großes neues Leben anzufangen, dazu gehörte schon *einiges.*

Wenn ich von ihrer Ehe mit meinem Bruder absehe, von ihrer Einstellung meiner Frau gegenüber absehe, wenn ich sie losgelöst von all dem zu betrachten versuche – nun, sie war schon ein kluges, energisches kleines Ding. Von all dem abgesehen, war sie wahrscheinlich noch immer dasselbe kluge, energische kleine Ding, das mit Siebzehn nach Kalifornien gegangen war, um Karriere beim Stummfilm zu machen. Sie hatte Geist. Das konnte man schon in ihren Stummfilmen sehen. Hinter all diesem gefälligen Wesen lag sehr viel Geist verborgen – ich wage die Behauptung: *jüdischer* Geist. Wenn sie, was nicht oft vorkam, entspannt war, konnte sie sehr großzügig sein. Wenn sie entspannt war, spürte man, da war etwas in ihr, das sich richtig verhalten wollte. Sie versuchte aufmerksam zu sein. Aber die Frau war wie gelähmt – es ging einfach nicht. Man konnte keine unabhängige Beziehung zu ihr aufbauen, und sie konnte kein unabhängiges Interesse an jemandem nehmen. Auch auf ihr Urteil war wenig Verlaß, da immer Sylphid im Hintergrund stand.

Nun, nachdem wir an diesem Abend gegangen waren, bemerkte sie zu Ira über Doris: ›Ich hasse diese wunderbaren Ehefrauen, diese Fußabtreter.‹ Dabei sah Eve in Doris gar keinen Fußabtreter. Sondern eine Jüdin von der Art, mit der sie sich nicht abfinden konnte.

Das war mir klar; darauf brauchte mich Ira nicht eigens hinzuweisen. Das war ihm ohnehin zu peinlich. Mein kleiner Bruder konnte mir alles sagen, konnte *jedem* alles sagen – das tat er, seit er sprechen gelernt hatte –, aber *das* konnte er mir erst sagen, als schon alles kaputt war. Aber das brauchte er auch gar nicht, ich wußte auch so, daß diese Frau nicht mehr aus der Rolle ihrer selbst herauskam. Der Antisemitismus war nur ein Teil dieser Rolle, ein kaum durchdachter Teil dessen, was alles zu dieser Rolle gehörte. Am Anfang dachte ich, das alles geschehe mehr oder weniger ohne Absicht. Das sei eher gedankenlos als boshaft. Es passe gewissermaßen zu allem anderen, was sie tat. Sie selbst bemerke gar nicht, was da mit ihr geschehe.

Man ist Amerikaner und will nicht das Kind seiner Eltern sein? Gut. Man will nicht mit Juden in Zusammenhang gebracht werden? Gut. Die Leute sollen nicht wissen, daß man als Jude geboren wurde, man will seine Herkunft verschleiern? Man will das Problem loswerden und sich als ein anderer ausgeben? Gut. Dazu lebt man genau im richtigen Land. Aber man braucht die Juden nicht obendrein noch zu hassen. Man braucht sich nicht aus etwas herauszuschlagen, indem man anderen ins Gesicht schlägt. Das billige Vergnügen des Judenhasses ist dazu nicht erforderlich. Man kann auch ohne das als Nichtjude überzeugend sein. So hätte ein guter Regisseur mit ihr über ihre Darbietung gesprochen. Er hätte ihr gesagt, mit dem Antisemitismus überziehe sie ihre Rolle. Das sei genau so ein Mangel wie der, den sie zu verbergen trachte. Er hätte ihr gesagt: ›Du bist bereits ein Filmstar – du hast den Antisemitismus nicht nötig, um deine Überlegenheit zu beweisen.‹ Er hätte ihr gesagt: ›Sobald du damit anfängst, trägst du viel zu dick auf und bist überhaupt nicht mehr glaubwürdig. Du übertreibst, du tust des Guten zuviel. Die Darbietung ist logisch zu perfekt, zu leblos. Du unterwirfst dich einer Logik, die im wirklichen Leben keine Geltung hat. Hör auf damit, du hast das nicht nötig, ohne das geht's noch viel besser.‹

Schließlich gibt es so etwas wie die Aristokratie der Kunst, falls sie denn auf Aristokratie aus war – die Aristokratie der darstellenden Künstler, zu der sie von Natur aus gehörte. Und die hat nicht nur Platz für Leute, die keine Antisemiten sind, sondern sogar für Juden.

Aber Eves Fehler war Pennington – daß sie sich ihn zum Muster genommen hat. Sie geht nach Kalifornien, ändert ihren Namen, ist die große Attraktion, kommt zum Film, und plötzlich, angespornt, ja gedrängt vom Studio und mit dessen Unterstützung verläßt sie Mueller, heiratet diesen Stummfilmstar, diesen reichen, Polo spielenden, vornehmen, *echten* Aristokraten und läßt sich von *ihm* diktieren, was sie sich unter Nichtjuden vorzustellen hat. *Er* war ihr Regisseur. Damit hat sie's endgültig verpfuscht. Wer sich am Beispiel eines anderen Außenseiters orientiert, wie ein Nichtjude sich zu verhalten habe, der kann diese Rolle unmöglich richtig verkörpern. Denn Pennington ist ja nicht nur Aristokrat. Er ist auch homosexuell. Er ist auch Antisemit. Und sie macht sich seine Einstellungen zu eigen. Dabei versucht sie nur, von dort wegzukommen, wo sie angefangen hat, und das ist nicht verwerflich. Unbeeinträchtigt von der Vergangenheit in Amerika Fuß fassen zu wollen – das steht ja jedem frei. Es ist auch nicht einmal verwerflich, sich mit einem Antisemiten einzulassen. Auch das steht jedem frei. Verwerflich ist es, ihm nicht Paroli bieten, sich nicht gegen seine Attacken verteidigen zu können und seine Einstellungen einfach zu übernehmen. Wie ich es sehe, kann man sich in Amerika alles erlauben, nur das nicht.

Die Schulungseinrichtung, das »Sandhurst« gewissermaßen für derartige Bestrebungen, der narrensichere Übungsplatz – wenn es denn so etwas gibt – für Juden, die sich entjuden wollten, waren zu meiner Zeit, wie zu der Ihren, die Universitäten der Ivy League. Erinnern Sie sich an Robert Cohn in *Fiesta*? Studiert in Princeton, betätigt sich dort als Boxer, denkt überhaupt nie an das Jüdische in sich und ist trotzdem immer noch eine Kuriosität, jedenfalls für Ernest Hemingway. Nun, Eve hat nicht in Princeton studiert, sondern in Hollywood, bei Pennington. Hat sich für Pennington entschieden, weil er einen so normalen Eindruck gemacht hat. Womit ich sagen will, Pennington war ein dermaßen übertrieben nichtjüdischer Aristokrat, daß sie, diese Unschuld – soll heißen, diese Jüdin –, ihn nicht für übertrieben hielt, sondern für normal. Wohingegen jede Nichtjüdin das gewittert und verstanden hätte. Jede Nichtjüdin von Eves Intelligenz hätte auf die Ehe mit ihm verzichtet, ob mit oder ohne Druck des Studios; hätte von Anfang an begriffen, daß er der jüdischen Außenseiterin nur mit Häme, Härte und boshafter Arroganz begegnen würde.

Das Unternehmen war von vornherein zum Scheitern verurteilt. Da sie zum allgemeinen Bild dessen, was ihr vorschwebte, keine natürliche Beziehung hatte, verkörperte sie die falsche Nichtjüdin. Und da sie noch jung war und nicht improvisieren konnte, hielt sie starr an dieser Rolle fest. Nachdem das Stück einmal von A bis Z arrangiert war, hatte sie Angst, irgendeinen Teil davon zu streichen, weil sie fürchtete, dann könnte das Ganze auseinanderfallen. Ohne Selbstkritik ist man nicht in der Lage, selbst kleinere Verbesserungen vorzunehmen. Nicht sie hat die Rolle beherrscht. Die Rolle hat sie beherrscht. Auf der Bühne hätte sie eine solche Figur überzeugender spielen können. Freilich bewies sie auf der Bühne ein Maß von Bewußtheit, das sie im Leben nicht immer erkennen ließ.

Wer als echter nichtjüdischer amerikanischer Aristokrat erscheinen möchte, der würde, ob geheuchelt oder nicht, große *Sympathie* für die Juden bekunden. Das wäre die kluge Vorgehensweise. Ein intelligenter, kultivierter Aristokrat zeichnet sich gerade dadurch aus, daß er sich, anders als der Rest der Menschheit, dazu zwingt, jegliche verächtliche Reaktion auf gesellschaftliche Unterschiede zu unterdrücken, und wenn auch nur nach außen. Insgeheim kann er sie immer noch verachten, wenn's denn sein muß. Aber nicht imstande zu sein, Juden mühelos, freundlich und

185

mühelos für sich einzunehmen, das würde einen wahren Aristokraten moralisch disqualifizieren. Freundlich und mühelos – so hat es Eleanor Roosevelt getan. So hat es Nelson Rockefeller getan. So hat es Averell Harriman getan. Für diese Leute sind Juden kein Problem. Warum auch? Aber für Carlton Pennington sind sie eins. Und ausgerechnet ihm folgt sie nach und verstrickt sich in all diese Haltungen, die sie gar nicht nötig hat.

Wenn es für sie als Penningtons pseudoaristokratische junge Frau eine läßliche Sünde, eine *zivilisierte* Sünde gab, so war dies jedenfalls nicht der Judaismus; Homosexualität schon eher. Bis dann Ira auftauchte, hatte sie keinen Gedanken daran verschwendet, wie widerwärtig das ganze Beiwerk des Antisemitismus war und wie sehr sie *selbst* sich damit schadete. Eve dachte: Wie kann ich denn Jüdin sein, wenn ich Juden hasse? Man kann doch nicht hassen, was man selber ist!

Sie haßte nicht nur, was sie war, sondern auch, wie sie aussah. Ausgerechnet Eve Frame haßte ihr Aussehen. Ihre Schönheit war ihre Häßlichkeit, als sei diese reizende Frau von Geburt an durch einen großen violetten Fleck im Gesicht entstellt. Die Empörung, die Entrüstung über diesen angeborenen Makel ließ niemals nach. Es ging ihr wie Arthur Millers Mr. Newman: sie war nicht ihr Gesicht.

Sie möchten sicher etwas über Freedman erfahren. Ein unerquicklicher Mensch, aber Freedman war, anders als Doris, keine Frau. Er war ein Mann, er war reich, er bot Schutz vor allem, was Eve ebensosehr oder gar noch mehr bedrückte als die Tatsache, daß sie Jüdin war. Er war ihr Finanzverwalter. Er würde auch *sie* reich machen.

Freedman hatte übrigens eine sehr große Nase. Man sollte meinen, Eve müsse bei seinem Anblick davongelaufen sein – ein dunkler kleiner Jude, ein Immobilienspekulant mit großer Nase und krummen Beinen und Schuhen mit Einlagen, die ihn größer machen sollten. Der Bursche spricht sogar mit Akzent. Er ist einer dieser kraushaarigen polnischen Juden mit orangerotem Haar, dem Akzent der alten Heimat und der typischen Zähigkeit und Energie des kleinen Einwanderers. Ein Kerl, der immer Hunger hat, ein fetter Bonvivant, aber so groß sein Bauch auch sein mag, sein Schwanz ist, nach allem, was man hört, noch größer und ragt noch darunter hervor. Freedman ist ihre Reaktion auf Pennington, wie Pennington ihre Reaktion auf Mueller war: heiratet man das eine Mal die eine Übertreibung, heiratet man das nächste Mal die gegensätzliche Übertreibung. Beim drittenmal heiratet sie Shylock. Warum nicht? Mit dem Stummfilm war es Ende der zwanziger Jahre praktisch vorbei, und trotz ihrer sauberen Aussprache (oder gerade deswegen; damals war sie noch gar zu theatralisch) ist sie beim Tonfilm nie richtig zum Zug gekommen, und als sie 1938 in Panik geriet, womöglich nie mehr arbeiten zu können, ging sie zum Juden, weshalb man zum Juden geht – um Geld und Geschäfte und zügellosen Sex zu machen. Ich nehme an, eine Zeitlang hat er sie sexuell wiederbelebt. Es war keine komplizierte Symbiose. Es war ein Geschäft. Ein Geschäft, bei dem sie übers Ohr gehauen wurde.

Denken Sie an Shylock, denken Sie aber auch an *Richard III.* Man sollte meinen, Lady Anne müßte Richard, den Herzog von Gloucester, fliehen wie die Pest. Immerhin hat dieses abscheuliche Ungeheuer ihren Mann ermordet. Sie spuckt ihm ins Gesicht. ›Warum speist du mich an?‹ sagt er. ›Wär es doch tödlich Gift, um deinethalb‹, antwortet sie. Und gleich darauf wird sie von ihm gefreit und erobert. ›Ich will sie haben‹, sagt Richard, ›doch nicht lang behalten.‹ Die erotische Macht eines abscheulichen Ungeheuers.

Eve hatte nie gelernt, Widerstand oder Verzicht zu leisten, nie gelernt, wie man sich bei einem Streit oder einer Meinungsverschiedenheit zu verhalten hat. Doch jeder Mensch hat täglich Widerstand und Verzicht zu leisten. Man muß ja nicht wie Ira sein, aber man muß sich täglich aufs neue festigen. Bei Eve, die jeden Konflikt als persönlichen Angriff betrachtet, schrillen jedoch immer sofort die Alarmsirenen los, und so was wie Vernunft kommt bei ihr nie ins Spiel. Gerade noch schäumt sie vor Haß und Wut, und Sekunden später gibt sie klein bei. Eine Frau, nach außen hin von gewisser Sanftmut und Güte, im Innern von allem verwirrt; verbittert und vergiftet vom Leben, von dieser Tochter, von sich selbst, von ihrer Unsicherheit, von der absoluten Unsicherheit, die sie von einer Minute zur andern befällt – und Ira verknallt sich in sie.

Kein Auge für Frauen, kein Auge für Politik, aber von beidem stets heftig entflammt. Packt alles mit der gleichen übertriebenen Begeisterung an. Warum Eve? Warum ausgerechnet Eve? Will nichts anderes sein als ein würdiger Schüler von Lenin und Stalin und Johnny O'Day, und dann läßt er sich mit dieser Frau ein. Ist empfänglich für Unterdrückte jeder Art und reagiert auf ihre Unterdrückung so falsch wie nur möglich. Ich frage mich, wie ernst ich seine Anmaßung genommen hätte, wenn er nicht mein Bruder wäre. Nun, dafür sind Brüder offenbar da – daß sie es beim Abstrusen nicht so förmlich nehmen.«

»Pamela«, rief Murray plötzlich, nachdem er, um auf den Namen zu kommen, erst ein kleines Hindernis – das Alter seines Gehirns – überwinden mußte. »Sylphids beste Freundin war eine Engländerin namens Pamela. Hat Flöte gespielt. Ich habe sie nie kennengelernt. Ich kenne sie nur aus Beschreibungen. Einmal habe ich ein Foto von ihr gesehen.«

»Ich habe sie kennengelernt«, sagte ich. »Ich habe Pamela gekannt.«

»Attraktiv?«

»Ich war damals fünfzehn. Ich war auf nie dagewesene Abenteuer aus. Das macht jedes Mädchen attraktiv.«

»Eine Schönheit, habe ich von Ira gehört.«

»»Eine hebräische Prinzessin««, sagte ich, »habe ich von Eve Frame gehört. So hat sie Pamela an dem Abend genannt, als ich sie kennengelernt habe.«

»Was sonst noch? Sie muß doch immer alles romantisch verherrlichen. Übertreibung wäscht den Makel ab. Als Hebräerin sollte man schon eine Prinzessin sein, wenn man im Haus von Eve Frame willkommen sein möchte. Ira hatte eine Affäre mit der hebräischen Prinzessin.«

»Ach ja?«

»Ira hat sich in Pamela verliebt und wollte, daß sie mit ihm durchbrannte. An ihren freien Tagen ist er oft mit ihr nach Jersey gefahren. Sie hatte eine kleine Wohnung in Manhattan, nicht weit von Little Italy, zehn Minuten zu Fuß von der West Eleventh Street, aber dort aufzutauchen war für Ira zu riskant. Ein Mann von der Größe war auf der Straße nicht zu übersehen, und damals ist er mit seiner Lincoln-Nummer in der ganzen Stadt aufgetreten, gratis in Schulen und so weiter, und er war in Greenwich Village ziemlich bekannt. Dauernd sprach er auf der Straße irgendwelche Leute an, wollte wissen, wovon sie lebten, und erzählte ihnen, wie sie vom System beschissen würden. Deshalb fuhr er montags mit dem Mädchen lieber nach Zinc Town. Dort verbrachten sie den Tag, und dann fuhr er wie der Teufel zurück, um rechtzeitig zum Abendessen wieder dazusein.«

»Und Eve hat das nicht gewußt?«

»Nein. Ist nie dahintergekommen.«

»Und ich, als Kind, hätte mir das nicht vorstellen können«, sagte ich. »Habe Ira nie für einen Frauenhelden gehalten. Das paßte doch gar nicht zu seinem Lincoln-Kostüm. Ich hänge immer noch so sehr an meinem frühen Eindruck von ihm, daß ich ihm das selbst jetzt kaum zutraue.«

Murray lachte und sagte: »Ich dachte, darum geht es in Ihren Büchern: daß ein Mann viele Seiten hat, die man ihm kaum zutraut. Ihren Romanen entnehme ich, daß man einem Mann *alles* zutrauen kann. Gott ja, Frauen. Iras Frauen. Ein großes soziales Gewissen und den entsprechend großen sexuellen Appetit. Ein Kommunist mit einem Gewissen, ein Kommunist mit einem Schwanz.

Als ich mich über seine Frauengeschichten empört habe, hat Doris auch das verteidigt. Aus ihrem Leben zu schließen, hätte man meinen sollen, Doris wäre die erste gewesen, die so etwas verurteilt hätte. Aber als Schwägerin sah sie ihn in freundlicherem Licht. Zu seiner Schwäche für Frauen hatte sie eine erstaunlich freundliche Meinung. Doris war nicht so gewöhnlich, wie sie aussah. Sie war nicht so gewöhnlich, wie Eve Frame geglaubt hat. Und Doris war auch keine Heilige. Daß Eve sie verachtete, hatte auch mit Doris' versöhnlichem Wesen zu tun. Was geht das Doris an? Er betrügt diese Primadonna – das kann ihr nur recht sein. ›Ein Mann, der sich ständig zu Frauen hingezogen fühlt. Und Frauen, die sich zu ihm hingezogen fühlen. Was soll daran schlecht sein?‹ hat mich Doris gefragt. ›Das ist doch nur menschlich. Hat er eine Frau getötet? Hat er von einer Frau Geld genommen? Nein. Also was ist schlecht daran?‹ Manchen Erfordernissen wußte mein Bruder recht gut nachzukommen. In anderen war er ein hoffnungsloser Fall.«

»Was meinen Sie mit diesen anderen?«

»Das Erfordernis, sich im Kampf nicht zu verzetteln. Bei ihm ausgeschlossen. Er mußte gegen alles kämpfen. Mußte an allen Fronten kämpfen, pausenlos und gegen alles und jeden. Damals gab es eine Menge zornige Juden wie Ira. Überall in Amerika kämpften zornige Juden gegen dies oder das. Das war zu jener Zeit eins der Privilegien, wenn man Amerikaner und Jude war, daß man sich so zornig wie Ira gebärden und seine Überzeugungen aggressiv vertreten konnte und keine Beleidigung ungerächt lassen mußte. Man brauchte sich nicht mit allem abzufinden. Man brauchte nicht alles unter den Teppich zu kehren. Es war nicht mehr so schwierig, Amerikaner mit eigener Stimme zu sein. Man konnte einfach rausgehen und seine Meinung sagen. Das ist eins der besten Dinge, die Amerika den Juden gegeben hat – es hat ihnen ihren Zorn gegeben. Besonders unserer Generation, Iras und meiner. Vor allem nach dem Krieg. Das Amerika, in das wir zurückkehrten, war ein Land, von dem wir wirklich angekotzt sein konnten, auch ohne daß man sein Judentum bremste. Zornige Juden in Hollywood. Zornige Juden in der Bekleidungsbranche. Die Anwälte, die zornigen Juden in den Gerichten. Überall. In der Schlange beim Bäcker. Im Baseballstadion. Auf dem Spielfeld. Zornige Juden in der Kommunistischen Partei, Männer, die noch wußten, was Streitlust und Widerspruchsgeist bedeutet. Männer, die auch Schläge austeilen konnten. Amerika war ein Paradies für zornige Juden. Die zaghaften Juden gab es natürlich immer noch, aber man mußte keiner sein, wenn man nicht wollte.

Meine Gewerkschaft. Meine Gewerkschaft war nicht die Lehrergewerkschaft – sondern die Gewerkschaft der zornigen Juden. Die waren organisiert. Kennen Sie ihr Motto? Zorniger als ihr. So sollte Ihr nächstes Buch heißen: *Zornige Juden seit dem Zweiten Weltkrieg*. Gewiß gibt es umgängliche Juden – die immer an der falschen Stelle lachenden Juden, die Juden, die ständig Sprüche führen wie: Ich liebe die ganze Menschheit, ich war noch nie so tief bewegt, Mama und Papa waren Heilige, ich tue das alles für meine talentierten Kinder, wenn ich Itzhak Perlman höre, muß ich weinen und so weiter, die unterhaltsamen Juden mit ihren ewigen Kalauern, die witzelnden jüdischen Serientäter –, aber ich glaube kaum, daß Sie darüber ein Buch schreiben werden.«

Ich lachte laut über Murrays Aufzählung, und auch er lachte.

Aber gleich darauf wurde sein Lachen zu einem Husten, und dann sagte er: »Ich sollte mich mehr konzentrieren. Ich bin neunzig Jahre alt. Ich sollte lieber zur Sache kommen.«

»Sie hatten von Pamela Solomon angefangen.«

»Nun«, sagte Murray, »später war sie Flötistin beim Cleveland Symphony Orchestra. Das weiß ich, weil damals, als dieses Flugzeug abgestürzt ist, in den sechziger Jahren oder vielleicht auch in den Siebzigern – wie auch immer, jedenfalls war da ein Dutzend Musiker von diesem Orchester an Bord, und Pamela Solomon wurde als eins der Opfer genannt. Anscheinend war sie eine recht begabte Musikerin. Als sie nach Amerika kam, hat sie noch in Bohemekreisen verkehrt. Tochter einer anständigen, erdrückenden jüdischen Familie in London, ihr Vater ein Arzt, der englischer war als die Engländer. Pamela konnte die Korrektheit ihrer Familie nicht ertragen, deshalb ist sie nach Amerika gegangen. Hat die Juilliard School besucht und sich, frisch aus dem maßvollen England kommend, für die maßlose Sylphid begeistert: für den Zynismus, die Blasiertheit, die amerikanische Dreistigkeit. Sie war beeindruckt von Sylphids luxuriösem Haus, beeindruckt von Sylphids Mutter, dem Star. Mutterlos in Amerika, war sie nicht unglücklich, daß Eve sie unter ihre Fittiche nahm. Obwohl sie nur wenige Straßen weiter wohnte, endeten die Abende, an denen sie Sylphid besuchte, stets damit, daß sie zum Essen und dann auch noch zum Schlafen blieb. Wenn sie morgens im Nachthemd unten in der Küche herumging und sich Kaffee und Toast machte, tat sie so, als ob entweder sie selbst oder Ira keine Genitalien hätte.

Und Eve schluckt das alles, behandelt die entzückende junge Pamela als ihre hebräische Prinzessin und sonst gar nichts. Der englische Akzent überdeckt das semitische Stigma, und alles in allem ist sie so glücklich, daß Sylphid eine so begabte, wohlerzogene Freundin hat, sie ist so glücklich, daß Sylphid *überhaupt* eine Freundin hat, daß sie gar nicht ermißt, was für Folgen es haben

kann, wenn Pamela ihren *toches* in diesem Kleinmädchennacht-
hemd die Treppe rauf und runter spazierenführt.

Eines Abends gingen Eve und Sylphid zu einem Konzert; und
da Pamela mal wieder bei ihnen zu Besuch war, saß sie plötzlich
mit Ira allein im Wohnzimmer, zum erstenmal mit ihm allein; er
begann mit Fragen nach ihrer Herkunft. Das war immer sein
Eröffnungszug. Pamela lieferte ihm eine reizende, komische Be-
schreibung ihrer anständigen Familie und der unerträglichen
Schulen, auf die man sie geschickt hatte. Er fragte nach ihrer Arbeit in Radio City. Sie war dritte Pikkoloflötistin. Von ihr hatte
Sylphid ihren Aushilfsjob dort bekommen. Die Mädchen schwatz-
ten unablässig von dem Orchester – von den Intrigen, von dem
blöden Dirigenten, und dieser Frack, einfach unmöglich, und
zum Friseur könnte er auch mal gehen, und wie er mit dem Stab
und mit den Händen herumfuchtelt, da wird doch kein Mensch
schlau daraus. Typisch Jugend.

Zu Ira sagt sie an diesem Abend: ›Der Erste Cellist flirtet die
ganze Zeit mit mir. Das macht mich noch wahnsinnig.‹ ›Wie viele
Frauen sind in dem Orchester?‹ ›Vier.‹ ›Von?‹ ›Vierundsiebzig.‹
›Und wie viele von den Männern sind hinter dir her? Siebzig?‹
›Nicht doch‹, sagt sie lachend. ›Nein, nicht alle sind so dreist; aber
alle, die so dreist *sind*, schon.‹ ›Und was sagen die so?‹ fragt er. ›Na
ja: ‚Das Kleid steht dir phantastisch.‘ ‚Wie schön du immer aus-
siehst, wenn du zur Probe kommst.‘ ‚Ich gebe nächste Woche ein
Konzert, und da brauche ich noch eine Flötistin.‘ Alles solche Sachen.‹ ›Und was machst du dagegen?‹ ›Ich kann schon auf mich
aufpassen.‹ ›Hast du einen Freund?‹ Und dann erzählt ihm Pamela,
sie habe seit zwei Jahren eine Affäre mit dem Ersten Oboisten.

›Ist er ledig?‹ fragt Ira. ›Nein‹, sagt sie, ›verheiratet.‹ ›Und es stört
dich nicht, daß er verheiratet ist?‹ Worauf Pamela erklärt: ›Die for-
male Ordnung des Lebens interessiert mich nicht.‹ ›Und was ist
mit seiner Frau?‹ ›Seine Frau kenne ich nicht. Die habe ich nie gesehen. Und ich will sie auch nicht sehen. Ich will überhaupt nichts
von ihr wissen. Das hat nichts mit seiner Frau zu tun, das hat
nichts mit seinen Kindern zu tun. Er liebt seine Frau und seine
Kinder.‹ ›Womit hat es denn was zu tun?‹ ›Mit unserem Vergnügen. Ich mache, was ich will, und nur zu meinem Vergnügen. Er-

zähl mir nicht, daß du noch an die Heiligkeit der Ehe glaubst. Glaubst du etwa, man gibt sich ein Versprechen, und das war's? Dann sind sich die beiden treu für alle Zeiten?‹ ›Ja‹, sagt er, ›das glaube ich.‹ ›Du hast niemals —‹ ›Niemals.‹ ›Du bist Eve also treu.‹ ›Natürlich.‹ ›Und du hast vor, ihr bis ans Ende deines Lebens treu zu sein?‹ ›Kommt drauf an.‹ ›Worauf?‹ ›Auf dich‹, sagt Ira. Pamela lacht. Beide lachen. ›Es kommt also darauf an‹, sagt sie, ›ob ich dich überzeugen kann, daß daran nichts Schlimmes ist? Daß du frei entscheiden kannst? Daß du nicht der bourgeoise Besitzer deiner Frau bist, daß sie nicht die bourgeoise Besitzerin ihres Mannes ist?‹ ›Richtig. Versuch mich zu überzeugen.‹ ›Bist du wirklich so ein hoffnungslos typischer Amerikaner, daß du dich sklavisch an die spießbürgerlichen amerikanischen Moralvorstellungen halten mußt?‹ ›Ja, das bin ich — der hoffnungslos typische versklavte Amerikaner. Und was bist du?‹ ›Was ich bin? Ich bin Musikerin.‹ ›Und was heißt das?‹ ›Daß man mir Noten gibt und ich danach spiele. Ich spiele, was man mir vorlegt. Ich bin eine Spielerin.‹

Da Ira argwöhnte, das Ganze könne eine mit Sylphid abgekartete Sache sein, hielt er sich an diesem Abend noch sehr zurück; als Pamela ihre Sprücheklopferei beendete und sich anschickte, nach oben ins Bett zu gehen, nahm er sie lediglich bei der Hand und sagte: ›Du bist kein Kind mehr, stimmt's? Ich hatte gedacht, du seist noch ein Kind.‹ ›Ich bin ein Jahr älter als Sylphid‹, sagte sie. ›Ich bin vierundzwanzig. Ich habe meine Heimat verlassen. Ich werde niemals in dieses idiotische Land mit diesem dumpfen unterirdischen Gefühlsleben zurückkehren. Das Leben in Amerika gefällt mir sehr. Hier bin ich frei von diesem Mist, daß man seine Gefühle nicht zeigen darf. Du kannst dir nicht vorstellen, wie das da drüben ist. Hier ist *Leben*. Hier habe ich eine eigene Wohnung in Greenwich Village. Ich arbeite fleißig und verdiene mein eigenes Geld. Ich habe sechs Aufführungen am Tag, an sechs Tagen die Woche. Ich bin kein Kind. Absolut nicht, Iron Rinn.‹

Ungefähr so hat sich das abgespielt. Was Ira an ihr reizte, liegt auf der Hand. Sie war frisch, jung, kokett, naiv — naiv und durchtrieben zugleich. Aufgebrochen zu ihrem großen amerikanischen Abenteuer. Er bewundert, wie dieses Kind der oberen Mittelklasse außerhalb der bürgerlichen Konventionen lebt. Das schäbige

Mietshaus, in dem sie wohnt, ohne Fahrstuhl. Daß sie allein nach Amerika gekommen ist. Er bewundert die Gewandtheit, mit der sie in alle ihre Rollen schlüpft. Für Eve spielt sie das süße kleine Mädchen, mit Sylphid macht sie Pyjamapartys, in Radio City ist sie Flötistin, ganz die professionelle Musikerin, und in seiner Gegenwart verhält sie sich, als sei sie in England bei den Fabiern aufgewachsen, ein freier, unbeschränkter Geist, hochintelligent und kein bißchen eingeschüchtert von der ehrbaren Gesellschaft. Mit anderen Worten: sie ist ein Mensch – beim einen so, beim andern anders und beim dritten noch mal anders.

Und das alles ist großartig. Interessant. Beeindruckend. Aber sich verlieben? Wenn es um Gefühle ging, mußte Ira immer übertreiben. Wenn er sein Ziel gefunden hatte, drückte er ab. Er hat sich nicht einfach in sie verknallt. Das Kind, das er mit Eve haben wollte? Jetzt will er es mit Pamela haben. Aber da er fürchtet, Pamela damit abzuschrecken, sagt er zunächst einmal nichts davon.

Die beiden genießen einfach ihr antibourgeoises Abenteuer. Sie hat für alles, was sie tut, eine Erklärung. ›Ich bin mit Sylphid befreundet, ich bin mit Eve befreundet, und ich würde für die beiden alles tun, aber solange es ihnen nicht schadet, wüßte ich nicht, wieso ich aus Freundschaft heldenmütig meine eigenen Bedürfnisse aufopfern sollte.‹ Auch sie hat eine Ideologie. Aber Ira ist jetzt sechsunddreißig, und er *will*. Will das Kind, die Familie, das Zuhause. Der Kommunist will alles, was das *Wesen* des Bourgeoisen ausmacht. Will von Pamela alles, was er sich von Eve versprochen hatte, aber die hatte ihm nur Sylphid gegeben.

Draußen in der Hütte sprachen sie oft und viel von Sylphid. ›Was will sie eigentlich noch?‹ fragt Ira Pamela. Geld. Status. Privilegien. Harfenunterricht von Geburt an. Dreiundzwanzig, und ihre Mutter macht ihr noch immer die Wäsche und das Essen und zahlt ihre Rechnungen. ›Weißt du, wie ich aufgewachsen bin? Mit Fünfzehn bin ich von zu Hause weg. Habe Gräben ausgehoben. Ich war *niemals* ein Kind.‹ Aber Pamela erklärt ihm, daß Eve, als Sylphid gerade zehn Jahre alt war, Sylphids Vater verlassen hatte und mit dem primitivsten Retter durchgebrannt war, den sie finden konnte, einem kraftstrotzenden Einwanderer mit großem

Schwanz, einem Kerl, der ihr Reichtum versprach und der sie dermaßen für sich einnahm, daß Sylphid sie in all diesen Jahren kaum noch zu sehen bekam, und als sie dann nach New York zogen und Sylphid ihre Freunde in Kalifornien zurücklassen mußte, hatte sie überhaupt niemanden mehr und setzte Kummerspeck an.

Psychologengeschwätz, denkt Ira. ›Sylphid sieht Eve als eine berühmte Filmschauspielerin, die sie an die Kindermädchen abgegeben hat‹, erklärt ihm Pamela, ›die sie wegen Männern, wegen ihrer Männerverrücktheit im Stich gelassen hat, die sie bei jeder Gelegenheit verraten hat. Sylphid sieht Eve als eine Frau, die sich Männern an den Hals wirft, um nicht auf ihren eigenen zwei Füßen stehen zu müssen.‹ ›Ist Sylphid lesbisch?‹ ›Nein. Ihr Motto ist: Sex macht hilflos. Sieh dir ihre Mutter an. Sie rät mir, ich soll mich niemals mit irgendwem sexuell einlassen. Sie haßt ihre Mutter, weil die sich lieber mit Männern als mit ihr abgegeben hat. Sylphid hat das Bedürfnis nach absoluter Autonomie. Sie wird sich niemals irgendwem verpflichten. Sie ist stark.‹ ›Stark? Ach ja? Und warum‹, fragt Ira, ›verläßt sie dann ihre Mutter nicht, wenn sie so stark ist? Warum macht sie sich nicht selbständig? Was du sagst, ist unlogisch. Stärke in einem Vakuum. Autonomie in einem Vakuum. Unabhängigkeit in einem Vakuum. Willst du wissen, was Sylphid ist? Sylphid ist eine Sadistin – eine *Sadistin* in einem Vakuum. Jeden Abend fährt diese Juilliard-Schülerin mit dem Finger durch die Essensreste auf ihrem Teller, fährt so lange mit dem Finger auf dem Tellerrand herum, bis es quietscht, und dann, um ihre Mutter so richtig auf die Palme zu bringen, steckt sie den Finger in den Mund und lutscht ihn ab. Sylphid ist da, weil ihre Mutter Angst vor ihr hat. Und Eve wird *niemals* aufhören, Angst vor ihr zu haben, weil sie Sylphid nicht verlieren will, und *deshalb* bleibt Sylphid bei ihr – so lange, bis sie noch was Besseres findet, womit sie sie quälen kann. Sylphid ist es, die hier die Peitsche schwingt.‹

Wie Sie sehen, wiederholte Ira nun also das ganze Zeug über Sylphid, das ich ihm schon ganz zu Anfang gesagt hatte, er aber, weil es von mir kam, nicht hatte ernst nehmen wollen. Er schwatzte es seiner geliebten Pamela vor, als ob er sich das selbst ausgedacht hätte. Nun, das ist menschlich. Die beiden hatten viele solche Gespräche. Pamela mochte diese Gespräche. Die erregten sie. Da fühlte sie sich stark, wenn sie mit Ira so frei über Sylphid und Eve reden konnte.

Eines Abends geschah mit Eve etwas Eigenartiges. Sie und Ira lagen im Bett, sie hatten schon das Licht ausgemacht und wollten schlafen, als sie plötzlich hemmungslos zu weinen anfing. ›Was hast du?‹ fragte Ira. Sie gab keine Antwort. ›Warum weinst du? Was ist passiert?‹ ›Manchmal denke ich ... nein, ich kann nicht‹, sagte sie. Sie konnte nicht sprechen, und sie konnte auch nicht aufhören zu weinen. Er machte das Licht an. Bat sie, sie möge sich alles von der Seele reden. Nur raus damit. ›Manchmal habe ich das Gefühl‹, sagte sie, ›*Pamela* sollte meine Tochter sein. Manchmal‹, sagte sie, ›kommt mir das viel natürlicher vor.‹ ›Warum gerade Pamela?‹ ›Weil wir so gut miteinander auskommen. Aber das ist vielleicht so, weil sie eben *nicht* meine Tochter ist.‹ ›Kann sein, kann auch nicht sein‹, sagte er. ›Wie locker sie ist‹, sagte Eve, ›wie leicht.‹ Und fing wieder an zu weinen. Sehr wahrscheinlich aus Schuldbewußtsein, weil sie sich diesen harmlosen Märchenwunsch erlaubt hatte, den Wunsch, eine Tochter zu haben, die sie nicht in jeder Sekunde an ihr Versagen erinnerte.

Ich glaube nicht, daß Eve unter ›leicht‹ ausschließlich etwas Körperliches verstanden hat, die Verdrängung des dicken Mädchens durch ein schlankes. Sie hat damit auf noch etwas anderes hingewiesen, auf Pamelas erregbares Wesen. Ihre *innere* Leichtigkeit. Vielleicht glaubte sie, ohne es zu wollen, in Pamela jene Empfänglichkeit wahrzunehmen, die früher einmal unter ihrer eigenen spröden Oberfläche pulsiert hatte. Sie nahm davon etwas wahr, auch wenn Pamela sich in ihrer Gegenwart noch so kindisch aufführte, sich noch so jungfräulich gebärdete. Nach diesem Abend hat Eve niemals mehr etwas Ähnliches gesagt. Es geschah nur dieses eine Mal, gerade als Iras Leidenschaft für Pamela, als das Unrechtmäßige ihrer leichtsinnigen Affäre auf den Siedepunkt gelangt war.

Jedenfalls erheben sie beide Anspruch auf die lebhafte junge Flötistin, beide sehen in ihr das freudenspendende Traumwesen, das sie beide nicht bekommen haben: Eve nicht als Tochter, Ira nicht als Frau.

›Das ist so traurig. So traurig‹, sagt Eve zu ihm. ›So furchtbar traurig.‹ Die ganze Nacht hält sie ihn fest. Weint und seufzt und wimmert bis zum frühen Morgen; läßt all den Schmerz, die Verwirrung, die Widersprüche, die Sehnsüchte, die Irrtümer, all das Zusammenhanglose aus sich herausströmen. Noch nie hat sie ihm so leid getan – und noch nie, schließlich hat er ja gerade die Affäre mit Pamela, ist sie ihm so fremd gewesen. ›Immer geht alles schief. Ich habe mich so sehr bemüht‹, sagt sie, ›und immer geht alles daneben. Ich habe es mit Sylphids Vater versucht. Ich habe es mit Jumbo versucht. Ich habe mich bemüht, sie zu festigen, ihr Halt zu geben, ihr eine Mutter zu sein, zu der sie aufblicken konnte. Ich habe mich bemüht, eine gute Mutter zu sein. Und dann mußte ich auch noch ein guter Vater sein. Und sie hatte zu viele Väter. Ich habe immer nur an mich selbst gedacht.‹ ›Du hast nicht nur an dich selbst gedacht‹, sagt er. ›Doch. Meine Karriere. Meine Karrieren. Meine Schauspielerei. Immerzu hatte ich meine Schauspielerei im Kopf. Natürlich habe ich mich bemüht. Ich habe sie auf gute Schulen geschickt und ihr gute Nachhilfelehrer und gute Kindermädchen besorgt. Aber vielleicht hätte ich mich doch ständig um sie kümmern sollen. Wie sie sich abhärmt. Tröstet sich mit Essen, ißt von morgens bis abends. Das ist ihr einziger Trost für etwas, das ich ihr nicht geben konnte.‹ ›Vielleicht‹, sagt er, ›entspricht das einfach ihrer Natur.‹ ›Aber es gibt viele Mädchen, die zuviel essen, und dann nehmen sie doch wieder ab – hören einfach auf, ständig zu essen. Alles habe ich versucht. Ich bin mit ihr zu Ärzten, zu Spezialisten gegangen. Sie ißt einfach immer weiter. Sie ißt weiter, damit sie mich hassen kann.‹ ›Wenn das wirklich stimmt‹, sagt er, ›dann sollte sie vielleicht endlich selbständig werden und aus dem Haus ziehen.‹ ›Was hat das denn damit zu tun? Warum sollte sie aus dem Haus ziehen? Sie ist doch glücklich hier. Das Haus gehört ihr. Was ich auch sonst alles in ihrem Leben zerstört haben mag, dieses Haus gehört ihr, das ist immer ihr Haus gewesen und wird immer ihr Haus bleiben, jedenfalls solange sie will. Es gibt keinen Grund, daß sie früher ausziehen sollte, als sie dazu bereit ist.‹ ›Angenommen‹, sagt er, ›es könnte ihr helfen, weniger zu essen, wenn sie hier ausziehen würde.‹ ›Ich wüßte nicht, was die Esserei mit dem Haus zu tun haben könnte – sie hat hier doch alles! Was redest du für einen Unsinn! Wir sprechen schließlich von meiner Tochter!‹ ›Na schön. Na schön. Aber du hast doch eben eine gewisse Enttäuschung bekundet . . .‹ ›Ich habe gesagt, sie ißt, um sich zu trösten. Wenn sie hier auszieht, wird sie sich *doppelt* trösten müssen. Da wird sie sich um so mehr trösten müssen. Ach, irgend etwas ist da furchtbar schiefgelaufen. Ich hätte bei Carlton bleiben sollen. Er war homosexuell, aber immerhin war er ihr Vater. Ich hätte doch bei ihm bleiben sollen. Ich weiß gar nicht, was ich mir dabei gedacht habe. Dann hätte ich Jumbo niemals kennengelernt, dann hätte ich mich niemals mit dir eingelassen, und sie hätte einen Vater gehabt und würde jetzt nicht immer so viel essen.‹ ›Warum bist du nicht bei ihm geblieben?‹ ›Ich weiß, das sieht ziemlich egoistisch aus, als habe ich das nur für mich getan. Um Befriedigung und Gesellschaft für *mich* zu finden. Aber in Wirklichkeit wollte ich *ihm* die Freiheit wiedergeben. Warum sollte er sich weiter von einer Familie einschränken lassen, von einer Frau, die er weder attraktiv noch interessant finden konnte? Immer wenn wir zusammen waren, dachte ich, jetzt denkt er bestimmt wieder an irgendeinen Kellner oder so was. Ich wollte ihm einfach all diese Lügen ersparen.‹ ›Aber in dem Punkt hat er doch gar nicht gelogen.‹ ›Ja, natürlich habe ich es gewußt, und er hat gewußt, daß ich es wußte, und alle in Hollywood haben es gewußt, aber er hat sich immer noch herumgedrückt und Pläne gemacht. Telefonate, einfach verschwinden und sich dann rausreden, warum er so spät nach Hause kommt, warum er nicht zu Sylphids Party geblieben ist – ich konnte diese erbärmlichen Ausreden nicht mehr ertragen. Ihm war es gleichgültig, trotzdem hat er immer weiter gelogen. Ich wollte ihm diese Last abnehmen, ich wollte mir diese Last abnehmen. Es ist mir wirklich nicht so sehr um mein persönliches Glück gegangen. Mehr um seins.‹ ›Und warum bist du dann nicht allein weggegangen? Warum bist du mit Jumbo weggegangen?‹ ›Na ja . . . weil es so eben einfacher war. Um nicht allein zu sein. Um die Entscheidung zu treffen, aber nicht allein zu sein. Aber ich hätte bleiben können. Und Sylphid hätte einen Vater gehabt, und nie hätte sie die Wahrheit über ihn erfahren, und die Jahre mit Jumbo wären uns erspart geblieben, und wir würden nicht diese schrecklichen Reisen nach Frankreich machen, die der reinste Alptraum sind. Ich hätte bleiben können, und dann hätte sie genau so einen abwesenden Vater haben können wie alle anderen. Er war schwul. Na und? Sicher, Jumbo hat schon eine Rolle gespielt, meine Leidenschaft auch. Aber vor allem konnte ich die Lügen nicht mehr ertragen, diesen falschen Betrug. Der Betrug war ja gar nicht echt. Denn Carlton war es wirklich egal, aber irgendein Rest von Würde, von Anstand, hat ihn veranlaßt, so zu tun, als ob er das verbergen würde. Ach, wie sehr ich Sylphid liebe! Ich liebe meine Tochter. Für meine Tochter würde ich alles tun. Wenn es nur leichter und einfacher und natürlicher sein könnte – einer Tochter *ähnlicher*. Sie ist hier, und ich liebe sie, aber jede kleine Entscheidung ist ein Kampf, und ihre Macht ... Sie behandelt mich nicht wie eine Mutter, und das macht es schwer, sie wie eine Tochter zu behandeln. Dabei würde ich *alles* für sie tun. *Alles.*‹ ›Warum läßt du sie dann nicht gehen?‹ ›Daß du immer wieder davon anfängst! Sie *will* nicht gehen. Wie kommst du darauf, daß es besser wird, wenn sie geht? Wenn sie bleibt, wird es besser. Sie hat zuwenig von mir gehabt. Wenn sie bereit wäre wegzugehen, dann wäre sie schon längst gegangen. Aber sie ist nicht bereit. Sie mag ja reif aussehen, aber sie ist es nicht. Ich bin ihre Mutter. Ich sorge für sie. Ich liebe sie. Sie braucht mich. Ich weiß, es sieht nicht so aus, als ob sie mich brauchen würde, aber sie braucht mich.‹ ›Aber du bist so unglücklich‹, sagt er. ›Du verstehst das nicht. Es geht mir nicht um mich, ich mache mir Sorgen um Sylphid. Ich – ich komme schon durch. Ich komme immer durch.‹ ›Weswegen machst du dir Sorgen um sie?‹ ›Ich möchte, daß sie einen netten Mann kennenlernt. Einen, den sie lieben kann und der sich um sie kümmert. Sie geht so selten mit Männern aus‹, sagt Eve. ›Sie geht überhaupt nicht mit Männern aus‹, sagt Ira. ›Das ist nicht wahr. Sie hatte mal einen Jungen.‹ ›Wann? Vor neun Jahren?‹ ›Viele Männer sind sehr interessiert an ihr. In der Music Hall. Viele Musiker. Sie läßt sich eben Zeit.‹ ›Ich verstehe nicht, wovon du redest. Schlaf jetzt lieber. Mach die Augen zu und versuch zu schlafen.‹ ›Ich kann nicht. Wenn ich die Augen zumache, denke ich: Was wird nur aus ihr werden? Was wird nur aus mir werden? So viel Mühe habe ich mir gegeben, so viel Mühe ... und so wenig Frieden gefunden. So wenig inneren Frieden. Jeder Tag ist eine neue ... ich weiß, andere Leute könnten uns für glücklich halten. Ich weiß, sie sieht sehr glücklich aus, ich weiß, wir beide sehen zusammen sehr glücklich aus, und wir sind ja auch wirklich glücklich miteinander, aber es wird mit jedem Tag schwieriger.‹ ›Ihr beide seht glücklich miteinander aus?‹ ›Na, sie liebt mich doch. Sie liebt mich. Ich bin ihre Mami. Natürlich sehen wir glücklich miteinander aus. Sie ist schön. Sie ist schön.‹ ›Wer?‹ fragt er. ›Sylphid. Sylphid ist schön.‹ Er hatte gedacht, sie würde sagen: ›Pamela.‹ ›Schau ihr nur mal tief in die Augen, ins Gesicht. Wie schön sie ist‹, sagt sie, ›und wie stark. Das fällt einem nicht so direkt auf. Aber in ihrem Gesicht liegt eine große Schönheit verborgen. Tief verborgen. Sie ist ein schönes Mädchen. Sie ist meine Tochter. Sie ist bemerkenswert. Sie ist eine ausgezeichnete Musikerin. Sie ist ein schönes Mädchen. Sie ist meine Tochter.‹

Wenn Ira jemals gewußt hat, daß es hoffnungslos war, dann in dieser Nacht. Deutlicher hätte er nicht mehr sehen können, wie unmöglich das alles war. Einfacher, Amerika zum Kommunismus zu bekehren, einfacher, in New York, an der Wall Street die Diktatur des Proletariats auszurufen, als eine Frau und ihre Tochter zu trennen, die sich nicht trennen lassen wollten. Ja, er *selbst* hätte sich trennen sollen. Aber er tat es nicht. Warum? Ich habe, Nathan, noch immer keine Antwort darauf. Warum begeht jemand einen tragischen Irrtum? Es gibt keine Antwort.«

»Während dieser Monate geriet Ira im Haus immer mehr ins Abseits. An Abenden, an denen er keine Vorstandssitzungen der Gewerkschaft oder Treffen seiner Parteigruppe zu besuchen hatte oder an denen sie nicht gemeinsam auswärts essen gingen, saß Eve mit ihrer Stickerei im Wohnzimmer und lauschte dabei Sylphids Spiel, und Ira saß oben und schrieb an O'Day. Und wenn die Harfe verstummte und er nach unten ging, um Eve zu sehen, war sie nicht da. Sie war oben in Sylphids Zimmer, wo der Plattenspieler lief. Die beiden lagen im Bett unter einer Decke und hörten sich *Così fan tutte* an. Wenn er dann wieder nach oben kam, das Mozartsche Geplärre hörte und die beiden zusammen im Bett liegen sah, kam es Ira vor, als sei er selbst das Kind. Nach etwa einer Stunde kam Eve dann heraus, noch warm von Sylphids Bett, und legte sich zu ihm, und das war mehr oder weniger das Ende der ehelichen Wonnen.

Als es dann zum großen Knall kommt, ist Eve überrascht. Sylphid muß eine eigene Wohnung bekommen. Er sagt: ›Pamela lebt dreitausend Meilen von ihrer Familie entfernt. Da wird es Sylphid drei Straßen von ihrer auch können.‹ Aber Eves einzige Reaktion sind Tränen. Das ist unfair. Das ist entsetzlich. Er will ihre Tochter aus ihrem Leben vertreiben. Nein, nur um die Ecke, sagt er – sie ist vierundzwanzig Jahre alt, und es wird Zeit, daß sie lernt, ohne ihre Mami ins Bett zu gehen. ›Sie ist meine Tochter! Was fällt dir ein? Ich liebe meine Tochter! Was fällt dir ein?‹ ›Also gut‹, sagt er, ›dann ziehe *ich* eben um die Ecke‹, und am nächsten Morgen besorgt er sich eine große Wohnung am Washington Square North, nur vier Straßen entfernt. Hinterlegt eine Kaution, unterschreibt einen Mietvertrag, bezahlt die erste Monatsmiete, geht nach Hause und sagt ihr, was er getan hat. ›Du verläßt mich! Du willst dich scheiden lassen!‹ Nein, sagt er, ich habe mir bloß eine Wohnung in der Nähe genommen. Jetzt kannst du die *ganze* Nacht mit ihr im Bett liegen. Aber falls du zur Abwechslung mal mit *mir* die ganze Nacht im Bett liegen willst, sagt er, dann zieh Hut und Mantel an und komm zu mir rüber, und ich werde mich sehr darüber freuen. Wer wird denn schon merken, sagt er, wenn ich beim Abendessen nicht da bin? Wart's nur ab. Sylphids Einstellung zum Leben wird sich ganz erheblich bessern. ›Warum tust du mir das an? Mich vor die Wahl zwischen meiner Tochter und dir zu stellen, eine Mutter vor eine solche Wahl zu stellen – das ist unmenschlich!‹ Stundenlang versucht er ihr zu erklären, daß er sie lediglich bittet, eine Lösung zu erwägen, die der *Notwendigkeit* einer solchen Entscheidung vorbeugen würde, aber es ist zu bezweifeln, daß Eve jemals verstanden hat, wie das gemeint war. Verständnis war nicht das Fundament, auf das sich ihre Entschlüsse gründeten – sondern Verzweiflung. Und Ergebung.

Am nächsten Abend kam Eve wie üblich zu Sylphid ins Zimmer, diesmal jedoch, um ihr den Vorschlag zu unterbreiten, auf den sie und Ira sich geeinigt hatten, den Vorschlag, der ihrem Leben Frieden bringen sollte. An diesem Tag war Eve mit ihm zum Washington Square North gegangen und hatte sich seine neue

Wohnung angesehen. Doppeltüren, hohe Decken mit Stuckleisten, Parkettboden. Ein Kamin mit Ziersims. Das nach hinten gelegene Schlafzimmer sah auf einen ummauerten Garten hinaus, ganz ähnlich dem in der West Eleventh Street. Das war nicht die Lehigh Avenue, Nathan. Washington Square North war damals eine der schönsten Straßen von Manhattan. Eve sagte: ›Eine wunderbare Wohnung.‹ ›Sie ist für Sylphid‹, sagte Ira. Er wollte den Mietvertrag auf seinen Namen laufen lassen und die Miete zahlen, und Eve, die immer Geld verdiente, vor Geld aber immer schreckliche Angst hatte, es immer an irgendeinen Freedman verlor, Eve werde sich keinerlei Sorgen zu machen brauchen. ›Das ist die Lösung‹, sagte er, ›und ist es denn so schlimm?‹ Sie setzte sich im vorderen Zimmer auf die Erkerbank unterm Fenster, durch das die Sonne schien. Sie trug einen Hut mit Schleier, einem dieser gepünktelten Schleier, die sie in irgendeinem Film populär gemacht hatte, und jetzt hob sie ihn von ihrem reizenden Gesicht und begann zu schluchzen. Der Kampf war zu Ende. *Ihr* Kampf war zu Ende. Sie sprang auf, sie umarmte ihn, sie küßte ihn, sie lief durch die Zimmer und machte Pläne, wo sie die hübschen alten Möbel aufstellen könnte, die sie für Sylphid aus der West Eleventh Street herüberschaffen würde. Sie war grenzenlos glücklich. Sie war wieder siebzehn. Zauberhaft. Bezaubernd. Sie war wieder ganz das betörende Mädchen ihrer Stummfilme.

Am Abend also nahm sie ihren Mut zusammen und ging nach oben; in der Hand hatte sie den selbstgezeichneten Grundriß der neuen Wohnung und eine Liste der Möbel im Haus, die Sylphid ohnehin bekommen hätte und die ab sofort für immer ihr gehören sollten. Daß Sylphid nichts davon wissen wollte, verstand sich von selbst, und schon rannte Ira die Treppe zu ihrem Zimmer hinauf. Er fand die beiden im Bett. Aber diesmal spielte nicht Mozart. Diesmal tobte die Hölle. Eve lag kreischend und heulend auf dem Rücken, Sylphid saß im Nachthemd rittlings auf ihr, ebenfalls kreischend, ebenfalls heulend, und hielt mit ihren kräftigen Harfenspielerhänden Eves Schultern aufs Bett gedrückt. Im Zimmer lagen Papierfetzen verstreut – der Grundriß der neuen Wohnung –, und Sylphid hockte auf seiner Frau und kreischte: ›Kannst du dich denn *niemals* durchsetzen? Kannst du dich nicht ein einziges Mal für deine Tochter gegen ihn durchsetzen? Kannst du denn *niemals* eine richtige Mutter sein? *Niemals?‹«*

»Wie hat Ira reagiert?« fragte ich.

»Was glauben Sie, wie er reagiert hat? Er ist aus dem Haus gegangen, durch die Straßen gewandert, meilenweit, bis nach Harlem und wieder zurück zum Village, und dann hat er, mitten in der Nacht, Pamela in der Carmine Street aufgesucht. Er hatte sich immer zusammengenommen, sie dort nicht zu besuchen, aber nun drückte er auf die Klingel und rannte die fünf Treppen hoch und sagte ihr, daß es mit Eve vorbei sei. Pamela solle mit ihm nach Zinc Town gehen. Er wolle sie heiraten. Er habe sie von Anfang an heiraten wollen und sich ein Kind von ihr gewünscht, sagte er. Sie können sich vorstellen, wie das bei ihr angekommen ist.

Sie bewohnte eine typische Künstlerbude – Wandschränke ohne Türen, Matratze auf dem Fußboden, Modigliani-Poster an den Wänden, Chiantiflasche mit Kerze, und überall lagen Notenblätter herum. Ein winziges Zimmerchen unterm Dach, und dort stürmt nun also diese Giraffe von einem Mann auf sie ein, schmeißt den Notenständer um, wirft ihre 78er über den Haufen, stößt mit dem Fuß an die Badewanne, die in der Küche steht, und erzählt dieser wohlerzogenen jungen Engländerin, die sich mit ihrer neuen Greenwich-Village-Ideologie eingebildet hat, was sie beide da trieben, habe keine Konsequenzen – sei nichts als ein großes, leidenschaftliches, folgenloses Abenteuer mit einem berühmten älteren Herrn –, daß sie die künftige Mutter seiner noch ungeborenen Erben und die Frau seines Lebens sei.

Ira, dieser überwältigende, riesenhafte, polternde, rasende, giraffenlange Mann, dieser bedrängte Mann, der nichts mehr zu verlieren hat, sagt zu ihr: ›Pack deine Sachen, du kommst mit mir‹, und dann erfährt er, früher als er es sonst erfahren hätte, daß Pamela schon seit Monaten mit ihm Schluß machen will. ›Schluß? *Warum?‹* Sie könne den Stress nicht mehr ertragen. ›Stress? Was für ein Stress?‹ Und da sagt sie es ihm: Jedesmal wenn sie mit ihm in Jersey sei, hänge er an ihr wie eine Klette und streichle sie und mache sie ganz krank mit seinen ewigen Beteuerungen, wie sehr er sie liebe; und dann schlafe er mit ihr, und wenn sie dann wieder in New York bei Sylphid sei, habe die kein anderes Gesprächsthema als den Mann, den sie scherzhaft das Ungeheuer nenne; für Sylphid seien Ira und ihre Mutter nur die Schöne und das Ungeheuer. Und Pamela müsse ihr zustimmen, auch sie könne über ihn nur lachen; auch sie mache ständig Witze über das Ungeheuer. Wie könne er nur so blind dafür sein, was für ein Opfer er ihr abverlange? Sie könne nicht mit ihm weglaufen, sie könne ihn nicht heiraten. Sie habe einen Job, sie habe eine Karriere, sie sei eine Musikerin, die ihre Musik liebe – und sie könne ihn nie mehr wiedersehen. Wenn er sie nicht endlich in Ruhe lasse... Das reichte. Ira ging. Er stieg ins Auto und fuhr zu seiner Hütte, und dort besuchte ich ihn am nächsten Tag nach der Schule.

Er sprach, ich hörte zu. Er erzählte mir nichts von Pamela; das tat er nicht, weil er verdammt gut wußte, was ich von Ehebruch hielt. Ich hatte ihm schon öfter gesagt, als er es hören wollte: ›Das Erregende an der Ehe ist gerade die Treue. Wenn diese Vorstellung dich nicht erregt, brauchst du gar nicht erst zu heiraten.‹ Nein, er erzählte mir nichts von Pamela – sondern er beschrieb mir, wie Sylphid auf Eve gesessen hatte. Die ganze Nacht lang, Nathan. Am Morgen bin ich zur Schule gefahren, habe mich auf der Lehrertoilette rasiert und meinen Unterricht gehalten; am Nachmittag, nach der letzten Stunde, bin ich ins Auto gestiegen und wieder zu ihm gefahren. Ich wollte ihn nachts nicht allein dort draußen lassen, wer weiß, auf was für Gedanken er noch gekommen wäre. Es war ja nicht nur sein Familienleben, zu dem er auf Konfrontationskurs gegangen war. Das war nur ein Teil seines Problems. Was ihm immer mehr zusetzte, war die Politik – die Anschuldigungen, die Entlassungen, die schwarzen Listen. *Das* machte ihn wirklich fertig. Die häusliche Krise war noch nicht *die* Krise. Sicher, er war von beiden Seiten gefährdet, und schließlich würden sie ihn in die Zange nehmen, aber vorläufig konnte er sie noch auseinanderhalten.

Der Frontkämpferbund hatte Ira bereits wegen ›prokommunistischer Sympathien‹ aufs Korn genommen. In irgendeiner katholischen Zeitschrift war sein Name in einer Liste von Leuten mit ›kommunistischen Verbindungen‹ aufgetaucht. Seine Radiosendung war pauschalen Verdächtigungen ausgesetzt. Und es gab Reibereien mit der Partei. Hitzige Debatten. Stalin und die Juden. Der sowjetische Antisemitismus drang allmählich selbst ins Bewußtsein der verbohrtesten Parteibonzen. Unter den jüdischen Parteimitgliedern begannen Gerüchte zu zirkulieren, und was Ira da hörte, gefiel ihm gar nicht. Er wollte mehr wissen. Über den Anspruch, den die Kommunistische Partei und die Sowjetunion auf Reinheit erhoben, wollte selbst Ira Ringold mehr wissen. Ganz langsam machte sich das Gefühl breit, daß die Partei Verrat begehe, wenngleich der volle moralische Schock erst durch Chruschtschows Enthüllungen ausgelöst wurde. Da brach dann für Ira und seine Freunde alles zusammen, die Rechtfertigung für all ihre Mühen und all ihre Leiden. Sechs Jahre später ging ihr ganzer Lebensinhalt den Bach runter. Aber 1950 hatte Ira noch das Bedürfnis, mehr zu wissen, und brachte sich dadurch in Schwierigkeiten. Allerdings hat er mit mir nie darüber gesprochen. Er wollte mich da nicht reinziehen, und er wollte nicht meine Predigten hören. Er wußte, wenn wir uns über den Kommunismus in die Haare gerieten, würde es uns wie vielen anderen Familien ergehen: wir hätten für den Rest unseres Lebens kein Wort mehr miteinander gewechselt.

Einen ziemlich dicken Streit hatten wir schon 46 gehabt, als er in Calumet City mit O'Day zusammenwohnte. Mein erster Besuch dort verlief nicht gerade erfreulich. Wenn Ira nämlich von den Dingen anfing, die ihm am meisten am Herzen lagen, kam er niemals zu einem Ende. Besonders in der Zeit unmittelbar nach dem Krieg war Ira außerordentlich abgeneigt, in politischen Diskussionen klein beizugeben. Am allerwenigsten bei mir. Der ungebildete kleine Bruder, der den gebildeten großen erziehen wollte. Mit fanatischen Blick und erhobenem Zeigefinger ritt er hartnäckig auf seinem Thema herum und wischte jeden meiner Einwände beiseite: ›Beleidige meine Intelligenz nicht.‹ ›Das ist doch ein Widerspruch in sich selbst, verdammt noch mal.‹ Ich denke nicht daran, mir so einen Unsinn bieten zu lassen.‹ Seine Streitlust war erstaunlich. ›Es ist mir egal, ob niemand das weiß außer mir!‹ ›Wenn du nur die leiseste Ahnung hättest, wie es in der Welt wirklich zugeht...!‹ Besonders hitzig konnte er werden, wenn er mir als Englischlehrer den Kopf zurechtsetzen wollte. ›Wenn ich eins nicht ausstehen kann, dann ist es dieser Spruch: bitte erklär mal genauer, wie du das meinst!‹ Damals gab es für Ira nichts Kleines. Alle seine Gedanken, weil es seine Gedanken waren, waren *groß*.

Am ersten Abend meines Besuchs bei ihm da draußen, wo er mit O'Day zusammenwohnte, erklärte er mir, daß die Lehrergewerkschaft sich mit Nachdruck für die Entwicklung der ›Volkskultur‹ einsetzen sollte. Das sollte ihre offizielle Politik sein. Warum? Ich wußte, warum. Weil es die offizielle Politik der Partei war. Das kulturelle Verständnis des armen kleinen Mannes von der Straße muß gebessert werden, und statt auf die klassischen, altmodischen, traditionellen Bildungsinhalte soll man sich auf das konzentrieren, was die Kultur eines Volkes ausmacht. Das war die Parteilinie, und ich hielt das für in jeder Hinsicht unrealistisch. Aber wie halsstarrig dieser Bursche war! Auch ich war niemand, der sich leicht unterkriegen ließ, auch ich konnte die Leute davon überzeugen, daß ich es ernst meinte. Aber Iras Widerspruchsgeist war unerschöpflich. Ira gab niemals nach. Nachdem ich aus Chicago zurück war, hörte ich fast ein Jahr lang nichts mehr von ihm.

Es gab da noch mehr, was ihm zu schaffen machte. Seine Muskelschmerzen. Diese Krankheit. Die Ärzte kamen erst zu dieser und dann zu jener Diagnose, aber was es wirklich war, haben sie nie herausgefunden. Polymyositis. Polymyalgia rheumatica. Jeder Arzt hat was anderes gesagt. Sonst hatten sie ihm nichts zu bieten, von Sloans Salbe und Ben-Gay mal abgesehen. Seine Klamotten stanken nach jeder Salbe, die es gegen irgendwelche Schmerzen und Beschwerden zu kaufen gab. Ein Arzt, zu dem ich ihn selbst gebracht hatte – seine Praxis lag gegenüber dem Beth Israel, er war mit Doris befreundet –, hat sich seine Krankengeschichte angehört, ihm Blut abgenommen, ihn gründlich untersucht und uns schließlich erklärt, Ira sei hyperentzündlich. Der Mann hatte eine komplizierte Theorie, die er uns mit Zeichnungen erläuterte – es ging um das Fehlen irgendeines Blockademechanismus bei der Reizübertragung, das zu Entzündungen führen könne. Iras Gelenke, sagte der Arzt, neigten zu entzündlichen Reaktionen, die sich rapide ausbreiten würden. Leicht entzündlich, schwer zu löschen.

Nach Iras Tod hat ein Arzt mir gegenüber angedeutet – das heißt, er hat es mir einreden wollen –, Ira habe an derselben Krankheit gelitten, die vermutlich auch Lincoln gehabt habe. Nicht nur kostümiert wie er, sondern auch krank wie er. Marfan. Marfan-Syndrom. Übermäßige Körperlänge. Große Hände und Füße. Lange dünne Extremitäten. Und jede Menge Gelenk- und Muskelschmerzen. Viele Marfan-Patienten sterben so wie Ira. Die Aorta platzt, und weg sind sie. Jedenfalls, was auch immer Ira gehabt haben mag, es blieb unerkannt, zumindest gab es keine Behandlung dafür, und etwa ab 1949/50, gingen diese Schmerzen praktisch gar nicht mehr weg; dazu kam der politische Druck von beiden Enden des Spektrums – vom Sender und von der Partei –, und ich begann mir ernstlich Sorgen um ihn zu machen.

Wir waren, Nathan, im Ersten Bezirk nicht nur die einzige jüdische Familie in der Factory Street. Sehr wahrscheinlich waren wir auch die einzige nichtitalienische Familie zwischen den Lackawanna- und Belleville-Eisenbahnlinien. Die Bewohner des Ersten Bezirks kamen aus den Bergen, meist kleine Burschen mit breiten Schultern und großen Köpfen, aus den Bergen östlich von Neapel, und wenn sie nach Newark kamen, drückte ihnen jemand eine Schaufel in die Hand, und dann schaufelten sie halt bis ans Ende ihres Lebens. Grabenarbeiter. Als Ira die Schule verließ, schaufelte er mit ihnen. Einer dieser Italiener versuchte ihn mit einer Schaufel umzubringen. Mein Bruder hatte ein loses Mundwerk und mußte oft kämpfen, um in dieser Gegend zu überleben. Er mußte allein ums Überleben kämpfen, seit er sieben Jahre alt war.

Aber nun kämpfte er plötzlich an allen Fronten, und ich wollte nicht, daß er irgend etwas Dummes oder Irreparables tat. Ich habe ihn nicht aufgesucht, um ihm irgend etwas Spezielles zu sagen. Er war nicht der Typ, dem man Vorschriften machen konnte. Ich habe ihm nicht einmal gesagt, was ich *dachte*. Gedacht habe ich, daß es Wahnsinn sei, weiter mit Eve und ihrer Tochter zusammenzuleben. An dem Abend, als Doris und ich dort zum Essen waren, wurde besonders deutlich, was für ein seltsames Gespann diese beiden bildeten. Ich weiß noch, wie ich auf der Rückfahrt nach Newark immer wieder zu Doris gesagt habe: ›Es gibt in dieser Verbindung keinen Platz für Ira.‹

Iras utopischer Traum hieß Kommunismus, der von Eve hieß Sylphid. Die Utopie der Mutter vom perfekten Kind, die Utopie der Schauspielerin vom Als-ob, die Utopie der Jüdin vom Kein-Jude-Sein, um nur die hochtrabendsten ihrer Pläne zu nennen, das Leben zu parfümieren und schmackhaft zu machen.

Daß Ira in diesem Haus nichts zu suchen hatte, hatte Sylphid ihn von Anfang wissen lassen. Und Sylphid hatte recht: er *hatte* dort nichts zu suchen, er *gehörte* dort nicht hin. Sylphid hat ihm unmißverständlich klargemacht, daß sie ihre größte Aufgabe als Tochter darin sah, ihrer Mutter die Utopie *auszutreiben* – ihrer Mutter eine kräftige Dosis vom Mist der Realität, die man Leben nennt, einzutunken, an der sie ewig zu knabbern haben würde. Ehrlich gesagt, für mich hatte er auch im Radio nichts zu suchen. Ira war kein Schauspieler. Er besaß die Chuzpe, einfach aufzustehen und loszuschwadronieren – daran hat es ihm nie gefehlt –, aber ein Schauspieler? Er hat jede Rolle gleich behandelt. Alles auf dieselbe blöde unbeschwerte Art, als ob er einem beim Kartenspielen gegenübersitzen würde. Die schlichte menschliche Methode, nur daß es keine Methode war. Es war nichts. Die Abwesenheit einer Methode. Was wußte Ira denn von der Schauspielerei? Er hatte sich als Kind entschlossen, seinen eigenen Weg zu gehen, und alles, was ihn weiter vorandrängte, waren Zufälle. Pläne hatte er nicht. Er wollte mit Eve Frame eine Familie gründen? Er wollte mit der Engländerin eine Familie gründen? Natürlich ist mir klar, daß das ein Haupttrieb der Menschen ist; speziell bei Ira war der Wunsch nach einer Familie die Nachwirkung einer sehr lange zurückliegenden Enttäuschung. Aber da hat er sich wirklich ein paar Prachtexemplare für seine Familie ausgesucht. Ira hat sich mit all seiner Energie in New York durchgesetzt, mit all seiner Sehnsucht nach einem einflußreichen und sinnvollen Leben. Von der Partei hatte er die Idee, er sei ein Werkzeug der Geschichte, die Geschichte habe ihn in die Hauptstadt der Welt gerufen, damit er gesellschaftliche Ungerechtigkeiten bekämpfe – und für mich sah das alles nur lächerlich aus. Ira war kein Vertriebener, sondern er war einfach fehl am Platz, er war überall entweder zu groß oder zu klein, geistig und körperlich. Aber ich hatte nicht vor, diese Sicht der Dinge mit ihm zu teilen. Mein Bruder fühlte sich zum

Giganten berufen? Das konnte mir recht sein. Ich wollte nur verhindern, daß am Ende gar nichts mehr von ihm übrigblieb.

Am zweiten Abend hatte ich uns ein paar Sandwiches mitgebracht, und während wir aßen, sprach er, und ich hörte zu; später, es muß gegen drei Uhr morgens gewesen sein, hielt ein gelbes New Yorker Taxi vor der Hütte. Es war Eve. Ira hatte seit zwei Tagen den Hörer neben dem Telefon liegen, und als sie das ewige Besetztzeichen nicht mehr ertragen konnte, hatte sie ein Taxi gerufen und war mitten in der Nacht die sechzig Meilen zu ihm in die Provinz gefahren. Sie klopfte an, ich stand auf und öffnete die Tür, sie stürmte an mir vorbei hinein, direkt vor ihn hin. Was sich dann abspielte, hatte sie womöglich während der langen Taxifahrt geplant, konnte aber ebensogut auch improvisiert sein. Es war wie eine Szene aus einem ihrer alten Stummfilme. Eine komplett verrückte Nummer, nichts als Verstellung und Übertreibung, aber das Ganze paßte so gut zu ihr, daß sie es wenige Wochen später fast exakt wiederholte. Eine ihrer Lieblingsrollen. Die demütige Bittstellerin.

Sie warf sich mitten im Zimmer auf die Knie, und ohne mich zu beachten – oder vielleicht auch ganz im Gegenteil –, winselte sie los: ›Ich bitte dich! Ich flehe dich an! Verlaß mich nicht!‹ Beide Arme in ihrem Nerz nach oben gereckt. Die Hände flatternd. Und Tränen, als stünde nicht eine Ehe auf dem Spiel, sondern die Erlösung der Menschheit. Bestätigte damit – falls denn noch eine Bestätigung nötig war –, daß sie voll und ganz darauf verzichtete, als denkendes menschliches Wesen zu erscheinen. Ich weiß noch, wie ich dachte: Jetzt hat sie es sich endgültig verdorben.

Aber ich kannte meinen Bruder nicht, wußte nicht, wogegen er machtlos war. Menschen, die auf den Knien lagen – dagegen hatte er sich sein Leben lang empört; aber ich bildete mir ein, inzwischen müsse er doch unterscheiden können, ob jemand von den gesellschaftlichen Verhältnissen in die Knie gezwungen wurde oder lediglich Theater spielte. Als er Eve so vor sich sah, kamen Gefühle in ihm hoch, die er nicht unterdrücken konnte. Jedenfalls bildete ich mir das ein. Wieder einmal ließ er sich vom Leid anderer Leute hinreißen – jedenfalls bildete ich mir das ein –, und so ging ich hinaus, setzte mich in das Taxi und rauchte mit dem Fahrer eine Zigarette, bis die Eintracht wiederhergestellt wäre.

Überall muß sich die blöde Politik einmischen, dachte ich, als ich im Taxi saß. Die Ideologien, die den Menschen die Köpfe verstopfen und ihnen die Sicht aufs Leben versperren. Aber erst als ich in dieser Nacht nach Newark zurückfuhr, begann ich zu begreifen, wie mein Gedanke von vorhin sich auf die Zwangslage bezog, in der mein Bruder mit seiner Frau steckte. Ira war nicht *nur* jemand, der sich vom Leid anderer Leute hinreißen ließ. Gewiß, auch er unterlag jenen Regungen, die fast jeder empfindet, wenn jemand kapituliert, der einem nahesteht; gewiß, auch er konnte zu einer irrigen Auffassung von dem gelangen, was er dagegen zu unternehmen habe. Aber hier war etwas ganz anderes geschehen. Erst auf der Heimfahrt ging mir auf, das war *ganz und gar nicht*, was da geschehen war.

Bedenken Sie, Ira hat der Kommunistischen Partei mit Leib und Seele angehört. Ira hat jede Hundertachtziggradwendung der Politik mitgemacht. Ira hat die dialektische Rechtfertigung jeder Schurkentat Stalins für bare Münze genommen. Ira hat Browder unterstützt, als Browder ihr amerikanischer Messias war, und als Moskau den Stöpsel gezogen und Browder verstoßen hat, als Browder über Nacht zum Klassenkollaborateur und Sozialimperialisten erklärt wurde, hat Ira auch das alles geschluckt – hat Foster und die Foster-Linie unterstützt, nach der Amerika auf dem Weg zum Faschismus war. Es gelang ihm, seine Zweifel zu unterdrücken und sich einzureden, daß er, indem er jeden Hakenschlag der Partei brav befolgte, zur Errichtung einer gerechten und fairen Gesellschaft in Amerika beitrage. Er sah sich als tugendhaften Menschen. Und ich glaube, das war er im großen und ganzen auch – einer dieser naiven Burschen in den Fängen eines Systems, das er nicht durchschaute. Kaum zu glauben, daß ein Mann, der so viel in seine Freiheit investiert hatte, sein Denken derart irgendwelchen Dogmen unterwerfen konnte. Aber mein Bruder degradierte sich intellektuell nicht anders als alle anderen. Politisch einfältig. Moralisch einfältig. Wollten es nicht wahrhaben. All diese Iras wollten einfach nicht sehen, was sie da eigentlich anpriesen und feierten. Ira war ein Mensch, dessen größte Stärke es war, nein zu sagen.

Furchtlos nein zu sagen, offen und frei heraus. Nur zur Partei konnte er nie etwas anderes als ja sagen.

Er hat sich mit Eve versöhnt, weil kein Sponsor, kein Sender und keine Werbeagentur es wagen würden, ihn anzurühren, solange er mit der Sarah Bernhardt der Ätherwellen verheiratet war. Er hat darauf gesetzt, daß man ihn nicht preisgeben konnte, daß man ihn nicht rauswerfen werde, solange er die Königin des Rundfunks an seiner Seite hatte. Sie würde ihren Mann und damit auch die kommunistische Clique schützen, die Iras Sendung produzierte. Sie warf sich vor ihm auf den Boden, sie flehte ihn an, nach Hause zu kommen, und Ira erkannte, daß er wahrhaftig besser daran täte, ihr Folge zu leisten, weil er ohne sie am Ende wäre. Eve war seine Fassade. Das Bollwerk des Bollwerks.«

»Hier nun erscheint die Göttin *ex machina* mit ihrem Goldzahn. Eve hat sie entdeckt. Hat von irgendeinem Schauspieler von ihr gehört, der wiederum von irgendeinem Tänzer von ihr gehört hatte. Eine Masseuse. Etwa zehn, zwölf Jahre älter als Ira, ging schon auf die Fünfzig zu. Im Auftreten nur noch ein müder Schatten ihrer selbst, eine sinnliche Frau auf dem absteigenden Ast, aber die Arbeit hielt ihren schweren warmen Körper noch recht gut in Form. Helgi Pärn. Eine Estin, die mit einem estnischen Fabrikarbeiter verheiratet war. Eine stabile Frau aus der Arbeiterklasse, die gern mal einen Wodka trinkt und ein bißchen etwas von einer Prostituierten und ein bißchen etwas von einer Diebin hat. Eine große gesunde Frau, der, als sie sich das erstemal blicken läßt, ein Zahn fehlt. Beim zweitenmal ist die Lücke ausgefüllt – mit einem Goldzahn, kostenlos angefertigt von einem Zahnarzt, den sie massiert. Das nächstemal erscheint sie mit einem Kleid, kostenlos angefertigt von einem Schneider, den sie massiert. Im Lauf der Jahre kommt sie immer wieder mit was Neuem an, mit irgendwelchem Modeschmuck, mit einem Pelzmantel, mit einer Armbanduhr; dann beginnt sie Aktien zu kaufen, und so weiter und so weiter. Helgi verfeinert sich immer mehr. Sie scherzt über diese Fortschritte. Das sind nur Zeichen der Anerkennung, sagt sie zu Ira. Als Ira ihr zum erstenmal Geld gibt, sagt sie: ›Ich nehme kein Geld, ich nehme nur Geschenke.‹

Er sagt: ›Ich kann nicht einkaufen gehen. Hier. Kauf dir, was du willst.‹

Sie und Ira führen die obligatorische Diskussion über Klassenbewußtsein, und als er ihr erklärt, Marx habe arbeitende Menschen wie die Pärns dazu aufgerufen, der Bourgeoisie das Kapital zu entreißen, sich selbst als die herrschende Klasse zu organisieren und die Kontrolle über die Produktionsmittel zu übernehmen, will Helgi nichts davon wissen. Sie ist Estin, die Russen haben Estland besetzt und zu einer Sowjetrepublik gemacht, und daher ist sie *instinktiv* gegen den Kommunismus. Es gibt nur ein einziges Land für sie, die Vereinigten Staaten von Amerika. Wo sonst könne ein ungebildetes, eingewandertes Bauernmädchen bla bla bla bla. Ira findet ihre Fortschritte nur komisch. Normalerweise ist er ziemlich humorlos, nicht aber, wenn es um Helgi geht. Vielleicht hätte er *sie* heiraten sollen. Vielleicht war diese dicke gutmütige Bauernfrau, die keine Scheu vor der Wirklichkeit hatte, seine wahre Seelenfreundin. Seine Seelenfreundin, wie Donna Jones seine Seelenfreundin war: wegen ihrer ungezähmten Natur. Wegen ihrer Eigenwilligkeit.

Ihr Erwerbssinn faszinierte ihn jedenfalls. ›Was ist es diese Woche, Helgi?‹ Für sie ist das keine Hurerei, nichts Böses – für sie sind das alles nur Fortschritte. Darin erfüllt sich Helgis amerikanischer Traum. Amerika ist das Land der Möglichkeiten, ihre Kunden sind ihr dankbar, ein Mädchen muß doch seinen Lebensunterhalt verdienen, und so kommt sie dreimal die Woche nach dem Abendessen vorbei, gekleidet wie eine Krankenschwester – gestärktes weißes Kleid, weiße Strümpfe, weiße Schuhe – und mit ihrem Tisch unterm Arm, einem zusammengeklappten Massagetisch. Sie baut den Tisch in seinem Arbeitszimmer auf, vor dem Schreibtisch; Ira war zwar einen halben Kopf zu lang dafür, aber er legte sich trotzdem hin und ließ sich eine geschlagene Stunde lang recht professionell von ihr massieren. Diese Massagen waren das einzige, was ihm jemals wirklich Erleichterung von seinen Schmerzen brachte.

Zum Abschluß, noch immer in ihrer weißen Uniform und vollkommen professionell, tat sie dann etwas, das ihm noch mehr Erleichterung brachte. Ein wunderbarer Erguß entströmte seinem Penis, und für kurze Zeit tat sich das Gefängnis auf. In diesem

Erguß war alle Freiheit, die Ira geblieben war. Der lebenslange Kampf um die volle Verwirklichung seiner politischen, bürgerlichen und Menschenrechte hatte sein Ziel darin gefunden, daß er sich, für Geld, auf den Goldzahn dieser fünfzigjährigen Estin ergoß, während unter ihnen Eve im Wohnzimmer saß und dem Harfenspiel Sylphids lauschte.

Helgi hätte eine gutaussehende Frau sein können, wäre sie nur nicht so unübersehbar seicht gewesen. Ihr Englisch war nicht besonders, und sie hatte, wie gesagt, immer ein wenig Wodka im Blut, und das alles zusammen wirkte nach außen hin so, als sei sie reichlich dumm. Eve nannte sie nur noch die Bäuerin. Und schließlich nannten alle in der West Eleventh Street sie so. Aber Helgi Pärn war keine Bäuerin. Seicht mag sie gewesen sein, aber dumm war sie nicht. Helgi wußte, daß Eve sie als eine Art Packesel betrachtete. Eve machte sich nicht die Mühe, das zu verbergen, das hielt sie einer kleinen Masseuse gegenüber nicht für nötig; und die kleine Masseuse verachtete sie dafür. Wenn Helgi Ira einen ablutschte und Eve unten im Wohnzimmer der Harfe lauschte, machte Helgi sich einen Spaß daraus, die damenhafte Geziertheit zu imitieren, zu der Eve sich, wie sie glaubte, herabließ, wenn sie Ira mit dem Mund bediente. Hinter dieser ausdruckslosen baltischen Maske steckte eine rücksichtslose Frau, die genau wußte, wann sie und wie sie zum Schlag gegen Menschen auszuholen hatte, die sich arrogant für etwas Besseres hielten. Und als sie zum Schlag gegen Eve ausholte, brachte sie alles zum Einsturz. Wenn der Wodka in ihr wirkte, dachte Helgi nicht daran, sich Beschränkungen aufzuerlegen.

Rache«, erklärte Murray. »Nichts ist größer, nichts ist kleiner, nichts ist kühner und kreativer selbst in den gewöhnlichsten Menschen als das Sinnen auf Rache. Und nichts ist so gnadenlos kreativ selbst in den kultiviertesten Menschen wie das Sinnen auf Verrat.«

Diese Worte versetzten mich in Murray Ringolds Unterricht zurück: der Lehrer, wie er für die Klasse das Resümee zog, Mr. Ringold, wie er noch einmal alles rekapitulierte, vor Ende der Stunde sorgsam darauf bedacht, den Stoff noch einmal knapp zusammenzufassen, Mr. Ringold, wie er mit eindringlicher Stimme und sorgfältiger Aussprache einen Hinweis darauf gab, daß »Rache und Verrat« durchaus die Antwort auf eine seiner wöchentlichen »Zwanzig Fragen« sein könnte.

»Ich weiß noch, wie ich in der Armee an eine Ausgabe von Burtons *Anatomie der Melancholie* geraten bin und jeden Abend darin gelesen habe, das Buch zum erstenmal in meinem Leben gelesen habe, als wir in England für die Invasion in Frankreich ausgebildet wurden. Ich fand das Buch wunderbar, Nathan, aber es war mir ein Rätsel. Erinnern Sie sich, was Burton über die Melancholie sagt? Jeder von uns, sagt er, hat die Veranlagung zur Melancholie, aber nur manche von uns fallen in die Gewohnheit der Melancholie. Wie kommt man zu dieser Gewohnheit? Auf diese Frage gibt Burton keine Antwort. In seinem Buch steht nichts davon, und so habe ich während der ganzen Invasion darüber nachdenken müssen, habe so lange darüber nachgedacht, bis persönliche Erfahrungen mir die Antwort gegeben haben.

Die Gewohnheit kommt, wenn man verraten wird. Die Ursache ist Verrat. Denken Sie an die Tragödien. Was führt die Melancholie, die Raserei, das Blutvergießen herbei? Othello – verraten. Hamlet – verraten. Lear – verraten. Man könnte sogar behaupten, daß Macbeth verraten wird – von sich selbst –, aber das ist nicht das gleiche. Lehrer, die ihre Kraft daran wenden, Schüler mit Meisterwerken bekannt zu machen, die wenigen von uns, die sich noch beschäftigen mit dem, was der forschende Blick der Literatur uns von der Welt enthüllt, kommen gar nicht umhin, überall im Kern der Geschichte Verrat zu erblicken. In jeder Geschichte, von ganz oben bis nach ganz unten. Weltgeschichte, Familiengeschichte, Privatgeschichte. Verrat, das ist ein sehr großes Thema. Denken Sie nur an die Bibel. Wovon handelt dieses Buch? Das Hauptthema der meisten biblischen Geschichten ist Verrat. Adam – verraten. Esau – verraten. Die Sichemiten – verraten. Juda – verraten. Joseph – verraten. Moses – verraten. Samson – verraten. Samuel – verraten. David – verraten. Urija – verraten. Hiob – verraten. Hiob – verraten von wem? Von keinem Geringeren als Gott persönlich. Und vergessen Sie nicht den Verrat an Gott. Gott wurde verraten. Verraten von unseren Vorfahren bei jeder Gelegenheit.«

6

Mitte August 1950, nur wenige Tage bevor ich von zu Hause
fortging (für immer, wie sich herausstellte), um mich an der Universität von Chicago für mein erstes Collegejahr einzuschreiben,
fuhr ich mit dem Zug noch einmal für eine Woche zu Ira nach
Sussex County, wie schon im Jahr davor, als Eve und Sylphid bei
Sylphids Vater in Frankreich gewesen waren – und als mein Vater,
ehe er mir es erlaubte, erst noch Ira hatte befragen müssen. Spät
am Tag traf ich in dem ländlichen Bahnhof ein, von dem aus noch
fünf kurvenreiche Meilen über schmale Nebenstraßen und an
Kuhweiden vorbei zu Iras Hütte zu fahren waren. Ira erwartete
mich bereits in seinem Chevy-Coupé.

Neben ihm auf dem Vordersitz saß eine Frau in Weiß, die er mir
als Mrs. Pärn vorstellte. Sie sei an diesem Tag aus New York gekommen, um ihm Hals und Schultern zu massieren, und werde
mit dem nächsten Zug wieder zurückfahren. Sie hatte einen
Klapptisch dabei, und ich weiß noch, wie sie ihn selbst aus dem
Kofferraum holte. Daran erinnere ich mich – an die Kraft, mit der
sie den Tisch hob, und daß sie ein weißes Kleid und weiße
Strümpfe trug und daß sie ihn mit »Mr. Rinn« und er sie mit »Mrs.
Pärn« anredete. Außer ihrer Kraft fiel mir nichts Besonderes an ihr
auf. Eigentlich bemerkte ich sie überhaupt nicht. Und nachdem
sie aus dem Wagen gestiegen und, ihren Tisch mit sich schlep-
pend, zu dem Gleis rübergegangen war, von wo der Nahverkehrs-
zug sie nach Newark bringen würde, habe ich diese Frau nie mehr
wiedergesehen. Ich war siebzehn. Sie schien mir alt und hygie-
nisch und nebensächlich.

Im Juni war in einer Publikation namens *Red Channels* eine Liste mit 151 bei Rundfunk und Fernsehen tätigen Personen erschienen, die angeblich »kommunistische Verbindungen« hatten; darauf gab es eine Reihe von Entlassungen, was in der ganzen Rundfunkbranche Panik auslöste. Iras Name hatte jedoch nicht auf der Liste gestanden, ebensowenig wie die Namen irgendwelcher anderen, die bei *Frei und tapfer* mitarbeiteten. Ich ahnte nicht, daß man Ira sehr wahrscheinlich nur verschont hatte, weil er als Eve Frames Ehemann gewissermaßen unter Schutz stand, und weil Eve Frame selbst (durch Bryden Grant, einen Informanten der Redaktion von *Red Channels*) vor dem Verdacht geschützt wurde, der sonst automatisch auf sie als Frau eines Mannes von Iras Ruf gefallen wäre. Schließlich hatte Eve mit Ira mehr als eine politische Veranstaltung besucht, die ihre Loyalität gegenüber den Vereinigten Staaten damals durchaus hätte in Frage stellen können. Auch jemand, den Politik so wenig interessierte wie Eve Frame, brauchte nicht viel Belastendes gegen sich zu haben – und im Fall einer Verwechslung war gar nichts erforderlich –, um als »Roter« abgestempelt und auf die Straße gesetzt zu werden.

Aber welche Rolle Eve bei der Zuspitzung von Iras Lage gespielt hatte, sollte ich erst fünfzig Jahre später erfahren, als Murray mir in meinem Haus davon erzählte. Warum man Ira zunächst in Ruhe ließ, hatte ich mir damals damit erklärt, daß man Angst vor ihm hatte, Angst vor dem Widerstand, den er leisten würde, Angst vor dem, was mir damals als seine Unverwüstlichkeit erschien. Ich nahm an, die Herausgeber von *Red Channels* hätten Angst, Ira könnte sie, wenn er gereizt würde, eigenhändig zur Strecke bringen. Ja, als Ira mir bei unserem ersten gemeinsamen Essen von *Red Channels* erzählte, verglich ich in einer romantischen Anwandlung die Hütte an der Pickax Hill Road mit einem jener asketischen Ausbildungslager in der Provinz von Jersey, in denen Schwergewichtler sich monatelang auf den großen Kampf vorzubereiten pflegten, wobei in diesem Fall Ira der Schwergewichtler war.

»Was in meinem Beruf unter Patriotismus zu verstehen ist, wird von drei Polizisten des FBI festgelegt. Drei ehemalige FBI-Leute, Nathan, stecken hinter dieser *Red-Channels*-Aktion. Wer beim Rundfunk beschäftigt werden darf und wer nicht, das wird von drei Männern bestimmt, deren wichtigste Informationsquelle das Komitee für unamerikanische Umtriebe ist. Du wirst es erleben, wieviel Courage die Bosse angesichts dieser Scheiße aufbringen werden. Warte nur ab, wie sich das kapitalistische System gegen den Druck behauptet. Gedankenfreiheit, freie Meinungsäußerung, ordentliche Gerichtsverfahren – kannst du alles vergessen. Man wird diese Leute kaputtmachen, Junge. Man wird ihnen nicht den Lebensunterhalt nehmen, sondern das *Leben*. Es wird Tote geben. Die Menschen werden krank werden und sterben, sie werden von Hochhäusern springen und sterben. Wenn das hier vorbei ist, wird man die Leute, deren Namen in dieser Liste stehen, in Konzentrationslager stecken, dafür gibt es ja Mr. McCarrans geliebtes Gesetz zur inneren Sicherheit. Wenn wir einen Krieg mit der Sowjetunion anfangen – und nichts wollen die Rechten in diesem Lande mehr als einen Krieg –, wird McCarran persönlich dafür sorgen, daß wir alle hinter Stacheldraht kommen.«

Die Liste brachte Ira weder zum Schweigen noch veranlaßte sie ihn, wie zahlreiche seiner Kollegen, das Heil in der Flucht zu suchen. Nur eine Woche nach Veröffentlichung der Liste brach plötzlich der Koreakrieg aus, und in einem Brief an die alte *Herald Tribune* erklärte Ira (der trotzig als Iron Rinn von *Frei und tapfer* unterzeichnete) öffentlich seinen Protest gegen, wie er es nannte, Trumans Entschlossenheit, diesen weit entfernten Konflikt zu dem seit langem herbeigesehnten Nachkriegsendkampf zwischen Kapitalisten und Kommunisten zu machen und damit »in wahnsinniger Verblendung die Voraussetzungen für den atomaren Schrecken des dritten Weltkriegs und die Vernichtung der Menschheit zu schaffen«. Es war Iras erster Leserbrief seit jenem Schreiben aus dem Iran an *Stars and Stripes*, in dem er die Ungerechtigkeit der Rassentrennung bei der Armee angeprangert hatte, und es war mehr als nur ein flammender Appell gegen den Krieg mit dem kommunistischen Nord-Korea. Genau besehen war es ein offener, kalkulierter Akt des Widerstands gegen *Red Channels* und deren Ziel, nicht bloß Kommunisten aus dem Weg zu räumen, sondern überhaupt alle liberal denkenden und nichtkommunistischen linken Rundfunkleute durch massive Drohungen zu stummer Unterwerfung zu zwingen.

In dieser Woche im August 1950 hatte Ira in seiner Hütte praktisch kein anderes Thema als Korea. Bei meinem früheren Besuch hatten Ira und ich uns fast jeden Abend hinterm Haus auf wackligen Liegestühlen ausgestreckt, umgeben von Zitronellölkerzen zur Abwehr von Mücken und Moskitos – der Limonenduft von Zitronellöl rief bei mir fortan stets Erinnerungen an Zinc Town wach –, und während ich dann zu den Sternen hinaufsah, hatte Ira mir alle möglichen Geschichten erzählt, neue und alte Geschichten von seinen Jugenderlebnissen unter Tage, von seinem Vagabundenleben während der Depression, von seinen Kriegsabenteuern als Schauermann auf dem Stützpunkt der US-Armee in Abadan am Schatt el Arab, dem Fluß, der unten am Persischen Golf in etwa die Grenze zwischen Iran und Irak bezeichnet. Bis dahin hatte ich noch niemals einen Menschen gekannt, dessen Leben so eng von so viel amerikanischer Geschichte umschrieben war, der so viel amerikanische Geographie aus eigener Anschauung kannte, der so viel amerikanisches Elend von Angesicht zu Angesicht zu gesehen hatte. Ich hatte noch niemals jemanden gekannt, der so sehr in seiner Zeit lebte und so sehr von ihr definiert war. Beziehungsweise von ihr so sehr drangsaliert wurde, in solchem Maße ihr Rächer, ihr Opfer und ihr Werkzeug war. Unmöglich, sich Ira *außerhalb* seiner Zeit vorzustellen.

An jenen Abenden in der Hütte zeigte sich mir das Amerika, das mein Erbe war, in Gestalt von Ira Ringold. Iras Reden, diese weder ganz klare noch wiederholungsfreie Flut von Haß und Liebe, weckten in mir das begeisterte patriotische Verlangen, ein Amerika jenseits von Newark aus erster Hand kennenzulernen, entzündeten die gleichen heimatverbundenen Leidenschaften, die der Krieg in mir als Kind entflammt hatte, die Howard Fast und Norman Corwin in mir als Heranwachsendem bestärkt hatten und die dann noch ein, zwei Jahre länger von den Romanen Thomas Wolfes und John Dos Passos' wachgehalten worden waren. Als ich in diesem zweiten Jahr bei Ira zu Besuch war und es, da der Sommer dem Ende zuging, gegen Abend köstlich kühl in den Hügeln von Sussex wurde, versorgte ich die knisternden Flammen im Kamin mit Holz, das ich in der warmen Vormittagssonne gespalten hatte, während Ira, aus seinem angeschlagenen alten Becher Kaffee schlürfend, bekleidet mit einer kurzen Hose, ausgetretenen Basketballschuhen und einem verwaschenen olivgrünen T-Shirt aus seiner Zeit bei der Armee – er sah aus wie der Inbegriff des amerikanischen Pfadfinderführers, der große starke Naturbursche, der von den Jungen angehimmelt wird, der von den Früchten des Waldes leben und Bären verscheuchen kann und dafür sorgt, daß die Kinder nicht im See ertrinken –, sich in einem Tonfall von Abscheu und Entrüstung über Korea ausließ, wie man es wohl kaum an irgendeinem anderen Lagerfeuer im Lande vernommen hätte.

»Es ist mir unvorstellbar, daß irgendein Bürger Amerikas, der noch halbwegs bei Sinnen ist, allen Ernstes glauben kann, die kommunistischen Truppen von Nord-Korea würden auf Schiffe steigen und sechstausend Meilen weit fahren, um die Vereinigten Staaten zu erobern. Aber genau das behaupten diese Leute. ›Man muß sich vor der kommunistischen Bedrohung in acht nehmen. Sonst übernehmen sie die Macht in diesem Land.‹ Truman will vor den Republikanern seine Stärke demonstrieren – nichts anderes hat er im Sinn. Nur darum geht es ihm. Auf Kosten unschuldiger Koreaner seine Stärke zu demonstrieren. Wir marschieren da rein und bombardieren diese Schweinehunde, verstehst du? Und das alles bloß, um unseren faschistischen Freund Syngman Rhee zu stützen. Der erhabene Präsident Truman. Der erhabene General MacArthur. Die Kommunisten, die Kommunisten. Nicht der Rassismus in diesem Land, nicht die Ungerechtigkeiten in diesem Land. Nein, die Kommunisten sind das Problem! Fünftausend Neger hat man gelyncht in diesem Land, und immer noch ist nicht ein einziger Lyncher verurteilt worden. Sind daran die Kommunisten schuld? Neunzig Neger hat man gelyncht, seit Truman ins Weiße Haus gekommen ist und von Bürgerrechten faselt. Sind daran die Kommunisten schuld, oder ist daran Trumans Justizminister schuld, der erhabene Mr. Clark, der zwar die Ungeheuerlichkeit fertigbringt, zwölf Führer der Kommunistischen Partei vor ein amerikanisches Gericht zu schleppen und nur weil sie etwas anderes glauben als er, rücksichtslos ihr Leben zu zerstören, aber nicht einen Finger rührt, wenn es um Lynchmorde geht! Führen wir Krieg gegen die Kommunisten, schicken wir unsere

Soldaten in den Kampf gegen die Kommunisten – und weltweit, überall sterben im Kampf gegen den Faschismus als erstes die Kommunisten! Die als erste für die Sache der Neger kämpfen, für die Sache der Arbeiter . . .«

Das alles hatte ich schon oft gehört, genau dieselben Worte, und am Ende meiner Ferienwoche konnte ich es kaum erwarten, von ihm fort und nach Hause zu kommen. Diesmal empfand ich den Aufenthalt in der Hütte ganz anders als im ersten Sommer. Da ich nicht ahnte, wie sehr er sich an allen Fronten in Bedrängnis sah, wie sehr er seine trotzige Unabhängigkeit gefährdet sah – und mir immer noch einbildete, mein Held sei drauf und dran, den Kampf der Rundfunksender gegen die Reaktionäre von *Red Channels* siegreich zu beenden –, hatte ich kein Verständnis für die Angst und Verzweiflung, das zunehmende Gefühl von Versagen und Isolation, von dem Iras gerechter Zorn gespeist wurde. »Warum handle ich politisch so und nicht anders? Ich handle so, weil ich es für *richtig* halte, so zu handeln. Ich muß etwas tun, weil etwas getan werden *muß*. Und es ist mir scheißegal, wenn ich der einzige bin, der das weiß. Es graust mir, Nathan, wenn ich die Feigheit meiner früheren Mitstreiter sehe . . .«

Im Sommer davor hatte Ira mir, obwohl ich noch zu jung für den Führerschein war, das Autofahren beigebracht. Als ich siebzehn wurde und mein Vater anfing, mir Fahrstunden zu geben, war ich mir sicher, daß es seine Gefühle verletzen würde, wenn ich erzählte, Ira sei ihm vorigen August zuvorgekommen, und so stellte ich mich unwissend und tat so, als sei das Autofahren für mich etwas vollkommen Neues. Iras 39er Chevy-Coupé, ein schwarzer Zweitürer, machte richtig was her. Ira war so groß, daß er hinterm Steuer aussah wie ein Zirkusakrobat, und als er in diesem zweiten Sommer neben mir saß und mich fahren ließ, hatte ich das Gefühl, ich würde ein Denkmal durch die Gegend kutschieren, ein Denkmal, das Gift und Galle spuckte über den Koreakrieg, ein Kriegsdenkmal zum Gedenken an den Krieg *gegen* den Krieg.

Das Auto hatte der Großmutter eines Bekannten gehört und war erst zwölftausend Meilen gelaufen, als Ira es 48 gekauft hatte.

Knüppelschaltung, drei Vorwärtsgänge plus der Rückwärtsgang oben links an der H-Schaltung. Vorne zwei einzelne Sitze und dahinter gerade noch so viel Platz, daß ein kleines Kind sich unbequem hineinzwängen konnte. Kein Radio, keine Heizung. Die Lüftung stellte man an, indem man auf einen kleinen Hebel drückte, der die Klappen unterhalb der Windschutzscheibe nach oben hob; davor war ein Schutzgitter gegen Insekten angebracht. Funktionierte ganz gut. Zuglose Fenster mit jeweils eigener Kurbel. Polstersitze mit mausgrauem Bezug, wie er damals in allen Autos üblich war. Trittbretter. Großer Kofferraum. Ersatzreifen samt Wagenheber unter der Bodenabdeckung des Kofferraums. Spitz zulaufender Grill, die Kühlerfigur mit einem Stück Glas verziert. Große runde Kotflügel, separate Scheinwerfer, die wie zwei Torpedos unmittelbar hinter dem aerodynamischen Grill aufmontiert waren. Die Scheibenwischer arbeiteten mit Unterdruck und wurden daher, wenn man aufs Gas trat, langsamer.

Ich kann mich noch an den Aschenbecher erinnern. Genau in der Mitte des Armaturenbretts, zwischen den beiden Insassen: ein hübsches längliches Ding aus Plastik, das unten mit einem Scharnier versehen war und einem entgegensprang. Um an den Motor heranzukommen, brauchte man draußen nur einen Griff zu drehen. Kein Schloß – jeder hätte den Motor in Sekundenschnelle zerstören können. Die beiden Seiten der Motorhaube ließen sich einzeln hochklappen. Die Oberfläche des Steuerrads war nicht glatt und glänzend, sondern faserig, und hupen konnte man nur in der Mitte. Der Anlasser war ein kleines rundes Gummipedal mit einem gerippten Stück Gummi am oberen Ende. Der Choke, den man an kalten Tagen zum Anlassen brauchte, befand sich rechts, der sogenannte Gashebel links. Wozu der Gashebel dienen mochte, war mir unerklärlich. In einer Vertiefung am Handschuhfach eine aufziehbare Uhr. Der hinter der Beifahrertür aus dem Blech ragende Tankdeckel ließ sich einfach abschrauben. Um das Auto abzuschließen, drückte man auf den Knopf am Fahrerfenster, und wenn man ausstieg, hielt man den Drehgriff nach unten und schlug die Tür zu. Wenn man dabei mit den Gedanken woanders war, konnte es passieren, daß man den Schlüssel im Wagen einschloß.

Ich könnte noch lange von diesem Auto erzählen, denn dort habe ich es zum erstenmal mit einem Mädchen getrieben. In diesem zweiten Sommer draußen bei Ira lernte ich die Tochter des Polizeichefs von Zinc Town kennen, und eines Abends lieh ich mir Iras Wagen aus, holte sie ab und fuhr mit ihr in ein Autokino. Sie hieß Sally Spreen, hatte rote Haare und war zwei Jahre älter als ich; sie arbeitete beim Kaufmann und war allgemein als »leicht zu haben« bekannt. Ich fuhr mit Sally Spreen aus New Jersey heraus zu einem Autokino auf der anderen Seite des Delaware in Pennsylvania. Die Lautsprecher wurden damals noch durchs Fenster ins Auto gehängt; gezeigt wurde ein Film mit Abbott und Costello. Laut. Wir kamen sofort zur Sache. Sie war wirklich leicht zu haben. Ein komisches Detail dabei war (falls denn nur ein Detail und nicht das Ganze komisch genannt werden muß), daß mir die Unterhose am linken Fuß hängengeblieben war. Und mein linker Fuß stand auf dem Gaspedal, so daß ich, während ich mit ihr rammelte, den Motor gründlich absaufen ließ. Als ich kam, hatte sich die Unterhose irgendwie mit dem Bremspedal und meinem Knöchel verheddert. Costello schreit: »He, Abbott! He, Abbott!«, die Fenster sind beschlagen, der Motor ist abgesoffen, ihr Vater ist der Polizeichef von Zinc Town, und ich sitze mit einer Fußfessel im Auto fest.

Als ich sie nach Hause fuhr und nicht wußte, was ich sagen oder empfinden sollte oder welche Strafe mich dafür erwartete, daß ich sie zum Zwecke des Geschlechtsverkehrs in einen anderen Bundesstaat gebracht hatte, platzte ich auf einmal mit der Behauptung heraus, die amerikanischen Soldaten hätten nicht das Recht, in Korea zu kämpfen. Ich hielt ihr eine Predigt über General MacArthur, als ob *der* ihr Vater wäre.

Als ich in die Hütte zurückkam, sah Ira von dem Buch auf, das er gerade las. »War sie gut?«

Ich wußte nicht, was ich antworten sollte. Die Frage hatte sich mir selbst noch gar nicht gestellt. »*Jede* wäre gut gewesen«, sagte ich, und dann brachen wir beide in lautes Lachen aus.

Am Morgen stellten wir fest, daß ich am Abend zuvor in meiner beschwingten Stimmung den Schlüssel im Auto eingeschlossen hatte, bevor ich, nun keine Jungfrau mehr, in die Hütte getreten war. Wieder lachte Ira laut auf – ansonsten aber konnte in dieser Woche meines Besuchs nichts seine Heiterkeit erregen.

Ein paarmal lud Ira seinen nächsten Nachbarn, Raymond Svecz, zu uns zum Essen ein. Ray war Junggeselle und wohnte zwei Meilen entfernt am Rand eines verlassenen Steinbruchs in einer höchst urtümlich anmutenden Schlucht, einem gewaltigen, furchterregenden, von Menschenhand geschaffenen Krater, einer zerklüfteten Mondlandschaft, in der ich selbst bei hellem Sonnenschein weiche Knie bekam. Ray lebte dort allein in einem Gebäude, das vor Jahrzehnten den Grubenarbeitern als Werkzeugschuppen gedient hatte, eine so elende menschliche Behausung, wie ich sie noch nie gesehen hatte. Er war im Krieg in deutsche Gefangenschaft geraten und mit »psychischen Problemen«, wie Ira das nannte, nach Hause zurückgekehrt. Ein Jahr später, wieder mit dem Bohrmeißel in der Zinkgrube tätig – in derselben Zinkgrube, in der Ira als Junge mit der Schaufel gearbeitet hatte –, zog er sich bei einem Unfall eine Schädelverletzung zu. Vierhundert Meter unter der Erde brach ein Felsbrocken von der Größe eines Sargs und eine halbe Tonne schwer aus der Stollendecke und schlug unmittelbar neben der Stelle auf, wo er mit dem Bohrer zu Gange war – er wurde zwar nicht getroffen, aber mit dem Gesicht voran zu Boden geschleudert. Ray überlebte, konnte aber nicht mehr unter Tage arbeiten und mußte sich seither ständig von Ärzten am Schädel herumflicken lassen. Da er handwerklich geschickt war, gab Ira ihm alle möglichen Gelegenheitsjobs, ließ ihn das Gemüsebeet jäten und wässern, wenn er nicht da war, oder irgendwelche Dinge in der Hütte reparieren oder anstreichen. Meist aber gab Ira ihm Geld fürs Nichtstun, und wenn er einmal mitbekam, daß Ray sich nicht anständig ernährte, holte er ihn rüber und gab ihm zu essen. Ray sprach fast nie. Ein angenehmer, stets irgendwie benebelt wirkender Bursche, der immer mit dem Kopf nickte (der angeblich nur wenig Ähnlichkeit mit dem Kopf vor dem Unfall hatte), überaus höflich ... und auch wenn er bei uns aß, hörten Iras Attacken auf unsere Feinde niemals auf.

Ich hätte damit rechnen sollen. Ich *hatte* damit gerechnet. Ich hatte dem entgegengesehen. Ich hatte angenommen, daß ich nie genug davon bekommen könnte. Aber ich bekam genug davon. In einer Woche sollte ich das College beziehen, meine Lehrzeit bei Ira war vorbei. Zu Ende gegangen mit einem Tempo, das mir unglaublich schien. Auch diese Unschuld hatte ich verloren. Als ich in die Hütte an der Pickax Hill Road kam, war ich ein bestimmter Mensch, und als ich wieder ging, war ich ein anderer. Wie auch immer die neue treibende Kraft heißen mochte, die sich nun in den Vordergrund drängte, sie war von ganz allein gekommen, ungebeten und unwiderruflich. Das Losreißen von meinem Vater, die harte Probe, auf die meine kindliche Zuneigung durch meine Schwärmerei für Ira gestellt wurde, das alles erlebte ich nun, da ich mich auch von ihm enttäuscht sah, ein zweites Mal.

Selbst als Ira mich zu seinem liebsten Freund in Zinc Town mitnahm − er hieß Horace Bixton und arbeitete mit seinem Sohn Frank als Tierpräparator in zwei Räumen eines teilweise umgebauten Kuhstalls, unweit vom Hof der Bixtons an einem Feldweg gelegen −, fand Ira mit ihm kein anderes Thema als das, worüber er auch mit mir schon pausenlos geredet hatte. Bei unseren Besuchen da draußen im Jahr davor hatte ich begeistert zugehört, nicht Iras Vorträgen über Korea und Kommunismus, sondern Horace und seinen Ausführungen über das Präparieren von Tieren. Deswegen hatte Ira mich überhaupt dahin mitgenommen, damit ich mir Horace und seine Ausführungen über das Präparieren von Tieren anhören konnte. »Mit dem Mann in der Hauptrolle könntest du ein komplettes Hörspiel über Tierausstopferei schreiben, Nathan.« Iras Interesse am Ausstopfen von Tieren war Überbleibsel einer proletarischen Begeisterung nicht so sehr für die Schönheiten der Natur, als vielmehr für das Eingreifen des Menschen in die Natur, in die industrialisierte und ausgebeutete Natur, in die vom Menschen berührte, benutzte, entstellte und, zumindest wenn man das Zentrum des Zinklandes zum Maßstab nahm, zerstörte Natur.

Als ich zum erstenmal die Werkstatt der Bixtons betrat, war ich von dem bizarren Durcheinander in dem kleinen Vorderzimmer schier überwältigt: überall stapelten sich gegerbte Häute; Geweihe mit kleinen Schildchen dran hingen an Drähten von der Decke, Dutzende von Geweihen kreuz und quer durchs ganze Zimmer; ebenfalls an der Decke hingen riesige lackierte Fische, glänzende

Fische mit hochgestellten Rückenflossen, glänzende Fische mit langen Schwertschnäbeln, ein glänzender Fisch, der ein Gesicht wie ein Affe hatte; Tierköpfe – kleine, mittlere, große und übergroße – waren an jedem Quadratzentimeter Wand befestigt; Scharen von Enten, Gänsen, Adlern und Eulen drängten sich auf dem Fußboden, viele mit wie zum Flug ausgebreiteten Flügeln. Dazu Fasane und Truthähne, ein Pelikan, ein Schwan und, versteckt zwischen all den Vögeln, ein Stinktier, ein Rotluchs, ein Kojote und zwei Biber. In verstaubten Glasvitrinen an den Wänden waren die kleineren Vögel untergebracht, Tauben und andere; in vergilbten Naturszenarien nisteten realistisch eingebettet ein kleiner Alligator und zusammengerollte Schlangen, Eidechsen, Schildkröten, Kaninchen und Eichhörnchen und noch viel mehr Nagetiere, Mäuse, Wiesel und anderes häßliches Getier, das ich nicht zu benennen wußte. Und alles war verstaubt, Staub auf Pelzen, Federn, Fellen, überall.

Horace, ein älterer Mann, nicht viel größer als die Flügelspannweite seines Geiers, kam in Overall und Khakimütze aus dem hinteren Zimmer und gab mir die Hand, und als er meine verblüffte Miene bemerkte, lächelte er wie um Verzeihung bittend. »Ja«, sagte er, »bei uns wird nicht viel fortgeworfen.«

»Horace«, sagte Ira und sah von sehr weit oben auf diesen Kobold herab, der, wie er mir erzählt hatte, seinen starken Apfelwein selber machte, sein Fleisch selber räucherte und jeden Vogel an seinem Gesang erkannte, »das ist Nathan, ein junger Autor, der noch zur Highschool geht. Ich habe ihm erzählt, was du mir von einem guten Tierpräparator gesagt hast: einen guten Präparator erkennt man daran, daß er es versteht, die Illusion von Leben zu erwecken. Er sagt: ›Daran kann man auch einen guten Schriftsteller erkennen.‹ Und deshalb habe ich ihn mitgebracht; damit ihr zwei Künstler ein bißchen fachsimpeln könnt.«

»Nun, wir nehmen unsere Arbeit sehr ernst«, teilte Horace mir mit. »Wir machen alles. Fische, Vögel, Säugetiere. Jagdtrophäen. Alle Arten, in allen Stellungen.«

»Erzähl ihm von diesem Tier hier«, sagte Ira lachend und zeigte auf einen riesigen Vogel mit Stelzbeinen, der für mich wie ein Hahn aus einem Alptraum aussah.

»Das ist ein Kasuar«, sagte Horace. »Ein großer Vogel aus Neuguinea. Kann nicht fliegen. Der hier war beim Zirkus. Gehörte zum Zoo eines Wanderzirkus, und als er 38 starb, brachte man ihn mir zum Ausstopfen, aber abgeholt haben sie ihn dann nicht mehr. Das da ist ein Spießbock«, sagte er, um mir sein Handwerk etwas differenzierter darzustellen. »Und das ist ein Coopershabicht im Flug. Der Schädel eines Kaffernbüffels – die obere Schädelhälfte, wie man's in Europa macht. Das Geweih dort stammt von einem Elch. Gewaltig. Ein Gnu – der pelzige Schädel dort...«

Als wir nach einer halbstündigen Safari durch den vorderen Ausstellungsraum in den hinteren Arbeitsraum traten – »die Werkstatt«, sagte Horace –, saß dort Frank, ein etwa vierzigjähriger Mann mit schütterem Haar, ein lebensgroßes Abbild seines Vaters, an einem blutverschmierten Tisch, wo er gerade einen Fuchs mit einem Messer häutete, das, wie wir später erfuhren, Frank selbst aus dem Blatt einer Bügelsäge angefertigt hatte.

»Verschiedene Tiere haben verschiedene Gerüche«, erklärte mir Horace. »Riechst du den Fuchs?«

Ich nickte.

»Tja, der Fuchs hat einen ganz eigenen Duft«, sagte Horace. »Nicht ganz so angenehm, wie man wünschen könnte.«

Frank hatte den rechten Hinterlauf des Fuchses fast vollständig enthäutet, man sah nur noch Fleisch und Knochen. »Der da«, sagte Horace, »wird als Ganzes präpariert. Am Ende wird er ganz lebensecht aussehen.« Der Fuchs, frisch geschossen, sah auch jetzt noch, als er so da lag, ziemlich lebensecht aus, nur als ob er schlafen würde. Wir setzten uns um den Tisch, während Frank mit viel Geschick weiterarbeitete. »Frank hat sehr flinke Finger«, sagte Horace mit väterlichem Stolz. »Viele Leute können Füchse, Bären, Rehe und große Vögel präparieren, aber mein Sohn kann auch Singvögel präparieren.« Franks bestes selbstgemachtes Werkzeug, sagte Horace, sei ein winziger Hirnlöffel für die kleinen Vögel, ein Gerät, das es nirgends auch nur annähernd so zu kaufen gebe. Als Ira und ich schließlich aufstanden, hatte Frank, der taub war und nicht sprechen konnte, den Fuchs komplett enthäutet, so daß er aussah wie eine ausgemergelte rote Leiche etwa von der Größe eines menschlichen Neugeborenen.

»Kann man Fuchsfleisch essen?« fragte Ira.

»Eher nicht«, sagte Horace. »Aber während der Depression haben wir alles mögliche ausprobiert. Damals hatten wir ja alle das gleiche Problem – kein Fleisch. Da haben wir auch Beutelratten gegessen, Waldmurmeltiere, Kaninchen.«

»Und hat das geschmeckt?« fragte Ira.

»Ja, alles hat geschmeckt. Wir hatten ja immer Hunger. Während der Depression hat man alles gegessen, was man kriegen konnte. Wir haben sogar Krähen gegessen.«

»Wie schmecken die denn?«

»Na ja, das Dumme an Krähen ist, daß man nicht weiß, wie alt diese blöden Viecher sind. Einmal hatten wir eine, die war zäh wie Schuhleder. Manche Krähen konnte man höchstens zu Suppe verarbeiten. Eichhörnchen haben wir auch gegessen.«

»Wie bereitet man denn Eichhörnchen zu?«

»In einem schwarzen gußeisernen Topf. Mein Frau hat Eichhörnchen mit der Falle gefangen. Hat sie abgehäutet, und wenn sie drei Stück zusammenhatte, hat sie sie in den Topf getan und gekocht. Man kann sie essen wie Hühnerbeine.«

»Ich muß mal mein Frauchen mitbringen«, sagte Ira, »damit sie sich von dir das Rezept geben lassen kann.«

»Einmal hat meine Frau versucht, mir Waschbär vorzusetzen. Aber ich hab's gemerkt. Sie hat behauptet, es sei Schwarzbär.« Horace lachte. »Sie war eine gute Köchin. Sie ist am Groundhog Day gestorben. Vor sieben Jahren.«

»Und wann hast du damit angefangen, Horace?« Ira zeigte über Horaces Khakimütze hinweg auf den Kopf eines Wildebers an der Wand; er hing dort zwischen Regalen voller Drahtgestelle, die teilweise schon mit gipsgetränktem Sackleinen bezogen waren; später würden dann die Tierhäute darüber gespannt und so hergerichtet und zusammengenäht, daß sie die Illusion von Leben erweckten. Der Eber sah verdammt echt aus, geradezu beeindruckend, schwärzlich mit brauner Kehle und hübschen hellen Flecken zwischen den Augen und am Unterkiefer, und seine Schnauze war so groß und schwarz und hart wie ein nasser schwarzer Stein. Sein Maul stand bedrohlich offen, so daß man die imposanten Hauer sah und ihm tief in den rauhen fleischfressenden Rachen blicken konnte. Der Eber weckte tatsächlich die Illusion von Leben; dies tat freilich bis jetzt auch Franks Fuchs, dessen Gestank mir fast unerträglich war.

»Der Eber sieht ganz schön echt aus«, sagte Ira.

»Oh, der *ist* echt. Nur die Zunge nicht. Die Zunge ist nachgemacht. Der Jäger wollte die echten Zähne. Normalerweise nehmen wir falsche, weil die echten nach und nach kaputtgehen. Werden irgendwie spröde und zerbröckeln. Aber er wollte die echten Zähne, und da haben wir sie ihm eingesetzt.«

»Wie lange habt ihr dafür gebraucht, von Anfang bis Ende?«

»Ungefähr drei Tage, zwanzig Stunden.«

»Und wieviel bekommt ihr für den Eber?«

»Siebzig Dollar.«

»Kommt mir reichlich billig vor«, sagte Ira.

»Du bist halt an die Preise in New York gewöhnt«, meinte Horace.

»Habt ihr den ganzen Eber bekommen oder nur den Kopf?«

»Normalerweise bekommt man nur den kompletten Schädel, wie er am Nacken abgetrennt wurde. Gelegentlich kriegt man aber auch mal ein ganzes Tier, einen Bären, einen Schwarzbären – ich habe mal einen Tiger präpariert.«

»Einen Tiger? Wirklich? Davon hast du mir nie erzählt.« Ira drängte Horace natürlich vor allem zum Reden, damit ich als angehender Schriftsteller etwas lernen konnte, aber ich spürte, daß auch er selbst gern dieser kleinen, hohen, munteren Stimme lauschte, die sich anhörte, als sei sie aus einem Stück Holz geschnitzt. »Wo ist dieser Tiger denn geschossen worden?« fragte Ira.

»Der Besitzer hatte mehrere davon als Haustiere. Einer ist gestorben. Die Felle sind ziemlich wertvoll, und aus dem hier wollte er einen Bettvorleger machen. Er hat uns angerufen und das Tier auf eine Trage gelegt, und Frank hat es ins Auto geladen und hergebracht, das ganze Tier. Weil sie nicht wußten, wie sie es häuten sollten und so weiter.«

»Und hast du gewußt, wie man einen Tiger präpariert, oder hast du in einem Buch nachschlagen müssen?«

»In einem Buch, Ira? Nein, Ira, ich brauch keine Bücher. Wenn man das erst mal eine Zeitlang gemacht hat, kommt man praktisch mit jedem Tier zurecht.«

Ira wandte sich an mich. »Hast du irgendwelche Fragen, die Horace dir beantworten soll? Möchtest du irgend etwas für die Schule wissen?«

Ich war schon glücklich und zufrieden, nur den beiden zu-zuhören. Und daher sagte ich leise: »Nein.«

»Hat es Spaß gemacht, den Tiger zu häuten, Horace?« fragte Ira.

»Ja. Das war schön. Ich habe jemand angeheuert, der mich dabei gefilmt hat, der den ganzen Prozeß gefilmt hat, und beim näch-sten Thanksgiving habe ich den Film dann vorgeführt.«

»Vor oder nach dem Essen?« fragte Ira.

Horace lächelte. Obwohl ich an der Tätigkeit des Tierpräpara-tors nichts Komisches zu finden vermochte, besaß der Präparator selbst eine gute Portion amerikanischen Sinns für Humor. »Na ja, an Thanksgiving ißt man schließlich den ganzen Tag, oder? Die-sen Tag hat keiner von uns vergessen. In einer Präparatorenfamilie ist man so was ja gewohnt, aber man kann immer noch mit irgendeiner Überraschung aufwarten.«

Und so ging es weiter, eine liebenswürdige, ruhige, leicht iro-nische Unterhaltung, die damit endete, daß Horace mir eine Hirschzehe schenkte. Ira war die ganze Zeit so heiter und unbe-schwert, wie ich ihn selten vorher erlebt hatte. Abgesehen davon, daß mir von dem Fuchsgestank schlecht geworden war, konnte ich mich nicht erinnern, mich in Iras Gesellschaft jemals so wohl gefühlt zu haben. Auch hatte ich ihn noch nie so ernst bei einem Gespräch erlebt, das weder Weltangelegenheiten noch amerikani-sche Politik, noch die Schwächen der Menschheit zum Inhalt hatte. Wie man Krähen zubereitete, wie man einen Tiger zum Bettvor-leger machte, wieviel man außerhalb von New York für das Aus-stopfen eines Ebers zu zahlen hatte, das waren Themen, die ihm die Freiheit gaben, so ausgeglichen und friedfertig zu sein, daß er kaum wiederzuerkennen war.

Das gutmütige Miteinander dieser beiden Männer (zumal wäh-rend gleichzeitig direkt vor ihrer Nase einem prächtigen Tier das schöne Fell über die Ohren gezogen wurde) hatte für mich einen solchen Reiz, daß ich mich hinterher fragen mußte, ob dieser

Mensch da, der sich unterhalten konnte, ohne gleich in Rage zu geraten und wie der andere Ira ständig aus der Haut zu fahren, nicht vielleicht der echte, wenn auch unsichtbare, verborgene Ira sei, und jener andere, der aufbrausende Radikale, nur etwas Aufgesetztes, etwas Nachgeahmtes wie sein Lincoln oder die Zunge des Ebers. Der Respekt und die Zuneigung, die er Horace Bixton bekundete, legten selbst mir, einem Kind, den Gedanken nahe, daß es eine sehr einfache, von einfachen Menschen und einfachen Freuden erfüllte Welt geben mochte, in die Ira da eingetaucht war, in der alle seine pulsierenden Leidenschaften, in der alles, was ihn gegen die Attacken der Gesellschaft wappnete (und zwar wenig tauglich wappnete), gewissermaßen umgestaltet oder gar befriedet war. Wer weiß, mit einem Sohn wie Frank, auf dessen flinke Finger er stolz sein könnte, mit einer Frau, die Eichhörnchen fing und zubereitete – wenn er sich dergleichen Naheliegendes zu eigen gemacht hätte, wenn er seinen starken Apfelwein selber hergestellt und sein Fleisch selber geräuchert hätte, wenn er in Overall und Khakimütze herumgelaufen wäre und dem Gesang der Singvögel gelauscht hätte ... aber andererseits vielleicht auch nicht. Wie Horace ein Leben ohne einen großen Feind zu führen, das hätte Ira vielleicht noch weniger akzeptieren können als alles andere.

Als wir Horace im zweiten Jahr besuchten, wurde nicht gelacht, und Ira allein führte das Wort.

Während Frank einen Hirschkopf häutete – »Hirschköpfe«, sagte Horace, »kann Frank mit geschlossenen Augen« –, saß Horace gebückt am anderen Ende des Arbeitstischs und »präparierte Schädel«. Vor ihm ausgebreitet lag eine Sammlung sehr kleiner Schädel, die er mit Draht und Leim reparierte. Die Biologielehrer einer Schule drüben in Easton brauchten ein Sortiment Schädel von kleinen Säugetieren, und sie wußten, Horace konnte ihren Wunsch erfüllen: »Weil ich nämlich nie etwas fortwerfe«, sagte er zu mir, die zierlichen Knöchelchen angrinsend, die da vor ihm lagen.

»Horace«, sagte Ira, »kann irgendein amerikanischer Bürger, der noch halbwegs bei Verstand ist, allen Ernstes glauben, daß die kommunistischen Truppen Nord-Koreas sechstausend Meilen weit auf Schiffen hergefahren kommen und die Vereinigten Staaten erobern werden? Kannst du das glauben?«

Ohne von dem Schädel einer Bisamratte aufzusehen, deren lose Zähne er mit Leim im Kiefer befestigte, schüttelte Horace langsam den Kopf.

»Aber genau das behaupten diese Leute«, erklärte Ira. »›Wir müssen uns vor der kommunistischen Bedrohung hüten – die werden unser Land übernehmen.‹ Dieser Truman will den Republikanern seine Macht demonstrieren – darum geht es ihm. Darum geht es bei dieser ganzen Sache. Eine Machtdemonstration auf Kosten unschuldiger Koreaner. Wir marschieren da ein, bloß um diesen faschistischen Schweinehund Syngman Rhee zu stützen. Wir bombardieren diese Hurensöhne, verstehst du? Der erhabene Präsident Truman. Der erhabene General MacArthur.«

Und unfähig, mich von dem endlosen Wortschwall, der Iras Haupttext war, nicht angeödet zu fühlen, dachte ich gehässig: Frank weiß gar nicht, was für ein Glück er hat, daß er taub ist. Diese Bisamratte weiß gar nicht, was für ein Glück sie hat, daß sie tot ist. Dieser Hirsch ... Und so weiter.

Das gleiche geschah – Syngman Rhee, der erhabene Präsident Truman, der erhabene General MacArthur –, als wir eines Vormittags zu der Abraumhalde draußen am Highway fuhren, um Tommy Minarek guten Tag zu sagen. Tommy, ein kräftiger, derber Slowake, hatte in den Zinkgruben gearbeitet, als Ira 1929 nach Zinc Town gekommen war, und sich damals wie ein Vater um Ira gekümmert. Jetzt kümmerte er sich in Gemeindediensten um die Halde – die einzige Touristenattraktion der Gegend –, die außer von ernsthaften Mineraliensammlern gelegentlich auch von Familien besucht wurde; die Kinder stöberten gern in dem gewaltigen Steinhaufen nach einzelnen Brocken, die sie zu Hause dann unter ultraviolettem Licht betrachteten. In diesem Licht, so erklärte mir Tommy, »fluoreszieren« die Mineralien – das heißt, sie leuchten rot, orange, lila, senfgelb, blau, cremefarben und grün; manche sehen aus wie aus schwarzem Samt.

Tommy saß auf dem großen flachen Felsstück am Eingang zur Halde, bei jedem Wetter ohne Hut, ein gutaussehender alter Mann mit breitem, kantigem Gesicht, weißem Haar, haselnußbraunen Augen und noch vollständigen Zähnen. Von Erwachsenen nahm er einen Vierteldollar Eintritt; die Kinder, die offiziell zehn Cent zu zahlen hatten, ließ er immer umsonst hinein. »Die Leute kommen aus der ganzen Welt hierher«, erzählte er mir. »Manche kommen seit Jahren jeden Samstag und Sonntag, sogar im Winter. Für bestimmte Leute mache ich Feuer, und dafür geben sie mir ein paar Dollar. Die kommen jeden Samstag oder Sonntag, bei Regen oder Sonnenschein.«

Auf der Motorhaube seiner alten Klapperkiste, die gleich neben dem Felsen stand, auf dem er saß, hatte Tommy auf einem Handtuch Proben von Mineralien aus seiner eigenen Sammlung zum Verkauf ausgebreitet, große Stücke, die bis zu fünf oder sechs Dollar kosteten, Gurkengläser mit kleineren Steinen für einen Dollar fünfzig und kleine braune Papiertüten mit diversem Kleinmaterial, die er für fünfzig Cent verkaufte. Die teureren Exemplare, zu fünfzehn, zwanzig, fünfundzwanzig Dollar, bewahrte er im Kofferraum des Wagens auf.

»Da hinten drin«, erklärte er mir, »habe ich die wertvolleren Sachen. Die kann ich nicht draußen liegenlassen. Manchmal gehe ich rüber zu Garys Werkstatt, auf die Toilette oder so, und wenn das Zeug dann hier so offen rumliegt... letzten Herbst hatte ich zwei schöne Exemplare hinten im Kofferraum; kommt so ein Typ, deckt das Ding mit einem schwarzen Tuch ab, sucht mit einer Taschenlampe drin rum und klaut mir die beiden Steine, Stückpreis fünfzig Dollar.«

Im Jahr davor hatte ich mit Tommy allein vor der Halde gesessen; ich hatte zugesehen, wie er mit den Touristen und Sammlern handelte, und mir seine Verkaufssprüche angehört (später hatte ich dieses Erlebnis zu einem Hörspiel mit dem Titel *Der alte Bergarbeiter* verarbeitet). Das war am Morgen nach dem Tag, an dem er bei uns in der Hütte einen Hot dog gegessen hatte. Während meines ganzen Besuchs bei ihm in der Hütte versuchte Ira ständig an mir herumzuziehen, und Tommy hatte er gewissermaßen als Gastdozenten eingeladen, er sollte mich über das Elend der Bergarbeiter vor dem Auftreten der Gewerkschaft aufklären.

»Erzähl Nathan von deinem Vater, Tom. Erzähl ihm, was deinem Vater zugestoßen ist.«

»Die Arbeit in der Mine hat meinen Vater umgebracht. Er und ein anderer sind in einen Aufbruch eingestiegen, ein senkrecht nach oben getriebenes Loch, in dem normalerweise zwei andere Kumpels täglich arbeiteten; nur an diesem Tag sind sie nicht gekommen. Der Schacht ging ziemlich weit nach oben, über dreißig Meter. Der Boss hat meinen Vater da raufgeschickt, zusammen mit einem anderen, einem jungen, kräftigen Burschen – was für ein prachtvoll gebauter Junge! Im Krankenhaus habe ich ihn gesehen, er brauchte nicht mal im Bett zu liegen. Aber mein Vater lag im Bett und konnte sich nicht bewegen. Hat sich kein einziges Mal bewegt. Als ich am zweiten Tag da hinkomme, steht der andere mit irgendwem auf dem Gang und macht Witze. Und mein Vater lag immer noch im Bett.«

Tommy wurde 1880 geboren und fing 1902 im Bergwerk an. »Am vierundzwanzigsten Mai«, erzählte er mir, »1902. Das war ungefähr die Zeit, als Thomas Edison, der berühmte Erfinder, hier war und seine Experimente gemacht hat.« Obwohl Tommy trotz der langjährigen Arbeit unter Tage noch immer den Eindruck eines kräftigen, ungebeugten Menschen machte, dem man seine siebzig Jahre kaum anmerkte, mußte er doch selbst zugeben, daß er jetzt nicht mehr so auf dem Posten war wie früher, und jedesmal wenn er in seiner Erzählung durcheinandergeriet oder steckenblieb, mußte Ira ihm wieder auf die Sprünge helfen. »Ich kann nicht mehr so schnell denken«, erklärte uns Tommy. »Ich muß immer wieder zum Anfang zurück, zum Abc sozusagen, und dann versuchen reinzukommen. Irgendwo reinzukommen. Ich bin nicht auf den Kopf gefallen, aber früher war ich noch besser beisammen.«

»Wie war das mit dem Unfall?« fragte Ira. »Was ist mit deinem Vater passiert? Erzähl Nathan, was ihm zugestoßen ist.«

»Der Schacht ist eingebrochen. Also, wir setzen oben in dieses ein mal ein Meter große Loch einen Stützbalken ein, in einem bestimmten Winkel – der Balken sitzt schon, aber wir müssen ihn noch mal mit der Picke rausholen und ein bißchen abschrägen; ich verkeile das Ding und schneide es zu. Einmal vorne und einmal hinten. Und dann legen wir eine zweizöllige Planke drüber.«

233

Ira unterbrach ihn, damit er endlich zur Sache käme. »Und was ist dann passiert? Erzähl ihm, wie dein Vater gestorben ist.«

»Der Schacht ist eingestürzt. Die Vibration war schuld. Die Maschine und alles kam runter. Über dreißig Meter. Er hat sich nie mehr davon erholt. Sämtliche Knochen gebrochen. Etwa ein Jahr danach ist er gestorben. Wir hatten so einen altmodischen Ofen, da hat er immer seine Füße reingesteckt, weil ihm so kalt war. Aber das hat auch nicht geholfen.«

»Gab es damals irgendwelche Entschädigungen bei Betriebsunfällen? Du mußt fragen, Nathan, du mußt die Fragen stellen. Das mußt du tun, wenn du Schriftsteller werden willst. Sei nicht so schüchtern. Frag Tommy, ob er damals eine Entschädigung bekommen hat.«

Aber ich *war* schüchtern. Der Mann, der da neben mir saß und Hot dogs aß, war ein echter Bergarbeiter, der dreißig Jahre in den Zinkgruben gearbeitet hatte. Ich hätte nicht schüchterner sein können, wenn da nicht Tommy Minarek, sondern Albert Einstein neben mir gesessen hätte. »Und?« fragte ich.

»Ob er was bekommen hat? Von der Gesellschaft? Nicht einen Cent hat er bekommen«, sagte Tommy verbittert. »Die Gesellschaft und die Bosse haben nichts als Ärger gemacht. Den Bossen waren die Zustände in ihrem Laden anscheinend völlig egal. Verstehst du? Die haben sich um nichts gekümmert, obwohl es doch ihre tagtägliche Arbeit war. Also wenn ich der Boss gewesen wäre, ich hätte die Bretter über den Schächten regelmäßig kontrolliert, schließlich mußten die Männer da rübergehen. Ich weiß nicht, wie tief diese Schächte sind, aber da sind manche Männer zu Tode gekommen, wenn sie über diese Bretter gegangen sind und dann ein Brett eingebrochen ist. Die haben sich nie darum gekümmert, diese verdammten Bretter zu kontrollieren. Niemals.«

»Gab es damals eine Gewerkschaft?« fragte ich.

»Nein, wir hatten keine Gewerkschaft. Mein Vater hat nie einen Cent bekommen.«

Ich überlegte krampfhaft, was mich als Schriftsteller sonst noch interessieren könnte. »Gab es denn damals noch nicht die große Bergarbeitergewerkschaft?« fragte ich.

»Die kam erst später. In den vierziger Jahren. Aber da war es schon zu spät«, sagte er, wieder mit Empörung in der Stimme. »Da war er längst tot, ich aus dem Dienst ausgeschieden – und so viel konnte die Gewerkschaft sowieso nicht machen. Wie denn auch? Unser Ortsvorsitzender war ein guter Mann – aber was hätte er als einzelner schon ausrichten können? Mit dem bißchen Einfluß, das so einer hatte, war nichts zu erreichen. Ein paar Jahre früher hatten wir einen, der hat versucht, uns zu organisieren. Eines Tages geht er aus seinem Haus, um Wasser zu holen, an einer Quelle, nicht weit weg. Er ist nie zurückgekommen. Kein Mensch hat je mehr was von ihm gehört. Hat nur versucht, die Gewerkschaft zu organisieren.«

»Frag ihn nach der Gesellschaft, Nathan.«

»Die Gesellschaft hatte einen eigenen Laden«, sagte Tommy. »Da haben die Männer einen leeren Zettel bekommen.«

»Erklär ihm, Tom, was ein leerer Lohnzettel ist.«

»Die Arbeiter bekamen keinen Lohn. Das ganze Geld hat der Laden bekommen. Die leeren Lohnzettel habe ich selbst gesehen.«

»Die Besitzer haben viel Geld gemacht?« fragte Ira.

»Der Direktor der Zinkgesellschaft, der Oberboss, der hatte eine riesige Villa, da drüben, ganz allein auf diesem Hügel. Ein riesengroßes Haus. Als er gestorben war, habe ich gehört, wie einer seiner Freunde sagte, er hätte neuneinhalb Millionen Dollar. Nur für sich.«

»Und wieviel hast du am Anfang bekommen?« fragte Ira.

»Zweiunddreißig Cent die Stunde. Angefangen habe ich im Kesselhaus. Da war ich einundzwanzig. Später habe ich unter Tage gearbeitet. Mein höchster Stundenlohn war neunzig Cent, da war ich selbst so was wie ein Boss. Eine Art Vorarbeiter. Direkt unter dem Boss. Hatte die ganze Verantwortung.«

»Rente?«

»Kein bißchen. Mein Schwiegervater hat Rente bekommen. Acht Dollar. Nachdem er über dreißig Jahre gearbeitet hatte. Acht Dollar im Monat, das war alles. Ich selbst habe nie eine Rente bekommen.«

»Erzähl Nathan, wie ihr da unten gegessen habt.«

»Wir mußten unter Tage essen.«

»Alle?« fragte Ira.

»Die Bosse waren die einzigen, die um zwölf Uhr nach oben fahren und in ihrem Waschraum essen durften. Alle anderen mußten unter Tage essen.«

Am nächsten Morgen fuhr Ira mit mir zu der Abraumhalde und setzte mich dort ab; er wollte, daß ich mich bei Tommy selbständig und möglichst umfassend über die schlimmen Konsequenzen des Profitstrebens informierte, wie sie in Zinc Town zutage getreten waren. »Hier hast du meinen Jungen, Tom. Tom ist ein guter Mensch und ein guter Lehrer, Nathan.«

»Ich versuche der Beste zu sein«, sagte Tommy.

»Damals unter Tage ist er mein Lehrer gewesen. Stimmt's, Tom?«

»Du sagst es, Gil.«

Tommy nannte Ira Gil. Als ich ihn an diesem Morgen beim Frühstück gefragt hatte, warum Tommy ihn Gil nenne, hatte Ira lachend geantwortet: »So haben mich alle da unten genannt. Gil. Warum, weiß ich auch nicht. Irgendwer hat eines Tages damit angefangen, und dann ist es dabei geblieben. Die Mexikaner, die Russen, die Slowaken, alle haben mich Gil genannt.«

1997 erfuhr ich von Murray, daß Ira mir nicht die Wahrheit gesagt hatte. Man hatte ihn Gil genannt, weil er selbst sich in Zinc Town Gil genannt hatte. Gil Stephens.

»Als ich Gil den Umgang mit Sprengstoff beigebracht habe, war er fast noch ein Kind. Ich selbst war da inzwischen Vorarbeiter, war für die Bohrungen und die ganzen Vorbereitungen zuständig, die Sprengladungen, die Balken und so weiter. Ich habe Gil beigebracht, wie man Bohrlöcher macht, wie man die Dynamitstangen da reinschiebt und wie dann der Zünddraht daran befestigt wird.«

»Ich fahre jetzt, Tom. Nachher hole ich ihn wieder ab. Erzähl ihm von dem Sprengstoff. Bring dieser Großstadtpflanze mal was bei, Minarek. Erzähl Nathan vom Geruch des Sprengstoffs und was der in den Eingeweiden eines Menschen anrichtet.«

Ira fuhr los, und Tommy sagte: »Der Geruch? Daran muß man sich gewöhnen. Mich hat's einmal schlimm erwischt. Da habe ich taubes Gestein von einem Pfeiler weggeräumt, nein, nicht von einem Pfeiler, von einer Einfahrt, ein mal ein Meter. Wir hatten gebohrt und gesprengt und es dann die ganze Nacht lang gewässert, dieses taube Gestein, so nennt man das, und am nächsten Tag hat es gestunken wie die Pest. Und ich mußte da rein. Hat mich ziemlich mitgenommen. Wie schlecht mir da immer gewesen ist. Nicht so schlecht wie manchen anderen, aber ganz schön schlecht.«

Es war Sommer, schon um neun Uhr morgens war es sehr warm, aber selbst dort draußen bei der häßlichen Abraumhalde und der großen Werkhalle drüben auf der anderen Straßenseite, wo es die nicht allzu hygienische Toilette gab, die Tommy benutzte, strahlte der Himmel in einem klaren Blau, und bald fuhren die ersten Familien vor, um sich die Halde anzusehen. Ein Mann steckte den Kopf aus dem Autofenster und fragte mich: »Sind wir hier richtig, können die Kinder hier rein und Steine sammeln?«

»Klar doch«, sagte ich statt »Ja«.

»Sie haben Kinder dabei?« fragte Tommy.

Er zeigte auf die zwei auf dem Rücksitz.

»Da sind Sie hier richtig, Sir«, sagte Tommy. »Gehen Sie rein, und sehen Sie sich um. Und wenn Sie wieder rauskommen, können Sie für einen halben Dollar so eine Tüte hier mit Steinen erwerben; das Geld geht an einen Bergarbeiter, der hier dreißig Jahre gearbeitet hat. Die Steine werden den Kindern gefallen.«

Eine ältere Frau fuhr mit einem Auto voller Kinder vor, wahrscheinlich waren es ihre Enkel; als sie ausstieg, begrüßte Tommy sie höflich. »Meine Dame, wenn Sie nachher zum Abschied eine schöne Tüte mit Steinen für die Kinderchen mitnehmen wollen, beehren Sie mich bitte. Fünfzig Cent die Tüte; das Geld geht an einen Bergarbeiter, der hier dreißig Jahre gearbeitet hat. Die Steine werden den Kindern gefallen. Sie fluoreszieren sehr schön.«

So langsam kam ich dahinter – ich entwickelte einen Sinn für die *erfreuliche* Seite des Profitstrebens, wie es in Zinc Town zutage trat –, und ich sagte zu ihr: »Das Zeug ist wirklich gut, meine Dame.«

»Ich bin der einzige«, erklärte er ihr, »der diese Tüten zusammenstellt. Die Steine sind aus der guten Mine. Die andere ist völlig anders. Ich tu da keinen Schrott rein. Das sind richtig gute

Steine. Wenn Sie die unters Licht legen, werden Sie Ihre Freude daran haben. Die Steine da drin sind ausschließlich aus dieser Mine, von nirgendwo sonst auf der Welt.«

»Sie laufen ohne Hut in der Sonne herum«, sagte sie zu Tommy. »Ist Ihnen das nicht zu heiß?«

»Das mache ich schon seit vielen Jahren«, antwortete er. »Sehen Sie die Steine auf meinem Wagen? Die fluoreszieren in verschiedenen Farben. Sehen häßlich aus, aber unterm Licht sind sie sehr schön, haben verschiedene Einschlüsse. Da ist alles mögliche drin.«

»Der Typ hier« – ich sagte tatsächlich »Typ«, nicht »Mann« – »kennt sich wirklich mit Steinen aus. Dreißig Jahre im Berg gearbeitet«, sagte ich.

Dann fuhr ein Pärchen vor, das deutlicher als alle anderen Touristen aus der Stadt zu kommen schien. Kaum waren sie ausgestiegen, machten sie sich über Tommys teurere Stücke auf der Motorhaube seines Wagens her und besprachen sich leise miteinander. Tommy flüsterte mir zu: »Die stellen sich sehr ungeschickt an, wenn Sie meine Steine haben wollen. Ich hab eine Sammlung, da kommt niemand ran. Das hier ist das außerordentlichste Mineralienlager auf diesem Planeten – und ich habe mir das Beste davon rausgesucht.«

Und sogleich legte ich los: »Der Mann hier hat nur das Beste im Angebot. Das sind ganz wunderbare Steine. Wunderbare Steine.« Schließlich kauften sie vier Exemplare für insgesamt fünfundfünfzig Dollar, und ich dachte: Ich helfe. Ich helfe einem echten Bergarbeiter.

»Wenn Sie noch mehr Mineralien kaufen wollen«, sagte ich, als sie mit ihrem Erwerb wieder ins Auto stiegen, »kommen Sie hierher. Das hier ist das außerordentlichste Mineralienlager auf diesem Planeten.«

Ich amüsierte mich prächtig, bis um die Mittagszeit Brownie auftauchte und damit selbst mir die alberne Aufdringlichkeit der Rolle, die ich da so begeistert spielte, zu Bewußtsein kam.

Brownie – Lloyd Brown – war ein paar Jahre älter als ich, ein dünner Bursche mit Bürstenschnitt und spitzer Nase, eine blasse und äußerst harmlos wirkende Erscheinung, zumal in der weißen

Krämerschürze über dem sauberen weißen Hemd, der schwarzen Ansteckfliege und der frisch gewaschenen Arbeitshose. Er war offensichtlich ein sehr einfach gestrickter Typ, und sein Verdruß, als er mich neben Tommy erblickte, stand ihm deutlich und erbärmlich ins Gesicht geschrieben. Verglichen mit Brownie kam ich mir vor wie jemand, der ein überaus reiches und abenteuerliches Leben führte, auch wenn ich nur still neben Tommy Minarek saß; verglichen mit Brownie *war* ich jemand.

Aber wenn ihn etwas an meiner Kompliziertheit verstörte, so verstörte mich auch etwas an seiner Einfachheit. Ich machte alles zu einem Abenteuer, suchte mich ständig zu verändern, während Brownie nur in harten Notwendigkeiten lebte und von allen möglichen Zwängen so geformt und gebändigt war, daß er nichts anderes als seine eigene Rolle spielen konnte. Er kannte keinerlei Sehnsucht, die außerhalb von Zinc Town zu Hause war. Die einzigen Gedanken, die er jemals denken wollte, waren die, die alle anderen in Zinc Town dachten. Er hatte nur den Wunsch, daß sich das Leben ständig wiederholte, und ich wollte ausbrechen. Ich kam mir vor wie eine Mißgeburt, weil ich anders sein wollte als Brownie – vielleicht zum erstenmal, aber sicher nicht zum letztenmal. Wie das wohl wäre, wenn dieser Wunsch auszubrechen aus meinem Leben verschwinden würde? Wie das wohl wäre, so zu sein wie Brownie? Lag nicht genau darin die eigentliche Faszination der »Leute«? *Wie wäre das wohl, so zu sein wie sie?*

»Du bist beschäftigt, Tom? Ich kann auch morgen kommen.«

»Bleib doch«, sagte Tommy zu dem Jungen. »Setz dich, Brownie.«

Respektvoll sagte Brownie zu mir: »Ich komme bloß jeden Tag in der Mittagspause hierher und spreche mit ihm über Steine.«

»Setz dich, Brownie, mein Junge. Was hast du mitgebracht?«

Brownie legte Tommy einen abgewetzten Tornister vor die Füße und holte einige Steine heraus, etwa so groß wie die, die Tommy auf der Motorhaube seines Wagens ausgebreitet hatte.

»Schwarzer Willemit, oder?« fragte Tommy.

»Nein, das ist Hämatit.«

»Ich fand auch, daß es für Willemit ziemlich komisch aussieht. Und das hier?« fragte er. »Hendricksit?«

»Richtig. Ein bißchen Willemit. Und etwas Kalkspat ist auch dabei.«

»Fünf Dollar? Oder ist das zuviel?« fragte Brownie.

»Könnte schon einen Abnehmer finden«, sagte Tommy.

»Du bist auch in diesem Geschäft?« fragte ich Brownie.

»Das war die Sammlung meines Vaters. Hat in der Fabrik gearbeitet. Ist ums Leben gekommen. Ich verkaufe die Sachen, damit ich heiraten kann.«

»Ein hübsches Mädchen«, erklärte mir Tommy. »Und ein sehr nettes Mädchen. Ganz reizend. Eine Slowakin. Die Tochter der Musco. Nett, anständig, sauber, ein Mädchen, das seinen Kopf zu gebrauchen weiß. Mädchen wie sie gibt es gar nicht mehr. Er wird mit Mary Musco sein ganzes Leben verbringen. Ich habe Brownie gesagt: ›Sei nur gut zu ihr, dann wird sie auch gut zu dir sein.‹ Ich hatte auch so eine Frau. Eine Slowakin. Die beste Frau der Welt. Keine in der Welt kann sie ersetzen.«

Brownie hob den nächsten Stein hoch. »Bustamit. Was ist sonst noch drin?«

»Ja, das ist Bustamit.«

»Da sitzt ein kleines Willemitkristall drauf.«

»Richtig. Da sitzt noch ein kleines Willemitkristall mit drauf.«

Das ging noch fast eine Stunde so weiter, dann packte Brownie die Steine wieder in den Tornister, um in den Laden zu gehen, wo er als Verkäufer arbeitete.

»Eines Tages wird er meinen Platz in Zinc Town übernehmen«, sagte Tommy zu mir.

»Ach, ich weiß nicht«, sagte Brownie. »Ich werde nie soviel wissen wie Sie.«

»Du mußt es aber trotzdem machen.« Plötzlich sprach Tommy wie im Fieber, seine Stimme klang beinahe panisch. »Ich möchte, daß jemand aus Zinc Town meinen Platz hier übernimmt. Es muß einer aus Zinc Town sein! Nur deswegen bringe ich dir doch soviel bei, soviel ich kann. Damit du es zu etwas bringen kannst. Du bist der einzige, der ein Recht darauf hat. Du bist aus Zinc Town. Ich will keinen anderen, der von außerhalb kommt, hier einarbeiten.«

»Als ich vor drei Jahren angefangen habe, in der Mittagspause

240

hierherzukommen, hatte ich von nichts eine Ahnung. Und er hat mir so viel beigebracht. Stimmt's, Tommy? Heute war ich ziemlich gut. Tommy kann einem die Mine nennen, aus der irgendein Stein kommt«, sagte Brownie zu mir. »Er kann einem die Stelle in der Mine nennen, wo irgendwas herkommt. Welche Schicht, wie tief. Er sagt: ›Man muß die Steine in die Hand nehmen.‹ Stimmt's?«

»Stimmt. Man muß die Steine in die Hand nehmen. Man muß diese Mineralien anfassen. Man muß die verschiedenen Gänge gesehen haben, in denen sie vorkommen. Wenn man das nicht lernt, wird man sich nie mit den Mineralien von Zinc Town auskennen. Er kennt sich jetzt aus, er kann jetzt sagen, ob irgendein Stein aus der anderen Mine stammt oder aus meiner.«

»Das hat er mir beigebracht«, sagte Brownie. »Am Anfang habe ich nicht unterscheiden können, aus welcher Mine was kommt. Jetzt kann ich das.«

»Eines Tages also«, sagte ich, »wirst du hier draußen sitzen.«

»Das hoffe ich. Der Stein hier zum Beispiel, der kommt aus dieser Mine, stimmt's, Tom? Und der hier auch, oder?«

Da ich in einem Jahr mit einem Stipendium die Universität von Chicago zu beziehen hoffte, und da ich nach Chicago der Norman Corwin meiner Generation zu werden hoffte, da mir alle Wege offenstanden und Brownie keinen Weg vor sich hatte – vor allem aber, weil Brownies Vater in der Fabrik ums Leben gekommen war und mein eigener noch lebte und sich in Newark um mich kümmerte –, sprach ich jetzt noch fieberhafter als vorhin Tommy zu diesem beschürzten Ladenschwengel, dessen Lebensziel es war, Mary Musco zu heiraten und Tommys Platz auszufüllen: »He, du bist gut! Das ist richtig gut!«

»Und warum?« sagte Tom. »Weil er hier bei mir gelernt hat.«

»Das habe ich von diesem Mann gelernt«, erklärte Brownie mir stolz.

»Ich möchte, daß er als nächster hier meinen Platz einnimmt.«

»Da rollt Kundschaft an, Tom. Ich muß jetzt los«, sagte Brownie. »War nett, dich kennenzulernen«, sagte er zu mir.

»Ganz meinerseits«, antwortete ich, als wäre ich der ältere und er das Kind. »Wenn ich in zehn Jahren wieder mal herkomme«, sagte ich, »sehen wir uns wieder.«

»O ja«, sagte Tom, »dann wird *er* hier sitzen.«

»Nein, nein«, rief Brownie zurück und lachte zum erstenmal unbekümmert, während er schon zu Fuß den Highway hinunterlief. »Dann ist Tommy immer noch da. Stimmt's, Tom?«

»Warten wir's ab.«

Tatsächlich war es Ira, der zehn Jahre später dort draußen saß. Tommy hatte auch Ira ausgebildet, nachdem Ira, auf der schwarzen Liste und beim Rundfunk rausgeflogen, allein in seiner Hütte hauste und dringend eine Einkommensquelle benötigte. Hier war Ira tot umgefallen. Hier war ihm die Aorta geplatzt, als er auf Tommys flachem Felsstück saß und Mineralien an Touristen und ihre Kinder verkaufte: »Meine Dame, wenn Ihre Jungen zurückkommen, können Sie für einen halben Dollar so eine Tüte hier erwerben, die Steine werden ihnen gefallen, sie stammen direkt aus der Mine, in der ich dreißig Jahre lang gearbeitet habe.«

So hat Ira seine Tage beschlossen – als Aufseher einer Abraumhalde, als ein Mann, den die Alten im Ort Gil nannten; sogar im Winter hat er dort draußen gesessen und gewissen Leuten für ein paar Dollar ein Feuer angemacht. Aber das erfuhr ich erst an jenem Abend auf meiner Terrasse, als Murray mir Iras Geschichte erzählte.

Am Tag vor meiner Abreise in jenem zweiten Jahr kamen Artie Sokolow und seine Familie für einen Nachmittag von New York nach Zinc Town. Ella Sokolow, Arties Frau, war etwa im siebten Monat schwanger, eine lebhafte, dunkelhaarige Frau mit Sommersprossen; ihr Vater, ein irischer Einwanderer, erzählte mir Ira, hatte in Albany als Heizungsmonteur gearbeitet und war einer dieser großen idealistischen Gewerkschafter, die durch und durch von patriotischen Gefühlen beseelt sind. »Die ›Marseillaise‹, ›The Star-Spangled Banner‹, die russische Nationalhymne«, erklärte Ella an diesem Nachmittag lachend, »der Alte Herr hat sich für alles von seinem Platz erhoben.«

Die Sokolows hatten Zwillinge, zwei Jungen von sechs Jahren, aber so erfreulich sich der Nachmittag auch anließ – mit einer Partie Touch-Football, bei der Iras Nachbar Ray Svecz gewissermaßen den Schiedsrichter machte, und anschließendem Picknick, das

Ella aus der Stadt mitgebracht hatte und das wir, einschließlich Ray, auf dem Hang überm Teich verzehrten –, er endete damit, daß Artie Sokolow und Ira unten am Teich aneinandergerieten und sich auf eine Weise anbrüllten, die mich entsetzte.

Ich hatte auf der Picknickdecke gesessen und mit Ella über *My Glorious Brothers* gesprochen, ein Buch von Howard Fast, das sie gerade gelesen hatte. Dieser historische Roman spielte in Judäa und handelte vom Kampf der Makkabäer gegen Antiochus IV. im zweiten Jahrhundert vor Christus, und auch ich hatte ihn gelesen und in der Schule, als Iras Bruder zum zweitenmal mein Englischlehrer gewesen war, sogar ein Referat darüber gehalten.

Ella hatte mir zugehört, wie sie jedem zuhörte: sie nahm alles in sich auf, als ob die Worte des anderen sie wärmen würden. In der knappen Viertelstunde, in der ich Wort für Wort die internationalistisch-progressive Abhandlung wiederholte, die ich für Mr. Ringold geschrieben hatte, schien Ellas Interesse an meinen Ausführungen nicht für eine einzige Sekunde zu erlahmen. Ich wußte, wie sehr Ira sie als unentwegte Radikale bewunderte, und wollte meinerseits von ihr als Radikaler bewundert werden. Ihre Lebensumstände, der physische Glanz ihrer Schwangerschaft, manche ihrer Gesten – ausladende Handbewegungen, die mir erstaunlich hemmungslos vorkamen –, das alles verlieh Ella Sokolow eine grandiose Autorität, auf die ich Eindruck zu machen suchte.

»Ich lese Fast und habe Respekt vor ihm«, hatte ich ihr erklärt, »aber ich finde, er übertreibt seine Bewunderung für die Judäer, deren Kampf doch nur der Rückkehr in ihren alten Zustand gilt, sie verherrlichen die Tradition und die Zeit der nachägyptischen Sklaverei. Mir ist in diesem Buch entschieden zuviel purer Nationalismus –«

In diesem Augenblick hörte ich Ira rufen: »Du ziehst den Schwanz ein! Du machst dir in die Hose!«

»Wenn es nicht da ist«, gab Sokolow zurück, »dann weiß auch keiner, daß es nicht da ist!«

»*Ich* weiß, daß es nicht da ist!«

Ira sprach mit solcher Wut, daß ich nicht weiterreden konnte. Plötzlich konnte ich nur noch an die Geschichte denken – die ich nicht hatte glauben wollen –, die mir der ehemalige Sergeant Erwin Goldstine in Maplewood in seiner Küche erzählt hatte, die Geschichte von Butts, dem Mann im Iran, den Ira im Schatt el Arab zu ertränken versucht hatte.

Ich fragte Ella: »Was haben die beiden?«

»Laß sie einfach«, sagte sie, »die werden sich hoffentlich schon wieder beruhigen. Und *du* solltest dich auch beruhigen.«

»Ich will doch nur wissen, worüber sie sich streiten.«

»Sie werfen sich gegenseitig Dinge vor, die schiefgelaufen sind. Sie streiten über Dinge, die mit dem Radio zu tun haben. Beruhige dich, Nathan. Du scheinst dich mit wütenden Menschen noch nicht auszukennen. Die kriegen sich schon wieder ein.«

Aber danach sahen mir die beiden nicht aus. Vor allem Ira nicht. Er stapfte am Ufer des Teichs hin und her, fuchtelte mit seinen langen Armen in der Luft herum, und jedesmal wenn er sich wieder Artie Sokolow zuwandte, dachte ich, er würde mit Fäusten auf ihn losgehen. »Verdammt, warum *streichst* du mir diese Sachen raus?« schrie Ira.

»Laß es drin«, erwiderte Sokolow, »und wir verlieren mehr, als wir gewinnen.«

»Blödsinn! Die Schweine sollen wissen, daß wir es ernst meinen! Schreib mir das wieder rein, verdammte Scheiße!«

Ich fragte Ella: »Sollten wir nicht was unternehmen?«

»Daß Männer sich streiten, ist doch nichts Neues«, sagte sie. »Männer geraten dauernd wegen irgendwelcher begangenen oder unterlassenen Sünden aneinander, die zu begehen sie anscheinend nicht vermeiden können. Etwas anderes wäre es, wenn sie sich prügeln würden. Ansonsten aber sollte man sich da raushalten. Wer dazwischentritt, wenn Leute sich streiten, gießt nur Öl ins Feuer.«

»Wenn Sie meinen.«

»Du bist wohl sehr behütet aufgewachsen, stimmt's?«

»Bin ich das?« sagte ich. »War nicht meine Absicht.«

»Am besten hältst du dich da raus«, sagte sie. »Erstens aus Feingefühl, damit der Mann sich ohne deine Einmischung wieder beruhigen kann, zweitens als Selbstschutz und drittens, weil du alles nur noch schlimmer machst, wenn du dich einmischst.«

Unterdessen tobte Ira ununterbrochen weiter. »Eine einzige beschissene Pointe pro Woche – und jetzt sollen wir auch *darauf* noch verzichten? Was wollen wir dann überhaupt noch beim Rundfunk, Arthur? Unsere Karriere voranbringen? Man zwingt uns zum Kampf, und du läufst davon! Es geht um alles oder nichts, Artie, und du willst feige davonlaufen!«

Ich wußte natürlich, daß ich nichts ausrichten konnte, wenn diese zwei Pulverfässer aufeinander losgingen, sprang aber trotzdem auf und lief, gefolgt von Ray Svecz, der mir einfältig nachtrottete, zum Teich hinunter. Das letztemal hatte ich mir in die Hose gemacht. Das durfte mir nicht noch einmal passieren. Ebenso ratlos wie Ray, wie die sich anbahnende Katastrophe abzuwenden sein könnte, stürzte ich mich ins Getümmel.

Als wir die beiden erreichten, hatte Ira bereits aufgehört und sich demonstrativ von Sokolow abgewandt. Es war klar, daß er noch immer wütend auf ihn war, doch ebenso offensichtlich war er sehr bemüht, sich unter Kontrolle zu bringen. Ray und ich holten Ira ein und gingen neben ihm her, während er, stoßweise und kaum hörbar, ein hektisches Selbstgespräch führte.

Sein gleichzeitiges An- und Abwesendsein beunruhigte mich so sehr, daß ich ihn schließlich fragte: »Was stimmt denn nicht?« Da er mich nicht zu hören schien, versuchte ich mir etwas auszudenken, womit ich ihn auf mich aufmerksam machen könnte. »Geht es um ein Rundfunkmanuskript?« Sofort brauste er auf: »Ich bring ihn um, wenn er das noch einmal macht!« Und das war nicht nur so dramatisch dahergesagt. Ich sträubte mich zwar dagegen, doch fiel es mir schwer, seine Worte nicht hundertprozentig ernst zu nehmen.

Butts, dachte ich. Butts. Garwych. Solak. Becker.

Auf seinem Gesicht lag rasende Wut. Unverfälschte Wut. Wut, die neben der Angst die größte Macht darstellt. In diesem Gesichtsausdruck zeigte sich alles, was er war – und alles, was er nicht war. Ich dachte: Er kann von Glück reden, daß man ihn nicht längst eingesperrt hat – ein alarmierend unerwarteter Gedanke, der sich da plötzlich einem heldenverehrenden Jüngling aufdrängte, der zwei Jahre lang fest an die Tugendhaftigkeit seines Helden geglaubt hatte, ein Gedanke, den ich wieder von mir schob, als ich nicht mehr so aufgeregt war, ein Gedanke, für den mir erst achtundvierzig Jahre später Murray Ringold die Bestätigung liefern sollte.

Eve hatte sich von ihrer Vergangenheit befreit, indem sie Pennington nachgeahmt hatte; Ira hatte seine mit Gewalt hinter sich gelassen.

Die Zwillinge, die gleich zu Beginn des Streits vom Teichufer geflohen waren, lagen, als ich mit Ray zurückkam, auf der Picknickdecke in Ellas Armen. »Ich glaube, der Alltag könnte härter sein, als du denkst«, sagte Ella zu mir.

»Ist das der Alltag?« fragte ich.

»Jedenfalls da, wo *ich* lebe«, sagte sie. »Erzähl weiter. Erzähl mir mehr von Howard Fast.«

Ich tat mein Bestes, empfand aber, im Gegensatz zu Sokolows proletarischer Frau, weiterhin Unruhe bei der Vorstellung, wie Ira und ihr Mann aufeinander losgegangen waren.

Als ich fertig war, lachte Ella laut auf. Es war ein unverkennbar natürliches Lachen, doch schwang darin auch mit, was für Unsinn sie in ihrem Leben hinzunehmen gelernt hatte. Sie lachte so, wie manche Menschen erröten: plötzlich und vollständig. »Toll«, sagte sie. »Jetzt weiß ich gar nicht, was ich da eigentlich gelesen habe. Mein Eindruck von *My Glorious Brothers* ist ganz einfach. Vielleicht gebe ich mir ja beim Nachdenken nicht soviel Mühe, aber ich sehe in diesem Buch nur ein paar rauhe, harte, aber anständige Burschen, die an die Würde aller Menschen glauben und bereit sind, dafür ihr Leben zu lassen.«

Artie und Ira hatten sich inzwischen so weit abgekühlt, daß sie gemeinsam vom Teich zur Picknickdecke gehen konnten; Ira (offenbar bemüht, etwas zu sagen, das uns alle, ihn eingeschlossen, wieder in die frühere Stimmung versetzen sollte) machte die Bemerkung: »Ich muß das mal lesen. *My Glorious Brothers*. Das Buch muß ich mir besorgen.«

»Es wird dein Rückgrat stärken, Ira«, sagte Ella, und dann stieß sie das große Fenster ihres Lachens auf und fügte hinzu: »Nicht daß ich je gedacht habe, du könntest das nötig haben.«

Worauf Sokolow sich über sie beugte und sie anbrüllte: »Ach ja? Wer hat es denn nötig? *Wer hat es denn nötig?*«

Jetzt brachen die Zwillinge in Tränen aus, und dies wiederum veranlaßte den armen Ray, desgleichen zu tun. Zum erstenmal wütend, geradezu rasend vor Wut, fauchte Ella zurück: »Herrgott, Arthur! Reiß dich zusammen!«

Was den Ausbrüchen dieses Nachmittags zugrunde gelegen hatte, begriff ich vollständig erst am Abend, als ich mit Ira allein in der Hütte war und er mir wutschnaubend eine Rede über die Listen hielt.

»Listen. Listen mit Namen und Anschuldigungen und Anklagen. Jeder«, sagte Ira, »hat eine Liste. *Red Channels*. Joe McCarthy. Der Veteranenverband. Das Komitee für unamerikanische Umtriebe. Der Frontkämpferbund. Die katholischen Zeitschriften. Die Hearst-Zeitungen. Diese Listen mit ihren heiligen Nummern – 141, 205, 62, 111. Listen von jedem in Amerika, der jemals über irgend etwas sein Mißfallen geäußert oder irgend etwas kritisiert oder sich gegen irgend etwas verwahrt hat – oder mit irgendwem Umgang hatte, der jemals irgend etwas kritisiert oder sich gegen irgend etwas verwahrt hat –, die sind jetzt allesamt Kommunisten, Strohmänner von Kommunisten, ›Helfer‹ von Kommunisten oder Beiträger zu den ›Kassen‹ der Kommunisten, oder aber sie ›infiltrieren‹ die Arbeiterschaft, die Regierung, das Bildungswesen, Hollywood, Theater, Rundfunk und Fernsehen. Sämtliche Ämter und Behörden in Washington fabrizieren Listen mit Angehörigen der ›fünften Kolonne‹. Sämtliche reaktionären Kräfte tauschen Namen aus und verwechseln Namen und bringen irgendwelche Namen in Zusammenhang, um die Existenz einer riesenhaften Verschwörung zu beweisen, *die nicht existiert*.«

»Und was ist mit Ihnen?« fragte ich. »Was ist mit *Frei und tapfer*?«

»Natürlich haben wir eine Menge fortschrittlich denkender Leute in unserer Sendung. Die wird man jetzt in der Öffentlichkeit als Schauspieler darstellen, die ›hinterhältig die Moskauer Linie verkaufen‹. So was wirst du noch oft zu hören bekommen – und noch viel Schlimmeres. ›Moskaus nützliche Idioten.‹«

»Nur die Schauspieler?«

»Und der Regisseur. Und der Komponist. Und der Autor. Alle.«

»Macht Ihnen das Sorgen?«

»Ich kann jederzeit wieder in der Schallplattenfabrik anfangen, Junge. Wenn alle Stricke reißen, kann ich auch hier in Steves Autowerkstatt arbeiten. Ist für mich nichts Neues. Außerdem kann man gegen diese Leute kämpfen. Man kann gegen diese Schweine kämpfen. Mir ist mal zu Ohren gekommen, daß es in diesem Land eine Verfassung gibt, daß es hier *irgendwo* so etwas wie Grundrechte gibt. Man sieht mit großen Augen ins kapitalistische Schaufenster, man will alles haben, man rafft und rafft, man nimmt und nimmt, man erwirbt und besitzt und häuft an, und schon ist es vorbei mit den Überzeugungen, und die Angst setzt ein. Ich habe nichts, das ich nicht aufgeben könnte. Verstehst du? Nichts! Wie ich es jemals geschafft habe, aus dem elenden Haus meines erbärmlichen Vaters in der Factory Street herauszukommen und dieser großartige Iron Rinn zu werden, wie Ira Ringold es mit seinen anderthalb Jahren Highschool geschafft hat, den Leuten zu begegnen, denen ich begegnet bin, die Leute kennenzulernen, die ich kennengelernt habe, und die Wohltaten zu genießen, die ich jetzt als eingetragenes Mitglied der sorgenfreien Bourgeoisie genieße – das alles ist so unglaublich, daß es mir nicht seltsam vorkommen würde, all das über Nacht wieder zu verlieren. Verstehst du? Verstehst du mich? Ich kann nach Chicago zurückgehen. Ich kann wieder in der Fabrik arbeiten. Und wenn es sein muß, dann tu ich das auch. Aber nicht ohne auf meine Rechte als Amerikaner zu pochen! Nicht ohne diesen Schweinen einen Kampf zu liefern!«

Als ich allein im Zug zurück nach Newark saß – Ira hatte in seinem Chevy am Bahnhof gewartet, um Mrs. Pärn abzuholen, die am Tag meiner Abreise eigens wieder den weiten Weg von New York gekommen war, um seine nach unserem Footballspiel am Tag zuvor furchtbar schmerzenden Knie zu bearbeiten –, begann ich mich zu fragen, wie Eve Frame es nur tagein, tagaus mit ihm aushalten konnte. Die Ehe mit Ira und seinem Zorn kann nicht besonders lustig gewesen sein. Ich erinnerte mich, daß Ira die Rede über das kapitalistische Schaufenster, das elende Haus seines Vaters und seine anderthalb Jahre Highschool im Jahr zuvor, an jenem Nachmittag in Erwin Goldstines Küche, fast wörtlich schon einmal gehalten hatte. Ich erinnerte mich an mindestens zehn bis fünfzehn Varianten dieser Rede. Wie konnte Eve diese ständigen Wiederholungen ertragen, diese abgegriffenen Phrasen, diese theatralische Streitsucht, das verbissene Dreinhauen mit dieser stumpfen Waffe, die Ira für Propaganda hielt?

Als ich im Zug zurück nach Newark saß und an Iras hitzig vorgetragene apokalyptische Doppelprophezeiung dachte – »Die Vereinigten Staaten von Amerika werden mit der Sowjetunion einen Atomkrieg anfangen! Denkt an meine Worte! Die Vereinigten Staaten von Amerika sind auf dem Weg in den Faschismus!« –, da wußte ich noch nicht genug, um verstehen zu können, warum ich plötzlich, gerade als er und Männer wie Artie Sokolow den gröbsten Repressalien und Drohungen ausgesetzt wurden, so illoyal war, mich derart von ihm gelangweilt zu fühlen, warum ich plötzlich den Eindruck hatte, so viel klüger zu sein als er. Warum ich mich plötzlich nur noch seiner aufdringlichen Tyrannei entziehen und meine Anregungen weit weg von der Pickax Hill Road finden wollte.

Wer so früh verwaist wie Ira, gerät in die Situation, in die jeder Mensch geraten muß, jedoch sehr viel früher; und das kann heikel werden, denn entweder bekommt man überhaupt keine Erziehung mit, oder man wird allzu empfänglich für Schwärmereien und Glaubenslehren und damit reif für Indoktrination. Iras Jugend war eine Verkettung übler Notstände: eine schreckliche Familie, Enttäuschungen in der Schule, der tiefe Absturz in der Depressionszeit – der frühe Tod der Eltern, der die Phantasie eines Jungen, wie ich einer war, beschäftigte, eines Jungen, der selbst so fest in einer Familie, an einem Ort und seinen Einrichtungen verankert war, eines Jungen, der gerade erst aus dem psychischen Brutkasten herauskam; der frühe Tod der Eltern, der Ira die Freiheit gab, sich an alles anzuschließen, was er wollte, ihn aber auch ungebunden genug sein ließ, sich einer Sache nicht nur spontan, sondern auch voll und ganz und für immer hinzugeben. Ira war aus allen nur denkbaren Gründen eine leichte Beute utopischer Visionen. Bei mir jedoch, der ich gebunden war, sah das anders aus. Wer *nicht* früh verwaist, wer dreizehn, vierzehn, fünfzehn Jahre lang eine intensive Beziehung zu seinen Eltern hat, der läßt sich einen Schwanz wachsen, verliert seine Unschuld, sucht seine Unabhängigkeit und wird, wenn die Familie nicht völlig verkorkst ist, in die Freiheit entlassen, um sein Leben als Mann zu beginnen, das heißt, neue Verbindungen und Freundschaften zu knüpfen, sich die Eltern seines Erwachsenenlebens zu suchen, frei gewählte Eltern, die man, weil niemand verlangt, daß man ihnen Liebe entgegenbringt, nach eigenem Ermessen lieben kann oder nicht.

Wie diese Wahl zustande kommt? Durch eine Reihe von Zufällen und durch bewußte Entscheidung. Wie kommen sie zu einem, und wie kommt man an sie? Wer sind sie? Was ist das Wesen dieser Genealogie, die nicht genetisch ist? In meinem Fall waren es Männer, bei denen ich in die Lehre ging, von Paine und Fast und Corwin bis hin zu Murray und Ira und noch darüber hinaus – Männer, die mich ausbildeten, Männer, von denen ich herkam. Sie alle waren auf ihre Weise für mich bemerkenswert, Persönlichkeiten, mit denen ich wetteifern konnte, Ratgeber, die mitreißende Ideen verkörperten oder verfochten und mich lehrten, mich in der Welt und ihren Ansprüchen zurechtzufinden, adoptierte Eltern, die ebenfalls einer nach dem andern samt ihrem Vermächtnis abgeschüttelt werden mußten, die verschwinden und Platz machen mußten für jenes totale Waisentum, das man Erwachsensein nennt. Wenn man ganz allein da draußen in der Welt ist.

Auch Leo Glucksman war bei den GIs gewesen, hatte aber *nach* dem Krieg gedient und war jetzt gerade erst Mitte Zwanzig, ein rotwangiger, leicht korpulenter Collegelehrer, der kaum älter wirkte als seine jüngeren Studenten. Leo schrieb an der Universität zwar immer noch an seiner Dissertation zum Doktor der Literaturwissenschaft, erschien aber zum Unterricht jedesmal in einem schwarzen Dreiteiler mit dunkelroter Fliege und war damit weitaus förmlicher gekleidet als irgendeins der älteren Fakultätsmitglieder. Wenn es draußen kalt wurde, sah man ihn in einem schwarzen Umhang über den Collegehof schreiten, was selbst auf einem gegenüber Extravaganzen und Verschrobenheiten so untypisch toleranten und gegenüber Originalität und deren seltsamen Auswüchsen so aufgeschlossenen Campus wie dem der Universität von Chicago in jenen Jahren die Studenten zum Schmunzeln anregte, deren munteres (und amüsiertes) »Hallo, Professor« Leo zu erwidern pflegte, indem er die Metallspitze seines Stocks kräftig aufs Pflaster knallen ließ. Eines Nachmittags warf er einen hastigen Blick auf *Torquemadas Handlanger* – das ich, um Mr. Glucksmans Bewunderung zu entfachen, zusammen mit dem verlangten Aufsatz über Aristoteles' *Poetik* mitgebracht hatte – und ließ es dann zu meinem Entsetzen angewidert auf seinen Schreibtisch fallen.

Er sprach sehr schnell, mit grimmiger, unversöhnlicher Stimme – seine Sprechweise erinnerte ganz und gar nicht an den affig aufgeputzten Wunderknaben, der da feist hinter seiner Fliege auf dem Polstersessel hockte. Seine Feistheit und seine Persönlichkeit repräsentierten zwei ganz verschiedene Menschen. Die Kleidung vertrat noch einen dritten. Und seine Polemik einen vierten – und zwar keinen Manieristen, sondern einen echten erwachsenen Kritiker, der mir die Gefahren deutlich machte, in die ich durch Iras Bevormundung geraten war, und der mich lehrte, im Umgang mit Literatur eine weniger strenge Haltung einzunehmen. Genau das, wozu ich in meiner neuen Rekrutierungsphase bereit war. Unter Leos Führung wandelte ich mich nicht nur zum Sproß meiner Familie, sondern auch zum Sproß der Vergangenheit, zum Erben einer Kultur, die noch großartiger war als die meiner Nachbarschaft.

»Kunst als *Waffe*?« sagte er zu mir, das Wort »Waffe« voller Verachtung und selbst eine Waffe. »Kunst als Einnehmen des richtigen *Standpunkts* zu allem und jedem? Kunst als Advokat des Guten? Von wem haben Sie das? Wer hat Ihnen gesagt, daß Kunst Propaganda ist? Wer hat Ihnen gesagt, daß Kunst im Dienst ›*des Volkes*‹ steht? Kunst steht im Dienst der Kunst – alles andere ist keinerlei Beachtung wert. Welches *Motiv* treibt den ernsthaften Schriftsteller, Mr. Zuckerman? Will er die Feinde der Preiskontrolle entwaffnen? Das Motiv des ernsthaften Schriftstellers ist es, *ernsthafte Literatur zu schreiben.* Sie wollen gegen die Gesellschaft rebellieren? Ich sage Ihnen, wie das geht – schreiben Sie *gut.* Sie wollen für eine aussichtslose Sache kämpfen? Dann lassen Sie es sein, für die Arbeiterklasse zu kämpfen. Das können die Arbeiter auch allein. Eines Tages werden sie alle mehr als genug Plymouths haben. Die Arbeiter werden uns noch alle unterwerfen – aus ihren leeren Hirnen wird die Brühe schwappen, die das kulturelle Schicksal dieses philisterhaften Landes ist. Bald werden wir in diesem Land etwas viel Schlimmeres haben als die Herrschaft der Bauern und Arbeiter – wir werden die *Kultur* der Bauern und Arbeiter haben. Sie wollen für eine aussichtslose Sache kämpfen? Dann kämpfen Sie für das *Wort*. Nicht für das hochtrabende Wort, nicht für das beflügelnde Wort, nicht für das Wort, das pro oder kontra ist, nicht für das Wort, mit dem Sie sich dem ehrbaren Bürger als herrlicher, bewundernswerter, anteilnehmender Mensch darstellen, der für die Unterdrückten und Ausgebeuteten eintritt. Nein, kämpfen Sie für das Wort, das den wenigen Gebildeten, die zum Leben in Amerika verurteilt sind, zu verstehen gibt, daß Sie für das *Wort* eintreten! Dieses Stück hier von Ihnen ist Mist. Grauenhaft. Zum Haareraufen. Unreif, primitiv, einfältig. Propagandagefasel. Es verkleistert die Welt hinter Wörtern. Und es stinkt zum Himmel von Ihrer Tugendhaftigkeit. Nichts wirkt verhängnisvoller auf die Kunst als der Wunsch eines Künstlers, zu beweisen, daß er *gut* ist. Die furchtbare Versuchung des Idealismus! Sie müssen sich zur *Herrschaft* über Ihren Idealismus aufschwingen, über Ihre Tugend und Ihre Laster, zur ästhetischen Herrschaft über alles, was auch immer Sie zum Schreiben nötigen mag – Ihre Empörung, Ihre politische Einstellung, Ihr Schmerz, Ihre Liebe! Sobald Sie predigen und Position beziehen, sobald Sie Ihren eigenen Standpunkt für überlegen halten, sind Sie als Künstler wertlos, wertlos und lächerlich. Wozu schreiben Sie diese Proklamationen? Weil Sie um sich blicken und ›schockiert‹ sind? Weil Sie um sich blicken und ›bewegt‹ sind? Die Menschen geben zu schnell auf und heucheln ihre Gefühle. Sie wollen sofort etwas empfinden, und Empfindungen wie ›schockiert‹ und ›bewegt‹ sind am leichtesten zu haben. Und es sind die dümmsten. Von seltenen Ausnahmen abgesehen, Mr. Zuckerman, *ist Schockiertheit immer geheuchelt*. Proklamationen. Die Kunst hat keine Verwendung für Proklamationen! Und jetzt seien Sie so gut und entfernen Ihren liebenswerten Scheiß aus meinem Büro.«

Meinen Aufsatz über Aristoteles (und überhaupt mich selbst) beurteilte Leo besser, denn beim nächsten Beratungsgespräch verblüffte er mich – nicht weniger als mit seinem heftigen Ausbruch über mein Stück – mit der Aufforderung, ich solle ihn am Freitag abend in die Orchestra Hall begleiten, wo Raphael Kubelik mit dem Chicago Symphony Orchestra Werke von Beethoven aufführen werde. »Schon mal von Raphael Kubelik gehört?« »Nein.« »Von Beethoven?« »Den Namen habe ich schon mal gehört, ja«, sagte ich. »Haben Sie ihn schon mal *gehört*?« »Nein.«

Leo und ich trafen uns eine halbe Stunde vor Konzertbeginn auf der Michigan Avenue vor der Orchestra Hall; mein Lehrer erschien in dem Umhang, den er sich in Rom hatte anfertigen lassen, bevor er '48 aus der Armee entlassen wurde, und ich trug die Jagdjacke mit Kapuze, die ich eigens für meine Collegezeit im eisigen Mittelwesten bei Larkey's in Newark gekauft hatte. Als wir unsere Plätze eingenommen hatten, holte Leo aus seiner Aktentasche die Partituren der Sinfonien hervor, die wir hören sollten, und sah dann während des ganzen Konzerts nicht etwa das Orchester auf der Bühne an – das man doch wohl eigentlich ansehen sollte, dachte ich, allenfalls dürfe man gelegentlich die Augen schließen, wenn die Musik einen davontrug –, sondern die Partituren in seinem Schoß, die er mit großer Aufmerksamkeit mitlas, während die Musiker zunächst die *Coriolan*-Ouvertüre und die Vierte Sinfonie spielten und dann, nach der Pause, die Fünfte. Von den ersten vier Tönen der Fünften abgesehen, konnte ich das eine Stück nicht vom andern unterscheiden.

Nach dem Konzert fuhren wir mit dem Zug zur South Side zurück und gingen auf sein Zimmer im International House, einem neugotischen Wohnheim am Midway, das vornehmlich von ausländischen Studenten bewohnt wurde. Für sie als Flurnachbarn – für ihre exotischen Essensgerüche und so weiter – hatte Leo Glucksman, der Sohn eines Lebensmittelhändlers von der West Side, ein wenig mehr Toleranz übrig als für seine amerikanischen Landsleute. Sein Zimmer war gar noch winziger als sein Büro im College; die Kochplatte, auf der er das Wasser für unseren Tee erhitzte, stand zwischen Bergen von Papieren auf dem Fußboden. Leo saß an seinem mit Büchern beladenen Schreibtisch, seine dicken Wangen glänzten im Licht der Leselampe; ich selbst saß einen halben Meter neben ihm im Dunkeln, zwischen Bücherstapeln, auf dem Rand seines ungemachten Betts.

Ich kam mir vor wie eine Schülerin, beziehungsweise, wie ich mir vorstellte, daß eine Schülerin sich vorkommen mußte, wenn sie plötzlich allein mit einem einschüchternden Jungen war, dem ihre Brüste nur allzu offensichtlich gefielen. Leo schnaubte, als er meine Beklommenheit bemerkte, und mit dem gleichen höhnischen Grinsen, mit dem er schon meine Karriere beim Rundfunk kaputtmachen wollte, sagte er: »Keine Bange, ich habe nicht vor, Sie anzufassen. Ich kann es nur nicht ertragen, wie beschissen konventionell Sie sich aufführen.« Und begann dann auf der Stelle mit einem Einführungsvortrag über Sören Kierkegaard. Ich sollte mir anhören, was Kierkegaard, dessen Name mir ebensowenig sagte wie der Raphael Kubeliks, bereits vor hundert Jahren im provinziellen Kopenhagen über »die Leute« gemutmaßt hatte – Kierkegaard bezeichne die Leute als »das Publikum«, erklärte mir Leo, das sei der treffende Begriff für diese Abstraktion, diese »ungeheuerliche Abstraktion«, dieses »allumfassende Etwas, welches Nichts ist«, dieses »ungeheuerliche Nichts«, wie Kierkegaard geschrieben habe, diese »abstrakte Öde und Leere, welche alles und niemand ist« und die ich in meinem Stück so kitschig verherrlicht habe. Kierkegaard haßte das Publikum, Leo haßte das Publikum, und sein Trachten hier in dem dunklen Wohnheimzimmer nach diesem freitagabendlichen Konzert und etlichen weiteren Konzerten an den folgenden Freitagen galt allein dem Ziel, meine Prosa vor der Verdammnis zu retten, indem er auch mich dazu brachte, das Publikum zu hassen.

»Jeder, der die Schriftsteller des Altertums gelesen hat«, las Leo mir vor, »weiß, auf wie mancherlei ein Kaiser hat verfallen können, um sich die Zeit zu vertreiben. So hält sich denn das Publikum einen Hund, der Unterhaltung wegen. Dieser Hund ist die literarische Verächtlichkeit. Zeigt sich nun irgendein Besserer, vielleicht gar ein Ausgezeichneter, so wird der Hund auf ihn gehetzt und der Zeitvertreib hebt an. Der bissige Hund reißt ihn an den Rockschößen, nimmt sich jeden dreisten Mutwillen heraus – bis das Publikum der Sache leid wird und spricht: nun ist's genug. Damit hat denn das Publikum nivelliert. Der Stärkere, der Bessere ist mißhandelt – und der Hund, ja, der ist und bleibt eben ein Hund, den das Publikum selbst verachtet. . . . Das Publikum kennt keine Reue – denn es war ja keine wesentliche Verunglimpfung – es war bloß ein bißchen Zeitvertreib.‹«

Diese Stelle, die Leo weitaus mehr bedeutete als mir, der ich kaum ihren Sinn begriff, war gleichwohl Leo Glucksmans Einladung an mich, ebenfalls »besser« als die anderen zu sein, ebenso wie der dänische Philosoph Kierkegaard – und wie er selbst, denn so malte er sich seine nahe Zukunft aus – »ein Ausgezeichneter« zu sein. Ich wurde Leos folgsamer Schüler, und durch seine Vermittlung Aristoteles' folgsamer Schüler, Kierkegaards folgsamer Schüler, Benedetto Croces folgsamer Schüler, Thomas Manns folgsamer Schüler, André Gides folgsamer Schüler, Joseph Conrads folgsamer Schüler, Fjodor Dostojewskis folgsamer Schüler... und schon wenig später schien es mir, als sei mein Verhältnis zu Ira – wie auch das zu meiner Mutter, meinem Vater, meinem Bruder, sogar zu dem Ort, an dem ich aufgewachsen war – vollkommen zerstört. Wenn jemand zum erstenmal wirklich etwas lernt, wenn er seinen Kopf in ein mit Büchern bestücktes Arsenal verwandelt, wenn er noch jung und dreist ist und sich unbändig über all das Wissen freut, das auf diesem Planeten versteckt und zu finden ist, dann wird er dazu neigen, der schäumenden neuen Realität eine übertrieben hohe Bedeutung beizumessen und alles andere als bedeutungslos abzutun. Und genau dies tat ich mit allen meinen Kräften, unterstützt und ermutigt von meinem kompromißlosen Mentor Leo Glucksman, von seinen Launen und fixen Ideen ebensosehr wie von seinem immer auf Hochtouren arbeitenden Gehirn.

Jeder dieser Freitagabende in Leos Zimmer war ein bezauberndes Fest für mich. Er ging mit all seinen Leidenschaften, die nicht sexuell waren (und auch mit vielen, die es waren, jedoch unterdrückt werden mußten), auf die Ideen los, aus denen ich mich bis dahin zusammengesetzt hatte, insbesondere auf meine tugendhafte Vorstellung von der Mission des Künstlers. Leo bearbeitete mich an diesen Freitagabenden, als sei ich der letzte Schüler, der noch auf Erden übrig war. Allmählich gewann ich den Eindruck, daß so ziemlich jeder sich um mich bemühte. Nathan muß erzogen werden. Das Credo aller, denen ich guten Tag zu sagen wagte.

Wenn ich heute zurückblicke, empfinde ich mein Leben manchmal als eine einzige lange Rede, deren Zuhörer ich war. Die Rhetorik ist mal originell, mal vergnüglich, mal wertloser Kitsch (die Rede des Inkognito), mal besessen, mal sachlich, mal schneidend scharf, und ich höre sie nun schon so lange, wie ich denken kann: was ich denken soll, was ich nicht denken soll; wie ich mich verhalten soll, wie ich mich nicht verhalten soll; wen ich verabscheuen und wen ich bewundern soll; was ich mir zu eigen machen und was ich meiden soll; was begeisternd ist, was mörderisch ist, was lobenswert ist, was seicht ist, was unheilvoll ist, was Scheiße ist, und wie man sich ein reines Herz bewahrt. Mit mir zu sprechen scheint niemandem schwerzufallen. Vielleicht kommt das daher, daß ich jahrelang den Eindruck erweckt habe, als brauchte ich jemanden, der mit mir sprach. Aber wie auch immer, das Buch meines Lebens ist ein Buch von Stimmen. Wenn ich mir die Frage stelle, wie ich dort hingekommen bin, wo ich jetzt bin, lautet die überraschende Antwort: »Durch Zuhören.«

Kann *das* das unbemerkte Drama gewesen sein? War alles andere eine Maskerade, hinter der sich das wahre Ungute verbarg, das ich beharrlich im Schilde führte? Den Leuten zuhören. Ihnen beim Sprechen zuhören. Was für ein überaus abenteuerliches Phänomen. Alle nehmen sie Erfahrung als etwas wahr, das man nicht einfach so macht, sondern das man macht, um darüber zu reden. Warum? Warum wollen sie, daß ich mir ihre Arien anhöre? Wo steht geschrieben, daß ich *dazu* dienen soll? Oder war ich von Anfang an, aus Neigung wie auch aus freier Entscheidung, nur ein Ohr auf der Suche nach dem Wort?

»Politik ist Verallgemeinern«, erklärte mir Leo, »Literatur ist Differenzieren, und die beiden stehen zueinander nicht nur in einem reziproken Verhältnis – sondern in einem *feindlichen* Verhältnis. Für die Politik ist die Literatur dekadent, schlaff, unerheblich, langweilig, verschroben, fade, etwas, das weder Hand noch Fuß hat und das es eigentlich gar nicht zu geben braucht. Warum? Weil der Wunsch nach Differenzierung schon Literatur *ist*. Wie kann man Künstler sein und Nuancen außer acht lassen? Wie kann man Politiker sein und Nuancen *beachten*? Der Künstler sieht die Nuance als seine *Aufgabe*. Die Aufgabe besteht darin, *nicht* zu vereinfachen. Auch wenn man sich dazu entschließt, so einfach wie möglich zu schreiben, etwa wie Hemingway, bleibt die Aufgabe, die Nuancen herauszuarbeiten, das Komplizierte aufzuhellen, die Widersprüche darzustellen. Und nicht, die Widersprüche wegzuwischen, die Widersprüche zu leugnen, sondern zu forschen, wo innerhalb der Widersprüche der gepeinigte Mensch zu finden ist. Man muß das Chaos mit einkalkulieren, man muß es zulassen. Man *muß* es zulassen. Sonst produziert man Propaganda, wenn nicht für eine politische Partei, eine politische Bewegung, dann stumpfsinnige Propaganda für das Leben selbst – für das Leben, wie es sich vielleicht selbst gern in der Öffentlichkeit dargestellt sehen möchte. In den ersten fünf, sechs Jahren der Russischen Revolution riefen die Revolutionäre: ›Freie Liebe, wir werden freie Liebe haben!‹ Aber als sie dann an der Macht waren, konnten sie das nicht gestatten. Denn was ist freie Liebe? Chaos. Und sie wollten nicht das Chaos. Dafür hatten sie ihre glorreiche Revolution nicht gemacht. Sie wollten etwas, das auf besonnene Weise diszipliniert, organisiert, kontrolliert war, etwas, das, wenn möglich, wissenschaftlich vorhersagbar war. Freie Liebe behindert die Organisation, die gesellschaftliche, politische und kulturelle Maschinerie. Auch die Kunst behindert die Organisation. Die Literatur behindert die Organisation. Nicht weil sie offen oder auch nur heimlich pro oder kontra ist. Sie behindert die Organisation, weil sie nicht verallgemeinert. Das Wesen des Besonderen ist es, besonders zu sein, und wer differenziert, meldet Widerspruch an. Das Leid verallgemeinern: da haben wir Kommunismus. Das Leid differenziert darstellen: da haben wir Literatur. In dieser Polarität liegt die Feindschaft begründet. Sich dem Kampf stellen, heißt, in einer vereinfachenden, verallgemeinernden Welt das Besondere am Leben erhalten zu wollen. Um den Kommunismus zu rechtfertigen, braucht man nicht zu schreiben, und um den Kapitalismus zu rechtfertigen, braucht man auch nicht zu schreiben. Das geht einen als Künstler nichts an. Als Schriftsteller ist man mit dem einen ebensowenig verbündet wie mit dem anderen. Gewiß, man sieht Unterschiede, und natürlich sieht man, daß dieser Scheiß ein bißchen besser ist als jener, oder daß jener Scheiß ein bißchen besser ist als dieser. Vielleicht sogar viel besser. *Aber man sieht die Scheiße.* Man ist kein Angestellter der Regierung. Man ist nicht militant. Man glaubt an nichts. Man ist jemand, der sich auf eine ganz andere Weise mit der Welt und den Geschehnissen in ihr beschäftigt. Der Militante kommt mit einem Glauben an, einem großen Glauben, der die Welt verändern soll, und der Künstler legt ein Produkt vor, für das die Welt keinen Platz hat. Es hat keinen Nutzen. Der Künstler, der ernsthafte Schriftsteller legt der Welt etwas vor, das es bis dahin noch gar nicht gegeben hat. Als Gott in sieben Tagen all dieses Zeug erschaffen hat, die Vögel, die Flüsse, die Menschen, da hat er für die Literatur keine zehn Minuten Zeit gehabt. ›Und es werde Literatur. Manche Leute werden sie mögen, manche Leute werden von ihr besessen sein, werden schreiben wollen . . .‹ Nein. Nein. Das hat er nicht gesagt. Wenn man Gott damals gefragt hätte: ›Wird es Klempner geben?‹ ›Ja, die wird es geben. Denn weil sie Häuser haben, werden sie Klempner brauchen.‹ ›Wird es Ärzte geben?‹ ›Ja. Weil sie krank werden, werden sie Ärzte brauchen, die ihnen irgendwelche Pillen geben.‹ ›Und Literatur?‹ ›Literatur? Wovon redest du? Wozu soll die gut sein? Wie paßt die in das Ganze? Bitte, ich erschaffe ein Universum, keine Universität. *Nichts da mit Literatur.*‹«

Kompromißlos. Das unwiderstehliche Kennzeichen von Tom Paine, von Ira, Leo und Johnny O'Day. Hätte ich nach meiner Ankunft in Chicago – wie Ira es bereits für mich vorbereitet hatte – O'Day in East Chicago besucht, wäre mein Leben als Student, wäre vielleicht mein ganzes weiteres Leben von anderen Verlockungen und Zwängen bestimmt worden, hätte ich womöglich die behaglichen Fesseln meiner Herkunft abgestreift und mich der leidenschaftlichen Führung eines ganz anderen Monolithen als der Universität von Chicago unterworfen. Aber die Beschwerlichkeiten einer Ausbildung in Chicago, zu schweigen von den Ansprüchen, die Mr. Glucksmans Zusatzprogramm zur Entkonventionalisierung meiner Gedankenwelt an mich stellte, ließen es erst Anfang Dezember zu, daß ich mir einen Samstagmorgen freinehmen und mit dem Zug zu Ira Ringolds soldatischem Mentor hinausfahren konnte, dem Stahlarbeiter, den Ira mir einmal als »Marxisten vom Gürtel aufwärts und abwärts« beschrieben hatte.

Die Gleise der South Shore Line lagen an der Sixty-third Street und Stony Island, nur fünfzehn Minuten zu Fuß von meinem Wohnheim. Ich stieg in den orangefarben gestrichenen Waggon und setzte mich, der Schaffner rief die Namen der schmutzigen Ortschaften, durch die wir fuhren – »Hegewisch ... Hammond ... East Chicago ... Gary ... Michigan City ... *South* Bend« –, und ich empfand wieder die gleiche Erregung wie damals bei der Lektüre von *On a Note of Triumph*. Wer wie ich aus dem industriellen Norden von Jersey stammte, fand sich hier in einer nicht unvertrauten Landschaft wieder. Auch uns bot sich, wenn wir vom Flugplatz in Richtung Elizabeth, Linden und Rahway blickten, die Aussicht auf die komplexen Bauwerke der Raffinerien, auch wir kannten die scheußlichen Gerüche der Raffinerien und die Flammen, die aus den Türmen in den Himmel loderten, wenn das beim Destillieren des Öls entstehende Gas abgefackelt wurde. In Newark hatten wir große Fabriken und winzige Werkstätten, wir hatten den Ruß, wir hatten den Gestank, wir hatten das Gewirr der Eisenbahngleise und die Riesenstapel von Stahlfässern und die Berge von Metallschrott und die abscheulichen Müllhalden. Wir hatten schwarzen Rauch aus hohen Schornsteinen, eine Menge Rauch, der überall aufstieg, und den Gestank der Chemiewerke, den Gestank der Malzbrennereien und den Gestank der Schweinefarm in Secaucus, der bei starkem Wind durch unsere Straßen getrieben wurde. Und wir hatten Züge wie diesen, die auf Dämmen durch das Marschland fuhren, durch Binsen und Sumpfgras und offenes Wasser. Wir hatten den Dreck, wir hatten den Gestank, aber was wir nicht hatten und nicht haben konnten, war Hegewisch, wo man die Panzer für den Krieg gebaut hatte. Wir hatten nicht Hammond, wo man Brückenträger baute. Wir hatten nicht die Getreideheber am Kanal, auf dem die Frachtschiffe von Chicago kamen. Wir hatten nicht die offenen Herdschmelzöfen, die den Himmel aufleuchten ließen, wenn in den Hüttenwerken Stahl gegossen wurde, einen roten Himmel, den ich in klaren Nächten selbst noch von meinem Wohnheimfenster aus in der Ferne über Gary leuchten sehen konnte. Wir hatten nicht U.S.

Steel und Inland Steel und Jones Laughlin und Standard Bridge und Union Carbide und Standard Oil Indiana. Wir hatten, was New Jersey hatte; hier aber war die geballte Macht des Mittelwestens. Hier hatte man eine stahlerzeugende Industrie, die sich meilenweit und durch zwei Bundesstaaten am Ufer des Sees entlang erstreckte, größer als alles andere Vergleichbare auf der Welt, Koksöfen und Sauerstofföfen, die Eisenerz in Stahl verwandelten, riesige Gießpfannen, die Tonnen geschmolzenen Stahls faßten, heißen Metalls, das wie Lava in Gußformen strömte, und mitten in all diesem Flackern und Staub und Gefahr und Lärm arbeiteten Männer bei Temperaturen von vierzig Grad und atmeten verderbliche Dämpfe ein, schufteten Männer rund um die Uhr, gaben Männer sich einer Arbeit hin, die niemals ein Ende nahm. Das war ein Amerika, in dem ich nicht heimisch war und es nie sein würde und das mir als Amerikaner dennoch gehörte. Als ich da saß und aus dem Zugfenster starrte – aufnahm, was mir ultramodern und fortschrittlich dünkte, geradezu der Inbegriff des industriellen zwanzigsten Jahrhunderts und doch auch schon eine ungeheure archäologische Ausgrabungsstätte –, schien mir keine Tatsache meines Lebens bedeutsamer als diese.

Rechts von mir zogen unzählige rußbedeckte Bungalows dahin, die Häuser der Stahlarbeiter mit Lauben und Vogeltränken in den Gärten, und hinter den Häusern Straßen mit niedrigen, schmählich aussehenden Läden, in denen ihre Familien einkauften; und der Anblick dieser Alltagswelt der Stahlarbeiter, dieser primitiven, nüchternen, harten Welt von Menschen, die immer pleite waren, immer Schulden hatten und Raten abstotterten, machte auf mich einen so starken Eindruck – der Gedanke: *Für die härteste Arbeit gerade das Nötigste zum Leben, für diese Plackerei nur der dürftigste Lohn*, wirkte auf mich so anregend –, daß Ira Ringold, wie sich von selbst versteht, keine meiner Empfindungen für seltsam gehalten hätte, während Leo Glucksman von ihnen allen entsetzt gewesen wäre.

»Was ist das eigentlich für eine Frau, die sich der Eisenmann da geangelt hat?« war so ziemlich das erste, was O'Day mich fragte. »Wenn ich sie kennen würde, würde ich sie vielleicht mögen, aber das kann man nicht wissen. Manche von mir geschätzten Leute haben intime Freunde, die mir gleichgültig sind. Die sorgenfreie Bourgeoisie, die Kreise, in denen er jetzt mit ihr lebt... Also ich weiß nicht. Mit Frauen ist es immer so eine Sache. Die meisten Männer, die heiraten, sind zu sehr verwundbar – sie sind Geiseln der Reaktion, die in Person ihrer Frauen und Kinder auftritt. Also bleibt es einer kleinen Clique abgebrühter Typen überlassen, zu tun, was zu tun ist. Natürlich ist das eine üble Knochenarbeit, natürlich wäre es nett, ein Zuhause zu haben, eine sanfte Frau, die einen am Ende des Tags erwartet, und vielleicht auch ein paar Kinder. Auch Männer, die wissen, wie der Hase läuft, haben ab und zu mal die Nase voll von alldem. Unmittelbar verpflichtet fühle ich mich aber trotzdem nur gegenüber dem Arbeiter, der für Stundenlohn schuftet, und für ihn tue ich nicht ein Zehntel von dem, was ich tun sollte. Wie groß das Opfer auch sein mag, man darf nie vergessen, daß Bewegungen wie diese immer nach oben gerichtet sind, unabhängig vom Ausgang des jeweils aktuellen Falls.«

Der aktuelle Fall war der, daß O'Day aus der Gewerkschaft gejagt worden war und seine Arbeit verloren hatte. Ich traf ihn in einer Absteige, wo er seit zwei Monaten mit der Miete in Rückstand war; noch eine Woche, und man würde ihn auf die Straße setzen. Sein kleines Zimmer hatte ein Fenster, das auf irgendeinen Himmel hinaussah, und war sauber und ordentlich. Die Matratze lag nicht auf Sprungfedern, sondern auf einem Metallgeflecht, aber das Bett war gut, ja geradezu schön gemacht; der dunkelgrüne Anstrich des eisernen Bettgestells war tadellos – während er an dem lärmenden Heizkörper überall abblätterte –, wirkte aber dennoch deprimierend auf mich. Alles in allem war die Ausstattung nicht dürftiger als die, mit der Leo im International House lebte, und doch bestürzte mich die Trostlosigkeit dieser Atmosphäre und drängte mich, aufzustehen und zu gehen – bis O'Days ruhige, gelassene Stimme und seine eigenartig deutliche Aussprache sehr machtvoll alles ausblendeten, was außer O'Day vorhanden war. Es war, als ob alles außerhalb dieses Zimmers aus der Welt verschwunden wäre. Sobald er an die Tür kam und mich hineinließ und höflich ihm gegenüber Platz zu nehmen bat – auf einem der beiden Klappstühle, an einem Tisch, der gerade groß genug für seine Schreibmaschine war –, hatte ich nicht so sehr das Gefühl, daß O'Day von allem losgerissen sei außer diesem Dasein, sondern schlimmer, daß O'Day *selbst* sich in schier finsterer Absicht von allem losgerissen habe, was nicht diesem Dasein entsprach.

Jetzt verstand ich, was Ira in seiner Hütte machte. Jetzt verstand ich das Motiv der Hütte und des Rückzugs von allem anderen – die Ästhetik des Häßlichen, die Eve Frame so unerträglich finden sollte, die einen Mann zum einsamen Asketen werden ließ, aber auch zu einem freien Menschen, der unbehindert und unerschrocken seine Ziele verfolgte. O'Days Zimmer kündete von Disziplin, von jener Disziplin, die sagt: Wie viele Bedürfnisse ich auch haben mag, ich bin fähig, mich auf dieses eine Zimmer zu beschränken. Man kann alles wagen, wenn man nur weiß, daß man die Strafe ertragen kann, und dieses Zimmer war ein Teil der Mühsal. Es vermittelte einen deutlichen Eindruck vom Zusammenhang zwischen Freiheit und Disziplin, vom Zusammenhang zwischen Freiheit und Einsamkeit, vom Zusammenhang zwischen Freiheit und Mühsal. O'Days Zimmer, seine Zelle, war die geistige Essenz von Iras Hütte. Und was war die geistige Essenz von O'Days Zimmer? Dahinter kam ich einige Jahre später, als ich bei einem Besuch in Zürich das Haus entdeckte, an dem die Gedenktafel mit Lenins Namen angebracht war, und, nachdem ich den Pförtner mit einer Handvoll Schweizer Franken bestochen hatte, das Einsiedlerzimmer besichtigen durfte, in dem der revolutionäre Begründer des Bolschewismus anderthalb Jahre im Exil gelebt hatte.

O'Days äußere Erscheinung hätte mich nicht überraschen sollen. Ira hatte ihn mir genau so beschrieben, wie er immer noch aussah, ein Mann mit dem Körperbau eines Reihers: mager, stramm, scharfgeschnittenes Gesicht, über eins achtzig groß, kurzgeschorenes graues Haar, Augen, die ebenfalls ergraut zu sein schienen, die Nase wie ein langes Messer, und Furchen in der ledernen Haut, als wäre er schon weit über vierzig. Nicht beschrieben hatte Ira jedoch, wie der Fanatismus das Aussehen eines Körpers beeinflußt hatte, in den ein Mann eingeschlossen war, der dort die harte Strafe absaß, die sein Leben war. Es war das Aussehen eines Menschen, der keine Wahl hat. Seine Geschichte ist von vornherein festgelegt. Er kann sich in keinem Punkt frei entscheiden. Sich im Namen seiner Sache von allem lossagen – das ist das einzige, was er tun kann. Für anderes ist er nicht zugänglich. Und nicht nur sein Körper gleicht, beneidenswert schlank, einer Rute aus Stahl; auch seine Ideologie ist funktionell und hat die Konturen der stromlinienförmigen Silhouette des Reihers.

Ich mußte daran denken, wie Ira mir von dem Punchingball erzählt hatte, den O'Day in den Krieg mitgenommen habe, und daß er in der Armee so schnell und stark gewesen sei, daß er, »wenn nötig«, zwei oder drei Gegner auf einmal habe erledigen können. Im Zug hatte ich mich die ganze Zeit gefragt, ob er wohl einen Punchingball in seinem Zimmer haben mochte. Und tatsächlich hatte er einen. Aber er hing nicht in Kopfhöhe in einer Ecke, wie ich es mir vorgestellt hatte und wie es in einem Gym üblich gewesen wäre. Sondern er lag auf dem Boden vor einer Schranktür, ein dicker, tropfenförmiger Ledersack, so alt und ramponiert, daß er kaum noch wie Leder aussah, eher wie irgendein ausgebleichter Körperteil eines geschlachteten Tiers – als trainierte O'Day, um in Kampfform zu bleiben, am Hodensack eines toten Flußpferds. Nicht gerade ein rationaler Gedanke, aber einer, den ich – aufgrund meiner anfänglichen Angst vor ihm – unmöglich vertreiben konnte.

Ich erinnerte mich an O'Days Worte an jenem Abend, als er bei Ira seine Enttäuschung darüber abgeladen hatte, daß es ihm nicht möglich sei, »die Partei hier im Hafen richtig zu etablieren«: »Ich bin im Organisieren nicht so gut, das stimmt. Dazu muß man furchtsamen Bolschewiken die Händchen halten können, und ich neige nun mal eher dazu, ihnen eins auf die Nase zu geben.« Ich erinnerte mich daran, weil ich diese Worte dann zu Hause gleich in das Hörspiel eingebaut hatte, an dem ich damals schrieb, ein Hörspiel über einen Streik in einer Stahlfabrik, in dem ein gewisser Jimmy O'Shea wortwörtlich all das sagte, was ich von Johnny O'Day gehört hatte. O'Day hatte Ira einmal geschrieben: »Ich entwickle mich zum offiziellen Arschloch von East Chicago und Umgebung, oder anders gesagt, ich ende noch mal als Schläger.« *Schläger* wurde dann zum Titel meines nächsten Stücks. Ich konnte nicht anders. Ich wollte über Dinge schreiben, die mir wichtig erschienen, und die Dinge, die mir wichtig erschienen, waren Dinge, von denen ich keine Ahnung hatte. Mit meinem damaligen Wortschatz verwandelte ich ohnehin immer alles sofort in Agitprop und verlor auf diese Weise natürlich umgehend alles, was am Wichtigen wichtig und am Direkten direkt war.

O'Day hatte so gut wie kein Geld, und die Partei zuwenig, um ihn als Organisator einzustellen oder sonstwie finanziell zu unterstützen, und so verbrachte er seine Tage mit dem Abfassen von Flugblättern, die er an den Fabriktoren verteilte; von den wenigen Dollars, die ihm heimlich von seinen alten Stahlarbeiterkollegen zugesteckt wurden, kaufte er Papier und zahlte die Leihgebühr für einen Vervielfältigungsapparat und eine Heftmaschine, und am Ende jedes Tages ging er nach Gary und verteilte seine Flugblätter. Das bißchen Geld, das ihm übrigblieb, gab er für Essen aus.

»Meine Rechnung mit Inland Steel ist noch nicht beglichen«, sagte er; er kam sofort zur Sache, sprach offen zu mir wie zu einem Ebenbürtigen, einem Verbündeten, wenn nicht gar schon zu einem Genossen, redete auf mich ein, als hätte Ira ihn irgendwie auf den Gedanken gebracht, ich sei doppelt so alt, wie ich war, hundertmal selbständiger und tausendmal mutiger. »Aber es sieht so aus, als ob die Geschäftsleitung und die Kommunistenfresser im USA-CIO mich auf die schwarze Liste gesetzt und für immer rausgeschmissen haben. In allen Lebensbereichen, überall in diesem Land zielt man darauf ab, die Partei zu zerschlagen. Diese Leute leben in dem Wahn, die großen historischen Fragen würden von Phil Murrays CIO entschieden. Von wegen. Siehe China. Nein, die großen historischen Fragen werden von den amerikanischen Arbeitern entschieden. In meiner Branche gibt es bereits mehr als hundert arbeitslose Eisenarbeiter allein hier in der örtlichen Gewerkschaft. Zum erstenmal seit 1939 gibt es mehr Arbeitswillige als Arbeit, und selbst die Eisenarbeiter, die beschränkteste Gruppe innerhalb der gesamten Klasse der Lohnempfänger, fangen jetzt endlich an, die Verhältnisse in Frage zu stellen. Es kommt, es kommt – ich schwöre dir, es kommt. Trotzdem hat man mich vor den Vorstand unserer hiesigen Gewerkschaft gezerrt und wegen meiner Mitgliedschaft in der Partei rausgeschmissen. Diese

Schweine wollten mich nicht rausschmeißen, sie wollten, daß ich meine Mitgliedschaft verleugne. Die Rattenpresse, die sich hier auf mich eingeschossen hat – hier«, sagte er und reichte mir einen Zeitungsausschnitt, der neben seiner Schreibmaschine gelegen hatte, »die *Gary Post-Tribune* von gestern. Die Rattenpresse hätte eine Riesensache daraus gemacht; und selbst wenn ich meinen Mitgliedsausweis von der Metallhändlergewerkschaft behalten hätte, hätte man die Unternehmer und Vorarbeiter angewiesen, mich auf die schwarze Liste zu setzen. In dieser Branche halten alle zusammen, und wenn ich aus der Gewerkschaft ausgeschlossen bin, bekomme ich in meinem Beruf keine Arbeit mehr, nirgendwo. Na ja, zum Teufel mit dem Pack. Von außerhalb kann ich sowieso besser kämpfen. Die Rattenpresse, die angeblichen Arbeiterfreunde, die verlogenen Stadtverwaltungen von Gary und East Chicago halten mich für gefährlich? Gut. Sie versuchen mir den Lebensunterhalt zu entziehen? Schön. Auf mich ist niemand angewiesen außer mir selbst. Und ich bin nicht angewiesen auf Freunde, Frauen, Arbeit oder irgendwelche anderen gewöhnlichen Krücken des Daseins. Ich komme auch so zurecht. Wenn die *Gary Post*«, sagte er und nahm mir den Zeitungsausschnitt aus der Hand, auf den ich, während er sprach, keinen Blick zu werfen gewagt hatte; er faltete ihn ordentlich zusammen und fuhr dann fort: »Wenn die *Gary Post* und die *Hammond Times* und all die anderen sich einbilden, sie könnten uns Rote mit einer solchen Taktik aus Lake County vertreiben, dann sind sie auf dem Holzweg. Hätten sie mich in Ruhe gelassen, wäre ich wahrscheinlich eines nicht sehr fernen Tages von ganz allein gegangen. Aber jetzt habe ich kein Geld mehr, um irgendwo hinzugehen, und da müssen sie sich eben auch weiterhin mit mir auseinandersetzen. Die Arbeiter an den Werkstoren, wenn ich ihnen meine Flugblätter gebe, sind im allgemeinen freundlich und aufgeschlossen. Viele machen mir Mut, und solche Augenblicke entschädigen mich für manches. Natürlich gibt es auch unter unseren Arbeitern Faschisten. Montag abend, also gestern, als ich vor der Big Mill in Gary meine Flugblätter verteilte, beschimpft mich da so ein fetter Kerl als Verräter und Schwein, und was weiß ich, was er sonst noch alles sagen wollte. Ich hab ihn nicht dazu kommen lassen. Kann nur hoffen, daß Suppe und weiche Kekse ihm schmecken. Erzähl das dem Eisenmann«, sagte er, zum erstenmal lächelnd; es wirkte freilich eher gequält, als gehöre es zu seinen schwierigeren Übungen, sich zu einem Lächeln zu zwingen. »Erzähl ihm, daß ich immer noch ganz gut in Form bin. Und jetzt, Nathan«, sagte er, und plötzlich war es mir peinlich, meinen Vornamen aus dem Mund dieses arbeitslosen Stahlarbeiters zu hören (genaugenommen waren mir wohl eher meine neuen Collegebesessenheiten peinlich, meine aufkeimende Überheblichkeit, mein Abfall vom politischen Engagement), der eben noch mit der gleichen ruhigen, gelassenen Stimme, mit der gleichen sorgfältigen Aussprache – und mit einer intimen Vertraulichkeit, die er nicht aus Büchern zu haben schien – *von den großen historischen Fragen, China, 1939,* vor allem aber von der strengen, opferbereiten Selbstlosigkeit gesprochen hatte, die ihm sein Wirken für *den Arbeiter, der für Stundenlohn schuftet,* auferlegt hatte. »Nathan«, gesprochen von derselben Stimme, die mir auf den Armen eine Gänsehaut gemacht hatte, als sie sagte: *Es kommt, es kommt – ich schwöre dir, es kommt.* »Jetzt wollen wir dir was zu essen besorgen«, sagte O'Day.

Der Unterschied zwischen O'Days und Iras Redeweise war mir von Anfang an unverkennbar gewesen. Vielleicht weil es in O'Days Zielen nichts Widersprüchliches gab, weil O'Day das Leben lebte, für das er warb, weil seine Redeweise nichts anderes zu bemänteln hatte, weil sie aus jenem Innersten des Gehirns, das *Erfahrung* ist, aufzusteigen schien, hatte alles, was er sagte, etwas angespannt Zielgerichtetes, ruhte sein Denken auf festem Boden, waren die Worte selbst wie durchwirkt von Wollen, kein Schwulst, keine Energieverschwendung, statt dessen in jeder Äußerung eine listige Schläue und, wie utopisch das Ziel auch sein mochte, ein enormer Sinn für das Praktische, das Gefühl, daß er seine Aufgabe nicht bloß im Kopf, sondern auch in der Hand hatte; ein anderes Gefühl als das, das Ira vermittelte, nämlich daß es Klugheit und nicht Mangel an Klugheit war, was sich da seiner Ideen bediente – und sie durchführte. Das Echo dessen, was ich für »das Wirkliche« hielt, durchdrang seine Reden. Es war nicht schwer zu sehen, daß Iras Redeweise nur ein schwacher Abklatsch derjenigen O'Days war. Das Echo des Wirklichen ... zugleich aber auch die Rede weise eines Mannes, in dem niemals je etwas lachte. Mit dem Ergebnis, daß seiner Zielstrebigkeit etwas von Wahnsinn anhaftete, und auch dies unterschied ihn von Ira. Wer wie Ira all die menschlichen Eventualitäten auf sich zog, die O'Day aus seinem Leben verbannt hatte, besaß geistige Gesundheit, die Gesundheit eines mitteilsamen, unbotmäßigen Daseins.

Als ich an diesem Abend wieder in den Zug stieg, hatte mich O'Days beeindruckend unerbittliche Konzentriertheit so verwirrt, daß ich nur noch daran denken konnte, wie ich meinen Eltern beibringen sollte, daß dreieinhalb Monate genug waren? Ich wollte das College verlassen und nach Indiana in die Industriestadt East Chicago gehen. Ich wollte keine finanzielle Unterstützung von ihnen verlangen. Ich wollte Arbeit finden und mein Geld selbst verdienen, sehr wahrscheinlich niedrige Arbeit – aber auch das war mir recht, oder eher, gerade das motivierte mich. Ich konnte es nicht mehr rechtfertigen, mich weiterhin den bourgeoisen Erwartungen zu fügen, nicht nach meinem Besuch bei Johnny O'Day, der trotz der sanftmütigen Fassade vor seiner Leidenschaft auf mich als der dynamischste Mensch wirkte, den ich jemals kennengelernt hatte, dynamischer gar noch als Ira. Der dynamischste, der unerschütterlichste, der gefährlichste.

Gefährlich, weil er sich nicht so um mich kümmerte wie Ira und mich nicht so gut kannte wie Ira. Ira wußte, daß ich der Sohn eines anderen war, er verstand das intuitiv – und hatte es obendrein von meinem Vater zu hören bekommen – und legte es nicht darauf an, mir meine Freiheit zu nehmen oder mich von dort wegzuholen, wo ich herkam. Ira hat nie versucht, mich über einen gewissen Punkt hinaus zu indoktrinieren, und nie hat er mich unbedingt an sich binden wollen, auch wenn er wahrscheinlich sein Leben lang so sehr nach Liebe hungerte und lechzte, daß enge Bindungen ihm immer sehr am Herzen lagen. Ich war für ihn schlicht eine zeitweilige Leihgabe, wenn er nach Newark kam, jemand, den er sich gelegentlich auslieh, um einen Menschen zu haben, mit dem er reden konnte, wenn er sich in Newark oder in seiner Hütte einsam fühlte; aber niemals hat er mich zu irgendeiner kommunistischen Veranstaltung mitgenommen. Dieses sein anderes Leben blieb für mich fast vollständig unsichtbar. Davon ließ er mich nur Phrasen hören, Floskeln und Versatzstücke, nur Äußerlichkeiten. Er war nicht *nur* hemmungslos – in meiner Gegenwart besaß Ira durchaus auch Taktgefühl. So fanatisch und besessen er auch war, bewies er mir gegenüber stets große Zurückhaltung, Sensibilität und das Bewußtsein für eine Gefahr, der zu begegnen er selbst zwar bereit war, der er jedoch einen Jungen wie mich nicht aussetzen wollte. Mir gegenüber war er ganz der große starke Gutmütige, die Kehrseite des zornigen Eiferers. Ira hielt es für richtig, mich nur bis zu einem gewissen Punkt zu erziehen. Den ganzen Fanatiker habe ich nie zu Gesicht bekommen.

Aber für Johnny O'Day war ich keines Menschen Sohn, den er zu beschützen hatte. Für ihn war ich jemand, den es zu rekrutieren galt.

»Laß dich an der Uni nicht mit den Trotzkisten ein«, hatte O'Day mich beim Mittagessen ermahnt, als ob die Trotzkisten ein Problem wären, das mit ihm zu besprechen ich nach East Chicago gekommen war. Die Köpfe zusammengesteckt, aßen wir Hamburger in einer dunklen Kneipe, bei deren polnischem Inhaber er noch Kredit hatte und die einem Jungen wie mir, dem ein vertrauliches Gespräch unter Männern über alles ging, überaus zusagte. Die kleine Straße unweit der Fabrik bestand nur aus solchen Kneipen, abgesehen von dem Lebensmittelladen am einen Ende und der Kirche am anderen und, direkt gegenüber, einem unbebauten Grundstück, das halb Schrotthaufen, halb Müllhalde war. Ein kräftiger Ostwind trug den Gestank von Schwefeldioxyd heran. Drinnen stank es nach Qualm und Bier.

»Ich bin unorthodox genug, zu behaupten, daß man sich durchaus mit Trotzkisten abgeben darf«, sagte O'Day, »solange man sich hinterher die Hände wäscht. Es gibt Leute, die täglich mit giftigen Reptilien in Berührung kommen, die ihnen sogar das Gift aus den Zähnen melken, um daraus ein Gegenmittel zu gewinnen, und nur wenige von ihnen werden tödlich gebissen. Der Grund ist ganz einfach: sie *wissen*, daß diese Reptilien giftig sind.«

»Was sind denn Trotzkisten?« fragte ich.

»Du kennst den fundamentalen Unterschied zwischen Kommunisten und Trotzkisten nicht?«

»Nein.«

In den nächsten Stunden klärte er mich darüber auf. Sein Vortrag wimmelte von Ausdrücken wie »wissenschaftlicher Sozialismus«, »Neofaschismus«, »bourgeoise Demokratie«, von mir unbekannten Namen wie (zunächst einmal) Leo Trotzki, sodann Namen wie Eastman, Lovestone, Sinowjew, Bucharin, von mir unbekannten Ereignissen wie »die Oktoberrevolution« und »die Prozesse von 1937«, von Formulierungen, die anfingen wie »Die marxistische Lehre, nach der die einer kapitalistischen Gesellschaft inhärenten Widersprüche ...« und »Ihrer falschen Beweisführung folgend, haben sich die Trotzkisten zur Vereitelung der Ziele derjenigen verschworen, die ...«. Aber wie abstrus und kompliziert dieser Vortrag in seinen Einzelheiten auch sein mochte, aus O'Days Mund schien mir jedes Wort zutreffend und ganz und gar nicht abwegig: das war kein Thema, von dem er sprach, um darüber zu sprechen; kein Thema, von dem er sprach, damit ich einen Hausaufsatz darüber schrieb; sondern ein Kampf, dessen Grausamkeit er selbst durchlitten hatte.

Es war schon fast drei, als er den Zugriff auf meine Aufmerksamkeit lockerte. Seine außerordentliche Fähigkeit, einen zum Zuhören zu zwingen, beruhte zum großen Teil auf der unausgesprochenen Drohung, daß er einem nichts antun werde, solange man nur an seinen Lippen hing. Ich war erschöpft, die Kneipe war praktisch leer, und doch hatte ich das Gefühl, um mich herum spiele sich alles mögliche ab. Ich mußte an meine Highschoolzeit zurückdenken, an den Abend, an dem ich meinem Vater zum Trotz als Iras Gast jene Wallace-Veranstaltung in Newark besucht hatte, und wieder fühlte ich mich als Teilnehmer an einem Streit über das Leben, den zu führen es sich lohnte, als Teilnehmer an einem glorreichen Kampf, den ich seit meinem vierzehnten Geburtstag gesucht hatte.

»Komm mit«, sagte O'Day nach einem Blick auf die Uhr. »Ich will dir das Antlitz der Zukunft zeigen.«

Und da waren wir. Da war *ich*. Da war *es*, da war die Welt, in der ein Mann zu sein ich seit langem insgeheim geträumt hatte. Die Sirene dröhnte, die Toren flogen auf, und da kamen sie – die Arbeiter! Corwins unerreichbare Männer von der Straße, unscheinbar, aber frei. Der kleine Mann! Der einfache Arbeiter! Die Polen! Die Schweden! Die Iren! Die Kroaten! Die Italiener! Die Slowenen! Die Männer, die für die Stahlproduktion ihr Leben wagten, die sich nur für den Profit der herrschenden Klasse der Gefahr aussetzten, verbrannt, zerquetscht oder in die Luft gesprengt zu werden.

Ich war so aufgeregt, daß ich keine einzelnen Gesichter sah, nicht einmal einzelne Körper. Ich sah nur die grobe Masse, die durch die Tore heimwärts strömte. Die Masse der amerikanischen Massen! An mir vorbeistreifend, mich anrempelnd – das Antlitz, die Streitkraft der Zukunft! Mich überkam der schier unwiderstehliche Drang, laut aufzuschreien – vor Trauer, Zorn, Protest, Triumph – und mich diesem Pöbel anzuschließen, der nicht ganz eine Bedrohung und nicht ganz ein Pöbel war, mich in die Kette einzureihen, in diesem Strom von Männern mit dickbesohlten Stiefeln mitzumarschieren und ihnen allen nach Hause zu folgen. Ihr Lärmen glich dem der Zuschauer vor einem Kampf. Und was war das für ein Kampf? Der Kampf um Gleichheit für alle Amerikaner.

Aus einem um die Hüfte geschlungenen Beutel zog O'Day einen Packen Flugblätter und stieß sie mir hin. Und dort, in Sichtweite der Fabrik, dieser meilenlangen rauchspeienden Basilika, standen wir beide dann Seite an Seite und drückten jedem dieser Männer, die aus der Sieben-bis-fünfzehn-Uhr-Schicht kamen und eins haben wollten, ein Flugblatt in die Hand. Daß ihre Finger die meinen berührten, stellte mein ganzes Leben auf den Kopf. Alles was in Amerika gegen sie war, war auch gegen mich! Ich trat in den Orden der Flugblattverteiler ein: Ich wollte nur noch das Werkzeug ihres Willens sein. Ich wollte nichts anderes mehr, als aufrecht sein.

O ja, man spürt den Sog eines Mannes wie O'Day. Johnny O'Day nimmt einen nicht mit, um einen auf halber Strecke stehenzulassen. Er nimmt einen bis ans Ende mit. Die Revolution vernichtet dies und ersetzt es durch das – die unironische Klarheit des politischen Casanova. Wenn man als Siebzehnjähriger jemanden kennenlernt, der eine aggressive Einstellung hat, der idealistisch und ideologisch alles durchschaut hat, der keine Familie, keine Verwandten und kein Haus hat – der ohne all das auskommt, was Ira in zwanzig verschiedene Richtungen zerrte, ohne all diese *Gefühle*, die Ira in zwanzig Richtungen zerrten, ohne all den Wirrwarr, den ein Mann wie Ira auf sich nimmt, weil er nun einmal dazu veranlagt ist, ohne den Zwiespalt, einerseits eine Revolution herbeiführen zu wollen, die die Welt verändern soll, und andererseits eine schöne Schauspielerin zu heiraten, sich eine junge Geliebte zuzulegen, mit einer alternden Hure herumzumachen, sich nach einer Familie zu sehnen, sich mit einem Stiefkind zu zanken, ein imposantes Haus in der Stadt des Showbusiness und eine Proletarierhütte in der Provinz zu bewohnen, fest entschlossen, heimlich dieser und öffentlich jener und in den Zwischenräumen nochmals ein anderer zu sein, Abraham Lincoln und Iron Rinn und Ira Ringold, ein einziges verknäueltes, hektisches, übererregbares Gruppen-Ich –, der statt dessen von nichts als seiner Idee erfüllt ist, der nichts als seiner Idee verpflichtet ist, der sozusagen mathematisch exakt versteht, was er braucht, um ein ehrbares Leben zu führen, dann denkt man, was ich damals gedacht habe: *Hier gehöre ich hin!*

Ebendies muß Ira gedacht haben, als er im Iran mit O'Day zusammentraf. O'Day hatte ihn innerlich auf die gleiche Weise beeinflußt. Nimmt sich jemanden und spannt ihn für die Weltrevolution ein. Nur daß Ira schließlich bei all dem anderen ungewollten, ungeplanten, unüberlegten Zeug gelandet war, all diese anderen Bälle mit demselben ungeheuren Siegeswillen geworfen hatte – während O'Day nichts anderes hatte, war und wollte als *das Echte, das Wirkliche.* Weil er kein Jude war? Weil er ein Goi war? Weil O'Day, wie Ira mir erzählt hatte, in einem katholischen Waisenhaus aufgewachsen war? War er deswegen so gründlich, so rücksichtslos, lebte er deswegen so demonstrativ nur für das absolut Wesentliche?

An ihm war nichts Weichliches, an mir schon, das wußte ich. Sah er meine Weichlichkeit? Ich wollte ihn nichts davon merken lassen. Mein Leben, mein weichliches Leben ans Licht gezerrt, hier in East Chicago bei Johnny O'Day? Täglich ist er hier am Fabriktor, um sieben Uhr morgens, um drei Uhr nachmittags, um elf Uhr abends, nach jeder Schicht verteilt er seine Flugblätter. Er wird mir beibringen, wie man sie schreibt, was man schreibt und wie man es am besten ausdrückt, wenn man den Arbeiter zum Handeln bewegen und Amerika zu einer gerechten Gesellschaft machen will. Er wird mir alles beibringen. Ich bin ein Mensch, der das behagliche Gefängnis seiner menschlichen Bedeutungslosigkeit verläßt und, hier an der Seite von Johnny O'Day, in das hypergeladene Medium namens Geschichte eintritt. Ein niedriger Job, ein Leben in Armut, ja, aber hier an der Seite von Johnny O'Day kein *sinnloses* Leben. Im Gegenteil, hier war alles von Bedeutung, hier war alles groß und wichtig!

Kaum vorstellbar, daß ich aus solchen Emotionen jemals wieder zurückfinden konnte. Aber um Mitternacht hatte ich meine Eltern immer noch nicht angerufen, um ihnen meinen Entschluß mitzuteilen. O'Day hatte mir als Lektüre für die Zugfahrt nach Chicago zwei dünne Broschüren mitgegeben. Die eine hieß *Theorie und Praxis der Kommunistischen Partei* und war das erste Heft einer von der Abteilung Nationale Bildung der Kommunistischen Partei herausgegebenen »Marxistischen Studienreihe«, worin auf knapp fünfzig Seiten das Wesen des Kapitalismus, der kapitalistischen Ausbeutung und des Klassenkampfs schonungslos entlarvt wurde. O'Day versprach mir, bei unserem nächsten Treffen mit mir darüber zu diskutieren und mir dann das zweite Heft zu geben, in dem »die Themen des ersten«, wie er sagte, »auf höherer theoretischer Ebene entwickelt« würden.

Die andere Broschüre, die ich an diesem Tag im Zug mit nach Hause nahm, war *Wer besitzt Amerika?* von James S. Allen, der darin behauptete – prophezeite –, daß »der Kapitalismus, selbst in seiner mächtigsten Verkörperung hier in Amerika, katastrophale Verhältnisse in immer größerem Maßstab zu reproduzieren droht«. Auf dem Umschlag war in Blau und Weiß die Karikatur eines fetten Mannes, der wie ein Schwein mit Frack und Zylinder aussah; er thronte arrogant auf einem dicken Geldsack mit der Aufschrift »Profite«, und auf seinem aufgedunsenen Bauch prangte das Dollarzeichen. Im Hintergrund – als Symbol des Eigentums, das die reiche herrschende Klasse den »Hauptopfern des Kapitalismus« unrechtmäßig weggenommen hatte – qualmten die Schlote der amerikanischen Fabriken.

Ich hatte die beiden Broschüren im Zug gelesen; im Wohnheim las ich sie noch einmal, denn ich hoffte, daraus Kraft für meinen Anruf zu Hause schöpfen zu können. Die letzten Seiten von *Wer besitzt Amerika?* waren überschrieben mit »Werde Kommunist!«. Ich las sie laut und stellte mir vor, es sei Johnny O'Day, der da zu mir sprach: »Ja, gemeinsam werden wir im Streik obsiegen. Wir werden unsere eigenen Gewerkschaften gründen, wir werden uns sammeln zum Kampf auf allen Ebenen gegen die Kräfte der Reaktion, des Faschismus und der Kriegstreiber. Gemeinsam wollen wir für den Aufbau einer großen unabhängigen politischen Bewegung wirken, die bei den Wahlen gegen die Parteien der Konzerne antreten soll. Wir wollen den Usurpatoren, der Oligarchie, die unsere Nation in den Ruin treibt, keine Sekunde Ruhe gönnen. Laßt euren Patriotismus, eure Loyalität für die Nation, von niemandem in Frage stellen. Kommt in die Kommunistische Partei. Als Kommunisten werdet ihr im tiefsten Sinn des Wortes fähig sein, eure Pflicht als Amerikaner zu erfüllen.«

Ich dachte: Warum ist das nicht erreichbar? Tu es, so wie du damals in den Bus gestiegen und in die Stadt gefahren und zu dieser Wallace-Veranstaltung gegangen bist. Gehört dein Leben dir oder ihnen? Hast du den Mut deiner Überzeugungen oder nicht? Ist dieses Amerika das Amerika, in dem du leben möchtest, oder steht dir der Sinn danach, die Verhältnisse zu verändern? Oder bist du, wie alle anderen »idealistischen« Collegestudenten, die du kennst, auch nur so ein egoistischer, privilegierter, eigennütziger Heuchler? Wovor hast du Angst – vor dem Elend, vor der Schande, vor der Gefahr oder gar vor O'Day selbst? Wovor hast du Angst, wenn *nicht* vor deiner Weichlichkeit? Erwarte nicht, daß deine Eltern dich da herausholen. Ruf nicht zu Hause an und bitte um Erlaubnis, in die Kommunistische Partei eintreten zu dürfen. Pack deine Klamotten und deine Bücher und fahr dorthin zurück und tu es! Wenn du es nicht tust, kann man dann wirklich noch irgendeinen Unterschied finden zwischen deiner und Lloyd Browns Fähigkeit, eine Veränderung zu wagen, zwischen deiner Verwegenheit und der Verwegenheit von Brownie, diesem Krämergehilfen, der draußen an der Abraumhalde von Zinc Town die Nachfolge Tommy Minareks antreten will? Wie sehr unterscheidet sich Nathans Unvermögen, die Erwartungen seiner Familie von sich zu weisen und seine Freiheit auf eigene Faust zu erkämpfen, von Brownies Unvermögen, sich den Erwartungen *seiner* Familie zu widersetzen und *seine* Freiheit zu erkämpfen? Er bleibt in Zinc Town und verkauft Mineralien, ich bleibe am College und studiere Aristoteles – und ende schließlich als ein Brownie mit Diplom.

Um ein Uhr morgens verließ ich das Wohnheim und ging durch einen Schneesturm – es war mein erster Blizzard in Chicago – über den Midway zum International House. Der burmesische Student, der am Empfang Nachtdienst hatte, erkannte mich, und als er die Sicherheitstür aufschloß und ich sagte: »Mr. Glucksman«, nickte er nur und ließ mich trotz der späten Stunde hinein. Ich stieg in Leos Etage und klopfte bei ihm an. Im Flur roch es nach Curry, offenbar hatte sich einer der ausländischen Studenten einige Stunden zuvor auf der Kochplatte in seinem Zimmer eine Mahlzeit bereitet. Ich dachte: Da kommt ein Junge aus Indien den weiten Weg von Bombay nach Chicago, um hier zu studieren, und du hast Angst, in Indiana zu leben. Steh auf, zieh in den Kampf gegen die Ungerechtigkeit! Mach kehrt, geh – du hast es in der Hand! Denk an das Fabriktor!

Seit so vielen Stunden in höchst überreiztem Zustand – seit so vielen *Jahren*, jugendlich hingerissen von all diesen neuen Idealen und visionären Wahrheiten –, brach ich dann aber, als Leo mir im Pyjama die Tür aufmachte, in Tränen aus und brachte ihn damit auf vollkommen falsche Gedanken. Plötzlich strömte alles aus mir heraus, was ich Johnny O'Day nicht zu zeigen gewagt hatte. Das Weichliche, das Kindliche, die ganze nichtswürdige Un-O'Day-haftigkeit, die mich kennzeichnete. Die ganze Unerheblichkeit, die mich kennzeichnete. Warum ist das nicht erreichbar? Was mir fehlte, hat wohl auch Ira gefehlt: ein ungeteiltes Herz, ein Herz wie das beneidenswert zielstrebige Herz von Johnny O'Day, unzweideutig, bereit, allem und jedem zu entsagen außer der Revolution.

»Ach, Nathan«, sagte Leo zärtlich. »Mein lieber Freund.« Es war das erstemal, daß er mich nicht mit »Mr. Zuckerman« anredete. Er ließ mich an seinem Schreibtisch Platz nehmen, blieb dicht neben mir stehen und sah zu, wie ich, immer noch weinend, meine bereits nasse und schneebedeckte Jagdjacke aufknöpfte. Vielleicht dachte er, ich würde weitermachen und alles ausziehen. Statt dessen erzählte ich ihm von dem Mann, den ich kennengelernt hatte. Ich erzählte ihm von meinem Wunsch, nach East Chicago zu ziehen und mit O'Day zu arbeiten. Ich müsse das machen, mein Gewissen dränge mich dazu. Aber ob ich das machen könne, ohne meinen Eltern etwas davon zu sagen? Ich fragte Leo, ob das anständig wäre.

»Du Miststück! Du Hure! Geh! Verschwinde! Du miese falsche Schlange!« sagte er, schob mich aus dem Zimmer und schlug die Tür zu.

Ich verstand gar nichts. Ich verstand Beethoven nicht so recht, ich hatte immer noch Schwierigkeiten mit Kierkegaard, und was Leo mir nachbrüllte und warum er das tat, war mir ebenfalls unverständlich. Ich hatte ihm doch nur von meiner Absicht erzählt, mich an die Seite eines achtundvierzigjährigen kommunistischen Stahlarbeiters zu stellen, der, so hatte ich ihn beschrieben, einem alternden Montgomery Clift nicht ganz unähnlich war – und dafür schmeißt Leo mich raus.

Nicht nur der indische Student von gegenüber, sondern nahezu alle indischen, asiatischen und afrikanischen Studenten, die auf diesem Flur wohnten, kamen von dem Lärm angelockt aus ihren Zimmern. Die meisten trugen zu dieser Stunde nur noch Unterwäsche, und was sie erblickten, war ein Junge, der soeben entdeckt hatte, daß Heldentum für einen Siebzehnjährigen nicht so leicht zu erlangen war wie das Talent, sich mit siebzehn für Heldentum und die moralischen Aspekte irgendwelcher Dinge zu begeistern. Was sie zu sehen glaubten, war freilich etwas ganz anderes. Was sie zu sehen glaubten, wurde mir selbst erst klar, als mir in der nächsten Philologiestunde aufging, daß Leo Glucksman mich von nun an nicht mehr bloß für jemanden halten würde, der kein Besserer war, geschweige denn jemand, der das Zeug hatte, ein Ausgezeichneter zu werden, sondern für den unreifsten, kulturell unterentwickeltsten, lachhaftesten Spießer aller Zeiten, der skandalöserweise jemals an der Universität von Chicago studiert hatte. Und nichts, was ich im weiteren Verlauf des Jahres im Unterricht sagte oder schrieb, keiner meiner langen Briefe, in denen ich mich rechtfertigte und entschuldigte und darauf hinwies, daß ich das College *nicht* verlassen und mich O'Day *nicht* angeschlossen hatte, vermochte ihn aus seinem Irrtum zu befreien.

Im nächsten Sommer zog ich durch Jersey und verkaufte Zeitschriften von Tür zu Tür – nicht ganz das dasselbe wie Flugblattverteilen vor einer Stahlfabrik in Indiana, morgens, abends und mitten in der Nacht. Obwohl ich ein paarmal mit Ira telefonierte und wir ausmachten, daß ich ihn im August in seiner Hütte besuchen sollte, mußte er zu meiner Erleichterung in letzter Minute absagen, und dann fing schon wieder meine Schule an. Einige Wochen später, in den letzten Tagen des Oktober 1951, hörte ich, daß er und Artie Sokolow und dazu noch der Regisseur, der Komponist, die zwei anderen Hauptdarsteller der Sendung sowie der berühmte Ansager Michael J. Michaels aus dem Produktionsteam von *Frei und tapfer* gefeuert worden waren. Mein Vater erzählte mir die Neuigkeit am Telefon. Zeitungen las ich nur sehr unregelmäßig, aber wie er mir sagte, war die Meldung tags zuvor von beiden Newarker und auch von sämtlichen New Yorker Zeitungen gebracht worden. »Roter Eisenschädel« hatte man ihn in der Schlagzeile des *New York Journal-American* genannt, für das Bryden Grant als Leitartikler arbeitete. Und »Grants Gerüchteküche« hatte die Meldung als erste gebracht.

Ich merkte schon an seiner Stimme, daß die Hauptsorge meines Vaters mir selber galt – der Tatsache, daß Ira sich meiner angenommen hatte, und was daraus für Folgen erwachsen könnten –, und daher sagte ich unwillig: »Weil sie ihn einen Kommunisten nennen, weil sie lügen und *jeden* einen Kommunisten nennen –« »können sie lügen und auch dich einen nennen«, sagte er, »*allerdings*.« »Sollen sie doch! Von mir aus!« Aber sosehr ich meinen liberalen Fußpfleger-Vater anschreien mochte, als sei er selbst der Rundfunkboss, der Ira und seine Gefolgsleute gefeuert hatte, so lautstark ich behaupten mochte, daß die Vorwürfe auf Ira genauso wenig zuträfen wie auf mich, hatte mich doch jener eine Nachmittag mit Johnny O'Day gelehrt, wie sehr ich mich irren konnte. Ira hatte mit O'Day zwei Jahre lang im Iran gedient. O'Day war sein bester Freund gewesen. Als ich ihn kennenlernte, bekam er immer noch lange Briefe von O'Day und beantwortete sie. Dazu kam Goldstine und alles, was er in seiner Küche gesagt hatte. Laß dich von ihm nicht mit kommunistischen Ideen vollstopfen, Junge. Verschwinde aus meinem Haus, du dämliches Kommunistenschwein ...

Ich hatte mich halsstarrig geweigert, das alles zusammenzusetzen. Dies und die Schallplatte und manches andere.

»Erinnerst du dich an den Nachmittag in meinem Büro, Nathan, als er von New York rübergekommen und uns besucht hat? Ich habe ihn gefragt, und du hast ihn gefragt, und was hat er gesagt?«

»Die Wahrheit! Er hat die Wahrheit gesagt!«

»›Sind Sie Kommunist, Mr. Ringold?‹ habe ich ihn gefragt. ›Sind Sie Kommunist, Mr. Ringold?‹ hast du ihn gefragt.« Und mit einem erschreckenden Tonfall, den ich nie von ihm gehört hatte, rief mein Vater aus: »Wenn er gelogen hat, wenn dieser Mann meinen Sohn belogen hat ...!«

Was ich in seiner Stimme gehört hatte, war die Bereitschaft zu töten.

»Wie kannst du dich mit jemand abgeben, der dich in einer so grundlegenden Sache angelogen hat? *Wie?* Das war keine Kinderlüge«, sagte mein Vater. »Das war eine Erwachsenenlüge. Eine bewußte Lüge. Eine reine, komplette Lüge.«

Und während er weiterredete, dachte ich: Was hatte Ira nur, warum hat er mir nicht die Wahrheit gesagt? Ich wäre auch so zu ihm nach Zinc Town gefahren, oder hätte es jedenfalls versucht. Andererseits hat er ja nicht nur mich belogen. Darum ging es gar nicht. Er hatte alle belogen. Wenn man jeden belügt, automatisch und immer, dann tut man es mit Vorbedacht, um sein Verhältnis zur Wahrheit zu verändern. Weil so etwas niemand improvisieren kann. Dem einen die Wahrheit sagen, dem anderen eine Lüge auftischen – das geht nicht. Das Lügen gehört also mit zu dem, was einem zustößt, wenn man wie er jene Uniform anzieht. Es gehörte zum Wesen seines Engagements, daß er log. Die Wahrheit zu sagen, insbesondere mir, ist ihm nie in den Sinn gekommen; das hätte nicht nur unsere Freundschaft, sondern auch mich gefährdet. Es gab viele Gründe für sein Lügen, aber nicht einen, den ich meinem Vater erklären konnte, selbst wenn ich sie damals schon alle durchschaut hätte.

Nachdem ich mit meinem Vater gesprochen hatte (und mit meiner Mutter, die sagte: »Ich habe Dad gebeten, dich nicht anzurufen, dich nicht aufzuregen«), versuchte ich Ira in der West Eleventh Street zu erreichen. Das Telefon war den ganzen Abend besetzt, und als ich es am nächsten Tag wieder versuchte und durchkam, sagte Wondrous – die Schwarze, die Eve mit dem von Ira verabscheuten Glöckchen an den Eßtisch zu zitieren pflegte: »Er wohnt hier nicht mehr« und legte auf. Da Iras Bruder immer noch sehr »mein Lehrer« war, verkniff ich es mir, Murray Ringold anzurufen, schrieb Ira jedoch einen Brief, den ich an seinen Bruder in der Newarker Lehigh Avenue richtete, und dann noch einen an seine Postfachadresse in Zinc Town. Ich bekam keine Antwort. Beim Lesen der Zeitungsausschnitte über ihn, die mein Vater mir schickte, rief ich: »Lügen! Lügen! Gemeine Lügen!«, erinnerte mich dann aber an Johnny O'Day und Erwin Goldstine und wußte nicht mehr, was ich denken sollte.

Keine sechs Monate später – ein wahrer Schnellschuß – erschien in Amerikas Buchhandlungen *Mein Mann, der Kommunist* von Eve Frame, aufgezeichnet von Bryden Grant. Der Umschlag zeigte vorne und hinten die amerikanische Flagge. Auf der Vorderseite war die Flagge eingerissen, und in das ovale Loch war ein aktuelles Foto von Ira und Eve einmontiert: Eve ganz reizend in einem ihrer kleinen Hüte mit dem gepünktelten Schleier, den sie berühmt gemacht hatte, bekleidet mit einer Pelzjacke, eine kreisrunde Handtasche unterm Arm – munter lächelnd, ging sie Arm in Arm mit ihrem Mann die West Eleventh Street hinunter. Ira hingegen sah ganz und gar nicht glücklich aus; mit ernster unruhiger Miene starrte er durch seine dicken Brillengläser unter dem Filzhut hervor in die Kamera. Sein Kopf, ziemlich genau im Zentrum des Buchumschlags, auf dem es hieß »*Mein Mann, der Kommunist* von Eve Frame, aufgezeichnet von Bryden Grant«, war knallrot eingekreist.

In dem Buch behauptete Eve, Iron Rinn, »alias Ira Ringold«, sei ein »kommunistischer Irrer«, der sie mit seinen kommunistischen Ideen »attackiert und tyrannisiert« habe, der ihr und Sylphid jeden

Abend beim Essen Vorträge gehalten habe, der sie beide angebrüllt und alles getan habe, sie beide einer »Gehirnwäsche« zu unterziehen und für die kommunistische Sache zu gewinnen. »Ich glaube nicht, daß ich jemals in meinem Leben einen so heldenhaften Menschen erlebt habe wie meine Tochter, die nichts so sehr liebte, als den ganzen Tag still und fleißig Harfe zu spielen, und dennoch keine Mühe scheute, die amerikanische Demokratie gegen diesen kommunistischen Irren und seine stalinistischen, totalitären Lügen zu verteidigen. Ich glaube nicht, daß ich in meinem Leben jemals etwas so Grausames erlebt habe wie diesen kommunistischen Irren, der jeden Trick aus dem sowjetischen Konzentrationslager benutzte, um dieses tapfere Kind in die Knie zu zwingen.«

Das Vorsatzblatt zeigte ein Foto von Sylphid; es war aber nicht die Sylphid, die ich kannte, nicht die große, zynische Dreiundzwanzigjährige in Zigeunerkleidern, die mir damals vor jener Party übermütig durchs Essen geholfen und mich dann mit ihren spitzen Bemerkungen über all die Freunde ihrer Mutter entzückt hatte, sondern eine winzige Sylphid mit rundem Gesicht und großen schwarzen Augen; sie trug Zöpfe und ein Partykleid und lächelte über eine Beverly-Hills-Geburtstagstorte hinweg ihre schöne Mami an. Sylphid in einem weißen, mit kleinen Erdbeeren bestickten Baumwollkleid; der weite Rock gebauscht von Petticoats und befestigt mit einer Schärpe, die am Rücken zu einer Schleife gebunden war. Sylphid, vierzig Pfund schwer und sechs Jahre alt, in weißen Söckchen und schwarzen Schnallenschuhen. Sylphid nicht als Penningtons Kind, nicht einmal als Eves Kind, sondern als Kind Gottes. Das Bild erreichte, was Eve von Anfang an mit dem dunstigen Tagtraum von einem Namen erstrebt hatte: die Entweltlichung Sylphids, die Vergeistigung, die Auflösung des Körperlichen. Sylphid als Heilige, vollkommen unberührt von jeglichen Lastern, nicht den geringsten Platz in dieser Welt beanspruchend. Sylphid als alles, was Antagonismus nicht ist.

»Mama, Mama«, ruft das tapfere Kind in einer dramatischen Szene fassungslos seiner Mutter zu, »die Männer oben in seinem Arbeitszimmer sprechen Russisch!«

Russische Agenten. Russische Spione. Russische Dokumente. Geheime Briefe, Telefonate, mündlich überbrachte Botschaften von Kommunisten aus dem ganzen Land, Tag und Nacht strömte das alles ins Haus. Kadertreffen im Haus und in dem »kommunistischen Geheimversteck in der abgelegensten Wildnis von New Jersey«. Und »in einer kurzfristig von ihm gemieteten Erdgeschoßwohnung in Greenwich Village, am Washington Square North, gegenüber dem berühmten Standbild von General George Washington – eine Wohnung, die Iron Rinn hauptsächlich zu dem Zweck beschafft hat, Kommunisten auf der Flucht vor dem FBI eine sichere Zuflucht zu bieten«.

»Lügen!« rief ich. »Vollkommen verrückte Lügen!« Aber wie konnte ich das eigentlich wissen? Oder sonst jemand? Was, wenn das skandalöse Vorwort ihres Buchs der Wahrheit entsprach? Konnte das sein? Jahrelang habe ich Eve Frames Buch nicht gelesen, mein ursprüngliches Verhältnis zu Ira solange wie möglich zu bewahren versucht, während ich mich gleichzeitig zunehmend von ihm und seinen Tiraden bis zu dem Punkt gelöst hatte, daß ich praktisch nichts mehr mit ihm zu tun haben wollte. Aber auf jeden Fall wollte ich nicht, daß dieses Buch das schreckliche Ende unserer Geschichte war, und daher blätterte ich nur darin herum und las außer dem Vorwort so gut wie nichts. Ebensowenig interessierte es mich sonderlich, was die Zeitungen über die niederträchtige Heuchelei des Hauptdarstellers von *Frei und tapfer* berichteten, der all diese großen amerikanischen Gestalten verkörpert und dennoch für sich selbst eine weitaus unheimlichere Rolle beansprucht hatte. Der, wenn man Eves Aussage folgte, persönlich dafür gesorgt hatte, daß jedes einzelne Manuskript Sokolows einem russischen Agenten zur Bearbeitung und Billigung vorgelegt worden war. Zu sehen, wie jemand, den ich geliebt hatte, öffentlich gedemütigt wurde – wie hätte ich mich daran beteiligen können? Das war weder angenehm noch konnte ich irgend etwas dagegen tun.

Zu akzeptieren, selbst wenn ich den Vorwurf der Spionage beiseite ließ, daß der Mann, der mich in die Männerwelt eingeführt hatte, meine Familie in puncto seiner Zugehörigkeit zu den Kommunisten belogen haben konnte, war für mich kaum weniger schmerzhaft, als zu akzeptieren, daß Alger Hiss oder die Rosenbergs es fertiggebracht hatten, die Nation in puncto ihrer Zugehörigkeit zu den Kommunisten zu belügen. Ich weigerte mich, irgend etwas davon zu lesen, wie ich mich früher geweigert hatte, irgend etwas davon zu glauben.

Und so fing Eves Buch an, das Vorwort, die Bombe der ersten Seite:

Ist es richtig, daß ich das mache? Fällt es mir leicht, das zu tun? Glauben Sie mir, es fällt mir durchaus nicht leicht. Es ist die schrecklichste und schwierigste Aufgabe meines ganzen Lebens. Was drängt mich dazu? werden die Leute fragen. Wie kann ich es nur für meine moralische und patriotische Pflicht halten, einen Mann zu denunzieren, den ich so sehr geliebt habe wie Iron Rinn?

Weil ich mir als amerikanische Schauspielerin geschworen habe, die kommunistische Unterwanderung der Unterhaltungsbranche mit jeder Faser meines Seins zu bekämpfen. Weil ich als amerikanische Schauspielerin einem amerikanischen Publikum gegenüber, das mir so viel Liebe und Anerkennung und Glück geschenkt hat, eine hohe Verantwortung habe, die hohe und unerschütterliche Verantwortung, zu entlarven und aufzudecken, in welchem Ausmaß die Kommunisten Einfluß auf die Rundfunkindustrie gewonnen haben, in die mich der Mann eingeführt hat, mit dem ich verheiratet war, der Mann, den ich mehr geliebt habe als jeden anderen, aber auch der Mann, der entschlossen war, mit der Waffe der Massenkultur den American way of life zu vernichten.

Dieser Mann war der Radiostar Iron Rinn, alias Ira Ringold, eingetragenes Mitglied der Kommunistischen Partei der Vereinigten Staaten von Amerika und amerikanischer Rädelsführer der im Untergrund agierenden kommunistischen Spionageeinheit, die den amerikanischen Rundfunk unter ihre Kontrolle zu bringen strebte. Iron Rinn, alias Ira Ringold, ein Amerikaner, der seine Anweisungen von Moskau bekam.

Ich weiß, warum ich diesen Mann geheiratet habe: ich bin eine Frau und habe ihn geliebt. Und warum hat er mich geheiratet? Weil die Kommunistische Partei es ihm befohlen hat! Iron Rinn hat mich nie geliebt. Iron Rinn hat mich ausgenutzt. Iron Rinn hat mich geheiratet, um sich desto besser in die amerikanische Unterhaltungswelt einschleichen zu können. Ja, ich habe einen machiavellistischen Kommunisten geheiratet, einen tückischen Mann von enormer Verschlagenheit, der es beinahe geschafft hat, mein Leben und meine Karriere und das Leben meines geliebten Kindes zu zerstören. Und das alles nur, um Stalins Plan zur Erlangung der Weltherrschaft zu fördern.

7

Die Hütte. Eve hat sie gehaßt. Als sie frisch verliebt waren, hat sie
noch versucht, sie für ihn einzurichten; hat Vorhänge angebracht,
Geschirr, Gläser, Gedecke gekauft, aber die Mäuse, Wespen und
Spinnen überall machten ihr angst, und der nächste Laden war
meilenweit weg, und da sie selbst nicht fuhr, mußte sie sich von
einem nach Mist stinkenden Bauern aus der Nachbarschaft zum
Einkaufen fahren lassen. Alles in allem hatte sie in Zinc Town
nicht viel mehr zu tun, als ständig irgendwelche Unannehmlich-
keiten abzuwehren, und so machte sie sich schließlich für den
Kauf eines Hauses in Südfrankreich stark; Sylphids Vater besaß
dort eine Villa, und Sylphid würde dann die Sommer in seiner
Nähe verbringen können. Sie fragte Ira: ›Wie kannst du nur so
provinziell sein? Wie willst du jemals etwas anderes kennenlernen
als dieses Geschrei über Harry Truman, wenn du nicht auf Reisen
gehst, wenn du nicht nach Frankreich gehst und dir die französi-
sche Landschaft ansiehst, wenn du nicht nach Italien gehst und dir
die berühmten Gemälde ansiehst, wenn du nicht mal irgendwo
anders hingehst als nach New Jersey? Du hörst keine Musik. Du
gehst nicht ins Museum. Bücher liest du nur, wenn sie von der Arbeiterklasse handeln. Wie kann ein Schauspieler –‹ Worauf er antwortete: ›Ich bin kein Schauspieler. Ich bin ein einfacher Arbeiter,
der sein Geld beim Rundfunk verdient. Du hattest bereits einen
Fatzken zum Ehemann. Willst du's noch mal mit ihm versuchen?
Willst du einen Mann wie deine Freundin Katrina, einen kultivierten Harvardabsolventen wie den Mann dieser bekloppten Katrina van Grant, diesen Kerl mit seiner Gerüchteküche?‹

Immer wenn sie von Frankreich anfing, vom Erwerb eines Ferienhauses dort, geriet Ira in Rage – dazu hat es nie viel gebraucht. Für Leute wie Pennington oder Grant konnte er nicht einfach beiläufig Abneigung empfinden. Für überhaupt nichts konnte er das. Es gab keine Meinungsverschiedenheit, an der sich sein Zorn nicht entzünden konnte. ›Ich bin gereist‹, sagte er zu ihr. ›Ich habe in iranischen Häfen gearbeitet. Da habe ich genug gesehen, wie Menschen erniedrigt werden . . .‹ Und so weiter und so fort.

Jedenfalls wollte Ira nicht auf die Hütte verzichten, und dies war ein weiterer Streitpunkt zwischen den beiden. Am Anfang war die Hütte ein Überbleibsel seines früheren Lebens und machte für sie einen Teil seines rauhen Charmes aus. Nach einer Weile jedoch sah sie die Hütte als einen Ort, an den er sich vor ihr zurückzog, und auch dies erfüllte sie mit Entsetzen.

Vielleicht hat sie ihn ja wirklich geliebt und ebendeshalb Angst gehabt, ihn zu verlieren. Ich selbst freilich habe in ihrem theatralischen Gebaren nie so etwas wie Liebe erkennen können. Eve hat sich in den Mantel der Liebe gehüllt, in das Hirngespinst der Liebe, aber sie war ein zu schwacher und verletzlicher Mensch, um keinen Groll zu empfinden. Sie war zu sehr eingeschüchtert, als daß sie eine sachliche und vernünftige Liebe aufbringen konnte – als daß sie irgend etwas anderes als eine Karikatur von Liebe aufbringen konnte. Und Sylphid bekam genau das. Stellen Sie sich vor, was es bedeutet haben muß, Eve Frames Tochter zu sein – *und* Carlton Penningtons Tochter –, und Sie werden allmählich verstehen, warum Sylphid sich so entwickelt hat. Ein solcher Charakter entsteht nicht über Nacht.

Alles, was sie an Ira verachtete, alles Ungezähmte, was ihr an ihm zuwider war, war für sie in dieser Hütte eingeschlossen, aber Ira wollte sich einfach nicht davon trennen. Wenn sie ihm auch sonst nichts bedeutete, solange die Hütte eine Hütte blieb, war er dort vor Sylphid sicher. Schlafen konnte sie dort nur auf der Bettcouch im Vorderzimmer, und bei den seltenen Wochenendbesuchen, die sie ihm im Sommer abstattete, war sie nur unglücklich und langweilte sich. Der Teich war ihr zum Schwimmen zu schlammig, der Wald zum Wandern zu mückenreich, und was auch immer Eve unternahm, um sie bei Laune zu halten, nach anderthalb Tagen im Schmollwinkel setzte sie sich in den Zug und fuhr zu ihrer Harfe zurück.

Aber in ihrem letzten gemeinsamen Frühjahr gab es dann doch Pläne für eine Renovierung der Hütte. Beginnen sollte die große Aktion nach dem Tag der Arbeit. Modernisierung von Küche und Bad, große neue Fenster, ein neuer Fußboden, neue Türen, die endlich einmal schließen würden, neue Beleuchtung, Dämmplatten zur Isolierung und eine neue Ölheizung, um die Hütte winterfest zu machen. Neuer Anstrich innen und außen. Und hinten ein großer Anbau, ein komplettes neues Zimmer mit einem riesigen gemauerten Kamin und einem Panoramafenster mit Blick auf den Teich und die Wälder. Ira engagierte einen Zimmermann, einen Anstreicher, einen Elektriker, einen Klempner; Eve machte Listen und Zeichnungen; das Ganze sollte zu Weihnachten fertig sein. Was soll's, dachte Ira, wenn sie's unbedingt will, soll sie's haben.

Unterdessen hatte sein Verfall begonnen, nur merkte ich noch nichts davon. Er selbst auch nicht. Er hielt sich für clever, er glaubte, er werde das schon deichseln können. Aber die Schmerzen setzten ihm fürchterlich zu, sein Kampfgeist war gebrochen, und die Entscheidung wurde nicht von dem herbeigeführt, was stark in ihm war, sondern von dem, was um ihn herum in Stücke ging. Er ließ sie stärker gewähren und glaubte auf diese Weise Reibereien vermeiden und sich ihrer Hilfe vergewissern zu können, wenn es galt, nicht auf die schwarze Liste gesetzt zu werden. Da er jetzt fürchtete, sie zu verlieren, wenn er die Geduld verlöre, versuchte er seine politische Haut zu retten, indem er sich ganz ihrer Wesenlosigkeit preisgab.

Die Angst. Die Panik, die damals um sich griff, das ungläubige Entsetzen, die Furcht vor Entdeckung, die Ungewißheit angesichts der Bedrohung von Leben und Lebensunterhalt. War Ira wirklich überzeugt, Eve könnte ihm in irgendeiner Weise Schutz bieten? Wahrscheinlich nicht. Aber was hätte er sonst tun können?

Was ist aus seiner cleveren Strategie geworden? Er hört, wie sie den neuen Anbau ›Sylphids Zimmer‹ nennt, und das war's dann mit seiner cleveren Strategie. Er hört, wie sie draußen mit dem Erdarbeiter spricht, ›Sylphids Zimmer hier‹ und ›Sylphids Zimmer da‹, und als sie glücklich strahlend ins Haus kommt, ist Iras Verwandlung schon abgeschlossen. ›Warum sagst du das?‹ fragt er sie. ›Warum nennst du das Sylphids Zimmer?‹ ›Das habe ich nicht getan‹, sagt sie. ›Doch, das hast du. Ich habe es selbst gehört. Das ist nicht Sylphids Zimmer.‹ ›Aber *wohnen* wird sie dort.‹ ›Ich dachte, das sollte nur ein großes Hinterzimmer sein, das neue Wohnzimmer.‹ ›Aber die Bettcouch. Sie wird dort auf der neuen Bettcouch schlafen.‹ ›Ach ja? Wann?‹ ›Na ja, wenn sie herkommt.‹ ›Aber es gefällt ihr hier doch gar nicht.‹ ›Wenn das Haus so reizend wird, wie wir es geplant haben, wird es ihr aber gefallen.‹ ›Dann zum Teufel damit‹, sagt er. ›Das Haus wird nicht reizend. Das Haus wird beschissen. Scheiß auf den ganzen Plan.‹ ›Warum tust du mir das an? Warum tust du das meiner Tochter an? Was *hast* du, Ira?‹ ›Es ist aus. Die Renovierung ist abgesagt.‹ ›Aber *warum?*‹ ›Weil ich deine Tochter nicht ausstehen kann, und weil auch deine Tochter mich nicht ausstehen kann – da hast du dein Warum.‹ ›Du *wagst* es, etwas gegen meine Tochter zu sagen? Ich gehe! Hier bleibe ich nicht! Du quälst meine Tochter! Das lasse ich nicht zu!‹ Und dann greift sie zum Telefon, bestellt sich ein Taxi, und fünf Minuten später ist sie verschwunden.

Wohin, erfährt er erst nach vier Stunden. Er bekommt einen Anruf von einer Maklerin drüben in Newton. Sie verlangt Miss Frame zu sprechen, und er sagt ihr, Miss Frame sei nicht da. Sie fragt, ob er Miss Frame etwas ausrichten könne – die zwei entzückenden Bauernhäuser, die sie gesehen hätten, stünden tatsächlich zum Verkauf, beide seien für ihre Tochter genau das richtige, und sie könne am nächsten Wochenende mit ihnen hinfahren.

Eve hatte, nachdem sie gegangen war, den Nachmittag damit verbracht, sich in Sussex County nach einem Sommerhaus für Sylphid umzusehen.

Hier nun rief Ira mich an. Er sagte: ›Ich fasse es nicht. Sie sucht hier oben ein Haus für sie – ich *begreife* das nicht.‹ ›Ich schon‹, sagte ich. ›Schlechte Mütter finden niemals ein Ende. Ira, jetzt ist es Zeit, zur nächsten Unwahrscheinlichkeit überzugehen.‹

Ich bin ins Auto gestiegen und zur Hütte rausgefahren. Ich habe dort bei ihm übernachtet, und am nächsten Morgen habe ich ihn nach Newark gebracht. Eve hat jeden Abend bei uns angerufen, hat ihn angefleht, zu ihr zurückzukommen, aber er hat ihr gesagt, es sei aus, ihre Ehe sei beendet, und als *Frei und tapfer* dann wieder auf Sendung ging, ist er bei uns geblieben und immer mit der Bahn nach New York zur Arbeit gefahren.

Ich habe zu ihm gesagt: ›Du steckst in dieser Sache wie jeder andere. Du wirst untergehen oder nicht untergehen, wie jeder andere. Die Frau, mit der du verheiratet bist, kann dich vor nichts von dem bewahren, was dir oder der Sendung oder wem auch immer bevorsteht, den diese Leute vernichten wollen. Die Kommunistenfresser sind im Kommen. Niemand wird sie auf Dauer an der Nase herumführen, da hilft auch kein *doppeltes* Doppelleben. Sie werden dich kriegen, mit ihr oder ohne sie, aber ohne sie hast du wenigstens niemand am Hals, der dir in einer solchen Krise nichts nützen kann.‹

Doch im Verlauf der nächsten Wochen schwand Iras Überzeugung, daß ich recht hatte, immer mehr; Doris ging es nicht anders, und vielleicht, Nathan, hatte ich wirklich nicht recht. Wenn er aus den von ihm gut durchdachten Gründen zu Eve zurückgegangen wäre, hätte sie mit ihrer Ausstrahlung, ihrem Ruf und ihren Beziehungen ihn und seine Karriere womöglich retten können. Denkbar wäre es. Aber was hätte ihn vor dieser Ehe retten sollen? Jeden Abend, wenn Lorraine auf ihr Zimmer gegangen war, saßen wir in der Küche, und Ira hörte zu, wie Doris und ich immer und immer wieder dieselben Argumente vorbrachten. Wir saßen mit unserem Tee am Küchentisch, und Doris sagte etwa: ›Er hat sich ihren Unsinn jetzt drei Jahre lang gefallen lassen, obwohl es dafür keinen einzigen vernünftigen Grund gegeben hat. Warum kann er sich ihren Unsinn nicht noch einmal drei Jahre lang gefallen lassen, wo es jetzt doch endlich einen vernünftigen Grund dafür *gibt*? Aus welchem Motiv auch immer, ob gut oder schlecht, er hat in dieser ganzen Zeit nie etwas unternommen, um diese Ehe ein für allemal zu beenden. Warum sollte er es jetzt tun, wenn es ihm womöglich nützen könnte, ihr Mann zu sein? Wenn er irgendeinen Nutzen daraus ziehen kann, wäre die lächerliche Verbindung mit diesen beiden wenigstens nicht ganz umsonst gewesen.‹ Und ich sagte dann etwas wie: ›Wenn er in diese lächerliche Verbindung zurückkehrt, wird die lächerliche Verbindung ihn vernichten. Das ist mehr als lächerlich. Die Hälfte der Zeit geht es ihm so schlecht, daß er zum Schlafen hier rüberkommen muß.‹ Und Doris sagte: ›Wenn er auf die schwarze Liste kommt, wird es ihm noch viel schlechter gehen.‹ ›Auf die schwarze Liste kommt Ira sowieso. Bei seinem Mundwerk und seiner Vorgeschichte wird man Ira bestimmt nicht verschonen.‹ Und Doris sagte: ›Wie kannst du dir so sicher sein, daß alle da reingezogen werden? Das Ganze ist doch so irrational, so ohne jeden Sinn und Verstand —‹ Und ich sagte: ›Doris, sein Name ist bereits an fünfzehn, zwanzig Stellen aufgetaucht. Es wird dazu kommen. Unausweichlich. Und wenn es dazu kommt, wissen wir, auf welche Seite sie sich stellen wird. Nicht auf seine, sondern auf Sylphids — um Sylphid vor dem zu schützen, was *ihm* widerfährt. Ich sage, er soll Schluß machen mit der Ehe und dem ehelichen Elend und akzeptieren, daß er auf die schwarze Liste kommt, egal wo er dann auch sein mag. Wenn er zu ihr zurückgeht, fängt alles wieder von vorne an, der Streit mit ihr, der Kampf mit der Tochter, und wenn sie erst mal begreift, warum er wieder da ist, wird alles noch viel schlimmer werden.‹ ›Eve? Etwas begreifen?‹ sagte Doris. ›Die Wirklichkeit scheint bei Miss Frame keinerlei Spuren zu hinterlassen. Warum sollte die Wirklichkeit ausgerechnet jetzt ihr Haupt erheben?‹ ›Nein‹, sagte ich, ›die zynische Ausnutzung, die Blutsaugerei — das ist zu erniedrigend. Mir gefällt das schon an sich nicht, und es gefällt mir auch deshalb nicht, weil Ira einfach nicht der Richtige dafür ist. Er ist offen, er ist impulsiv, er ist direkt. Er ist ein Hitzkopf, und er wird das einfach nicht durchhalten. Und wenn sie herausfindet, warum er wieder da ist, wird sie alles noch viel schlimmer und komplizierter machen. Sie braucht ja nicht von selbst darauf zu kommen — das können andere für sie tun. Ihre Freunde, die Grants, die kommen bestimmt darauf. Vermutlich haben sie es längst getan. Ira, wenn du wieder zurückgehst — was willst du an deinem Leben mit ihr ändern? Du wirst dich zu einem Schoßhund erniedrigen müssen, Ira. Kannst du das? *Du*?‹ ›Er wird einfach clever sein und seinen Weg gehen‹, sagte Doris. ›Er *kann* nicht clever sein und seinen Weg gehen‹, sagte ich. ›Er wird niemals clever sein, weil alles ihn dort auf die Palme bringt.‹ ›Aber‹, sagte Do-

ris, ›wenn er alles verliert, wofür er gearbeitet hat, wenn er als
Amerikaner für seine Überzeugungen bestraft wird, wenn seine
Feinde die Oberhand gewinnen, das wird Ira erst recht auf die
Palme bringen.‹ ›Mir gefällt das nicht‹, sagte ich; und Doris: ›Aber
es hat dir von Anfang an nicht gefallen, Murray. Und jetzt bedienst
du dich dieser Sache, um ihn zu dem zu bringen, was du die ganze
Zeit von ihm erwartet hast. Na und, soll er sie doch ausnutzen.
Ausgenutzt zu werden – dazu ist sie doch da. Was ist eine Ehe
ohne Ausnutzung? Verheiratete Leute werden immer und ewig
ausgenutzt. Einer nutzt die Stellung des anderen aus, einer nutzt
das Geld des anderen aus, einer nutzt das Aussehen des anderen
aus. Ich finde, er soll zu ihr zurückgehen. Ich denke, er braucht so
viel Schutz wie nur irgend möglich. Eben *weil* er impulsiv ist, *weil*
er ein Hitzkopf ist. Er befindet sich im Kriegszustand, Murray. Er
ist unter Beschuß. Er braucht Tarnung. Und seine Tarnung ist *sie*.
War sie nicht auch Penningtons Tarnung, die Tarnung seiner Homosexualität? Soll sie jetzt doch Iras Tarnung sein, die Tarnung
seiner kommunistischen Überzeugung. Soll sie doch *einmal* für etwas nützlich sein. Nein, ich habe da keine Bedenken. Er hat die
Harfe geschleppt, richtig? Er hat sie beschützt, als dieses Kind ihr
den Schädel einschlagen wollte, richtig? Er hat alles für sie getan,
was er konnte. Jetzt soll sie mal tun, was sie für ihn tun kann. Der
pure Zufall gibt diesen zwei Menschen die Möglichkeit, endlich
mal etwas anderes zu tun als immer nur an Ira herumzumeckern
und sich gegenseitig zu bekämpfen. Sie brauchen das nicht einmal
mit Bewußtsein zu machen. Sie können Ira nützlich sein, ohne
sich die kleinste Mühe zu geben. Warum sollte das nicht machbar
sein?‹ ›Weil die Ehre dieses Mannes auf dem Spiel steht‹, sagte ich.
›Seine Integrität steht auf dem Spiel. Die Demütigung ist zu groß.
Ira, ich habe mit dir gestritten, als du in die Kommunistische Partei eingetreten bist. Ich habe mit dir über Stalin gestritten, und ich
habe mit dir über die Sowjetunion gestritten. Ich habe mit dir gestritten, und es hat alles nichts genützt: du hast dich für die Kommunistische Partei engagiert. Und dieses Martyrium ist Teil deines
Engagements. Ich sehe dich nicht gern zu Kreuze kriechen. Vielleicht solltest du dich endlich von *allen* diesen demütigenden Lügen befreien. Von deiner Ehe, die eine Lüge ist, und von der poli-

tischen Partei, die eine Lüge ist. Beide machen dich viel kleiner, als du bist.‹

Über fünf Abende hintereinander hat sich diese Debatte hingezogen. Und fünf Abende war er stumm. So schweigsam hatte ich ihn noch nie erlebt. So *ruhig*. Schließlich hat Doris sich direkt an ihn gewandt: ›Ira, das ist alles, was wir sagen können. Es ist alles besprochen. Es ist dein Leben, deine Karriere, deine Frau, deine Ehe. Es ist deine Radioshow. Und jetzt ist es deine Entscheidung. Es steht bei dir.‹ Und er sagte: ›Wenn ich es schaffe, meine Stellung zu behalten, wenn ich es schaffe, nicht hinweggefegt und auf den Müll geworfen zu werden, tue ich damit für die Partei mehr, als wenn ich tatenlos herumsitze und mir Sorgen um meine Integrität mache. Es ist mir gleichgültig, ob ich gedemütigt werde, Hauptsache, ich habe Erfolg. Ich möchte Erfolg haben. Ich gehe zu ihr zurück.‹ ›Das wird nicht funktionieren‹, sagte ich. ›Es wird funktionieren‹, sagte er. ›Ich muß mir nur klarmachen, warum ich bei ihr bin, und dann werde ich dafür *sorgen*, daß es funktioniert.‹

Am selben Abend, eine halbe Stunde, fünfundvierzig Minuten später, klingelte es unten an der Tür. Sie hatte sich ein Taxi nach Newark genommen. Sie sah abgespannt aus, wie ein Gespenst. Sie kam die Treppe raufgerannt, und als sie Doris und mich da oben stehen sah, setzte sie jenes Lächeln auf, das eine Schauspielerin jederzeit aufzusetzen vermag – sie lächelte, als sei Doris irgendeine Verehrerin, die vor dem Studio gewartet habe, um mit ihrer Kamera einen Schnappschuß von ihr zu machen. Dann war sie an uns vorbei und warf sich vor Ira auf den Boden. Dieselbe Nummer wie damals in der Hütte. Die Bittstellerin. Wieder einmal und aufs Geratewohl die Bittstellerin. Die aristokratische Anmaßung der Vornehmheit und dieser perverse, durch nichts in Verlegenheit zu bringende Auftritt. ›Ich flehe dich an – verlaß mich nicht! Ich tue alles für dich!‹

Unsere kleine, kluge, knospende Lorraine war in ihrem Zimmer gewesen und hatte Hausaufgaben gemacht. Dann war sie im Schlafanzug ins Wohnzimmer gekommen, um uns allen gute Nacht zu sagen, und plötzlich erschien da in ihrem eigenen Haus dieser berühmte Star, diese Frau, die sie jede Woche im *Amerikanischen Radiotheater* hörte, plötzlich erschien da diese exaltierte Per-

sönlichkeit und schüttete das ganze Leben über ihr aus. Alles
Wirre und Wunde im innersten Wesen eines Menschen – auf dem
Fußboden unseres Wohnzimmers zur Besichtigung freigegeben.
Ira sagte zu Eve, sie solle aufstehen, aber als er ihr aufzuhelfen versuchte, schlang sie ihm die Arme um die Beine und stieß ein Heu-
len aus, bei dem unserer Lorraine die Kinnlade runterklappte. Wir
hatten Lorraine einmal zu einer Aufführung im Roxy mitgenommen, wir waren mit ihr im Hayden Planetarium gewesen, wir hatten mit ihr die Niagarafälle besucht, aber was Schauspiele betraf,
war das hier der Höhepunkt ihrer Kindheit.

Ich habe mich dann neben Eve auf den Boden gekniet. Na
schön, dachte ich, wenn er denn wirklich zu ihr zurückgehen
will, wenn er so was wie das hier wirklich braucht – das kann er
haben, und zwar jede Menge. ›Das reicht‹, sagte ich zu ihr. ›Komm
schon, steh auf. Gehen wir in die Küche, da können wir Kaffee
trinken.‹ Jetzt hob Eve den Kopf und erblickte Doris, die noch mit
der Zeitschrift, die sie vorhin gelesen hatte, neben ihr stand. Doris, in denkbar schlichter Aufmachung, in Pantoffeln und Haus-
kleid. Ihre Miene war vollkommen ausdruckslos, wenn ich mich
recht erinnere – verblüfft, das wohl, aber gewiß nicht spöttisch.
Doch allein ihre Anwesenheit war Provokation genug für das
große Drama, das Eve Frame aus ihrem Leben machte, und sofort
legte sie los: ›Du! Was gibt's da zu glotzen, du miese jüdische
Schreckschraube!‹

Ich kann nur sagen, ich hatte das kommen sehen; oder eher, ich
wußte, daß etwas geschehen würde, das Eves Sache nicht gerade
förderlich sein würde, und daher war ich nicht ganz so entgeistert
wie meine kleine Tochter. Lorraine brach in Tränen aus, und Doris sagte: ›Macht, daß sie aus meinem Haus kommt‹, und Ira und
ich hoben Eve vom Boden auf, führten sie die Treppe hinunter
und führen sie zur Penn Station. Ira saß vorne neben mir, und sie
saß hinten, als hätte sie längst vergessen, was da eben vorgefallen
war. Während der ganzen Fahrt zur Penn Station hatte sie dieses
Lächeln im Gesicht, dieses Kameralächeln. Hinter dem Lächeln
war absolut nichts, nicht ihr Charakter, nicht ihre Vergangenheit,
nicht einmal ihr Unglück. Sie war nur das, was über ihr Gesicht
gebreitet war. Sie war nicht einmal allein. Denn da war niemand,

der allein *sein* konnte. Vor welchen schmachvollen Ursprüngen auch immer sie ihr Leben lang geflohen sein mochte, jetzt war sie jemand, den das Leben selbst geflohen hatte.

Ich fuhr am Bahnhof vor, wir stiegen alle aus dem Wagen, und eisig, sehr eisig sagte Ira zu ihr: ›Fahr nach New York zurück.‹ Sie sagte: ›Und kommst du nicht mit?‹ ›Natürlich nicht.‹ ›Warum bist du dann im Auto mitgekommen? Warum begleitest du mich zum Zug?‹ Ob sie etwa deshalb so gelächelt hatte? Weil sie glaubte, sie habe gesiegt und Ira wolle mit ihr nach Manhattan zurück?

Diesmal wurde die Szene nicht für meine kleine Familie aufgeführt. Diesmal spielte sie vor einem Publikum von etwa fünfzig Leuten, die in den Bahnhof wollten und angesichts dessen, was sich ihnen da bot, plötzlich stehenblieben. Ohne jede Zurückhaltung warf diese königliche Erscheinung, der doch Anstand über alles ging, die Hände in die Luft und ließ ganz Newark an der Größe ihres Elends teilhaben. Eine absolut gehemmte und verklemmte Frau – bis sie absolut enthemmt ist. Entweder gehemmt und aus Schamgefühl zurückhaltend, oder vollkommen enthemmt und schamlos. Dazwischen gab es nichts. ›Du hast mich reingelegt! Ich verabscheue dich! Ich verachte dich! Euch beide! Ihr seid die schlimmsten Leute, die ich kenne!‹

Ich weiß noch, wie dann ein Passant herankam und einen anderen der Zuschauer fragte: ›Was machen die da? Wird hier ein Film gedreht? Ist das nicht diese, wie heißt sie noch? Mary Astor?‹ Und ich weiß noch, daß ich dachte, die wird niemals ein Ende finden. Die Filme, die Bühne, der Rundfunk, und jetzt das. Die letzte große Karriere der alternden Schauspielerin – ihren Haß in die Straße hinausschreien.

Aber danach kam nichts mehr. Ira arbeitete wieder beim Rundfunk, wohnte aber weiter bei uns, und von seiner Rückkehr in die West Eleventh Street war keine Rede mehr. Dreimal die Woche kam Helgi und massierte ihn, und sonst geschah nichts. Ganz zu Anfang hatte Eve einmal versucht, ihn anzurufen, aber ich sagte ihr, daß Ira nicht mit ihr reden könne. Ob *ich* mit ihr reden wolle? Ob ich ihr wenigstens *zuhören* wolle? Ich sagte ja. Was blieb mir auch anderes übrig?

Sie wisse, was sie falsch gemacht habe, sagte sie, sie wisse, warum

Ira sich in Newark verkrieche: weil sie ihm von Sylphids Konzert erzählt habe. Ira sei ohnehin schon sehr eifersüchtig auf Sylphid, und mit ihrem bevorstehenden Konzert könne er sich einfach nicht abfinden. Doch als sie beschlossen habe, ihm davon zu erzählen, habe sie geglaubt, es sei ihre Pflicht, ihn im voraus alles wissen zu lassen, was so ein Konzert mit sich bringe. Es gehe ja nicht bloß darum, einen Saal zu mieten, sagte sie, das sei ja nicht so, als ob man einfach so da hineingehe und ein Konzert gebe – nein, das sei eine richtig aufwendige Angelegenheit. Wie eine Hochzeit. Ein ungeheures Ereignis, das die Familie eines Musikers schon Monate vorher vollkommen in Anspruch nehme. Sylphid werde sich das ganze nächste Jahr darauf vorbereiten. Für einen Auftritt, der als richtiges Konzert gelten solle, müsse man mindestens sechzig Minuten lang spielen, und das sei schon eine gewaltige Aufgabe. Allein die Auswahl der Stücke sei eine gewaltige Aufgabe, und nicht nur für Sylphid selbst. Es werde endlose Diskussionen darüber geben, womit Sylphid anfangen und womit sie aufhören und welches Stück Kammermusik sie spielen sollte, und sie habe eben gewollt, sagte Eve, daß Ira auf dergleichen vorbereitet sei, damit er nicht jedesmal einen Wutanfall bekäme, wenn sie ihn allein lassen müßte, um sich mit Sylphid zusammenzusetzen und das Programm durchzusprechen. Er habe im voraus wissen sollen, was ihn als Mitglied der Familie erwarten würde: Öffentlichkeitsrummel, Enttäuschungen, Krisen – wie alle anderen jungen Musiker werde auch Sylphid kalte Füße bekommen und aus der Sache aussteigen wollen. Aber sie habe Ira auch klarmachen wollen, daß dieser Aufwand sich letztlich lohnen werde, und das solle ich ihm von ihr ausrichten. Weil Sylphid ein Konzert brauche, um den Durchbruch zu schaffen. Die Menschen seien dumm, sagte Eve. Am liebsten sähen sie Harfenistinnen, die groß und schlank und blond seien, und Sylphid sei nun einmal zufällig nicht groß und schlank und blond. Aber sie sei eine außergewöhnliche Musikerin, und genau dies werde sie mit dem Konzert ein für allemal unter Beweis stellen. Es werde in der Town Hall stattfinden, Eve werde ihre Zustimmung dazu geben, Sylphid werde von ihrer alten Lehrerin von der Juilliard School betreut, die bereits zugestimmt habe, ihr bei den Vorbereitungen zu hel-

fen, und Eve werde alle ihre Freunde dazu bringen, das Konzert zu
besuchen, und die Grants hätten versprochen, dafür zu sorgen,
daß sämtliche Zeitungen ihre Rezensenten schicken würden, und
sie habe keinerlei Zweifel, daß Sylphid das ganz wunderbar machen und ganz wunderbare Kritiken bekommen werde, und dann
könne Eve damit bei Sol Hurok hausieren gehen.

Was sollte ich sagen? Was hätte es genützt, sie auf dies und das
und jenes hinzuweisen? Sie beherrschte die Kunst der selektiven
Amnesie, ihre Stärke war es, unbequeme Tatsachen als belanglos
abzutun. Sie überlebte, weil sie kein Gedächtnis hatte. Sie hatte
sich alles zurechtgelegt: Ira wohnte bei uns, weil sie es für ihre
Pflicht gehalten hatte, ihm wahrheitsgemäß von dem Konzert in
der Town Hall und allem, was das mit sich bringen würde, zu erzählen.

Nun, Tatsache war, daß Ira, solange er bei uns wohnte, Sylphids
Konzert mit keinem Wort erwähnt hat. Er konnte nur an die
schwarze Liste denken, da war kein Platz mehr für Sylphids Konzert. Wahrscheinlich hat er es gar nicht mitbekommen, als Eve
ihm davon erzählt hat. Und nach diesem Telefongespräch fragte
ich mich, ob sie es ihm überhaupt erzählt hatte.

Als nächstes schickte sie einen Brief, den ich mit der Aufschrift
›Empfänger unbekannt‹ versah und ihr mit Iras Zustimmung un-
geöffnet zurückschickte. Den zweiten Brief behandelte ich auf die
gleiche Weise. Danach kamen keine Briefe und Anrufe mehr.
Eine Zeitlang sah es so aus, als sei die Katastrophe vorbei. Eve und
Sylphid verbrachten die Wochenenden bei den Grants in Staatsburg. Offenbar hat sie ihnen einiges über Ira erzählt – und vielleicht auch über mich – und von ihnen einiges über die kommunistische Verschwörung zu hören bekommen. Aber immer noch
passierte nichts, und ich begann schon zu glauben, daß auch so
lange nichts passieren werde, wie er offiziell verheiratet blieb und
die Grants annehmen mußten, daß es für eine Frau womöglich
nicht ganz ungefährlich wäre, wenn ihr Mann in *Red Channels*
bloßgestellt und daraufhin gefeuert würde.

Und dann war sie eines Samstag morgens in *Van Tassel und Grant*
zu hören, Sylphid Pennington und ihre Harfe. Ich nehme an, mit
dem Imprimatur, das Sylphid verliehen wurde, indem man sie als

Gast dieser Sendung empfing, wollte man Eve einen Gefallen tun, da so die Stieftochter vor jeglichem Verdacht einer befleckten Verbindung mit dem Stiefvater geschützt wurde. Bryden Grant führte mit Sylphid ein Interview, sie erzählte ihm lustige Anekdoten über das Orchester der Music Hall, dann gab sie den Hörern ein paar Kostproben ihres Könnens, und anschließend begann Katrina ihren wöchentlichen Monolog zum neuesten Stand der Dinge – an diesem Samstag eine weitschweifige Fantasie über die Hoffnungen, die die Musikwelt für die Zukunft der jungen Sylphid Pennington hege, sowie über die zunehmende Spannung, mit der ihr Debütkonzert in der Town Hall erwartet werde. Katrina erzählte, wie sie Sylphid einen Vorspieltermin bei Toscanini besorgt und was er dann alles über die junge Harfenistin gesagt hatte, wie sie Sylphid einen Vorspieltermin bei Phil Spitalny besorgt und was er dann alles gesagt hatte, und sie ließ keinen berühmten musikalischen Namen aus, sei es hoch oder niedrig, und Sylphid hatte noch keinem einzigen von ihnen vorgespielt.

Das war dreist und spektakulär und absolut typisch. Eve war zu allem fähig, wenn sie sich in die Enge getrieben fühlte; Katrina war jederzeit zu allem fähig. Übertreibungen, falsche Darstellungen, nackte Erfindungen – dazu besaß sie Talent und Geschicklichkeit. Ihr Mann natürlich auch. Joe McCarthy natürlich auch. Die Grants waren wie Joe McCarthy, nur mit Stammbaum. Mit *Überzeugung*. Es fiel ein wenig schwer zu glauben, daß McCarthy so von seinen Lügen eingeholt werden sollte wie diese beiden. Der Spitzname ›Heckenschütze Joe‹ konnte seinen Zynismus nie ganz dämpfen; ich hatte immer den Eindruck, McCarthy hülle sich in seine menschliche Schäbigkeit gewissermaßen nur locker ein, während die Grants und ihre Schäbigkeit ein und dasselbe waren.

Jedenfalls passierte nichts, ganz und gar nichts, und Ira begann sich in New York nach einer eigenen Wohnung umzusehen... und *da* passierte etwas – aber mit Helgi.

Lorraine hatte immer mächtig Spaß, wenn diese dicke Tante mit dem Goldzahn und den blondgefärbten Haaren, die sie zu einem wirren Knoten aufgesteckt hatte, mit ihrem Tisch in unsere Wohnung stürmte und dann mit schriller Stimme und estnischem

Akzent zu reden anfing. In Lorraines Zimmer, wo sie Ira massierte, hörte man Helgi immer nur lachen. Ich weiß noch, wie ich einmal zu ihm gesagt habe: ›Mit solchen Leuten kommst du gut aus, wie?‹ ›Ja sicher, was dagegen?‹ sagte er. ›Die sind doch in Ordnung.‹ Und da habe ich mich gefragt, ob es nicht unser größter Fehler gewesen sein könnte, daß wir ihm damals nicht die Freiheit gelassen hatten, Donna Jones zu heiraten, im amerikanischen Herzland einem anständigen Beruf nachzugehen, unrebellisch Konfekt herzustellen und mit seiner ehemaligen Stripperin eine Familie zu gründen.

Nun, eines Morgens im Oktober ist Eve allein zu Hause, sie ist verzweifelt, sie hat Angst, sie setzt es sich in den Kopf, Ira von Helgi einen Brief überbringen zu lassen. Sie ruft sie in der Bronx an und sagt ihr: ›Nehmen Sie ein Taxi und kommen Sie zu mir. Ich bezahle das. Und wenn Sie dann nach Newark fahren, können Sie den Brief mitnehmen.‹

Helgi erscheint im Sonntagsstaat, sie trägt ihren Pelzmantel, ihren schicksten Hut und ihr bestes Kostüm, und den Massagetisch hat sie auch dabei. Eve sitzt noch oben und schreibt an ihrem Brief, und Helgi soll solange im Wohnzimmer warten. Helgi stellt den Tisch auf, der sie überallhin begleitet, und wartet. Sie wartet und wartet, und dann sieht sie die Hausbar, den Schrank mit den exquisiten Gläsern, und als sie den Schrankschlüssel gefunden hat, nimmt sie ein Glas heraus, und als sie den Wodka gefunden hat, schenkt sie sich etwas davon ein. Und Eve sitzt noch immer im Negligé oben in ihrem Zimmer, schreibt einen Brief nach dem andern, reißt sie in Fetzen und fängt wieder von vorne an. Jeder Brief, den sie ihm schreibt, ist falsch, und mit jedem Brief, den sie schreibt, schenkt Helgi sich einen weiteren Drink ein und raucht eine weitere Zigarette, und dann wandert Helgi in Wohnzimmer, Bibliothek und Flur umher und betrachtet die Bilder, die Eve als prächtigen jungen Filmstar zeigen, die Bilder von Ira und Eve, einmal zusammen mit Bill O'Dwyer, dem ehemaligen Bürgermeister von New York, und einmal zusammen mit Impellitteri, dem jetzigen Bürgermeister, und sie gießt sich noch einen Drink ein und zündet noch eine Zigarette an und beginnt nachzudenken: über diese Frau, die so berühmt ist und so viel Geld und Privilegien hat; über sich selbst und ihr hartes Leben, und mit zunehmender Betrunkenheit versinkt sie immer tiefer in Selbstmitleid. So groß und stark sie ist, fängt sie schließlich zu weinen an.

Als Eve nach unten kommt, um ihr den Brief zu geben, liegt Helgi in Pelzmantel und Hut auf dem Sofa, sie raucht und trinkt noch immer, weint aber nicht mehr. Inzwischen hat sie sich in eine ungeheure Wut hineingesteigert. Der Kontrollverlust des Trinkers beginnt nicht und endet nicht mit dem Trinken.

Helgi fragt: ›Wie können Sie mich hier anderthalb Stunden warten lassen?‹ Eve sieht sie nur einmal an und sagt: ›Verlassen Sie dieses Haus.‹ Helgi rührt sich nicht vom Sofa. Als sie in Eves Hand den Umschlag sieht, sagt sie: ›Was steht in diesem Brief, an dem Sie anderthalb Stunden geschrieben haben? Was haben Sie ihm zu sagen? Bitten Sie um Vergebung, weil Sie eine so schlechte Ehefrau sind? Bitten Sie um Vergebung, daß er von Ihnen keinerlei körperliche Befriedigung erfährt? Bitten Sie um Vergebung, weil Sie ihm alles vorenthalten, was ein Mann braucht?‹ ›Halten Sie den Mund, Sie dummes Weibsstück, und verschwinden Sie! Auf der Stelle!‹ ›Bitten Sie um Vergebung, weil Sie Ihrem Mann niemals einen blasen? Bitten Sie um Vergebung, weil Sie nicht wissen, wie das *geht*? Wissen Sie, wer ihm einen bläst? Helgi bläst ihm einen!‹ ›Ich rufe die Polizei!‹ ›Nur zu. Die Polizei wird Sie festnehmen. Ich werde es der Polizei zeigen – hier, so lutscht sie ihm einen ab, die vollendete Dame, und dafür wird man Sie für fünfzig Jahre ins Gefängnis stecken!‹

Als die Polizei kommt, ist Helgi immer noch nicht fertig, sie hört einfach nicht auf – noch auf der West Eleventh Street verkündet sie es aller Welt. ›Bläst seine Frau ihm einen? Nein. Die dumme Pute bläst ihm einen.‹

Man bringt sie auf die Bezirkswache, schreibt sie auf – wegen Trunkenheit, Ruhestörung und Hausfriedensbruch –, und Eve sitzt unterdessen hysterisch in ihrem verqualmten Wohnzimmer und weiß nicht, was sie tun soll, als ihr plötzlich auffällt, daß zwei ihrer Emailledosen verschwunden sind. Sie hat eine schöne Sammlung winziger Emailledosen auf einem Beistelltisch. Zwei davon fehlen. Sie ruft auf der Polizeiwache an. ›Durchsuchen Sie sie‹, sagt sie, ›hier sind ein paar Gegenstände verschwunden.‹ Sie sehen in Helgis Handtasche nach. Und da sind sie natürlich, und nicht nur die zwei Dosen, sondern auch noch Eve Frames silbernes Feuerzeug mit Monogramm. Wie sich herausstellte, hatte sie auch bei uns im Haus eins gestohlen. Wir hatten keine Ahnung, wohin es verschwunden war, und ich hatte überall herumgefragt: ›Wo zum Teufel ist dieses Feuerzeug?‹, und erst als Helgi auf der Bezirkswache landete, kam ich dahinter.

Ich habe die Kaution für sie gestellt. Nachdem man sie aufgeschrieben hatte, hatte sie von der Wache bei uns zu Hause angerufen und mit Ira gesprochen, aber ich war es dann, der dort hinfuhr und sie abholte. Ich fuhr sie in die Bronx zurück, und während der ganzen Fahrt mußte ich mir ihr betrunkenes Geschimpfe über dieses reiche Miststück anhören, von dem sie sich nicht mehr herumstoßen lassen werde. Zu Hause erzählte ich Ira die ganze Geschichte. Ich sagte, er habe sein Leben lang darauf gewartet, daß der Klassenkampf ausbrechen würde, und jetzt sei es endlich passiert. Wo? In seinem Wohnzimmer. Er habe Helgi erklärt, wie Marx das Proletariat aufgerufen habe, der Bourgeoisie ihren Reichtum zu entreißen, und genau das habe sie nun in die Tat umgesetzt.

Nachdem sie der Polizei den Diebstahl gemeldet hat, ruft Eve als erstes Katrina an. Katrina eilt aus ihrem Stadthaus zu ihr, und ehe der Tag zu Ende ist, ist der gesamte Inhalt von Iras Schreibtisch in Katrinas Hände gelangt und von dort in Brydens Hände, und von dort in seine Kolumne, und von dort auf die Titelseite sämtlicher New Yorker Zeitungen. In ihrem Buch hat Eve dann behauptet, sie selbst habe den Mahagonischreibtisch in Iras Arbeitszimmer aufgebrochen und darin die Briefe von O'Day gefunden und seine Tagebücher, in denen er Namen und laufende Nummern aufgezeichnet hatte, die Namen und Privatadressen von allen Marxisten, die er bei der Armee kennengelernt hatte. Die patriotische Presse hat sie dafür sehr gefeiert. Aber ich glaube, mit diesem Einbruch war es nicht weit her, Eve hat nur damit geprahlt, um sich als patriotische Heldin darzustellen – es war Prahlerei und gleichzeitig vielleicht auch der Versuch, die Integrität von Katrina van Tassel Grant zu schützen, die gewiß nicht gezögert hätte, irgendwo einzubrechen, wenn es darum ging, die amerikanische Demokratie zu retten, deren Mann aber damals gerade seinen ersten Wahlkampf für das Repräsentantenhaus plante.

Jedenfalls erscheinen in ›Grants Gerüchteküche‹ Iras subversive Gedanken, wie er sie selbst in einem geheimen Tagebuch aufgezeichnet hat, während er in Übersee vorgeblich als loyaler Sergeant der US-Armee seinen Dienst tat. ›Die Zeitungen, die Zensur und dergleichen haben die Nachrichten aus Polen verzerrt und damit einen Keil zwischen uns und Rußland getrieben. Rußland war und ist zum Einlenken bereit, aber so wird das in unseren Zeitungen nicht dargestellt. Churchill tritt offen für ein total reaktionäres Polen ein.‹ ›Rußland fordert die Unabhängigkeit für alle Kolonialvölker. Alle anderen sind nur für Autonomie und Treuhandverwaltung.‹ ›Das britische Kabinett löst sich auf. Gut. Jetzt kann Churchills Politik, die gegen Rußland gerichtet ist und den Status quo bewahren will, nicht mehr zustande kommen.‹

Jetzt haben sie ihn. Das ist es. Sprengstoff, der den Sponsor und den Sender so in Panik versetzt, daß am Ende der Woche nicht nur der ›Rote Eisenschädel‹ erledigt ist, sondern auch *Frei und tapfer*. Und etwa dreißig andere, deren Namen in Iras Tagebüchern stehen. Und schließlich auch ich selbst.

Lange bevor Ira in Schwierigkeiten geriet, war ich durch meine gewerkschaftlichen Aktivitäten für unseren Schulinspektor zum Staatsfeind Nummer eins geworden, und daher hätte die Schulbehörde wahrscheinlich einen Weg gefunden, mich auch ohne Eves heldenhafte Hilfe als Kommunisten abzustempeln und rauszuschmeißen. Ob mit oder ohne ihre Hilfe, es war nur eine Frage der Zeit, daß Ira und seine Rundfunksendung untergehen würden, und so hätte sie diese Sachen vielleicht gar nicht erst Katrina übergeben müssen, um auszulösen, was dann über uns hereingebrochen ist. Dennoch ist es lehrreich, darüber nachzudenken, was genau Eve da getan hat, als sie den Grants ins Netz ging und Ira mit Haut und Haaren seinen schlimmsten Feinden auslieferte.«

Wieder einmal saßen wir zusammen in der achten Stunde, wir hatten Englisch bei Mr. Ringold, der auf der Kante seines Schreibtischs hockte; er trug den hellbraunen Glencheckanzug, den er von seinem Entlassungsgeld gekauft hatte – im American Shop in der Broad Street, wo die heimkehrenden GIs einkaufen gingen – und den er während meiner ganzen Zeit auf der Highschool abwechselnd mit seinem anderen Anzug aus dem American Shop trug, einem grauen Zweireiher aus Kammgarn. In einer Hand wiegte er den Tafelschwamm, den er ohne zu zögern jedem Schüler an den Kopf zu werfen pflegte, dessen Antwort auf eine Frage nicht seinen minimalen täglichen Anforderungen an geistiger Wachsamkeit entsprach, und die andere Hand hieb theatralisch immer wieder in die Luft, als er die einzelnen Punkte aufzählte, die wir uns für die Prüfung merken sollten.

»Das zeigt«, erklärte er mir, »daß, wenn man seine privaten Probleme an eine Ideologie verrät, alles Private verdrängt und weggeworfen wird und nur noch übrigbleibt, was der Ideologie nützlich ist. In diesem Fall verrät eine Frau ihren Mann und ihre Eheprobleme an die Sache eines fanatischen Antikommunismus. Was Eve im Grunde verrät, ist der Hader zwischen Sylphid und Ira, den sie von Anfang nicht hat beilegen können. Ein typisches Problem zwischen Stiefkind und Stiefvater, auch wenn es in Eve Frames Haus vielleicht etwas stärker aufgetreten ist. Alles, was Ira im Verhältnis zu Eve sonst noch war – ein guter Ehemann, ein schlechter Ehemann, ein freundlicher Mann, ein grober Mann, ein verständnisvoller Mann, ein dummer Mann, ein treuer Mann, ein untreuer Mann –, alles, was eheliche Anstrengungen und eheliche Fehler ausmacht, alles, was daraus folgt, daß die Ehe mit einem Traum aber auch gar nichts gemein hat – all das wird verdrängt, und übrig bleibt nur, was die Ideologie sich zunutze machen kann.

Hinterher kann die Frau, wenn sie es will (und vielleicht wollte Eve es, vielleicht aber auch nicht), hinterher kann sie beteuern: ›Nein, nein, so war das nicht. Du verstehst das nicht. Er war nicht nur das, was du von ihm behauptest. Bei mir war er ganz und gar nicht das, was du von ihm behauptest. Bei mir konnte er auch dies und das und jenes sein.‹ Hinterher wird einer Denunziantin wie Eve vielleicht klar, daß nicht nur all das, was sie gesagt hat, für das bizarre Zerrbild verantwortlich ist, das die Presse von ihm verbreitet; sondern auch all das, was sie nicht gesagt hat – was sie absichtlich verschwiegen hat. Aber dafür ist es jetzt zu spät. Die Ideologie hat längst keine Zeit mehr für sie, weil sie keine *Verwendung* mehr für sie hat. ›Dies? Jenes?‹ fragt die Ideologie zurück. ›Was geht uns dies und jenes an? Was geht uns deine Tochter an? Auch nur ein Teil der schwammigen Masse, die sich Leben nennt. Nimm sie uns aus dem Weg. Wir können von dir nur brauchen, was die gerechte Sache befördert. Wieder ein kommunistischer Drachen getötet! Wieder ein Beispiel für den Verrat dieser Leute!‹

Daß Pamela in Panik geriet –«

Aber es war schon nach elf, und ich mußte Murray, dessen Kursus im College heute früher zu Ende gegangen war – und dessen abendliche Erzählung offenbar ihr pädagogisches Crescendo erreicht hatte –, daran erinnern, daß er am nächsten Morgen den Bus nach New York nehmen wollte und daß ich ihn nun vielleicht besser nach Athena zum Wohnheim zurückfahren sollte.

»Ich könnte Ihnen endlos zuhören«, sagte ich, »aber vielleicht sollten Sie lieber etwas schlafen. In der Geschichte erzählerischen Durchhaltevermögens haben Sie Scheherezade bereits den Titel abgenommen. Wir sitzen jetzt schon sechs Abende hintereinander hier draußen.«

»Mir geht's bestens«, sagte er.

»Werden Sie nicht müde? Ist Ihnen nicht kalt?«

»Es ist schön hier draußen. Nein, mir ist nicht kalt. Es ist warm, es ist herrlich. Die Grillen singen, die Frösche quaken, die Glühwürmchen fliegen, und ich hatte seit meiner Arbeit im Vorstand der Lehrergewerkschaft keine Gelegenheit mehr, solche Reden zu halten. Sehen Sie. Der Mond. Wie eine Orange. Der perfekte Hintergrund, wenn man die Schale von den Jahren ziehen will.«

»Wohl wahr«, sagte ich. »Hier oben auf dem Berg steht man vor der Wahl: entweder, wie ich es manchmal tue, den Kontakt mit der Geschichte zu verlieren, oder in sich zu gehen und zu tun, was Sie gerade tun – beim Schein des Mondes stundenlang daran zu arbeiten, sich der Geschichte wieder zu bemächtigen.«

»All diese Antagonismen«, sagte Murray, »und dann der Strudel des Verrats. Jeder Mensch seine eigene Verratfabrik. Aus welchem Grund auch immer: Überleben, Begeisterung, Weiterkommen, Idealismus. Für den Schaden, der angerichtet werden kann, der Schmerz, der zugefügt werden kann. Für die Grausamkeit. Für das *Vergnügen*. Das Vergnügen, die eigene latente Macht zu beweisen.

Das Vergnügen, andere zu beherrschen, Menschen zu vernichten, die unsere Feinde sind. Sie zu überrumpeln. Liegt darin nicht das Vergnügen des Verrats? Das Vergnügen, jemanden reinzulegen. Damit entschädigt man sich für das Gefühl der Unterlegenheit, das sie in einem erwecken, das Gefühl, von ihnen erniedrigt zu werden, das Gefühl der Enttäuschung über das Wesen der Beziehung zu ihnen. Ihr schieres Dasein kann einen demütigen, entweder weil man nicht ist, was sie sind, oder weil sie nicht sind, was man selbst ist. Und dann bekommen sie eben die verdiente Strafe.

Natürlich gibt es Menschen, die Verrat begehen, weil ihnen nichts anderes übrigbleibt. Ich habe ein Buch von einem russischen Wissenschaftler gelesen, der unter der Stalin-Herrschaft seinen besten Freund an die Geheimpolizei verraten hat. Sechs Monate lang hatte man ihn verhört und furchtbaren Foltern unterworfen – und schließlich sagte er: ›Ich kann nicht mehr, also sagen Sie mir bitte, was Sie wollen. Ich werde alles unterschreiben.‹

Und er unterschrieb alles, was sie ihm vorlegten. Er selbst wurde zu lebenslänglich Gefängnis verurteilt. Ohne Bewährung. Nach vierzehn Jahren, in den Sechzigern, als die Dinge sich geändert hatten, wurde er freigelassen und schrieb dieses Buch. Er sagt, er habe seinen besten Freund aus zwei Gründen verraten: weil er der Folter nichts mehr entgegenzusetzen hatte und weil ihm bewußt war, daß es ohnehin keine Rolle spielte, daß das Ergebnis des Verfahrens bereits feststand. Was er sagte oder nicht sagte, würde daran nichts ändern. Wenn er es nicht sagte, würde ein anderer es unter der Folter sagen. Er wußte, daß sein Freund, den er bis zum Ende liebte, ihn verachten würde, aber ein normaler Mensch kann brutaler Folter nicht standhalten. Helden sind seltene Ausnahmen. Ein Mensch, der ein normales Leben führt, in dem er Tag für Tag zwanzigtausend kleine Kompromisse machen muß, ist nicht darin geübt, plötzlich überhaupt keine Kompromisse mehr zu machen, und erst recht nicht, der Folter standzuhalten.

Manche werden erst nach sechs Monaten Folter schwach. Andere sind von Anfang an im Vorteil: sie sind bereits schwach. Es sind Menschen, die nichts anderes als nachgeben können. Solchen Leuten sagt man einfach: ›Tu es‹, und sie tun es. Das geht so schnell, daß sie gar nicht merken, daß es Verrat ist. Weil sie tun, was man von ihnen verlangt, scheint es ihnen richtig zu sein. Und wenn sie es endlich verstehen, ist es zu spät: sie haben Verrat begangen.

Vor nicht allzu langer Zeit stand in der Zeitung ein Artikel über einen Mann in Ostdeutschland, der zwanzig Jahre lang seine Frau denunziert hat. Nach dem Fall der Berliner Mauer hat man in den Akten der ostdeutschen Staatssicherheit Dokumente über ihn gefunden. Die Frau war in höherer Stellung tätig, die Staatssicherheit interessierte sich für sie, und der Mann sollte sie bespitzeln. Sie hat von alldem nichts geahnt. Erst nach Öffnung der Akten hat sie davon erfahren. Zwanzig Jahre lang. Die beiden hatten Kinder, Schwäger und Schwägerinnen, sie gaben Partys, zahlten Rechnungen, ließen sich operieren, machten Liebe oder auch nicht, fuhren im Sommer zum Baden an die See, und während all dieser Zeit hat er sie bespitzelt. Er war Anwalt. Ein kluger Mann, sehr belesen, hat sogar Gedichte geschrieben. Er bekam einen Decknamen, er unterschrieb eine Vereinbarung, er traf sich wöchentlich mit einem Beamten, aber nicht in der Zentrale der Staatssicherheit, sondern in einer speziellen Wohnung, einer Privatwohnung. Man sagte ihm: ›Sie sind Anwalt, und wir brauchen Ihre Hilfe.‹ Er war schwach und unterschrieb. Er hatte einen Vater zu versorgen. Sein Vater hatte eine schlimme Krankheit, die ihn sehr schwächte. Man sagte ihm, wenn er ihnen helfen würde, werde man seinem geliebten Vater die besten Ärzte zur Verfügung stellen. So wird das häufig gemacht. Der Vater ist krank oder die Mutter oder die Schwester, und wenn sie einen zur Mitarbeit auffordern, denkt man nur an den kranken Vater, rechtfertigt damit seinen Verrat und unterschreibt.

Wahrscheinlich wurde in keiner Epoche der amerikanischen Geschichte jemals so viel persönlicher Verrat geübt wie im Jahrzehnt nach dem Krieg – also in den Jahren zwischen 46 und 56. Eve Frames Gemeinheit war typisch für viele Gemeinheiten, die damals begangen wurden, entweder weil man dazu gezwungen wurde oder weil man das Gefühl hatte, man müßte das tun. Eves Verhalten entsprach durchaus den üblichen Spitzelpraktiken jener Zeit. Hat es jemals zuvor in diesem Land eine Zeit gegeben, in der Verrat so sehr belohnt und als so wenig schändlich betrachtet wurde? Verrat gab es in diesen Jahren überall, es war ein läßliches Verbrechen, ein *zulässiges* Verbrechen, das jeder Amerikaner begehen konnte. Das Vergnügen des Verrats entschädigt nicht nur für die Prohibition, sondern man sündigt auch, ohne seine moralische Autorität aufzugeben. Man begeht patriotisch motiviert Verrat und bleibt doch rein – und verschafft sich damit eine Befriedigung, die ans Sexuelle grenzt; man denke nur an Dinge wie Vergnügen und Schwäche, Aggression und Scham: die Befriedigung des Vernichtens. Geliebte Menschen vernichten. Rivalen vernichten. Freunde vernichten. Verrat gehört in diese selbe Kategorie des perversen, unerlaubten, fragmentarischen Vergnügens. Eine reizvolle, raffinierte, geheime Art von Vergnügen, die vieles bietet, was Menschen verlockend finden.

Und schließlich gibt es auch jene brillanten Denker, die das Spiel des Verrats um seiner selbst willen spielen. Ohne jedes eigene Interesse. Nur zur eigenen Unterhaltung. Das hat Coleridge vermutlich gemeint, als er Jagos Verrat an Othello als ›motivlose Bosheit‹ bezeichnet hat. Im allgemeinen dürfte freilich immer ein Motiv vorhanden sein, das die bösen Kräfte herausfordert und die Bosheit *hervorbringt*.

Die Sache hat nur einen Haken: in den glücklichen Zeiten des Kalten Kriegs jemanden bei den Behörden als sowjetischen Spion anzuschwärzen, das konnte bedeuten, ihn direkt auf den elektrischen Stuhl zu bringen. Eve hat Ira beim FBI schließlich nicht als schlechten Ehemann angezeigt, der es mit seiner Masseuse trieb. Verrat ist ein unvermeidlicher Bestandteil des Lebens – wer begeht schon niemals Verrat? –, aber die abscheulichste Form von öffentlichem Verrat, den Landesverrat, mit irgendeiner anderen Form von Verrat zu verwechseln, das war im Jahre 1951 keine so gute Idee. Landesverrat ist im Gegensatz zu Ehebruch ein Kapitalverbrechen, und daher konnte leichtfertiges Übertreiben, gedankenloses Verwünschen und falsches Beschuldigen, ja sogar das scheinbar elegante Spiel des Namennennens – nun, all das konnte tödliche Folgen haben in jenen finsteren Zeiten, als wir nicht nur von unseren sowjetischen Verbündeten verraten wurden, die in Osteuropa blieben und eine Atombombe zündeten, sondern auch von unseren chinesischen Verbündeten verraten wurden, die eine kommunistische Revolution machten und Tschiang Kai-schek aus dem Land jagten. Josef Stalin und Mao Tse-tung: das war die moralische Rechtfertigung für alles.

Die Lügen. Der Strom von Lügen. Die Wahrheit zu einer Lüge machen. Eine Lüge zu einer anderen Lüge machen. Die *Tüchtigkeit*, die die Menschen beim Lügen an den Tag legen. Die *Gewandtheit*. Sorgfältig die Lage einschätzen und dann mit ruhiger Stimme und ehrlichem Gesicht die am meisten versprechende Lüge vorbringen. Sollten sie einmal auch nur die *halbe* Wahrheit aussprechen, tun sie es in neun von zehn Fällen im Interesse einer Lüge. Nathan, ich hatte nie Gelegenheit, irgend jemandem diese Geschichte in solcher Ausführlichkeit zu erzählen. Ich habe sie noch nie erzählt und werde es auch niemals wieder tun. Ich möchte sie gern richtig erzählen. Bis zum Ende.«

»Warum?«

»Ich bin der einzige Überlebende, der Iras Geschichte kennt, und Sie sind der einzige Überlebende, der sich dafür interessiert. Das ist der Grund: weil alle anderen tot sind.« Lachend fügte er hinzu: »Meine letzte Aufgabe. Iras Geschichte bei Nathan Zuckerman zu deponieren.«

»Ich weiß nicht, was ich damit anfangen könnte«, sagte ich.

»Das geht mich nichts an. Ich habe nur die Pflicht, sie Ihnen zu erzählen. Sie und Ira haben einander sehr viel bedeutet.«

»Dann erzahlen Sie weiter. Wie ist die Geschichte ausgegangen?«

»Pamela«, sagte er. »Pamela Solomon. Pamela ist in Panik geraten. Als sie von Sylphid erfuhr, daß Eve in Iras Schreibtisch herumgewühlt hatte, dachte sie das, was offenbar die meisten Menschen denken, wenn sie zum erstenmal von der Katastrophe eines anderen erfahren: Welche Auswirkungen hat das auf mich? Soundso in meinem Büro hat einen Gehirntumor? Das heißt, daß ich die Inventur allein machen muß. Soundso von nebenan ist mit dem Flugzeug abgestürzt? Er hat den Absturz nicht überlebt? Nein. Das kann nicht sein. Er wollte doch am Samstag rüberkommen und unseren Müllschlucker reparieren.

Es gab ein Foto von Pamela, das Ira gemacht hatte. Ein Foto von ihr im Badeanzug, am Teich neben der Hütte. Pamela befürchtete (zu Unrecht), daß das Bild zusammen mit dem kommunistischen Zeug im Schreibtisch war und Eve es gesehen hatte, beziehungsweise daß Ira, wenn es nicht dort gewesen war, zu Eve gehen und es ihr zeigen würde, es ihr unter die Nase halten und sagen würde: ›Da hast du's!‹ Und was dann? Eve würde wütend werden und sie als Flittchen beschimpfen und aus dem Haus jagen. Und was würde erst *Sylphid* von Pamela denken? Was würde Sylphid *tun*? Und was, wenn Pamela ausgewiesen würde? Das war die schlimmste Möglichkeit von allen. Pamela lebte als Ausländerin in Amerika – was, wenn ihr Name in Iras Kommunistenklüngel hineingezogen würde, wenn die Zeitungen über sie herfielen und sie ausgewiesen würde? Was, wenn Eve selbst dafür sorgte, daß sie ausgewiesen würde? Immerhin hatte sie versucht, ihr den Mann wegzunehmen. Dann war Schluß mit dem Bohemeleben. Dann mußte sie zurück in die erstickende englische Spießergesellschaft.

Mit ihrer Einschätzung der Stimmung im Lande und der Gefahren, die ihr durch Iras Kommunistenklüngel drohten, lag Pamela nicht grundsätzlich falsch. Die Atmosphäre von Anschuldigungen, Drohungen und Schikanen war allenthalben deutlich spürbar. Insbesondere auf Ausländer wirkte das sehr erschreckend und wie ein demokratisches Pogrom. Es lauerten so viele Gefahren, daß Pamelas Angst nicht unbegründet war. Befürchtungen wie diese waren in einem solchen politischen Klima berechtigt. Als Reaktion auf ihre Ängste verwandte Pamela ihre ganze beträchtliche Intelligenz und ihren gesunden Menschenverstand darauf, sich aus ihrer mißlichen Lage zu befreien. Ira hatte sie mit Recht als aufgeweckte und klar denkende junge Frau erkannt, die nicht nur wußte, sondern auch tat, was sie wollte.

Pamela ging zu Eve und erzählte ihr von der zufälligen Begegnung mit Ira im Village vor zwei Jahren. Es war Sommer, er saß in seinem Kombi und wollte aufs Land fahren; er behauptete, Eve sei bereits da, und fragte sie, ob sie nicht einsteigen und für einen Tag mit ihm rausfahren wolle. Es war furchtbar heiß an diesem Tag, und so dachte sie nicht lange nach. ›Okay‹, sagte sie, ›ich hole nur schnell meinen Badeanzug‹; er wartete, und dann fuhren sie nach Zinc Town, und als sie ankamen, stellte sie fest, daß Eve *nicht* da war. Sie gab sich Mühe, freundlich zu bleiben und alles zu glauben, was er an Ausreden vorbrachte; sie zog sogar ihren Badeanzug an und ging mit ihm schwimmen. Bei dieser Gelegenheit hat er das Foto gemacht und sie zu verführen versucht. Sie brach in Tränen aus, riß sich von ihm los, sagte ihm, was sie von ihm hielt und daß er das Eve nicht antun könne, und nahm dann den nächsten Zug nach New York. Um sich nicht selbst in Schwierigkeiten zu bringen, hatte sie keinem von seinem Annäherungsversuch erzählt. Sie fürchtete, andernfalls würde sie von allen Seiten Vorwürfe zu hören bekommen, alle würden sie schon deswegen für eine Hure halten, weil sie zu ihm in den Wagen gestiegen war. Und was man ihr alles an den Kopf werfen würde, weil sie ihn dieses Foto hatte machen lassen. Niemand würde sich ihre Version der Geschichte anhören wollen. Er würde sie mit jeder nur denkbaren Lüge vernichtet haben, wenn sie es gewagt hätte, mit einer wahren Darstellung seine Niedertracht zu entlarven. Doch als ihr jetzt das ganze Ausmaß seiner Niedertracht aufging, konnte sie guten Gewissens nicht länger schweigen.

Als ich eines Nachmittags nach der letzten Stunde noch ins Büro will, sehe ich da meinen Bruder auf dem Flur stehen und auf mich warten. Er ist gerade dabei, zwei Lehrerinnen, die ihn entdeckt haben, Autogramme zu geben; nachdem ich aufgeschlossen habe, geht er mit mir ins Büro und wirft mir einen mit ›Ira‹ beschrifteten Umschlag auf den Schreibtisch. Absender ist der *Daily Worker*. Darin steckt ein zweiter Umschlag, und der ist an ›Iron Rinn‹ adressiert. Geschrieben von Eve, auf ihrem blauen Velinpapier. Der Redaktionsleiter des *Worker* war mit Ira befreundet und hatte eigens die weite Fahrt nach Zinc Town gemacht, um ihm den Brief auszuhändigen.

Es sieht so aus, als habe Eve an dem Tag, nachdem Pamela ihr die Sache erzählt hatte, das Wirksamste unternommen, was ihr eingefallen war, den wirksamsten Schlag geführt, der ihr fürs erste möglich war. Aufs feinste herausgeputzt – sie trägt ihre Luchsjacke, ein sündhaft teures, schwarzsamtenes Traumkleid mit weißem Spitzenbesatz, ihre besten schwarzen Sandaletten und einen ihrer eleganten schwarzen Schleierhüte –, marschiert sie los, jedoch nicht zum ›21‹ zum Lunch mit Katrina, sondern zur Redaktion des *Daily Worker*. Der *Worker* hatte damals seinen Sitz am

University Place, nur wenige Blocks von der West Eleventh Street entfernt. Eve fährt mit dem Aufzug in die fünfte Etage und verlangt den Redakteur zu sprechen. Man führt sie in sein Büro, wo sie den Brief aus ihrem Luchsmuff zieht und ihm auf den Schreibtisch legt. ›Für den heldenhaften Märtyrer der bolschewistischen Revolution‹, sagt sie, ›für den Künstler des Volkes und die letzte große Hoffnung der Menschheit‹, macht kehrt und geht. Furchtsam und schüchtern angesichts jeglichen Widerstands, konnte sie auch beeindruckend gebieterisch sein, wenn sie von gerechtem Zorn erfüllt war und einen ihrer größenwahnsinnigen Tage hatte. Sie war solcher Wandlungen fähig – und sie machte keine halben Sachen. Und ihre Exzesse, ob an diesem oder jenem Ende des emotionalen Regenbogens, wirkten durchaus überzeugend.

Der Redaktionsleiter bekam den Brief, stieg ins Auto und brachte ihn Ira. Ira hatte seit seiner Entlassung allein in Zinc Town gelebt. Einmal wöchentlich fuhr er nach New York und beriet sich mit Anwälten – er wollte den Sender verklagen, den Sponsor verklagen, *Red Channels* verklagen. In der Stadt besuchte er auch Artie Sokolow, der seinen ersten Herzinfarkt hinter sich hatte und zu Hause an der Upper West Side das Bett hüten mußte. Anschließend kam er jedesmal zu uns nach Newark. Ansonsten aber war Ira nur in seiner Hütte, wütend, brütend, deprimiert, fanatisch; machte regelmäßig Abendessen für seinen Nachbarn, der damals bei diesem Grubenunglück dabeigewesen war, Ray Svecz, aß mit ihm und erzählte diesem armen Kerl, der zu fünfzig Prozent gar nicht da war, großspurig von seinem Fall.

Am diesem Tag also, an dem man ihm Eves Brief gebracht hatte, taucht Ira bei mir im Büro auf, und ich muß ihn lesen. Ich habe ihn zusammen mit Iras anderen Papieren bei mir in den Akten; ich kann ihm nicht gerecht werden, wenn ich ihn nur nacherzähle. Drei Seiten lang. In schneidendem Tonfall. Offenbar in einem Zug hingeschrieben, da stimmte alles. Das hatte Biß, das sprühte vor Zorn, und war doch richtig gut gemacht. Was sie da in ihrer rasenden Wut zu Papier gebracht hatte – blaues Briefpapier mit Monogramm –, wies Eve als echte Neoklassizistin aus. Ich wäre nicht überrascht gewesen, wenn diese wilde Predigt an ihn mit einem Fanfarenstoß heroischer Reimpaare geendet hätte.

Erinnern Sie sich an die Verwünschungen, die Hamlet über Claudius ausstößt? Die Stelle im zweiten Akt, kurz nachdem der Schauspieler-König seinen Bericht über die Ermordung Priams beendet hat? Das steht in der Mitte des Monologs, der beginnt mit: ›O welch ein Schurk und niedrer Sklav ich bin!‹ ›Ein blöder, schwachgemuter Schurke!‹ sagt Hamlet. ›Fühlloser, falscher, geiler, schnöder Bube! / Oh! Rache!‹ Nun, in Eves Brief geht es im wesentlichen um folgendes: Du weißt, was Pamela mir bedeutet, ich habe es Dir, und nur Dir allein, eines Abends anvertraut, was Pamela mir alles bedeutet. Pamela habe ein Problem, einen ›Minderwertigkeitskomplex‹, wie Eve das nennt. Das Mädchen habe einen Minderwertigkeitskomplex, fern von zu Hause, von der Heimat und der Familie, Eve betrachte Pamela als ihren Schützling, Eve habe die Pflicht, für sie zu sorgen, sie zu beschützen, und dennoch habe er, so wie er alles, womit er sich befasse, zu etwas Häßlichem mache, den hinterhältigen Plan verfolgt, ein Mädchen von Pamela Solomons Herkunft zu einer Stripteasetänzerin wie Donna Jones zu machen. Pamela unter Vorspiegelung falscher Tatsachen zu diesem einsamen Drecksloch hinauszulocken, wie ein Perverser über dem Bild von ihr im Badeanzug zu geifern, mit seinen Gorillapranken ihren wehrlosen Körper zu begrabschen – einfach nur so zum Spaß aus Pamela eine gewöhnliche Hure zu machen und Sylphid und sie selbst auf die sadistischste Weise zu demütigen.

Aber diesmal, schrieb sie, bist Du zu weit gegangen. Ich erinnere mich an Deine Worte, wie Du zu Füßen des großen O'Day Machiavellis *Fürsten* bewundert hast. Jetzt verstehe ich, was Du aus diesem Buch gelernt hast. Ich verstehe, warum meine Freunde mich seit Jahren davon zu überzeugen versuchen, daß Du in allem, was Du sagst oder tust, nichts anderes bist als ein skrupelloser, verdorbener Machiavellist, dem Recht und Unrecht gar nichts bedeutet und für den allein der Erfolg zählt. Du willst Sex mit dieser reizenden talentierten jungen Frau erzwingen, die schwer mit einem Minderwertigkeitskomplex zu kämpfen hat. Warum hast Du nicht versucht, mit mir Sex zu haben, wenn es Dir etwa darum geht, Liebe zu bekunden? Als wir uns kennenlernten, hast Du allein an der Lower East Side in den schmutzigen Armen Deines geliebten Lumpenproletariats gelebt. Ich habe Dir ein schönes Haus voller Bücher und Musik und Kunst geschenkt. Ich habe Dir ein anständiges eigenes Arbeitszimmer gegeben und Dir geholfen, Deine Bibliothek aufzubauen. Ich habe Dich mit den interessantesten, intelligentesten, talentiertesten Leuten in Manhattan bekannt gemacht, habe Dir Zugang zu einer gesellschaftlichen Schicht verschafft, wie Du es Dir niemals hattest erträumen können. Ich habe mich nach besten Kräften bemüht, Dir eine Familie zu geben. Ja, ich habe eine anspruchsvolle Tochter. Ich habe eine schwierige Tochter. Das weiß ich selbst. Das Leben stellt nun einmal viele Ansprüche. Für einen verantwortungsbewußten Erwachsenen ist das ganze *Leben* eine Herausforderung ... Und immer so weiter, immer bergauf, philosophisch, gereift, vernünftig, rückhaltlos rational – bis sie mit der Drohung schließt:

Du erinnerst Dich ja wohl, daß Dein vorbildlicher Bruder mir nicht erlauben wollte, mit Dir zu sprechen oder Dir zu schreiben, als Du Dich in seinem Haus verkrochen hast; ich habe dann versucht, mich über Deine Genossen mit Dir in Verbindung zu setzen. Die Kommunistische Partei hatte ja offenbar besseren Zugang zu Dir – und zu Deinem Herzen, oder wie man das nennen soll –, als jeder andere. Du *bist* Machiavelli, der Künstler der Kontrolle in höchster Vollendung. Nun, mein lieber Machiavelli, da Du noch immer nicht die Konsequenzen all dessen begriffen zu haben scheinst, was Du anderen Menschen so alles angetan hast, nur um Deinen Kopf durchzusetzen, ist es vielleicht an der Zeit, daß Dich mal jemand darüber aufklärt.

Nathan, erinnern Sie sich an den Stuhl in meinem Büro, neben dem Schreibtisch – den sogenannten Schleudersitz? Auf dem ihr Kinder geschwitzt habt, wenn ich eure Aufsätze durchgesehen habe? Dort hat Ira gesessen, als ich diesen Brief gelesen habe. Ich fragte ihn: ›Stimmt es, daß du dich an dieses Mädchen herangemacht hast?‹ ›Ich hatte sechs Monate lang ein Verhältnis mit diesem Mädchen.‹ ›Du hast mit ihr geschlafen.‹ ›Sehr oft, Murray. Ich habe gedacht, sie liebt mich. Es überrascht mich, daß sie so etwas hat tun können.‹ ›Und jetzt?‹ ›Ich habe sie geliebt. Ich wollte sie heiraten und eine Familie mit ihr haben.‹ ›Ah, das wird ja immer besser. Du denkst wohl niemals nach, Ira? Du handelst. Du handelst, und das war's. Du schreist herum, du fickst, du handelst. Sechs Monate lang fickst du die beste Freundin ihrer Tochter. Ihre Ersatztochter. Ihren *Schützling.* Und jetzt passiert etwas, und das ,überrascht' dich.‹ ›Ich habe sie geliebt.‹ ›Sei doch ehrlich. Du hast es geliebt, sie zu ficken.‹ ›Du verstehst das nicht. Sie hat mich immer wieder in der Hütte besucht. Ich war *verrückt* nach ihr. Das überrascht mich wirklich. Es überrascht mich ungeheuer, was sie getan hat!‹ ›Was *sie* getan hat.‹ ›Sie verrät mich an meine Frau – und dann lügt sie auch noch dabei!‹ ›Ach ja? Tatsächlich? Was überrascht dich daran? Du wirst Ärger bekommen. Diese Frau wird dir eine Menge Ärger machen.‹ ›Glaubst du? Was hat sie denn vor? Sie hat es doch schon getan, sie und ihre Freunde, die Grants. Man hat mich doch schon gefeuert. Ich bin doch schon vogelfrei. Sie macht aus dieser Sache was Sexuelles, und das war es nicht. Pamela weiß, daß es das nicht war.‹ ›Nun, aber jetzt ist es das. Du sitzt in der Falle, und deine Frau droht *neue* Konsequenzen an. Was glaubst du wohl, was sie damit meint?‹ ›Gar nichts. Es gibt ja nichts mehr. Diese Dummheit‹, sagte er und wedelte mit dem Brief vor mir herum, ›selbst zum *Worker* zu gehen und diesen Brief abzugeben. *Das* ist die Konsequenz. Hör mir zu. Ich habe nie etwas getan, was Pamela nicht wollte. Und als sie nichts mehr von mir wissen wollte, hat mich das fast umgebracht. Von einem solchen Mädchen habe ich mein Leben lang geträumt. Es hat mich *umgebracht.* Aber ich habe es getan. Ich bin die Treppe runter und auf die Straße gegangen und habe sie in Ruhe gelassen. Ich bin ihr nie mehr zu nahe getreten.‹ ›Nun‹, sagte ich, ›wie dem auch sei, so ehrenhaft es von dir gewesen sein mag, nach sechs Monaten heißem Sex mit der Ersatztochter deiner Frau wie ein Gentleman Abschied zu nehmen, jetzt steckst du ganz schön in der Patsche, mein Freund.‹ ›Nein, wenn hier wer in der Patsche steckt, ist es *Pamela!*‹ ›Ach ja? Willst du wieder mal *handeln?* Willst du *wieder* mal handeln, ohne nachzudenken? Nein. Das werde ich nicht zulassen.‹

Und ich habe es nicht zugelassen, und er hat nichts unternommen. Nun, inwiefern dieser Brief Eve beflügelt haben mag, plötzlich dieses Buch zu schreiben, ist schwer zu sagen. Aber falls Eve nach einem Motiv gesucht hat, wirklich bis zum Äußersten zu gehen und das große irrationale Unternehmen zu starten, zu dem sie geboren war, kann jedenfalls das Material, das sie von Pamela bekam, nicht dabei geschadet haben. Man sollte meinen, nach der Ehe mit einer Null wie Mueller, nach der Ehe mit einem Homosexuellen wie Pennington, nach der Ehe mit einem Ränkeschmied wie Freedman und schließlich nach der Ehe mit einem Kommunisten wie Ira müßte sie jede erdenkliche Pflicht gegenüber den Mächten der Unvernunft erfüllt haben. Man sollte meinen, sie müßte doch so ziemlich alles an Frust und Enttäuschung abreagiert haben, nachdem sie in Luchsjacke und Muff die Redaktion des *Worker* aufgesucht hat. Aber nein, es war schon immer Eves Schicksal, ihr irrationales Wesen zu immer neuen Höhen zu führen – und hier kommen nun wieder die Grants ins Spiel.

Es waren die Grants, die das Buch geschrieben haben. Es hatte *zwei* Ghostwriter. Brydens Name kam auf den Umschlag – ›aufgezeichnet von Bryden Grant‹ –, weil das beinahe ebensogut war, als stünde Winchells Name auf dem Umschlag, aber man merkt doch deutlich, daß sie beide daran geschrieben haben. Was wußte denn Eve Frame vom Kommunismus? Auf den Wallace-Kundgebungen, die sie mit Ira besucht hatte, waren Kommunisten gewesen. Bei *Frei und tapfer* hatten Kommunisten mitgewirkt, Leute, die zu ihnen ins Haus kamen, mit denen sie essen gingen, mit denen sie auch die Soireen besuchten. Dieser kleine Kreis von Leuten, die mit der Sendung zu tun hatten, war sehr daran interessiert, möglichst viel Kontrolle auszuüben. Das alles hatte etwas Geheimbündlerisches, Verschwörerisches – man warb Gleichgesinnte an, man nahm bei jeder Gelegenheit Einfluß auf die ideologische Tendenz der Redemanuskripte. Ira und Artie Sokolow saßen in seinem Arbeitszimmer und versuchten jedes noch so abgedroschene Parteiklischee in die Texte hineinzuzwängen, jeden sogenannten progressiven Gedanken, den sie sich gerade noch erlauben konnten, jeden ideologischen Schrott, den sie für kommunistisch hielten, irgendwie in einen historischen Kontext zu stopfen. Sie bildeten sich ein, sie könnten die öffentliche Meinung beeinflussen. *Der Schriftsteller darf nicht nur beobachten und beschreiben, er muß auch am Kampf teilnehmen. Der nichtmarxistische Schriftsteller begeht Verrat an der objektiven Wirklichkeit; der marxistische trägt zu ihrer Ver-*

änderung bei. Das Geschenk der Partei an den Schriftsteller ist die einzig
richtige und wahre Weltanschauung. So was haben sie wirklich geglaubt. Schwachsinn. Propaganda. Aber Schwachsinn wird von
der Verfassung nicht verboten. Und im Radio jener Zeit wurde
jede Menge davon gesendet. *Gangbusters. Your FBI.* Kate Smith mit
ihrem ›God Bless America‹. Sogar Ihr Held Corwin – auch er hat
Propaganda für eine idealisierte amerikanische Demokratie
gemacht. Letztlich war das kaum etwas anderes. Ira Ringold und
Arthur Sokolow, das waren keine Spionageagenten. Das waren
Werbeagenten. Das ist schon ein Unterschied. Die beiden haben
billige Propaganda betrieben, gegen die es nur die Gesetze der
Ästhetik und des literarischen Geschmacks gibt.

Dann gab es die Gewerkschaft, AFTRA hieß sie, und den
Kampf um die Kontrolle der Gewerkschaft. Viel Gebrüll, furchtbare interne Streitereien, aber das war im ganzen Land so. In meiner Gewerkschaft, in praktisch jeder Gewerkschaft, haben Rechte
und Linke, Liberale und Kommunisten um die Vorherrschaft
gekämpft. Ira war Mitglied im Vorstand seiner Gewerkschaft, und
wie hat er die Leute angebrüllt, wenn er mit ihnen telefoniert hat.
Natürlich auch in Eves Gegenwart. Und was Ira sagte, das meinte
er auch. Für Ira war die Partei kein Debattierclub. Keine Diskussionsgruppe. Kein Bürgerrechtsverein. Was bedeutet das – ›Revolution‹? Es bedeutet Revolution. Er hat die Phrase beim Wort genommen. Man kann sich nicht Revolutionär nennen und es mit
seinem Engagement nicht ernst nehmen. Für ihn war das keine
Spielerei. Sondern etwas vollkommen Echtes. Es war ihm Ernst
mit der Sowjetunion. Es war ihm Ernst mit der AFTRA.

Ich selbst habe Ira eigentlich nur selten so erlebt. Auch *Sie* haben
ihn wahrscheinlich nur selten so erlebt. Aber Eve hat ihn *nie* so erlebt. Sie hat von alldem *nichts* mitbekommen. Aus Tatsachen hat
Eve sich nie etwas gemacht. Die Frau hat sich nie damit beschäftigt,
was um sie her gesprochen wurde. Das wirkliche Leben war ihr
vollkommen fremd. Es war ihr zu grob. Mit Kommunismus oder
Antikommunismus hat sie sich nie beschäftigt. Mit der Gegenwart
hat sie sich nie beschäftigt, außer mit Sylphids Gegenwart.

›Aufgezeichnet von‹ bedeutete, daß sich die Grants diese bös-
willige Geschichte komplett aus den Fingern gesogen hatten. Und

zwar nicht, um Eve einen Gefallen zu tun, und auch nicht nur, um Ira zu vernichten, sosehr Katrina und Bryden ihn auch verabscheuten. Die Konsequenzen für Ira trugen zwar mit zu ihrem Vergnügen bei, waren ihnen aber im Grunde völlig gleichgültig. Die Grants haben sich das alles ausgedacht, damit Bryden, indem er sich zum Kommunismus im Rundfunkwesen äußerte, desto sicherer ins Repräsentantenhaus gewählt würde.

Dieser Stil. Diese *Journal-American*-Prosa. Und dazu Katrinas Syntax. Und dazu Katrinas Sensibilität. Überall in dem Buch sieht man ihre Fingerabdrücke. Ich habe sofort gewußt, daß Eve das nicht geschrieben hatte, weil Eve gar nicht so schlecht schreiben konnte. Dafür war Eve zu gebildet und zu belesen. Warum hat sie den Grants erlaubt, ihr Buch zu schreiben? Weil sie sich systematisch zu jedermanns Sklavin gemacht hat. Weil es erschreckend ist, wozu die Starken fähig sind, und weil es genauso erschreckend ist, wozu die Schwachen fähig sind. Beides ist erschreckend.

Mein Mann, der Kommunist erschien im März 52, als Grant bereits seine Kandidatur bekanntgegeben hatte; und im November, bei Eisenhowers überwältigendem Wahlsieg, gelangte er als Abgeordneter des 29. New Yorker Bezirks ins Repräsentantenhaus. Er wäre auch so gewählt worden. Die Sendung der beiden war eine der beliebtesten am Samstagvormittag, seit Jahren schrieb er diese Kolumne, er hatte Ham Fish hinter sich, und schließlich war er Grant, der Nachfahre eines amerikanischen Präsidenten. Dennoch bezweifle ich, daß Joe McCarthy persönlich nach Dutchess County gekommen und an seiner Seite aufgetreten wäre, wenn Grant mit seiner ›Gerüchteküche‹ nicht so viele hohe Tiere der Roten entlarvt und aus den Sendern entfernt hätte. Alle waren sie in Poughkeepsie, um seine Kandidatur zu unterstützen. Westbrook Pegler war da. Alle diese Leitartikler von Hearst waren gut mit ihm befreundet. Alle, die Franklin D. Roosevelt haßten und in der Kommunistenhetze eine Möglichkeit sahen, die Demokraten fertigzumachen. Entweder hatte Eve keine Ahnung, wozu sie von den Grants benutzt wurde, oder, und das ist wahrscheinlicher, sie wußte es, kümmerte sich aber nicht darum, weil ihr die Rolle des Angreifers ein Gefühl von Kraft und Tapferkeit vermittelte, jetzt, da sie es dem Ungeheuer endlich heimzahlen konnte.

Aber konnte sie, die Ira so gut kannte, dieses Buch herausbringen und erwarten, daß er nicht darauf reagieren würde? Das war schließlich kein Dreiseitenbrief nach Zinc Town. Sondern ein großer landesweiter Bestseller, der einschlug wie eine Bombe. Das Buch hatte alles, was zu einem Bestseller gehört: Eve war berühmt, Grant war berühmt, der Kommunismus war *die* internationale Gefahr. Ira selbst war nicht so berühmt wie die beiden, und obwohl das Buch dafür sorgte, daß er nie mehr im Rundfunk arbeiten würde, und obwohl das Buch das endgültige Aus für seine Zufallskarriere bedeutete, war Ira in den fünf oder sechs Monaten, die es die Bestsellerlisten anführte, so populär wie nie zuvor, wenn auch nur für eine Saison. Eve hatte mit einem Streich ihr eigenes Leben entprivatisiert und zugleich dem Gespenst des Kommunismus ein menschliches Antlitz verliehen – das ihres Mannes. Ich habe einen Kommunisten geheiratet, ich habe mit einem Kommunisten geschlafen, ein Kommunist hat mein Kind gequält, das arglose Amerika hat im Radio einem Kommunisten gelauscht, der sich als Patriot ausgegeben hat. Ein böser heuchlerischer Schurke, die echten Namen echter Stars, das alles vor dem Hintergrund des Kalten Kriegs – natürlich wurde es ein Bestseller. Ihre Klage gegen Ira war von der Art, die in den fünfziger Jahren mit großer öffentlicher Aufmerksamkeit rechnen konnte.

Und es schadete auch nichts, daß in dem Buch all die anderen jüdischen Bolschewiken genannt wurden, die mit Iras Sendung zu tun hatten. Latenter Antisemitismus war auch eine der Quellen, aus denen sich die Paranoia des Kalten Kriegs speiste, und so konnte Eve unter der moralischen Führung der Grants – die ihrerseits die allgegenwärtigen, unruhestiftenden linken Juden fast ebenso sehr liebten, wie Richard Nixon sie liebte – ein privates Vorurteil in eine politische Waffe umwandeln, indem sie dem nichtjüdischen Amerika bestätigte, daß in New York wie in Hollywood, beim Rundfunk wie beim Film, der hinter jeder Ecke lauernde Kommunist in neun von zehn Fällen obendrein auch noch Jude war.

Aber hat sie sich eingebildet, daß dieser unverhohlen aggressive Hitzkopf in keiner Weise darauf reagieren würde? Derselbe Mann, der beim Abendessen immer so heftig mit ihr gestritten hatte, der immer in ihrem Wohnzimmer herumgerannt war und irgendwelche Leute angebrüllt hatte, der immerhin tatsächlich Kommunist war, der wußte, was es heißt, politisch aktiv zu werden, der verbissen seine Gewerkschaft unter Kontrolle gebracht hatte, dem es gelungen war, Sokolows Manuskripte umzuschreiben, einen Tyrannen wie Artie Sokolow zu tyrannisieren – hat sie wirklich gedacht, er werde jetzt *nicht* aktiv werden? Hat sie ihn denn so sehr verkannt? Was ist mit dem Porträt in ihrem Buch? Wenn er Machiavelli ist, dann ist er Machiavelli. Alles in Deckung!

Ich bin wirklich wütend, denkt sie, wütend wegen Pamela und wütend wegen Helgi und empört wegen der Renovierung der Hütte und all der anderen Verbrechen gegen Sylphid, und ich werde diesen lüsternen, herzlosen, machiavellistischen Schweinehund schon auf mich aufmerksam machen. Ja, verdammt, und ob er schon auf sie aufmerksam ist. Aber wenn man Ira auf sich aufmerksam machen will, indem man ihm vor aller Augen ein glühendes Schüreisen in den Arsch rammt, kann man ihn natürlich nur wütend machen. Und muß damit rechnen, daß er einem an die Gurgel springt. Wer sieht schon gern in der Bestsellerliste Enthüllungsbücher über sich selbst, in denen man zu Unrecht angeprangert wird? Man muß nicht Ira Ringold heißen, um an so etwas Anstoß zu nehmen. Und gerichtlich dagegen vorzugehen. Nur, auf diesen Gedanken kommt sie gar nicht erst. Der tugendhafte Groll, der ihr Vorhaben beflügelt, die *Untadeligkeit*, die ihr Vorhaben beflügelt, kann sich überhaupt nicht vorstellen, daß irgendwer ihr irgend etwas antun könnte. Sie hat lediglich eine Rechnung beglichen. Ira hat all diese abscheulichen Dinge getan – sie antwortet bloß mit ihrer Version der Geschichte. Sie nutzt die letzte Gelegenheit, und die einzigen Folgen, die sie sich vorstellen kann, sind solche, die sie verdient hat. Es kann nicht anders sein – was hat *sie* schon getan?

Diese Selbstverblendung, die zu so viel Leid mit Pennington geführt hat, mit Freedman, mit Sylphid, mit Pamela, mit den Grants, sogar mit Helgi Pärn – letztlich war ebendiese Selbstverblendung der Wurm, der sie vernichtet hat. Es ist das, was der Highschool-Lehrer im Shakespeare-Unterricht den tragischen Makel nennt.

Plötzlich kämpfte Eve für eine große Sache: ihre eigene. Ihre Sache, vorgeführt in der grandiosen Maske eines selbstlosen Kampfs zur Rettung Amerikas vor der roten Flut. Jeder hat eine gescheiterte Ehe – sie selbst hat vier davon. Aber sie hat auch das Bedürfnis, etwas Besonderes zu sein. Ein Star. Sie möchte zeigen, daß auch sie bedeutend ist, daß auch sie einen Kopf hat und Kraft zum Kämpfen besitzt. Wer ist schon dieser Schauspieler Iron Rinn? *Ich bin der Schauspieler! Ich* bin es, die einen Namen hat, und ich verfüge über die *Macht* dieses Namens! Ich bin nicht diese schwache Frau, mit der du machen kannst, was du willst. Ich bin ein Star, verdammt! Meine Ehe ist keine gewöhnliche gescheiterte Ehe. Es ist die gescheiterte Ehe eines *Stars*! Ich habe meinen Mann nicht verloren, weil ich ihn dauernd auf Knien angehimmelt habe. Ich habe meinen Mann nicht wegen dieser versoffenen Hure mit dem Goldzahn verloren. Da kann nur etwas Größeres dahinterstecken – und ich kann nicht anders als schuldlos sein. Die Weigerung, sich zu dem zu bekennen, was in menschlichen Dimensionen dahintersteckt, verwandelt es in etwas Melodramatisches, etwas Falsches und Verkäufliches. Ich habe meinen Mann an den Kommunismus verloren.

Und was es mit diesem Buch in Wahrheit auf sich hatte, was es tatsächlich bewirkt hat, davon hatte Eve nicht die leiseste Ahnung. Warum wurde Iron Rinn der Öffentlichkeit als gefährlicher sowjetischer Spionageagent serviert? Damit ein weiterer Republikaner ins Repräsentantenhaus gewählt wurde. Damit Bryden Grant gewählt wurde und Joe Martin den Vorsitz übernehmen konnte.

Grant wurde letztlich elfmal gewählt. Eine sehr bedeutende Persönlichkeit im Kongreß. Und Katrina wurde *die* republikanische Gastgeberin in Washington, die Alleininhaberin gesellschaftlicher Autorität während der gesamten Amtszeit Eisenhowers. Ein derart von Neid und Eitelkeit zerfressener Mensch wie sie konnte in der ganzen Welt keine dankbarere Aufgabe finden als die, zu bestimmen, wer Roy Cohn gegenüber Platz nehmen durfte. In der peniblen Hierarchie der Washingtoner Dinnerparty hat Katrina mit ihrem Gespür für Rivalitäten, mit der schier kannibalischen Energie ihres Strebens nach Überlegenheit – danach, der herrschenden Klasse selbst ihre wohlerworbenen Verdienste zu lassen oder vorzuenthalten ... hat sie ihr Imperium gefunden, das scheint mir das richtige Wort zu sein. Die Frau hat Einladungslisten mit dem selbstherrlichen Sadismus eines Caligula entworfen. Sie fand Genuß darin, die Mächtigen zu demütigen. Mehr als einmal brachte sie die Hauptstadt zum Erzittern. Unter Eisenhower und dann wieder später, unter Brydens Mentor Nixon, regierte sie die Washingtoner Gesellschaft mit Furcht und Schrecken.

Als 69 plötzlich Spekulationen aufkamen, Nixon werde Grant einen Platz im Weißen Haus besorgen, gelangten der Kongreßabgeordnete und seine gastfreundliche schreibende Frau auf die Titelseite von *Life*. Nein, Grant wurde niemals ein Haldeman, aber am Ende wurde auch er von Watergate zu Fall gebracht. Hat sich Nixon auf Gedeih und Verderb angeschlossen und seinen Führer trotz aller vorliegenden Beweise noch bis zum Morgen des Rücktritts im Plenarsaal verteidigt. Das hat ihn dann 74 die Wahl gekostet. Freilich hatte er Nixon schon von Anfang an nachgeeifert. Nixon hatte Alger Hiss, Grant hatte Iron Rinn. Beide hatten sie ihren sowjetischen Spion, der ihnen zum politischen Höhenflug verhalf.

Ich habe Katrina auf C-SPAN bei Nixons Beerdigung gesehen. Grant war ein paar Jahre zuvor gestorben, und sie ist inzwischen auch schon tot. Sie war in meinem Alter, vielleicht ein oder zwei Jahre älter. Aber bei der Beerdigung draußen in Yorba Linda, mit der auf halbmast wehenden Fahne unter den Palmen und Nixons Geburtsort im Hintergrund, war sie noch immer unsere Katrina, die Haare weiß, das Antlitz runzlig, aber noch immer eine Kämpferin für das Gute und angeregt ins Gespräch vertieft mit Barbara Bush, Betty Ford und Nancy Reagan. Es schien, als habe das Leben sie nie gezwungen, sich ihre Überheblichkeit einzugestehen, geschweige denn davon abzulassen. Immer noch fest entschlossen, die nationale Autorität in moralischen Fragen zu sein, von äußerster Strenge, wenn es um korrektes Benehmen ging. Ich habe sie dort mit Senator Dole sprechen sehen, unserem anderen großen moralischen Leitstern. Sie schien mir nicht ein Jota von der Vorstellung preisgegeben zu haben, daß jedes einzelne ihrer Worte von der allergrößten Bedeutung sei. Immer noch nicht be-

reit, still in sich zu gehen. Immer noch die selbstgerechte Aufsehe-
rin über die Integrität ihrer Mitmenschen. Und ohne jede Reue.
Eine reuelose Göttin, die ihr groteskes Selbstbild stur vor sich her-
trägt. Gegen Dummheit ist kein Kraut gewachsen. Diese Frau ist
die reine Verkörperung moralischen Ehrgeizes mit all seiner
Schädlichkeit und Torheit.

Den Grants stellte sich nur die Frage, wie sie Ira für ihre Sache
einspannen konnten. Und was *war* ihre Sache? Amerika? Die Demokratie? Wenn Patriotismus jemals der Vorwand für Eigennutz,
für Hemmungslosigkeit, für Selbstbeweihräucherung gewesen
ist ... Von Shakespeare lernen wir, daß man beim Erzählen einer
Geschichte jede darin vorkommende Figur mit einfühlender
Sympathie behandeln soll. Aber ich bin nicht Shakespeare, und ich
verachte diesen widerlichen Mann und seine widerliche Frau für
das, was sie meinem Bruder angetan haben – und zwar ohne eigene Mühe, indem sie Eve benutzten, wie man einen Hund vor
die Tür schickt und sich von ihm die Zeitung bringen läßt. Erinnern Sie sich, was Gloucester über den alten Lear sagt? ›Der König
ist in hoher Wut.‹ Auch ich habe mir einen schlimmen Fall von
hoher Wut zugezogen, als ich Katrina van Tassel in Yorba Linda
gesehen habe. Ich habe mir gesagt: Sie ist ein Nichts, ein Niemand, eine kleine Nebendarstellerin. In der ungeheuren Geschichte ideologischer Feindseligkeiten im zwanzigsten Jahrhundert hat sie nichts als eine tölpische Nebenrolle gespielt. Aber auch
dann noch konnte ich ihren Anblick kaum ertragen.

Freilich konnte man das ganze Begräbnis unseres siebenund-
dreißigsten Präsidenten kaum ertragen. Allein schon, wie Chor
und Orchester der Marines all diese Lieder aufgeführt haben, die
nur dazu sind, die Leute am Denken zu hindern und in Trance zu
versetzen: ›Hail to the Chief‹, ›America‹, ›You're a Grand Old
Flag‹, ›The Battle Hymn of the Republic‹ und natürlich auch die
aufputschendste all dieser Drogen, die jeden für kurze Zeit alles
andere vergessen lassen, das nationale Betäubungsmittel ›The Star-
Spangled Banner‹. Nichts ist so wirksam wie die erbaulichen Bemerkungen eines Billy Graham und ein fahnengeschmückter
Sarg, der von einer gemischtrassigen Gruppe Soldaten getragen
wird – das Ganze gekrönt mit ›Star-Spangled Banner‹, unmittel-

bar gefolgt von einundzwanzig Salutschüssen und dem Zapfen-
streich –, wenn man die Masse in Katalepsie versetzen will.

Dann übernehmen die Realisten das Kommando, die Experten
im Abschließen und Brechen von Verträgen, die Meister der
schamlosesten Methoden zur Vernichtung eines Gegners, die
Leute, für die moralische Bedenken immer ganz hinten anstehen
müssen, und reden all das wohlbekannte, leere, heuchlerische
Zeug, das von allem möglichen handelt, nur nicht von den wahren Leidenschaften des Verstorbenen. Clinton preist Nixon für
seinen ›bemerkenswerten Weg‹ und spricht, fasziniert von seiner
eigenen Aufrichtigkeit, mit leiser Stimme seinen Dank für all die
›klugen Ratschläge‹ aus, die Nixon ihm gegeben habe. Gouverneur Pete Wilson versichert allen Anwesenden, bei Richard
Nixon würden die meisten Menschen an seinen ›turmhohen Intellekt‹ denken. Dole und sein Schwall weinerlicher Klischees.
›Doktor‹ Kissinger, hochgesinnt, tiefgründig, die Tonart zu ge-
schwollenster Bescheidenheit moduliert – und die ganze kalte
Autorität dieser Stimme in Schleim getaucht –, zitiert keinen geringeren Nachruf als den Hamlets auf seinen ermordeten Vater,
um ›unseren mutigen Freund‹ zu beschreiben. ›Er war ein Mann;
nehmt alles nur in allem; ich werde nimmer seinesgleichen sehn.‹
Die Literatur ist keine primäre Wirklichkeit, sondern eine Art
kostspieliges Polstermaterial für einen Weisen, der selbst so dick
gepolstert ist, daß er keinen Schimmer von dem zweideutigen
Kontext hat, in dem Hamlet von dem unerreichten König spricht.
Aber andererseits – wer wird schon, unterm gewaltigen Zwang,
als Zeuge der letzten großen Vertuschung ein ausdrucksloses Gesicht zu bewahren, den Hofjuden bei einem kulturellen Fauxpas
ertappen, wenn dieser ein unpassendes Meisterwerk zitiert? Wer
soll ihn darauf aufmerksam machen, daß er nicht Hamlet über seinen Vater zitieren sollte, sondern Hamlet über seinen Onkel Claudius, Hamlet über das Betragen des neuen Königs, des thronräu-
berischen Mörders seines Vaters? Wer von den Anwesenden in
Yorba Linda wagt es, ihm zuzurufen: ›He, Doktor – zitieren Sie
lieber dies: Schnöde Taten, birgt sie die Erd auch, müssen sich verraten‹?

Wer? Gerald Ford? Gerald Ford. Ich kann mich nicht erinnern,

Gerald Ford jemals zuvor so konzentriert, so deutlich sichtbar intelligenzgeladen gesehen zu haben wie auf diesem geweihten Boden. Ronald Reagan, wie er der uniformierten Ehrenwache seinen berühmten Salut entbietet, diesen Salut, der *immer* halb meschugge war. Bob Hope neben James Baker. Der Iran-Contra-Waffenhändler Adnan Khashoggi neben Donald Nixon. Der Einbrecher G. Gordon Liddy mit seinem arrogant rasierten Schädel ist ebenfalls da. Der meistgeschmähte aller Vizepräsidenten, Spiro Agnew mit seiner gewissenlosen Mafia-Visage. Der charmanteste aller Vizepräsidenten, der funkelnde Dan Quayle, der glänzt wie die Schrauben, die er lockerhat. Wie heldenhaft der Ärmste sich zusammenreißt: immer den Klugen spielen und immer versagen. All diese Leute, wie sie in der Sonne Kaliforniens und einem lieblichen Lüftchen gemeinsam ihrer phrasenhaften Trauer nachgehen: die Angeklagten und die Nichtangeklagten, die Verurteilten und die Nichtverurteilten und, nachdem sein turmhoher Intellekt nun endlich in einem sternengesprenkelten Sarg zur Ruhe gebettet ist und er sich nicht mehr nach unumschränkter Macht abstrampeln muß, der Mann, der die Moral eines ganzen Landes auf den Kopf gestellt hat, der Verursacher einer gewaltigen nationalen Katastrophe, der erste und einzige Präsident der Vereinigten Staaten von Amerika, dem von einem handverlesenen Nachfolger vollständige und bedingungslose Vergebung für all die Einbrüche und Diebstähle erteilt wurde, die er in seiner Amtszeit begangen hat.

Und van Tassel Grant, Brydens umschwärmte Witwe, die Witwe *dieses* selbstlosen Staatsdieners, sonnt sich in ihrer Wichtigkeit und redet wie ein Wasserfall. Während der gesamten Fernsehübertragung des Gottesdienstes faselt der Mund der gnadenlosen Bosheit von ihrer Trauer über unseren großen nationalen Verlust. Schade, daß sie in den USA geboren wurde und nicht in China. Hier mußte sie sich damit zufriedengeben, nur eine Bestsellerautorin, ein berühmter Radiostar und eine stinkvornehme Washingtoner Gastgeberin zu werden. Dort hätte sie für Mao die Kulturrevolution durchgezogen.

Ich habe in meinen neunzig Jahren zwei sensationell lustige Beerdigungen erlebt, Nathan. Bei der ersten war ich als Dreizehn-

jähriger dabei, die zweite habe ich vor drei Jahren, als Siebenund-
achtzigjähriger, im Fernsehen verfolgt. Zwei Beerdigungen, die
mehr oder weniger mein gesamtes bewußtes Leben eingeklam-
mert haben. Das sind keine unerklärlichen Ereignisse. Man muß
kein Genie sein, um ihre Bedeutung zu ergründen. Es sind einfach
natürliche menschliche Ereignisse, die so klar und deutlich, wie
Daumier die spezifischen Merkmale der Menschheit entlarvt hat,
die tausendundeins Dualitäten entlarven, die ihre Wesensarten
zum menschlichen Knäuel verknoten. Das erste war die Sache mit
dem Kanarienvogel, als der Schuster Russomanno sich einen Sarg
und Sargträger und einen von Pferden gezogenen Leichenwagen
bestellte und seinem geliebten Jimmy ein pompöses Begräbnis zu-
teil werden ließ – und mein kleinerer Bruder mir die Nase eingeschlagen hat. Das zweite war an dem Tag, als man Richard Mil-
hous Nixon mit einundzwanzig Schuß Salut zu Grabe trug. Ich
wünschte nur, die Italiener aus dem alten Ersten Bezirk hätten mit
da draußen in Yorba Linda bei Dr. Kissinger und Billy Graham
sein können. *Die* hätten das Spektakel zu genießen gewußt. Hätten sich auf dem Boden gewälzt vor Lachen, wenn sie die Reden
dieser beiden gehört hätten, die Erniedrigungen, die sie auf sich
nahmen, um diese himmelschreiend unreine Seele zu ehren.

Und hätte Ira da noch gelebt und die beiden gehört, er wäre
wieder einmal aus der Haut gefahren, weil die Welt immer alles
falsch verstehen muß.«

8

All seinen Hader richtete Ira nun gegen sich selbst. Wie konnte diese Farce sein Leben ruiniert haben? All das Zeug, das neben dem Wesentlichen gar nichts zählte, der ganze periphere Lebensplunder, vor dem Genosse O'Day ihn gewarnt hatte. Ein Zuhause. Heiraten. Familie. Geliebte. Ehebruch. Dieser ganze bourgeoise Scheiß! Warum hatte er nicht wie O'Day gelebt? Warum hatte er sich nicht wie O'Day Prostituierte genommen? *Richtige* Prostituierte, zuverlässige Profis, die die Regeln kennen, und keine plappermäuligen Amateurinnen wie seine estnische Masseuse.

Er machte sich unablässig Vorwürfe. Es war ein Fehler gewesen, O'Day zu verlassen, die Gewerkschaftsarbeit in der Schallplattenfabrik aufzugeben, nach New York zu gehen, Eve Frame zu heiraten und großspurig als dieser Iron Rinn aufzutreten. Für Ira war schlichtweg alles, was er nach seinem Weggang aus dem Mittleren Westen getan hatte, ein Fehler gewesen. Ein Fehler, daß er wie jeder Mensch das Bedürfnis nach Erfahrungen gehabt hatte, daß er wie jeder Mensch nicht in die Zukunft hatte sehen können, daß er wie jeder Mensch zu Irrtümern neigte. Ein Fehler, daß er sich gestattet hatte, auch nur ein einziges der weltlichen Ziele zu verfolgen, wie sie bei virilen und ehrgeizigen Männern nun einmal üblich sind. Als kommunistischer Arbeiter allein in East Chicago in einem Zimmer unter einer Sechzig-Watt-Birne zu leben – das war für ihn die asketische Höhe, von der er in die Hölle gestürzt war.

Die geballte Demütigung, das war der Schlüssel zu allem. Es war ja nicht so, als sei dieses Buch einfach nur ein Buch – dieses Buch war eine Bombe, die man auf ihn geworfen hatte. McCarthy hatte vielleicht zwei- oder drei- oder vierhundert Kommunisten auf seiner nichtexistierenden Liste, aber einer davon mußte symbolisch für alle anderen herhalten. Alger Hiss ist das bekannteste Beispiel. Drei Jahre nach Hiss war dann Ira dran. Und schlimmer, denn für den Durchschnittsbürger stand Hiss immer noch für Außenpolitik und Jalta, also für Dinge, die äußerst weit abseits lagen, während Ira für einen Kommunismus eintrat, der im Volk verankert sein sollte. Die verwirrte öffentliche Meinung sah ihn als demokratischen Kommunisten. Sah ihn als Abe Lincoln. Das war leicht zu begreifen: Abe Lincoln als der schurkische Abgesandte einer fremden Großmacht, Abe Lincoln als der größte amerikanische Verräter des zwanzigsten Jahrhunderts. Ira wurde für die Nation zur Personifikation des Kommunismus, zum Kommunisten schlechthin: Iron Rinn war mehr, als Alger Hiss es jemals sein konnte, jedermanns kommunistischer Verräter.

Er war ein Riese von Gestalt, ein verdammt starker Mann und in vieler Hinsicht verdammt unempfindlich, aber die Verleumdungen, mit denen er überschüttet wurde, hat er schließlich nicht mehr ertragen können. Auch Riesen werden einmal gefällt. Er wußte, daß er sich nicht davor verstecken konnte, und je länger die Sache lief, desto weniger glaubte er dem Druck standhalten zu können. Er dachte, nachdem der Deckel einmal geöffnet sei, werde nun immer wieder von irgendwoher etwas Neues gegen ihn vorgebracht werden. Und als der Riese keinen gangbaren Weg mehr sah, dagegen anzugehen, klappte er zusammen.

Ich habe ihn geholt, und er hat bei uns gelebt, bis wir mit der Situation nicht mehr fertig wurden und ich ihn nach New York in die Klinik brachte. Den ganzen ersten Monat saß er nur auf einem Stuhl, rieb sich die Knie und Ellbogen und hielt sich die schmerzenden Rippen, ansonsten aber saß er nur leblos da, starrte in seinen Schoß und wünschte, er sei tot. Bei meinen Besuchen sagte er praktisch kein Wort. Gelegentlich sagte er: ›Ich wollte doch nur...‹ Und verstummte wieder. Kein Wort mehr, jedenfalls nicht laut. Wochenlang bekam ich nur das von ihm zu hören. Ein paarmal murmelte er: ›Ich bin doch kein...‹, oder: ›Ich hatte nie die Absicht...‹ Aber meistens war es: ›Ich wollte doch nur...‹

Damals gab es für Geisteskranke noch nicht viel Hilfe. Keine

Pillen außer Beruhigungsmitteln. Ira aß nicht. Er saß in dieser ersten Abteilung – in der Abteilung für Gestörte, wie man das nannte – es gab dort acht Betten – er saß dort in Schlafanzug, Pantoffeln und Morgenmantel und wurde Lincoln mit jedem Tag ähnlicher. Hager, verhärmt, Abraham Lincolns bekümmerte Maske. Bei meinen Besuchen saß ich neben ihm, hielt seine Hand und dachte: Ohne diese Ähnlichkeit wäre ihm das alles nicht passiert. Hätte er bloß nicht seinem Aussehen entsprechend gehandelt.

Nach vier Wochen beförderte man ihn die Abteilung für Halbgestörte, wo die Patienten ihre eigenen Sachen anziehen konnten und eine Rekreationstherapie erhielten. Manche von ihnen spielten sogar schon wieder Volleyball oder Basketball, was aber Ira wegen seiner Gelenkschmerzen nicht konnte. Über ein Jahr lang hatte er mit diesen hartnäckigen Schmerzen gelebt, und vielleicht hatte ihn das noch mehr aus der Bahn geworfen als die Verleumdung. Vielleicht war der Widersacher, der Ira vernichtet hatte, physischer Schmerz gewesen, vielleicht hätte das Buch ihm gar nicht soviel ausgemacht, wenn er gesundheitlich auf der Höhe gewesen wäre.

Er war total zusammengebrochen. Die Klinik war furchtbar. Aber wir hätten ihn nicht im Haus behalten können. Er lag nur noch in Lorraines Zimmer, heulte wie ein Schloßhund und stieß Verwünschungen gegen sich selbst aus: O'Day habe es ihm gesagt, O'Day habe ihn gewarnt, O'Day habe es schon damals im Iran gewußt ... Doris saß an Lorraines Bett neben ihm, hielt ihn in ihren Armen, und er schrie und jammerte. Was für eine Kraft hinter diesen Tränen lag. Entsetzlich. Man weiß gar nicht, wieviel gewöhnliches Elend in einem titanisch trotzigen Menschen zusammengeballt sein kann, der die Welt als Gegner sieht und sein Leben lang gegen die eigene Natur gekämpft hat. Und das drängte nun aus ihm heraus: der ganze verdammte Kampf.

Manchmal bekam *ich* es mit der Angst zu tun. Ich fühlte mich wie damals im Krieg, in der Ardennenschlacht, wenn wir da unter Beschuß lagen. Gerade *weil* er so groß und so anmaßend war, hatte man das Gefühl, daß im Grunde niemand ihm helfen konnte. Wenn ich sein langes hageres Gesicht sah, verzerrt von Verzweiflung, von abgrundtiefer Hoffnungslosigkeit, Versagensangst, dann geriet ich selbst in Panik.

Wenn ich aus der Schule nach Hause kam, half ich ihm beim Anziehen; jeden Nachmittag zwang ich ihn, sich zu rasieren, und bestand darauf, daß er mich zu einem Spaziergang auf der Bergen Street begleitete. War das in jenen Tagen nicht eine der freundlichsten Straßen, die man in einer amerikanischen Stadt finden konnte? Aber Ira war von Feinden umgeben. Das Vordach am Park Theater machte ihm angst, die Salamis in Kartzmans Schaufenster machten ihm angst – Schachtmans Süßwarenladen mit dem Zeitungskiosk vor der Tür machte ihm angst. Er war überzeugt, daß in jeder Zeitung seine Geschichte stand; dabei hatten die Zeitungen schon seit Wochen aufgehört, ihren Spaß mit ihm zu haben. Das *Journal-American* brachte Auszüge aus Eves Buch. Der *Daily Mirror* brachte seine Visage riesengroß auf der Titelseite. Selbst die gesetzte *Times* konnte nicht widerstehen. Brachte einen schmalzigen Artikel über die Leiden der Sarah Bernhardt der Ätherwellen, in dem der ganze Schwachsinn mit der russischen Spionage für bare Münze genommen wurde.

Aber so läuft das. Ist die menschliche Tragödie erst einmal abgeschlossen, wird sie den Journalisten zur Verwurstung übergeben. Daß dieser ganze irrationale Wirbel so plötzlich bei uns zur Tür hereingestürmt kam und mir keine einzige blödsinnige Unterstellung irgendeiner Zeitung erspart geblieben ist, erklärt vielleicht meine Vorstellung, die McCarthy-Ära habe den Nachkriegstriumph des Klatschs als einigendes Credo der ältesten demokratischen Republik der Welt in die Wege geleitet. Unsern täglichen Klatsch gib uns heute. Klatsch als Evangelium, als nationaler Glaube. McCarthyismus als Beginn nicht nur einer bedenklichen Politik, sondern einer bedenklichen Grundstimmung, für die *alles* zur Unterhaltung und Belustigung eines Massenpublikums herhalten muß. McCarthyismus als die erste Nachkriegsblüte der amerikanischen Gedankenlosigkeit, die jetzt allenthalben um sich gegriffen hat.

Die Kommunisten sind McCarthy immer gleichgültig gewesen; wenn das auch sonst niemand gewußt hat, er hat es gewußt. Die Schauprozesse in McCarthys patriotischem Kreuzzug waren bloß dessen theatralische Seite. Daß Kameras dabei zusahen, hat ihnen die falsche Authentizität des wirklichen Lebens verliehen. McCarthy hat besser als jeder amerikanische Politiker vor ihm verstanden, daß Leute, deren Job es ist, Gesetze zu erlassen, dabei viel besser fahren, wenn sie eine Schau abziehen; McCarthy hat den Unterhaltungswert von Schimpf und Schande erkannt, er hat das Paradies der Paranoia zu beleben gewußt. Er hat uns zu unseren Ursprüngen zurückgeführt, zurück ins siebzehnte Jahrhundert, zur Strafe des Prangers. Damit hat das Land angefangen: moralische Schande als öffentliche Unterhaltung. McCarthy war ein Impresario, und je wilder die Ansichten, desto wüster die Anklagen, desto größer die Verwirrung und desto herrlicher die allgemeine Belustigung. *Joe McCarthys ›Frei und tapfer‹* – *das* war die Show, in der mein Bruder die größte Rolle seines Lebens spielen sollte.

Als nicht nur die Zeitungen in New York, sondern auch die in Jersey damit anfingen – nun, das hat Ira endgültig fertiggemacht. Jeden, den Ira in Sussex County kannte, haben sie aufgestöbert und zum Reden gebracht. Bauern, alte Leute, irgendwelche Nachbarn, mit denen der Radiostar Umgang gehabt hatte, und sie alle konnten ein Lied davon singen, wie Ira sich an sie herangemacht und ihnen von den Übeln des Kapitalismus gepredigt hatte. In Zinc Town war er mit einem Tierpräparator befreundet, einem komischen alten Kauz, mit dem Ira gern zusammensaß und sich seine Geschichten anhörte, und als die Reporter bei dem Präparator auftauchten, bekamen sie auch von ihm einiges zu hören. Ira konnte es nicht fassen. Da behauptet dieser Präparator, Ira habe ihm lange Zeit Sand in die Augen gestreut, bis er dann eines Tages mit irgend so einem jungen Burschen bei ihm aufgekreuzt sei und die beiden versucht hätten, ihn und seinen Sohn gegen den Koreakrieg aufzuhetzen. Hätten Gift und Galle gegen General Douglas MacArthur gespuckt. Hätten kein einziges gutes Haar an den USA gelassen.

Für das FBI war er ein gefundenes Fressen. Zumal bei dem Ruf, in dem Ira da oben stand. Überwachungsmaßnahmen einleiten, jemanden in seinem Lebensumfeld fertigmachen, die Nachbarn zur Denunziation veranlassen ... Ich muß Ihnen sagen, Ira hatte immer den Verdacht, daß es dieser Präparator war, der *Sie* verpfiffen hat. Sie sind doch mit Ira bei ihm in der Werkstatt gewesen, oder?«

»Allerdings. Horace Bixton hieß er«, sagte ich. »Ein kleiner, verhutzelter gutmütiger Bursche. Hat mir eine Hirschzehe geschenkt. Ich habe ihm mal einen Vormittag zugesehen, wie er einen Fuchs gehäutet hat.«

»Nun, für diese Hirschzehe haben Sie bezahlen müssen. Daß Sie zugesehen haben, wie dieser Fuchs gehäutet wurde, hat Sie Ihr Fulbright-Stipendium gekostet.«

Ich mußte lachen. »Sagten Sie eben, wir hätten seinen *Sohn* gegen den Koreakrieg aufgehetzt? Der Sohn war stocktaub. Er war taub, und er war stumm. Er hat überhaupt nichts hören können.«

»Wir reden hier von der McCarthy-Ära – da hat so etwas keine Rolle gespielt. Ira hatte einen Nachbarn, der als Zinkgrubenarbeiter einen schlimmen Unfall gehabt hatte und jetzt gelegentlich Jobs für ihn übernahm. Ira hörte sich oft die Klagen der Männer über die Arbeit in den Zinkgruben von New Jersey an und versuchte sie gegen das System aufzuhetzen, und einen davon, nämlich diesen Nachbarn, den er auch oft zum Essen einlud, hat der Präparator dazu gebracht, die Autokennzeichen aller Leute aufzuschreiben, die Ira in seiner Hütte besuchten.«

»Diesen Mann, der den Unfall hatte, kenne ich. Er hat mit uns gegessen«, sagte ich. »Ray hieß er. Ein Felsbrocken ist auf ihn gestürzt und hat ihm den Schädel angeknackst. Raymond Svecz. War in Kriegsgefangenschaft gewesen. Hat ab und zu für Ira gearbeitet.«

»Ich nehme an, Ray hat für jeden ab und zu gearbeitet«, sagte Murray. »Er hat die Autokennzeichen von Iras Besuchern notiert, und der Präparator hat sie an das FBI weitergeleitet. Das Kennzeichen, das am häufigsten auftauchte, war meins, und auch das hat man gegen mich verwendet – daß ich meinen Bruder, diesen kommunistischen Spion, so oft besucht habe, manchmal sogar über Nacht. Von den Leuten da oben hat nur einer wirklich zu ihm gehalten. Tommy Minarek.«

»Den kenne ich auch.«

»Ein reizender alter Bursche. Ungebildet, aber recht klug. Ein Mann mit Rückgrat. Als Ira einmal mit Lorraine zu der Abraumhalde gefahren ist, hat Tommy ihr ein paar Steine geschenkt, und als sie wieder nach Hause kam, hat sie nur noch von ihm erzählt. Als Tommy dann die Zeitungsmeldungen gelesen hatte, ist er sofort losgefahren und hat Ira in der Hütte besucht. ›Wenn ich den nötigen Mut besessen hätte‹, sagte er zu Ira, ›wäre ich selbst Kommunist geworden.‹

Tommy war es denn auch, der Ira rehabilitiert hat. Tommy hat ihn aus seinen Grübeleien geholt und ihn der Welt wiedergegeben. Tommy hat ihn veranlaßt, sich vor der Abraumhalde neben ihn zu setzen, damit die Leute ihn dort sehen konnten. Tommys guter Ruf in Zinc Town sorgte dafür, daß die Menschen da oben es Ira bald nicht mehr übelnahmen, daß er Kommunist war. Nicht alle, aber die meisten. Drei, vier Jahre lang saßen die beiden da draußen bei der Halde und unterhielten sich, und Tommy brachte Ira alles bei, was er über Mineralien wußte. Als Tommy dann einem Schlaganfall erlag und Ira einen Keller voll Steine hinterließ, übernahm Ira seinen Job. Und die Stadt ließ ihn gewähren. Nun saß also Ira mit seiner Hyperentzündlichkeit allein da draußen, rieb sich die schmerzenden Gelenke und Muskeln und kümmerte sich um die Abraumhalde von Zinc Town, bis er selber starb. Bei Sonnenschein, an einem Sommertag, fiel er tot um, als er gerade Mineralien verkaufte.«

Ich fragte mich, ob Ira jemals von dem Entschluß, streitsüchtig, aufsässig und trotzig, notfalls auch kriminell zu sein, abgelassen haben mochte, oder ob das alles auch dann noch in ihm weitergewütet hatte, als er da draußen vor der Halde, gegenüber der Werkstatt, wo es eine Toilette gab, Tommys Mineralien zum Kauf anbot. Sehr wahrscheinlich hatte es weiter in ihm gewütet; in Ira wütete alles weiter. Kein Mensch hat jemals weniger Talent als Ira besessen, mit Enttäuschungen fertig zu werden oder seine Stimmungen zu beherrschen. Alles in ihm schrie danach, in Aktion zu treten – und statt dessen mußte er Kindern für fünfzig Cent Tüten mit Steinen verkaufen. Saß dort bis zu seinem Tod, wollte etwas ganz anderes sein, hielt sich kraft seiner persönlichen Merkmale (seiner Größe, seiner Ziele, des Vaters, den er erlitten hatte) für *prädestiniert*, etwas anderes zu sein. Rasend vor Wut, daß er keine Möglichkeit hatte, die Welt zu verändern. Verbittert über seine

Knechtschaft. Wie er daran gewürgt haben muß, wie er seine unerschöpfliche Fähigkeit, niemals aufzugeben, nun auf die Zerstörung seiner selbst angewendet hat.

»Wenn Ira von der Bergen Street zurückkam«, sagte Murray, »wenn er an Schachtmans Zeitungskiosk vorbeigekommen war, war er mit den Nerven noch mehr herunter als vorher, und für Lorraine war das unerträglich. Der Anblick ihres großen starken Onkels, mit dem sie das Lied des einfachen Arbeiters gesungen hatte, ›Hau ruck! Hau ruck!‹ – der Anblick dieses zerschmetterten Menschen war zuviel für sie, und schon deshalb mußten wir ihn nach New York in die Klinik bringen.

Er bildete sich ein, er habe O'Day zugrunde gerichtet. Er war überzeugt, er habe alle zugrunde gerichtet, deren Namen und Anschriften in den zwei kleinen Tagebüchern standen, die Eve an Katrina weitergegeben hatte, und er hatte recht. Aber O'Day war noch immer sein Vorbild, und O'Days Briefe, die dann auszugsweise in den Zeitungen auftauchten, nachdem Eve sie in ihrem Buch veröffentlicht hatte – nun, Ira war überzeugt, daß O'Day damit erledigt sei, und das schmerzte ihn fürchterlich.

Ich habe versucht, mit Johnny O'Day Verbindung aufzunehmen. Ich kannte ihn schon von früher. Ich wußte, wie eng die beiden in der Armee miteinander befreundet gewesen waren. Ich erinnerte mich, daß Ira in Calumet City mit ihm zusammengearbeitet hatte. Der Mann gefiel mir nicht, seine Ideen gefielen mir nicht, seine Überheblichkeit und Verschlagenheit gefielen mir nicht, dieser moralische Freibrief, den er als Kommunist zu besitzen glaubte, aber ich glaubte nicht, daß er die Verantwortung für das, was geschehen war, bei Ira sah. Ich glaubte, daß O'Day gut für sich selber sorgen konnte, daß er in seiner prinzipientreuen kommunistischen Gleichgültigkeit so stark und abgebrüht war, wie Ira sich dann doch nicht erwiesen hatte. Und ich lag auch nicht falsch damit. Verzweiflung brachte mich auf die Idee, wenn überhaupt jemand Ira wieder auf die Beine bringen konnte, dann nur O'Day.

Aber ich fand seine Telefonnummer nicht. Weder in Gary, Hammond, East Chicago, Calumet City noch in Chicago selbst. Als ich an die letzte Adresse schrieb, die Ira von ihm hatte, kam der Brief mit dem Vermerk ›Empfänger unbekannt‹ zurück.

Um ihn aufzustöbern, rief ich bei sämtlichen Gewerkschaften in Chicago an, telefonierte mit linken Buchhandlungen, telefonierte überall im Land herum. Und gerade als ich aufgegeben hatte, läutete eines Abends bei uns das Telefon, und es war er.

Was ich von ihm wolle? Ich sagte ihm, wo Ira war. Ich sagte ihm, was mit Ira los war. Ich sagte, wenn er bereit sei, am Wochenende in den Osten zu kommen und Ira in der Klinik zu besuchen, einfach nur bei ihm zu sitzen, würde ich ihm das Geld für die Zugfahrt telegrafisch überweisen; übernachten könne er bei uns in Newark. Auch wenn mir das alles nicht gefiel, versuchte ich ihn zu überreden und sagte: ›Sie bedeuten Ira sehr viel. Er hat immer danach gestrebt, sich der Bewunderung eines O'Day würdig zu erweisen. Ich glaube, daß Sie ihm helfen können.‹

Er antwortete auf seine ruhige, bestimmte Art, mit der Stimme eines harten, verschlossenen Sturkopfs, der zum Leben nur eine einzige wirkliche Beziehung unterhält. ›Hören Sie, Professor‹, sagte er, ›Ihr Bruder hat mir einen ganz üblen Streich gespielt. Ich habe mir immer etwas darauf eingebildet, zu erkennen, wer ein Verräter ist und wer nicht. Aber diesmal bin ich reingefallen. Die Partei, die Versammlungen – alles nur Tarnung für seinen privaten Ehrgeiz. Ihr Bruder hat die Partei benutzt, um in seinem Beruf Karriere zu machen, und dann hat er sie verraten. Wenn er ein echter Roter wäre, wäre er dort geblieben, wo der Kampf stattfindet, und im New Yorker Greenwich Village findet er gewiß nicht statt. Aber Ira hat sich immer nur dafür interessiert, was für einen Helden die anderen in ihm gesehen haben. Alles nur Schauspielerei, niemals das Echte. Er war groß, aber war er deswegen schon ein Lincoln? Er hat ›die Massen, die Massen, die Massen‹ deklamiert, aber war er deswegen schon ein Revolutionär? Er war kein Revolutionär, er war kein Lincoln, er war überhaupt nichts. Er war eben kein *Mann* – seine Rolle als Mann ist für ihn eine Rolle wie jede andere. Er spielt die Rolle eines *großen* Mannes. Er spielt jede Rolle. Er legt die eine Maske ab und setzt eine andere auf. Nein, Ihr Bruder ist nicht so ehrlich, wie er den Menschen weismachen will. Ihr Bruder ist kein besonders engagierter Typ, außer wenn es um Engagements geht. Er ist ein Hochstapler, ein Dummkopf und ein Verräter. Er hat seine revolutionären Genossen verraten, er hat die Arbeiterklasse verraten. Verkauft. Reingelegt. Ein Werkzeug der Bourgeoisie. Verlockt von Ruhm und Reichtum, von Geld und Macht. Und von Weibern, von scharfen Hollywoodweibern. Nichts mehr übrig von seiner revolutionären Ideologie – absolut nichts. Ein opportunistischer Spitzel. Wahrscheinlich ein opportunistischer Lockspitzel. Sie wollen mir erzählen, er hätte dieses Zeug versehentlich in seinem Schreibtisch liegenlassen? Ein Parteimitglied, das so etwas versehentlich herumliegen läßt? Oder hat es da eine Abmachung mit dem FBI gegeben, Professor? Schade, daß er nicht in der Sowjetunion ist – dort weiß man, was man mit Verrätern zu tun hat. Ich will nichts von ihm wissen, und ich will ihn nicht sehen. Denn falls ich ihn mal zu Gesicht bekomme, soll er sich vorsehen. Sagen Sie ihm das, sagen Sie ihm, es wird Blut fließen, und wenn er mit noch so vielen Vernunftgründen daherkommt.‹

Das war's. Es wird Blut fließen. Ich versuchte gar nicht erst zu antworten. Wer würde sich erkühnen, einem militanten Kämpfer, der immer und ausschließlich rein geblieben ist, das Scheitern der Reinheit zu erklären? O'Day war kein einziges Mal in seinem Leben dem einen gegenüber so und dem zweiten gegenüber anders und dem dritten gegenüber wieder anders gewesen. Der Wankelmut aller Geschöpfe ist ihm vollkommen fremd. Der Ideologe ist reiner als wir anderen, weil er gegenüber jedermann der Ideologe ist. Ich legte auf.

Weiß der Himmel, wie lange Ira noch in der Abteilung für Halbgestörte geschmachtet hätte, wenn da nicht Eve gewesen wäre. Besucher waren dort eher unerwünscht, und Ira wollte ohnehin keinen empfangen, von mir und Doris einmal abgesehen, aber eines Abends ist dann Eve bei ihm aufgetaucht. Der Arzt war nicht da, die Schwester war mit den Gedanken woanders, und als Eve sich als Iras Frau vorstellte, zeigte die Schwester nur in den Flur, und schon war sie bei ihm. Er war abgemagert, noch immer ziemlich leblos, sehr wortkarg, und so brach sie bei seinem Anblick in Tränen aus. Sie sagte, sie sei gekommen, um ihn um Verzeihung zu bitten, aber wenn sie ihn so sehe, könne sie die Tränen nicht zurückhalten. Es tue ihr so leid, er dürfe sie nicht hassen, mit seinem Haß könne sie nicht leben. Man habe sie schrecklich unter

Druck gesetzt, er ahne ja nicht, wie schrecklich. Sie habe das nicht gewollt. Sie habe alles getan, um das zu verhindern ...

Lange Zeit weinte sie, die Hände vorm Gesicht, bis sie ihm schließlich sagte, was wir alle wußten, nachdem wir nur einen einzigen Satz in diesem Buch gelesen hatten. Sie erzählte Ira, daß die Grants es geschrieben hätten, von A bis Z.

Jetzt ließ Ira sich vernehmen. ›Warum hast du sie gelassen?‹ fragte er. ›Sie haben mich dazu gezwungen‹, sagte Eve. ›Sie hat mir gedroht, Ira. Die Bekloppte. Das ist eine ordinäre, eine schreckliche Frau. Eine schreckliche, schreckliche Frau. Ich liebe dich immer noch. Das habe ich dir sagen wollen. Laß es mich sagen, bitte. Sie hat mich nicht daran hindern können, dich zu lieben, niemals. Das sollst du wissen.‹ ›Womit hat sie dir gedroht?‹ Es war das erstemal seit Wochen, daß er in zusammenhängenden Sätzen sprach. ›Sie hat nicht nur mir gedroht‹, sagte sie. ›Das natürlich auch. Sie hat mir gesagt, daß ich erledigt wäre, wenn ich nicht mitmache. Sie hat mir gesagt, Bryden würde dafür sorgen, daß ich nie mehr arbeiten könnte. Ich würde ein Leben in Armut führen. Als ich mich immer noch weigerte, ihr sagte: Nein, Katrina, nein, das kann ich nicht, ich kann nicht, egal, was er mir angetan hat, ich liebe ihn ... da hat sie gesagt, wenn ich es nicht machen würde, wäre Sylphids Karriere schon zerstört, bevor sie angefangen habe.‹

Plötzlich war Ira wieder der alte. Er explodierte förmlich. Die Hölle brach los. Halbgestört ist schließlich halbgestört, und die Männer in dieser Abteilung mögen ja Basketball und Volleyball gespielt haben, aber sie waren immer noch ziemlich empfindlich, und ein paar von ihnen drehten durch. Ira schreit aus vollem Hals: ›Du hast es für *Sylphid* getan? Du hast es für die Karriere deiner *Tochter* getan?‹ Und Eve jammert los: ›Nur *du* bist wichtig! Nur *du*! Was ist mit meinem Kind! Mit meinem talentierten Kind!‹ Einer der Insassen brüllt: ›Schlag sie zusammen! Schlag sie zusammen!‹, ein anderer bricht in Tränen aus, und als die Wärter in den Raum stürzen, liegt Eve am Boden, hämmert mit den Fäusten und kreischt: ›Was ist mit meiner Tochter!‹

Man hat sie in eine Zwangsjacke gesteckt – wie es damals eben so üblich war. Aber geknebelt hat man sie nicht, und so konnte Eve weiterzetern: ›Ich habe zu Katrina gesagt: ‚Nein, ein solches

Talent darf man nicht ersticken.' Sie wollte Sylphid vernichten. Das konnte ich doch nicht zulassen. Und ich wußte, auch *du* konntest das nicht zulassen. Ich war machtlos. Schlicht und einfach machtlos! Ich habe ihr sowenig erzählt wie möglich. Um sie zu beschwichtigen. Ich habe nur an Sylphid gedacht – an ihr Talent! Es wäre nicht *richtig* gewesen! Welche Mutter würde ihr Kind leiden lassen? Welche Mutter hätte sich anders verhalten, Ira? Antworte! Hätte ich mein Kind leiden lassen sollen? Wegen der Dummheit der Erwachsenen und ihrer Ideen und Vorstellungen? Wie kannst du mir die Schuld geben? Was ist mir denn anders übriggeblieben? Du ahnst ja nicht, was ich durchmache. Du ahnst ja nicht, was *jede* Mutter durchmacht, wenn jemand sagt: ,Ich werde die Karriere deines Kindes kaputtmachen.' Du hast niemals Kinder gehabt. Du hast von Eltern und Kinder keine Ahnung. Du hattest keine Eltern, du hast keine Kinder, du weißt nicht, was man da für Opfer bringen muß!‹

›Ich habe keine Kinder?‹ kreischte Ira. Inzwischen hatte man Eve auf eine Trage geschnallt und trug sie bereits davon, und Ira rannte ihnen nach und schrie durch den Flur: ›Warum *habe* ich denn keine Kinder? Wegen dir! Wegen dir und deiner Scheißtochter, deiner gierigen egoistischen Tochter!‹

Sie wurde abtransportiert; offenbar hatten die Wärter so etwas noch nie mit jemandem tun müssen, der nur zu Besuch gekommen war. Man gab ihr Beruhigungsmittel, legte sie in die Abteilung für Gestörte, schloß sie ein und ließ sie erst am nächsten Morgen aus der Klinik, nachdem man Sylphid ausfindig gemacht hatte und sie erschienen war, um ihre Mutter abzuholen. Was Eve veranlaßt hatte, in die Klinik zu gehen, ob an dem, was sie da gesagt hatte – daß die Grants sie zu dieser häßlichen Tat gezwungen hätten –, auch nur ein Fünkchen Wahres war, ob auch dies nur wieder eine Lüge war, ob sie sich wirklich schämte, das werden wir nie genau erfahren.

Vielleicht war es ja so. Denkbar wäre es jedenfalls. In diesen Zeiten war alles möglich. Die Leute kämpften um ihr Leben. Wenn es sich tatsächlich so abgespielt hatte, dann war Katrina ein Genie, ein echtes Genie der Manipulation. Katrina wußte genau, wo Eve zu fassen war. Katrina hat sie vor die Wahl gestellt, den oder den zu verraten, und Eve hat in ihrer vorgeblichen Machtlosigkeit die Wahl getroffen, die sie treffen mußte. Man ist dazu bestimmt, man selbst zu sein, und dies gilt für niemanden so sehr wie für Eve Frame. Sie ist zum Werkzeug der Grants geworden. Die beiden haben sie geführt wie einen Agenten.«

»Nun, nach wenigen Tagen kam Ira in die Abteilung für fast Geheilte, und in der Woche darauf wurde er entlassen, und dann ist er wirklich ...

Na ja«, sagte Murray, nachdem er kurz nachgedacht hatte, »vielleicht hat er nur die alte Überlebensklugheit aus seiner Zeit als Grabenarbeiter wiedergefunden, aus der Zeit, bevor all die Gerüste von Politik und Familie und Erfolg und Ruhm um ihn herum errichtet wurden, bevor er den Grabenarbeiter lebendig begraben und Abe Lincolns Hut aufgesetzt hatte. Vielleicht ist er nur wieder er selbst geworden, der Darsteller seiner selbst. Ira war ja kein großer Künstler, der vom Thron gestürzt war. Ira ist bloß wieder da gelandet, wo er angefangen hatte.

›Rache‹, hat er gesagt«, erzählte Murray, »einfach so, schlicht und gelassen. Tausend Sträflinge, Lebenslängliche, die mit ihren Löffeln an die Gitterstäbe schlagen, hätten es nicht besser formulieren können. ›Rache.‹ Er hatte die Wahl zwischen dem flehenden Pathos der Verteidigung und der zwingenden Symmetrie der Rache, und er hat sich entschieden. Ich weiß noch, wie er langsam seine Gelenke massierte und mir erklärte, daß er sie vernichten werde. Ich weiß noch, wie er sagte: ›Schmeißt ihr Leben für diese dämliche Tochter weg. Und meins gleich hinterher. Aber nicht mit mir! Das kann ich nicht dulden, Murray. Das erniedrigt mich, Murray. Ich bin ihr Todfeind? Na schön, dann ist sie meiner.‹«

»*Hat* er sie vernichtet?« fragte ich.

»Sie wissen, was mit Eve Frame geschehen ist.«

»Ich weiß nur, daß sie gestorben ist. An Krebs. Oder? In den sechziger Jahren.«

»Ja, sie ist gestorben, aber nicht an Krebs. Erinnern Sie sich an das Bild, von dem ich Ihnen erzählt habe, das Foto, das Ira mit der Post von einer von Freedmans alten Freundinnen bekommen hat, das Bild, mit dem er Eve kompromittieren wollte? Das Bild, das ich zerrissen habe? Ich hätte es ihm doch nicht wegnehmen sollen.«

»Das sagten Sie bereits. Warum?«

»Weil Ira in diesem Bild eine Möglichkeit gefunden hätte, sie *nicht* umzubringen. Sein ganzes Leben lang hat er sich angestrengt, niemanden umzubringen. Seit er aus dem Iran nach Hause kam, galt sein ganzes Leben nur noch der Anstrengung, seinen gewalttätigen Drang zu unterdrücken. Dieses Bild – ich habe nicht erkannt, wozu es als Maske dienen sollte, was es bedeutete. Als ich es zerriß, als ich ihn daran hinderte, *dies* als Waffe zu benutzen, sagte er: ›Okay, du hast gewonnen.‹ Und während ich dann nach Newark zurückfahre und mir begriffsstutzig noch etwas einbilde auf meine gute Tat, fängt er in den Wäldern um Zinc Town mit Schießübungen an. Er hatte auch Messer da oben. Als ich ihn eine Woche später wieder besuche, versucht er gar nicht erst, irgend etwas vor mir zu verbergen. Dazu lebt er zu sehr in seinen Fieberträumen. Redet immer nur von Mord. ›Der Duft von Pulverdampf‹, sagt er, ›ist für mich ein Aphrodisiakum!‹ Er war wie im Rausch. Ich hatte nicht gewußt, daß er eine Schußwaffe besaß. Ich wußte nicht, was ich tun sollte. Endlich begriff ich, wie fest die beiden zusammenhingen, wie hoffnungslos Ira und Eve als kämpferische Seelen aneinandergekettet waren: beide besaßen die unselige Neigung, sich von nichts aufhalten zu lassen und über alle Grenzen hinwegzugehen. Seine Zuflucht zur Gewalt war die männliche Entsprechung ihrer Veranlagung zur Hysterie – geschlechtsspezifische Manifestationen desselben Wasserfalls.

Ich sagte ihm, er solle mir alle Waffen aushändigen, die er habe. Wenn er das nicht täte, und zwar auf der Stelle, würde ich zum Telefon gehen und die Polizei rufen. ›Ich habe genausoviel gelitten wie du‹, sagte ich. ›Ich habe mehr als du gelitten in diesem Haus, weil ich mich zuerst damit auseinanderzusetzen hatte. Sechs Jahre lang, nur auf mich gestellt. Du hast ja keine Ahnung. Glaubst du, ich hätte nie daran gedacht, eine Waffe zu nehmen und jemand zu erschießen? Alles, was du ihr jetzt antun willst, habe ich schon als *Sechsjähriger* gewollt. Und dann bist du gekommen. Ich habe mich um dich gekümmert, Ira. Solange ich zu Hause war, habe ich dich vor dem Schlimmsten zu bewahren gesucht.

Du kannst dich nicht daran erinnern. Du warst zwei, ich war acht – und weißt du, was da passiert ist? Ich habe dir das nie erzählt. Weil du schon mit genug Demütigungen zu kämpfen hattest. Wir mußten umziehen. Wir wohnten noch nicht in der Factory Street. Du warst ein Baby, und wir wohnten noch unterhalb der Bahnstrecke nach Lackawanna. In der Nassau Street. Nassau Street, Nummer 18, die Bahngleise gleich hinterm Haus. Vier Zimmer, kein Licht, jede Menge Lärm. Sechzehn Dollar fünfzig im Monat, und als der Vermieter dann neunzehn haben wollte, konnten wir das nicht bezahlen und wurden rausgeschmissen.

Weißt du, was unser Vater getan hat, nachdem wir unsere Habseligkeiten aus dem Haus getragen hatten? Während du und Momma und ich die Sachen zu den zwei Zimmern in der Factory Street gebracht haben, ist er allein der leeren Wohnung geblieben, hat sich da hingehockt und mitten in der Küche auf den Fußboden geschissen. In unserer Küche. Ein Scheißhaufen genau da, wo wir immer am Tisch gesessen und gegessen hatten. Er hat die Wände damit gestrichen. Ohne Pinsel. Hatte er nicht nötig. Hat die Scheiße mit seinen Händen an die Wand geschmiert. In großen Strichen. Rauf, runter, seitwärts. Als er mit allen Zimmern fertig war, hat er sich in der Spüle die Hände gewaschen und ist gegangen, ohne auch nur die Tür hinter sich zu schließen. Weißt du, wie die anderen Kinder mich noch Monate danach genannt haben? Wandscheißer. Damals hatte jeder einen Spitznamen. Dich haben sie Buhu genannt, und mich haben sie Wandscheißer genannt. Das war das Vermächtnis, das unser Vater mir hinterlassen hat, seinem Großen, seinem ältesten Sohn.

Ich habe dich damals beschützt, Ira, und ich werde dich auch jetzt beschützen. Ich werde verhindern, daß du das tust. Ich habe meinen Weg ins zivilisierte Leben gefunden, und du hast deinen gefunden, und den wirst du jetzt nicht verlassen. Ich möchte dir etwas erklären, das du nicht zu verstehen scheinst. Warum du überhaupt Kommunist geworden bist. Ist dir das nie bewußt geworden? Mich haben Bücher, das College, die Lehrerausbildung zum zivilisierten Menschen gemacht, dich O'Day und die Partei. Ich habe deinen Weg nie gutgeheißen. Ich bin immer *dagegen* gewesen. Aber beide Wege sind legitim und haben funktioniert.

Nur, was jetzt passiert ist, verstehst du auch nicht. Man hat dir erzählt, man sei zu dem Schluß gekommen, der Kommunismus sei kein Weg aus der Gewalt heraus, sondern er sei ein Programm *für* Gewalt. Man hat deine politischen Ansichten kriminalisiert, und dann hat man dich kriminalisiert – und jetzt willst du ihnen zeigen, daß sie recht haben. Sie nennen dich einen Kriminellen, und du lädst dein Schießeisen und schnallst dir ein Messer ans Bein. Du sagst: ‚Und ob ich ein Krimineller bin! Der Duft von Pulverdampf – ist für mich ein Aphrodisiakum!‘ Nathan, ich habe mir den Hals wundgeredet. Aber auf einen, der vor Mordgier rast, wirken solche Reden alles andere als besänftigend. Das macht ihn nur noch wütender. Einem, der vor Mordgier rast, darf man nicht mit Geschichten aus seiner Kindheit kommen, angefangen beim Grundriß der Wohnung . . .

Sehen Sie«, sagte Murray, »ich habe Ihnen noch nicht alles über Ira erzählt. Ira hatte schon einmal einen Menschen getötet. Deswegen ist er als Jugendlicher aus Newark in die Provinz gegangen und hat im Bergwerk gearbeitet. Er war auf der Flucht. Ich habe ihn nach Sussex County geschickt, das war damals praktisch hinterm Mond, aber nicht so weit weg, daß er meinem Einfluß entzogen war und ich ihm nicht helfen konnte, aus dieser Sache rauszukommen. Ich selbst habe ihn gefahren, ihm einen neuen Namen gegeben und ein Versteck besorgt. Gil Stephens. Das war der erste von Iras neuen Namen.

Er hat im Bergwerk gearbeitet, bis er dachte, man sei ihm auf die Spur gekommen. Nicht die Polizei, sondern die Mafia. Ich habe Ihnen von Ritchie Boiardo erzählt, der damals den Ersten Bezirk kontrolliert hat. Der Gangster, dem dieses Restaurant gehört hat, das Vittorio Castle. Als Ira Wind davon bekam, daß Boiardos Gangster hinter ihm her waren, hat er sich aus dem Staub gemacht.«

»Was hatte er denn getan?«

»Ira hatte mit einer Schaufel einen Mann erschlagen. Mit Sechzehn.«

Ira hatte mit einer Schaufel einen Mann erschlagen. »Wo?« fragte ich. »Wie? Wie ist das passiert?«

»Ira arbeitete als Kellner im Tavern. Nachdem er ungefähr sechs

Wochen da gearbeitet hatte, wischte er eines Nachts um zwei wie üblich den Fußboden und machte sich dann allein auf den weiten Weg zu dem Zimmer, das er gemietet hatte. Er wohnte in einer kleinen Nebenstraße hinten am Dreamland Park, wo man nach dem Krieg diese Siedlung gebaut hatte. Als er von der Elizabeth Avenue in die Meeker Street einbog und durch die finstere Straße gegenüber dem Weequahic Park in Richtung Frelinghuysen Avenue ging, tauchte an der Stelle, wo damals Millmans Hot-dog-Stand war, ein Mann aus der Dunkelheit auf. Plötzlich war er da und schlug nach ihm, nach seinem Kopf, und erwischte Ira mit einer Schaufel an der Schulter.

Es war einer der Italiener aus der Grabenarbeiterkolonne, bei der Ira nach dem Abgang von der Schule gearbeitet hatte. Daß Ira diesen Job mit dem als Kellner im Tavern getauscht hatte, lag hauptsächlich daran, daß er mit diesem Kerl ständig Ärger gehabt hatte. Es war 1929, also das Jahr, in dem das Tavern eröffnet wurde. Er wollte dort ganz von unten anfangen und eines Tages vielleicht mal Oberkellner werden. Das war sein Ziel. Ich habe ihm geholfen, diesen Job zu bekommen. Der Italiener war betrunken, und nach dem einen Schlag gelang es Ira, ihm die Schaufel zu entreißen und ihm damit die Zähne einzuschlagen. Dann schleifte er ihn hinter Millmans Bude, auf den stockfinsteren Parkplatz da. Zu Ihrer Zeit haben sich die Jugendlichen auf diesem Parkplatz zum Knutschen getroffen, und genau da hat Ira diesen Kerl zusammengeschlagen.

Der Mann hieß Strollo. Strollo war der große Judenhasser in der Grabenarbeiterkolonne. ›*Mazzu‘ crist, giude‘ maledett‘.*‹ Christusmörder, nichtsnutziger Jude ... und so weiter. Was anderes kannte Strollo nicht. Strollo war etwa zehn Jahre älter als Ira und kein Schwächling, ein großer Bursche, fast so groß wie Ira. Ira hat auf seinen Kopf eingeschlagen, bis er bewußtlos war, und hat ihn dann liegenlassen. Hat Strollos Schaufel fortgeworfen und seinen Heimweg fortgesetzt, aber irgend etwas in ihm war noch nicht fertig. In Ira war *immer* irgend etwas noch nicht fertig. Er ist sechzehn, er ist stark, er ist erregt, verschwitzt, aufgebracht und wütend – er platzt vor Erregung – jedenfalls macht er kehrt, geht zurück und haut so lange auf Strollos Kopf herum, bis er tot ist.«

Nach unseren Spaziergängen im Weequahic Park hatten Ira und ich oft noch bei Millman einen Hot dog gegessen. Ins Tavern waren Ira und Eve mit Murray und Doris an dem Abend gegangen, als sie sich kennengelernt hatten. Das war 1948. Zwanzig Jahre vorher hatte er dort jemanden getötet. Die Hütte in Zinc Town – diese Hütte hatte für ihn noch eine andere Bedeutung, von der ich nie etwas geahnt hatte. Sie war seine Besserungsanstalt. Seine Einzelhaftzelle.

»Was hat nun Boiardo damit zu tun?«

»Strollos Bruder hat in Boiardos Laden gearbeitet, im Castle. In der Küche. Er ist zu Boiardo gegangen und hat ihm erzählt, was passiert war. Zunächst hat niemand Ira mit dem Mord in Zusammenhang gebracht, weil er bereits nicht mehr im Bezirk lebte. Aber ein paar Jahre später sind sie dann hinter Ira her. Ich nahm an, die Polizei habe Boiardo auf Iras Spur gebracht, aber genau habe ich das nie erfahren. Ich weiß nur, daß plötzlich jemand bei uns zu Hause auftaucht und nach meinem Bruder fragt. Little Pussy stattet mir einen Besuch ab. Ich bin mit Little Pussy aufgewachsen. Little Pussy hat die Würfeltische in der Aqueduct Alley kontrolliert. Und die Ziconette-Spiele im Hinterzimmer des Grande's, bis die Polizei das ausgehoben hat. Ich habe im Grande's oft mit Little Pussy Billard gespielt. Den Spitznamen hatte er daher, weil er seine Laufbahn als Fassadenkletterer begonnen hatte; er war gewandt wie eine Katze, wenn er zusammen mit Big Pussy, seinem älteren Bruder, über die Dächer schlich und durch die Fenster in Wohnungen einstieg. Schon in der Grundschule sind sie nächtelang auf Diebestour gegangen. Und wenn sie denn mal zur Schule kamen, haben sie schlafend an ihren Pulten gesessen, und niemand hat gewagt, sie zu wecken. Big Pussy ist eines natürlichen Todes gestorben, aber Little Pussy wurde 1979 auf echte Unterweltmanier kaltgemacht: er hatte in Long Branch eine Wohnung mit Meerblick, und dort fand man ihn im Morgenmantel mit drei Kugeln aus einer 32er im Schädel. Am nächsten Tag sagt Ritchie Boiardo zu einem seiner Kumpane: ›Vielleicht war es so das beste – er hat einfach zuviel geredet.‹

Little Pussy will jedenfalls wissen, wo mein Bruder steckt. Ich erkläre ihm, ich hätte meinen Bruder seit Jahren nicht mehr gesehen. Er sagt: ›Boot sucht nach ihm.‹ Boiardo wurde ›Boot‹ genannt, weil er Anrufe meistens von Telefonzellen aus führte, und die hießen bei den Italienern des Ersten Bezirks *telephone boot.* ›Warum?‹ fragte ich. ›Weil Boot diesen Bezirk beschützt. Weil Boot den Leuten hilft, wenn sie Hilfe brauchen.‹ Das stimmte. Boiardo stolzierte dauernd mit seiner diamantenbesetzten Gürtelschnalle durch die Gegend und genoß gar noch höheres Ansehen als der fromme Mensch, den sie als Gemeindepriester hatten. Ich sagte Ira wegen Little Pussy Bescheid, und es dauerte sieben Jahre, bis 1938, ehe wir ihn wiedersahen.«

»Er ist also nicht wegen der Depressionszeit auf Wanderschaft gegangen. Sondern weil er ein Gejagter war.«

»Verblüfft Sie das?« fragte Murray. »So etwas über jemanden zu erfahren, den Sie so sehr bewundert haben?«

»Nein«, sagte ich. »Nein, das verblüfft mich nicht. Es klingt logisch.«

»Das war einer der Gründe für seinen Zusammenbruch. Warum er in Lorraines Bett so geweint hat. ›Die ganze Sache ist schiefgegangen.‹ Der Plan, daraus herauszukommen, war gescheitert. Die Anstrengung war vergeblich gewesen. Jetzt steckte er wieder in dem Chaos, mit dem alles angefangen hatte.«

»Was meinen Sie mit ›die Sache‹?«

»Nach seiner Entlassung aus der Armee wollte Ira Leute um sich haben, in deren Gegenwart er nicht explodieren konnte. Er hat richtiggehend danach gesucht. Die Gewalt, die in ihm brodelte, hatte ihn selbst erschreckt. Er hatte Angst, daß sie wieder aus ihm hervorbrechen könnte. Ich auch. Wenn jemand schon so früh seine Neigung zur Gewalt bekundet – was soll ihn dann aufhalten?

Das war auch der Grund, warum Ira heiraten wollte. Warum Ira dieses Kind haben wollte. Warum diese Abtreibung ihn so niedergeschmettert hat. Warum er an dem Tag, an dem er die Hintergründe für diese Abtreibung erfuhr, zu uns gekommen ist. Und gleich am Tag darauf lernt er Sie kennen. Er lernt einen Jungen kennen, der alles ist, was er selbst nie gewesen ist, der alles hat, was er selbst nie besessen hat. Ira hat nicht *Sie* rekrutiert. Vielleicht hat Ihr Vater das so gesehen, aber tatsächlich haben Sie *ihn* rekrutiert. Als er an diesem Tag nach Newark kam, von der Abtreibung noch ganz erschüttert, haben Sie einen unwiderstehlichen Eindruck auf ihn gemacht. Er war der ungebildete Junge aus Newark mit den schlechten Augen und der grausamen Familie. Sie waren der wohlerzogene Junge aus Newark, dem es an nichts fehlte. Sie waren sein Prince Hal. Sie waren Johnny O'Day Ringold – so hat er Sie gesehen. Er hatte eine Aufgabe für Sie, ob Sie das wußten oder nicht. Sie sollten ihm helfen, sollten ihn vor seinem Wesen schützen, vor der Gewalt, die in seinem kräftigen Körper rumorte, vor all dieser mörderischen Wut. Das war auch lebenslänglich *meine* Aufgabe. Viele Menschen haben diese Aufgabe. Leute wie Ira sind ja keine Seltenheit. Leute geben sich Mühe, nicht gewalttätig zu sein? *Das* war ›die Sache‹. So etwas gibt es überall. An jeder Ecke.«

»Ira hat also diesen Mann mit einer Schaufel erschlagen. Was ist danach passiert?« fragte ich. »Wie ist es in dieser Nacht weitergegangen?«

»Damals war ich noch nicht Lehrer in Newark. 1929 war die Weequahic Highschool noch gar nicht gebaut. Ich habe an der Irvington High unterrichtet. Meine erste Stelle. Ich hatte ein Zimmer in der Nähe von Solondz' Holzhandlung gemietet, an den Bahngleisen. Es war vier Uhr morgens, als Ira bei mir auftauchte. Ich wohnte im Parterre, und er klopfte heftig an mein Fenster. Ich ging zu ihm raus, sah das Blut an seinen Schuhen, das Blut an seiner Hose, das Blut an seinen Händen, das Blut auf seinem Gesicht, ließ ihn in meinen alten Ford einsteigen und fuhr los. Ich hatte keine Ahnung, wohin ich eigentlich fahren sollte. Nur weit weg von der Newarker Polizei. Damals habe ich nur an die Polizei gedacht, nicht an Boiardo.«

»Er hat Ihnen also erzählt, was er getan hatte.«

»Ja. Wissen Sie, wem er es noch erzählt hat? Eve Frame. Jahre später. Als sie noch frisch verliebt waren. In dem Sommer, den die beiden allein in New York verbracht haben. Er war verrückt nach ihr und wollte sie heiraten, aber er mußte ihr einfach die Wahrheit sagen, was für einer er war und was er getan hatte. Wenn sie das abschreckte, gut, dann schreckte es sie eben ab, aber sie sollte wissen, auf was sie sich einließ – daß er ein wilder Mann gewesen war, daß aber der wilde Mann nicht mehr existierte. Er erzählte ihr das aus demselben Grund, aus dem alle selbstbekehrten Menschen derlei Geständnisse machen: damit sie ihn zwingen konnte, sich an seinen Vorsatz zu halten. Freilich hat er weder damals noch später je geahnt, daß ein wilder Mann genau das war, was Eve brauchte.

Eve selbst jedoch schätzte sich, wie es ihre Art war, intuitiv richtig ein. Sie brauchte einen Grobian. Sie *verlangte* einen Grobian. Wer hätte sie besser beschützen können? Ein Grobian bot ihr Sicherheit. Das erklärt, wie sie es all die Jahre mit Pennington aushalten konnte, in denen er immer wieder die Nächte mit Jungen verbrachte und sich durch einen besonderen Nebeneingang ins Haus schlich, den er in seinem Arbeitszimmer hatte anbringen lassen. Auf Eves Wunsch hatte anbringen lassen, damit sie ihn nicht um vier Uhr morgens von seinen Schäferstündchen heimkehren hörte. Es erklärt auch, warum sie Freedman geheiratet hat. Es erklärt, warum sie sich gerade zu solchen Männern hingezogen fühlte. Ihr Liebesleben war ein ständiges Hin und Her zwischen Grobianen. Sobald irgendwo ein Grobian auftauchte, war sie zur Stelle. Sie braucht solche Kerle als Beschützer, und sie braucht solche Kerle, um selbst als makellos zu erscheinen. Die Grobiane gewährleisten ihr die heißgeliebte Unschuld. Sie legt größten Wert darauf, vor diesen Kerlen auf die Knie fallen und sie anflehen zu können. Schönheit und Unterwerfung – davon hat sie gelebt, damit hat sie alle Katastrophen gemeistert.

Sie braucht den Grobian als Ausgleich für ihre Reinheit, andererseits braucht der Grobian sie zu seiner Zähmung. Wer könnte ihn besser domestizieren als die eleganteste Frau der Welt? Was könnte ihm besser Manieren beibringen als Dinnerpartys mit seinen Freunden, eine getäfelte Bibliothek für seine Bücher und eine zierliche, immer gewählt sich ausdrückende Schauspielerin als Ehefrau? Jedenfalls erzählt Ira ihr von dem Italiener und der Schaufel, und Eve vergießt gebührend Tränen über das, was er mit sechzehn angestellt hat, und darüber, was er danach gelitten und wie er es überlebt hat, und wie er sich dann so tapfer zu einem wunderbaren, perfekten Menschen entwickelt hat, und dann haben sie geheiratet.

Wer weiß – vielleicht hat sie einen ehemaligen Mörder aus noch einem anderen Grund für den Richtigen gehalten: einem erklärten wilden Mann und Mörder kann man gefahrlos eine so unmögliche Tochter wie Sylphid aufhalsen. Jeder normale Mann würde vor einem solchen Kind schreiend davonlaufen. Aber ein Grobian? Der konnte das hinnehmen.

Als ich zum erstenmal in der Zeitung las, daß sie an einem Buch schreibe, hatte ich die schlimmsten Befürchtungen. Ira hatte ihr schließlich sogar den Namen dieses Kerls genannt. Eine Frau, die zu allem fähig war – was sollte sie, wenn sie sich in die Enge getrieben sah, davon abhalten, irgendwem die ganze Geschichte zu erzählen? Was sollte sie davon abhalten, den Namen Strollo von sämtlichen Dächern zu rufen? ›Strollo, Strollo – ich weiß, wer den Grabenarbeiter Strollo ermordet hat!‹ Aber als ich das Buch dann gelesen habe, stand von dem Mord kein Wort darin. Entweder hat sie Katrina und Bryden nichts von Ira und Strollo erzählt, entweder hat sie doch etwas davon abgehalten, vielleicht ein Gespür dafür, was Menschen wie die Grants (die ja ebenfalls Grobiane waren) ihm damit antun konnten, oder aber sie hatte die Geschichte einfach vergessen, wie sie überhaupt jede unangenehme Tatsache gern vergaß. Ich weiß es nicht. Womöglich trifft beides zu.

Aber Ira war überzeugt, daß es herauskommen würde. Die ganze Welt würde ihn sehen, wie ich ihn in jener Nacht gesehen hatte, als ich ihn nach Sussex County fuhr. Bedeckt mit dem Blut eines Toten. Blut im Gesicht, Blut eines Mannes, den er getötet hatte. Und wie er lachend – mit dem gackernden Lachen eines Verrückten – zu mir gesagt hatte: ›Strollo, der hat ausgestrullt.‹

Was als Notwehr begonnen hatte, war von ihm als Gelegenheit, einen Menschen zu töten, erkannt und ausgenutzt worden. Er hatte einfach Glück gehabt. Notwehr als Anlaß und Gelegenheit zum Mord. ›Strollo, der hat ausgestrullt‹, sagt mein kleiner Bruder zu mir. Es hat ihm Spaß gemacht, Nathan.

›Und was hast *du* getan, Ira?‹ fragte ich ihn. ›Ist dir das klar? Du hast den rechten Weg verlassen. Du hast den größten Fehler deines Lebens begangen. Du hast alles auf den Kopf gestellt. Und wozu? Weil dieser Kerl dich angegriffen hat? Du hast ihn doch verprügelt! Du hast ihn doch zusammengeschlagen. Du hast ihn doch besiegt. Du hast deine Wut an ihm abreagiert und ihn zu

Brei geschlagen. Aber den Sieg *vollkommen* machen, zurückgehen und ihn *umbringen* – *wozu*? Weil er antisemitische Sachen gesagt hat? Deshalb muß man ihn umbringen? Das ganze Gewicht der jüdischen Geschichte liegt auf Ira Ringolds Schultern? Blödsinn! Du hast da etwas Unauslöschliches getan, Ira – etwas Böses, Wahnsinniges, mit dem du nun für immer leben mußt. Du hast heute nacht etwas getan, das niemals mehr gutgemacht werden kann. Du kannst nicht öffentlich für Mord um Vergebung bitten, du kannst das nicht wiedergutmachen, Ira. *Nichts* kann einen Mord wiedergutmachen. Niemals! Ein Mord beendet nicht nur ein Leben – sondern *zwei*! Ein Mord beendet auch das menschliche Leben des Mörders! Du wirst dieses Geheimnis niemals loswerden. Du wirst mit diesem Geheimnis begraben werden. Du wirst es immer mit dir herumtragen!‹

Ich stelle mir vor, wenn jemand ein Verbrechen wie Mord begeht, tritt die dostojewskische Wirklichkeit auf den Plan. Als Büchermensch, als Englischlehrer denke ich mir, daß sich bei einem Mörder die psychischen Schäden entwickeln, von denen Dostojewski schreibt. Wie kann man einen Mord begehen und nicht davon gepeinigt werden? Macht einen das nicht zum Ungeheuer? Raskolnikow tötet nicht die alte Frau und läuft dann die nächsten zwanzig Jahre mit einem guten Gewissen herum. Ein kaltblütiger Mörder mit einem Verstand wie Raskolnikow denkt sein ganzes Leben lang über seine Kaltblütigkeit nach. Ira hingegen hat nie sonderlich über sich selbst nachgedacht. Ira handelt wie eine Maschine. Wie auch immer sich Raskolnikows Verhalten durch das Verbrechen verändert hat... Ira hat auf andere Weise dafür büßen müssen. Die Strafe, die er dafür bezahlt hat – wie er versucht hat, wieder ins Leben zurückzufinden, wie er sich abgemüht hat, wieder auf die Beine zu kommen –, war etwas vollkommen anderes.

Sehen Sie, ich habe nicht geglaubt, daß er damit leben könne, und ich habe auch nie geglaubt, daß *ich* damit leben könne. Mit einem Bruder leben, der einfach so einen Mord begangen hatte? Man sollte meinen, ich hätte mich entweder von ihm lossagen oder ihn zu einem Geständnis zwingen sollen. Die Vorstellung, daß ich mit einem Bruder leben konnte, der einen Menschen ermordet hatte, daß ich einfach dazu schweigen konnte, daß ich der Ansicht sein konnte, ich hätte meine Pflicht gegenüber der Menschheit erfüllt... Mord ist einfach zu groß dafür. Und doch habe ich genau das getan, Nathan. Ich habe dazu geschwiegen.

Aber trotz meines Schweigens war es dann gut zwanzig Jahre später soweit, daß die Wurzel allen Übels doch noch ans Licht gezerrt werden sollte. Amerika sollte den kaltblütigen Mörder sehen, den Ira unter seinem Lincoln-Hut versteckt hatte. Amerika sollte erfahren, was für ein schlechter Mensch er in Wahrheit war.

Und auch Boiardo sann auf Rache. Boiardo hatte Newark inzwischen verlassen und lebte in einem Palazzo, in einer Festung irgendwo in den Vorstädten von Jersey, aber das hieß noch lange nicht, daß Boots Statthalter im Ersten Bezirk nicht mehr wußten, welche Rechnung die Strollos noch gegen Ira Ringold offen hatten. Ich hatte immer Angst, irgendein Schlägertyp aus dem Billardsalon könnte Ira auf die Spur kommen, und daß die Mafia dann einen Mörder auf ihn ansetzen würde, besonders, als er als Iron Rinn so bekannt wurde. Sie erinnern sich an den Abend, als er uns alle ins Tavern zum Essen eingeladen und uns mit Eve bekannt gemacht hat, und wie Sam Teiger ein Foto von uns gemacht und es dann im Foyer aufgehängt hat? Wie unangenehm mir das war! Konnte es noch schlimmer kommen? Wie sehr wollte er sich noch an seiner Metamorphose berauschen, an dieser neuen Heldengestalt namens Iron Rinn? Da kehrt er buchstäblich an den Schauplatz seines Verbrechens zurück und läßt es zu, daß man seine Visage dort an der Wand aufhängt? Möglich, daß *er* vergessen hat, wer er war und was er getan hat, aber Boiardo wird es nicht vergessen und ihn abknallen lassen.

Statt dessen hat dann ein Buch die Aufgabe erledigt. In einem Land, in dem seit *Onkel Toms Hütte* kein Buch mehr irgend etwas geändert hatte. Ein banales Enthüllungsbuch aus der Unterhaltungsbranche, zusammengestümpert von zwei Opportunisten, die eine leichte Beute namens Eve Frame für ihre Zwecke ausnutzen. Ira schüttelt Ritchie Boiardo ab, aber den van Tassel Grants kann er nicht entgehen. Nicht ein von Boot geschickter Killer erledigt die Sache – sondern ein Klatschkolumnist.

In all den Jahren, die ich mit Doris zusammengelebt habe, hatte ich ihr nie von Ira erzählt. Doch an dem Morgen, als ich mit seiner Pistole und seinen Messern aus Zinc Town zurückkam, war ich kurz davor. Es war etwa fünf Uhr früh, als er mir die Waffen aushändigte. Ich fuhr danach direkt zur Schule, die Waffen lagen noch unter den Autositzen. Ich konnte an diesem Tag nicht unterrichten – ich konnte keinen Gedanken fassen. Und in der Nacht konnte ich nicht schlafen. Und da habe ich es Doris beinahe erzählt. Ich hatte ihm die Pistole und die Messer abgenommen, aber ich wußte, damit war es noch nicht ausgestanden. So oder so, er würde sie umbringen.

›And thus the whirligig of time brings in his revenges. – Und so bringt der Kreisel der Zeit seine Vergeltung herbei.‹ Eine Zeile Prosa. Erinnern Sie sich? Aus dem letzten Akt von *Was ihr wollt*. Feste, der Narr, spricht zu Malvolio, kurz bevor Feste dieses hinreißende Lied anstimmt: ›Die Welt steht schon eine hübsche Weil, / Hop heissa, bei Regen und Wind‹, und das Stück ist aus. Ich konnte diese Zeile nicht loswerden. ›And thus the whirligig of time brings in his revenges.‹ Diese kryptischen Gs, die Raffinesse ihrer zunehmenden Entschärfung – erst die harten Gs in ›whirligig‹, dann das nasalierte G in ›brings‹, dann das weiche G in ›revenges‹. Die vielen Schluß-*S* . . . ›thus brings his revenges‹. Die Zischlaute des überraschenden Plurals ›reven*ges*‹. Dsch. Sss. Konsonanten, die stechenden Nadeln gleichen. Und die pulsierenden Vokale, die steigende Flut ihrer Tonhöhe – ertrinken könnte man darin. Der Wechsel von tiefen Vokalen zu immer höheren. Baß- und Tenorvokale und schließlich Altvokale. Die energische Dehnung des Vokals *I* in *time*, unmittelbar bevor der Rhythmus von Jamben in Trochäen übergeht und der Satz vor der Zielgeraden in die Kurve geht. Kurzes *I*, kurzes *I*, kurzes *I*. Kurzes *I*, kurzes *I*, kurzes *I*, bum! Revenges. Brings in his revenges. *His* revenges. Mit Zischlaut. Hisss! Als ich mit Iras Waffen im Auto nach Newark zurückfuhr, sind mir diese zehn Wörter, ihr phonetisches Gewebe, ihre umfassende Allwissenheit . . . ich hatte das Gefühl, in Shakespeare zu ersticken.

Am Nachmittag darauf bin ich wieder los, bin ich wieder nach der Schule zu ihm gefahren. ›Ira‹, habe ich gesagt, ›ich konnte letzte Nacht nicht schlafen, und ich konnte den ganzen Tag lang nicht richtig unterrichten, weil ich weiß, daß du nicht aufgeben wirst, bis du dich in eine Lage gebracht hast, die noch viel entsetzlicher ist, als auf der schwarzen Liste zu stehen. Von den schwarzen Listen wird man eines Tages nichts mehr wissen wollen. Womöglich leistet dieses Land eines Tages sogar Schadensersatz für das, was es Leuten wie dir angetan hat, aber wenn du wegen Mordes ins Gefängnis kommst . . . Ira, was geht in dir vor?‹

Wieder brauchte ich die halbe Nacht, um es herauszufinden, und als er es mir endlich erzählt hatte, sagte ich: ›Ich rufe die Ärzte in der Klinik an, Ira. Ich besorge mir einen Gerichtsbeschluß. Diesmal lasse ich dich endgültig einweisen, für immer. Ich werde dafür sorgen, daß du für den Rest deines Lebens in eine geschlossene Anstalt kommst.‹

Er wollte sie erwürgen. *Und* die Tochter. Er wollte die Saiten aus der Harfe reißen und die beiden damit erwürgen. Er hatte schon eine Drahtschere gekauft. Er meinte es ernst. Er wollte die Saiten herausschneiden und ihnen um den Hals binden und sie damit erwürgen.

Am nächsten Morgen fuhr ich mit der *Drahtschere* nach Newark zurück. Aber es war hoffnungslos, das war mir klar. Als ich nach der Schule nach Hause kam und Doris erzählte, was passiert war, erzählte ich ihr auch von dem Mord. Ich sagte zu ihr: ›Ich hätte ihn einsperren lassen sollen. Ich hätte ihn der Polizei und dem Gericht übergeben sollen.‹ Ich erzählte ihr, was ich am Morgen zu Ira gesagt hatte: ›Ira, sie hat diese Tochter, mit der muß sie leben. Das ist Strafe genug, eine furchtbare Strafe, und es ist eine Strafe, die sie sich selbst zugezogen hat.‹ Ira hatte nur gelacht. ›Richtig, das ist eine furchtbare Strafe‹, sagte er, ›aber nicht furchtbar genug.‹

Und hier bin ich, nach all den Jahren, die ich mit meinem Bruder zu tun hatte, zum erstenmal zusammengebrochen. Ich habe Doris alles erzählt und bin zusammengebrochen. Was ich ihr gesagt hatte, war mein voller Ernst gewesen. Aus einem verdrehten Loyalitätsgefühl heraus hatte ich das Falsche getan. Damals ist mein kleiner Bruder blutbedeckt zu mir gekommen, und ich habe ihn ins Auto gesetzt, ich war zweiundzwanzig und habe das Falsche getan. Und jetzt, weil der Kreisel der Zeit seine Rache herbeibringt, war Ira davon besessen, Eve Frame zu töten. Ich hatte nur noch eins zu tun: ich mußte Eve aufsuchen und ihr sagen, sie solle aus der Stadt verschwinden und Sylphid mitnehmen. Aber ich konnte nicht. Ich konnte nicht zu ihr und ihrer Tochter gehen und sagen: ›Mein Bruder ist auf dem Kriegspfad, ihr solltet besser untertauchen.‹

Ich war am Ende. Ich hatte mich mein Leben lang dazu erzogen, im Angesicht des Unvernünftigen vernünftig zu bleiben, mich zu dem erzogen, was ich wachsame Nüchternheit zu nennen pflegte, ich hatte mich und meine Schüler dazu erzogen, meine Tochter dazu erzogen und versucht, meinen Bruder dazu zu erziehen. Und ich hatte versagt. Aus Ira einen Nicht-Ira zu machen – ein Ding der Unmöglichkeit. Im Angesicht des Unvernünftigen vernünftig zu bleiben – ein Ding der Unmöglichkeit. Das hatte ich bereits 1929 bewiesen. Jetzt schrieben wir 1952, und ich war fünfundvierzig, und all die Jahre dazwischen waren offenbar umsonst gewesen. Mein kleiner Bruder mit all seiner Kraft und all seiner Wut hegte wieder einmal Mordgedanken, und wieder würde ich zum Komplizen seines Verbrechens werden. Nach allem, was er getan hatte, nach allem, was wir *alle* getan hatten – wollte er nun wieder die Linie übertreten.«

»Als ich Doris alles erzählt hatte, stieg sie in den Wagen und fuhr nach Zinc Town. Jetzt nahm *sie* die Sache in die Hand. Autorität genug besaß sie ja. Als sie zurückkam, sagte sie: ›Er wird niemanden ermorden. Glaube nur nicht‹, sagte sie, ›daß ich nicht *will*, daß er sie ermordet. Aber er wird es nicht tun.‹ ›Und was wird er statt dessen tun?‹ ›Wir haben einen Vergleich ausgehandelt. Er wird seine Schulden einfordern.‹ ›Was soll das bedeuten?‹ ›Er wird ein paar Freunde anrufen.‹ ›Wovon redest du? Doch nicht etwa von Gangstern?‹ ›Ich rede von Journalisten. Journalisten, mit denen er befreundet ist. *Die* werden sie vernichten. Laß du Ira in Ruhe. Ich mach das schon.‹

Warum hat er auf Doris gehört und nicht auf mich? Womit hat sie ihn überzeugt? Weiß der Teufel, wie das zugegangen ist. Doris wußte, wo sie ihn anzufassen hatte. Doris war auch nicht auf den Kopf gefallen, und so habe ich ihn ihr überlassen.«

»Was waren das für Journalisten?« fragte ich.

»Sympathisanten«, sagte Murray. »Es gab viele davon. Leute, die ihn bewunderten, den kulturell authentischen Mann des Volkes. Ira galt sehr viel bei diesen Leuten, weil er selbst mal Arbeiter gewesen war. Weil er sich in der Gewerkschaft engagiert hatte. Sie waren oft zu den Soireen ins Haus gekommen.«

»Und sie haben es getan?«

»Sie haben Eve in Stücke gerissen. Und wie. Haben nachgewiesen, daß ihr Buch eine einzige Erfindung sei. Daß Ira niemals Kommunist gewesen sei. Daß er mit Kommunisten nichts zu tun habe. Daß die kommunistische Verschwörung zur Unterwanderung des Rundfunks ein bizarres Gebräu von Lügen sei. Das Selbstvertrauen eines Joe McCarthy, Richard Nixon oder Bryden Grant konnten sie damit nicht erschüttern, aber Eves Stellung in der New Yorker Unterhaltungswelt haben sie damit vernichtet. Das war ja eine ultraliberale Welt. Stellen Sie sich die Situation vor. Sie wird von Journalisten umschwärmt, die jedes ihrer Worte aufschreiben und in sämtliche Zeitungen bringen. Großer Spionagering im New Yorker Rundfunk. Rädelsführer ist ihr Mann. Der Frontkämpferbund lädt sie zu einem Vortrag ein. Eine Organisation, die sich Christlicher Kreuzzug nennt, ein antikommunistischer religiöser Verein, druckt Kapitel ihres Buchs in seinem Monatsblättchen ab. Die *Saturday Evening Post* feiert sie in einem Artikel. *Reader's Digest* veröffentlicht einen Auszug aus dem Buch, so was liebt man da ja, und das und der Artikel in der *Post* bringt Ira in die Wartezimmer sämtlicher Ärzte und Zahnärzte von Amerika. Alles reißt sich um sie. Alles will mit ihr reden, aber nach einiger Zeit bleiben die Journalisten aus, das Buch verkauft sich nicht mehr, und allmählich läßt das Interesse an ihr nach.

Anfangs zweifelt niemand an ihr. Man zweifelt nicht am Format einer bekannten Schauspielerin, die so zierlich aussieht und mit diesem Scheiß an die Öffentlichkeit geht, um ihn zu verkaufen. Die Affäre Frame hat den Menschen das Hirn vernebelt. Die Partei hat ihm befohlen, sie zu heiraten? Das war sein Opfer für den Kommunismus? Sogar das haben sie geschluckt, ohne daran zu zweifeln. Sie nehmen alles hin, was das Leben von seinen Ungereimtheiten befreit, von seiner Sinnlosigkeit, seinen chaotischen Wendungen, und stülpen ihm statt dessen eine Vereinfachung über, die ebenso widerspruchsfrei wie falsch ist. Die Partei hat es ihm befohlen. Alles ist ein Komplott der Partei. Als ob Ira nicht das Talent gehabt hätte, diesen Fehler ganz allein zu begehen. Als ob Ira die Komintern gebraucht hätte, um eine schlechte Ehe zu planen.

Kommunist, Kommunist, Kommunist, und kein Mensch in Amerika hatte einen Schimmer, was zum Teufel das überhaupt war, ein Kommunist. Was machen sie, was sagen sie, wie sehen sie aus? Welche Sprache sprechen sie, wenn sie zusammen sind? Russisch, Chinesisch, Jiddisch, Esperanto? Basteln sie Bomben? Niemand wußte etwas, und ebendeshalb war es so einfach, die Drohung so auszuschlachten, wie Eves Buch es getan hatte. Dann aber machten sich Iras Journalisten ans Werk, und plötzlich erschienen überall Artikel, in *Nation, Reporter, New Republic*, in denen Eve in Stücke gerissen wurde. Die Maschine der Öffentlichkeit, die sie in Gang gesetzt hatte, bewegt sich nicht immer in die gewünschte Richtung. Die Maschine der Öffentlichkeit, mit der sie Ira vernichten wollte, beginnt sich gegen sie selbst zu wenden. Das ist unausweichlich. Wir sind hier schließlich in Amerika. Sobald man diese Maschine in Bewegung setzt, kann das für alle Beteiligten nur mit einer Katastrophe enden.

Was ihr den Mut genommen hat, was sie vermutlich am stärksten getroffen hat, geschah gleich zu Beginn von Iras Gegenoffensive, noch ehe sie überhaupt erkennen konnte, was sich da abspielte, noch ehe jemand anders sich ihrer annehmen und ihr sagen konnte, was sie in einer Schlacht wie dieser auf keinen Fall tun durfte. Bryden Grant hatte den Angriff in *Nation*, den ersten Angriff, schon in den Korrekturfahnen gesehen. Aber warum hätte Grant sich für das Geschmier in *Nation* mehr interessieren sollen als für das Geschmier in der *Prawda*? Was hätte man von *Nation* auch anderes erwarten sollen? Aber seine Sekretärin leitete die Fahnen an Eve weiter, worauf Eve dann offenbar ihren Anwalt anrief und ihm sagte, sie brauche einen Richter, der gegen *Nation* eine einstweilige Verfügung verhänge, daß der Artikel nicht gedruckt werden dürfe: alles darin sei böswillig und falsch, nichts als Lügen, die ihren Namen, ihre Karriere und ihr Ansehen vernichten sollen. Eine einstweilige Verfügung gegen die Veröffentlichung eines Artikels war aber nicht rechtmäßig, kein Richter konnte das machen. *Nach* Erscheinen des Artikels konnte sie eine Verleumdungsklage anstrengen, aber das reichte ihr nicht, dann wäre es schon zu spät, dann wäre sie schon ruiniert, und daher ging sie selbst in die *Nation*-Redaktion und verlangte den Verfasser zu sprechen. Das war L. J. Podell. Der Mann, der für *Nation*s Schlammschlachten zuständig war, Jake Podell. Er war gefürchtet, und das mit Recht. Aber Ira mit einer Schaufel in den Fäusten war noch schlimmer, wenn auch nicht sehr viel.

Sie trat in Podells Büro und hatte ihren großen Auftritt, einen Auftritt, der einen Oscar verdient hätte. Eve erklärte Podell, der Artikel enthalte nichts als Lügen, infame Lügen, und wissen Sie, was sich als die imfamste all dieser Lügen herausstellte? In dem ganzen Artikel? Podell hatte sie als heimliche Jüdin entlarvt. Er schrieb, er sei in Brooklyn gewesen und habe dort die Wahrheit ans Licht gebracht. In Wirklichkeit heiße sie Chava Fromkin, geboren 1907 im Brooklyner Stadtteil Brownsville, aufgewachsen an der Kreuzung Hopkinson und Sutter; ihr Vater sei ein mittelloser eingewanderter Anstreicher gewesen, ein ungebildeter polnischer Jude, der Häuser angestrichen habe. Niemand in ihrer Familie habe Englisch gesprochen, ihr Vater nicht, ihre Mutter nicht, nicht einmal ihre beiden älteren Geschwister. Ihr Bruder und ihre Schwester seien mehrere Jahre vor Eve noch in der alten Heimat zur Welt gekommen. Von Chava abgesehen, habe die ganze Familie nur Jiddisch gesprochen.

Podell hatte sogar ihren ersten Mann aufgetrieben, Mueller aus Jersey, den Barkeeperjungen und ehemaligen Matrosen, mit dem sie als Sechzehnjährige durchgebrannt war. Er lebte in Kalifornien von einer Invalidenrente, Polizist im Ruhestand, krankes Herz, Frau und zwei Kinder, ein netter alter Herr, der von Chava nur Gutes zu berichten hatte. Was für ein schönes Mädchen sie gewesen war. Was für ein *mutiges* Mädchen sie gewesen war. Ein richtiger kleiner Racker. Mit ihm weggelaufen sei sie nicht etwa, sagte Mueller, weil sie den großen Trottel, der er damals war, geliebt habe, sondern weil er für sie, was er von Anfang an gewußt habe, die Fahrkarte aus Brooklyn heraus gewesen sei. Im Bewußtsein dieser Tatsache und aus Mitgefühl mit ihr habe Mueller sich ihr nie in den Weg gestellt, erzählte er Podell, und sie später auch nie um Geld angegangen, auch nicht, nachdem sie ganz groß herausgekommen sei. Podell besaß sogar ein paar alte Fotos, Schnappschüsse, die Mueller ihm (für einen nicht genannten Betrag) freundlicherweise überlassen hatte. Er zeigt sie ihr: Chava und Mueller an einem einsamen Strand bei Malibu, im Hintergrund der gewaltige Pazifik – zwei gutaussehende, vergnügte Teenager, gesund und kräftig in Badeanzügen der zwanziger Jahre, bereit und willig, den großen Sprung zu wagen. Schnappschüsse, die dann von der Zeitschrift *Confidential* abgedruckt wurden.

Eigentlich war es nie Podells Sache gewesen, Juden zu entlarven. Er selbst war Jude, wenn auch ein gleichgültiger, und für Israel hatte er weiß Gott nie etwas übriggehabt. Aber nun war er auf diese Frau gestoßen, die ihr Leben lang Lügen über ihre Herkunft verbreitet hatte und jetzt auch noch Lügen über Ira verbreitete. Podell hatte in Brooklyn bei allen möglichen alten Leuten, angeblichen Nachbarn, angeblichen Verwandten, recherchiert und Aussagen gesammelt, und Eve erklärte das alles jetzt für dummes Gerede und sagte, wenn er Dinge, die sich dumme Leute über eine Berühmtheit wie sie aus den Fingern gesogen hätten, in seinem Artikel als Wahrheit darstelle, werde sie die Zeitschrift mit einer Verleumdungsklage ruinieren und ihn selbst bis aufs Hemd ausziehen.

Jemand von der Redaktion kam mit einer Kamera in Podells Büro und fotografierte die einstmalige Filmschönheit gerade in dem Augenblick, als sie Podell zu verstehen gab, womit er von ihrer Seite zu rechnen habe. Und da verschwindet plötzlich der letzte Rest ihrer Selbstbeherrschung; ihre Vernunft, wenn man es so nennen kann, gibt den Geist auf, und sie rennt schluchzend aus dem Büro; auf dem Flur erblickt sie der Chef vom Dienst, er führt sie in sein Büro, bietet ihr einen Stuhl an und sagt: ›Sind Sie nicht Eve Frame? Ich bin ein großer Bewunderer von Ihnen. Haben Sie Schwierigkeiten? Kann ich Ihnen helfen?‹ Und sie erzählt ihm alles. ›Du liebe Zeit‹, sagt er, ›das darf nicht sein.‹ Er sagt, sie solle sich beruhigen, und fragt, was für Änderungen sie in dem Artikel wünsche, und sie erzählt ihm, sie stamme aus New Bedford in Massachusetts, sie sei das Kind einer alten Seefahrerfamilie, ihr

Urgroßvater und ihr Großvater seien Kapitäne auf einem Yankee-klipper gewesen; ihre Eltern seien keineswegs wohlhabend gewesen, und nachdem ihr Vater, ein Patentanwalt, gestorben sei, habe ihre Mutter eine sehr schöne Teestube betrieben. Der Chef vom Dienst erklärt ihr, wie dankbar er sei, die Wahrheit zu erfahren. Als er Eve in ein Taxi setzt, versichert er ihr, er werde dafür sorgen, daß die Zeitschrift nur die Wahrheit bringen werde. Und Podell, der vor dem Büro des Diensthabenden gestanden und jedes Wort von Eve mitgeschrieben hat, tut genau das: er bringt das alles in die Zeitschrift.

Nachdem sie gegangen war, machte Podell sich noch einmal über seinen Artikel her und fügte den kompletten Vorgang ein – ihr Auftauchen in seinem Büro, den großen Auftritt, alles. Skrupelloser alter Sturmbock, schier vernarrt in derlei Zeitvertreib, und obendrein war Ira ihm so sympathisch, wie Eve ihm unsympathisch war. Minutiös zeichnete er alle Einzelheiten der New-Bedford-Geschichte auf und brachte sie am Schluß des Artikels unter. Andere, die nach Podell schrieben, nutzten diese Quelle, und so wurde auch dies zu einem feststehenden Motiv der gegen Eve gerichteten Artikel, zu einem weiteren Anlaß für sie zum Angriff gegen Ira, der jetzt nicht nur kein Kommunist ist, sondern selber ein hochmütiger frommer Jude und so weiter. Was die anderen aus Ira machten, hatte mit Ira fast ebensowenig zu tun wie all das, was sie aus Ira gemacht hatte. Und als diese wütenden Intellektuellen mit ihrer Tatsachentreue genug über die Frau hergezogen waren, hätte man ein Mikroskop gebraucht, um noch irgendwo irgend etwas von der häßlichen Wahrheit zu finden, die die wirkliche Geschichte von Ira und Eve war.

In Manhattan beginnt das Scherbengericht. Freunde wenden sich von ihr ab. Man kommt nicht mehr auf ihre Partys. Niemand ruft sie an. Niemand möchte mit ihr reden. Niemand glaubt ihr mehr. Sie vernichtet ihren Mann mit Lügen? Was sagt das über ihre menschlichen Qualitäten? Allmählich bekommt sie keine Arbeit mehr. Das Hörspiel pfeift ohnehin schon auf dem letzten Loch, nachdem ihm zuerst von der schwarzen Liste und dann vom Fernsehen die Luft abgedrückt wurde, und das Fernsehen ist, seitdem Eve stark zugenommen hat, erst recht nicht an ihr interessiert.

Im Fernsehen habe ich sie nur zweimal gesehen. Ich glaube, das waren die beiden einzigen Male, daß sie überhaupt im Fernsehen aufgetreten ist. Als wir sie das erstemal sahen, war Doris sehr überrascht. Aber positiv. Sie sagte: ›Weißt du, wem sie jetzt ähnlich sieht, mit dieser Figur? Mrs. Goldberg aus der Tremont Avenue in der Bronx.‹ Erinnern Sie sich an Molly Goldberg aus den *Goldbergs*? An ihren Mann Jake, ihre Kinder Rosalie und Samily? Philip Loeb? Erinnern Sie sich an Philip Loeb? Hat Ira Sie nicht mit ihm bekannt gemacht? Ira hat ihn zu uns ins Haus gebracht. Phil hat jahrelang den Papa Jake gespielt, schon seit den dreißiger Jahren, als die Serie noch als Hörspiel lief. 1950 wurde er aus der Fernsehserie gefeuert, weil sein Name auf der schwarzen Liste stand. Fand keine Arbeit mehr, konnte seine Rechnungen nicht bezahlen, machte Schulden, und 55 ist Phil Loeb ins Taft Hotel gegangen und hat sich mit Schlaftabletten umgebracht.

Eve war beide Male als Mutter zu sehen. Grauenhafte Rollen. Am Broadway war sie immer eine stille, zurückhaltende, kluge Schauspielerin gewesen, und jetzt schluchzte sie nur noch und wälzte sich händeringend auf dem Boden herum – das heißt, sie führte sich ungefähr so auf wie zu Hause. Aber inzwischen muß sie ziemlich allein gestanden haben, niemand mehr da, der ihr Ratschläge hätte geben können. Die Grants sind in Washington und haben keine Zeit, und nur noch Sylphid ist bei ihr.

Und auch das war nicht von Dauer. Eines Freitagabends traten sie und Sylphid gemeinsam in einer damals sehr populären Fernsehsendung auf. *Der Apfel fällt nicht weit vom Stamm.* Erinnern Sie sich? Eine wöchentliche Halbstundensendung über Kinder, die von Vater oder Mutter irgend etwas geerbt hatten, Talent, Charakterzüge, Beruf. Wissenschaftler, Künstler, Leute aus dem Showbusiness, Sportler. Lorraine hat das immer gern gesehen, und manchmal haben wir es mit ihr zusammen gesehen. Unterhaltsame Sendung, witzig, freundlich, zuweilen sogar richtig interessant, aber doch eher leichte Kost, flach und seicht. Freilich nicht, als Sylphid und Eve eingeladen waren. Die beiden mußten dem Publikum ihre entschärfte Fassung von *König Lear* vorspielen, mit Sylphid als Goneril und Regan.

Ich weiß noch, wie Doris zu mir sagte: ›Sie hat so viele Bücher gelesen und verstanden. Sie hat so viele Drehbücher für ihre Rollen gelesen und verstanden. Warum fällt es ihr so schwer, zur Vernunft zu kommen? Was macht aus einer so erfahrenen Frau eine solche Närrin? Weit über vierzig, so viel in der Welt herumgekommen, und trotzdem so ahnungslos.‹

Ich fand es eigenartig, daß sie nach der Veröffentlichung von *Mein Mann, der Kommunist* niemals auch nur für eine Sekunde, nicht einmal beiläufig, ihre Gehässigkeit zugeben konnte. Vielleicht hatte sie das Buch und alles, was es angerichtet hatte, inzwischen einfach vergessen. Vielleicht kam jetzt wieder die Version aus der Zeit vor Grant zum Vorschein, Eves Version von Ira, bevor sie von den van Tassels verzerrt worden war. Aber die Kehrtwendung, die ihr dann bei der Neubewertung der Geschichte gelang, war schon bemerkenswert.

Jedenfalls konnte Eve in dieser Sendung nur davon reden, wie sehr sie Ira geliebt habe, wie glücklich sie mit Ira gewesen sei und daß ihre Ehe nur an seinem niederträchtigen Kommunismus gescheitert sei. Sie vergoß sogar ein paar Tränen über all das Glück, das der niederträchtige Kommunismus zerstört hatte. Ich weiß noch, wie Doris aufstand und vom Fernseher wegging, dann zurückkam und sich wutschnaubend wieder hinsetzte. Hinterher sagte sie zu mir: ›Wie sie da im Fernsehen in Tränen ausgebrochen ist – das hat mich fast so sehr schockiert, als wenn sie sich in die Hose gemacht hätte. Kann sie denn nicht mal für zwei Minuten mit der Heulerei aufhören? Herrgott, sie ist doch Schauspielerin. Kann sie nicht mal versuchen, die Vernünftige zu mimen?‹

Die Kamera sah die unschuldige Frau des Kommunisten weinen, das ganze Fernsehvolk sah die unschuldige Frau des Kommunisten weinen, und dann wischte sich die unschuldige Frau des Kommunisten die Augen, sah alle zwei Sekunden ihre Tochter an, Bestätigung heischend – *Erlaubnis* heischend –, und erklärte, zwischen Sylphid und ihr sei nun alles wieder ganz wunderbar, der Friede sei wiederhergestellt, die Vergangenheit sei begraben, es herrsche wieder wie früher nur Vertrauen und Liebe zwischen ihnen. Jetzt, nach der Entfernung des Kommunisten, sei auf der ganzen Welt keine Familie denkbar, die besser zusammenhalte und besser miteinander auskomme.

Und jedesmal, wenn Eve versuchte, Sylphid mit diesem schlecht angeklebten Lächeln anzusehen, sie mit diesem quälend zaghaften Blick anzulächeln, einem Blick, der von Sylphid Bestätigung zu erflehen schien – ›Ja, Momma, ich liebe dich, ganz bestimmt‹ –, der sie aufzufordern schien – ›Sag es, mein Kind, wenn auch nur fürs Fernsehen‹ –, machte Sylphid ihr einen Strich durch die Rechnung, indem sie entweder nur finster zurückstarrte oder eine herablassende Antwort gab oder gereizt jedes Wort in Frage stellte, das Eve gerade gesagt hatte. An einer Stelle wurde es sogar für Lorraine unerträglich. Plötzlich schrie unser Kind den Bildschirm an: ›Zeigt mal ein bißchen Liebe, ihr zwei!‹

Sylphid läßt nicht für den Bruchteil einer Sekunde irgendwelche Zuneigung zu dieser jämmerlichen Frau erkennen, die noch immer mühsam weiterspricht. Nicht einen Funken Großmütigkeit, von Verständnis ganz zu schweigen. Nicht ein einziger versöhnlicher Satz. Ich bin nicht kindisch – ich rede nicht von Liebe. Ich rede auch nicht von Glück, Harmonie, Freundschaft. Nur von Aussöhnung. Beim Betrachten dieser Sendung ist mir klargeworden, daß dieses Mädchen seine Mutter *niemals* geliebt haben konnte. Denn wer seine Mutter auch nur ein bißchen liebt, kann sie gelegentlich auch mal als etwas *anderes* als seine Mutter sehen. Man denkt an ihr Glück oder ihr Unglück. Man denkt an ihre Gesundheit. An ihre Einsamkeit. Ihre Verrücktheit. Aber dieses Mädchen hat für dergleichen keinen Sinn. Diese Tochter weiß überhaupt nichts vom Leben einer Frau. Sie hat nur ihr *J'accuse*. Sie will nur vorm ganzen Volk die Mutter anklagen, sie in ein möglichst schlechtes Licht stellen. Mommas öffentliche Zerstükkelung.

Ich werde dieses Bild nie vergessen: Wie Eve immer wieder zu Sylphid hinübersieht, als beziehe sie ihre ganze Selbstachtung nur von dieser Tochter, der grausamsten Richterin jedes Fehltritts ihrer Mutter. Sie hätten den Hohn in Sylphids Augen sehen sollen, die verächtlichen Grimassen, die sie ihrer Mutter zeigt, das eisige Grinsen, mit dem sie sie öffentlich in die Pfanne haut. Endlich hat sie ein Forum für ihre Wut gefunden. Kann ihre berühmte Mutter im Fernsehen zusammenstauchen. Allein schon ihr Grinsen sagt: ›Du, die man so bewundert hat, bist ein dummes Weib.‹

Nicht sehr edelmütig. Die meisten Kinder lassen spätestens mit achtzehn von so was ab. Ungeheuer verräterisch sind solche Sätze. Man könnte meinen, es müsse sexuelles Vergnügen bringen, wenn ein Mensch noch bis in dieses Alter daran festhält. Ich habe mich vor dem Fernseher gewunden: die Theatralik der Hilflosigkeit der Mutter nicht weniger bemerkenswert als die knallharte Keule der Boshaftigkeit ihrer Tochter. Aber am meisten erschreckt hat mich Eves Gesicht, eine Maske, wie sie unglücklicher nicht vorstellbar ist. Da wußte ich, daß von ihr nichts mehr übrig war. Sie wirkte wie ausgelöscht.

Zum Schluß erwähnte der Moderator noch Sylphids bevorstehendes Konzert in der Town Hall, und Sylphid spielte ein Stück auf der Harfe. *Das* war es, deshalb hat Eve sich im Fernsehen so demütigen lassen. Natürlich – für Sylphids Karriere. Kann es, dachte ich, für ihre Beziehung eine bessere Metapher geben als das hier, als Eves öffentliche Tränen um alles, was sie verloren hat, während die Tochter, die das völlig kaltläßt, etwas auf der Harfe spielt und für ihr Konzert Reklame macht?

Zwei Jahre später läuft ihr die Tochter davon. Als ihre Mutter eine schlimme Zeit durchmacht und sie am nötigsten braucht, entdeckt Sylphid ihre Selbständigkeit. Mit dreißig kommt Sylphid zu dem Schluß, daß es für das Gefühlsleben einer Tochter nicht gut ist, bei einer allmählich altwerdenden Mutter zu leben, die sie immer noch jeden Abend ins Bettchen bringt. Während die meisten Kinder ihre Eltern mit achtzehn, zwanzig Jahren verlassen, dann fünfzehn, zwanzig Jahre unabhängig von ihnen leben und sich schließlich wieder mit ihren alternden Eltern aussöhnen und sie vielleicht gar ein wenig unterstützen, zieht Sylphid es vor, das Pferd von hinten aufzuzäumen. Aus dem besten Grund, den die moderne Psychologie zu bieten hat, zieht Sylphid nach Frankreich, um vom Geld ihres Vaters zu leben.

Pennington war damals schon krank. Ein paar Jahre später ist er gestorben. Leberzirrhose. Sylphid erbt die Villa, die Autos, die Katzen und das ganze Vermögen der Familie Pennington. Sylphid bekommt alles, einschließlich Penningtons gutaussehendem italienischen Chauffeur, den sie heiratet. Ja, Sylphid hat geheiratet. Sogar ein Kind bekommen, einen Sohn. Das nenne ich die Logik des

Wirklichen. Sylphid Pennington ist Mutter geworden. Dicke Schlagzeilen hier in den Gazetten wegen eines endlosen Rechtsstreits, den irgendein bekannter französischer Filmausstatter – den Namen habe ich vergessen, aber er war lange Zeit der Geliebte Penningtons gewesen – vom Zaun gebrochen hatte. Er behauptete, der Chauffeur sei ein Betrüger, ein Erbschleicher, der erst vor kurzem dort aufgetaucht sei, der selbst eine zeitweilige Liebschaft mit Pennington gehabt habe und das Testament irgendwie gefälscht oder manipuliert haben müsse.

Als Sylphid New York verließ, um in Frankreich zu leben, war Eve Frame längst eine hoffnungslose Trinkerin. Mußte das Haus verkaufen. 1962 in einem Manhattaner Hotelzimmer im Rausch gestorben, zehn Jahre nach Erscheinen des Buchs. Vergessen. Fünfundfünfzig Jahre alt. Zwei Jahre danach starb Ira. Einundfünfzig. Immerhin hat er noch erlebt, wie sie gelitten hat. Und glauben Sie nicht, das hätte ihm keine Freude bereitet. Glauben Sie nicht, Sylphids Auszug habe ihm keine Freude gemacht. ›Wo ist denn die reizende Tochter, von der wir alle so viel gehört haben? Wo ist denn die Tochter und sagt: ‚Momma, ich will dir helfen‘? Abgehauen!‹

Eves Sterben hat Ira wieder an die ursprünglichen Befriedigungen erinnert, hat das Lustprinzip des Grabenarbeiters wieder in ihm aufleben lassen. Wenn die ganze Takelage der Ehrbarkeit, wenn die gesellschaftliche Konstruktion, die einen zum zivilisierten Menschen macht, jemandem weggenommen wird, der im Leben fast immer nur seinen Trieben gefolgt ist, dann reagiert er wie ein Geysir. Fängt einfach an loszuströmen. Der Feind ist vernichtet – was könnte schöner sein? Natürlich hat es etwas länger gedauert, als er gehofft hatte, und natürlich ist er nicht dazu gekommen, es selbst zu tun, das Blut heiß in sein Gesicht spritzen zu fühlen, aber trotzdem, ich habe nie erlebt, daß Ira sich über etwas mehr gefreut hätte als über Eves Tod.

Wissen Sie, was er bei ihrem Tod gesagt hat? Dasselbe wie in der Nacht, in der er diesen Italiener ermordet und wir seine Flucht organisiert hatten. Er sagte: ›Strollo, der hat ausgestrullt.‹ Das erstemal nach dreißig Jahren, daß ich diesen Namen aus seinem Mund gehört habe. ›Strollo, der hat ausgestrullt‹, und dann bricht er in sein verrücktes gackerndes Lachen aus. Das Lachen, mit dem er sagt: Versucht doch, mich zu kriegen! Das herausfordernde Lachen, das ich noch von 1929 kannte.«

Ich half Murray die drei Terrassenstufen hinunter und führte ihn im Dunkeln zu der Stelle, wo ich mein Auto geparkt hatte. Schweigend fuhren wir die kurvenreiche Bergstraße entlang, vorbei am Lake Madamaska und nach Athena hinein. Als ich zu ihm rübersah, bemerkte ich, daß er den Kopf nach hinten gelegt und die Augen geschlossen hatte. Erst dachte ich, er schliefe, dann überlegte ich, ob er tot wäre, ob, nachdem er sich an Iras ganze Geschichte erinnert hatte – nachdem er sich selbst Iras ganze Geschichte hatte erzählen hören –, ob der Wille weiterzuleben selbst bei diesem ausdauerndsten aller Menschen nun nachgelassen habe. Und dann dachte ich wieder daran, wie er uns auf der Highschool im Englischunterricht vorgelesen hatte, wie er auf der Ecke seines Schreibtisches saß, diesmal jedoch ohne den drohenden Tafelschwamm, und uns ganze Szenen aus *Macbeth* vorlas, die verschiedenen Stimmen nachahmte, ohne Angst vor einem so theatralischen Auftritt, und ich selbst beeindruckt davon war, wie männlich Literatur erscheinen konnte, wenn er sie für uns lebendig machte. Ich dachte daran, wie Mr. Ringold die Szene am Ende des vierten Akts von *Macbeth* las, wenn Macduff von Ross erfährt, daß Macbeth Macduffs Familie ermordet hat – meine erste Begegnung mit einem ästhetischen Geisteszustand, der alles andere überrollt.

Als Ross las er: »Dein Schloß ist überfallen; Weib und Kinder / Grausam gewürgt...« Dann, nach langem Schweigen, in dem Macduff gleichzeitig versteht und nicht versteht, las er als Macduff – mit leiser, hohler Stimme, fast wie ein Kind –: »Auch meine Kinder?« »Gattin, Diener, Kinder«, sagt Mr. Ringold/Ross, »was man nur fand.« Wieder ist Mr. Ringold/Macduff sprachlos. Die Klasse nicht minder: als Klasse ist die Klasse inzwischen gar nicht mehr im Zimmer. Alles ist verschwunden, bis auf den Wunsch, zu erfahren, welche ungläubigen Worte als nächstes kommen. Mr. Ringold/Macduff: »Mein Weib gemordet auch?« Mr. Ringold/Ross: »Ich sagt es.« Die große Uhr an der Wand des Klassenzimmers tickt auf halb drei zu. Draußen schleppt sich ein 14er Bus die Chancellor Avenue hoch. Nur noch zwei Minuten bis zum Ende der Stunde, des ganzen langen Schultags. Aber jetzt zählt nur eins – und es zählt mehr, als was wir nach der Schule oder gar irgendwann in der Zukunft machen werden –, nämlich die Frage, wann Mr. Ringold/Macduff das Unbegreifliche begreifen würde. »Er hat keine Kinder«, sagt Mr. Ringold. Von wem spricht er? Wer hat keine Kinder? Einige Jahre später lernte ich die Standardinterpretation kennen, nach welcher Macduff sich hier auf Macbeth bezieht, Macbeth also sei der »er«, der keine Kinder habe. Aber so, wie Mr. Ringold es las, meinte Macduff mit diesem »er« Macduff, also sich selbst! »All die süßen Kleinen? Alle sagst du?... Alle! / Was! All die holden Küchlein, samt der Mutter, / mit *einem* wilden Griff?« Nun sagt Malcolm, Mr. Ringold/Malcolm, barsch, als schüttele er Macduff dabei: »Ertragt es wie ein Mann.« »Das will ich auch«, sagt Mr. Ringold/Macduff.

Dann die schlichte Zeile, die sich in Murray Ringolds Aussprache hundertmal, tausendmal zeitlebens immer wieder bei mir gemeldet hat: »Doch muß ich es auch fühlen wie ein Mann.« »Zehn Silben«, erklärt uns Mr. Ringold am nächsten Tag, »das ist alles. Zehn Silben, fünf Hebungen, Pentameter ... neun Wörter, die Hebung des dritten Jambus fällt vollkommen natürlich auf das sechste und entscheidende Wort ... acht einsilbige Wörter, ein zweisilbiges, und was für gewöhnliche, alltägliche Wörter das sind ... und doch, auf diese Weise vereint, und an genau dieser Stelle – was für eine Kraft! Schlicht, ganz schlicht – und wie ein Hammer!

Doch muß ich es auch fühlen wie ein Mann«, und damit schließt Mr. Ringold den dicken Band mit Shakespeares Stücken, sagt, was er am Ende jeder Stunde zu uns sagt: »Bis später«, und geht aus dem Zimmer.

Als wir nach Athena kamen, schlug Murray die Augen auf und sagte: »Da bin ich mit einem berühmten ehemaligen Schüler zusammen und lasse ihn einfach nicht zu Wort kommen. Habe ihn noch nichts Persönliches gefragt.«

»Das nächstemal.«

»Warum leben Sie da oben so allein? Warum haben Sie keinen Mut für die Welt?«

»So gefällt es mir besser«, sagte ich.

»Nein, ich habe Sie beim Zuhören beobachtet. Das kann ich Ihnen nicht abnehmen. Ihre Begeisterung hat sich noch immer nicht gelegt. Sie sind schon als Kind so gewesen. Deswegen war ich ja so sehr von Ihnen angetan – weil Sie ein so aufmerksamer Zuhörer waren. Und noch immer sind. Aber was können Sie hier oben schon zu hören bekommen? Falls Sie irgendwelche Probleme haben, sollten Sie dagegen ankämpfen. Es ist nicht klug, klein beizugeben. Ab einem gewissen Alter kann einen das genausogut hinwegraffen wie jede andere Krankheit. Wollen Sie wirklich alles hinter sich zurücklassen, noch ehe Ihre Zeit gekommen ist? Hüten Sie sich vor der Utopie der Einsamkeit. Hüten Sie sich vor der Utopie der Hütte im Wald, der einsamen Zuflucht vor Zorn und Gram. Der unangreifbaren Festung der Einsamkeit. Iras Leben ist darin zu Ende gegangen, und zwar lange bevor er tot umgefallen ist.«

Ich parkte an einer der Collegestraßen und begleitete ihn noch zum Wohnheim. Es war kurz vor drei Uhr morgens, und alle Fenster waren dunkel. Murray war vermutlich der letzte der älteren Studenten hier, denen der Auszug bevorstand, und offenbar der einzige, der in dieser Nacht dort schlafen würde. Ich wünschte, ich hätte ihn eingeladen, bei mir zu bleiben. Aber auch dazu hatte ich keinen Mut. Ein Schläfer in Reichweite meiner Ohren, Augen und Nase hätte eine Kette von Gewohnheiten durchbrochen, die zu schmieden alles andere als leicht gewesen war.

»Ich werde nach Jersey kommen und Sie besuchen«, sagte ich.

»Da werden Sie nach Arizona kommen müssen. Ich lebe nicht mehr in Jersey. Bin schon seit langem in Arizona. Da bin ich Mitglied in einer kirchlichen Buchgemeinschaft, die von Unitariern betrieben wird; ansonsten gibt's da so gut wie nichts. Nicht gerade der ideale Wohnort, wenn man geistige Interessen hat, aber ich habe auch noch andere Probleme. Morgen bin ich in New York, am Tag darauf fliege ich nach Phoenix. Sie werden schon nach Arizona kommen müssen, wenn Sie mich besuchen wollen. Aber zögern Sie's nicht zu lange raus«, sagte er lächelnd. »Die Erde dreht sich sehr schnell, Nathan. Die Zeit ist nicht auf meiner Seite.«

Das Talent, von jemandem Abschied zu nehmen, zu dem ich starke Zuneigung empfinde, ist mir mit den Jahren abhanden gekommen. Wie stark die Zuneigung ist, erkenne ich meist erst, wenn es ans Abschiednehmen geht.

»Aus irgendeinem Grund hatte ich angenommen, Sie wären noch in Jersey.« Eine unverfänglichere Bemerkung fiel mir nicht ein.

»Nein. Nach Doris' Tod bin ich aus Newark fortgezogen. Doris wurde ermordet, Nathan. Nicht weit von uns, hinter dem Krankenhaus. Ich wollte die Stadt nicht verlassen. Ich wollte nicht aus der Stadt ziehen, in der ich mein Leben lang gelebt und gelehrt hatte, nur weil die Stadt jetzt zu einem schwarzen Armenviertel voller Probleme geworden war. Wir sind auch nach den Unruhen, als Newark sich sehr geleert hatte, in der Lehigh Avenue geblieben, wir waren die einzigen Weißen, die dort geblieben sind. Doris hat trotz ihres schlimmen Rückens wieder im Krankenhaus gearbeitet. Ich habe in South Side unterrichtet. Nach meiner Wiedereinstellung bin ich nach Weequahic zurückgegangen, wo das Lehrerdasein inzwischen auch schon kein Kinderspiel mehr war, und nach zwei Jahren hat man mich gefragt, ob ich den Englischunterricht in South Side übernehmen wolle, wo es sogar noch schlimmer war. Niemand konnte diese schwarzen Jugendlichen unterrichten, und da hat man eben mich gefragt. Dort habe ich die letzten zehn Jahre bis zu meiner Pensionierung verbracht. Unterricht war absolut unmöglich. Konnte mich mit Mühe und Not in dem Chaos behaupten, aber an Unterricht war nicht zu denken. Außer Disziplin war da nichts gefragt. Disziplin, Streifengänge durch die Korridore, Auseinandersetzungen, bis irgendein Schüler nach einem schlug, Verweisungen von der Schule. Die schlimmsten zehn Jahre meines Lebens. Schlimmer als nach meiner Entlassung. Ich würde nicht sagen, die Ernüchterung sei verheerend gewesen. Ich hatte schon ein Gespür für das Wirkliche der Situation. Aber die Erfahrung war verheerend. Brutal. Wir hätten da wegziehen sollen, wir haben es nicht getan, und das ist die Geschichte.

Aber bin ich nicht mein Leben lang einer der Unruhestifter im Newarker System gewesen? Meine alten Freunde haben mich für verrückt erklärt. Die lebten inzwischen alle in den Vorstädten. Aber wie hätte ich davonlaufen können? Mir lag daran, diesen Jugendlichen Respekt zu bekunden. Wenn es überhaupt eine Chance gibt, das Leben zu verbessern, wo soll man damit anfangen, wenn nicht in der Schule? Im übrigen habe ich immer, wenn man von mir als Lehrer etwas verlangte, das mir interessant und lohnend vorkam, gesagt: ›Ja, das würde ich gern machen‹ und mich hineingestürzt. Wir sind in der Lehigh Avenue geblieben, ich bin nach South Side gegangen und habe den Lehrern dort gesagt: ›Wir müssen Wege finden, bei unseren Schülern so etwas wie Engagement zu wecken‹, und so weiter.

Ich bin zweimal überfallen worden. Wir hätten schon nach dem erstenmal fortziehen sollen, aber auf jeden Fall hätten wir nach dem zweitenmal fortziehen sollen. Das zweitemal war um vier Uhr nachmittags, gleich bei uns um die Ecke; plötzlich bauen sich drei Jugendliche vor mir auf und bedrohen mich mit einer Pistole. Aber wir sind nicht fortgezogen. Und dann kommt Doris eines Abends aus dem Krankenhaus. Sie erinnern sich, zu uns nach Hause brauchte sie nur über die Straße zu gehen. Aber das hat sie nicht geschafft. Ihr wurde der Schädel eingeschlagen. Eine halbe Meile von der Stelle, wo Ira diesen Strollo ermordet hatte, hat irgendwer ihr mit einem Ziegelstein den Schädel eingeschlagen. Für eine leere Handtasche. Wissen Sie, was mir da klargeworden ist? Daß ich reingelegt worden war. Der Gedanke gefällt mir nicht, aber er hat mich seither nicht mehr losgelassen.

Reingelegt von mir selbst, falls Sie sich fragen sollten. Von mir selbst, von meinen Grundsätzen. Ich kann meinen Bruder nicht verraten, ich kann meinen Beruf nicht verraten, ich kann die benachteiligten Menschen in Newark nicht verraten. ›Ich nicht – *ich* gehe nicht von hier fort. *Ich* fliehe nicht. Meine Kollegen können tun, was sie für richtig halten – ich werde diese schwarzen Kinder nicht im Stich lassen.‹ Und damit begehe ich Verrat an meiner Frau. Ich schiebe die Verantwortung für meine Entscheidungen jemand anderem zu. Doris hat den Preis für meine Zivilcourage bezahlt. Sie ist das Opfer meiner Weigerung, zu … Verstehen Sie, es gibt da keinen Ausweg. Wenn man sich, wie ich es getan habe, von allen offenbaren Illusionen – Religion, Ideologie, Kommunis-mus – loszusagen versucht, bleibt am Ende immer noch der Mythos von der eigenen Rechtschaffenheit. Die letzte Illusion. Und ihr habe ich Doris geopfert.

Das reicht. Jede Tat fordert Opfer«, sagte er. »Das ist die Entropie des Systems.«

»Welchen Systems?« fragte ich.

»Des Systems der Moral.«

Warum hatte er mir nicht schon früher von Doris erzählt? Was bewegte ihn zu dieser Zurückhaltung – Heldentum oder Schmerz? Auch das also hat er erleben müssen. Was sonst noch? Wir hätten noch sechshundert Nächte bei mir auf der Terrasse sitzen können, bevor ich die ganze Geschichte erfahren hätte, wie Murray Ringold, der nichts Ungewöhnlicheres hatte sein wollen als ein Highschool-Lehrer, dem Tumult seiner Zeit und seines Orts nicht hatte entrinnen können und ebenso wie sein Bruder ein Opfer der Geschichte geworden war. Das war das Leben, das Amerika sich für ihn ausgedacht hatte – und das er selbst sich für sich ausgedacht hatte, durch Nachdenken, wie *er* sich durch kritisches Denken an seinem Vater rächen konnte, durch Vernunft im Angesicht der Unvernunft. Dahin also hatte ihn das Nachdenken in Amerika gebracht. Dahin also hatte ihn das Festhalten an seinen Überzeugungen gebracht, sein Widerstand gegen die Tyrannei der Kompromisse. *Wenn es überhaupt eine Chance gibt, das Leben zu verbessern, wo soll man damit anfangen, wenn nicht in der Schule?* Hoffnungslos in die besten Absichten verstrickt, ein ganzes Leben lang einem konstruktiven Kurs verpflichtet, der sich nun als Illusion herausstellt, Formeln und Lösungen verpflichtet, die nichts mehr gelten.

Man vermeidet Verrat auf der einen Seite und begeht Verrat auf der anderen. Weil das System nicht statisch ist. Weil es lebendig ist. Weil alles Lebendige in Bewegung ist. Weil Reinheit Versteinerung bedeutet. Weil Reinheit eine Lüge ist. Weil man, falls man kein Ausbund an Askese ist, wie Johnny O'Day und Jesus Christus, ständig von fünfhundert Dingen herumgestoßen wird. Weil man ohne die Eisenstange der Tugendhaftigkeit, mit der die Grants sich zum Erfolg hochgeprügelt haben, ohne die große Lüge der Tugendhaftigkeit, die einem sagt, warum man tut, was man tut, immer wieder vor der Frage steht: »Warum *tue* ich, was ich tue?« Und man sich ohne Antwort ertragen muß.

Nun gaben wir gleichzeitig dem Drang nach, uns in die Arme zu nehmen. Als ich Murray in den Armen hielt, spürte ich – spürte ich überdeutlich – das ganze Ausmaß seiner Hinfälligkeit. Kaum zu begreifen, woher er die Kraft genommen hatte, sechs Nächte lang die schlimmsten Ereignisse seines Lebens so intensiv Revue passieren zu lassen.

Ich sagte nichts, denn ich dachte, was auch immer ich sagen könnte, würde ich nachher auf der Heimfahrt bereuen. Als wäre ich noch immer sein naiver Schüler, der eifrig danach strebte, gut zu sein, empfand ich das heftige Verlangen, ihm zu sagen: »Sie sind nicht reingelegt worden, Murray. Es ist falsch, ein solches Fazit aus Ihrem Leben zu ziehen. Sie müssen wissen, daß das nicht stimmt.« Aber da ich selbst ein alternder Mann bin und weiß, zu welch nüchternen Schlüssen man beim gründlichen Erforschen seines Lebens kommen kann, ließ ich es sein.

Nachdem er meine Umarmung fast eine Minute lang geduldet hatte, schlug Murray mir plötzlich auf den Rücken. Er lachte mich aus. »Die Gefühlsnot«, sagte er, »beim Abschied von einem Neunzigjährigen.«

»Ja. Richtig. Und von allem anderen. Was mit Doris passiert ist. Lorraines Tod«, sagte ich. »Ira. Alles, was mit Ira passiert ist.«

»Ira und die Schaufel. Alles, was er sich auferlegt hat«, sagte Murray, »was er von sich verlangt hat, von sich gefordert hat, nur wegen dieser Schaufel. Die schlechten Ideen und die naiven Träume. All seine Abenteuer. Er wollte leidenschaftlich etwas sein, von dem er nicht wußte, wie er es sein sollte. Er hat niemals sein eigenes Leben gefunden, Nathan. Er hat überall danach gesucht – in dem Zinkbergwerk, in der Schallplattenfabrik, in der Konfektfabrik, in der Gewerkschaft, im Radikalismus, beim Rundfunk, als Demagoge, im proletarischen Leben, im bourgeoisen Leben, in der Ehe, im Ehebruch, in der Wildnis, in der Zivilisation. Nirgendwo hat er es finden können. Eve hat keinen Kommunisten geheiratet; sie hat einen Mann geheiratet, der immerzu sehnsüchtig seinem Leben hinterhergelaufen ist. Das hat ihn so wütend gemacht, ihn so verwirrt und schließlich vernichtet: daß er sich nie ein Leben entwerfen konnte, das zu ihm paßte. Wie ungeheuer falsch seine Bemühungen waren. Aber irgendwann treten alle Irrtümer einmal zutage, stimmt's?«

»Es gibt nur Irrtümer«, sagte ich. »Das haben Sie mir doch mit Ihren Erzählungen beibringen wollen? Es gibt nur Irrtümer. *Das* ist das Wesen der Welt. Niemand findet sein Leben. Das *ist* das Leben.«

»Hören Sie. Ich will Ihnen nicht zu nahe treten. Ich sage Ihnen nicht, ob ich dafür oder dagegen bin. Wenn Sie mich in Phoenix besuchen, sollen Sie selbst mir sagen, was das bedeutet.«

»Was was bedeutet?«

»*Ihr* Alleinsein«, sagte er. »Ich erinnere mich an den Anfang, an diesen eifrigen kleinen Jungen, der sich so sehr darauf freute, am Leben teilzunehmen. Jetzt ist er Mitte Sechzig und lebt allein in der Wildnis. Es überrascht mich wirklich, daß Sie aus der Welt ausgetreten sind. Sie leben ja beinahe wie ein Mönch. Was Ihnen zum Klosterleben fehlt, sind nur noch die Glocken, die Sie zum Meditieren rufen. Entschuldigen Sie, aber das *muß* ich Ihnen sagen: für mich sind Sie immer noch ein junger Mann, viel zu jung, um da draußen zu leben. Wovor drücken Sie sich? Was zum Teufel ist passiert?«

Jetzt lachte ich *ihn* aus, und das Lachen gab mir das Gefühl des Wirklichen wieder, das Gefühl meiner Unabhängigkeit von allem, das Gefühl, ein wundertätiger Einsiedler zu sein. »Ich habe mir Ihre Geschichte sehr genau angehört, das ist passiert. Auf Wiedersehen, Mr. Ringold!«

»Bis später.«

Als ich zurückkam, brannte auf der Terrasse immer noch die Zitronellölkerze in ihrer Alufassung, und dieses kleine flackernde Töpfchen war das einzige Licht, an dem mein Haus überhaupt zu erkennen war, von dem matten Abglanz des orangefarbenen Mondes auf dem niedrigen Dach einmal abgesehen. Als ich aus dem Auto stieg und auf das Haus zuging, erinnerte mich die zitternde längliche Flamme an die Skalenbeleuchtung eines Radios – nicht größer als eine Armbanduhr und, unter den winzigen schwarzen Ziffern, von der Farbe einer überreifen Bananenschale –, die in unserem dunklen Zimmer als einziges zu sehen war, wenn mein kleiner Bruder und ich entgegen der elterlichen Anordnung länger als bis zehn Uhr aufblieben, um eine unserer Lieblingssendungen zu hören. Wir zwei in unseren Betten, und gebieterisch auf dem Nachttisch zwischen uns das Philco Jr., das kathedralenhafte Tischradio, das wir bekommen hatten, als mein Vater die Emerson-Musiktruhe fürs Wohnzimmer gekauft hatte. Wir hatten das Radio so leise wie möglich eingestellt, aber noch laut genug, daß es auf unsere Ohren wirkte wie der stärkste Magnet.

Ich blies die duftende Kerzenflamme aus, streckte mich auf das Liegesofa auf der Terrasse und erkannte, daß es keinen großen Unterschied machte, in dunkler Sommernacht einem kaum sichtbaren Murray zu lauschen oder als Kind im Bett Radio zu hören, als Kind, das die Welt verändern wollte, als Kind mit noch nicht erprobten Überzeugungen, die ich im Gewand von Geschichten landesweit ins Radio bringen wollte. Murray, das Radio: Stimmen aus dem Nichts, die alles beherrschen, die Windungen einer Erzählung, die einem durch die Luft ins Ohr schweben, so daß man das Drama nur im Kopf, hinter den Augen wahrnimmt, die Schale des Schädels verwandelt in den grenzenlosen Globus einer Bühne, auf der vollständige Mitmenschen agieren. Wie weit unser Gehör geht! Man stelle sich vor, was es bedeutet, etwas zu *verstehen*, das man lediglich hört. Das Gehör macht den Menschen Gott ähnlich! Ist es nicht zum mindesten ein *halb*göttliches Phänomen, daß wir kraft nichts Großartigerem, als im Dunkeln zu sitzen und gesprochenen Worten zu lauschen, in die innerste Falschheit einer menschlichen Existenz hineingeschleudert werden können?

Ich blieb bis Tagesanbruch auf der Terrasse, lag auf dem Sofa und sah zu den Sternen hinauf. In meinem ersten Jahr allein in diesem Haus lernte ich die Planeten identifizieren, die großen Sterne, die Sternhaufen, die Gestalt der großartigen Sternbilder der Antike, und mit Hilfe der Sternentafel, die regelmäßig in einer Ecke des zweiten Teils der Sonntagsausgabe der *New York Times* abgedruckt wurde, folgte ich der kreisenden Logik ihrer Wege. Schon bald interessierte mich in diesem faustdicken Packen aus Zeitungspapier und Bildern nichts anderes mehr. Jeden Sonntag riß ich mir die kleine zweispaltige Kolumne mit der Überschrift »Sky Watch« heraus – über dem erklärenden Text ist der Kreis des himmlischen Horizonts abgebildet, in dem die Standorte der Sternbilder für zehn Uhr abends der kommenden Woche verzeichnet sind – und warf die vier Pfund der anderen Nachrichten in den Müll. Bald warf ich auch die Tageszeitung fort; bald warf ich überhaupt alles fort, womit ich mich nicht mehr abgeben wollte, alles bis auf das, was ich zum Leben und zum Arbeiten brauchte. Ich machte mich daran, meine Erfüllung nur noch durch das zu erlangen, was einmal selbst mir bei weitem nicht genug erschienen war, und meine Leidenschaft nur noch den Wortarten zu widmen.

Wenn das Wetter nicht schlecht und die Nacht klar ist, verbringe ich jeden Abend vor dem Schlafengehen fünfzehn bis zwanzig Minuten auf der Terrasse und beobachte den Himmel, oder ich nehme eine Taschenlampe und taste mich den schmalen Weg zu der offenen Weide auf dem Gipfel meines Hügels empor, von wo aus ich, oberhalb der Bäume, das gesamte himmlische Inventar betrachten kann, Sterne, wohin das Auge blickt, erst diese Woche die Planeten Jupiter im Osten und Mars im Westen. Es ist unglaublich und doch eine Tatsache, eine schlichte und unbestreitbare Tatsache: daß wir geboren sind und daß es das gibt. Ich kann mir Schlimmeres vorstellen, wie ich meinen Tag beenden könnte.

An dem Abend, als Murray ging, erinnerte ich mich, wie mir als kleinem Kind gesagt worden war – als kleinem Kind, das nicht schlafen konnte, weil sein Großvater gestorben war und das unbedingt verstehen wollte, wohin der tote Mann gegangen war –, daß sich der Opa in einen Stern verwandelt habe. Meine Mutter nahm mich aus dem Bett und ging mit mir auf den Weg neben unserem Haus, und während wir dann beide in den Nachthimmel starrten, erklärte sie mir, daß einer dieser Sterne mein Großvater sei. Ein anderer sei meine Großmutter, und so weiter. Wenn Menschen sterben, erklärte meine Mutter, fliegen sie in den Himmel hinauf und leben dort ewig als funkelnde Sterne. Ich suchte den Himmel ab und fragte: »Ist er der da?« Sie sagte ja, wir gingen ins Haus zurück, und ich konnte einschlafen.

Das war mir damals vernünftig erschienen, und ausgerechnet diese Erklärung erschien mir wieder vernünftig in jener Nacht, als ich, hellwach und überreizt von all diesen Erzählungen, bis zum Morgengrauen im Freien lag und daran dachte, daß Ira tot war, daß Eve tot war, daß mit Ausnahme vielleicht von Sylphid in ihrer Villa an der französischen Riviera, einer reichen alten Frau von zweiundsiebzig, alle Menschen, die in Murrays Bericht von der Vernichtung des Eisenmanns eine Rolle gespielt hatten, jetzt nicht mehr auf ihre Zeit gepfählt waren, sondern tot, befreit von all den Fallen, die ihre Epoche für sie aufgestellt hatte. Weder die Ideen ihrer Epoche noch die Erwartungen unserer Spezies bestimmten das Schicksal: allein der Wasserstoff bestimmte das Schicksal. Eve oder Ira können keine Fehler mehr machen. Es gibt keinen Verrat. Es gibt keinen Idealismus. Es gibt keine Unwahrheiten. Es gibt weder Gewissen noch dessen Abwesenheit. Es gibt keine Mütter und Töchter, keine Väter und Stiefväter. Es gibt keine Täter. Es gibt keinen Klassenkampf. Es gibt keine Diskriminierung, keine Lynchjustiz, keinen Rassenhaß, und nichts davon hat es je gegeben. Es gibt keine Ungerechtigkeit, und es gibt keine Gerechtigkeit. Es gibt keine Utopien. Es gibt keine Schaufeln. Und was auch immer die Folklore behaupten mag, es gibt, vom Sternbild Leier abgesehen – das zufällig hochoben am östlichen Himmel thronte, etwas westlich der Milchstraße und südöstlich der zwei Bären –, es gibt auch keine Harfen. Es gibt nur Iras Feuerofen und Eves Feuerofen, und die brennen mit zwanzig Millionen Grad. Es gibt den Feuerofen der Autorin Katrina van Tassel Grant, den Feuerofen des Kongreßabgeordneten Bryden Grant, den Feuerofen des Tierpräparators Horace Bixton, des Bergarbeiters Tommy Minarek, der Flötistin Pamela Solomon, der estnischen Masseuse Helgi Pärn, der Laborassistentin Doris Ringold und ihrer den Onkel liebenden Tochter Lorraine. Es gibt den Feuerofen von Karl Marx und Josef Stalin und Leo Trotzki und Paul Robeson und Johnny O'Day. Es gibt den Feuerofen des Heckenschützen Joe McCarthy. Was man von dieser stillen Kanzel auf meinem Berg in einer Nacht so prächtig klar wie jener Nacht sehen kann, in der Murray für immer von mir gegangen ist – denn der treueste aller treuen Brüder und der beste aller Englischlehrer starb zwei Monate später in Phoenix –, das ist das Universum, zu dem der Irrtum keinen Zugang hat. Man sieht das Unvorstellbare: das kolossale Spektakel der Widerspruchslosigkeit. Man sieht mit eigenen Augen das unermeßliche Hirn der Zeit, eine Galaxis aus Feuer, das nicht von Menschenhand entzündet ist.

Die Sterne sind unentbehrlich.

Der Autor dankt der Newark Public Library und ihrem Leiter Alex Boyd für die Überlassung von Archivmaterial und fühlt sich insbesondere Charles Cummings, dem Stadthistoriker der Bibliothek, für unerschöpfliche Auskünfte verpflichtet; Dank auch an den New Jerseyer Historiker John Cunningham für seine hilfreichen Hinweise. Eine unschätzbare Primärquelle war Michael Immersos Buch *Newark's Little Italy: The Vanished First Ward* (Rutgers University Press, 1997). Der Name Katrina van Tassel ist »The Legend of Sleepy Hollow« von Washington Irving entnommen.

Textstellen aus Norman Corwins *On a Note of Triumph* werden mit freundlicher Genehmigung des Autors zitiert. Emily Dickinsons »With thee, in the Desert« (Poem 209) wird mit freundlicher Genehmigung des Verlags und der Trustees of Amherst College zitiert. Aus *The Poems of Emily Dickinson*, hg. von Thomas H. Johnson, Cambridge, Mass.: The Belknap Press of Harvard University Press, © 1951, 1955, 1979, 1983 by President and Fellows of Harvard College.

Philip Roth
im Carl Hanser Verlag

Der Ghostwriter
Aus dem Amerikanischen von Werner Peterich
Roman
1980. 240 Seiten

Zuckermans Befreiung
Aus dem Amerikanischen von Gertrud Baruch
Roman
1982. 292 Seiten

Die Anatomiestunde
Aus dem Amerikanischen von Gertrud Baruch
Roman
1986. 376 Seiten

Die Prager Orgie
Aus dem Amerikanischen von Jörg Trobitius
Roman
1986. 112 Seiten

Die Tatsachen
Aus dem Amerikanischen von Jörg Trobitius
Roman
1991. 240 Seiten

Philip Roth
im Carl Hanser Verlag

Mein Leben als Sohn
Aus dem Amerikanischen von Jörg Trobitius
Roman
1992. 216 Seiten

Täuschung
Aus dem Amerikanischen von Jörg Trobitius
Roman
1993. 176 Seiten

Operation Shylock
Aus dem Amerikanischen von Jörg Trobitius
Roman
1994. 464 Seiten

Sabbaths Theater
Aus dem Amerikanischen von Werner Schmitz
Roman
1996. 496 Seiten

Amerikanisches Idyll
Aus dem Amerikanischen von Werner Schmitz
Roman
1998. 464 Seiten